KB113629

가족 문제

We acknowledge the support of the Canada Council for the Arts for this translation.

가족 문제
Family Matters

로힌턴 미스트리 장편소설 | 손석주 옮김

아시아

차례

옮긴이의 말

일러두기

1. 이 책은 장편소설 *Family Matters*를 우리말로 옮긴 것이다.
2. 인도 인명과 지명은 인도어 발음에 최대한 가깝게 표기하였다.
3. 고유 명사 중 일부는 독자들의 편의를 위해 괄호 안에 뜻을 풀이했다.

가족 문제

1

침대 끝에 여전히 늦은 오후의 햇살이 머물고 있을 때 나리만은 낮잠에서 깨어나 시계를 보았다. 6시가 다 되었다. 그는 따스한 햇살 자락이 어루만지고 있는 발가락 쪽을 흘끗 내려다보았다. 나이 탓인지 새의 발톱처럼 오톨도톨하고 비틀어진 그의 발가락들이 아늑한 햇살 덕분에 호강을 누리고 있었다. 그는 다시 눈을 감았다.

한 뼘의 햇살이 곧 자취를 감추자 그는 버림받은 듯한 느낌이 들었다. 다시 시계를 보았다. 이제 6시가 지났다. 가까스로 자리에서 일어난 그는 저녁 산책을 가려고 준비했다. 욕실에 들어가 수돗물을 틀고 얼굴에 찬물을 끼얹은 후 양치를 하고 있을 때 밖에서 의붓아들과 의붓딸의 목소리가 들렸다.

"아버지, 제발 나가지 마세요."

욕실 문에다 대고 말하던 잘이 얼굴을 찡그리더니 보청기를 조절했다. 자기가 한 말이 귀에 너무 크게 울려 고막이 찢어질 것 같았다. 보청기가 옛날 모델이어서 성냥갑만 한 철제 상자를 셔츠 주머니에 꽂고 수신기를 선으로 연결해야 했다. 잘이 마흔다섯 살이 되던 4년 전에 마지못해 구입한 것으로 그는 아직도 변덕스러운 기계에 익숙지 않았다.

"그렇지. 이제 좀 낫네." 혼잣말을 하던 그는 다시 목소리를 높여 말했다. "아버지, 어려운 부탁도 아니잖아요. 그냥 집에 계시는 게 아버지를 위해서도 좋잖아요."

"문이 닫혀 있으니까 고함을 질러야 하잖아." 쿠미가 말했다. "오빠, 문을 열어."

잘보다 두 살 아래인 그녀의 목소리는 단호했고 조정자 역할을 하는 오빠와는 달리 잔소리가 심했다. 잘처럼 몸이 말랐지만 더 건강한 그녀는 엄마를 닮아서 딱히 곡선미라고 할 만한 구석이 없었다. 오래전에 소녀였던 그녀를 유심히 살피던 친척들은 햇살과 맑은 물 같은 아빠의 사랑을 받지 못하는 딸은 꽃을 피울 수 없는 법이라며 서글프게 말하곤 했다. 의붓아버지는 아무 소용 없다고 했다. 한번은 그들이 조심성 없이 말하는 바람에 그녀가 엿듣게 됐다. 마음이 쓰라리게 아팠던 그녀는 방으로 뛰어 들어가 돌아가신 아버지를 생각하며 울었다.

잘이 욕실 문을 열어 보려고 했지만 잠겨 있었다. 숱이 많은 곱슬머리를 긁적이던 그는 살짝 노크를 했다. 그러나 아무 반응도 없었다.

쿠미가 나섰다. "아버지, 도대체 몇 번이나 말해야 해요? 문 잠그지 말라니까요! 안에서 쓰러지거나 정신을 잃기라도 하면 어떻게 나올 거예요? 규칙 좀 지키세요!"

손에 묻은 비누 거품을 씻은 후 나리만은 수건을 집으려고 손을 내밀었다. 그는 쿠미가 직업을 잘못 선택했다고 생각했다. 불쌍한 여학생들에게 규칙을 강요하고 그들의 삶을 비참하게 만드는 여교장이 됐어야 했다. 그러나 여기서 쪼그라든 늙은이의 삶을 일일이 간섭하는 규칙으로 그를 괴롭히고 있었다. 문 잠그는 걸 금지하는 것뿐만 아니라 화장실을 사용할 때도 먼저 의사를 밝혀야 했다. 아침에는 그녀가 올 때까지 침대에서 일어나면 안 되었다. 목욕은 일주일에 두 번 가능했는데 쿠미의 계획에 따라 안전을 위해 잘이 무대 감독처럼 옆에 서 있었다. 식사, 옷, 틀니, 전축 사용에 관한 규칙도 한두 가지가 아니었다. 너그러운 마음이 들 때면 나리만은 의붓자식들이 늘 입에 달고 사는 말을 순순히 받아들였다. 그 모든 것이 아버지를 위한 것이라고 했다.

쿠미가 계속 문고리를 흔들었지만 그는 수건으로 얼굴을 닦고 있었다. "아버지! 괜찮으세요? 자꾸 이러시면 열쇠장이를 불러서 자물쇠를 모두 없애 버릴 거예요!"

떨리는 손으로 수건을 다시 고리에 거는 데 몇 분이 걸렸다. 나리만이 문을 열었다. "얘들아, 지금 나 기다리는 거냐?"

"정말 내가 미쳐. 안에서 쓰러진 건가 무슨 일이 생긴 건가 조마조마해서 얼마나 마음을 졸였는데요." 쿠미가 말했다.

"신경 쓰지 마. 아버지는 괜찮으시니까. 그게 제일 중요한 거잖아." 잘이 동생을 달랬다.

웃으면서 화장실에서 나온 나리만이 바지를 끌어 올렸다. 그러나 손이 떨려서 버클을 고정시키는 데 애를 먹는 바람에 벨트를 매는 데 시간이 오래 걸렸다. 침대에서 창문으로 비스듬히 기운 햇빛의 수수께끼 같은 궤적에 갇혀서 춤을 추고 있는 티끌들의 은하수를 보고 있자니 나리만은 가슴이 일렁거렸다. 밖에서는 시끄러운 차 소리가 이미 저녁의 공세를 시작했다. 왜 이제는 저 소음이 불쾌하지 않은 걸까.

"아버지, 제발 정신 좀 차리세요." 쿠미가 말했다. "우리 말 좀 들으시라고요."

비가 그친 후의 향긋한 흙냄새가 나리만의 코로 전해지는 듯했다. 혀로 그 맛을 느낄 수도 있을 것 같았다. 그는 밖을 보았다. 물이 보도로 똑똑 떨어지고 있었다. 물방울이 일직선이었다. 빗방울이 아니라 이웃집 창가의 화초 상자에서 떨어지는 물방울이었다.

"아버지, 건강한 제 두 다리로도 산책은 위험합니다." 잘이 의붓아버지의 외출에 매일 반복되는 소란을 이어 갔다. "봄베이 거리에서는 무법이 피할 수 없는 현실이라고요. 예의를 찾느니 길바닥에서 금덩어리를 줍는 게 빠를걸요. 그런데도 산책하는 게 뭐가 즐거우세요?"

그렇지, 양말. 양말을 신어야겠다고 생각한 나리만은 화장대로 갔다. 얕은 서랍에서 양말을 찾던 그가 말했다. "잘, 네 말이 맞다. 하지만 즐거움의 원천은 다양하단다. 시궁창도 웅덩이도 차들도 삶의 즐거움을 소멸시킬 순 없는 법이지." 새의 날갯짓처럼 떨리는 손으로 그는 계속 양말을 찾았다. 곧 포기한 그는 맨발을 신발에 집어넣었다.

"양말도 없이 신발을 신으세요? 파탄 족처럼요?" 쿠미가 말했다. "손을 얼마나 떠는지 좀 보세요. 신발끈도 못 매잖아요."

"그래, 네가 좀 도와 다오."

"의사한테 가거나 아니면 엄마 기도를 위해서 불의 사원 같은 중요한 곳에 간다면야 기꺼이 도와 드리죠. 하지만 바보 같은 짓을 하는 걸 어떻게 도와요? 파킨슨병을 앓고 있는 사람들 중에 아버지처럼 막무가내인 사람이 몇이나 되겠어요?"

"내가 네팔에 등산이라도 가는 줄 아니? 그냥 골목길을 좀 걸으려는 건데."

그 말에 누그러진 쿠미는 저녁마다 하듯이 의붓아버지의 발아래에 무릎을 구부리고 신발끈을 묶었다. "8월 첫째 주, 장마가 극성일 때 산책을 나가겠다니 원."

그는 창문으로 가서 하늘을 가리켰다. "봐라, 비가 멎었잖니."

"아버지는 고집 센 아이 같아요." 그녀가 투덜거렸다. "아이처럼 벌을 줘야 겠어요. 말을 안 들으면 저녁이라도 굶길까요?"

쿠미의 요리 솜씨로 볼 때 그건 벌이 아니라 상이라고 그는 생각했다.

"오빠, 들었어? 나이가 들수록 점점 무례해져!"

그러자 나리만은 무심코 생각을 입 밖으로 내뱉었음을 깨달았다. "잘, 난 네 동생이 무섭다. 이젠 내 생각까지도 듣는구나."

쿠미의 큰 목소리는 더 크게 만들고 의붓아버지의 중얼거림은 외면하는 수신기 때문에 잘에게는 뒤죽박죽 혼란스러운 소음만 들릴 뿐이었다. 볼륨을 다시 조절한 후 그는 타자에게 아웃을 선언하는 심판처럼 오른손 집게 손가락을 들고서 마지막으로 들었던 대화 주제로 돌아갔다. "아버지 말씀에 저도 동의합니다. 즐거움의 원천은 많죠. 영원히 우리를 즐겁게 할 만큼 충분한 세계가 우리 마음속에 담겨 있으니까요. 게다가 아버지는 책도 있고 축음기와 라디오도 있잖아요. 그런데도 왜 아파트를 나가세요? 여기가 천국 같은데. 이 아파트에 괜히 행복의 성이라는 이름을 붙인 줄 아세요? 전 외부 세계의 지옥의 문을 걸어 잠그고 안에서만 살고 싶어요."

"그게 어떻게 가능하니? 지옥이 천국을 침범하는 방법을 알고 있는데." 그러더니 나리만이 콧노래를 흥얼거렸다. "천국, 나는 지금 천국에 있네." 쿠미가 더 짜증을 내자 그는 콧노래를 멈추고 말했다. "바브리 이슬람 사원 폭동 생각나지?"

"아버지 말씀이 맞네요." 잘이 물러섰다. "때로는 지옥이 침범하기도 하죠."

"오빠, 지금 아버지의 바보 같은 말에 동의하는 거야?" 쿠미가 어처구니없 다는 듯이 말했다. "폭동은 집이 아니라 거리에서나 벌어지는 거잖아."

"아버지는 침실에서 죽은 나이 많은 파르시 부부를 말씀하시는 것 같은 데." 잘이 말했다.

"쿠미야, 너도 생각나지? 달랄 단지에 이슬람교도가 숨어 있을 거라고 생각하고 불을 지른 깡패들 말이야." 나리만이 말했다.

"그럼요, 당연히 생각나죠. 아버지 기억력보다 제 기억력이 나으니까요. 그건 우연의 일치, 그러니까 순전히 불운이죠. 아요다의 이슬람 사원이 봄베이 사람들을 야수로 만드는 일이 자주 있나요? 그런 일이야 가물에 콩 나듯 하죠."

"확률로만 보면 그렇지." 나리만이 말했다. 그는 다시 콧노래를 흥얼거리고 싶은 욕구를 참았다.

"불과 지난주에 피로즈샤 바그에서 노파가 매를 맞고 강도를 당했어요. 바로 자기 아파트 안에서요. 불쌍한 노파는 파르시 종합 병원에서 간신히 생명을 유지하고 있답니다." 잘이 말했다.

"오빠는 누구 편이야?" 화가 난 쿠미가 따졌다. "그러니까 아버지가 산책을 나가야 한다는 말이야 지금? 세상이 위험하지 않다는 말이냐고?"

"암, 위험하고말고." 나리만이 잘을 대신해서 말했다. "특히 집 안에서 더 위험하지."

쿠미가 주먹을 불끈 쥐고 뛰쳐나갔다. 나리만은 안경에 입김을 불어 손수건으로 천천히 닦았다. 그의 침침한 눈, 낡은 틀니, 떨리는 손발, 굽은 등, 질질 끌리는 발이 이제 저녁 일과를 시작할 준비를 가까스로 마쳤다.

나리만 바킬은 우산을 지팡이 삼아 행복의 성을 나섰다. 아파트의 생기

없는 공허함을 벗어나자 분주한 활기가 마치 굶주린 폐에 스며드는 공기와도 같았다.

그는 채소 장수들이 모여 있는 골목으로 갔다. 야채, 콩, 과일, 감자 등으로 넘쳐 나는 바구니와 상자 때문에 그곳은 밭이나 다름없었다. 강낭콩, 고구마, 고수풀, 풋고추, 배추, 콜리플라워 등이 가로등 불빛 아래서 피어나 그들의 색깔과 향기로 땅거미를 신비하게 만들었다. 때때로 그는 무릎을 굽히고 만져 보았다. 육감적인 양파와 매끈한 토마토가 그의 손을 유혹했다. 자줏빛 가지와 흙이 묻은 당근도 거부하기 힘들었다. 채소 장수들은 그가 아무 것도 사지 않을 것을 알고 있었지만 개의치 않았다. 자신이 왜 그곳에 왔는지 그들은 이해하고 있다고 나리만은 생각했다.

꽃 가게에서는 두 남자가 금잔화를 엮고 재스민, 백합, 장미로 화환을 만들면서 마치 악사처럼 손가락으로 고르고 뜯고 매듭을 지으며 꽃의 멜로디를 연주하고 있었다. 나리만은 그들의 작품이 어디에 사용될지 상상했다. 사원의 신들에게 바쳐지고 조상들의 사진 액자를 장식하고 아내, 어머니, 딸의 머리를 꾸미는 데 사용될 것이다.

벨푸리 가게는 조각된 풍경 같았다. 국수 모양의 뻥튀기가 황금 피라미드를 이루고, 쌀 모양의 뻥튀기는 작은 설산들을 만들었으며, 푸리 빵들은 작은 언덕을 닮아 있었다. 그리고 그 계곡들 사이에는 알루미늄 통에 녹색, 갈색, 빨간색 처트니가 각각 담겨 있었다.

바나나를 파는 남자가 거리의 위쪽으로 아래쪽으로 천천히 오가고 있었다. 그의 쭉 뻗은 팔 위로 무거운 바나나 송이들이 높이 쌓여 있었다. 균형 잡는 일과 괴력을 발휘하는 일을 하나로 합쳐야만 가능한 일이었다.

나리만에게 그 모든 것은 서커스처럼 매혹적이었으며 마술 쇼처럼 마음에 위안을 주었다.

자신의 79번째 생일 전날 나리만은 팔꿈치와 팔뚝에 찰과상을 입고 다리를 절며 집으로 돌아왔다. 행복의 성 밖에서 골목길을 건너다 넘어졌다.

현관문을 열어 준 쿠미가 비명을 질렀다. "세상에! 오빠, 빨리 나와 봐! 아버지가 피를 흘려!"

"어디?" 나리만이 놀라서 물었다. 팔꿈치의 상처 때문에 셔츠에 작은 핏자국이 있었다. "이거 말이냐? 이게 피가 나는 거냐?" 그는 가볍게 웃으며 고개를 가로저었다.

"아버지, 지금 웃음이 나오세요?" 잘이 나무라듯이 말했다. "저희는 아버지가 다쳐서 걱정돼 죽겠는데."

"유난 떨지 마라. 넘어져서 다리를 약간 삐었을 뿐이니까."

쿠미가 탈지면을 데톨에 적셔 상처를 닦자 나리만이 소독제 때문에 따끔해진 팔을 뒤로 뺐다. 쿠미가 움찔하더니 상처에 입김을 불었다. "아버지, 미안해요. 이제 좀 괜찮아요?"

나리만이 고개를 끄덕이자 그녀는 손으로 상처를 부드럽게 어루만지며 반창고를 붙였다. "신에게 고마워해야 해요." 구급상자를 치우며 그녀가 말했다. "이만하길 다행이지, 차가 다니는 큰길 한가운데서 넘어지기라도 했으면 어쩔 뻔했어요?"

"아! 그런 건 생각하기도 싫어." 잘이 양손으로 얼굴을 가리고 말했다.

"한 가지 확실한 건 이제부터 아버지는 밖에 못 나가세요." 쿠미가 말했다.

"저도 찬성이에요."

"너희들 바보같이 굴지 마라."

"그럼 아버진요?" 쿠미가 받아쳤다. "내일이면 79번째 생신인데 여전히 무책임하게 행동하잖아요. 우리가 아버지를 위해서 하는 일들에 고마워하지도 않고."

나리만은 입을 굳게 다문 채 앉아 있었다. 무릎 위에 가지런히 두고자 하는 그의 의지와 노력에도 아랑곳없이 두 손이 비참하게 흔들렸다. 두 다리의 떨림도 점점 심해져서 마치 변태가 넓적다리를 흔드는 것처럼 무릎이 위아래로 움직였다. 그는 점심 식사 후에 약을 먹었는지 기억을 더듬었다.

"내 말 잘 들어라." 팔다리가 진정되기를 기다리다가 지친 그가 입을 열었다. "내가 젊었을 때는 부모님이 나를 통제하고 내 인생을 망쳤다. 그 덕택에 너희 엄마와 결혼하게 됐고 내 중년 시절을 망쳤지. 그런데 늙어서는 또 너희들이 날 괴롭히려는 거냐? 그건 절대 용납 못한다."

"거짓말!" 쿠미가 발끈했다. "아버지가 우리 엄마와 나와 오빠의 인생을 망친 거죠. 우리 엄마한테 그런 식으로 말하면 용서치 않겠어요."

"쿠미야, 제발 참아." 앉아 있던 의자의 팔걸이를 거칠게 문지르던 잘이 동생을 진정시키려고 했다. "오늘 일이 분명히 아버지에게 경고가 됐을 테니까."

"과연 아버지가 교훈을 얻었을까?" 그녀는 의붓아버지를 노려보았다. "아님 또 밖으로 나가 뼈라도 부러뜨려서 내 머리 위에다가 골절의 부담까지 덮어씌우면 어쩌고?"

"아냐, 아버지가 그럴 리가. 집에서 그냥 책도 읽고 쉬면서 음악도 들고……."

"난 아버지 입으로 직접 들어야겠어."

오누이가 대화를 나누는 동안 나리만은 버클을 끄르는 데 집중하느라 침묵을 지켰다. 이제 신발끈을 풀기 시작했다.

"우리가 하는 말이 내키지 않으시면 내일 아버지 딸이 오거든 의견을 물어보세요. 오빠랑 나처럼 이등 자식이 아니라 아버지 피붙이잖아요." 쿠미가 말했다.

"그럴 필요 없다." 나리만이 말했다.

"쿠미야, 록산나 가족이 아버지 생신 때문에 오는 거잖아. 내일은 싸우지 말자." 잘이 말했다.

"싸우다니? 다 큰 어른들끼리 이성적인 대화를 나누자는 건데." 쿠미가 말했다.

록산나가 비록 아버지가 다른 동생이긴 하지만 그 애가 태어났을 때 잘과 쿠미는 충만하고 완전한 사랑으로 돌봤다. 각각 14살, 12살이었던 그들은 갓난아기가 나이가 비슷한 형제자매에게 불러일으키는 질투, 무시, 경쟁, 또는 증오 같은 복잡한 감정에 휩쓸리지 않았다.

잘과 쿠미는 어쩌면 4년 전 친아버지의 죽음으로 인해 생긴 공백을 록산나가 채워 줘서 고마워했는지도 모른다. 그들의 어린 시절 내내 친아버지는 병으로 고생했다. 폐병으로 침대에 몸져눕기 전의 짧은 기간에도 그는 몸이 허약해서 부축을 받지 않고는 하루도 제대로 버티기 힘들었다. 만성 늑막염은 심각한 폐질환 증상으로 친구들과 친척들은 늑막염의 ㄴ 자도 입 밖에 내지 않았다. 팔론지의 병을 설명할 때는 그저 폐에 물이 조금 차 있다고만 했다.

팔론지는 가족의 근심을 덜어 주려는 마음에서 그러한 암호 같은 설명을 농담으로 받아치곤 했다. 장난기가 심한 어린 잘이 바보 같은 짓을 하면 그건 머리에 물이 조금 차서 그런 거라고 했다. "잘, 머리를 감을 때는 귀를 꼭 막아야지." 그는 아들을 놀리곤 했다. 손재주가 없으면 그건 손가락에 물이 들어가서 그런 거라고 했다. 어린 쿠미가 울면 팔론지는 이렇게 말했다. "귀여운 우리 딸이 우는 게 아니라 눈에 물이 조금 들어가서 그런 거겠지?" 그 말에 쿠미는 금세 미소를 지었다.

가족의 기분을 북돋우려는 팔론지 콘트랙터의 용기와 의지는 가히 초인적이었지만 결국 그가 세상을 떠나자 잘과 쿠미는 망연자실했다. 아버지가 돌아가시고 3년 후에 엄마가 재혼했지만 오누이는 이방인이 어색해서 딱딱하게 굴었다. 그들은 나리만 바킬을 새아버지라고 불렀다.

새아버지라는 말을 들을 때마다 그는 얼굴에 조약돌이 날아드는 것 같았다. 처음에는 대수롭지 않게 여기며 웃으면서 넘겼다. "그냥 새아버지가 다냐? 좀 더 길게 부르지 그러니? 완전히 새롭게 개선된 아버지는 어떠니?"

하지만 나리만의 단어 선택은 부적절했다. 어느 누구도 친아버지보다 나을 순 없다고 잘이 차갑게 말했다. 그냥 아버지라고 부르면 정말 행복하겠다고 엄마가 아이들을 설득하는 데 몇 주가 걸렸다. 그러자 조숙했던 오누이는 기꺼이 그러겠다고, 엄마가 원하는 대로 부르겠다고 했다. 아버지라고 부른다고 해서 진짜 아버지가 되는 건 아니라고 아이들은 덧붙였다.

나리만은 자신이 왜 야스민 콘트랙터와 결혼했는지 납득이 안 되었다. 중매결혼이었으므로 사랑 때문은 아니었다. 그녀는 아들딸을 위해서 안정을 선택했다.

인생의 황무지를 지난 지금 그는 지난 일들을 되돌아보면서 왜 그렇게 의지 없고 줏대 없이 결혼을 했을까 생각하며 절망했다.

그러나 결혼하고 일 년이 지나서 그들 인생에 작은 기적이 찾아왔다. 록산나가 태어나자 그 애에게 쏟은 많은 애정 덕분에 그들 모두 사랑의 온기를 느낄 수 있었다. 록산나에 대한 사랑으로 그들은 증오의 늪에서 빠져나올 수 있었고 잠시나마 불행이 멈췄다.

나리만은 6시가 다가오자 생일 저녁 식사를 위한 준비를 시작했다. 록산나 가족을 보고 싶어서 그는 오늘 저녁을 학수고대했다. 옷을 입으면서 그는 딸이 태어나던 황홀했던 시절을 떠올렸다.

그날 멈췄던 비가 다시 내리기 시작했다. 잘과 쿠미의 선물인 새 셔츠가 화장대에 놓여 있었다. 셀로판 포장지를 뜯고 셔츠를 꺼낸 그는 풀을 먹인 천을 만지작거리며 얼굴을 찌푸렸다. 분명히 저녁 내내 온몸이 쑤실 것이다. 생일날이면 견뎌야 하는 일이었다. 서랍 안에는 부드럽고 편한 좋은 셔츠들이 있었다. 아마도 그들은 주인보다 오래 살 것이다.

나리만이 뻣뻣한 새 단추들을 더듬거리는 동안 빗소리에 섞여 건물 어디선가 시끄러운 망치 소리가 들려왔다. 눈에 잘 띄지도 않는 곳에다 핀을 꽂고 옷깃 아래에 뻣뻣한 마분지를 끼워 넣어서 튼튼한 비닐로 셔츠를 포장하는 걸 보면 그들은 노약자를 전혀 배려하지 않는 것이 분명했다.

그러나 록산나와 그 애의 남편, 두 손자를 생각하며 그는 미소를 지었다. 작은 아기였던 그 애가 다 자라서 자신의 아이들을 갖게 될 줄은 꿈에도 생각지 못했었다. 다른 아버지들도 그렇게 신기해할까?

록산나가 좀 더 오래 아기로 남아 있을 순 없었을까? 그랬더라면 결혼 생활에서 정말로 행복했던 그 시기가 좀 더 오래 지속됐을지도 모른다. 우리가 불가능한 일을 할 수만 있다면 불행을 극복할 수 있을지도 모른다고 그는 생각했다. 그러나 세상일은 그렇게 돌아가지 않았다. 행복한 가족의 시간은 짧았다. 너무 짧았다.

그는 잘이 두 팔로 아기를 안아 주던 순간이 떠올랐다. 아기가 자신의 손가락을 꽉 쥐자 잘은 기뻐서 어쩔 줄 몰라 했다. "아버지, 아기가 손힘이 정말 세요!" 그러자 쿠미가 아기를 안고 싶다고 난리를 쳤다. "저것 보세요. 아기가 비눗방울을 불 줄 알아요! 내 비눗방울 반지처럼요." 유원지에서 샀던 비누 거품 장난감을 가리키며 쿠미가 흥분해서 외쳤다.

그러나 록산나에 대한 잘과 쿠미의 헌신도 그 애가 결혼하고 나리만이 큰돈을 들여 사 준 아파트로 떠난 후 끝나고 말았다. 그때 처음으로 그들은 '핏줄'이라는 말을 그에게 내뱉으며 록산나를 편애한다고 비난했다.

'동복' 또는 '의붓'이라는 말이 아무런 의미도 없었고 그로 인해서 그들 관계가 손상되지 않았던 어린 시절의 유대가 지속되었더라면 적어도 위안, 혹은 불행했던 시절로부터 건져 낸 뭔가 좋은 일이라도 됐을 것이다. 그러나 이것 역시 그에게 허락되지 않았다. 당연했다. 시작이 썩었는데 어떻게 끝이 깨끗할 수 있겠는가?

그렇다면 도대체 어떻게 시작된 걸까? 결혼하고 싶었던 바로 그 여자, 사랑스러운 루시를 만난 날이었을까? 하지만 그날은 썩은 날이 아니라 가장 아름다운 아침이었다. 그렇다면 나중에 루시와의 관계를 정리한 날이었을까? 아니면 야스민과 결혼하겠다고 동의한 날이었을까? 그것도 아니면 부모님과 부모님 친구들이 처음으로 그런 아이디어를 꺼낸 일요일 저녁이었을까? 그날 왜 그는 화를 내면서 그런 생각은 집어치우고 남의 일에 신경 끄고 지옥에나 떨어지라고 하지 않았을까?

그로부터 36년이란 시간이 흘렀다. 하지만 그는 여전히 부모님과 부모님 친구들의 일요일 저녁 모임을 기억하고 있었다. 지금도 똑같은 가구가 놓여 있고 벽에 똑같은 페인트칠이 남아 있는 바로 이 응접실에서였다. 그 일요일 저녁의 그들의 목소리가 여전히 들리는 듯했다.

고아 지방 출신 여자와의 부적절한 관계를 지속하면서 참한 파르시 규수를 만나 결혼하라는 말을 귓등으로도 안 듣던 사랑스러운 외아들이 마침내 이성에 귀를 기울여 제자리를 찾았다고 그의 부모님이 선언하자 모임 참석자들이 일제히 기뻐했다.

홀로 발코니에 앉아 있던 나리만에게 그들의 말이 낱낱이 들렸다. 부모님의 가장 오랜 친구이자 비상근 근무를 했지만 여전히 영향력을 행사하던 변호사 솔리 밤보트 씨가 평소처럼 맨 먼저 반응을 보였다. "나리를 위해서 먼세 삼창!" 그가 외쳤다. "먼세, 먼세, 먼세!"

그러자 모두들 외쳤다. "만세!"

까다로운 모음 발음과 평생을 싸워 온 솔리 밤보트 씨의 음성 구조는 여전히 취약했다. 나리만이 어렸을 때 그의 말은 굉장히 혼동되기도 했지만 매우 재밌기도 했다.

그날 부모님을 포함해 일요일 저녁 모임 정기 참석자가 총 열 명 있었다. 아니, 총 아홉 명이었다. 나리만이 바로잡았다. 왜냐하면 부르디 씨의 부인 쉬린이 갑작스러운 병으로 일 년 전에 사망했기 때문이었다. 나리만의 기억에 따르면 탈상을 마치고 일요일 모임에 다시 나타난 부르디 씨는 홀아비의 역할을 성실히 수행했다. 맛있는 튀김 요리나 누가 특별히 집에서 만든 처트니를 맛볼 때면 그는 의무적으로 한숨을 쉬곤 했다. "아, 쉬린이 참 좋아했을 텐데." 재밌는 이야기에 웃음을 터뜨리고 나면 그는 즉시 다음과 같이 말했다. "유머라면 쉬린이 일등이었는데. 언제나 맨 먼저 농담을 이해했거든." 그러나 그 역할이 결코 편안해 보이지 않았던 그는 몇 달 후 쾌활한 총각으로 다시 태어났다. 참석자들은 그러한 변화를 받아들였고 암묵적인 동의를 보냈다. 쉬린이라는 이름은 어느덧 일요일 모임에서 사라지고 말았다. 사랑, 정절, 추억도 그 정도일 뿐이라고 나리만은 생각했다.

한편 솔리의 만세 삼창에 대한 반응에 이어서 참석자들은 개별적으로 나리만의 부모에게 다양한 방식으로 축하를 건네고 행운을 기원했다.

"마르지, 축하하네! 11년간의 전투 끝에 자네가 승리했어!" 코트왈 씨가 아버지에게 말했다.

"늦었지만 다행이군. 행운은 언제나 용감한 사람들 편에 서니까. 인내의 결실은 달고 끝이 좋으면 모든 것이 좋다는 말 명심하게." 부르디 씨가 말했다.

"속담 전문가 양반, 고만하게나. 우리가 쓸 속담도 좀 남겨 두더라고." 솔리 아저씨가 말했다.

그들의 반응이 궁금했던 나리만은 들키지 않고 관찰할 수 있도록 발코니

의자의 위치를 바꾸었다. 나리만이 결국 올바른 선택을 하게 될 거라고 믿고 있었다고 운발라 부인이 말하자 그녀의 남편 다라 씨가 힘차게 고개를 끄덕였다. 그들은 단체로 의견을 피력했으며 모임 참석자들은 다라 씨를 '조용한 파트너'라고 불렀다.

솔리 아저씨가 발코니로 들어선 순간 나리만은 책을 읽는 척했다. "어, 나리! 왜 혼자 있는겨? 이 친구야, 사람들하고 좀 어울려야제."

"솔리 아저씨, 나중에요. 이 장 끝내야 해요."

"나리, 뭔 소리야. 지금 당장 가자니께." 솔리가 책을 뺏었다. "뭘 고렇게 서둘러. 책에서 글자가 사라질 것도 아니고마." 나리만의 팔을 잡은 솔리 아저씨는 사람들이 모여 있는 응접실 한가운데로 그를 끌고 갔다.

그들은 그의 등을 두드리며 악수를 하고 껴안았다. 그는 몸을 움츠리며 그날 저녁 집에 남아 있었던 걸 후회했다. 하지만 언젠가는 그들과 맞부딪뜨려야 할 일이었다. 솔리 아저씨의 부인 나르게시가 어머니에게 물었다. "제루, 정말이야? 정말 아들이 그 루시 브라간자를 포기한 거야?"

"그럼, 물론이지. 우리한테 약속했어." 그의 어머니가 말했다.

그때 코트왈 부인이 응접실을 가로질러 재빨리 다가와 그의 뺨을 꼬집으며 말했다. "장난꾸러기가 마침내 철이 들었으니 기쁨이 따블이다."

그는 자신의 나이가 42살이라고 말해 주고 싶었다. 그때 소파에 앉아 있던 나르게시 아주머니가 손짓으로 그를 불렀다. 참석자들 가운데 목소리가 제일 작았던 그녀는 대개 시끄러운 소리에 묻히곤 했다. 자신의 옆 자리를 두드리며 그에게 앉으라고 했다. 젊었을 때 부엌에서 사고로 입은 화상 때문에 오그라든 손으로 그의 손을 잡으며 그녀가 속삭이듯이 말했다. "부모님이 바라는 대로 해서 얻게 되는 행복보다 더 오래가는 행복은 없단다. 나리야, 명심해라." 그녀의 목소리가 마치 먼 곳에서 들리는 듯했지만 그는 논쟁하고 싶은 의지도 힘도 없었다.

그는 지난주 루시와 함께 브리치캔디에서 썰물을 지켜보던 일이 떠올랐다. 아이들은 파도가 잃어버리고 간 바다 생명을 찾아서 바위들 사이를 그물로 훑고 다녔다. 첨벙거리며 고함을 지르는 아이들을 바라보면서 그는 루시와 함께 자신들만의 세계를 만들기 위해서 투쟁했던 지난 11년간을 생각했다. 그녀는 그것을 번데기라고 부르곤 했다. 함께 숨어 있다가 가족들이 그들의 존재를 잊었을 때 빛나는 나비가 되어 함께 날아갈 수 있는 바로 그런 곳이 필요하다며…….

그 기억 때문에 그는 잠시 마음이 약해졌다. 과연 올바른 결정을 내린 걸까? 그렇다, 올바른 결정이었다. 그들은 가족에게 시달리고 있었고 스트레스 때문에 녹초가 되었다. 아무런 가망도 없는 상태라고 그는 스스로에게 다시 한 번 오금을 박았다. 이런저런 문제로 루시와 말다툼을 하지 않고 저녁을 보내는 경우가 드문 지경이었다. 쓸모없는 싸움으로 모든 걸 날려 버릴 바에야 여기서 멈추는 게 낫지 않을까?

근처의 아이들이 그물에 걸린 생명체에 흥분하여 소리를 지르고 있을 때 루시가 마지막으로 그를 설득하려고 했다. 모든 사람을 배신하고 부모님들이 곧잘 들이대는 죄의식과 협박, 그리고 숨 막히는 가족들의 전횡으로부터 벗어나자고 했다. 단둘이서 그들만의 삶을 시작하자고 했다.

그는 마음을 굳게 다잡으면서 그런 이야기는 벌써 이전에 나누었으며 가족들이 무슨 수를 써서라도 그들을 찾아내고 말 거라고 했다. 이제 그들이 할 수 있는 일은 하루라도 빨리 끝내는 것뿐이라고 했다.

그녀는 더 얘기해 봐야 소용없다는 것을 알고 자리를 떴다. 그는 바닷가에 홀로 남았다.

지금 부모님은 친구들과 함께 하이볼을 마시면서 그의 미래를 의논하고 있었다. 나리만은 이방인들의 대화를 엿듣는 기분이었다. 그들은 자기들끼리 '원탁회의'라고 부르는 담화를 기분 좋게 나누면서 마치 휘스트 카드놀이나 하우지 게임이라도 하는 것처럼 재밌게 그의 결혼 계획을 짜고 있었다.

"문제가 하나 있어." 부르디 씨가 말했다. "우리가 소를 잃기 전에 외양간을 고친 건 맞아. 하지만 암소를 구해야 해."

"그게 무슨 말이에요?" 나르게시 부인이 물었다.

"속담 슨상님의 말은 신랑은 준비가 됐는디 신부를 찾아야 한다는 뜻이제." 솔리 아저씨가 말했다.

"중매결혼보다 연애결혼이 낫지 않을까요?" 그녀가 작은 목소리로 말했다.

"당연하죠." 아버지가 말했다. "우리가 연애결혼 하라고 안 한 줄 아세요? 아들이 파르시 아가씨와 사랑에 빠질 수 없으니 우리가 짝을 찾아 줘야죠."

"내 말 명심하게. 그게 쉽지 않은 일이야." 코트왈 씨가 말했다. "가능한 봄베이에서 멀리 떨어진 곳을 찾아보라고. 캘커타에서 카라치까지 말이야. 그래도 그 사람들이 조사를 하면 나리와 그 이방인 아가씨의 스캔들을 알게 될 거야."

"맞아요. 숨기는 건 불가능해요." 운발라 부인이 맞장구를 쳤다. "그러니 타협점을 찾아야죠."

"나리가 사랑스러운 아내를 얻을 거라고 전 확신해요. 최상의 신붓감으로 말이죠." 어머니가 아들 편을 들며 말했다.

"최상이라는 말은 빼야 할 것 같은데요." 부르디 씨가 말했다. "뿌린 대로 거둔다는 말이 있죠. 곡식 밑동을 살피다가 다음 날 갑자기 윗동의 알갱이를 기대하면 안 되죠."

웃음을 터뜨린 사람들의 농담이 점점 적나라해졌다. 솔리 아저씨가 엉덩이를 위생적으로 씻는 대신에 휴지로 닦는 이방인들에 대해 모욕적인 말을 내뱉었다.

초연하게 듣고 있던 나리만의 인내심이 바닥났다. "정말 한심들 하십니다." 그가 혐오감을 참지 못하고 말했다. "나이를 헛먹었군요."

삐걱 소리가 나는 의자를 밀치고 그는 발코니로 돌아갔다. 그는 책을 집어 들고 멍하니 바라보았다. 바다에서 미풍이 불어왔다. 안에서는 그의 부모님이 사과하는 소리가 들렸다. 헤어진 지 얼마 안 되어서 마음이 괴로워서 그렇다고 했다. 자신의 감정을 함부로 아는 척하는 것에 그는 화가 솟구쳤다.

"왕자님은 우리 농담이 마음에 들지 않았던 모양이야." 부르디 씨가 말했다. "그렇다고 해서 우리를 모욕할 필요까지는 없었는데."

"책에 나온 말을 그냥 인용한 것 같은데." 코트왈 씨가 말했다.

"내가 저지른 가장 큰 실수는 바로 책이야." 아버지가 말했다. "책을 너무 많이 사 줬어. 나리의 머릿속은 현대적인 생각들로 가득 차 있다고. 전통과 현대의 적절한 균형을 지키는 법을 배우질 못해서 그런 거야."

"시간이 지나면 정상으로 돌아오겠지. 걱정 마. 한 번에 한 걸음씩 가면 되니께." 솔리 아저씨가 말했다.

"그렇고말고. 급히 서두르면 한가할 때 후회한다는 말이 있지. 느려도 착실하면 이긴다는 속담을 잊지 말라고." 부르디 씨가 말했다.

며칠 후 그들은 자신들의 신조를 저버리고 나리만에게 중매를 섰다. "애가 둘 딸린 야스민 콘트랙터를 만나 보게. 이 친구야, 과거가 있는 자네에게 이보다 나은 자리는 없어."

과부나 장애가 있는 여자, 둘 중에 하나를 선택하라고 했다. 어떤 장애인지 궁금해진 그가 물었다. 사팔뜨기나 귀머거리, 또는 한쪽 다리가 짧을 거라고 그들이 태평하게 말했다. 그것도 아니면 폐가 약해서 몸이 허약하거나 출산에 문제가 있는 사람인데 그건 구하기 나름이라고 했다. 장애가 있는 여자를 원한다면 수소문해서 리스트를 만들어 주겠다고 했다.

"자네가 잘생기고 좋은 교육을 받았다는 걸 누가 모르겠나. 근데 과거가 문제야. 그 아까운 세월을 낭비하는 바람에 마흔 살이 훌쩍 넘은 거 아냐. 하지만 걱정 말게. 성격, 가정환경, 요리와 살림 솜씨 등 모든 걸 고려했다네. 바로 이 과부가 우리의 첫 번째 선택일세. 자네한테 아주 좋은 아내가 될 거야."

마치 의사와 간호사가 시키는 대로 따르는 환자처럼 그는 의심과 걱정을 억누르고 전통적인 방식이 최선이라고 믿으며 그들의 말을 따랐다. 야스민의 남편이 되었고 그녀의 아이들을 공식적으로 자식으로 삼았다. 그러나 오누이는 친아버지의 성을 유지했다. 성을 바킬로 바꾼다면 역사를 다시 쓰는 기분이 들 거라고 야스민이 말했다. 그러한 비유가 그의 학자적 양심을 울렸으므로 잠자코 받아들였다.

아마도 그게 나의 첫 번째 실수였을 거야. 생일 선물로 받은 셔츠의 단추와 여전히 씨름하던 나리만이 생각했다. 식구들과 성이 다른 어린 잘과 쿠미의 기분이 어땠을까? 화가 났을까? 소외된 느낌이 들었을까? 야스민의 제안에 동의하기 전에 아이들의 입장을 고려했어야 했다. 친아버지의 죽음으로 겪었을 상실감을 채워 주고 어린 시절을 정상으로 되돌려 놓고 여행과 소풍을 가고 게임도 하면서 친구가 됐더라면…… 그랬더라면 상황이 달라졌을지도 모른다. 그러나 아이처럼 생각하고 공감하는 건 그때 당시 그가 미처 배우지 못한 기술이었다. 지금은 훨씬 쉬워졌다.

단추를 채우는 데 실패한 그는 셔츠를 밀어 놓고 화장실로 갔다. 배에서 우르릉, 좋지 않은 소리가 났다. 그는 긴 통로를 따라 뒤쪽으로 가면서 뭘 먹었는지 기억하려고 애를 썼다. 화장실 세 개 중에서 유일하게 작동되는 곳이 거기 있었다.

그는 높이 걸린 큰 사진들로 가득한 벽을 떨리는 손으로 짚으면서 한 발한 발 내딛는 데 집중했다. 화장실에 갈 때마다 어두운 액자 속의 조상들이 엄숙한 표정에 근엄한 입 모양으로 생각에 잠긴 듯이 그를 내려다봤다. 종종 그는 화장실에 제때 도착하지 못할까 봐 안절부절못했다. 그러나 이 불행한 아파트가 우울한 인물 사진들과 잘 어울린다고 생각했다. 그의 눈에는 조상들의 얼굴이 날이 갈수록 점점 침울해 보였다.

자물쇠를 걸고 앉은 그는 유일하게 작동하는 화장실에 좌변기가 있어서 그나마 다행이라고 생각했다. 쪼그리고 앉아야 하는 나머지 두 화장실에서는 볼일을 볼 엄두도 못 냈을 것이다.

통로 반대편 끝에서 쿠미가 그의 방에다 대고 록산나 가족이 곧 도착하니 서두르라고 소리쳤다. 화장실 쪽으로 발소리가 다가오더니 누군가 문을 열려고 했다.

"안에 누구예요?" 쿠미가 물었다.

"나다."

"어째 고약한 냄새가 나더라니!"

그가 방에 돌아왔을 때 쿠미가 기다리고 있었다. 아파트 어디선가 아직도 망치 소리가 들려왔다.

"아버지, 규칙 위반이에요. 나한테 말도 없이 그냥 갔잖아요."

"미안하다. 깜빡했구나."

"소변을 보고 싶은 내가 먼저 갔어야죠. 지금 가면 냄새 땜에 어떡해요." 그녀가 잠시 말을 멈췄다. "그건 됐고, 어서 옷이나 입으세요. 사람들이 도착하고 아버지가 준비가 안 돼 있으면 날 탓할 테니까."

그가 떨리는 손으로 새 셔츠를 내밀자 마치 깃발을 흔드는 것처럼 보였다. "단추 채우기가 힘들어서."

쿠미가 긴팔 셔츠 입는 걸 도와주었다. 나리만은 망치 소리가 어디서 나는 거냐고 물었다.

"아랫집 에둘 문시지 누구겠어요?" 소맷부리를 잠그며 그녀가 말했다. "행복의 성에 정신 나간 수리공이 그 사람 말고 또 있어요?"

그녀가 앞 단추를 채우고 있을 때 초인종이 울렸다. 나리만의 얼굴이 밝아졌다. 록산나와 예자드, 무라드와 제항기르가 마침내 도착했다! 그는 빨리 셔츠를 입으려고 손을 움직였다.

그의 손을 밀어내고 나머지 단추를 서둘러 채우던 쿠미는 부엌에 두고 온 일 때문에 당황해서 단추 몇 개를 그만 덜 잠그고 말았다. 그녀가 투덜거렸다. 체노이 가족은 언제나 제시간에 도착한다니까. 폭우가 쏟아져도 말이지.

2

그들을 집으로 들인 잘은 문가에 빗물이 고일까 봐 우산과 비옷을 받아
들고 욕실로 달려갔다. 그는 걸레를 들고 나와 물 자국을 닦았다. 모두들 우
화를 매트에 닦고 나자 잘이 그들을 응접실로 데려갔다.

"하필 소나기에 걸렸구나."

"네." 록산나가 말했다. "이 두 녀석이 모자를 깜빡 잊었지 뭐예요. 보세요,
머리가 다 젖었어요. 오빠, 수건 있어요?"

"물론이지." 그들을 낡은 소파와 의자에 앉힌 후 잘이 공연히 곁탁자 두 개
를 움직였고 쿠션을 집어 들더니 제자리에 도로 놓고 등불을 켰다. 그는 불
빛이 너무 밝지 않냐고 걱정스럽게 물었다.

"아뇨, 괜찮습니다." 예자드가 그를 안심시켰다.

그들을 만난 잘의 기쁨은 초조함에 가려져 있었다. 그는 부엌에 있는 쿠
미를 도와야겠다며 양해를 구하고 자리를 뜨려고 했다.

"오빠, 수건 부탁해요. 작은 악마들이 감기에 걸리기 전에요." 록산나가 다
시 한 번 일깨웠다.

"아, 그래. 미안." 그는 부리나케 수건을 가져와 늦어서 미안하다고 또 사과
했다.

록산나가 제항기르의 머리에 대고 수건을 힘차게 문지르자 아이의 어깨

가 흔들렸다. 그러자 제항기르는 과장된 동작으로 거친 춤을 추듯이 팔과 엉덩이를 흔들었다.

"광대 같은 녀석아, 가만있어." 그녀는 손가락으로 머리카락을 살폈다. "자, 다음은 무라드 차례다."

"제가 할게요." 최근에 13살이 된 무라드는 제 권리를 주장하고 나섰다.

록산나는 수건을 넘기고 지갑을 열어 빗을 찾았다. 엄마가 왼쪽에 가르마를 타고 나머지 머리를 뒤로 빗어 넘길 때까지 제항기르는 참을성 있게 기다렸다. "이제 불량하게 보이지 않는구나."

무라드는 빗을 받아 들고 응접실 반대편의 진열장으로 갔다. 눈을 가늘게 뜨고 앞면 유리를 보면서 가르마를 타지 않고 자기 맘에 드는 스타일로 머리를 빗었다.

록산나는 빗을 넣으며 아이들에게 외삼촌과 이모를 성가시게 하지 말고 예의 바르게 행동하라고 일렀다. 예자드 역시 주의를 주며 작은 목소리로 다음과 같이 덧붙였다. 그 두 사람은 예측 불가능하기 때문에 가장 확실한 방법은 아무 말도 하지 않고 아무 짓도 하지 않는 것이라고 했다.

"오늘 저녁엔 조각상인 척해라."

그의 말에 무라드와 제항기르가 웃었다.

"농담이 아냐. 최고 조각상에게는 상을 줄 거야."

"무슨 상요?"

"그건 비밀."

아이들은 즉시 동작을 멈추고 누가 더 오랫동안 눈을 깜빡이지 않고 앉아 있을 수 있는지 보기로 했다. 그러나 얼마 지나지 않아서 무라드가 몸을 움직였고 방을 돌아다니기 시작했다. 창문으로 가서 커튼 밑을 들여다보더니 커튼을 젖히려고 했다. 커튼 고리를 밀려고 양손으로 잡아당기자 커튼과 함께 막대가 떨어져 버렸다.

"거봐, 무슨 짓이야! 당장 자리에 앉아!" 비록 그런 일에 서툴렀지만 록산나는 무섭게 보이려고 이를 앙다물었다. "제항기르보다 나이도 많은 녀석이 모범을 보여야지."

무라드는 막대를 집어 들고 커튼 고리를 끼우기 시작했다. 하나를 끼우면 다른 하나가 빠져 버렸다.

"엄마 말 못 들었어? 그건 그냥 둬." 예자드가 말했다.

"이모를 위해서 고치는 건데요."

꼬았던 다리를 푼 예자드가 금방 일어설 것처럼 소파 끝으로 자리를 옮겼다. "그냥 앉으라니까."

아빠의 눈에서 분노가 번뜩이는 걸 본 제항기르는 긴장하며 형이 반항하지 않기를 바랐다. 둘 다 아빠의 성격을 잘 알고 있었다.

무라드는 입을 삐죽거리고 인상을 쓰면서 의자로 돌아갔다. 그러자 언제 그랬냐는 듯이 예자드의 화가 가라앉았다. "그럼 이제 너희들 이모가 화를 내지 않길 바라자."

록산나는 소란 때문에 쿠미가 무슨 일인지 보러 나올 거라고 확신했다. 그러나 모습을 드러낸 사람은 새 셔츠를 바지에 대충 구겨 넣은 나리만이었다.

"할아버지, 생신 축하드려요!" 아이들이 일제히 외쳤다. 이번에는 제항기르가 먼저 소파에서 일어나 발을 끌며 의자로 향하던 나리만에게 달려갔다.

"멈춰!" 록산나가 흥분한 아들을 막았다. "할아버지가 먼저 앉으셔야지. 안 그러면 너 때문에 쓰러지셔."

그녀는 지난번보다 아버지가 다리를 더 끄는지 살펴보았다. 등이 더 굽은 것은 확실했다. 의사의 말로는 파킨슨병이 빠르게 증가되면 증상이 더욱 악화될 거라고 했다. 그녀에게 '증가'라는 말이 얼토당토않게 들렸다. 마치 가없은 병이 오빠가 증권 시장에서 손대는 주식 같다는 생각이 들었다.

의자에 앉으려고 몸을 낮추던 나리만이 그만 중심을 잃고 털썩 주저앉았다. 그는 걱정스러운 얼굴들을 보더니 웃었다.

할아버지를 껴안고 뽀뽀를 하던 제항기르는 가볍게 그의 턱을 쥐고 대추처럼 늘어나는 피부와 설탕처럼 턱에 붙은 짧은 수염을 쓰다듬었다. 나리만은 웃으면서 그다음 차례를 위해서 머리를 숙였다. 이번에는 무라드가 할아버지의 대머리를 어루만졌다.

그런 특별한 인사는 몇 년 전 그가 손자들의 턱을 사랑스럽게 어루만지고 애들도 할아버지의 턱을 똑같이 어루만지면서 시작됐다. 턱의 감촉에 반한 아이들은 할아버지의 다른 부분도 탐색했다. 딱딱하고 부드러우며 빛이 나는 반들반들한 대머리가 대추 같은 턱과 대조를 이루어 퍽 흥미로웠다.

유치한 턱 만지작거리기를 하기에는 이제 나이가 들었다고 생각한 무라드가 다가와 손을 내밀었다. 나리만은 악수를 하고 그를 끌어당겨 안았다.

"할아버지, 이빨 좀 보여 주세요." 제항기르가 말했다.

나리만은 손자의 청을 받아들여 재빨리 틀니를 내밀었다가 얼른 집어넣었다.

"한 번 더요!"

"그만해." 예자드가 말했다. "이 녀석이 못 말리는 말썽꾸러기가 되어 가네요. 생신 축하드립니다." 그는 장인과 진심 어린 악수를 나누며 그의 등을 살짝 두드렸다.

마침내 록산나가 아버지를 껴안으며 건강해 보여서 다행이라고 말했다. "아빠, 신의 축복으로 건강하게 오래오래 사세요."

"적어도 100살까지는 사셔야죠." 예자드가 말했다.

"그럼요, 할아버지. 100점은 내야죠. 사친. 텐둘카가 호주를 상대로 한 것처럼 말이에요." 무라드가 말했다.

"거뜬히 하실 거예요. 이제 21점밖에 안 남았으니까요." 제항기르가 말했다.

"산수 실력이 좋구나." 나리만이 부드럽게 웃었다. "그런데 난 생일상을 충분히 받았단다."

"아빠, 그런 말씀 마세요." 얼굴을 약간 찌푸리며 록산나가 말했다. 그녀는 그의 의자에 가까운 소파에 앉았다.

그사이에 돌아온 잘이 보청기를 조절하고 있었다. 방에 여러 명이 있으면 듣기가 더 힘들었다. "뭐라고? 무라드가 백숙 카레가 뭐 어쨌다는 거야?"

"100점이라고 했어요." 록산나가 무슨 말이 오고 갔는지 설명해 주자 그는 미소를 지으며 고개를 끄덕였다. 그때 쿠미가 부르자 잘이 서둘러 부엌으로 돌아갔다.

"넌 100점 내려면 생일을 얼마나 더 차려 먹어야 되냐?" 나리만이 제항기르에게 물었다. "92번 남은 것 같은데."

"아뇨, 할아버지. 그건 작년이죠. 이제 91번 남았어요."

"그럼 무라드는?"

"전 87번밖에 안 남았어요."

"최고다! 이제 곧 너희들은 어른이 돼서 여자 친구를 많이 사귀게 될 거야. 결혼식에 나를 초대해 다오." 시간이 지날수록 그는 기분이 좋아졌다. 아이들이 가져온 즐거움과 웃음과 젊음 덕분에 아파트를 둘러싼 우울함은 물론이고 수십 년 동안 불행과 고통이 아로새겨진 벽과 천장에서 느껴지는 세월이 상쇄되는 기분이 들었다. 티크나무와 자단나무로 만든 큰 벽장과 기둥이 네 개 달린 침대 같은 가구 역시 마치 두려운 종말을 기다리는 음침한 폐선처럼 을씨년스럽게 보이다가도 어느 순간 다정하고 환한 모습으로 바뀌었다. 그리고 통로에 늘어선 찡그린 채 뚱한 표정의 사진들 역시 오늘은 우스워 보였다.

록산나가 작은 목소리로 물었다. "오빠와 언니는 잘 지내요?"

"늘 야단법석이지." 나리만이 말했다. "대부분……."

감자튀김 그릇을 들고 쿠미가 큰 목소리로 인사를 하며 들어서자 그는 말을 멈췄다. 그녀의 눈길이 즉시 바닥에 떨어진 커튼으로 향했다. 그녀가 화를 내기 전에 록산나가 대신 사과했다. "이 개구쟁이 녀석이 떨어뜨렸어요. 단단히 혼쭐을 내 줄게요."

록산나가 선수를 치는 바람에 쿠미는 관대해졌다. "괜찮아. 오빠가 나중에 고칠 테니까. 파렴치한 인간들이 우리 집을 엿보지나 않을까 걱정될 뿐이지."

"이모, 근데 여기는 4층이잖아요." 제항기르가 말했다.

"그래서? 넌 그런 사람들이 일층만 엿보는 줄 아니? 옆 건물에도 있을 수 있고 1마일 밖의 고층 건물에서 망원경을 가지고 볼 수도 있어."

어리둥절해진 잘이 물었다. "누가 고층 건물에 있다고?"

"차라리 보청기 좀 꺼. 중요한 얘기 아니니까." 쿠미가 말했다.

"그냥 듣게 둬요! 오빠가 대화에 끼고 싶어 하잖아요." 록산나가 화를 내며 말했다.

"그럼 건전지 값은 누가 내고? 건전지가 얼마나 비싼 줄 아니? 저 조그만 상자가 건전지를 얼마나 많이 먹는지 아냐고?"

"하지만 그건 약처럼 필수품이잖아요."

"필수품이라고 그걸 살 돈이 저절로 생기는 줄 아니?" 쿠미가 필수품들의 가격을 늘어놓았다. 양파, 감자, 빵, 버터, 가스 등등.

"모든 비용의 예산을 짜야죠. 항목별로 봉투도 만들고." 록산나가 말했다.

"참 고맙구나. 나도 학교 다닐 때 가정학 공부했어. 넣을 돈이 없는데 봉투가 무슨 소용이야."

"맞는 말입니다. 모두들 같은 문제를 겪고 있죠." 예자드가 언쟁을 종결지으려고 나섰다.

"말도 안 되는 소리." 쿠미가 쏘아붙였다. "그쪽이야 아버지를 돌보는 데 드는 비용 문제가 없잖아."

아버지 연금으로 모든 비용을 지불하지 않느냐고 록산나는 쏘아붙이고 싶었다. 그러나 예자드가 눈짓을 하며 대화의 주제를 바꾸었다. 건전지 때문에 벌어진 바보 같은 말싸움이 큰 싸움으로 번질 수 있기 때문이었다. "그런데 이 망치 소리는 뭡니까?"

"바보 같은 에둘 문시지 누구겠어?"

"커튼 좀 고치라고 하면 좋아하겠는걸요." 예자드가 짓궂게 말했다.

잘이 기겁하는 척하며 뒤로 물러섰다. "제발, 에둘은 절대 안 돼. 집이 통째로 머리 위로 무너지는 걸 보고 싶지 않으면 말이야."

모두들 웃었다. 아래층에 사는 에둘 문시는 자기가 재주 좋은 수리공이라고 단단히 착각했다. 현관문에서부터 그의 무능함이 분명하게 드러났다. 문패는 비뚤게 달려 있었고 못도 제자리에 박혀 있지 않았다. 아파트에서 그는 좋은 공구를 보유하고 있는 것으로 유명했으며, 또한 그것을 이웃들과 기꺼이 공유하고자 하는 것으로 악명 높았다. 그는 이웃들이 고치거나 수리할 일이 있는지 눈여겨보면서 일을 찾았다. 자신의 집에서 할 수 있는 일이 거의 없었기 때문에 그건 매우 중요했다. 그의 아내가 더는 집을 망가뜨리도록 내버려 두지 않았기 때문이다.

"이번에는 누가 에둘의 연장통에 걸려들었는지 궁금하군요." 예자드가 말했다.

모두들 다시 웃었다. 나리만은 싸움이 그친 것이 기뻐서 흡족한 표정으로 주위를 둘러봤다. "자, 어서 한잔씩 하자."

"오 분만 더 기다리세요. 해가 져서 향을 피울 석탄이 준비됐으니까요." 쿠미가 말했다.

그녀는 은으로 만든 향로를 들고 흰 연기에 둘러싸인 채 돌아왔다. 머리에는 흰색 물물 천 스카프를 쓰고 있었다.

록산나는 유향의 향기에 기분이 한껏 좋아졌다. 종교 의식은 예자드보다 그녀에게 더 큰 의미가 있었다. 어머니가 갑자기 세상을 떠난 후 동복 남매가 그녀의 종교 의례를 담당했다. 나리만은 죄책감 때문에 거절할 수가 없었다. 그들은 그녀에게 기도를 가르치고 파르시 조로아스터교 입회 의식을 치러 주고 축일 때마다 불의 사원으로 데려갔다.

결혼 후 그녀는 그런 의식들을 빼먹었다. 종교 의식을 챙기지 않는 예자드는 파르시 새해와 자라투스트라 탄신일에 불의 사원에 가는 것으로 충분하다고 했으며 향로의 연기는 모기를 쫓는 방법일 뿐이라고 했다.

쿠미의 손에 들린 은제 향로가 엄마의 것이었으므로 록산나의 마음에는 존경심과 어린 시절의 기억들로 가득했다. 쿠미가 모두에게 경의를 표하라고 향로를 내밀자 록산나는 자신의 차례를 기다렸다.

향로 가장 가까이에 있는 예자드가 맨 먼저였다. 그는 형식적으로 양손을 꽉 쥐었다.

"머리에 뭘 덮어야죠." 록산나가 그의 귀에 대고 속삭였다.

"미안." 그가 중얼거리더니 한 손은 머리 위에 얹고 다른 한 손으로는 연기를 자기 쪽으로 끌어당겼다. 무라드와 제항기르는 아빠의 어색한 동작을 보고 싱글벙글했다.

모두 끝이 나자 쿠미가 응접실을 한 바퀴 돌았고 그 길을 연기가 느릿하게 뒤따랐다. 그녀의 엄숙한 표정에 아이들은 재밌어했다.

"너희 이모는 신앙심이 아주 깊단다." 그녀가 응접실을 떠나자 예자드가 가까스로 웃음을 참으며 말했다.

"정말이야. 신의 직계 후손이지." 나리만이 거들었다.

"둘 다 그만하세요." 화가 난 록산나가 말했다. 그녀는 그 순간을 음미하고 싶었다. 그녀에게 향로의 연기는 마치 집을 떠다니는 천사들 같았다.

흰색 물물 천 스카프를 벗은 쿠미가 이제 음료수를 마실 시간이라고 했

38

다. "무라드와 제항기르는 뭘 마실래? 환타, 아니면 텀스업? 그것도 아니면……," 그녀는 특별 서비스라는 걸 나타내기 위해서 두 눈을 크게 뜨고 덧붙였다. "내가 직접 만든 산딸기 셔벗은 어떠니? 나도 먹을 건데."

아이들은 달기만 하고 맛없는, 연한 핑크색의 셔벗을 잘 알고 있었다. "나중에 먹을게요. 우선 환타부터 마실래요." 무라드가 말했다.

"이모, 저도요." 제항기르가 말했다.

어른들의 음료를 챙기겠다고 나선 잘은 예자드와 나리만과 자신을 위해서 스카치위스키와 소다수를 섞은 하이볼을 만들기 시작했다. 록산나가 아이들이 거절한 산딸기 셔벗을 먹겠다고 하자 쿠미의 얼굴이 환해졌다.

"순교자로군." 예자드가 아내의 귀에 대고 속삭이며 입술로 귓불을 가볍게 스쳤다.

마침 그 모습을 본 나리만이 유쾌한 미소를 지었다. 그는 딸과 예자드의 금실과 그 애가 행복해 보이는 모습에 매우 흡족했다. 그들이 드러나지 않게 은밀한 신호로 서로 소통하는 걸 그는 자주 목격했다.

그는 록산나의 선택에 이의를 제기했다. "내 생일날 그걸 먹겠다고? 좀 더 센 걸 마셔야지."

"아뇨, 아빠. 그러면 머리끝부터 발끝까지 찌르르해요."

"록시, 장인어른 말씀이 맞아. 오늘은 특별한 날이잖아."

제항기르와 무라드도 목소리를 더했다. "엄마, 맞아요. 오늘은 술을 마셔야죠!" 아이들은 일 년에 한두 번씩 엄마가 살짝 취해서 근심 어린 표정이 얼굴에서 사라지길 바랐다.

록산나는 한숨을 쉬며 마치 힘든 일이라도 떠맡은 것처럼 럼주에 텀스업을 섞어 달라고 했다. "오빠, 럼주는 조금만 넣고 텀스업은 많이 부탁해요." 그녀는 잘에게 얘기한 뒤 편하게 앉으며 들뜬 마음으로 음료가 나오기를 기다렸다.

아직 환타가 나오지 않아서 무료하던 무라드는 응접실에서 가장 중요한 곳인 진열장으로 갔다. 제항기르가 뒤를 따랐다. 진열장은 아이들이 방문할 때마다 관심의 대상이었다. 외삼촌과 이모가 거기 있는 물건에 손대지 말라는 금지령을 내렸기 때문에 더욱 그러했다.

록산나가 걱정스러운 눈으로 아이들을 지켜봤다. 나리만은 딸을 안심시키기 위해서 팔을 토닥거리듯이 허공에 대고 손을 움직였다.

"아빠, 무라드가 얼마나 개구쟁이인데요. 같이 있으면 제항기르도 마찬가지고요. 제항기르는 혼자 있을 때면 몇 시간이고 꼼짝 않고 앉아서 책을 읽거나 퍼즐 맞추기를 하지만요."

그녀는 팔꿈치로 예자드를 슬쩍 찌르며 아이들을 눈여겨보라는 신호를 보냈다. "애들이 유물함에 장난치면 절대 안 되는데."

'유물함'이란 진열장 선반에 꽉 들어찬, 잘과 쿠미가 아끼는 많은 장식용 골동품, 장난감, 유리 제품 등을 가리키는 그들만의 단어였다. 오누이가 애지중지하는 물건에는 배를 누르면 귀를 흔드는 어릿광대, 머리를 까닥거리는 흰색 솜털 강아지, 작은 빈티지 자동차 모형들, 그리고 소리 없이 기타를 연주하는, 건전지로 작동되는 엘비스 인형 등이 있었다. 한때 엘비스 인형은 〈목석같은 마음〉이라는 노래를 부르기도 했지만 팝의 황제가 세상을 떠난 8월 바로 어느 날 기계 장치에 문제가 생겼다고 잘은 손님들에게 설명하곤 했다.

새로운 장난감을 구입하기라도 하면 그들은 자랑스럽게 보여 주고 나서 유리문 뒤에 정성껏 모셔 두었다. 예자드는 그러한 의식에 향, 꽃, 기도 소리만 더하면 더할 나위 없이 완벽하다고 비아냥거렸다. 그는 잘과 쿠미가 그런 것에 집착하는 이유는 허약한 아버지가 일찍 세상을 떠난 데다 그들의 불행한 어린 시절 때문이라는 나리만의 말에 동의하지 않았다. 많은 어린이가 불행하지만 그렇다고 해서 그 애들이 모두 장난감 마니아가 되는 건 아니라고 예자드가 말했다.

진열장에는 장난감 외에도 은으로 만든 컵들, 잘과 쿠미가 오래전 학교에서 받은 상들이 있었다. 트로피에 붙은 작은 꼬리표에는 성취한 내용이 적혀 있었다. 1954년 2인3각 경주 3등상, 잘 팔론지 콘트랙터. 1956년 수저에 레몬 얹고 달리기 2등상, 쿠미 팔론지 콘트랙터. 그 밖에도 많은 상이 있었다. 그들은 모든 상을 보관하지는 않았다. 단지 친아버지가 참석해서 응원했던 운동회 때 받은 것들만 간직하고 있었다. 또한 거의 40년 전 파르시 조로아스터교 입회식 때 친아버지가 선물로 준 만년필 두 개와 지금은 그들의 손목에 너무 작은 시계 두 개가 있었다. 팔론지가 살 날이 얼마 안 남았을 때 담당 사제의 충고에 따라 입회 의식을 서둘러 치렀다. 아이들이 필수적인 기도를 채 외우지도 못한 상태였지만 사제는 눈감아 주겠다고 했다. 비록 기도문이 몇 군데 빠지더라도 아버지가 입회식을 지켜봐야 자식들이 제대로 조로아스터교의 품에 안겼다고 믿고 편안히 눈을 감을 수 있다는 것이었다.

유리를 통해서 안을 들여다보는 게 지루했던 무라드가 진열장 문을 열려고 했다. 록산나와 예자드가 아무것도 손대지 말라고 주의를 줬다.

"유리가 더러워서 잘 안 보여서 그래요."

무라드는 꽃병, 은제 컵, 플라스틱 곤돌라와 뱃사공, 점보제트의 기수에 앉은 인도 항공 마하라자, 에펠 탑 같은 장식품들 너머를 힐끔 보았다. 그 애는 진열대 한가운데서 웃고 있는 원숭이 두 마리에 관심이 있었다.

한 마리는 북과 북채를 들고 있었고, 한 마리는 술이라고 쓰인 병을 손에 쥐고 있었다. 둘 다 등에 키를 달고 있었다. 무라드는 손을 가리려고 일어선 다음 북을 든 원숭이의 키를 감기 시작했다. 공범인 제항기르가 엄호했다.

그러나 정직한 태엽 장치는 그들을 배신했다. 쿠미의 귀에 그 소리는 소중한 아기의 숨결처럼 익숙한 것이었다. 그녀는 준비하던 음료를 내팽개치고 진열장 앞으로 달려 나왔다.

"무라드, 너 정말 나쁘다. 아주 나빠." 그녀는 침착하려고 애썼지만 곧 슬픔에 못 이겨 소리를 지르고 말았다. "내가 너한테 천만번 말했지! 진열장에 손 대지 말라고 말이야!"

"당장 제자리에 갖다 놓아." 록산나가 말했다.

무라드는 무시하고 계속 태엽을 감았다. "나쁜 짓 하는 것도 아니잖아요."

"엄마 말 못 들었어?" 예자드가 말했다.

"나쁜 녀석아! 어서 잘 삼촌에게 원숭이를 넘겨! 삼촌이 해 줄 테니까." 쿠미는 거의 이성을 잃었다.

"제가 하고 싶어요."

예자드가 일어섰다. 그러자 무라드는 물러설 때가 왔음을 알았다. 그러나 무라드가 장난감을 포기하기 전에 쿠미가 뺨을 때렸다.

순간 록산나는 예자드가 무라드와 쿠미를 때릴 거라고 생각했다. 그녀는 소파에서 일어나 아들의 팔을 잡아끌어 의자에 앉힌 다음 남편의 어깨를 강하게 잡으며 말렸다. 그녀는 때릴 일이 생기면 부모한테 먼저 말하라고 쿠미에게 쏘아붙였다.

"부모한테 먼저 말하라고? 여기서 재가 나쁜 짓 하는 걸 그냥 보고 있었잖아! 네가 제대로 의무를 다했으면 내가 손을 쓸 일이 없을 거 아냐."

"굉장한 말씀이네요." 예자드가 말했다. "아이들이 장난감을 갖고 놀고 싶어 하는 걸 나쁜 짓이라니."

"그렇게 애들을 감싸고도니까 버릇없어지는 거라고!"

귀에 손가락을 대고 있던 잘이 움찔했다. "무라드, 잘 봐. 기계 장치는 예민하단다. 한 번만 잘못 돌려도 스프링이 망가지지. 그러면 북 치는 원숭이도 엘비스처럼 침묵하게 되는 거야."

잘이 태엽을 감고 나서 원숭이를 탁자 위에 올려놓았다. 팔이 위아래로 움직이기 시작하자 북채가 북을 약하게 두드렸다. "굉장하지? 그럼 다른 원숭이도 해 보자." 술병을 든 원숭이가 병을 입으로 올리고 내리는 동작을 반복했다. "이 두 녀석은 굉장해. 아무리 오랫동안 보아도 지겹지가 않아."

아이들은 관심이 없었다. 그 애들이 원하는 건 직접 장난감의 태엽을 감아서 움직이도록 만드는 것이었다.

"원숭이들에게 등을 돌리다니, 고마운 줄도 모르는 녀석들이구나." 쿠미가 말했다.

"쿠미야, 이제 됐다. 그만 잊어버리자." 나리만이 말했다.

그러자 쿠미의 마음속에 내재되어 있던 불만이 터져 나왔다. 그녀는 잊지 않을 거라면서, 아마도 잊어버리는 건 아버지의 일 처리 방식일 거라고 했다. 그러니 당연히 아버지 자신의 인생뿐만 아니라 다른 사람들의 삶까지 파괴하고 만 것이라고 했다. 파렴치하게 루시 브라간자와 계속 만나서 어머니의 인생까지 망쳐 버린 거라고……

다른 사람들을 바라보며 난감한 표정을 짓던 나리만이 사과의 표시로 손을 들었다. 록산나가 쿠미의 감정 폭발을 막아 보려고 했다. "언니, 도대체 어디서부터 어디까지 연결하는 거예요? 그걸 왜 죄다 끄집어내요? 그것도 애들 앞에서. 그게 원숭이들이랑 무슨 상관이에요?"

"아버지랑 나 사이에 끼어들지 마. 상관관계를 알고 싶으면 조금만 생각을 해 봐."

쿠미가 말을 계속했다. 무늬만 아버지인 나리만 때문에 여섯 사람이 불행해졌다고, 특히 결혼 후에 애인과 벌인 추잡한 행동은 절대 용서치 않을 거라고 했다. 도대체 그 여자, 아니 그 마녀가 어떻게 그런 행동을 할 수 있단 말인가? 그런 식으로 죽고 싶었다면 그냥 다른 사람들을 위해서라도……

"쿠미야, 록시에게 새로 산 인형을 보여 주자." 잘이 말을 끊었다. "록시, 이거 봐. 일본 인형이야."

그의 노력은 어느 정도 성공했다. 쿠미가 계속 중얼거리기는 했지만 목소리를 낮췄다. 록산나가 예쁜 기모노의 화려한 색깔과 금실에 대해서 감탄을 연발하자 쿠미는 말을 멈추고 작은 파라솔을 가리켰다. 자기는 작고 귀여운 신발보다 파라솔이 좋다고 했다.

장난감들을 다시 진열장에 정리했다. 아이들이 지은 죄를 대신 갚은 록산나는 다시 아버지 옆에 앉았고 평화가 찾아온 것에 감사했다.

하이볼 석 잔, 환타 두 잔, 텀스업을 섞은 럼주 한잔, 쿠미가 집에서 만든 셔벗이 마침내 도착했다. 그들은 나리만을 위해 건배했다. 그러자 나리만이 원숭이 네 마리의 건강을 위해 건배하자고 제의했다.

"네 마리요?" 잘이 물었다.

"쿠미한테 두 마리가 있고 록시도 두 마리가 있잖니."

모두 웃었고 쿠미도 유쾌하게 웃었다. 나리만이 아이들에게 새 학년이 시작된 성자비에르 학교의 생활은 어떠냐고 물었다. "새 학기 수업은 마음에 드니?"

"할아버지, 지금은 새 학기가 아니에요." 제항기르가 말했다. "수업이 시작된 지 오래됐거든요. 6월 11일에요. 거의 두 달이나 됐는걸요."

"벌써 그렇게 됐냐?" 나리만은 웃으면서 자신의 어린 시절을 떠올렸다. 그때는 지금처럼 하루나 일주일이 무심하게 눈 깜짝할 사이에 흘러가지 않았고 시간이 차근차근 지나갔다. "선생님들은 어떠냐?"

"좋아요." 아이들이 한목소리로 대답했다.

"선생님이 무슨 일을 시켰는지 할아버지께 어서 말씀드려." 록산나가 말했다.

"전 숙제 검사원이 됐어요." 제항기르는 학급에 총 세 명의 숙제 검사원이 있으며 학생들이 그 전날 내준 숙제를 마쳤는지 확인하는 일을 한다고 설명했다.

"숙제를 안 하면 어떻게 되지?" 나리만이 물었다.

"알바레즈 선생님께 말하면 학생은 빵점을 받게 돼요."

"정말 그렇게 하니?"

록산나는 무슨 그런 질문이 있냐는 듯이 얼굴을 찡그렸고 제항기르는 "당연하죠." 하고 대답했다.

"네 친구면 어떡하니? 그래도 선생님께 말하니?"

"제 친구들은 항상 숙제를 해 와요."

"현명한 대답이다." 잘이 말했다.

"그럼요, 누구 아들인데." 예자드의 말에 모두 웃었다.

"숙제 검사 제도가 인도 정부라고 치면 부자 아이들은 숙제를 안 하고 선생님께 뇌물을 바치겠지." 잘이 말했다.

예자드가 경멸하는 듯한 웃음을 지으며 말했다. "그런 경우엔 교장이 자기 몫을 못 챙기면 선생들을 자르겠다고 협박하겠죠."

"애들 듣는 데서 무슨 말이에요?" 록산나가 나섰다.

"부패는 우리가 숨 쉬는 공기나 마찬가지야. 이 나라는 정직한 사람들을 사기꾼으로 만드는 게 특기니까. 장인어른, 안 그렇습니까?"

"유감스럽게도 대답은 예스."

"나라가 개판입니다. 그것도 좋은 혈통이 아니라 똥개들의 세상이죠."

"인도국민당과 시브세나 연립 정권이 상황을 개선할지도 몰라. 기회를 한 번 주자고." 잘이 말했다.

예자드가 웃었다. "독사 한 마리가 앞에 있다면 기회를 주시겠어요? 그 두 정당이 힌두교 극단주의자들을 부추겨서 바브리 이슬람 사원을 파괴했잖습니까?"

"하지만 그건……."

"그럼 시브세나가 지난 30년간 퍼뜨린 소수자들에 대한 증오는 어떻습니까?" 예자드는 말을 멈추고 하이볼을 쭉 들이켰다.

"아빠, 시브세나가 마이클 잭슨 콘서트 여는 거 아세요?" 무라드가 물었다.

"맞아." 잘이 말했다. "나도 신문에서 봤다. 시브세나가 돈을 어마어마하게 벌어들일 거야. 콘서트를 국가적으로 중요한 문화 이벤트로 지정해서 면세 혜택을 받았거든."

"글쎄요, 마이클 잭슨의 가랑이 쥐기와 반짝이 바지가 국가에 절대적으로 필요한 모양이죠." 예자드가 말했다. "시브세나 단원들이 마이클 잭슨이 반고상하다든가 반어쩌고 하지 않는 게 놀랍군요. 그 정신 나간 사람들은 좌나 우에 있는 사람들을 보고 반어쩌니저쩌니 하며 비난하지 않습니까. 남인도 사람들은 반봄베이적, 밸런타인데이는 반힌두교적, 현재 파키스탄 영토인 펀자브 지방에서 1947년 이전에 태어난 영화 스타들은 반국가적이라고 말이죠."

"내 생각에는 시브세나 단원들이 조롱박을 먹고 방귀를 뀌면 반인도적인 야채라고 선포할 것 같은데." 나리만이 말했다.

"시브세나의 속옷이 사타구니에 발진을 일으키지 않기를 바라야죠. 안 그러면 속옷을 모두 금지시킬 테니까요." 잘이 말했다.

또 한바탕 웃었다. 예자드가 하이볼을 한 잔 더 만들었다. "솔직히 전 누가 정부를 맡든지 정부가 뭘 하든지 간에 관심 없습니다. 구세주가 나올 거라고 생각지 않으니까요. 그런데 이건 뭐 아주 굉장한 구세주가 나타났으니 원."

"아빠, 왜 굉장해요?" 제항기르가 물었다.

"하도 굉장한 일을 해 대니까 그렇지."

제항기르는 이해하지 못했지만 그냥 웃었다. 그 애는 아빠가 말을 잘해서 좋았다.

"다른 얘기 해요. 정치는 너무 따분하니까." 록산나가 말했다.

"당신 말이 맞아." 예자드가 말했다. "장인어른, 월드컵 보셨어요?"

나리만이 고개를 가로저었다. "난 색깔 들어간 유니폼이 싫더라. 크리켓은 흰색 플란넬을 입어야 해. 투구 수를 정해 놓고 하루에 게임을 마치려고 서두르는 건 크리켓이 아니지."

"광적인 흥분이 최악이죠." 예자드가 말했다. "인도와 파키스탄의 경기가 열릴 때마다 이건 뭐 카슈미르 전쟁이 따로 없다니까요."

"정치 얘기는 그만한다면서요."

"미안. 장인어른, 선물은 언제 풀어 보실 겁니까?"

"지금 당장 봐야지."

아이들이 선물을 가지러 탁자로 달려갔다. 아이들이 길고 가는 꾸러미를 나리만의 무릎에 올려놓자 선물이 다리의 떨림에 따라 흔들렸다.

"할아버지, 뭔지 맞혀 보시겠어요?"

"총이냐? 아님 칼?"

아이들이 고개를 가로저었다.

"그럼 차파티를 만드는 밀방망이냐?"

"그것도 아니에요."

"그럼 포기."

록산나가 언니를 기다리자고 하자 쿠미는 하던 일을 마쳐야 하니 그냥 풀어 보라고 주방에서 소리쳤다. 저녁 식사 준비를 하느라고 눈에 띄지 않는 곳에 있다는 걸 알리려는 듯이 그녀는 때때로 접시와 그릇을 달그락거렸다.

아버지가 선물 포장지와 씨름하는 걸 지켜보던 록산나가 무라드를 팔꿈치로 슬쩍 찔러 도와주라고 일렀다. 그녀는 새 약이 효과가 있는지 물었다.

"이거 좀 봐. 훨씬 좋아졌어." 나리만이 떨리는 손을 내밀었다. "이전과 비교하자면 바위처럼 단단한 거지." 안에 들어 있던 구겨진 종이들이 빠져나오자 지팡이가 모습을 드러냈다. "아주 멋지구나." 그는 반들거리는 표면을 쓰다듬으며 말했다.

"장인어른, 호두나무 원목입니다."

"할아버지, 이거 좀 보세요. 끝에다가 특별히 고무 뚜껑을 씌웠어요. 미끄러지지 말라고요."

"완벽하구나." 나리만이 지팡이를 건네자 잘이 감탄하며 과장된 동작으로 바닥을 두드렸다.

쿠미가 응접실을 반쯤 들어서더니 그대로 멈췄다. "맙소사!"

"왜요, 색깔이 문제예요?" 록산나가 물었다. 쿠미는 그런 부분에서 미신을 믿었다.

"조금이라도 생각을 해 봐. 지금 누구한테 뭘 주는 거야? 아버지한테 지팡이를 주는 거니?"

"산책을 좋아하시잖습니까. 쓸모가 있을 겁니다." 예자드가 말했다.

"우린 아버지가 산책하길 원치 않는다고! 골다공증에 파킨슨병에 저혈압까지. 이건 완전히 걸어 다니는 종합 병원이라니까!"

"그럼 날 책장에다 붙박아 두고 싶냐? 난 하루 24시간 동안 집 안에만 갇혀 있고 싶지 않다."

"장인어른 말씀에 저도 동의합니다. 그러면 사람이 미쳐 버리죠."

"아, 동의하신다고? 어제 무슨 일이 벌어졌는지 알랑가 모르겠네. 아버지 생신날이라 말 안 하려고 했는데 해야겠어. 아니, 오빠가 해. 오빠, 어서 말해."

잘이 헛기침을 하며 보청기를 조절한 후 차분한 목소리로 어젯밤에 아버지가 사고를 당했다고 말했다.

"헛소리 그만해." 나리만이 말했다. "넘어져서 발이 삐었을 뿐이야." 그는 소매를 걷어 올리고 반창고를 보여 주었다. "이게 바로 쟤들이 걱정하는 어마어마한 상처다."

예자드와 록산나가 안도의 표정을 지으면서 웃자 쿠미는 난감해졌다. "다음번엔 아버지가 운이 나쁠지도 몰라. 아버지 나이에 밖에 혼자 나가는 건 웃을 일이 아냐."

"같이 나가는 건 어때요? 산책하면 건강에도 좋잖아요." 록산나가 말했다.

"우리 셋이서 한꺼번에 다치는 걸 보고 싶니?" 쿠미가 잘에게 몸을 돌렸다. "오빤 왜 또 꿀 먹은 벙어리야? 항상 나만 싸우고 나만 나쁜 사람처럼 보여야겠어?"

"보청기 때문에 대화에 끼어들기가 힘들잖아요." 예자드가 말했다. "형님, 요즘에는 기술이 좋아져서 새로 나온 보청기가 아주 성능이 좋아요. 게다가 크기도 작아서 거의 보이지 않아요."

"됐어. 저렇게 큰 걸로도 못 듣는데 작은 걸로 어떻게 들어?" 쿠미가 말했다.

"거리는 죽음의 함정이야." 잘이 말했다. "보도는 파헤쳐져 있고 보행자는 차와 싸워야 하니까 매일 수십 명씩 죽는 거지. 아버지께는 운동을 위해서 아파트 안을 돌아다니라고 했어. 공간이 충분히 넓으니까. 신선한 공기를 마시고 싶으면 발코니에 나가면 되고. 굳이 살인적인 보도에서 생명과 팔다리를 위태롭게 할 필요가 없잖아."

"너무 과민 반응하는 거 아니에요?" 예자드가 말했다. "신호등에 의존하지 말고 조심해서 걸으라는 데는 저도 동의합니다. 하지만 그래도 여기는 문명화된 도시잖습니까."

"그래? 그런데 왜 캐나다로 떠나려고 했던 거야?" 쿠미가 다그쳤다.

예자드는 그 일을 떠올리고 싶지 않았다. "그게 언제 적 이야깁니까. 그리고 그건 단순히 교통이나 보도만의 문제는 아니었어요."

아버지가 산책 나가는 것이 괜찮다는 게 그들의 의견이므로 쿠미도 더는 걱정하지 않겠다고 했다. 다만 혹시라도 끔찍한 일이 생긴다면 즉시 그들의 집으로 모시고 가겠다고 했다.

"장인어른이야 언제든지 환영이죠." 예자드가 말했다. "그 대신 남는 방 하나만 주세요. 저희는 여기처럼 방 일곱 개짜리 궁전이 아니라 방 두 개짜리 아파트에 살고 있으니까요."

"웃고 싶으면 실컷 웃어. 하지만 난 진지해." 쿠미는 다른 선택이 없다고 선언했다. 파출부나 간병인을 고용할 형편은 안 되고 요양원도 불가능하다고 했다. "주식 시세가 얼마나 안 좋은지 오빠한테 물어봐. 어머니가 투자해둔 돈으로 겨우 입에 풀칠하는 정도니까. 그리고 누구보다도 네가 더 잘 알잖아. 아버지가 가진 돈은 전부 너희 아파트 사는 데 쓰셨다는 걸."

"하지만 이렇게 좋은 곳은 언니 거잖아. 왜 자꾸 우리를 질투해요?" 록산나가 말했다.

"좋은 곳이라니? 다 쓰러져 가는 귀신 나오는 집이지! 저 벽 좀 봐. 30년 동안 페인트칠 한번 안 했어! 지붕이 새거나 마지막 남은 화장실마저 고장 나 버리면 어떡할지 나도 몰라. 여기서 한가족처럼 다 같이 행복하게 살자고 한 거 생각나? 여길 떠나겠다고 한 건 바로 너라고."

"잠깐만. 그건 쟤 탓이 아냐. 내가 그렇게 결정한 거니까." 나리만이 말했다.

"오래전 이야기를 왜 하는 거죠?" 록산나가 물었다. "이게 다 아빠 선물이 맘에 들지 않아서 그런 거예요?"

"지팡이는 네가 얼마나 생각이 없는지 보여 주는 거야. 네가 결혼해서 떠나기 전엔 이러지 않았어. 넌 지금 우리가 죽든지 말든지 아무 관심이 없다고. 난 그게 마음이 아파!"

쿠미가 등을 돌리고 눈물을 훔쳤다. 마음이 상해서 잠시 지켜보던 록산나는 그녀의 등을 감싸 안았다. "언니, 어린애처럼 이러지 마. 난 매일 언니랑 오빠랑 아빠를 생각해. 제발 그만 울어."

그녀는 쿠미를 소파로 데려가 자신과 예자드 사이에 앉혔다. 코를 훌쩍이던 쿠미는 잘과 함께 아버지에게 선물로 사 준 셔츠에 대해서 아무 말도 못 들었다고 불평했다.

"셔츠, 예뻐요." 록산나가 언니를 달랬다.

"집에 왔을 때 이미 칭찬했어. 넌 부엌에 있었잖아." 나리만이 록산나를 감싸느라고 말했다.

"장인어른, 지팡이 대신에 퍼즐 맞추기는 어떻습니까? 제항기르가 기꺼이 줄 텐데요. 아니면 『유명한 5인조』 책은 어떻습니까?"

"한 가지 조건이 있어." 나리만이 말했다. "매일 저녁 쿠미와 잘이 모험담을 하나씩 들려줘야 해."

"그럼 유명한 3인조가 되는 거네요." 제항기르의 말에 쿠미까지 소리 내어 웃었다.

쿠미는 모두를 식탁으로 부른 후 언제나처럼 차린 것이 별로 없어서 미안하다고 했다. 자기는 최선을 다했지만 돈은 부족하고 값은 비싸고 좋은 상품은 수출해 버리니 괜찮은 저녁 식사 준비하기가 힘들다고 했다.

"냄새 죽이는데요." 예자드가 말했다.

"야, 맛있겠다!" 무라드가 말했다. 쿠미는 조카를 식탁 끝에 있는 의자 두 개 가운데 하나에 앉혔다. 제항기르는 할아버지로부터 가까운 자리를 노렸지만 쿠미가 무라드 옆에 앉혔다.

모두들 자리에 앉자 나리만이 왜 좋은 접시들을 꺼내 놓지 않았느냐고 했다. 그러자 쿠미가 이마를 꾹꾹 눌렀다.

"아버지는 왜 해마다 똑같은 말을 하세요? 깨지거나 이라도 빠지면 어떡하려고요."

"아빠, 언니 말이 맞아요." 록산나가 말했다. "저희도 집에서 새 그릇은 안 쓰는걸요."

"그렇다 하더라도 오늘은 좋은 도자기를 써야겠다."

제항기르는 '그렇다 하더라도'라는 표현이 마음에 들었는지 입속말로 중얼거렸다. 예자드가 집안에서 할아버지 영어가 최고라고 속삭였다.

"아버지, 제발 까다롭게 굴지 마세요!" 쿠미가 간청했다. "깨지기라도 하면 어떻게 대체해요? 그릇 세트 자체가 어그러지는데."

"그런 위험을 감수해야지. 그래도 삶은 계속되니까. 안 쓰고 내버려 두면 결국 찬장에서 낡고 추레해져. 그럼 무슨 소용이니? 즐겁게 쓰는 게 낫지."

"좋아요." 쿠미가 찬장을 열더니 큰 접시를 하나만 꺼냈다. "이제 행복하세요? 아버지는 이걸로 드세요."

"한 세트를 다 꺼내야지. 큰 접시, 작은 접시를 모든 사람한테 돌리고 밥 담는 큰 접시랑 요리 담는 사발도 꺼내."

"하지만 벌써 음식을 나눴잖아요. 버릴까요? 설거지를 두 번이나 하라고요? 미안하지만 난 그렇게 못해요."

"그렇다면 난 안 먹는다."

나리만이 식탁을 떠나려고 하자 다들 말렸다. 쿠미는 울먹이는 목소리로 다른 사람들에게 이렇게 괴팍스러운 성미를 견디면서 늘 참고 살아야 한다고 호소했다.

"장인어른, 제 경험상 일반 그릇에 담은 음식의 맛이 더 좋습니다. 좋은 그릇은 아무래도 신경이 쓰이거든요." 예자드가 말했다.

제항기르와 무라드는 피터 팬 그림이 그려진 자기들 그릇이 예쁘다며 들어 보이고는 할아버지 그릇과 바꾸겠다고 했다. 잘은 바나나 잎에다 먹으면서 훌륭한 전통을 따르는 것에 관해서 중얼거렸다. 록산나가 일단 식사를 시작하면 좋은 그릇에 담아서 다시 저녁을 차리겠다고 약속했다. 하지만 나리만은 요지부동이었다.

"말해 봤자 입만 아프지. 내가 졌다." 쿠미가 말했다.

"걱정 마. 오래 안 걸릴 테니까." 함께 본차이나를 꺼내면서 록산나가 말했다. "설거지하는 건 내가 도울게요."

그들은 잘과 예자드, 아이들을 식탁에서 쫓았다. 그릇에 담긴 음식을 로열 둘턴에 옮긴 후 다시 식구들을 불렀다.

"쿠미야, 고맙다. 식탁이 근사하구나." 나리만이 말했다.

"천만에요." 쿠미가 이를 사리문 채 맨 먼저 아버지에게 음식을 덜어 주었다. 그가 생선 대가리를 좋아했으므로 파티오 깊숙이 숨어 있는 병어 대가리 두 개를 찾느라 잠시 시간이 걸렸다.

식탁 주위로 접시가 돌기 시작하자 달그락 소리가 나거나 세게 내려놓는 소리가 들릴 때마다 쿠미는 움찔움찔했다. 큰 쌀밥 접시를 돌리는 일이 가장 힘들었다. 무라드의 손에서 숟가락이 떨어져 접시 가장자리에 부딪치자 쿠미가 고함을 질렀다. "조심해!"

"단다르 파티오가 맛있네요." 록산나가 칭찬하자 쿠미의 얼굴이 밝아졌다.

"근데 너무 맵다." 잘이 말했다.

"매워야 파티오죠. 안 그러면 그게 파티온가요?" 예자드가 말하면서 고추 때문에 생긴 이마의 땀을 냅킨으로 훔쳤다. 그가 천장 선풍기를 켜자고 했다.

"그건 안 돼. 아버지가 감기에 걸리실 거야." 쿠미가 말했다.

"이 날씨에? 일사병에나 걸리겠지." 나리만이 말했다.

"그만하세요. 말싸움하기 싫으니까." 쿠미가 일어서더니 스위치를 켰다.

선풍기가 돌아가자 여기저기서 감사의 한숨 소리가 들렸다. 그러나 몇 달 동안 쓰지 않았던 천장 선풍기의 날개에는 먼지가 겹겹이 앉아 있었다. 곧 작은 회색 구름이 머리 위로 소용돌이치기 시작했다.

"저기 보세요." 임박한 재앙을 맨 먼저 발견한 무라드가 손으로 가리켰다.

"어서 음식을 가려!" 접시 위로 몸을 숙이고 막으며 쿠미가 말했다.

"은신처로 대피하라!" 제항기르가 외쳤다.

"엎드려!" 무라드가 소리쳤다.

"근데 먼지가 먼저 공격하겠다." 나리만이 말했다. "너희들 무슨 책을 읽고 있니? 카우보이 만화책이냐?"

그사이 모두들 쿠미를 따라서 접시 위로 몸을 숙이고 있었고 잘이 뛰어가 스위치를 껐다.

"먼지가 가라앉을 때까지 아무도 움직이지 마세요." 록산나가 말했다.

"장인어른, 괜찮으세요?"

"난 괜찮아. 몸을 숙이고 있는 게 나한텐 자연스러운 자세니까. 음식을 자세히 보니까 재밌기도 하고. 병어가 안색이 안 좋구나."

"아마 눈에 먼지가 들어가서 그렇겠죠." 예자드가 말했다. 그러자 나리만이 "그대 눈에 먼지가 끼었군요." 하고 생선 대가리에 대고 노래를 부르자 아이들이 웃었다.

쿠미는 울음을 터뜨렸다. "이제 선풍기에 만족해? 내가 힘들게 부엌에서 만든 저녁을 망쳐 놨잖아!"

재빠른 행동으로 먼지를 막아서 아무것도 망치지 않았고 모든 것이 완벽하다고 록산나가 말했다. "빨리 단다르 파티오를 더 먹었으면 좋겠는데."

위로 옆으로 주위를 살피던 잘이 이제 안전하다고 선언했다. 그러자 모두 고개를 들고 쿠미를 위로하기 위해서 소리를 내며 바쁘게 음식을 먹기 시작했다. 식탁에서는 수저의 달그락거리는 소리만 들렸다.

그때 날카로운 전동 공구 소리가 정적을 깨자 쿠미가 냅킨을 내던졌다.

도저히 참을 수 없었다. 간간이 망치 소리가 나는 건 그렇다 치더라도 이 밤에 날카로운 진동 소리를 내는 건 용납할 수 없었다.

쿠미는 창문 밖으로 머리를 내밀었다. "에둘 씨! 그만해요! 지금 손님들과 식사 중이라고요! 다른 사람들 생각해서 당장 그 요란한 소음 좀 멈춰요!"

공구 소리가 멎자 그녀는 식탁으로 돌아와 접시를 보고 얼굴을 찡그렸다. 잘은 에둘의 아내인 마니제가 좋은 여자라고 했다. 아마도 그녀가 남편을 그만두게 했을 거라고 했다.

"칭찬을 하려면 제대로 해야지. 쿠미 덕분에 그런 거지." 나리만이 말했다.

더는 방해 없이 식사를 마쳤다. 수저 소리가 멎자 아무도 더 먹겠다고 나서지 않았다. 록산나가 아이들에게 접시를 들고 주방으로 가라고 이르자 무라드가 불평하기 전에 제항기르가 의자에서 일어나 접시를 들었다. 제항기르는 엄마가 쿠미 이모를 도우려는 걸 알았고, 또한 자신의 아이들이 착하다는 걸 자랑하고 싶어 한다는 것도 알았다.

나리만은 틀니에 뭐가 끼었다면서 양해를 구하고 자리를 떴다. 제항기르는 할아버지를 따라 욕실로 가서 틀니를 씻으려고 빼내는 걸 지켜보았다.

"할아버지, 저도 이빨을 빼낼 수 있으면 좋겠어요. 그러면 칫솔질하기도 편하고 닦기 힘든 곳도 닦을 수 있잖아요."

나리만은 잇몸을 드러내고 웃어 보인 뒤 킁킁거리며 냄새를 확인하고 나서 틀니를 다시 집어넣었다.

디저트로 팔루다를 먹고 난 후 모두 발코니로 우르르 나갔다. 비가 그쳐서 공기가 상쾌했다. 그들은 서로의 등을 두드려 옷의 먼지를 털어 주었다.

제항기르는 그 기회를 이용해 무라드를 신 나게 때렸다. 불쾌했던 기억은 이면으로 사라졌다. 에둘 문시의 망치 소리가 다시 들렸지만 늦은 시간임을 고려했는지 소리가 훨씬 작아졌다.

"자, 집에 갈 시간이다. 내일 학교 가야지." 록산나가 말했다.

"그렇다 하더라도 좀 더 있어요." 제항기르가 말했다. 그 표현을 써먹을 수 있어서 기뻤던지 활짝 웃었다.

나리만이 웃으면서 손자의 머리를 헝클어뜨렸다. "그래, 좀 더 앉아 있거라."

"애를 몰라서 하시는 말씀입니다." 예자드가 말했다. "내일 아침에 이 녀석 머리가 침대에서 떨어질 줄 모를 겁니다. 머리가 아프다느니 배가 아프다느니 엉덩이가 아프다느니 하면서 말이죠."

"금방 또 올게요." 록산나가 아버지의 볼에 뽀뽀를 했다.

잘이 욕실로 가서 비옷과 우산을 갖고 나오자 나리만의 얼굴에 외롭고 슬픈 표정이 떠올랐다.

현관문이 잘 잠긴 걸 확인한 쿠미는 체노이 가족이 방문할 때마다 회오리 바람이 지나간 것처럼 녹초가 된다고 말했다.

"이상하네. 나한테는 신선한 산들바람이 탁한 공기를 휘젓고 간 것 같은데." 나리만이 말했다.

"틈만 나면 절 무시하는 거죠. 그렇죠?"

"쿠미야, 무시가 아니야. 그냥 의견 차이일 뿐이지." 잘이 피곤해하며 말했다.

58

깨진 보도 위로 커다란 물웅덩이가 생긴 버스 정류장에 다른 사람은 없었다. 가로등 불빛에 비쳐 검게 빛나는 젖은 도로는 지나가는 차들의 바퀴 밑에서 가물거리며 쉿쉿 소리를 냈다.

"아빠가 오늘 저녁에 말씀이 별로 없으셨어요." 록산나가 말했다.

"처형을 괴롭히고 싶을 때만 빼고 말이야." 예자드가 웃으면서 말했다. 그는 목소리를 낮추더니 타라포레 박사가 이미 그런 증상에 대해서 경고했다고 덧붙였다.

제항기르가 루시가 누구냐고 묻자 록산나는 할아버지의 옛날 친구라고 대답했다.

"여자 친구지롱." 무라드가 능글맞게 웃으며 말하자 록산나가 바보 같은 소리 말라고 했다. 그러나 제항기르는 물러서지 않고 쿠미 이모가 왜 루시에게 화를 내느냐고 했다.

"크면 알게 될 거야."

"숨길 필요 없잖아." 예자드가 이의를 제기했다. "차라리 말하는 편이 낫지."

록산나는 마지못해서 할아버지가 루시와 결혼하고 싶어 했지만 그녀는 파르시가 아니라서 그럴 수 없었다고 했다. 그래서 할아버지가 외삼촌과 이모의 어머니와 결혼하게 됐다고 말했다. "그분이 바로 엄마를 낳은 할머니시지."

록산나가 설명했지만 제항기르는 왜 이모가 그렇게 화를 내는지 이해할 수 없었다. 그래서 파르시가 아닌 사람과 결혼을 금지하는 법이라도 있느냐고 물었다. 예자드가 광신자의 법이 그렇다고 하자 록산나가 애를 혼란스럽게 한다며 화를 냈다.

그러자 예자드는 대화의 주제를 바꿔 엄마가 아빠와 결혼하지 않았더라면 아직도 할아버지 집에서 장난감을 가지고 놀고 있을 거라고 놀렸다. 아이들이 서로에게 태엽 감는 흉내를 냈다. 그리고 서로 술을 마시고 북을 치는 원숭이 장난감 동작을 흉내 냈다.

"오빠와 언니가 불쌍해. 너무 슬퍼."

"왜요?" 제항기르가 물었다.

"결혼도 못하고 우리처럼 가족도 없잖니."

"그리고 그 집은 항상 우울해요." 무라드가 말했다.

걸음걸이가 불안정한 남자 두 명이 버스 정류장으로 다가와 체노이 가족 뒤에 섰다. 입에서 술 냄새를 풀풀 풍기며 시끄럽게 웃고 떠들던 그들 중 한 남자가 다른 남자를 밀자 록산나 쪽으로 비틀거렸다.

"아이고, 이거 미안합니다!" 그러더니 킥킥거렸다.

거친 남자들과 가족의 사이를 떼어 놓으려고 예자드가 그들에게 조금씩 다가가자 그들이 눈치를 채고 시비를 걸었다.

"이보쇼, 당신 마누라한테 벌써 사과를 했잖소!"

"그래요. 그럼 됐습니다."

"겁내지 말고 그냥 우리 옆에 서 있게 놔두쇼!"

"괜찮소." 예자드가 중얼거렸다.

"이보쇼, 우린 나쁜 사람이 아니라니까! 술을 좀 마셔서 행복하다고. 아주 행복해. 아주아주!"

"좋소. 행복하면 좋죠." 예자드가 말했다.

무시해요, 하고 록산나가 소리 없이 입술로 말했다.

한 남자가 노래를 부르기 시작했다. "블라우스 뒤에는 뭐가 있을까?" 남자가 과장된 표정으로 추파를 던지며 노래를 부르자 록산나는 자신을 겨냥한 상스러운 노래에 예자드가 폭발할까 봐 조마조마해서 몸이 굳었다.

그녀는 다시 한 번 소리 없이 입술을 움직이며 예자드 그냥 무시해요, 라고 했다.

노래 가사의 이중적인 의미를 알고 있던 무라드와 제항기르는 수치심과 분노로 혼란스러워하며 엄마의 손을 잡았다.

예자드는 잠시 숨을 고르다가 주정뱅이들에게 "입 닥쳐!" 하고 나지막이 말했다.

"이보쇼, 협박하지 마쇼. 우리의 행복한 기분을 망치지 말라고! 뭐가 문제야? 힌디 영화 노래 안 좋아하쇼?"

"그 노래는 안 좋아해." 그의 차분한 어조는 그들의 술 취해서 떠드는 소리와 대조를 이루었다. "블라우스 뒤에 뭐가 있는지 알고 싶어? 그럼 내 주먹 뒤에 뭐가 있는지 보여 주지."

"여보, 그만해요!"

"여보, 그만해요!" 주정뱅이들이 목소리를 흉내 내며 발작적으로 웃다가 비틀거리더니 균형을 잡으려고 서로를 붙들었다. "이봐, 우릴 흥분시키지 마! 우린 무적의 시브세나라고!"

기다리던 132번 버스가 딜컹거리며 나타나자 록산나는 안심했다. 주정뱅이들은 타지 않았다.

"잘 가, 안녕!" 체노이 가족을 태운 버스가 떠나자 그들이 손을 흔들었다. 어둠 속에서 술 취한 목소리의 "여보, 그만해요!"라는 외침이 또 한 번 울렸다.

예자드가 승차권을 사고 나자 록산나가 스카치위스키를 두 잔이나 마셔서 판단력이 흐려졌다며 그를 나무랐다. 또한 아버지로서 모범이 되지 못했으며 아이들도 학교에서 싸움질이나 할 거라고 했다.

"아빠랑 형이랑 다 같이 혼쭐을 내 줄 수 있었는데." 제항기르가 말했다.

"엄마 말 안 들었어? 그런 불량배는 상대를 말아야 해. 특히 둘이 함께 있을 때."

"주정뱅이 둘이야 식은 죽 먹기지. 게다가 화가 나면 나는 힘이 아주 세지거든." 그러고 나서 예자드가 그녀의 귀에 대고 속삭였다. "그리고 흥분하면 아주 길어지지."

"여보!" 그녀가 얼굴을 붉혔다.

"가라테 펀치로 해결할 수 있었는데. 옛날엔 벽돌도 깨고 그랬거든."

그녀도 알고 있었다. 먼 옛날 결혼하기 전에 그녀는 두 눈으로 목격했다. 어느 날 저녁 늦게 그들은 공원 근처, 경비원이 한적한 구석에서 졸고 있는 인적 없는 공사장을 걷고 있었다. 벽돌공의 손길을 기다리는 새 벽돌이 쌓여 있었다. 환심을 사고 싶은 데다 젊은 혈기로 넘치던 예자드가 뭔가를 보여 주겠다고 했다. 그는 벽돌 두 장으로 버팀 다리를 만들고 한 장을 그 위에 얹은 후 손으로 내려쳐서 깨뜨렸다. 감탄하던 그녀는 미심쩍은 생각이 들어서 금이 간 벽돌을 사용한 것 아니냐고 물었다. 그러자 록산나에게 직접 벽돌을 고르라고 했고 다시 벽돌을 깨뜨렸다.

그 기억을 떠올린 록산나는 웃으면서 남편을 보았다. "그때는 젊었을 때죠. 지금은 손이 약해졌잖아요."

"아직 그놈들 목을 부러뜨릴 정도로 단단해."

아빠가 벽돌 깨는 걸 한 번도 본 적이 없다고 무라드가 말하자 제항기르가 제발 한 번만 보여 달라고 했다. 록산나가 짜증을 내며 말했다. "버스 안에 벽돌이 어디 있니?" 그녀는 남편에게 다시 한 번 일렀다. "저급한 술주정뱅이들은 무시하는 게 최고예요."

"무시할 수 없는 게 있다고. 아마도 처남의 말처럼 봄베이는 지금 야만적인 정글일지도 몰라."

"아빠, 캐나다 가는 거 다시 한 번 시도해 보세요." 제항기르가 말했다.

"싫어. 그 사람들은 스포츠용품점 세일즈맨이 필요치 않아. 네가 나중에 시도해 보렴. 컴퓨터나 MBA 같이 쓸모 있는 걸 공부하면 널 환영할 게다. 나처럼 역사, 문학, 철학 같이 쓸모없는 걸 공부하지 말고."

버스가 휴즈 거리로 가는 샌드허스트 다리 귀퉁이에 가까워지자 아이들이 창문에 얼굴을 갖다 댔다. 곧 예자드의 어린 시절 집을 지나칠 것이다.

"저기 내 건물이 보여요!" 제항기르 맨션이 나타나자 제항기르가 외쳤다.

모두 웃었고 아이들은 아빠가 어린 시절을 보낸 아파트 일층을 바라보았다. 아빠의 인생, 그중에서도 아빠가 되기 전의 삶에 대해서 좀 더 많이 알고 싶은 듯 아이들이 열심히 아파트 창문 안을 들여다보려고 기를 썼다. 그러나 방 몇 개는 어두웠고 나머지 방들은 커튼 때문에 비밀을 알아낼 수 없었다.

"언젠가 한번 가 봐도 돼요?"

예자드가 고개를 가로저었다. "집이 팔린 거 너도 알잖니. 저 집엔 지금 모르는 사람들이 살고 있단다."

버스가 모퉁이를 돌자 아이들은 제항기르 맨션을 놓치지 않으려고 목을 길게 뺐다. 뒤따른 침묵에는 슬픔이 묻어 있었다.

"엄마랑 결혼하고도 저기에서 살지 그랬어요. 그랬으면 형이랑 지금 저기서 살 텐데." 제항기르가 말했다.

"왜 유쾌한 빌라가 싫어? 우리 집이 얼마나 좋은데."

"여기가 더 좋아 보여요. 우리가 놀 수 있는 공터가 있잖아요." 무라드가 말했다.

"그래, 맞다." 예자드가 말했다. 어린 시절 친구들과 그곳에서 크리켓을 하던 추억을 떠올리던 그의 얼굴에 그리움의 표정이 스쳐 지나갔다. "그런데 저 집에는 모두를 위한 공간이 없었단다."

"게다가 고모들이 엄마를 좋아하지 않았어." 록산나가 덧붙였다.

"지금 왜……." 그는 이의를 제기하려다가 입을 다물었다. 아이들한테 비밀로 할 필요가 없다고 늘 주장하던 사람이 바로 자신이었다.

사 남매 중에 막내였던 예자드는 누나들의 귀여움을 독차지하고 자랐다. 어린 남동생에 대한 누나들의 사랑은 극성스럽고 질투가 심해서 거의 광적이었다. 그를 귀여워하고 즐거워하는 사랑은 어렸을 때 별문제가 없었다. 사춘기에 들어선 그는 누나들의 백마 탄 기사로서 보호자가 되었다. 학교에서 싸움을 할 때면 대부분 누나들을 놀리거나 야한 농담을 할 때였다. 대학에 들어가서는 더욱 심해졌다. 일학년 때 그는 후미진 곳에서 막내 누나를 괴롭히던 시골뜨기 두 명을 때려눕혔다.

대학에서 여학생들과 친구가 되자 다가올 문제의 서막을 알리는 듯이 누나들의 극성스러운 사랑은 숨이 막힐 지경으로 변했다. 누나들에게 낯선 여자들과 남동생의 관심을 공유한다는 건 상상할 수도 없는 일이었다. 화를 내고 분통을 터뜨리며 원한을 품는 등의 반응을 보였다. 예자드는 가정의 평화와 친구들과의 저녁 외출 사이에서 자주 갈등해야 했다.

"엄마랑 아빠가 약혼한 뒤 견디기 힘들었지." 록산나가 말했다. "엄마한테 무례하게 굴었고 결혼식에도 오지 않았어. 내가 자기들 아기를 뺏어 간다고 말이야. 아빠가 엄마 아닌 다른 여자랑 결혼했어도 마찬가지였을 거야. 여보, 안 그래요?" 그녀가 손을 두드리자 예자드가 고개를 끄덕였다.

"엄마랑 아빠가 거기 살았으면 친해졌을 거예요." 무라드가 말했다.

예자드가 고개를 가로저었다. "네가 고모들을 몰라서 그래. 오랫동안 싸우고 다툼을 벌였을 거다. 할아버지가 우리한테 유쾌한 빌라를 사 준 건 최고의 선물이었지."

제항기르는 다른 친구들은 친척이 많은데 자기는 잘 외삼촌과 쿠미 이모만 있어서 늘 궁금했다고 말했다. "우린 다른 친척들은 안 만나잖아요."

예자드는 쿠미 이모가 화를 내는 이유와 고모들에 대한 이야기까지 아이들이 하루 저녁에 너무 많은 가족사를 배웠다고 했다. 그러자 제항기르가 나중에 크면 '체노이와 바킬 가족의 모든 역사'라는 제목의 두꺼운 책을 쓰겠다고 했다.

"우리 얘기를 잘 써 준다면야 좋지." 록산나가 말했다.

"아니지. 진실을 말해야 좋은 거지." 예자드가 말했다.

3

노크 소리도 초인종 소리도 아닌 둔탁한 쿵, 소리가 들리자 쿠미의 목덜미 털이 곤두섰다. 머리를 신문에 파묻고 있었지만 그녀의 머릿속에는 순간적으로 도둑이 가정집에 침입해 사람을 죽이고 귀중품을 훔쳐 간다는 최근 뉴스 보도가 떠올랐다.

그녀와 잘 단둘이 있었다. 비가 잠시 그친 틈을 타서 나리만은 기어이 짧은 산책을 하러 나갔다. 지난 2주 동안 장마가 기승을 부렸으므로 그는 이런 좋은 저녁 날씨를 놓치려고 하지 않았다.

이번엔 소리가 더 크게 나서 잘의 귀에도 들렸다. "내가 가 볼까?" 그가 물었다.

"오빤 그냥 창문 옆에서 기다려. 도와 달라고 고함을 질러야 할지도 모르니까."

쿠미는 문구멍으로 내다보려고 살금살금 현관문으로 갔다. 조금이라도 수상쩍으면 뒤로 물러나 집에 아무도 없는 것처럼 할 작정이었다. 힌디 어로 빨리 문을 열라는 급박한 외침이 들렸다. 처음에 소리 지른 사람과 두 번째 소리 지른 사람이 달랐다. "어서 문 좀 여세요! 빨리요! 안에 아무도 없어요?"

쿠미는 뒤로 물러섰다가 용기를 내서 다시 문 쪽으로 갔다. 악몽에서 본 것을 실제로 보게 될까 봐 노심초사하면서 그녀는 문구멍으로 내다보았다. 그 순간 그것이 의붓아버지와 관련된 악몽의 서막임을 직감했다.

두 남자가 축 늘어진 나리만을 부축하고 있었다. 한 남자는 그의 무릎을 받치고 있었고 다른 남자는 그의 어깨 밑에 두 팔을 집어넣어 가슴을 손으로 깍지 끼고 있었다. 무릎을 받치고 있던 남자가 맨발로 문을 차서 쿵쿵, 둔탁한 소리를 내고 있었다.

현관문을 발로 차는 도중에 쿠미가 문을 열어젖히자 남자가 하마터면 넘어질 뻔했다. 나리만의 생일 선물이 남자의 셔츠 앞가슴에 꽂혀 있었다. 지팡이의 무게 때문에 단춧구멍에서 단추가 빠질 것 같았다.

"오빠! 오빠, 빨리 와 봐."

숨을 헐떡이는 두 남자의 얼굴에서 땀이 비 오듯 쏟아졌다. 남자들에게서 악취가 난다고 느낀 쿠미는 그들이 쌀가게에서 곡식을 배달하거나 돈을 받고 육체노동을 하는 사람들임을 알아차렸다. 체구가 크지 않은 노인의 무게에 녹초가 될 정도라면 튼튼한 짐꾼들은 아니라고 그녀는 생각했다.

"뭘 기다려요?" 잘이 흥분해서 말했다. "어서 안으로 옮겨요! 아니, 바닥에 내려놓지 말고 소파에다 눕혀요! 잠깐만, 침대가 낫겠네." 그는 남자들을 나리만의 방으로 안내했다. "자, 여기로 살살 조심해서. 됐어요."

네 사람은 침대 주위에 둘러서서 나리만을 내려다보았다. 그의 눈은 감겨 있었고 호흡이 거칠었다.

"어떻게 된 거요?"

"구덩이 빠진 걸 끌어냈습니다." 가슴에 지팡이를 꽂고 있는 남자가 말했다. 기진맥진해서 말이 짧았다. 그는 셔츠 자락을 들어 얼굴을 닦았다.

"오빠, 어서 지팡이." 쿠미가 속삭였다. 잘은 땀 때문에 지팡이가 더러워질까 봐 신경 쓰는 여동생의 마음이 이해되었으므로 남자의 셔츠에서 지팡이를 빼냈다.

"전화국에서 파 놓은 구덩이였습니다." 다른 남자가 말했다. "선생님이 다리를 다치셨습니다."

나리만이 신음 소리를 내며 말했다. "발목이…… 부러진 것 같아."

그가 의식을 되찾아서 그들은 안심했다. 그의 목소리를 들은 쿠미는 이제 야단을 좀 쳐도 괜찮겠다고 생각했다. "아버지, 우리가 날이면 날마다 위험하다고 경고했잖아요. 이제 만족하세요?"

"미안하다." 나리만이 힘없이 말했다. "고의가 아니었어."

"쿠미야, 사람들이 기다리잖아. 뭔가 줘야지." 잘이 속삭였다.

그녀는 의붓아버지에게 남자들이 부축하고 온 거리가 얼마나 되는지 물었다. 그녀는 쌀가게 계산 방식으로 금액을 책정하려는 것이었다. 그러나 의식의 끝 자락을 헤매는 나리만은 정확하지가 않았다.

"그냥 팁을 많이 주어 보내자. 밀 한 가마니를 배달한 것도 아니고 구덩이에서 아버지를 구해 줬는데." 잘이 말했다.

쿠미는 안 된다고 했다. 오히려 아버지를 들어 올리건 쌀가마니나 가구를 나르건 노동의 관점에서 볼 때 무슨 차이가 있냐고 물었다. 중요한 건 일의 양과 거리라고 했다. "그리고 아버지가 다쳤다고 해서 돈이 굴러 들어오는 줄 알아?"

그녀에게 좋은 생각이 떠올랐다. 짐꾼들에게 길 건너 피터 박사의 집으로 아버지를 옮겨 달라고 부탁할 수 있을 것이다. "박사님이 엄마한테 잘해 주신 거 기억나? 사망 진단서랑 모든 걸 처음부터 끝까지 다 챙겨 주셨잖아. 분명히 아버지도 도와주실 거야."

"쿠미야, 너 제정신이니? 그건 30년 전 일이야. 피터 박사도 이제 늙어서 병원을 그만뒀잖아."

"은퇴했다고 해서 머릿속에서 의학 지식이 증발해 버리는 건 아니잖아. 적어도 얼마나 심각한지, 병원에 가야 하는지 정도는 알려 줄 수 있다니까."

그렇게 설왕설래하다가 마침내 잘이 그럼 가서 알아볼 테니 짐꾼들에게 기다리라고 했다. 피터 박사가 동의한다면 아버지를 길 건너까지 힘들게 움직이는 대신에 집에서 진찰할 수도 있을 거라고 했다.

잘을 얼른 알아보지 못한 박사는 저녁 식사 시간에 찾아와서 화가 난 듯했다. 그러나 나리만 바킬이라는 이름을 듣자 그는 대번에 오래전의 사고를 기억하고 들어오라고 했다.

"어떻게 그런 비극적인 일을 잊을 수 있겠나." 그는 망설이다가 말을 이었다. "자네와 불쌍한 두 여동생에게 정말 불행한 일이었는데……."

"아버지께서 다리를 다치셨습니다." 잘이 그의 말을 끊고 상황을 자세히 설명했다.

"자네 아버지가 매번 저녁 산책을 나가는 모습이 우리 집 창문에서도 보인다네. 파킨슨병을 앓고 있지?"

잘이 고개를 끄덕였다.

"흥. 걷는 걸 보면 알 수 있지." 박사가 투덜거리다가 말을 멈추더니 화를 냈다. "이런 덜떨어진 사람들 같으니. 아니, 어떻게 그 나이에 그런 상태로 혼자 밖엘 다니도록 놔둔단 말인가? 넘어져서 다치는 게 당연하지."

"여러 번 말씀드렸는데도 산책하는 게 좋다시면서 저희 말을 안 들으세요."

"그럼 한 명이 같이 나가면 안 되나? 손을 잡고 부축하면 안 되냐고?" 박사가 꾸짖으며 노려보자 잘은 차마 그의 눈을 바라보지 못하고 박사의 슬리퍼만 내려다보았다. "급기야 일이 터지고 말았는데 나더러 어떡하라는 거야?"

"박사님께서 뼈가 부러졌는지 어떤지 한번 봐 주실 수 없는지……." 잘이 사정하는 조로 말했다.

"한번 봐 달라고? 내가 슈퍼맨인 줄 알아? 젊었을 때도 눈에 엑스레이가 없었고 지금도 당연히 없어."

"박사님, 저도 압니다. 그냥 한 번만……."

"그냥이고 저냥이고 안 돼! 시간 낭비하지 말고 지금 당장 아버지 모시고 병원으로 가! 불쌍한 사람이 얼마나 아프겠어. 당장 가라고!" 박사가 문을 가리키자 잘이 서둘러 빠져나갔다.

현관문을 잠근 박사는 부엌에 있는 아내에게 가서 요즘 파르시 남자들은 쓸모없고 우유부단한 바보들이라고 불평하면서 파르시 인종의 질이 떨어졌다고 투덜거렸다. "근대 인도의 기반을 닦은 산업가들과 조선업자들, 우리에게 병원, 학교, 도서관, 아파트 단지를 지어 준 자선가 같은 우리 선조들이 공동체와 국가에 얼마나 영광을 가져다줬어? 그런데 이 무능한 녀석은 자기 아버지 하나도 돌보질 못한단 말이야. 병원에 데려가서 엑스레이를 찍는 간단한 결정도 못 내린다고."

"맞아요, 맞아." 그의 아내가 맞장구치고 나서 물었다. "여보, 달걀을 키마에다 얹을까요, 아니면 따로 담을까요?"

"따로 담아 줘. 우리 공동체에 파멸과 절망만 남았다는 예측은 놀랍지도 않아. 인구 통계에 따르면 우리가 50년 후에 멸실한다니까. 아마 그게 최선일지도 몰라. 무늬만 파르시인 줏대 없는 약골들이 걸어 다녀 봐야 무슨 소용이야."

그는 부엌과 식탁을 오가며 불평을 늘어놓았다. 마침내 그의 아내가 앉으라고 했다. 식탁으로 저녁을 가져온 그녀가 음식을 듬뿍 주었다. 다진 고기에 양념을 넣고 만든 요리의 구수한 냄새와 동그란 노른자가 활짝 웃고 있는 달걀 요리에 박사의 기분이 금세 밝아졌다.

"일어나게 될 일이야 어쩔 수 없지." 음식을 씹고 꿀꺽 삼키면서 그가 말했다. "그때까지 먹고 마시고 즐겨야지. 여보, 키마가 참 맛있네."

박사의 거절에 분노한 쿠미는 잘이 급하다고 했음에도 믿으려 하지 않았다. "그렇게 심각하면 왜 도와주러 안 오는 거야? 병원으로 가기 전에 아버지의 주치의를 불러야겠어."

"하지만 타라포레 박사도 엑스레이가 필요할 거야. 그러면 왕진비에다가 병원에서도 비용을 따로 지불해야 하잖아."

결국 그들은 파르시 종합 병원으로 가기로 했다. 짐꾼들이 의식을 반쯤 잃은 나리만을 택시 뒷좌석에 태웠고 쿠미가 조수석에 앉았다. 자동차 바퀴가 울퉁불퉁한 도로에 부딪치거나 웅덩이를 지날 때마다 나리만이 고통스러운 신음 소리를 냈다.

"아버지, 거의 다 왔어요." 쿠미가 좌석 뒤로 손을 뻗어 그의 손을 잡았다.

나리만은 겁먹은 어린아이처럼 그녀의 손을 꼭 쥐었다. 쿠미는 하마터면 손을 빼낼 뻔했지만 그 순간이 지나자 그대로 있었다. 잠시 후 그녀는 위로의 의미로 그의 손을 꽉 쥐었다. 백미러에 잘과 짐꾼들이 타고 오는 두 번째 택시가 보였다.

엑스레이를 꼼꼼히 살펴본 타라포레 박사는 골다공증과 파킨슨병으로 인해 골절이 까다롭다면서 전문의에게 조언을 구했다. 수술은 배제되었다. 나리만의 왼쪽 넓적다리부터 발가락까지 깁스붕대를 하기로 했다.

깁스 작업을 하는 석고 기술자의 안경이 흰색 반점으로 얼룩졌다. 그는 아픈 노인의 관심을 딴 데로 돌리려고 쉴 새 없이 말을 붙였다. "선생님, 어쩌다가 이렇게 되셨습니까?"

"구덩이에 빠졌다네."

"이중 초점 안경이 보기 힘드시죠?"

"안경 탓이 아니오. 구덩이 주위에 아무런 표시도 없어서 그랬지."

"세상에." 이름이 란가라잔인 석고 기술자는 말을 멈추고 용기에 담긴 석고의 경도를 확인했다. "맞습니다. 보도가 정말 위험해졌죠. 몇 발짝만 걸어가면 위험한 장애물들이 시민들의 생명과 손발을 위협하니까요."

나리만은 보도 공포증이 있는 이 남자가 잘과 쿠미와 잘 어울릴 거라고 생각했다.

그때 란가라잔이 킥킥거렸다. "그렇게 매일 연습을 하다 보면 우리 모두 장애물 경주에서 금메달을 딸 수 있을 겁니다. 봄베이 사람들, 아니 뭄바이 사람들이 말이죠."

그는 목소리를 낮추고 반농담조로 말했다. "요즘은 누가 시브세나 광신자인지 그 사람들의 이름 단속반인지를 알 수가 없다니까요. 시브세나 단원들이 중앙 우체국에 침투해서 주소에 뭄바이 대신 봄베이라고 쓴 죄 없는 편지와 엽서를 소각한다더군요."

그는 서서히 경화시키기 위해서 필요한 만큼 물을 묻혀 가면서 반죽을 입히기 시작했다. "바킬 교수님, 제가 한 가지 여쭤 봐도 실례가 되지 않겠는지요?"

나리만이 고개를 끄덕였다. 그는 교육받은 남인도 사람의 고풍스러운 어법을 즐기며 그의 수다스러움에 감사했다.

이민 갈 방법을 찾고 있는 란가라잔은 혹시 직장 구하는 일을 도와줄 외국인 친구나 동료가 있는지 물었다. 그는 이미 미국, 캐나다, 호주, 영국, 뉴질랜드를 포함한 여러 나라에 지원서를 보냈다고 했다. "심지어 러시아에도 보냈습니다. 소련이 무너지고 나서 인도 사람들을 예전처럼 환영하진 않지만 말입니다. 옛날에는 둘 사이에 사랑이 넘쳤죠. 얼마나 많은 러시아 남자 아기에게 자와하르라는 이름을 지어 주고 여자 아기에게는 인디라라는 이름을 지어 주었습니까. 오늘날 러시아에서 아기에게 나라심하 혹은 아탈 베하리라는 이름을 지어 주진 않죠."

"요즘은 아마 펩시나 랭글러라는 이름을 지어 주겠지." 나리만이 말했다.

란가라잔이 웃으면서 잘못 바른 석고를 닦아 냈다. "위대한 지도자들이 국민들 사이에서 번창하던 시기는 끝났죠. 끔찍한 결핍의 시대입니다."

"그거야 전 세계적인 문제이지." 나리만이 말했다. "미국, 영국, 캐나다를 보라고. 죄다 멍텅구리들이 다스리잖아."

"멍텅구리들." 란가라잔이 따라 했다. "바킬 교수님, 그것참 정확한 표현이네요. 그 단어를 기억해 둬야겠습니다. 제 의견으로는 우리 나라가 더 비극적인 것 같습니다. 오천 년 역사를 가진 문명의 9억 인구가 위대한 지도자 한 명을 배출하지 못한다? 요즘 같은 세상에 마하트마 같은 큰 어른이 얼마나 필요합니까."

"어른은 고사하고 미숙아들이 판을 치지." 나리만이 말했다.

란가라잔은 석고 용기의 바닥을 긁으면서 귀엽게 킥킥거렸다. 그는 잡담의 시발점이 된 주제로 다시 돌아갔다. "이전에 쿠웨이트 병원에서 일을 했었죠. 걸프전이 발발하고 모두들 쫓겨났습니다. 조지 부시가 이라크 인들도 죽이고 우리 일도 죽여 버렸죠. 지금 제 목표는 좀 더 전망이 나은 곳으로 가는 겁니다. 뭐니 뭐니 해도 미국이 최고죠."

나리만은 그의 영혼의 전망이 궁금했다. 외국에 가면 나아질까?

작업을 마친 란가라잔의 손과 팔과 앞치마가 제과점 제빵사의 그것처럼 하얬다. 나리만은 바퀴 달린 침대에 실려 남자 병동의 침대로 옮겨졌다.

나중에 의사가 다시 찾아왔다.

"바킬 교수님, 좀 어떠세요?" 맥을 짚으며 그가 물었다.

"손목은 괜찮아. 문제는 발목이지."

아픈 와중에도 바킬 교수 특유의 비꼬는 유머가 감퇴하지 않은 것에 감탄하며 타라포레 박사가 웃었다. 좋은 징조였다. 40대 초반인 의사는 나리만 바킬이 환자가 되기 훨씬 전에 그의 학생이었다. 과학 전공자들이 대학 초반 2년 동안 의무적으로 들어야 했던 필수 영어 과정을 가르치고 배운 사이였다.

어제저녁 삭막한 병실에서 바킬 교수를 본 그는 마음이 심란했다. 오늘 아침 그의 마음을 스친 것은 과거에 대한 향수, 슬픔, 잃어버린 시간에 대한 후회, 잃어버린 기회들 같은 복잡한 감정이었다. 그러한 인간적 병리 현상은 이해하기 힘들었다.

성공한 의사의 마음을 스쳐 간 또 하나는 바로「늙은 선원의 노래」의 시구였다. 마음이 혼란스럽던 의사는 교수가 과학 전공자들에게 가르쳤던 시를 읊었다.

"한 늙은 선원이 있으니, 그가 세 사람 중 한 명을 멈춰 세웠다. 당신의 긴 백발 수염과 번뜩거리는 눈에 맹세코, 지금 왜 당신은 날 멈추는 것이오?"

그러자 나리만이 얼굴을 찡그렸다. 그는 그제야 타라포레가 의사답지 않게 장발인 걸 발견했다. 머리 스타일이 광고 회사 중역에게나 어울릴 법했다.

간병인이 침대 사이로 손수레를 덜거덕거리며 밀고 지나가자 주위가 산만해졌다. 젊은 남자가 맡은 일을 활기차게 하고 있었다. 침대 밑으로 깨끗한 소변기를 힘차게 집어넣음으로써 질서를 확립코자 하는 자신의 의지를 만방에 알리려는 듯했다. 여자 병실 담당은 간병인이라 부르지 않고 보모라고 불렀다. 마치 어린아이들을 돌보는 사람인 것처럼. 병원에서 늙은이나 환자는 어린아이나 다름없다고 나리만은 생각했다.

맥을 짚고 나서 의사는 차트에 기록을 하고 다시 시를 외우기 시작했다. "늙은 선원은 그를 붙잡는다, 말라빠진 손으로……."

"의사 양반, 콜리지의 시는 왜 외우는 거요? 골절에 대한 선생의 의학적 소견을 듣는 것이 나로서는 훨씬 나을 것 같은데."

의사가 학생처럼 씩 웃었다. "교수님, 불현듯 대학 때 교수님 수업이 생각났습니다. 교수님 수업을 아주 좋아했죠. 지금도 「늙은 선원의 노래」와 「크리스타벨」을 외우고 『천상의 합승 마차』에서 공부한 에드워드 포스터의 작품들도 생생합니다."

"허풍 그만 쳐. 난 알츠하이머병이 아니라 파킨슨병을 앓고 있으니까. 나도 그 수업은 죄다 기억한다네. 교실에 가득 찬 150명의 떠들썩한 과학도가

10명의 여학생에게 잘 보이려고 소리를 지르고 휘파람을 불면서 철없는 장난질을 해 댔지."

의사의 얼굴이 빨개졌다. "그건 학교의 잘못이었죠. 영어 성적을 최종 학점에 포함시키지 않고 출석만 매겼으니까요. 그래서 학생들이 신경을 안 쓴 겁니다. 하지만 교수님, 저는 맹세컨대 절대 그런 불량한 짓은 하지 않았습니다."

나리만이 눈을 치켜뜨자 의사가 말을 약간 바꿨다. "아마 휘파람은 한두 번 불었던 것 같습니다. 적극적으로 그런 건 아니고요."

고백을 한 후 의사는 너무 떠들었다고 느꼈는지 입을 다물고 다시 일을 했다. 그는 청진기를 귀에 꽂고 나리만의 심장 소리를 들어 보고 혈압을 잰 후 차트에 기록했다. 그러나 옛 스승에게 그가 정말 원한 건 삶에 관한 현명한 조언이었다.

그는 다시 한 번 시도했다. "교수님, 「늙은 선원의 노래」가 제 인생에서 가장 행복했던 대학 시절을 떠올리게 했습니다." 그는 잠시 멈췄다가 다시 말했다. "제 청춘을 말이죠." 그러나 곧 후회하고 말았다.

나리만은 의사가 감수성이 예민하다고 생각했다. 사반세기 넘게 지난 교실에서의 악행에 아직도 죄책감을 느끼다니. 아니면 이것도 병실에서 잡담을 건네는 방식의 일환인가? 그는 냉소주의를 버리기로 했다. "몇 년도에 내 수업을 들었던가?"

"1969년 일학년 과학 전공 때였습니다."

"그럼 지금 40대겠군."

의사가 고개를 끄덕였다.

"그런데 감히 지금 청춘을 잃은 것처럼 얘기를 하나?"

"교수님, 실은 제가 늙었다고 느끼는 건……."

"뭐? 제자가 나한테 청춘 어쩌고 하면 내 기분이 어떨 것 같은가? '죽은 과거는 그대로 묻어 버려라.'" 그 말과 함께 그는 그 문제를 언급하고 싶지 않았다.

"살아 있는 현재에 행동하라!" 인용구를 완성한 의사가 칭찬을 기다렸다.

"훌륭하군. 그래, 롱펠로의 충고를 따르자고. 내 발목은 언제 돌려줄 텐가?"

충분한 영감을 얻은 제자는 잃어버린 세월을 되찾은 듯했다. 침대 옆으로 돌아온 그는 딱딱하고 흰 석고 딱지를 똑똑 두드렸다. "깁스가 단단하군요."

의사의 행동이 태평하다고 생각한 나리만이 말했다. "당연히 단단하겠지. 우리 집 아파트를 다시 지어도 될 만큼 석고를 들이부었으니. 석고 기술자가 딴 데 정신이 팔려서 그런 거야."

의사가 웃었다. "발목뼈는 뼈 중에서도 가장 골치 아픈 부분입니다. 특히 교수님 연세에는 더욱 그렇죠. 척골을 감싸서 충분한 지지를 하고 다리를 못 움직이도록 해야 합니다. 파킨슨병 때문에 더욱 조심해야 합니다. 4주 후에 엑스레이를 다시 찍겠습니다. 하지만 퇴원은 내일쯤 하셔도 될 것 같습니다."

타라포레 박사는 악수를 하고 병실을 나와 복도에 있던 잘과 쿠미와 이야기를 나누며 나리만의 간병에 대한 주의 사항을 전달했다.

잘은 파르시 종합 병원에서 의붓아버지와 지내야 했으므로 이틀 동안 주식 시장에 나가지 못했다. 쿠미 역시 종일 병원에 있었다. 감동을 받은 나리만은 그들이 그곳에서 딱히 할 일이 없었기 때문에 그냥 집에 가서 쉬라고 했다.

"괜찮아요, 아버지. 함께 있을게요."

그는 록산나와 예자드에게 알렸냐고 물었다.

"지금 당장은 알리지 않기로 했어요." 쿠미가 말했다.

아버지를 즐겁게 해 주려고 오누이는 아파트에서 누군가 사고 이야기를 하는 걸 엿듣고서 에둘 문시가 집으로 찾아온 이야기를 들려주었다. 그가 들은 단어라곤 '나리만 바킬'과 '부러졌다'뿐이었다. 하지만 그것만으로도 연장통을 들고 헐레벌떡 찾아와 일을 해 주겠다고 자원했다.

"쿠미가 뭐라고 했는지 들어 보세요!"

"물론이죠. 고쳐 준다면 우리야 매우 고맙죠. 그런데 파르시 종합 병원으로 가야 해요.' 그랬더니 몹시 당황해서 '파르시 종합 병원엔 왜?' 하고 묻더군요. 아버지가 거기 계시다니까 그가 '뭐라고?' 하면서 다시 묻길래 아버지의 발목이 부러졌다고 말해 줬죠."

"아버지가 그 사람 얼굴 표정을 보셨어야 하는데." 잘이 말했다.

"그 정도로 필사적인 줄은 몰랐구나." 나리만이 소리 없이 웃으며 말했다.

저녁 식사가 도착하자 그들은 아버지가 식사하는 걸 도와주며 그가 남긴 커스터드를 나눠 먹었다. 좋은 음식을 버리면 안 된다면서 그들은 수거할 쟁반을 밖에 내놓고 아버지에게 잘 주무시라고 작별 인사를 했다.

나리만은 혼자 있는 게 싫지 않았다. 밤에 근무하는 간병인은 늙은이로 낮에 근무하던 활기찬 남자보다 훨씬 나이가 많았다. 적어도 예순 살은 돼 보인다고 생각하며 그의 떨리는 손도 혹시 파킨슨병 때문인가 싶었다. 간병인은 자신의 불완전한 손을 완벽한 미소로 상쇄하고 있었다. 자신의 책『캉디드』의 첫 페이지를 장식하고 있는 말년의 볼테르 초상화에 나타난 깨달음의 미소 같다고 나리만은 생각했다. 불구와 절름발이와 병든 사람의 침대에서 똥오줌을 받아 내야 하는 삭막한 병실에서 어떻게 그런 깨달음을 얻을 수 있는지 궁금했다. 아니면 그런 상황이 젊건 늙건, 부유하건 가난하건 우리 모두 결국은 악취를 풍기게 된다는 사실을 깨닫는 데 필요한 조건일 따름인가?

나리만은 그와 대화를 하고 싶었지만 그가 들를 때마다 망설였다. 늙은 간병인은 기분이 어떤지 필요한 건 없는지 베개는 편안한지 등을 물었다.

그가 미소를 지을 때면 나리만은 마치 둘이서 오랫동안 마음으로부터 우러나오는 대화를 막 끝낸 것 같은 기분이 들었다.

다음 날 란가라잔이 자신의 작품을 점검하려고 들렀다. 깁스는 약한 데 없이 대체로 고르게 굳었다. 그러나 그는 두 군데에다가 석고를 더 발라야겠다고 했다. "후회하는 것보다 안전한 게 나으니까요."

나리만의 수척한 모습이 마음에 걸렸는지 그는 환자를 즐겁게 해 주려고 자신이 일하면서 겪었던 에피소드를 들려주었다. "바킬 교수님, 여기는 정말 좋은 병원입니다. 다른 곳과 비교하면 오성급 호텔이죠. 갑자기 쿠웨이트를 떠나 모국으로 돌아와서 인도레에 있는 정부 병원에서 일을 했었죠. 정말 끔찍한 곳이었습니다. 사방에서 쥐들이 들끓었는데 아무도 놀라질 않더군요."

"전염병이 발발하기 직전이었겠구먼."

"그럼요. 제가 거기 있을 때 끔찍한 일이 두 건 발생했습니다. 환자 한 명의 발톱을 쥐가 갉아 먹었고 쥐들이 신생아를 뜯어 먹었는데 결국 죽었죠."

나리만이 고개를 가로저었다.

"그리고 쥐들만의 문제가 아니었습니다." 란가라잔이 이야기를 계속했다. "다리 전체를 깁스한 남자가 있었어요. 다리가 불에 타는 것 같아서 미치겠다고 불평이 이만저만 아니었습니다. 하루 종일 미친 사람처럼 비명을 지르고 도와 달라고 했죠. 의사들은 단순히 까다로운 환자라고 치부했어요. 마침내 견디다 못한 남자가 창문 밖으로 뛰어내렸습니다. 시신에서 깁스를 제거하자 생살에 빈대들이 우글거리고 있었죠."

나리만은 몸서리쳤다. 란가라잔이 일을 마치고 장비를 챙기자 그는 안도의 한숨을 쉬었다.

타라포레 박사는 나리만이 퇴원하기 전에 다시 한 번 찾아왔다. 이번에는 시를 외우지 않고 잘과 쿠미와 이야기를 나누며 주의 사항을 다시 일러 주었다. "제가 존경하는 교수님의 발목을 완전히 쉬게 해 주세요. 4주 동안 어떤 무게를 가해서도 안 됩니다."

"네, 의사 선생님. 명심하겠습니다." 쿠미가 말했다. "아버지는 이제 괜찮으실 거예요. 교훈을 얻었을 테니까요. 아버지, 안 그래요?"

나리만은 그녀의 질문에 정당성을 부여하고 싶지 않아서 대답하지 않았다. 의사는 웃으면서 침묵은 동의와 다름없다고 말했다.

저녁나절에 활기찬 간병인이 추천서를 써 달라고 부탁했다. 병원 규칙에 어긋나는 것이므로 비밀로 해 달라면서.

나리만은 꾀바른 간병인이 가져온 병원 편지지에다가 야다브 씨는 환자들을 진심으로 돌보는 성실한 일꾼으로 일 처리에 빈틈이 없으며 그를 알게 돼서 즐거웠고 그의 앞날에 성공이 함께하길 기원한다고 적었다.

추천서를 쓰고 난 나리만은 자신의 불안정한 글씨체에 호기심이 발동해 페이지를 유심히 살폈다. 처음부터 끝에 이르기까지 글자가 점점 작아졌다. 글자 크기를 조절할 수 없었던 탓이었다. 파킨슨병의 새로운 증상이라고 그는 생각했다.

간병인은 한 글자도 읽지 않았음에도 무척 감격했다. 그는 은인의 떨리는 손을 두 손으로 잡은 채 놓아주려고 하질 않았다.

나리만이 퇴원하는 날 아침에 란가라잔이 들러서 쾌유를 기원했다. 그러나 야간 근무를 담당하는 늙은 간병인이 보이지 않자 나리만은 그의 이름조차 알지 못해서 섭섭했다. 볼테르의 화신으로 기억할 테니 걱정할 필요 없다고 그는 생각했다.

마침내 집으로 갈 시간이 되었다. 잘이 그와 함께 구급차에 탔다. 병원 정문을 나서고 얼마 지나지 않아서 정치 집회 행렬이 지나고 있는 교차로 근처에 차가 멈춰 섰다.

"어느 당이지?" 나리만이 물었다.

"모르겠는데요. 여기서는 깃발이 잘 안 보이네요. 인도국민당이건 인민당이건 공산당이건 힌두교의회당이건 다수국민당이건 상관없어요. 어차피 다 똑같으니까. 어젯밤엔 잘 주무셨어요?"

나리만이 모호한 손짓을 보냈다. 그들은 차가 다시 움직이기 시작할 때까지 기다렸다.

현관문이 열리고 그 옆에서 쿠미가 꽃, 주홍색 염료, 껍질을 깐 코코넛을 담은 쟁반을 들고 기다릴 거라고 나리만은 예상했다. 그러나 잘이 열쇠로 문을 열었다. 구급대원들이 들것을 들고 잘을 따라 안으로 들어갔다. 의식용 쟁반도 없었고 인사를 하는 사람도 없었다.

"쿠미는 집에 없냐?"

잘이 고개를 가로저었다. "엄마를 위해 기도하러 불의 사원에 갔어요."

제삿날이었으므로 당연했다. 나리만은 잊고 있었다.

"끝나고 나서 쿠미가 아버지가 쓰실 환자용 변기와 세면기 같은 물품을 사러 간다고 했어요."

생일, 입회식, 결혼, 출발과 도착에 관련된 파르시 전통 의례에 나리만은 거의 신경 쓰지 않았다. 그는 의식을 중요시하지 않았다. 그러나 은 쟁반의 부재에 그는 큰 충격을 받았다.

"언제 돌아오냐?"

"금방요. 지금 당장 화장실에 가실 건 아니죠? 먼저 한숨 주무세요. 제가 음악을 틀어 드릴게요."

자신의 침대에 누워서 마음이 놓인 나리만은 응접실에서 슈베르트의 5중주곡이 연주되는 동안 잠시 꾸벅꾸벅 졸다가 소곤거리는 소리에 잠이 깼다.

"변기 의자를 산 거야?" 택시 기사가 상자를 쿵 하고 현관에 내려놓자 잘이 물었다. 쿠미의 부탁에 상자를 승강기에 싣고 올라온 기사가 야박한 팁에 화를 냈다.

"내가 짐꾼처럼 돈을 벌려고 택시 운전하는 줄 아나." 그가 떠나면서 투덜거렸다.

"아저씨, 고마워요. 정말 고마워요." 쿠미는 못 들은 척하고 현관문을 닫았다. "아버지는 어떠셔?"

"주무셔. 환자용 변기를 사기로 했잖아."

그녀는 작은 꾸러미를 풀어 에나멜 세면기를 꺼낸 후에 뭉툭한 다리가 네 개 달려 있고 윗부분이 덮여 있는 나무 상자 옆에 놓았다. "이게 환자용 변기보다 나을 것 같아서."

"낫다니? 그게 무슨 말이야? 의사가 한 달 동안 침대에 있어야 한다고 했잖아. 발이 바닥에 닿으면 안 된다고 말이야."

"오빠, 내 말 좀 들어 봐. 가게에 가서 변기를 보는데 갑자기 그 절차가 떠오르는 거야. 그걸 아버지 밑에다 넣고 끝나면 빼고 아버지를 씻기고 변기를 청소하고…… 말로 다 못하겠어. 무슨 말인지 알지? 창피하잖아." 그래서 아버지가 침대 옆에 앉아서 쉽게 볼일을 볼 수 있는 변기 의자가 낫겠다고 생각했다. "우리는 요강만 비우면 되거든."

"하지만 의사가 조심하지 않으면 뼈가 굳는 데 몇 달이 걸릴 거라고 했잖아."

"우리가 아버지를 화장실이나 어디로 걸어가게 만드는 게 아니잖아. 일단 해 보고 아버지 상태를 보자고."

그들은 변기 의자를 의붓아버지의 방으로 들고 갔다. 나리만은 그들이 들어오자 잠에서 깨어난 척했다. "오, 쿠미가 돌아왔구나. 그건 뭐냐? 나 주려고 침대 탁자를 새로 산 거니?"

그녀가 웃었다. "아뇨, 아버지. 보세요. 예쁜 변기 의자예요." 그녀가 뚜껑을 열어 보였다.

"환자용 변기보다 편할 것 같아서요. 아버지 생각은 어떠세요?" 잘이 말했다.

"너희들한테 제일 편한 게 나한테도 좋지. 내가 벌써 짐이 돼 버렸구나."

"아버지, 걱정 마세요. 저희가 잘해 나갈 테니까요. 겨우 4주 동안인데요, 뭐." 잘이 의자를 가까이 끌고 가서 침대 옆에 놓았다. "한번 써 보실래요?"

나리만이 고개를 끄덕였다. 먼저 그들은 그의 팔을 잡고 앉혔다. 그다음이 힘든 부분이었다. 일으켜 세워서 4분의 1쯤 돌려 변기 의자에 앉혀야 했다. 오른발에 힘을 주고 왼발은 들고 있으라고 주의를 준 후 나리만을 일으켜 세웠다.

무거운 짐이나 다름없는 아버지를 수직으로 들고 있는 건 생각했던 것보다 힘들었다. 그리고 나리만이 똑바로 서자마자 그의 부러진 다리가 바닥으로 늘어졌다.

"발 내리지 마세요!" 잘이 깜짝 놀라서 고함을 질렀다.

"어쩔 수가 없구나. 석고가 너무 무거워." 그가 자세를 잡도록 남매가 반쯤 밀고 반쯤 당기자 그는 입에서 새어 나오는 신음 소리를 애써 참았다. 나리만이 숨을 거칠게 들이쉬고 몸이 굳어지는 걸 보고서 그들도 그가 고통스러워한다는 걸 알았다. 아버지를 천천히 앉혔다.

"잠깐!" 쿠미가 외쳤다. "파자마 끈을 안 풀었어."

젖 먹던 힘까지 다 내서 잘이 한 손으로 몸을 붙잡고 다른 손으로 졸라맨

끈을 확 잡아당겼다. 바지가 달라붙어서 내려오질 않았다. 파자마 바지가 발목 주위로 내려올 때까지 잘이 의붓아버지의 엉덩이에다 자신의 엉덩이를 대고 비벼 흔들었다.

아버지를 앉히고 난 그들은 거친 숨을 몰아쉬며 뒤로 물러섰다. 나리만의 이마에 땀이 맺혔고 그의 눈은 감겨 있었다. 방광이 작동하는 데 잠시 시간이 걸렸다.

"아버지, 괜찮으세요?"

나리만이 고개를 끄덕였다. 그때 알루미늄 요강에서 약하게 울리는 소리가 들리자 오누이가 승리와 안도의 표정으로 서로를 바라보았다.

"천천히 하세요. 서두르지 마시고 소변 대변 모두 보세요." 잘이 말했다.

대변을 보고 싶었지만 나리만은 고통 때문에 그럴 힘이 남아 있지 않았다. "볼일 다 봤다."

쿠미가 무릎을 구부려 발밑에 앉아서 파자마 바지를 벗겨 내렸다. 그를 침대에 다시 눕히기 위해서 남매는 아까와는 반대 동작으로 숨을 헐떡이며 힘을 쓰다가 한번은 중심을 잃고 다 같이 쓰러질 뻔해 비명을 내질렀다.

"그렇지. 이제 됐다." 잘이 굽혔던 허리를 똑바로 폈다. "무엇보다도 이 일을 쉽게 할 수 있는 체계적인 방법이 필요해."

"그래, 맞는 말이다." 나리만이 작은 목소리로 말했다.

쿠미는 눈을 돌린 채 그의 궁둥이 밑에 깔린 헝클어진 홑이불을 빼내 덮어 주었다. "우리가 저지른 가장 큰 실수는 먼저 파자마를 벗기지 않은 거야. 아버지, 4주 동안 누디스트가 되시는 거예요. 아셨죠?"

고통 때문에 쿠미의 말이 거의 들리지 않았다. 그러나 오누이는 의붓아버지의 기분을 북돋아 주려고 부러 큰 소리로 웃었다. 쿠미가 변기 의자의 뚜껑을 닫았고 그들은 방을 나왔다.

"요강은 어쩌지?" 잘이 물었다.

"나중에. 4분의 1밖에 안 찼어." 나리만이 들리지 않는 곳에서 그녀는 비록 농담을 하긴 했지만 그의 벗은 몸을 보는 것이 몹시 당황스럽다고 했다.

"쿠미야, 왜 그래? 노인이잖아."

"그게 문제가 아니야. 의붓아버지가 생겼을 때 내 나이가 벌써 열한 살이었어. 아기 때부터 친아버지 밑에서 큰 거랑 다르단 말이야. 지금도 벌거벗은 낯선 사람을 보는 것 같아."

"도대체 무슨 차이가 있니? 친아버지라도 눈에 보이는 건 마찬가지였을 텐데." 자신에게 용변 임무를 떠넘기려 한다는 의심을 떨치지 못한 채 잘이 따지듯 말했다.

더 말해 봐야 소용없다고 그녀가 말했다. 잘은 남자기 때문에 여자의 감정을 절대 이해하지 못한다고 했다.

진통제의 도움으로 나리만의 발목의 맥박이 가라앉았다. 그는 다시 잠을 청하려고 했지만 왠지 개운치 않았다. 깁스 때문이 아니라 딱히 규정할 수 없는 미묘한 문제였다.

그는 어깨를 움직이고 베개를 다시 베고 옷깃을 당겨 바로잡았다. 몸을 덮고 있던 홑이불의 끝 자락을 잡고 흔들자 이불이 부풀어 올라 다시 몸 위로 고르게 가라앉았다. 홑이불이 그의 벌거벗은 넓적다리 위로 살랑거리며 내려앉는 바로 그 순간 불편함의 원인이 밝혀졌다. 바로 사라진 파자마 바지였다.

그제야 변기 의자에 앉아 있을 때 쿠미가 바지를 벗겨 낸 게 생각났다. 바지를 입지 않은 채 침대에 누워 있으니 기분이 이상했다. 익숙지 않은 일이었고 마치 피부 껍질이 벗겨진 것 같았다.

큰 소리로 불러서 바지를 달라고 할까. 그러면 쿠미가 화를 낼 것이다. 바지가 없는 편이 일이 수월했다.

그는 야스민이 파자마를 뺏어 갔던 일을 떠올리며 그 엄마에 그 딸이라고 생각했다. 사실 파자마보다 훨씬 많은 것을 빼앗겼었다.

그는 방마다 벽장마다 돌아다니며 입을 것을 찾았다. 그가 목욕을 하는 사이에 야스민은 단 하나도 빠뜨리지 않았다. 달랑 수건 하나만 걸친 그의 호소를 그녀는 묵살했다.

"쿠미야, 잘, 너희들 이리 좀 와 볼래." 그는 야스민이 부엌에서 젖병을 소독하고 있을 때 아이들을 구워삶았다. "엄마가 내 옷을 어디 숨겼는지 가르쳐 줄래?"

"전 몰라요." 의붓아버지의 간청에 잘이 대답했다. 쿠미는 오빠에게 입을 다물라고 입술에 손가락을 갖다 댔다.

야스민이 벌써 손을 쓴 것을 눈치챈 그는 화를 낼 수가 없었다. 무슨 권리로 화를 낸단 말인가? 비이성적으로 행동한 건 바로 자신이었다. 어처구니없는 일을 참으며 수많은 밤을 보낸 야스민의 인내와 이해심은 알아줘야 한다. 그녀와 행복의 성 이웃들에게 그 일은 어처구니없다는 말이 어울렸다. 먼저 루시가 보도에 나타나 그가 서 있는 창문을 올려다보았다. 그러면 양심의 가책 때문에 그가 밖으로 나갔다. 그들이 함께 있는 모습은 영락없이 사랑에 번민하는 연인의 모습이었다.

그는 셔츠건 속옷이건 무엇이라도 찾으려고 집 안을 뒤지면서 야스민이 불쌍하다고 생각했다. 그리고 저녁마다 나타나서 기다리는 루시도 불쌍했다. 도대체 무슨 목적으로 그러는 걸까?

그는 브리치캔디에서 그녀와 헤어진 이후의 시간을 떠올렸다. 루시가 찾아오기 전이었으며 야스민과 결혼하기까지 넉 달 정도 시간이 있었다. 그는 결혼 준비로 바빴고 곧 새 가족이 생긴다는 생각에 사로잡혀 있었다. 부모님의 일요일 모임 멤버들의 시끌벅적함과 결혼식에 대한 그들의 부단한 충고 덕분에 그는 루시에 대한 미련을 억누를 수 있었다. 하지만 루시는 관심을 딴 데로 돌릴 만한 일이 없었음을 나중에 알았다. 그녀는 길을 잃고 헤매고 있었다. 결혼식이 끝나고 그는 쌍방의 친구로부터 그녀가 잘 지내지 못한다는 사실을 알게 되었다. 석사 과정을 포기하고 직업이 없었던 그녀는 YWCA에 머물고 있었다. 그녀가 부모님과 화해하고 집으로 돌아가길 바랐던 그는 그러한 소식을 듣고 난 뒤로 심란해졌다.

결혼하고 석 달쯤 지난 어느 날 오후 그가 학교를 나서는데 그녀가 밖에서 기다리고 있었다. 그는 그저 우연의 일치라고 생각했다.

그들의 대화는 어색했다. 어떻게 지내냐? 잘 지낸다. 고맙다……. 그때 그녀가 물었다. "결혼식은 잘 치렀어요?"

그는 응, 고마워. 하고 중얼거렸다. 그때 그녀가 또 물었다. "결혼 생활은 어때요? 만족해요?"

그러자 그는 아차 싶었고 그녀에게 일이 잘 풀릴 거라며 달래 줘야겠다는 생각이 퍼뜩 들었다. 그러나 의례적인 말 몇 마디만 던지고 더는 곤란해지지 않으려고 도망쳤다.

그때부터 그녀의 추격이 본격적으로 시작됐다. 그녀를 설득하는 일은 불가능했다. 학교와 집으로 전화를 하고 편지를 썼으며 어떤 날은 학교 정문에서 그를 기다렸다. 벌써 몇 달 전에 관계를 정리하는 것이 최선이라고 결정했기 때문에 이제 와서 이러는 건 이해할 수 없다고 그가 말했다.

"그건 당신의 결정이었죠." 그녀가 말했다. "난 그게 실수라는 걸 깨달았어요. 지금도 그렇게 생각하고요. 난 당신이 아직도 날 사랑하고 있다고 믿어요. 어서 인정해요. 아직도 우리 사이에 뭔가 가능한 게 있다고요."

"루시, 제발 부탁이야. 순진하게 이러지 마. 그땐 우리가 너무 순진했어. 부모님들의 마음을 돌리고 세상의 방식도 바꿀 수 있다고 생각했었지. 지금 당신이 말하는 건 완전히……."

"제발, 나리. 당신은 아직도 자신에게 정직하지 못하군요." 그녀는 간청하는 목소리로 말했다.

"제발 부탁이야. 난 그런 일을 또다시 겪을 기운이 없어. 그러니 제발, 루시 자신을 위해서 또 나를 위해서 그만 따라다녀." 그녀에게 모든 일이 잘되길 바란다고 설득했다. 그는 이제 아내와 두 아이를 떠맡은 책임을 져야 하므로 이전으로 되돌아갈 순 없다고 했다.

그녀는 미동도 않고 그를 응시했다. 그녀의 눈빛이 살아 있었으므로 그는 잠시 예전에 알던 그녀를 보는 듯했다. 그는 손을 내밀어 그녀의 팔을 살짝 잡은 후 집으로 향했다.

그러나 그녀의 말이 그를 따라다녔다. 감정이 요동치기 시작했다. 여러 겹의 이성적 논거 아래에 깊숙이 묻혀 있던 브리치캔디에서의 결정에 대한 의구심이 다시 고개를 들기 시작했다. 그녀의 말이 맞는 걸까? 유일한 해결책은 그녀를 멀리하는 것뿐이었다.

그때부터 그녀가 정문에 서 있으면 건물을 돌아 뒷문으로 빠져나왔다. 그러나 그녀를 가까스로 따돌렸다는 안도감에는 항상 깊은 상실감이 뒤따랐다.

야스민은 결혼 후 2년 동안 루시가 나리만을 쫓아다닐 때는 매우 협조적이었다. 남편에게 불쌍한 여자가 심각한 고초를 겪었으니 단호하되 가혹하게는 대하지 말라고 충고했다. 또한 남편이 루시를 위해서 이성적이며 따끔한 충고를 연습하는 것도 도왔다. 하지만 그는 단 한 번도 그러한 현명한 충고를 전달하지 않았다. 막상 그 순간이 다가오면 언제나 자신이 루시에게 이미 충분히 상처를 입혔다는 생각이 들었다.

그 후 밤에 찾아오는 일이 시작됐다. 처음에는 야스민에게 위협이라기보다 불편했다. 그녀의 대답은 간단했다. "그냥 무시해요. 그 여자는 보도에 있는 수많은 사람 가운데 한 명일 뿐이니까. 저러다 지치면 집으로 갈 거예요."

그러나 보도에 있는 루시의 모습에 과거가 떠올랐고 나리만은 흔들렸다. 창살을 붙들고 서 있는 그에게 야스민이 어디가 아픈지, 뭐가 잘못됐는지 물었다.

"아무것도 아냐." 그가 중얼거렸다. 얼굴을 그가 있는 창문 쪽으로 돌린 채 꼼짝 않고 서 있는 루시의 모습 때문에 결국 두려워하던 일이 일어났다. 그들이 사귀기 시작했을 때의 기억들이 물밀듯이 밀려왔다. 맨 먼저 그녀의 가족이 둘의 만남을 금지했다. 그녀의 남자 형제들이 둘이 함께 있는 걸 보면 그를 두들겨 패겠다고 경고했다. 그러자 그녀가 만약 그의 손끝 하나라도 건드렸다가는 자살하겠다고 위협했다.

정말 루시가 그렇게 했을까. 그녀의 부모는 심각하게 받아들였다. 곧 그들은 딸을 사실상 집에 감금했다.

그는 밖에 서서 그녀의 창문을 올려다봤고 그녀의 남자 형제들이 나와서 그를 겁주려는 듯 노려보며 낮은 목소리로 위협적인 말들을 내뱉었다. 루시의 얼굴을 볼 수 있는 것만으로도 얼마나 위안이 되었던가. 끝도 없이 비가 내리던 장마철 내내 그녀는 결코 창문을 닫지 않았다. 그 역시 피난처를 찾지 않았고 비에 젖을지라도 서로의 얼굴이 가려지지 않도록 알맞은 각도로 우산을 들고 있었다.

이제 루시가 나타날 때마다 그는 오래전 자신의 욕구가 떠올랐다. 매번 불안해하면서도 그녀의 눈빛을 몇 분 이상 견딜 수 없어서 그만 밑으로 내려가곤 했다.

야스민은 그의 행동을 이해하지 못했다. 그런 식으로 관대하게 대하면 괴로워하는 여자에게 오히려 해를 끼치는 거라고 그녀는 주장했다. 그녀의 인내심이 한계에 다다르자 불쾌한 말싸움이 시작됐다. 영문과 교수라는 자가 간단하고 솔직한 메시지 하나를 제대로 전달하지 못하다니 이해할 수 없다고 했다. 어쩌면 그가 불쌍한 여자에게 매일 저녁 추파를 던지는지도 모르겠다고 했다.

야스민이 옷을 몽땅 감춘 날 아침 나리만의 분노는 차츰 안도감으로 바뀌었다. 아내 덕분에 그는 자신의 부조리한 처지에 눈을 뜨게 되었고 생각할 시간을 갖게 되었다.

잠시 후 그는 학교에 전화를 걸어 몸 상태가 좋지 않다고 알리고 강의를 취소했다. 그는 정오까지 기다리다가 야스민에게 다시 한 번 사정했다.

"안 돼요. 옷은 저녁 식사 때 줄게요."

"점심 식탁에 벌거벗은 채로 앉아 있으란 말이야?"

"그러든가 말든가."

그는 젖은 수건을 걸치고 앉아 있었고 그들은 아무 말 없이 오믈렛을 먹었다. 그는 그녀에게 다시 부탁하지 않았으며 침대에서 책을 보며 시간을 보냈다.

여섯 시 반에 루시가 나타났고 창가에 서 있던 그와 눈이 마주쳤다. 그는 침대로 돌아가서 다시 책을 들었다. 당연히 집중할 수 없었고 그는 몇 분 후 책을 털썩 내려놓고 야스민에게 갔다.

"여자에게 전할 메시지가 있어." 그는 아내를 설득하려고 했다. "약속할게. 오늘이 마지막이야. 24시간 동안 밖에 서 있어도 다시는 내려가지 않을 거라고 말하고 올게."

야스민은 그런 약속은 이전에도 수없이 들었다면서 자신이 알아서 하겠다고, 그게 모두를 위한 거라고 했다.

일곱 시에 그는 옷을 입지 않은 채 현관문으로 갔다. 문을 열고 한 발짝 내디뎠다. 아이들이 놀란 표정으로 재밌다는 듯이 지켜보았다. 쿠미가 킥킥 웃으며 잘의 귀에 대고 속삭였다.

"용기가 있으면 나가 봐요. 그래도 옷은 줄 수 없으니까." 야스민이 살짝 웃으며 말했다.

"그게 당신이 원하는 거라면." 그가 계단을 내려가기 시작하자 야스민이 쫓아갔다.

"당신 정말 미친 거 아니에요? 당신이 날 좋아하지 않는 거 알아요. 하지만 세상 사람들은 어쩔 거예요? 아이들은, 그리고 우리 아기는 어쩔 거냐고요?"

그는 똑바로 걸어서 도로를 건너 보도에 있는 루시에게 갔다. 인사도 없이 다짜고짜 이게 마지막이라고 말했다. 그녀가 인생을 허비하는 걸 더는 방조하지 않겠다고, 지금부터 거리를 두겠다고 했다. 그녀에게 존엄과 자존심에 대해서 설명하던 그는 자신이 어느 누구도 설득할 수 없는 진부한 말을 하고 있다는 생각이 들었다.

그가 말을 마칠 때까지 루시는 기다렸다. "나리, 당신 옷이 마음에 들어요."

그는 자기도 모르게 웃고 말았다.

그때 장난기 가득한 눈빛으로 그녀가 수건을 벗기려고 하자 그가 놀라서 뒤로 물러섰다.

당황해서 안절부절못하는 그를 바라보며 웃던 그녀가 손을 내밀었다. 그가 손을 잡자 그녀가 왼손으로 감싸면서 손을 빼지 못하게 꽉 쥐었다.

그는 그녀의 행동이 볼썽사납다면서 더는 그곳에서 서성거리지 말라고 말했다. 또한 창문을 올려다봄으로써 자신의 뜻을 전달했으므로 계속 그러는 건 어리석은 일이라고 못 박았다. 그녀를 보려고 내려오는 일은 절대 없을 것이라고 다시 한 번 강조했다. 이번에는 정말이라고 했다.

말을 마친 뒤 그는 조심스럽게 손을 뺐다. "루시, 잘 가. 행운을 빌어."

그가 돌아서 걸어가는데 행복의 성 일층에 사는 아이들이 창문 밖을 내다보며 소리쳤다. "이봐요, 코코넛 장수! 얼마예요?"

그는 아이들의 놀리는 소리에 고개를 끄덕였다. 해변에서 코코넛을 파는 장수들이 입고 다니는, 무릎까지 내려오는 룽기가 자신이 걸친 수건과 비슷했기 때문이었다. 집 안에 들어서자 야스민이 벽장 열쇠를 그에게 던졌다.

"미안해. 어쩔 수 없었어. 하지만 이제 끝났어."

"맞아요. 끝났어요." 야스민이 작은 목소리로 말했다. 그녀 옆에 앉아 있던 잘과 쿠미가 그를 노려보았다.

그날 낮에 네 번 더 나리만을 변기 의자에 앉히고 나자 그들의 힘이 바닥났다. 저녁 무렵에 나리만이 고통스러워하며 잠에 빠졌다. 쉴 수 있어서 고마웠던 오누이는 발코니에 앉았다.

가로등이 켜지는 모습을 보며 잘은 자기 몸도 예전 같지 않아서 그런 일을 감당할 힘이 없다고 했다. "이렇게 가다간 탈장에 맹장까지 터져 버릴 지경이야."

"난 어떻고? 등이 빠져나가는 것 같아."

"네가 실수한 거야."

"뭘?"

"변기 의자 말이야. 환자용 변기가 훨씬 쉬웠을 텐데."

"모르는 소리 그만해. 오히려 요강에 오줌을 계속 눠둔 것이 문제야."

시간이 지나자 악취가 심해졌다. 네 번째 볼일이 끝나고 쿠미는 코를 막으며 화장실로 가서 요강을 비우고 물로 행군 후 다시 변기 의자에 집어넣었다.

그들은 발코니에서도 오래 쉴 수 없었다. 곧 저녁 식사 시간이었으므로 나리만의 등 뒤로 베개를 여러 개 받쳐서 앉을 수 있도록 만들었다.

"너무 높다." 그의 말에 잘이 베개 하나를 뺐다.

그러자 너무 낮아서 중간 단계의 높이가 필요했지만 차마 그렇게 해 달라고 할 수 없었다. 다시 눕고 싶었던 나리만은 음식을 조금만 먹었다.

"맛있게 잡수셨어요?"

"맛있구나. 고맙다."

잘이 비누와 물을 들고 기다리는 동안 쿠미가 턱 밑에 세면기를 갖다 댔다. 나리만은 입을 씻고 재빨리 양치를 한 다음에 코를 풀었다. 작은 콧물 덩어리들이 얕은 물 위를 떠다니자 쿠미가 고개를 돌렸다. 그때 콧물이 세면기 테두리를 잡고 있던 그녀의 손가락에 튀었다.

"맙소사!" 쿠미가 뒷걸음질치자 잘이 비누와 물을 치우고 세면기를 잡았다. 그녀는 손을 씻으러 재빨리 달려갔다.

코를 막히게 만든 회녹색의 콧물이었다고 나리만은 생각했다.

"뭐라고 하셨어요?" 잘이 물었다.

"아무것도 아니다." 더 정확히 말하자면 비취색이었다.

자기 전에 잘이 구리 프라이팬과 숟가락을 침대 탁자 위에 올려놓았다. "필요하시면 이걸 두드려서 저휠 깨우세요."

그가 시범을 보이자 쿠미가 손으로 귀를 막았다. "에둘의 망치 소리보다 시끄럽네. 온 동네 사람들이 침대로 달려오겠다."

여느 때와 마찬가지로 그녀의 시답지 않은 농담에 아무도 반응이 없었다. 그때 마치 호응이라도 하듯이 아래층에서 망치 소리가 들려왔다.

"뻔뻔한 사람이네. 아픈 사람조차 쉬질 못하게 만드니 원." 그녀가 말했다.

"틀니 빼는 걸 잊었구나." 나리만이 그녀에게 틀니를 내밀어 보였다.

쿠미가 욕실로 가서 유리컵을 가져와 그의 입 밑에 갖다 댔다.

"물을 안 갈았네." 그가 틀니를 도로 집어넣었다.

"내일 갈게요. 너무 지쳐서 그래요."

그가 틀니를 탁한 물에 뱉었다. 틀니는 물을 약간 튀기더니 씩 웃으면서 바닥으로 서서히 가라앉았다.

밤에 그들은 프라이팬 두드리는 소리에 세 번 깨었다. 마지막 호출은 낮에 줄곧 권하던 대변을 보려는 것이었다. 의붓아버지를 변기 의자에 앉히고 나자 악취가 방 안을 가득 채웠다.

잘이 창문을 열고 천장 선풍기를 고속으로 돌렸다. 화장대 위에 놓인 처방전과 종이들이 바람에 날려서 구석으로 몰려갔다. 나리만이 선풍기 바람에 몸을 떨었다.

뒷물 처리를 어떻게 해야 할지는 미처 생각지 못한 부분이었다. 변기 의자 옆에 물통과 바가지를 갖다 놓은 그들은 아버지가 평상시처럼 왼손을 사용해 뒷물을 할 수 있기를 바랐다.

그러나 그는 정상적인 방법을 사용할 수 없었다. 깁스 때문에 몸을 움직일 수 없었으므로 변기 의자 위에서 도무지 어떻게 해 볼 도리가 없었다.

그래도 한번 시도는 해 보라고 그들이 권했다. 잘은 화장지를 사 뒀더라면 아버지에게 더 수월했을 거라고 했다.

"아, 나한테 있어. 작년에 물이 부족하다고 해서 몇 통 사 둔 게 있거든. 다행히 쓸 필요가 없었어." 쿠미가 통로 끝에 있는 보관함으로 달려가 휴지 한 통을 가져와 몇 장을 뜯었다.

휴지를 조심스럽게 쥔 나리만이 뒤를 닦으려고 무진장 애를 썼다. 한쪽 볼기짝을 축으로 삼고 손을 뒤로 뻗으려다가 하마터면 변기 의자에서 떨어질 뻔했다.

"안 되겠다." 까딱 잘못하면 큰일 나겠다는 생각에 겁이 난 잘이 의붓아버지의 겨드랑이 밑으로 두 팔을 집어넣어 의자에서 몸을 약간 일으켰다. "쿠미야, 어서 닦아. 오래 붙들고 있지 못하니까."

쿠미가 웩웩거리며 화장지로 대충 몇 번 문질렀다. "됐어."

남매는 아버지를 다시 눕히려고 움직였다. 나리만은 어금니를 앙다물었다. 두 눈에 고통이 가득했다. 잘 주무시라고 인사를 건네던 오누이가 그의 눈물을 보았다.

"요강." 잘이 쿠미에게 말했다.

"오빠 차례야. 지난번에 내가 비웠잖아."

"그건 오줌이었으니까 다르지. 그리고 변기 의자는 네가 생각한 거잖아."

"그럼 환자용 변기는 무조건 오빠가 처리할 거야?"

그는 요강을 들고 화장실로 재빨리 달려갔다. 함께 갔다가 돌아온 쿠미가 비록 첫날이지만 더는 못 견디겠다면서 싸우지 말고 해결책을 찾아보자고 했다.

"내일 얘기하자." 잘이 퉁명스럽게 대꾸하며 요강을 변기 의자에 집어넣었다. "벌써 새벽 세 시야. 쓰러지기 일보 직전이라고."

"오빠만 그런 줄 알아? 나도 힘들긴 마찬가지야."

그들은 이제 목소리를 낮추려고도 하지 않았다. 여전히 고속으로 돌고 있는 선풍기 때문에 침대 끝에 걸쳐진 홑이불이 바쁘게 펄럭거렸다.

"가기 전에 말이다." 나리만이 말했다.

"네?"

"제발 선풍기 좀 줄여 다오."

잘이 스위치를 돌려 저속으로 낮추자 퍼덕이던 홑이불이 부드럽게 흔들거렸다.

4

아침 일곱 시에 초인종 소리 때문에 잠에서 깨어난 쿠미는 아름다운 꿈을 꾸고 있었는데 아쉽다면서 입맛을 다셨다. 타즈 호텔 무도장에서 춤을 추고 있었고 밴드가 〈나를 달로 데려가 주오〉, 라틴 리듬의 〈둘을 위한 차 한 잔〉, 〈고향의 푸른 잔디〉 같은 옛날 히트곡들을 연주하고 있었다. 파트너의 능숙한 팔에 안겨 폭스트롯으로 미끄러지듯 움직이자 천장에서 아름다운 보석처럼 빛나는 크리스털 샹들리에가 두 눈에 들어왔다. 무도회장 대기실에서 준비하는 케이크와 샌드위치, 커피 향기가 코로 전해졌다. 그러나 파트너의 얼굴은 볼 수 없었고, 오로지 느낄 수 있는 건 단 한 번의 실수도 없이 그녀를 이끄는 능숙한 손놀림뿐이었다.

초인종 소리에 투덜거리며 그녀는 깨끗한 시트가 있는 시원한 곳으로 몸을 돌렸다. 오빠가 문을 열어 주기를 바라며 기다렸다. 아무런 인기척도 없었다. 다시 초인종 소리가 정적을 갈랐다.

두근거리는 가슴이 아직 가라앉지 않은 그녀는 기둥이 네 개 달린 침대에서 재빨리 일어나 세 시간 동안 청소를 하러 온 파출부를 집 안으로 들였다.

"풀라, 내 방부터 청소해. 머리가 아파서 다시 잘 거니까." 그녀가 지시를 내렸다.

그녀는 풀라가 슬리퍼를 문 옆에 놓고 발소리 없이 어두운 통로를 걸어오는 걸 지켜봤다. 파출부의 존재는 미미했으며 눈에 띄지 않았다. 그러나 파출부가 아프거나 컨디션이 좋지 않아서 일을 하러 오지 못하면 더러운 컵과 잔 받침, 먼지투성이의 가구, 정돈되지 않은 침대 시트 등 눈이 가는 곳마다 파출부의 존재가 눈에 띄었다.

쿠미가 다시 침대에 누워 있을 때 풀라가 부엌에서 짧은 빗자루를 들고 들어왔다. 등이 굽고 얼굴에 주름이 많아서 53살이라는 나이보다 훨씬 늙어 보였다. 무릎 역시 굽어 있었다. 파출부는 연녹색 사리를 끌어 올려 허리에 찔러 넣고 작고 빠른 걸음으로 움직이기 시작했다.

풀라는 몸을 낮추어 웅크리고 앉았다. 빗자루와 바닥의 경솔한 속삭임이 쿠미의 귀에 들려왔다. 그러자 쿠미의 눈꺼풀이 실룩거렸다. 잠시 그녀는 모든 것이 완전히 뒤바뀐 꿈을 꾸고 있는 듯했다. 춤 파트너가 녹색 개구리의 모습으로 바뀌더니 바닥을 뒤뚱거리며 기어가고 있었다.

비질 소리가 점점 커졌다. 부지런하게 휙휙 쓱쓱거리는 소리는 특히 침대 밑에서 더 크게 들렸으며 파출부의 머리가 침대 널에 몇 번 부딪쳤다. 그러나 쿠미는 그 일이 자신을 위한 것임을 알았다. 풀라가 일을 마치고 오빠의 방으로 가자 기뻤다. 오빠는 절대 잠에서 깨지 않을 것이며 청소하는 내내 코를 골 것이다. 심지어 그녀의 방에서조차 그의 코 고는 소리가 들렸다.

쿠미는 중단된 꿈을 다시 떠올리며 그것이 불러온 모호한 열망들을 되새겼다. 십 대 때 오빠와 함께 다녔던 춤 수업 시간이 생각났다. 아버지가 수업료를 지불했다. 엄마와 루시로 인해서 생긴 언짢은 일들에도⋯⋯ 아버지는 매우 관대했으며 오누이에게 인색하게 굴지 않았다. 그들은 때때로 어린 록시를 데리고 갔으며 그 애는 구석에 앉아서 그들이 연습하는 모습을 지켜봤다.

"잠깐만요." 풀라가 문간에서 말했다.

"왜, 뭐죠?" 쿠미가 몸을 돌리자 침대에서 삐걱 소리가 났다. "일이 끝났으면 가라고 했잖아."

"일이 끝나질 않았어요. 끝낼 수가 없어요."

이불을 걷어 내고 일어나 앉은 쿠미는 파출부가 제정신이 아닌 걸 눈치챘다. "그게 무슨 말이지?"

"직접 와서 보세요."

의붓아버지 방에 가니 지독한 악취가 풍겼다. 나리만이 다시 눈을 감더니 자는 척했다.

"근데 왜 냄새가 나지?" 쿠미는 파출부가 아니라 자신에게 작은 목소리로 말했다. "오빠가 어제 요강을 비웠는데."

게으른 오빠가 일 처리를 제대로 하지 않은 걸까? 변기 의자에 악취가 나는 걸 남겨 둔 걸까? 그녀는 코를 막고 뚜껑을 열었다. 요강은 깨끗했다.

나리만은 눈을 뜨고 깨끗하게 고백하기로 결심했다. 그러나 자신의 현재 상태로 보아 깨끗하기란 매우 힘들다는 생각에 겸연쩍어서 그는 웃었다.

"쿠미야, 미안하다. 가스가 찬 줄 알고…… 방귀를 뀐다는 게 그만……."

"세상에 맙소사!"

그녀는 방에서 도망쳤다. 자신이 발견한 것의 극적인 효과에 만족한 듯한 풀라가 뒤를 따랐다. "봤죠? 냄새 때문에 일을 못하겠어요. 난 변소나 청소하는 천한 사람이 아니라고요."

"풀라, 그럼……."

"지금 갈 테니까 그냥 품삯 주세요. 내 코가 썩어 문드러지지 않는 곳에서도 할 일이 많으니까."

"풀라, 알았어. 오늘은 청소 그만하고 그릇하고 냄비만 닦아. 부엌에는 냄새가 안 나잖아."

"그냥 가는 게 좋겠어요. 돈은 내일 와서 받을게요."

쿠미는 현관문까지 풀라를 따라 나와 달래려고 해 봤지만 소용없었다. 현관문이 닫히자 그녀는 다른 문을 열기로 마음먹었다. 파출부 없는 날들의 재앙이 시작된 걸 깨달은 쿠미는 참담했다. 오빠를 깨우러 갔다.

"어서 일어나!" 쿠미가 잘의 어깨를 쥐고 흔들었다. "아버지가 무슨 짓을 했는지 좀 보라고!"

잘은 슬리퍼를 더듬어 찾았다. "단 두 시간도 못 자게 하니?"

오빠의 항의를 무시한 채 그녀는 그를 데리고 나리만의 방으로 갔다. 악취 때문에 말로 굳이 설명할 필요가 없었다. 어깨가 축 처진 채 문에 몸을 기대고 있는 잘에게서 희망이라곤 찾아볼 수 없었다.

"거기다 더 기가 찬 건," 쿠미는 울음을 터뜨리기 일보 직전이었다. "내가 이걸 발견했을 때 아버지가 웃고 있었다는 사실이야. 웃고 있었다고! 이게 그렇게 재밌는 일이야?"

"쿠미야, 그건 오해야." 나리만은 겸연쩍어서 그랬던 것뿐이라고 서둘러 해명했다. "이제 왜 웃었는지 알겠지?"

"제발, 그만하세요. 눈에 보이는 것도 모를 줄 알아요."

잘 역시 순간적으로 여동생처럼 좌절했다. 더러워진 침대는 최악의 상황이었다. 아버지의 침대가 간이 화장실이 돼 버렸다는 부조리한 상황에 웃을 수도 없었고 그에 대해서 이러쿵저러쿵 말할 기운도 없었다.

청소를 하려면 나리만을 침대에서 내려 변기 의자에 앉혀야 했다. 그러나 그는 발목이 너무 아프다며 울상을 지었다. "난 냄새는 괜찮다. 약간 축축할 뿐이야. 그냥 날 매트리스에 눠둬."

"그럴 순 없어요." 잘이 말했다. "상황이 더 심각해질 뿐이에요. 매트리스 속이 썩을 거고 아버지 피부가 어떻게 될지 몰라요. 쿠미야, 준비됐니? 하나, 둘, 셋, 들어……."

나리만의 낮은 비명은 바람에 구슬프게 우는, 버려진 문짝에서 나는 소리 같았다.

남매는 더러운 시트를 걷어 내고 상황을 살폈다. 쿠미는 비닐 시트를 깔았더라면 그렇게 심각하진 않았을 거라고 했다. "아직 있거든. 록산나가 아기였을 때 엄마가 그랬던 것처럼 그걸 밑에다가 깔았어야 했는데."

"매트리스를 치워야겠어. 아버지한테는 엄마 방에 있는 걸 드리자." 잘이 말했다.

그들은 매트리스를 발코니 난간에 걸쳐 놓고 간단하게 씻은 다음 햇볕에 말렸다. 잘은 그 모든 것이 틀림없이 변기 의자 때문이라고 투덜거렸다.

"그게 무슨 말이야?"

"아버지가 변기 의자를 사용하려고 일어설 때 고통이 너무 심하니까 방귀가 나와도 그냥 참는 거잖아."

"말도 안 돼. 방귀 때문이면 조금만 나오지 그렇게 엄청난 양이 나와?"

순식간에 쿠미가 울음을 터뜨리며 무너졌다. 너무 버거워서 더는 어찌할 바를 모르겠으며 아버지를 어떻게 돌봐야 할지도 모르겠다고, 폴라마저 가 버려서 이제는 집안일이 모두 그녀의 몫이 돼 버렸다고 했다. 아버지가 몸져누워 있지 않을 때도 변기에 튀긴 오줌, 지저분한 화장실 하수구, 매일 아침저녁으로 노려보고 있는 틀니를 다루느라 충분히 힘들었다고 했다.

"지금껏 아무도 날 도와주지 않았어. 오빠도 록산나도 예자드도. 이젠…… 모르겠어……. 너무 우울하고 힘들어……."

그녀의 울음에 잘은 깜짝 놀랐다. 지금까지 여동생은 튼튼한 기둥이었고 자신은 줏대 없는 타입이었다. 그는 즉시 뒤집힌 상황을 바로잡으려고 했다.

"쿠미야, 네가 지쳐서 그래. 이리 와서 앉아." 그녀를 달래며 손을 잡고 소파로 데려갔다. "이 일이 우리한테 낯설어서 그래. 아버지한테도 마찬가지고. 익숙해지면 쉬워질 거야."

쿠미는 오빠의 위로의 말을 들으며 마음이 안정되는 걸 느꼈다. 서서히 기운을 회복한 그녀는 내일 아침에 변기 의자 가게에 가기로 했다. "환자용 변기로 바꿔 올게."

잘이 체노이 집에도 들러서 록산나에게 사고에 대해서 알려 주는 게 어떠냐며 록산나와 예자드가 상황을 알면 도와줄지도 모른다고 했다.

쿠미는 거절했다. 그들은 쓸데없는 충고와 비판을 늘어놓을 뿐 도움이 되지 않을 것이며, 체노이 식구들이 몰려와 매일 저녁 아버지를 어떻게 돌봐야 하는지―특히 예자드가―간섭하는 걸 원치 않는다고 했다. 게다가 환자용 변기와 세면기로 바쁜 와중에 차와 시원한 음료수를 대접하며 손님들을 맞을 힘도 없다고 했다.

잘은 오늘 아침에도 주식 시장에 나가지 못했다. 쿠미가 돌아올 때까지 아버지가 잘 버티기를 기도했다. 그녀가 돌아오자 그는 환자용 변기와 소변기가 마치 구조선이라도 되는 듯이 환영했다.

그러나 새 용품들에 품은 희망은 첫 번째 시도에서 끝나 버린 하잘것없는 것이었다. 나리만을 변기 의자에 앉히는 중노동이 사라지긴 했지만 나머지 과정은 여전히 역겨웠다.

좋은 기술을 가지고도 과학자와 공학자가 환자용 변기보다 괜찮은 걸 개발하지 못한다는 건 말도 안 된다고 쿠미가 말했다. "휴대폰이나 인터넷 같은 쓸데없는 게 왜 필요해? 침대에서 대변볼 때 사용하는 첨단 기기는 왜 없냐고?"

남매는 의붓아버지의 몸에서 나오는 배설물과 분비액과 계속 싸웠지만 뜻대로 되지 않았다. 혐오감과 연민, 분노의 감정이 차례로 찾아오더니 불현듯 혐오감이 엄습했다. 피와 뼈로 이루어진 인간의 몸이 건강할 때는 그렇게 효율적이다가 어느 순간 그렇게 더럽게 변할 수 있다는 사실에 당황스럽고 화가 났다. 나리만의 나이로 보나 이전의 병력으로 보나 그런 일이 발생하리라고는 꿈에도 생각 못 했다. 때로는 의붓아버지가 그들을 괴롭히려고 일부러 그러는 것처럼 감정적으로 받아들이기도 했다. 그래서 해가 질

무렵이면 말과 침묵의 비난으로 가득한 분위기 속에 팽팽한 긴장감이 감돌았다.

오누이는 쟁반에 담은 저녁 식사를 갖다 주며 유리컵에 담긴 틀니를 건넸다. "한 가지만 부탁해도 되겠니?" 나리만이 물었다.

"우린 아버지를 위해서 백만 가지나 하고 있잖아요." 쿠미가 말했다.

"그래, 안다." 그가 달래듯이 웃었다. "틀니에서 냄새가 나서 그래. 5일 동안 씻지를 못했거든."

유리컵을 낚아챈 쿠미는 이를 갈며 욕실로 갔다. 틀니가 빠지지 않도록 조심하며 물을 버리고 세제를 몇 조각 넣고서 새로 물을 채운 다음에 흔들었다. 두 번 헹구고 나서 그녀는 틀니를 만지지 않고 해냈다는 사실에 흡족해하며 돌아갔다.

나리만이 고마워하며 틀니를 입속에 집어넣었다. 그 순간 세제 맛을 본 그의 얼굴이 일그러졌다.

"왜 그러세요?" 잘이 물었다.

"아니다. 틀니를 씻어 줘서 고맙구나. 그런데 록산나한테 내가 이렇게 됐다고 얘기했니?"

"도대체 생각이 있으세요?" 쿠미가 말했다. "아버지가 나가서 발목을 부러뜨리고 나서 내가 단 일 분이라도 자유로웠던 적이 있는 줄 알아요? 각하께서 제 서비스가 맘에 들지 않으신다면 진심으로 사과드립니다."

"쿠미야, 제발 화내지 마라." 나리만이 사정했다. "미안하다. 내가 생각이 짧았구나."

고통을 덜어 줄 잠은 아직 오지 않았지만 복도에서 "아버지, 안녕히 주무세요." 하고 외치는 소리에 그는 침묵으로 답했다. 문 쪽으로 들어온 손이 스위치를 찾느라 더듬거리더니 불이 꺼졌다.

나리만은 어둠에 감사했다. 온몸이 끈적거려서 뒤척이다가 탤컴파우더를 발랐으면 좋겠다고 생각하며 등을 긁으려고 애를 썼다. 병원에서 돌아온 후 잘도 쿠미도 그의 옷을 갈아입힐 생각을 하지 않았다. 스펀지 목욕은 고사하고 수건을 적셔 닦아 주지도 않았다. 그가 부탁했다면 해 주었겠지만 그들의 서툰 손에 몸을 맡기고 싶지 않았다.

오른쪽 어깨를 들자 천장 선풍기의 느린 미풍이 땀에 젖은 등을 스쳤다. 그는 가로등 때문에 훤한 유리창을 응시했다. 삭막한 창살들이 오히려 위안을 주었다. 루시를 기다리느라 창밖을 내다보며 그가 잡곤 했던 창살들은 익숙한 오래된 친구들이었다. 창살의 벗겨진 페인트를 때때로 손톱으로 튀겨 날리곤 했었다. 젊었을 때 머리가 벗어지기 전에 비듬을 튀기던 것처럼. 그의 손가락은 얇은 조각만 잘 튀겨 날린 건 아니었다. 그들이 젊었을 때…… 루시가 입었던 드레스…… 그녀가 그 옷을 입으면 클라리넷처럼 늘씬해 보였기 때문에 클라리넷 드레스라고 불렀다.

"우리가 젊었던 어느 날." 그는 노래 가사를 반쯤 흥얼거리며 반쯤 상상했다. "오월의 아름다운 아침에 당신이 내게 말했지. 나를 사랑한다고. 우리가 젊었던 어느 날."

루시와 함께 〈위대한 왈츠〉를 본 후로 그 노래를 즐겨 불렀다. 일요일 저녁 메트로 극장에서 그 영화를 봤던 기억이 아직도 생생했다. 바로 그날 그 노란색 드레스의 이름을 붙여 주었다. 영화를 보고 나서 그는 그녀에게 밀리자 코르유스처럼 아름답다고 했다. 코아퍼리지 운동장으로 걸어간 그들은 힘찬 행진곡을 연주하는 군악대 주위에 모여 있는 인파로부터 멀리 떨어진 벤치에 앉았다. 나무와 수풀이 군악대로부터 그들을 가려 주었다.

그는 드레스 위아래에 달린 큼직한 노란 단추들을 따라서 손가락을 놀리며 하나씩 눌렀다. 마치 클라리넷을 연주하는 것 같다고 그가 말했다. 그녀가 웃으면서 키를 제대로 누르지 못한다고 놀렸다. 그 말이 도발적으로 들렸다. 그는 키스를 하면서 손가락으로 단추를 끄르고 가슴을 만지다가 어느새 브래지어 안으로 손을 밀어 넣어 젖꼭지를 만졌다. 그녀가 쾌감의 한숨을 내뱉자 그는 귀에다 대고 키를 제대로 찾았다고 속삭였다. 그러나 손가락만으로는 부족했다. 클라리넷을 연주하려면 입이 필요하다고 그가 말했다. 입으로 불어 보겠다며 그는 손을 뒤로 뻗어 브래지어를 끄르려고 했다. 아니, 여기선 싫어요, 하고 그녀가 말했다. 그러자 그는 당장 입이 닿을 수 있는 곳만 불고 정식 클라리넷 협주곡은 다음 기회에 연주하자고 했다……

구급차가 굉음을 울리며 아파트 건물을 지나가자 번쩍이는 불빛이 창문 너머로 무질서한 빛을 뿌렸다. 순간 창살에 햇빛이 쏟아지는 듯했다. 다시 창문에 그가 익숙하게 바라보던 희미한 가로등 불빛이 나타났다.

창밖에서 산들바람이 불어 나뭇가지들이 스치는 소리가 들렸다. 그림자가 창유리에 어른거렸다. 흔들리는 나뭇잎들은 마치 야행성 동물의 발톱 같았다.

그는 순간적으로 오한이 났다. 선풍기를 끄고 싶었지만 차마 도와 달라고 할 수 없었다. 다시 한 번 자신의 무기력함을 실감했다. 이제 어떻게 될까? 앞으로 몇 주일 동안 모든 것을 그들에게 의지해야 한다. 이미 그들은 그들이 감당해야 할 일과 그가 살아 있는 것에 진절머리를 쳤다.

아니, 그건 너무 야박한 말이었다. 그들도 최선을 다하고 있으니까. 시계를 보았다. 동이 트려면 아직도 몇 시간이나 남았다. 창문에는 나뭇잎 그림자가 모양이 바뀌어서 아가리를 크게 벌린 목구멍 같았다. 가슴속에서 울음이 솟구치는 걸 느낀 그는 눈을 감았다. 아이들이 들을까 봐 신경이 쓰였다.

"무리해서 등에 탈이 났는지 아파 죽겠어." 잘과 함께 발코니에 앉아 있던 쿠미가 말했다. "아버지 문제를 결정하지 않고는 오늘 밤에 못 자겠어."

"그럼 보모를 고용하자." 잘이 말했다.

"그건 안 돼. 돈이 없잖아."

"넌 항상 그러더라."

"오빠가 직접 은행 통장을 확인해 봐. 병원비 때문에 우리가 모은 이자가 날아갔잖아."

거리에서 소동이 벌어지자 그들은 말을 멈췄다. 보도에서 남자 몇 명이 달아났고 사람들이 고함을 지르며 뒤를 쫓았다. 무슨 일인지 알 수 없었다. 쿠미는 사람들이 도둑들, 아마도 소매치기들을 쫓는 것 같다고 했다. 잘은 그냥 별 볼일 없는 짓거리가 시끌벅적하게 벌어진 모양이라고 생각했다. 거리는 곧 일상적인 분주함을 되찾았다.

"할 수 있는 게 거의 없어. 집에서 시장, 시장에서 집, 그뿐이야. 불의 사원조차 갈 시간이 없어." 쿠미가 말했다.

"너만 그런 줄 알아? 내 일도 마찬가지야."

"그게 일이야? 매일 아침 주식 시장에 나가서 잡담이나 하면서."

"어머니가 투자한 걸 내가 잘 돌보지 않았으면 지금 이 집에 한 푼도 남아 있지 않을 거야."

"오빠가 번듯한 직업이 있었으면 보모나 간병인을 구할 돈도 있었겠지."

그들은 다시 원점으로 돌아갔다. 발코니 난간 너머로 끝없는 차량의 행렬을 바라보던 그들은 불쾌하고 화가 났으며 피로와 좌절감 때문에 이성적 판단이 흐려졌다. 그러다가 논쟁을 멈추고 암묵적인 휴전에 들어갔다.

"아버지가 침대에 무기력하게 누워 있는데 화를 내긴 싫어. 하지만 아버지를 미워하지 않을 수가 없어." 쿠미가 말했다.

"미워하다니." 잘은 그 단어가 지닌 힘에 더럭 겁이 났다. "넌 일을 미워할 뿐이야. 우린 최선을 다해서 의무를 다하면 되는 거야. 비록 의붓아버지이지만 항상 우리한테 잘해 주셨잖아. 그건 잊지 말자."

밤늦게까지 이야기를 나누다가 여전히 해결책을 찾지 못한 채 오누이는 자러 가려고 자리에서 일어났다. 의붓아버지의 방을 지나치는데 안에서 무슨 소리가 들렸다.

"소리 들었어?"

"글쎄." 잘이 걸음을 멈추고 보청기를 조절했다. 홀쩍이는 소리가 들렸다. 문 쪽으로 가 보았다. 틀림없었다. 아버지가 울고 있었다.

"어쩌지?" 쿠미의 눈에 금세 눈물이 어렸다.

"당연히 가 봐야지."

그들은 불을 켜지 않고 방으로 들어가 침대 옆 탁자로 살며시 걸어갔다. "아버지." 쿠미가 그의 어깨를 어루만졌다. "소리 들었어요…… 괜찮으세요?"

나리만은 방에 불을 켜지 않아서 고마웠다. 인사의 의미로 그는 몸을 약간 움직였다. "그래, 난 괜찮다."

"아파서 그러세요? 약 한 알 더 드릴까요?" 잘이 물었다.

"난 괜찮다. 너희들도 쉬어야 하니까 그만 자거라." 그가 작별 키스하는 소리를 냈다.

"아버지, 잘 주무세요."

그들 역시 어둠에다 대고 작별 키스를 한 후 새로운 상황에 대해 걱정하면서 방을 나섰다.

그 후 며칠 동안 그들은 의붓아버지가 우는 소리를 들었다. 때로는 오후에 낮잠을 자면서 울기도 했지만 대개는 밤에 울었다. 의사에게 알리기로 했다.

나리만은 의사가 방문하자 의아해하면서 또 검진이 필요하냐고 물었다.

"병원에서 말씀드린 것 같은데요. 퇴원하고 일주일 후에 검진받아야 한다고요. 그래야 모든 일이 제대로 굴러가거든요." 타라포레가 허풍을 쳤다.

"그래?"

"물론이죠. 아픈 건 좀 나아졌습니까?"

"처음 이틀 동안은 힘들었지." 나리만의 말에 쿠미가 움찔했다. 변기 의자에 대해서 불평이라도 하는 걸까?

"그런데 그건 당연했어. 하루에 진통제를 네 알 먹다가 지금은 밤에 한 알만 먹어도 괜찮으니까."

"좋습니다. 아주 좋아요." 의사가 말했다.

그러나 일주일 동안 바킬 교수의 얼굴에 나타난 변화에 의사는 자못 걱정스러웠다. 부러진 발목만으로는 설명할 수 없는 상태였다. 잘과 쿠미를 밖으로 불러낸 의사는 환자의 기분을 북돋아 줄 필요가 있다고 했다.

"아플 때 우울증이 생기는 경우는 허다합니다만 노인들은 심각할 수 있습니다. 걱정하는 모습을 보이지 말고 밝고 긍정적인 모습을 보이세요. 즐거운 일과 행복한 추억을 얘기하세요. 웃음과 유쾌한 기분이 약만큼이나 중요하니까요."

또한 의사는 욕창을 예방하기 위해서 환자의 등에 주의를 기울이라고 했다. 매일 스펀지나 젖은 수건으로 씻겨 주고 좋은 탤컴파우더를 사용할 것과 베개를 받치고 몸을 세워서 자세를 자주 바꿔 주라고 했다. 일단 피부가 손상되거나 조직에 궤양이 생기면 환자에게 극심한 고통이 따르고 보호자들도 다루기가 매우 힘들 거라고 경고했다.

쿠미는 타라포레 박사가 평생 불행이란 걸 겪어 보지 않았으므로 밝고 긍정적으로 생활하라고 말하는 거라고 했다. "행복한 추억이라니. 그런 걸 지금 그 나이에 어떻게 만들 수 있냐고?"

"록시가 아기였을 때 얘기를 해 주면 되잖아." 잘이 제안했다. "아버지는 그때 무척 행복해했지. 엄마도 마찬가지고. 우리 모두 행복했잖아."

"한 가지 이야기로 얼마나 버틸 수 있을까?"

잘이 어깨를 으쓱했다. "무엇보다도 염려되는 건 우리가 적절하게 간호하는 법을 몰라서 생길지도 모를 피해야. 의사가 위생 상태에 관해서 말하는 거 너도 들었지? 엄청난 책임이라고."

"그건 록산나와 예자드도 같이 부담해야 할 일이야. 내가 줄곧 말해 왔지만 우리에게만 부담을 지우는 건 옳지 않아."

"하지만 바로 네가 개들한테 알리고 싶어 하지 않았잖아."

"알려 봐야 무슨 소용이냐고? 아버지가 이곳에 있는 한 개들은 짐을 피하는 건데."

어떤 식으로 이야기를 끌고 나가야 할지 몰라서 잘이 고개를 가로저었다. "어젯밤에 아버지한테 소리 지르고 나서 정말 부끄러웠어. 때로는 좌절감 때문에 끔찍한 생각을 하곤 해. 아버지의 입을 막을 수면제라든가 며칠 동안 변이 안 나오도록 해 줄 지사제라든가."

그는 오른쪽 귀 밑에 있는 사마귀를 만지작거리며 말을 이어 갔다. "신이 우리에게 시련을 내릴 때면 그것을 다룰 힘과 지혜도 보내 준다는 속담이 있지?"

쿠미는 힘과 지혜는 용기 있게 행동하며 권리를 찾으려고 일어서는 사람들을 위한 거라고 대꾸했다. "근데 우리는 그렇게 한 적이 한 번도 없잖아. 그렇지?"

"그게 무슨 말이야?"

"생각해 봐. 보모를 들일 돈이 왜 없냐고? 그건 아버지가 저금을 몽땅 록산나한테 주도록 우리가 놔뒀기 때문이야. 우리 문제는 거기서 출발한 거야. 엄마가 우리한테 남겨 둔 돈이 있었기에 망정이지." 또다시 그녀는 분노했다. "엄마가 살아 계셨더라면 그런 부당한 일은 결코 일어나지 않았을 거야. 난 걔들이 정말 미워!"

"그렇게 말하면 어떡하니. 록산나는 우리 동생인데. 그리고 아버지가 우리한테는 이 아파트를 주셨잖아. 그러니 우리 몫의 책임을 다해야지."

"난 아버지한테 빚진 게 없어. 아버지가 내 기저귀를 갈아 줬어 아니면 내 궁둥이를 씻겨 줬어? 그러니 나도 아버지 똥을 치울 필요가 없다고."

"아버지가 어떻게 그렇게 하니? 아버지가 엄마랑 결혼했을 때 넌 열한 살이었는데." 심각한 순간임에도 잘은 웃음을 참을 수 없었다.

쿠미도 겸연쩍은지 씩 웃었다. "암튼 아버지를 위해서 이 모든 일을 해야 할 사람은 내가 아니란 뜻이야."

"어쨌든 그건 중요한 문제가 아냐." 잘이 말했다. "우리가 나이팅게일이 돼서 아버지의 몸을 최고로 잘 보살필 수 있다고 쳐도 웃음과 유쾌함을 어떻게 드릴 수 있냐는 거지. 그런 건 약병에서 나오는 게 아니잖아. 아버지가 정말 우울증으로 돌아가시기라도 하면 어쩔 거야?"

쿠미가 손가락을 입술에 가로로 댔다. 머릿속에서 한 가지 생각이 모습을 갖추어 갔다. "아버지는 록시 가족을 볼 때마다 기분이 좋아지잖아. 예자드를 만나면 항상 웃으면서 즐거운 시간을 보내고."

"그래서?"

"의사가 처방한 밝고 쾌활한 환경을 위해선 아버지가 그들과 함께 있어야 해."

"그건 말도 안 돼. 아버지가 예자드와 잘 지낸다고 쳐. 그렇다고 해서 예자드가 장인이랑 그 좁은 방 두 개짜리에서 몇 주씩이나 함께 지내고 싶겠어?"

"록시가 원한다면? 의사가 생사가 걸린 문제라고 하면 예자드도 절대 싫다고 못할 거야."

그들은 요러쿵조러쿵 따지다가 결국 록산나가 군말 없이 아버지를 맡을 것이며 오히려 기회를 줘서 고마워할 거라고 확신하기에 이르렀다. "일주일 동안 우리가 자기한테 알리지 않았다고 록산나는 분명히 화를 낼 거야." 쿠미가 말했다.

나리만이 아침 식사로 차와 토스트를 먹는 걸 도와주던 잘이 한 가지 제안이 있다고 했다. "회복될 때까지 유쾌한 빌라에 잠깐 가 계시는 게 어떨까 해서요."

나리만이 고개를 끄덕이며 차에 설탕을 더 넣어 달라고 했다.

"한 스푼이나 넣었는데요." 쿠미가 말했다.

"달지가 않아."

설탕을 더 넣으며 쿠미는 설탕이 이제는 배급표에 포함되지 않는다는 사실을 다시 한 번 상기시켰다. "시장 가격으로 사야 하니까 아껴야 해요."

"제 제안에 대해서 아버지 생각은 어떠세요?" 잘이 물었다.

"제 생각엔 록시의 아파트가 재밌을 것 같은데요." 쿠미가 말했다. "예자드와 아이들도 있고 하니까요. 그리고 회복도 훨씬 빠를 거예요. 마음이 행복하면 몸도 건강해지잖아요. 몇 주는 금방 지나갈 거예요."

그들은 대답을 초조하게 기다렸다.

"너희들의 우울한 얼굴에 미소가 돌아오는 걸 보니까 좋구나." 마침내 그가 입을 열었다. "통로에 있는 조상들의 사진을 닮아 가는 것 같았는데 말이야."

"아버지, 그건 아버지가 걱정되어서 저희가 웃을 여유가 없어서 그런 거예요." 잘이 말했다. "아버지가 고통스러워하시는데 즐겁게 해 드리지 못하니까 저희도 속상합니다."

더 긴 침묵이 흘렀다. 자기가 싫다고 하고 아무리 그럴듯한 이유를 갖다 대도 결국 그들 뜻대로 할 거라고 나리만은 생각했다. 또 이 아파트는 내 집이지만 너희들과 록산나를 차별하지 않으려고 너희들 명의로 바꿔 준 것뿐인데 이제 내가 힘이 없다고 쫓아내는 거냐고 하면 나리만더러 과장한다고 비웃을 것이다.

"여기나 거기나 침대에 누워 있기는 마찬가지지. 하지만 거긴 집이 좁아서 힘들 텐데."

"좁다니요? 봄베이 기준으로 보면 아주 큰 거죠! 아버지도 아시다시피 단칸방이나 한집에서 여덟, 아홉, 열 명의 가족이 같이 살잖아요." 쿠미가 말했다.

나리만은 오누이의 불안해하는 얼굴을 다시 한 번 살폈다. "록산나와 예자드가 좋다고 하면 난 상관없다. 걔들한테 먼저 얘기해 봐."

"아버지, 그게 무슨 말씀이세요?" 쿠미가 말했다. "걔들이야 당연히 좋다고 하겠죠. 지금까지 저희가 왜 록산나에게 아버지가 다쳤다는 말을 안 한 줄 아세요? 그건 걔가 아버지를 돌보겠다고 고집을 피우고 유쾌한 빌라로 모셔 가겠다며 저희랑 싸울까 봐서 그런 거예요. 그리고 걔가 걱정할까 봐 그런 것도 있었고요."

그렇게 하기로 결정이 내려졌다. 이동을 위한 준비를 하는 동안에 썰렁한 농담과 중요하지도 않은 문제에 괜히 열을 내면서 평온한 겉모습을 유지하려고 했다. 여행 가방을 벽장 꼭대기에서 꺼내 먼지를 털었다. 쿠미는 옷을 팔에 걸치고 침대로 가서 승낙을 받았다.

나리만은 보지도 않고 좋다고 했다. 마치 휴가를 준비하는 것처럼 그녀의 기분이 좋아 보였다.

잘이 책을 가져가겠냐고 물었다. 나리만은 잘 모르겠다고 대답했다.

"나중에 말씀하세요. 필요한 건 뭐든지 갖다 드릴게요." 그는 나리만의 면도기, 면도 비누, 면도솔을 비닐에 담은 후 가방에 넣으라고 쿠미에게 주었다.

그녀는 면도 용품들을 셔츠 밑에 챙겨 넣었다. "아버지, 면도하지 마시고 턱수염을 기르세요. 아버지 같은 철학자는 턱수염이 어울려요."

"맞습니다. 소크라테스의 턱수염요." 잘이 말했다.

나리만이 미소를 지었다. 참 눈물겹게 노력한다 싶었다.

"더 챙길 거 없으세요?"

그는 고개를 가로저었다. 루시의 사진이 있었더라면 넣어 달라고 했을 것이다. 그러나 야스민이 하나도 남김없이 모조리 불에 태웠다. 저녁 기도 때 향을 피우는 데 사용하던 바로 그 은제 향로의 벌겋게 타오르는 석탄 위에다가. 꼭 그렇게 나쁘지만은 않았다. 그로 인해서 기억에 의지하게 됐으니까. 루시의 모습은 불에 태울 수 없었다.

다음 날 아침 쿠미는 여행하는 데 문제가 생길까 봐 나리만에게 진통제 한 알을 더 주었다. 혹시라도 빠뜨린 게 없는지 마음속으로 점검 목록을 확인했다. "오빠, 아버지가 틀니 담는 유리컵 챙겼어?"

"그건 필요 없다. 록산나가 설마 틀니 담을 컵 하나 안 주겠냐." 나리만이 말했다.

"혹시라도 빠뜨린 게 있으면 나중에 갖다 드리면 되잖아." 쿠미의 들뜬 모습에 당혹스러워하며 잘이 여동생의 흥분을 가라앉히려고 했다.

"확실히 해야지. 안 그러면 록산나한테서 아버지를 제대로 모시지 않는다는 말이 나온다니까." 그녀는 부랴부랴 욕실로 갔다. 자신이 그렇게도 싫어하던 유리컵이 선반 위에 놓여 있었다. 그녀는 유리컵을 흔들어서 물기를 없앤 다음에 갈색 종이 봉지에 담았다. "됐어요, 아버지. 준비 완료됐습니다."

"앰뷸런스가 왔다." 잘이 창문가에서 큰 소리로 말했다.

불쌍한 아이들이 흥분을 제대로 감추지 못한다고 나리만은 생각했다. 그들을 비난할 순 없었다. 비난은 36년 전에 중매결혼을 성사시킨 고집스러운 불행의 기술자들이 받아야 마땅했다. 결혼식이 끝난 후 그의 부모님이 했던 말이 아직도 귓가에 선했다. 이제 네가 정착했으니 우린 마음 편히 죽을 수 있겠구나. 실제로 부모님은 일 년 후에 세상을 떠났다. 부모님은 의무를 다할 수 있을 만큼 오래 살았지만 그로 인한 불행을 목격할 만큼 충분히 오래 살지는 못했다.

몸에 맞지 않는 흰색 유니폼에 헐렁한 샌들을 신은 남자 두 명이 들것을 들고 들어왔다. 운전사는 잘에게 일의 시작 시간이 적힌 서류에 사인하라면서 목적지의 주소를 확인했다.

들것을 놓을 공간을 만들기 위해서 남자들이 나리만을 침대 한쪽으로 옮겼다. 그들은 능숙하게 들것에다가 그를 옮긴 후 홑이불을 덮어 주며 눈을 감는 게 좋을 거라고 충고했다. 조심스럽게 문을 돌아 나와 침실에서 벗어난 그들의 뒤를 잘과 쿠미가 뒤따랐다.

그들이 통로를 걸어 나갈 때 나리만이 눈을 떴다. 누운 자세에서 벽에 붙은 조상들의 뚱한 표정의 사진들을 올려다보았다. 그를 보는 그들의 눈이 이상했다. 마치 그들이 살아 있고 자신은 죽은 것 같았다.

들것이 바다에서 흔들리는 배처럼 위아래로 조금씩 움직이자 조상들이 고개를 끄덕이는 것처럼 보였다. 아파트를 떠나게 된 그의 운명에 동의라도 하는 듯이.

그 익숙한 얼굴들을 보는 것도 오늘이 마지막이 될지도 모르겠다고 생각했다. 구급대원들에게 모든 방을 한 바퀴씩 돌아 달라고 부탁하고 싶었다. 현관문이 닫히기 전에 모든 걸 살펴보고 마음속에 새기기 위해서.

5

완벽한 레가토로 연주되는 온음계가 유쾌한 빌라의 일층에서 들려왔다. 4층에서 바이올린 소리에 맞춰 흥얼거리던 록산나는 간단한 도레미 음이 듣기 좋다고 생각했다.

한 옥타브가 끝나자 그녀는 부엌에서 소리쳤다. "제항기르, 물이 뜨거워졌으니까 어서 준비해!"

바이올린은 장음계를 높은 음으로 올렸다. 퍼즐 맞추기에 열중하고 있던 제항기르는 엄마의 말을 무시했다. 지금 당장 그 애가 하고 싶은 일은 퍼즐의 세계에 빠져드는 것이었다.

"제항기르, 물 거의 다 끓었어. 엄마도 끓을 지경이고. 경고했다."

"오늘은 제 차례가 아니잖아요."

"잔머리 쓸래? 어제는 형이 목욕했잖아. 서둘러. 쓸데없이 물 더 끓이지 말고!"

미완성의 코모 호수 위로 그림자가 드리워졌다. 고개를 들자 아빠가 내려다보고 있었다. "엄마 말 안 들려? 야단맞기 전에 당장 가지 못해."

록산나는 남편이 사랑스러웠다. 그가 아이들 편을 들지 자신의 편을 들지 예측할 수 없었기 때문이다.

제항기르가 퍼즐을 손에서 놓자 예자드가 넘겨받았다. "당신 아들은 완전 중독이야. 집중하는 걸 보면 꼭 이 세상에서 자기만의 공간을 찾는 것 같다니까."

아들이 못 맞춘 파란색 퍼즐을 든 그는 코모 호수의 여러 군데에 시도해 봤지만 결국 포기하고 말았다. "아직 이걸 맞출 때가 아니잖아. 먼저 다른 걸 좀 더 맞춰야지."

"저도 알아요." 제항기르가 거실의 자신과 무라드의 침대 사이에 걸린 빨랫줄에서 수건을 걷으며 말했다. 빨래를 발코니에 널 수 없는 비 오는 날이면 젖은 옷이 걸린 빨랫줄이 향기로운 커튼이 돼 주었다. 제항기르는 거실을 그렇게 두 군데로 나누는 걸 좋아했다. 그럴 때면 모두 자기 방을 하나씩 가지게 되었으며 모든 것이 아름다운 영국에 살고 있는 유명한 5인조 수사대의 멤버가 된 기분이었다. 상상의 나래를 한껏 편 그 애에게 옷커튼이 쳐진 방은 울새가 노래하고 장미꽃이 피는 아름다운 정원을 갖춘 영국 시골집으로 바뀌었다. 그곳은 모험을 끝내거나 미스터리 사건을 해결한 후 돌아갈 수 있는 장소였다. 자신이 그러한 세계에 정말 잘 어울린다고 생각했다.

제항기르의 교복은 건조대에 쌓인 옷더미 속에 있었다. 장마철의 습기 때문에 수건이 눅눅했다. 목욕할 시간에 퍼즐을 더 맞추는 편이 낫다고 생각했다. 코모 호수의 고요한 기슭과 푸른 하늘…….

무라드가 목욕을 하겠다고 나서자 록산나는 안 그래도 아침에 할 일이 넘친다고 말했다. "처음에는 이틀에 한 번도 많다더니 이제는 매일이냐?"

"애가 크니까 정신이 드는 거지. 록시, 그런 건 축하할 일이야." 예자드가 말했다.

"이름 똑바로 부르세요. 엄마 이름이 무슨 극장 이름도 아니고." 아빠를 웃기려고 제항기르가 할아버지의 목소리를 흉내 내며 말했다.

"저 녀석 좀 보게. 할아버지를 놀리네. 장난꾸러기 녀석아, 다음번에 할아버지 만나면 넌 죽었다." 예자드가 아내의 얼굴을 두 손으로 감쌌다. "이 두 눈으로 온 세상을 다 볼 수 있어. 그 어떤 극장보다 낫지."

일층의 바이올린 소리가 장음계를 마치 햇살처럼 바쁘게 쏘아 올리고 있었다. 제항기르와 무라드가 웃었다. 고성과 싸움으로 가득한 어두운 날이 훨씬 많았기 때문에 부모님이 그럴 때면 그들은 행복했다.

"엄마 얼굴에서 〈쥐라기 공원〉 보여요?" 무라드가 물었다.

"〈쥐라기 공원〉이나 공룡은 없어. 대신에 〈사랑은 아름다워라〉가 보이지."

그들이 다시 웃었다. 그러자 록산나는 아침부터 엉뚱한 소리 그만하고 서두르지 않으면 세 사람 다 지각할 거라고 했다. "어서 침대부터 밀어 넣어." 그녀가 무라드에게 말했다. "아침 먹을 준비 하고."

무라드는 친구들 중에서 아직까지 〈쥐라기 공원〉을 보지 않은 사람은 자기 혼자뿐이라고 투덜대면서 낮은 간이침대를 제항기르의 침대인 긴 의자 밑으로 밀었다. 간이침대는 삐걱거리며 불만을 표시하더니 곧 사라졌다. 벽에 붙어 있던 식탁을 새로 만들어진 공간으로 당겼다. 그러자 식탁 주위에 의자 네 개를 놓을 충분한 공간이 생겼다.

제항기르는 자신도 언젠가는 형처럼 목욕을 자주 하고 싶은 생각이 들지도 모르겠다고 생각했다. 출근해서 손님들을 만나야 하는 아빠에게만 유일하게 매일 목욕할 수 있는 특권이 주어졌다. 예자드는 비누, 탤컴파우더, 포마드로 이어지는 의식을 조심스레 치렀다. 그의 터키식 수건은 부드럽고 폭신했다. 나머지 식구들은 평범한 거친 수건을 사용했다.

한번은 제항기르가 엄마에게 그 이유를 물었다. 그러자 봄베이 스포츠용품점에서 어려운 일을 열심히 하고 있는 아빠에게 특별한 대접을 해 주고 싶다고 엄마가 대답했다. 아빠가 매일 아침 최상의 기분으로 집을 나서는 게 매우 중요하다고 했다. 그래서 그런지 엄마는 아빠에게 행복한지, 모든 일이 잘되고 있는지 자주 물었다. 그 같은 질문을 형과 자신에게도 하는 이유는 엄마가 모두의 행복을 기원하며 항상 확인하고 싶어 했기 때문이었다. 제항기르는 매우 슬플 때조차도 언제나 긍정적으로 대답했다.

목욕에 대한 회의가 가라앉지 않은 제항기르는 다시 한 번 퍼즐을 바라봤다. "형이 제 대신 해도 되잖아요. 오늘은 목욕 안 해도 될 것 같아요."

"안 해도 돼?" 록산나가 제항기르의 팔을 들어 냄새를 맡았다. "너한테서 염소 냄새가 나는데도?"

"하하, 겨드랑이 검사로군. 네 엄마 얼굴을 보니 통과 못 했구나." 예자드가 말했다.

"그렇다 하더라도 형의 겨드랑이도 냄새를 맡아야죠. 누구 냄새가 심한지 말이에요." 제항기르가 말했다.

"이제 새로운 표현을 좀 배워라. 할아버지를 또 찾아뵈어야겠군." 예자드가 말했다.

"오늘은 네 차례야. 더는 군말 마. 네 형이 매일 목욕을 하고 싶으면 수돗물이 끊기기 전에 일어나면 돼. 엄마처럼 여섯 시에 말이야." 록산나가 말했다.

아무도 보지 않을 때 제항기르는 자신의 겨드랑이에 코를 갖다 대고 항상 나는 특이한 냄새를 맡았다. 물이 끓고 있었다. 엄마가 손에 걸레를 쥐더니 가스레인지에서 솥을 들어 올렸다.

"비켜, 저리 비켜." 록산나는 안개 속의 배에서 울리는 기적 소리처럼 경고를 반복하며 수증기 구름을 일으키면서 욕실로 비틀비틀 걸어갔다. 그런 다음 찬물이 반쯤 담긴 양동이에 끓는 물을 부었다. 아침부터 부산을 떨다가 누군가와 부딪쳐서 화상을 입힐까 봐 그녀는 조마조마했다. 남편에게는 절대로 뜨거운 물을 들지 못하도록 했다. 화상을 입고 해고라도 당하는 날이면 가족 모두…… 록산나는 그쯤에서 생각을 멈췄다.

"비누로 제대로 문질러서 깨끗이 씻어. 근데 너 지금 어디 가니?"

"볼일 보려고요."

"또? 서둘러. 물 식겠다. 그리고 여보, 부엌 시계가 멈췄어요."

"아빠, 제가 감아도 돼요?" 무라드가 물었다.

"그 시계가 얼마나 특별한지, 그리고 얼마나 예민한지 내가 백번은 말했겠다. 네가 더 크면 너한테 맡길게."

뭐든지 더 클 때까지 기다려야 한다면 이대로 가다간 나중에 할 일이 너무 많아서 다 할 시간도 없겠다고 무라드가 투덜거렸다.

매듭이 마음에 들지 않았던 제항기르는 네루의 집 넥타이를 목에서 풀고 접은 금을 편 후에 다시 한 번 도전했다. 학교에서 배운 새 매듭을 시도했다. 사모사의 둥근 모양을 변형시킨 일명 튀김 매듭이라고 부르는 방식이었다.

"넥타이 가지고 장난 그만하고 어서 밥이나 먹어. 목욕에 아침밥에 교복까지, 내가 이 녀석 꽁무니만 쫓아다니다 말겠네." 록산나가 말했다.

버터를 바른 토스트를 반쯤 먹던 제항기르의 배가 다시 말썽이었다. 심문을 피하기 위해서 들키지 않고 빠져나가려고 했다.

그러나 록산나가 횟수를 세고 있었다. "세 번째 아니니? 왜 그래? 네 형은 기침을 일곱 번이나 하고."

제항기르가 어깨를 으쓱하며 화장실로 가고 있을 때 예자드가 록산나에게 채점표를 매긴다며 놀렸다. 부엌살림이 놓인 선반을 지나면서 제항기르는 흙으로 만든 항아리 세 개의 반들반들한 표면을 만졌다. 암포라 모양의 커다란 암갈색 항아리에는 배급 가게 쌀이 담겨 있었고, 원통 모양의 황토색 항아리는 배급 가게 밀로 가득 차 있었으며, 가장 작고 낮고 폭이 넓은 적갈색 항아리에는 속죄의 날과 입회 의식, 그리고 생일 같은 특별한 날을 위해서 비싼 바스마티 쌀을 따로 보관하고 있었다.

항아리의 느낌이 좋았던 제항기르는 항상 손으로 반들반들한 표면의 시원함을 훔치고 싶었다. 항아리들은 일 년 내내 침침한 통로에서 마치 세 명의 신처럼 조용하고 침착하게 앉아 있었다. 망고가 제철일 때 쌀통 속에 넣어 두면 황금색으로 익어서 짚 사이에다 두는 것보다 훨씬 나았다. 망고가 먹기 좋게 익었는지 보려고 쌀을 헤집을 때 손가락 사이로 흘러내리는 쌀은 비단처럼 매끄러웠다.

물탱크에서 물이 폭포수처럼 쏟아지게 하려면 사슬을 여러 번 당겨야 했다. 물 내리는 소리를 들은 록산나는 부엌에서 아들을 기다렸다.

"오늘은 그냥 집에 있어야 할 것 같은데." 그녀가 얼굴을 찡그리며 말했다.

돌아오는 길에 제항기르는 항아리나 다른 어떤 것도 만지지 않았다. 그건 엄마의 엄격한 규칙이었다. 용변을 본 후에는 즉시 비누로 손을 두 번 씻고 나서 화장실 밖의 세계로 돌아오라고 했다.

멀리서 들리는 바이올린 소리는 이제 단음계로 흐림과 우울함을 한데 엮고 있었다. 아들의 세 번째 화장실 출입으로 록산나의 얼굴에 근심의 먹구름이 짙게 드리웠다. 여전히 얼굴을 찡그린 채 프라이팬 앞으로 돌아가 남편의 아침 식사를 위해 달걀 두 개를 휘저어 익혔다. 록산나는 남편이 달걀을 그만 먹거나 적어도 양을 줄여서 이틀에 한 번꼴로 먹기를 바랐다.

"여보, 내 말 좀 들어요. 달걀은 당신 몸에 안 좋다니까요." 그녀가 또 지청구를 시작했다. "콜레스테롤과 심장 질환에 대해서 잡지와 텔레비전에서 얼마나 말이 많아요."

"그게 다 일시적인 유행일 뿐이야. 우리 아버지는 여든둘, 할아버지는 아흔한 살까지 사셨어. 죽을 때까지 매일 아침에 달걀을 드셨고."

그렇게 말하고 나서 예자드가 혼잡한 이라니 식당의 시끄러운 웨이터를 흉내 내며 외쳤다. "프라이, 스크램블드에그, 오믈렛!" 저음의 큰 목소리로 말하며 오믈렛을 일부러 '암렛'이라고 발음했다. 그러자 무라드가 웃다가 마시던 차가 목에 걸렸다.

제항기르는 아빠에게 감사의 미소를 지었다. 지난주에 엄마가 똑같은 소리를 했을 때 아빠의 반응은 전혀 달랐다. "그거 잘됐네. 내가 심장병으로 빨리 죽으면 더 좋은 거 아냐? 당신은 부자랑 재혼할 수 있잖아." 제항기르의 눈에 눈물이 고였다. 부모님이 또다시 부족한 돈 때문에 싸우던 참이었다. 제항기르는 발코니로 가서 혼자 서 있었다.

제항기르는 두 번 씻은 손을 코로 킁킁거리며 비누 냄새가 나는지 맡아 보았다. 종종 엄마가 직접 확인했기 때문이었다. 그러나 오늘 그녀의 관심 사항은 아들의 손이 아니라 배였다. 세 번 다 설사였는지 점액이 있었는지 물었다.

마치 기저귀를 찬 아기가 된 기분이 들었으므로 제항기르는 배변에 관한 당혹스러운 질문이 싫었다. 엄마가 계속 물어볼 테니까 무시하는 건 불가능했다. 짧게 대답하고 넘기는 게 상책이었다.

"두 번째하고 세 번째는 점액은 없고 그냥 설사였어요." 제항기르가 단조롭게 말하고 다시 식탁에 앉았다.

무라드는 토스트에 버터가 부족하다고 생각했다. 냉장고로 가서 빵과 우유 뒤에 숨겨 놓은 접시를 찾았다. 냉장고 문을 열자 내부에서 덜거덩거리고 부딪치는 기계음이 더 크게 들렸다.

"뭘 찾니?" 록산나가 물었다.

"버터요."

"충분히 먹었잖아. 그걸로 일요일까지 버텨야 해. 감기 걸리기 전에 냉장고에서 떨어져."

"록시, 너무 걱정 마. 당신이 두 아들을 다루는 걸 보면 아이들 이름을 여자 이름으로 바꿔야 할 것 같아."

그녀는 그렇게 놀리기는 쉬워도 자신이 방심하면 위가 약한 제항기르와 사소한 감기에도 편도선이 풍선처럼 부어오르는 무라드에게 무슨 일이 벌어질지 모른다고 했다. 게다가 열이 나는 아이들의 이마에 오드콜론을 바른 축축한 수건을 얹어 주고 토하면 머리를 감싸 주고 밤을 꼬박 지새우는 사람은 바로 자신이라고 했다. "당신이야 내가 항상 잘 자도록 조치를 취해 주니까 절대 그런 걱정 할 필요가 없죠. 그리고 의사한테 지불하는 병원비도 문제예요. 당신이 한번 예산을 세워 보세요. 그러면 돈이 얼마나 부족한지, 식품이랑 약을 사는 게 얼마나 힘든지 알게 될 거예요."

듣고 있던 제항기르는 우울해졌다. 기분 좋게 시작했던 아침이 싸움으로 번지고 있었다. 그때 다행스럽게도 아빠가 엄마의 팔을 잡고 꼭 쥐었다.

"록산나, 당신 말이 맞아. 치료하는 것보다 예방하는 게 낫지. 하지만 우리 제항글라가 이번 학기에 결석을 너무 많이 했어. 궁둥이 문제 때문에 머리에 결핍이 생길 거야."

제항기르는 오늘 학교를 빼먹어야 할지 고민이었다.

제항기르는 아빠가 불러 주는 애칭이 엄마의 제항구보다 낫다고 생각했다. 구-구 가-가는 너무 어린아이의 말 같았다.

예자드가 제항기르에게 몸을 돌리며 물었다. "개구쟁이야, 이번엔 뭘 먹었니?"

"아무것도 안 먹었어요. 이젠 괜찮은데요." 아빠가 지난번에 학교에서 친구들과 금지된 풋망고를 먹은 사건을 염두에 두고 묻는 것을 알고 있었다.

"집엔 왜 있으려는 거야? 학교에도 화장실이 있잖아."

제항기르는 음식을 씹다가 멈췄다. 입속에서 잘게 부서진 버터 토스트가 침과 함께 앞쪽으로 모이더니 다시 접시로 튀어나올 뻔했다. 학교 화장실은 역겨웠다. 기차역 화장실처럼 악취가 났다. 아이들은 학교 화장실을 '수렁'이라고 불렀다. 그 말을 처음 들었을 때 아빠의 사전을 뒤졌고 한 가지 이상의 의미가 있음을 발견했다. 화장실을 가리키는 속어였으며 수렁이라는 뜻도 있었다. 제항기르는 수렁을 생각하며 그곳에 발을 디디는 걸 상상해 보았다. '수렁'이라는 말이 학교 화장실에 딱 들어맞았다.

제항기르는 아빠의 질문에 대답할 필요가 없었다. 엄마가 대신 말했다. "제항구는 오늘 학교 식당에서 밥을 먹으면 위험해요. 집에서 내가 양고기 수프를 끓여 줄 거예요."

제항기르는 흰 쌀밥에 삶은 양고기 수프를 얹어 먹는 걸 가장 좋아했다. 제항기르는 기분 좋은 하루를 기대했다. 부모님의 큰 침대에서 편안하게 책을 읽고 코모 호수의 퍼즐을 맞추고 점심을 먹은 후에 낮잠을 좀 자고 나서 또 책을 읽을 것이다.

"그러면 집에서 뭘 할 거니?" 아빠가 물었다.

"쉬어야죠. 공부도 좀 하고." 엄마가 대신 대답했다.

"『유명한 5인조』도 읽고요." 제항기르가 추가했다.

예자드는 화를 내며 고개를 가로저었다. "그런 쓰레기를 왜 아직도 학교 도서관에 두는지 난 이해가 안 돼."

"근데 에니드 블리턴은 애들한테 재밌잖아요. 특별히 해를 끼치는 것도 아니고." 록산나가 말했다.

예자드는 엄청난 해를 끼친다고 했다. 아이들이 자신이 속한 곳에 애착을 갖지 않고 자라도록 조장하고 자신의 모습을 증오하도록 만들며 정체성에 혼란을 야기한다고 했다. 어렸을 때 자신도 그 책들을 읽고 그로 인해서 영국에도 없는 유형의 꼬마 영국인이 되고 싶었다는 것이다.

사이렌을 켜지 않은 구급차는 차선을 가득 메운 차들을 헤치고 유쾌한 빌라의 정문 앞에 털털거리며 멈춰 섰다. 그때 록산나는 압력솥에 신경을 쓰고 있었다. 저녁에 먹을 강낭콩은 첫 번째 칸에, 제항기르의 점심인 양고기 수프는 두 번째 칸에, 그리고 세 번째 칸에는 쌀밥을 안쳤다. 압력 밸브는 공기구멍 위에 얹혀 있었다. 증기의 노래에 맞춰 밸브가 가볍게 흔들리는 모습을 지켜보던 그녀는 발코니에 빨래를 널러 갔다.

4층짜리 유쾌한 빌라는 완공된 직후 몇 년 동안 말 그대로 살기 좋은 곳이었다. 그러나 집세 규정과 주인의 노골적인 방치로 인해서 봄베이의 대부분 건물처럼 페인트가 벗겨지고 물탱크에 구멍이 나고 하수관은 부서진 상태가 되고 말았다. 한때 복숭앗빛이었던 외관은 이제 구토물의 색깔을 닮아 있었다. 하수구 쥐들의 밥이 된 전기 배선은 심각하게 노후화되었다. 또한 아파트 건물의 가장 훌륭한 특징인 발코니의 단철 난간 역시 부식되었다.

발코니에서 록산나는 다시 남편을 생각했다. 그들의 작별 인사는 항상 현관문에서 키스를 하고 그녀가 발코니로 나가 손을 흔드는 것이었다. 남편이 일하러 갈 때 손을 흔들면 화를 냈던 것도 거의 잊어버렸다. 그러나 남편이 콜레스테롤 검사와 달걀을 줄이길 거부한 것 때문에 심란했다.

동물의 몸 같은 흰색 구급차가 그녀의 눈에 불길하게 보였다. 무거운 젖은 옷가지를 손에 든 그녀는 난간 너머를 흘긋 보았다. 사흘 동안 구름이 끼고 비가 내리더니 해가 다시 모습을 드러냈다. 그녀의 귀는 부엌에서 들리는 쉿 소리에 집중하고 있었다. 압력솥에서 상당한 양의 김이 나오기 시작했다. 집게로 빨래를 빨랫줄에 고정시켜 나갔다.

그녀는 젖은 옷을 탈탈 털 때마다 튀기는 미세한 물보라가 보기 좋았으며, 저녁에 마른 옷가지를 걸을 때 두 팔에 담길 향기로운 햇살을 즐겁게 상상했다. 제항기르가 네다섯 살쯤 됐을 때 빨래를 걷어 오던 그녀를 안으며 빨래에다 머리를 묻고 "엄마한테서 햇볕 냄새가 나요."라고 말하던 일이 떠올랐다.

무라드와 마찬가지로 제항기르도 이제는 그렇게 자발적으로 포옹하지 않았다. 요즘은 필요할 때만 억지로 포옹하기 때문에 부자연스러웠다. 서글펐지만 성장의 일부라고 그녀는 생각했다. 그때 압력솥이 비명을 지르며 엄청난 양의 김을 내뿜자 부엌으로 달려갔다.

오전 한창때 시끄러운 압력솥 소리는 일층 이웃의 바이올린 음악을 방해했다. 음계 연습은 얼마 전 끝이 났고 데이지 이치하포리아는 이제 손가락을 유연하게 움직이며 중음 연습을 하고 있었다. 바이올린 연주 소리는 유쾌한 빌라의 발코니들을 힘차게 올라가다가 증기 휘파람 소리와 맞부닥뜨렸다.

"그럼 비긴 거네요. 저도 시끄럽게 하니까 피장파장이죠." 언젠가 록산나가 매일 시끄럽게 해서 미안하다고 사과하자 데이지가 그렇게 말했다. 그녀는 봄베이 교향악단에서 제1바이올린을 맡고 있었다.

"하지만 연습하는 소리가 아주 듣기 좋던걸요. 마치 콘서트에 간 것 같아서요."

"정말 고마워요." 데이지는 칭찬을 듣고 상냥한 미소를 지으며 답례로 자신이 직접 듣고 경험한 압력솥의 위험성에 관한 이야기를 들려주었다. 폭발과 화재, 그리고 중력을 무시하고 공중으로 날아가 버린 점심과 저녁에 관해서였다. 그녀는 자신이 보유하고 있던 실패한 요리법에 얽힌 이야기들을 신 나게 설명했다. 누군가의 집에서 폭발한 파파이타 누 고스 요리 때문에 감자가 작은 포탄처럼 천장에 으깨지고 고깃덩어리가 파편처럼 갈가리 찢긴 이야기, 부엌 벽에 들러붙은 새우 카레가 오감 중에서 네 가지 감각을 충족시키는 현대 예술 작품으로 둔갑해서 주위에 액자를 쳐야 할지 고민했다는 이야기, 그리고 압력솥의 고열 때문에 벽토와 결합된 음식을 제거할 수가 없어서 망치와 끌을 가지고 파냈다는 이야기 등이었다.

언젠가 록산나는 돼지고기 빈달루 요리 찌꺼기로 더러워진 데이지의 부엌 천장을 직접 볼 수 있는 특별한 기회가 있었다. "이 일이 일어난 바로 그날 압력솥을 고물상에 팔았죠." 바이올리니스트가 말했다.

그런 경고를 집에서 옷을 벗고 바이올린 연습을 한다는 여자가 아니라 다른 사람이 했다면 록산나도 아마 압력솥을 처분했을지 모른다. 물론 봄베이 교향악단의 공연 때 여자는 옷을 입었다. 긴 검정 치마에 검정 긴팔 블라우스와 거의 가슴까지 내려오는 진주 목걸이를 착용했다.

데이지 이치하포리아가 세계적인 음악의 거장이 되고 싶어 한다는 건 널리 알려져 있었다. 유쾌한 빌라 주민들은 누드로 바이올린 연습을 하는 이유가 악마를 유혹해 모습을 드러내게 만들어서 악마 같은 힘을 얻어 여자 파가니니처럼 연주하기 위한 거라고 농담하곤 했다. 그들은 자기들끼리 그녀를 마녀 데이지라고 불렀다.

록산나 자신은 데이지가 사이즈가 넉넉해서 블라우스와 치마라고 해도 될 정도의 튼튼한 브래지어와 편리한 속옷을 입고 있는 것만 봤을 뿐이었다. 연습할 때 옷을 벗는 이유에 대해서 바이올리니스트는 옷을 차려입고 있으면 음악에 쏟아붓는 열정이 넘치다 보니 너무 더워서 땀을 많이 흘리게 되므로 이마와 턱과 목에서 흘러내리는 소금물이 소중한 악기를 위협하기 때문이라고 설명했다.

연습에 열중하던 데이지는 때때로 해가 지고 가로등이 켜질 때까지도 커튼 치는 걸 잊어버렸다. 그러면 그녀를 보기 위해서 창밖에 사람들이 모여들었다. 결국 유쾌한 빌라에 사는 누군가가 그녀의 현관문을 두드려 주의를 환기시키면 커튼이 쳐지고 추종자들은 흩어졌다.

압력솥 폭발과 관련된 이야기를 듣고 있을 때 록산나에게 맨 먼저 떠오른 생각은 바로 바이올리니스트의 건망증이었다. 데이지의 설명 때문에 평범한 가전제품에 대한 경각심을 가지게 돼서 록산나는 다행이라고 생각했다. 증기를 내뿜는 악마를 길들일 수 있는 살림의 여왕이 되는 것도 괜찮았다. 데이지의 말을 너무 심각하게 받아들이는 건 어리석은 일이었다.

그러나 그녀의 말을 완전히 무시하는 것도 현명하지 못했다. 이런 이유 때문에 록산나의 구급차에 대한 호기심이 압력솥의 경고 휘슬의 뒷전으로 물러나게 되었다.

의심이 다시 도진 잘은 건물 입구에서 망설였다. 나중에 아버지가 집으로 돌아오면 그들 사이는 어떻게 될까? 록산나와는 어떻게 될까? 이 일로 얼마나 마음이 상하게 될까?

그는 긍정적인 면을 보고자 했다. 적어도 아침에 주식 시장에 다시 나갈 수 있을 것이다.

"오빠, 어서 서둘러. 가서 록시한테 말하라고."

그가 고개를 들어 체노이 집의 발코니를 쳐다보자 빨랫줄에 빨래가 걸려 있는 게 보였다. "왠지 우리가 끔찍한 일을 하고 있다는 생각이 드는데."

"그건 우리가 너무 예민해서 그래. 우리에게 필요한 건 감성보다 이성이야. 우리 계획이 아버지에게 최선의 선택 아냐?"

"나도 그러길 바라지. 너도 같이 가자. 혼자 올라가기 싫어."

"걱정 좀 그만해. 예자드는 일하러 갔고 록산나는 즉시 동의할 테니까." 그녀도 겉으로는 자신감을 드러냈지만 좀처럼 걱정스러운 말투였다. "내가 올라가면 구급차에 아버지 혼자 남자들하고 있을 텐데, 괜찮을까?"

"아버지를 데리고 달아날까 봐 걱정되니?"

로비에 들어서자 더럽고 낡은 마분지 표지가 승강기에 걸려 있었다. '고장'. 쿠미는 승강기를 마지막으로 사용한 게 언제인지 기억도 안 난다면서 이따위 다 부서진 아파트에 아버지가 저축을 모두 써 버린 건 비극이라며 투덜댔다.

"어쨌든 들것이 들어가기엔 너무 좁다." 잘이 창살 사이로 먼지투성이의 거미줄이 쳐진 좁은 공간을 살피며 말했다.

계단을 올라가며 그들은 작전을 연습했다. 잘이 아버지가 넘어진 것부터 시작해서 의사의 경고에 이르기까지 사건을 설명할 예정이었다. 빠뜨리는 부분이 있으면 쿠미가 끼어들 것이다. 만약을 대비해서 그녀는 비장의 카드를 준비하고 있었다.

맨 위층에 도달한 그들은 숨이 찼다. 잘이 초인종에 손을 갖다 대자 쿠미가 숨이 가라앉을 때까지 기다리자고 했다. 잠시 후 그녀가 고개를 끄덕이자 그는 초인종을 눌렀다. 그들은 기다렸다.

"어서 오세요." 록산나가 말했다. "깜짝 놀랐어요." 놀라움 이상으로 알 수 없는 불안감이 솟구쳤다. 오빠와 언니가 마지막으로 그녀의 집에 들른 건 매우 오래전이었다.

"들어가도 되니?" 쿠미가 물었다.

"물론이죠." 그녀는 옆으로 비켜서서 길을 내줬다. "별일 없죠? 아빠도 괜찮죠?"

"어, 괜찮아."

압력솥이 또다시 비명을 지르자 록산나는 양해를 구하고 자리를 떴다. 부엌에서 돌아오는 길에 침대에 기분 좋게 드러누워 있던 제항기르에게 나와서 인사하라고 했다.

"의논해야 할 중요한 문제가 있어서." 록산나가 자리에 앉자 잘이 말했다.

"예자드도 있어야 하는 거 아니에요?"

"그래, 그랬으면 좋겠다만 급한 일이라서. 일주일 전에 아버지께서 사고를 당하셨어."

그날 저녁에 짐꾼들이 아버지를 구덩이에서 끌어내 집으로 데려오고 파르시 종합 병원에 택시를 타고 가서 엑스레이를 찍고 부러진 발목에 깁스를 한 일을 오빠가 설명하자 록산나가 손으로 얼굴을 감쌌다. 아버지가 보냈을 고통스러운 시간을 상상하며 그녀는 울음을 터뜨렸다.

쿠미가 팔로 록산나를 감싸고 머리를 쓰다듬자 잘이 의사의 말을 인용하면서 아버지가 우울증에 빠져서 회복이 지체되고 있다고 설명했다. 록산나의 슬픔이 분노로 바뀌었다.

"나한테 왜 진작 알리지 않은 거죠? 그랬으면 가족 모두 아빠 곁을 지켰을 텐데. 왜 이렇게 오래 걸렸어요?"

"네가 걱정할까 봐 그런 거야. 그리고 솔직히 그럴 시간도 전혀 없었고." 쿠미가 말했다.

"하지만 힘든 날은 이제 다 끝났어." 잘이 말했다. "지금 우리가 이렇게 왔잖니. 그리고 아버지께서 네 도움이 필요하시고. 지금은 이 문제에 집중하자."

"물론이죠. 예자드랑 아이들이랑 매일 저녁 아빠를 찾아뵐게요."

쿠미가 고개를 가로저었다. "그런 건 소용없어. 네가 오면 행복해하시다가 가고 나면 우울해지시니까. 요요처럼 행복하다가 우울해지면 더 나빠지셔."

"아버지한테 가장 무서운 시간은 밤이야. 자정 후에 아버지께서 많이 우셔. 우리가 잠에서 깰 정도로 말이야." 잘이 말했다.

"울지 마." 쿠미가 록산나의 뺨에 뽀뽀를 했다. "손쉬운 해결책이 있으니까. 여기 행복한 가정적인 분위기에서 아버지가 몇 주만 지내고 나면 금방 다시 웃으실 거야."

"그랬으면 얼마나 좋겠어요." 록산나는 손으로 눈물을 훔치고 치마에다 닦았다. "그랬으면 얼마나 좋을까."

"왜, 안 된다는 거야?"

"그걸 꼭 물어야 해요? 아파트 크기가 눈에 안 보여요?"

"노력하면 공간을 만들 수 있을 거야."

록산나는 말을 멈추고 잠시 생각에 잠겼다. "맞아요. 그럼 한번 둘러보면서 아빠를 위한 공간을 찾아봐요."

그녀는 작은 거실을 꽉 채우고 있는 얼마 없는 물건들을 가리키며 마치 불가사의한 박물관의 전시물인 것처럼 기능을 설명했다. "지금 두 사람이 앉아 있는 긴 의자는 낮에만 사용하고 밤에는 제항기르의 침대로 쓰고 있어요. 그 밑에는 무라드의 간이침대가 있고요. 여기 보이죠?" 그녀는 의자의 한쪽 덮개를 들어서 보여 줬다.

"낮아서 편리한데 밤에 꺼내고 아침에는 밀어 넣죠. 그 옆에는 안락의자랑 무라드가 침대를 빼낼 때 옆으로 치우는 포마이카 차탁이에요. 그리고 2인용 식탁에는 의자가 네 개나 딸려 있고요. 자, 그럼 예자드와 내가 자는 안쪽 방으로 가 볼까요?"

불편함을 느낀 잘이 간섭하고 엿보는 것 같아서 싫다며 그럴 필요까진 없다고 했다.

"천만에요. 도와주는 한가족이잖아요." 록산나가 말했다.

침대에 있던 제항기르를 보자 오우이는 마치 불필요한 목격자를 발견한 것처럼 놀랐다. "너 학교에 안 갔니?" 쿠미가 큰 소리로 물었다.

"배가 아프대요." 록산나가 말했다. 그들은 빨리 회복하라면서 조카의 등을 두드리고 나서 망고를 너무 많이 먹지 말라고 했다.

작은 2인용 침대 옆에는 벽장과 건조대가 두 개씩 있었다. 작은 책상과 걸상이 침대 옆 구석에 박혀 있었는데 그곳에서 아이들이 숙제를 한다고 했다. 록산나는 볼거리를 설명하는 관광 가이드처럼 가구를 보여 주었다.

"자, 또 하실 말씀 있으세요?"

잘이 미안해했다. "우리가 네 집을 이래라저래라 하는 건 옳지 않지. 네가 결정할 문제니까."

"그래요? 잠깐만요. 아직 부엌, 욕실, 화장실이 남았네요. 참, 화장실 옆 통로도 있군요. 쌀, 밀, 설탕, 석유 가까이에 공간을 만들 수도 있겠어요."

"록산나, 제발 바보처럼 굴지 마." 쿠미가 말했다.

"언니랑 오빠는 어떻고? 아빠가 다치신 걸 일주일 내내 숨기다가 예자드가 일하러 간 사이에 불쑥 찾아와서……."

"예자드가 무슨 상관이야? 이건 네 집이야. 아버지 돈으로 산 집이라고. 게다가 예자드는 이미 허락했잖아."

"그게 무슨 소리예요?"

"아버지 생신날 기억 안 나? 너희들이 아버지한테 지팡이를 선물했잖아. 그날 내가 너랑 예자드한테 말했지. 아버지가 산책하다가 사고를 당하면 당장 유쾌한 빌라로 데려오겠다고. 그러니까 수다쟁이 예자드가 언제라도 환영한다고 했잖아. 근데 지금 이게 환영하는 태도니?"

"그런 말 하는 거 부끄럽지도 않아요? 아빠를 위해서라면 뭐든지 할 거야. 하지만 농담을 그런 식으로 왜곡해야 해요?"

"너랑 예자드한테는 모든 게 농담이지. 웃고 즐기는 데 선수들이니까." 쿠미가 말했다.

"바로 그래서 아버지가 여기로 오셔야 한다니까. 예자드의 웃기는 재주가 아버지한테 약이 될 테니까." 잘이 간청했다.

"우울증으로 돌아가시면 웃을 문제가 아닐 거다." 쿠미가 험악하게 말했다. "타라포레 박사에 따르면 노인들이 질병이나 부상보다 우울증으로 죽는다니까. 그러면 너희들 머릿속에 남아 있게 될 거야. 너희들의 그 웃는 얼굴에 말이야."

"제발 그만 싸워. 침착하게 의논하자." 잘이 말했다.

"글쎄, 난 더 할 말이 없네. 그동안 고마웠다." 쿠미가 비장의 카드를 쓰기에 알맞은 타이밍이었다. "구급차를 돌려야겠다."

당황한 록산나가 발코니로 달려가 잠시 난간에 얼어붙은 채 서 있다가 서둘러 돌아왔다. "저 구급차에 아빠가 계신 거야? 저 상태로 혼자 계시게 둔 거야?"

엄마의 울음소리에 제항기르가 침대에서 일어났다. 밖으로 비어져 나온 파자마 바지의 긴 끈을 집어넣고 거실로 갔다. 제항기르는 엄마 옆에 서서 손을 잡으며 외삼촌과 이모를 노려보았다.

"록시, 너무 과민 반응하지 마. 아버지는 편안하시니까. 돈을 주고 최고급 구급차를 불렀어. 잠시만 앉아 봐." 쿠미가 말했다.

눈물로 시야가 가려진 록산나는 제항기르에게서 손을 빼고 쏜살같이 계단을 내려갔다. 조심스럽게 뒤를 따르던 잘이 속도를 줄이라고 소리쳤다.

"너까지 발목이 부러지면 볼만하겠다!" 쿠미가 외쳤다.

제항기르는 현관문을 닫고 발코니로 갔다. 건너편 4층 집에서는 녹색 앵무새가 새장 안에서 정신없이 좌우로 움직이고 있었다. 새를 휘파람으로 부르면서 눈에 들어오는 방들을 유심히 살폈다. 다른 사람들의 집은 언제나 더 행복하고 재밌어 보였다.

제항기르는 대기하고 있는 구급차를 내려다봤다. 몇몇 이웃이 보도에 모여 있었다. 거기에는 너 나 할 것 없이 마트카 숫자를 물어보러 가서 아빠가 마트카 여왕이라고 부르는 옆집의 빌리 카드마스터 아줌마도 보였다. 엄마는 마트카가 나쁘다고 했다. 여자가 공공연히 노름을 할 뿐만 아니라 다른 사람들도 부추기는 건 끔찍하다고 했다. 엄마는 빌리 아줌마를 그다지 좋아하지 않았다.

엄마가 아파트 건물에서 나와 모여 있는 사람들 옆을 뛰어가는 게 보였다. 빌리 아줌마가 엄마를 달래려고 팔을 뻗었다. 엄마는 무시하고 구급차의 뒷문을 거칠게 열고 안으로 사라졌다.

들것 옆에 무릎을 꿇고 앉은 록산나는 아버지의 손을 잡고 머리를 어루만졌다.

"아가, 걱정 마라. 난 괜찮다."

그녀는 머리를 숙이고 뽀뽀를 했다. 악취가 심해서 불쾌했지만 물러서고 싶은 충동을 견뎌 냈다.

"이건 내가 계획한 게 아니다." 나리만이 작은 목소리로 말했다. "나를 데려오기 전에 너랑 예자드와 먼저 얘기한다고 약속했는데."

"아빠, 알아요." 그녀는 짧은 수염이 자란 그의 턱을 어루만지며 가볍게 쥐었다.

그가 미소를 지었다. "너도 그러니? 내 턱이 뭐 어때서 그래?"

그녀는 다시 턱을 쥐었다. "때로는 애들한테서 좋은 것도 배워요."

그동안 잘과 쿠미는 일층에 도착했다. 모여 있던 이웃들은 로비에서 낯선 사람이 아파트 인명부에서 이름을 받아 적고 있는 걸 발견하고 잠시 수군거렸다. 화들짝 놀라는 남자의 수상한 행동에 그들은 의구심이 들었다. 누구냐고 물어보자 남자는 시장 조사를 하는 회사의 일을 하고 있다고 말하더니 슬그머니 사라졌다.

그가 사라지고 나자 이웃들은 말도 안 되는 소리라고 했다. 아무리 생각해도 시장 조사를 하는 사람 같지 않았다. 빌리 카드마스터는 이름과 주소를 확인하기 위해서 시브세나에서 나왔을 거라고 했다. 바브리 이슬람 사원 폭동 때도 그런 식으로 이슬람교도의 집을 알아냈다면서. 아마도 다음번을 위해서 미리 준비하는 건지도 모른다고 했다.

"다시 갑시다." 안에서도 들릴 만큼 큰 목소리로 쿠미가 구급대원들에게 말했다. "유턴하세요. 여기엔 환자가 있을 만한 공간이 없으니까."

록산나가 구급차 뒤에서 뛰어나왔다. "잠깐만요." 그녀가 구급대원들에게 말했다. "아버지를 4층으로 데려가 주세요."

"정말 괜찮겠니?" 쿠미가 물었다. "아버지를 어디에다 모실지 결정한 거야?"

쿠미를 바라보며 허락을 기다리던 남자들에게 록산나가 손가락을 맞부딪쳐 튕기며 말했다. "자, 어서 서둘러요."

쿠미가 위층을 가리키며 그들에게 고개를 끄덕였다. 그러자 한 사람이 안으로 들어가고 한 사람은 후미의 손잡이를 잡았다. 들것이 구급차 밖으로 나왔다. 나리만은 밝은 하늘을 곁눈질하며 눈을 가렸다.

"아버지, 시간이 걸려서 죄송해요. 너무 갑작스러운 일이라 록시가 놀라서 그래요." 잘이 말했다.

"놀랄 만도 하지." 쿠미가 관대하게 말했다. "하지만 전혀 걱정할 필요 없어. 아버지는 괜찮으시니까. 록시, 보이지?" 그녀는 홑이불을 들어서 깁스를 보여 줬다. 모여 있던 이웃들이 위로의 말을 중얼거리며 가까이 왔다.

"구급대원들이 졸기 전에 어서 위층으로 가자. 아버지를 떨어뜨리면 험

프티 덤프티 땅딸보처럼 될 테니까." 그 말을 한 후 잘이 혼자서 웃었다.

교통정리를 하는 경찰관처럼 잘이 손짓을 하자 남자들이 헐렁한 샌들로 시끄러운 소리를 내며 올라가기 시작했다. 무거운 발걸음 때문에 돌계단에서 발을 옮길 때마다 샌들 가죽에서 찰싹 소리가 날카롭게 났다.

층계참에서 2층으로 반쯤 올라갔을 때 남자들은 들것의 방향을 돌릴 만한 공간이 없음을 알아차렸다. 그러자 들것을 비스듬히 기울여 빠져나가 보려고 시도했다. 몸이 갑자기 흔들린 나리만은 들것의 양끝을 꽉 쥐었다.

"이봐, 조심해!" 잘이 뒤에서 고함을 질렀다. "환자를 계단 밑으로 내던질 작정이야?"

논쟁이 벌어졌다. 구급대원들은 위로 올라가려면 잘과 여자들의 도움으로 들것을 난간 위로 통과시키는 수밖에 없다고 했다. 너무 위험하다고 생각한 록산나는 쿠미에게 아버지를 모시고 돌아가면 이틀에 한 번씩 찾아가 밤을 지새우며 당번을 서겠다고 약속했다.

그러나 그들은 들것을 높이 올려서 난간 위를 통과시켜 2층으로 올라갔다. 4층까지 올라가는 동안 두 번 더 그 일을 반복했다. 현관문에서 기다리고 있던 제항기르가 그들을 맞았다.

"조카야, 비켜. 아저씨들한테 길을 내줘." 쿠미가 말했다.

"할아버지는 괜찮으세요?"

"그래." 쿠미가 조카의 머리를 살짝 두드리며 안심시켰다. "가서 할아버지께 물어봐. 완벽하게 대답하실 거야. 발목만 부러졌을 뿐이니까. 록시, 아버지를 어디다가 모실 거야? 이 사람들이 떠나기 전에 정해야지 안 그러면 나중에 못 옮겨."

"아버지는 제항기르의 침대인 긴 의자를 쓰실 거예요. 제항기르, 괜찮지?"

"그럼요." 할아버지가 들것 위에서 굉장히 작아 보인다고 생각한 제항기르는 할아버지가 웃으며 고맙다고 속삭이자 안심했다. "천만에요, 할아버지."

"내 가방하고 변기가 아직 밑에 있는데." 나리만이 특정한 사람을 가리키지 않고 말했다.

"제가 가져올게요." 그곳에서 얼른 벗어나고 싶었던 쿠미가 말했다.

구급대원들은 나리만을 긴 의자로 옮기느라 애를 먹었다. 침대보다 좁아서 들것을 놓을 공간이 없었다. 바닥에 들것을 놓고 그를 들어 올려야 했다.

"아야!" 나리만이 소리치자 깜짝 놀란 록산나가 손으로 입을 가렸다. 그녀는 조심하라고 소리쳤다.

잘이 남자들에게 돈을 지불하고 문밖으로 배웅했다. 그런 다음 의자를 당겨 침대 옆에 앉아서 나리만의 손을 쥐고 어루만지며 위로했다. "아버지, 그렇게 힘들진 않으셨죠. 록시, 아버지는 용감한 군인이셔. 요사이 단 한 번도 신음 소리를 내거나 끙끙대지 않으셨어."

"그렇게 용감하진 않았다. 변기 의자 때문에 많이 끙끙댔지."

아버지가 침대에서 움직이지 못하게 돼 있는데 변기 의자가 무슨 말인지 록산나는 알 수 없었다. 그녀가 이유를 물었다.

숨을 헐떡이면서 가방과 함께 신문지에 싼 소변기와 환자용 변기를 들고 온 쿠미는 고장 난 승강기에 욕을 퍼부었다. 때마침 록산나의 질문을 우연히 들은 그녀가 발끈했다. "우리가 아버지를 괴롭히려고 그런 줄 아니? 아버지한테 변기 의자가 더 편할 것 같아서 그런 거야."

"그건 실수였어. 모르면 실수도 하는 법이니까." 잘이 말했다.

그들은 떠나기 전에 파킨슨병, 골다공증, 저혈압 관련 약에 대해 설명했다. 록산나는 다양한 알약과 점적약의 복용량과 횟수를 받아 적기로 했다.

"그럴 필요 없다. 내가 다 외우고 있으니까." 나리만이 말했다.

쿠미가 록산나를 한쪽으로 데리고 가더니 작은 목소리로 아버지를 믿지 말라고 했다. "곧잘 잊어버리시고 때로는 했던 말도 가물가물해서."

그들은 즐겁게 작별 인사를 했다. 잘은 3주일 후에 아버지와 제항기르의 달리기 시합을 열자고 농담을 했다. "아버지한테는 핸디캡을 많이 줄 겁니다. 안 그러면 제항기르는 상대가 안 될 테니까요."

쿠미는 큰 아파트에 아버지가 없어서 쓸쓸할 거라고 했다. "아버지, 집으로 빨리 돌아오세요." 그녀는 그의 뺨에 뽀뽀를 하고 문간에서 손을 흔들었다.

행복의 성으로 돌아온 쿠미는 맨 먼저 환기부터 해야겠다고 말했다. 냄새가 부엌을 포함한 집 구석구석에 배었다면서.

"야, 그게 말이 되니? 냄새가 그렇게 심하지도 않은데." 잘은 이성적으로 판단코자 했다.

"오빠는 청각뿐만 아니라 후각도 둔해졌나 봐. 의사한테 검사를 한번 받아 봐." 그녀는 일곱 개 방의 창문과 문을 열고 선풍기에 잔뜩 낀 먼지도 아랑곳없이 있는 대로 틀었다. 먼지는 나중에 처리하기로 했다.

"참 이상하네." 한 시간 이상 지난 후에 그녀가 말했다. "아직도 냄새가 나. 아버지 방에서 멀리 떨어진 엄마 방에서도 그렇고."

"아마도 네 머릿속에 박혀 있나 보다. 현실보다 심리적인 거야."

"냄새가 나서 내가 괴로운데 그게 어디서 나는지가 중요해?"

"그럼, 중요하지. 네 머릿속에 있다면 절대 없앨 수 없어. 맥베스 부인 손의 저주받은 핏자국처럼 말이야. 기억나지? 아라비아의 모든 향수는 물론이고 네가 아무리 씻고 문지르고 닦고 비벼도 없앨 수 없단 말이지."

그의 터무니없는 말이 아니어도 냄새만으로도 충분히 짜증이 난다고 그녀가 말했다. "오빠는 어쩌면 그렇게 우울하고 과장된 말을 아버지랑 똑같이 하냐. 자, 어서 청소나 도와줘."

오누이는 오후 내내 나리만의 방을 샅샅이 청소했다. 침대 리넨을 비눗물 통에 담그고 방수 비닐 시트도 통에 담가 놓았다. 창문에서 커튼을 떼었다. 방 안에 있는 침대 탁자, 서랍장, 벽장, 창틀, 문, 천장의 전등갓과 전구 등 모든 것을 데톨 용액으로 닦은 후 말렸다.

저녁이 되자 잘이 더는 못하겠다고 했다. 쿠미가 계속 일을 하는 동안 그는 어슴푸레한 응접실에 앉아 있었다.

여덟 시쯤 쿠미가 저녁 식사로 감자에 달걀을 얹어 줄 테니 먹겠느냐고 물었다. 응접실에는 어둠이 가득 차 있었다.

"난 배가 안 고픈데. 그냥 너 먹을 만큼만 만들어."

그녀도 저녁을 먹고 싶은 생각이 없었다. "그럼 내가 만든 산딸기 셔벗이나 먹자. 우리가 너무 지쳐서 저녁 먹을 힘이 없나 봐. 마실 것 한 잔이면 충분할 거야." 그녀는 응접실을 나서면서 불을 켜려고 스위치에 손을 뻗었다. 잘이 그냥 두라고 했다.

음료수를 가지고 돌아온 그녀는 어둠 속에서 오빠의 한숨 소리를 들었다. 쟁반을 내려놓고 탁자의 등불을 켰다. "오빠, 왜 그래?"

잘이 고개를 가로저었다.

그의 맞은편에 앉은 그녀는 유리잔을 건넸다. "자, 어서 마셔. 마시고 나면 기분이 좋아질 거야. 요 며칠 동안 스트레스를 받아서 그래. 나도 마찬가지야."

그가 또다시 고개를 가로저었다. "쿠미야, 우리가 무슨 짓을 한 거지?"

"무슨 짓이라니? 우린 아무 짓도 안 했어. 뱅충맞게 어린애처럼 굴 거야?"

하지만 쿠미 역시 비참한 기분이 드는 건 마찬가지였다. 그녀는 셔벗을 억지로 한 모금 마시며 말했다. "그렇게 할 수밖에 없었어. 어쩔 수 없었다고."

더 할 말을 찾지 못한 그녀는 불을 껐다.

6

잘과 쿠미에 대한 분노가 가라앉자 록산나는 슬슬 남편이 걱정되었다. 장인과 함께 있는 것을 좋아하고 그의 유머 감각을 좋아하긴 했지만 어쩌다 한번 몇 시간 남짓인 가족 모임과 장인을 3주 동안 침대에서 돌보는 힘든 일과는 비교가 되지 않았다.

"예자드가 반대하지 않아야 할 텐데." 나리만이 말했다.

"그러지 않을 거예요." 어릴 때 아빠가 말했던 것처럼 정말로 내 마음을 읽고 있는 걸까? 그녀는 젖은 수건으로 그의 얼굴을 닦아 주었다.

"할아버지, 할아버지한테서 크리켓 경기를 하고 난 뒤면 형한테서 나던 냄새가 나요." 제항기르가 코를 찡그리며 말했다.

"이 녀석이 버릇없이." 록산나가 말했다.

나리만이 미소를 지으며 말했다. "나도 아웃을 당했단다. 아니면 발로 공

144

을 받아서 반칙을 범했든가."

록산나는 스펀지 목욕을 시켜 줄 만한 물이 없다고 말하며 내일은 물을 한 양동이 더 받아 놓겠다고 약속했다.

"오늘 아침에 억지로 목욕시키지 말라고 했잖아요." 제항기르가 말했다.

"아, 그래. 네가 할아버지가 오실 걸 알았던 거니? 아빠, 얘가 갈수록 잔머리만 굴려요. 이제 할아버지가 오셨으니까 버릇을 고쳐 줄 거다. 자, 그만 웃고 어서 가서 할아버지 발라 드릴 텔컴파우더나 가져와."

신솔 상표 파우더 통을 갖고 즉시 돌아온 제항기르는 엄마가 냄새나는 셔츠와 수드라를 천천히 벗기는 걸 지켜봤다. 할아버지의 팔과 배의 피부가 축 늘어져 있었다. 쪼그라든 가슴은 마치 작은 주머니 두 개가 달려 있는 것 같았다. 공기가 다 빠진 두 개의 작은 풍선 같기도 했다. 가슴에 난 털은 작은 흰 실들 같았다.

록산나는 수드라를 구깃구깃 뭉쳐서 나리만의 등과 겨드랑이의 땀을 훔쳤다. 통을 흔들어 부은 가루를 힘차게 문지르다가 물이 부족하다며 또다시 심란해했다. 그녀는 뒤죽박죽인 여행 가방에서 새 수드라와 셔츠를 꺼내 아버지에게 입혔다.

"고맙다. 데이지꽃처럼 상쾌하구나."

"아빠, 우리 아파트 일층에 사는 데이지를 만나고 나면 그런 말씀 못하실 거예요. 그 여자가 바이올린 연습할 때 땀을 얼마나 흘리는데요." 그녀는 냄새가 코를 찌르는 옷을 챙겨 방을 나와 내일 세탁하려고 별도의 통에 따로 담았다. "자, 이제 점심시간입니다. 제항구가 배가 아파서 담백한 양고기 수프를 만들었어요. 아빠도 같이 드세요."

아들에게 줄 음식을 접시에 담은 후 식탁으로 불렀다. 아버지의 음식은 사발에 담았다. "아빠, 이렇게 하면 드시기 편할 거예요. 원하시면 제가 들고 있을게요."

나리만은 손을 내밀어 공기를 받아서 배에 올려놓았다. 수레국화무늬가 새겨진 사발이 그가 숨을 쉬자 올라갔다 내려왔다.

"할아버지, 사발이 보트처럼 움직여요." 제항기르가 말했다. "할아버지의 배가 파도 같아요."

"아무도 멀미를 안 해야 할 텐데." 나리만은 쏟지 않고 간신히 한 숟가락을 입으로 옮겼다.

"언니가 아침에 약 주는 걸 잊었어요?" 록산나가 물었다.

"약 먹었다." 그가 중얼거리며 사발과 숟가락을 내려놓았다. "오늘 너무 힘을 많이 써서 그런 것뿐이야. 내일이면 괜찮아질 거야."

제항기르가 긴 의자 옆에 와서 섰다. 잠시 상황을 살피다가 자기가 할아버지에게 밥을 먹이고 싶다고 했다.

"이건 게임이 아니야. 식기 전에 네 점심이나 먹어."

제항기르는 접시의 쌀밥과 수프를 재빨리 먹어 치운 후 침대 옆으로 돌아왔다. "그럼 이제 해도 되죠?"

나리만이 머리를 살짝 움직여 록산나에게 허락하라는 신호를 보냈다.

그녀는 음식을 넘겨주며 말했다. "경고하는데 조심해야 해. 할아버지가 방금 새 셔츠를 입었으니까."

"네, 엄마."

"그리고 네가 밥 먹는 것처럼 할아버지 입에 음식을 가득 채우면 안 돼."

"네, 엄마." 제항기르는 지겹다는 듯이 삐죽거리며 한숨을 내쉬었다. "할아버지가 음식을 천천히 씹는다는 건 저도 알아요. 할아버지 틀니도 봤어요."

아직 널지 않은 빨래가 발코니에서 기다리고 있었다. 그동안 옷에 주름이 졌겠다고 걱정하면서 발코니로 갔다. 그녀는 옷을 털면서도 방 안을 들여다보고 아들이 시킨 대로 하는지 살폈다. 발코니 문틀에 아홉 살짜리 소년이 일흔아홉 살 된 노인에게 밥을 먹이는 모습이 잡혔다.

바로 그때 뭐라고 설명할 수 없는 묘한 느낌이 가슴을 파고들었다. 그녀는 남편의 셔츠를 손에 쥔 채 숨어서 지켜봤다. 뭔가 신성한 것을 바라보는 듯한 느낌에 그녀는 그 귀중한 순간을 놓치고 싶지 않았다. 왜냐하면 그 순간이 자신에게 힘이 필요한 시간에 떠올릴 수 있는 소중한 기억이 될 것임을 직감적으로 알았기 때문이다.

제항기르가 숟가락을 다시 채우고 할아버지의 입으로 가져갔다. 밥알 하나가 흘러 입 귀퉁이에 붙어 있었다. 제항기르가 냅킨을 쥐고 밥알이 떨어지기 전에 부드럽게 닦아 냈다.

그 짧은 순간에 록산나는 출생과 삶과 죽음의 모든 의미를 이해한 것 같다는 느낌이 들었다. 내 아들, 내 아버지, 내가 만든 음식…… 목으로 뜨거운 것이 올라오자 침을 꿀꺽 삼켰다.

그녀의 눈에 눈물이 고였다. 언제 왜 눈물이 나왔는지 몰랐던 그녀는 깜짝 놀라 눈물을 닦으며 미소를 지었다. 아버지의 얼굴에는 만족감이, 자기가 맡은 일의 책임감을 만끽하는 아들의 얼굴에는 자부심이 엿보였다. 또한 두 사람의 눈에 장난기가 번득였다.

"할아버지, 이제 조금 남았어요. 그럼 비행기 놀이를 할게요."

"그래. 하지만 조심해라."

"먼저 비글스가 비행기에 탑니다." 숟가락을 채웠다. "그리고 조종실을 닫습니다." 제항기르는 엔진을 켜고 굄목을 빼고 이륙할 준비가 됐다고 알렸다. 숟가락이 사발 주위를 몇 번 돌더니 이륙했다. 곧장 솟아오르더니 이리저리 급강하하고 옆으로 격렬하게 기울면서 원을 그렸다.

"할아버지, 착륙 준비하세요."

나리만이 입을 크게 벌렸다. 숟가락이 들어가자 그는 입을 다물었고 음식은 안전하게 운반되었다.

"자, 이제 마지막이에요." 제항기르가 사발을 박박 긁어 비웠다. "준비되셨어요?" 이번에는 공중 곡예가 더 대담해졌다. "폭탄 투하!"

밥알들이 나리만의 턱과 목과 옷깃에 떨어졌다. 예자드의 구겨진 셔츠를 여전히 손에 쥔 록산나가 발코니에서 뛰어 들어왔다. "내가 경고했지! 넌 오 분도 얌전히 굴지 못하니?"

"내 잘못이다." 나리만이 미소를 지으며 말했다. "내가 제대로 입을 벌리지 않았어."

"아빠, 쟤 부추기지 마세요. 애가 점점 나빠지니까요. 엄하게 하셔야 해요." 양치를 하려면 대야가 필요하냐고 그녀가 물었다. 나리만은 항상 식사 후에 틀니에 신경을 많이 썼다. 그가 거절하자 그녀는 아버지가 부담을 주지 않으려고 한다는 걸 알았다.

"그럼 다음 일정은 뭐냐? 네가 나한테 점심을 먹여 줬으니 내가 숙제를 도와주마."

"과외 수업은 일정에 없는데요." 제항기르가 새로 배운 단어에 기뻐하며 웃었다. "다음 일정은 엄마 침대예요. 침대에 누워서 책을 볼 거예요."

"여기서 큰 소리로 읽으렴. 나도 같이 좀 즐기자."

제항기르는 망설였다. 큰 소리로 읽는 건 일 년에 두 번, 읽기와 낭독 시험 때만 했다. "벌써 3장까지 읽었어요. 할아버지는 좋아하지 않으실 거예요. 에니드 블리턴의 어린이 이야기거든요."

"상관없다. 4장부터 읽으렴. 지겨우면 너한테 말하마."

그래서 제항기르는 나리만에게 4장을 읽어 주었다. 조지는 책 앞부분에서 반항한 탓에 아버지가 방으로 들여보내 투덜대고 있었다. 아버지는 그녀를 번번이 조지나라고 부르곤 해서 마땅찮았다("조지는 그 이름을 싫어해요." 제항기르가 읽기를 중단하고 할아버지에게 말했다. "말괄량이거든요."). 방학을 맞아 찾아온 줄리안과 딕, 앤("조지의 사촌들이에요." 제항기르가 재빨리 설명했다.)은 쿠엔틴 삼촌이 불쌍한 조지에게 다소 잔인하게 군다고 생각했다. 날씨가 매우 좋았던 그날 아침에 바다가 멋진 파란색이었는데도 ("하늘색." 할아버지가 지적했다. 그러자 제항기르가 따라 했다. "하늘색.") 조지가 그들과 함께 해변을 걸을 수 없어서 몹시 우울했다. 그러나 멋진 꼬리를 연방 흔드는 티미가 그들 옆에서 뛰어다니며 즐거운 시간을 보내고 있었다. 바위와 조개껍질을 살피던 티미가 놀란 게를 보고 오히려 자기가 놀라서 짖자 모두들 웃었다. 착한 조지가 없어서 웃으면서도 그다지 재밌지는 않았다······.

록산나가 제항기르의 어깨를 어루만졌다. 제항기르가 고개를 들어 쳐다보았다. 그녀는 입술에 손가락을 갖다 대고 긴 의자를 가리켰다. 할아버지가 잠들어 있었다.

나리만과 제항기르가 자고 있는 세 시 반에 록산나는 가스레인지에 불을 켠 후 차를 만들었다. 물이 끓는 주전자에 잎을 그대로 넣었다. 오후에 만드는 차는 아침처럼 굳이 찻주전자와 보온 커버를 사용하지 않았다. 오랜 세월에 걸쳐 완벽하게 단련된 그녀의 가사 패턴을 볼 때 납득되지 않는 대목이었다. 아침에는 눈코 뜰 새 없이 바쁘기 때문에 그런 느긋한 의식은 오후에나 적당해 보였다.

그러나 그런 수고는 남편을 위한 것이었다. 그는 아침을 매우 좋아했다. 그가 사랑하는 것들에는 아침 식사 시간, 라디오 소리, 아파트의 분주함, 거리의 행상들이 물건을 팔려고 노래하면서도 손님들이 박수를 치거나 스타카토로 헛 소리를 내서 부를 것에 대비해 정신을 바짝 차리고 있는 일도 포함되었다. 때때로 예자드는 행상들의 노래와 구호를 흉내 냈고, 그러면 아이들도 누가 더 잘하는지 경쟁하곤 했다.

그녀는 아침에 지갑을 들고 아래층으로 달려갈 준비를 한 뒤 귀를 곤두세우고 행상들의 소리를 들었다. 아파트의 몇몇 사람은 창가에 바구니와 끈을 준비해 두고서 돈을 내려 보낸 후 잔돈과 함께 감자, 양파, 양고기, 빵 등 필요한 물건을 다시 끌어 올렸다. 록산나는 너무 공개적이라며 그런 시스템을 거부했다. 예자드는 농담으로 그것이야말로 진정한 아이쇼핑이라고 했다. 끈 달린 바구니를 보면 누가 언제 뭘 먹는지 알 수 있다면서.

예자드는 아침마다 웃고 농담하며 아이들과 수다를 떨고 이런저런 이야기를 들려주었다. 어제는 유쾌한 빌라에서 평생을 살다가 최근에 세상을 떠난 엔지니어 씨에 관한 이야기를 들려주었다. "록시, 그 사람의 유명한 끈 야바위 이야기 생각나?"

그녀가 고개를 끄덕이자 제항기르와 무라드가 이야기를 듣고 싶다고 졸랐다. 목욕물이 아직 끓지 않았기 때문에 예자드는 엔지니어 씨가 오래전 궁핍한 시기에 저지른 일탈에 얽힌 이야기를 시작했다. 매일 아침 달걀 장수가 도착할 시간이면 엔지니어 씨는 3층 자기 집 창가에서 기다렸다. 4층 발코니로부터 바구니가 보도로 재빨리 내려가 깨지기 쉬운 물건을 싣고 천천히 올라왔다. 엔지니어 씨 창문을 지나갈 때면 눈에 보이지 않는 손이 나타나 달걀 하나를 낚아채 부엌으로 가져가 아침 식사를 만들었다. 바구니가 목적지에 도착할 때면 4층 사람들이 달걀 장수에게 외치는 소리가 들렸다. "이봐, 달걀 장수! 열두 개를 달라고 했는데 왜 열한 개뿐이야!" 한동안 실랑이를 벌이다가 달걀 장수는 곧 항복하고 달걀 하나를 더 올려 보냈다.

어느 날 아침 마침내 바구니에 담긴 범인의 손이 포착됐다. 달걀을 쥐던 손을 현장에서 붙잡은 거라고 예자드가 설명했다. 그 같은 상황에 난감해진 윗집 이웃들은 마지못해 엔지니어 씨를 추궁했다. 엔지니어 씨는 부끄러워하지 않고 다음과 같이 말했다. 신이 우리 집 창문으로 보내 주는 것을 어찌 거부할 수 있겠소?

제항기르와 무라드는 감탄과 동정심이 담긴 웃음을 터뜨렸다. 예자드가 이야기를 마무리했다. "그 후로 아파트 사람들은 그 일을 엔지니어 씨의 유명한 끈 야바위 사건이라고 불렀단다."

무라드는 그 이야기를 들으니 아빠가 이전에 들려줬던, 하데스에서 벌을 받는 시시포스라는 왕이 생각난다고 했다. "엔지니어 씨가 시시포스 같아요."

"어째서? 엔지니어 씨는 바위를 언덕 위로 반복해서 밀어 올릴 필요가 없잖아." 제항기르가 이의를 제기했다.

"그거랑 같다는 느낌이 들어." 그렇게 주장한 무라드는 자신의 느낌을 어떻게 설명해야 할지 확실히 몰랐다. "바구니가 매일 내려가고 올라가지만 가난한 엔지니어 씨는 돈이 없으니까 거기 서서 달걀을 훔칠 수밖에 없잖아. 그게 매일 벌받는 것 같아서 슬퍼."

"무슨 말인지 알겠다. 생각해 보렴. 어떤 면에서 우리는 모두 시시포스와 같은 신세란다." 예자드가 말했다.

그들이 생각하는 동안 침묵이 흘렀다. 고개를 진지하게 끄덕이던 제항기르가 이해가 된다고 했다. "숙제랑 같은 거네요. 매일 숙제를 끝내고 나면 다음 날 더 많은 숙제가 기다리고 있으니까. 끝이 없잖아요."

모두 웃었다. "하지만 엔지니어 씨의 이야기는 해피 엔드란다." 예자드가 말했다. "그 일이 들키고 나서 며칠 후 아침에 초인종이 울렸어. 문을 열자 밖에는 아무도 없었지. 그런데 바닥에 갈색 종이 봉지가 있는 거야. 그 안에는 달걀 하나가 들어 있었지. 엔지니어 씨가 세상을 떠날 때까지 이런 호의가 일주일에 두 번씩 베풀어졌단다."

"왜 일주일에 두 번이죠?" 무라드가 물었다. "달걀을 왜 매일 주지 않은 거예요?"

"그건 아무도 모르지." 예자드가 대답했다.

남편에게 의미심장한 눈길을 보내던 록산나는 그게 누구였든 간에 노인이 콜레스테롤을 많이 섭취하지 않기를 바랐을 거라고 했다. 예자드는 못 들은 척했다.

아이들은 자기 집 창문을 지나가기를 바라는 음식의 명단을 작성했다. 머핀, 죽, 훈제 연어, 스콘 빵, 스테이크와 콩팥 파이, 병조림 고기, 만두 등이었다. 예자드는 아이들이 에니드 블리턴의 해로운 책을 읽지 않고 직접 맛없는 외국 음식을 먹게 되면 엄마의 카레라이스, 키치리 사스, 호박 브리야니, 단삭 요리가 얼마나 맛있는지 깨닫게 될 거라고 했다. 아이들에게 필요한 건 현실 세계로 그들의 마음을 사로잡을 수 있는 인도인 블리턴이라고 그는 덧붙였다.

그때 라디오에서 아나운서가 옛날 유행가 시간이라고 알리자 잉글버트 험퍼딩크의 노래가 나왔다. 예자드와 아이들이 후렴구를 따라 불렀다. "단지 이 세 단어만. 아이 러브 유!"

록산나는 미소를 지으며 노래가 끝나기를 기다렸다가 무라드와 제항기르에게 등교 준비를 서두르라고 했다.

그게 바로 어제 아침 일이었다. 오늘 오후에 상황이 어떻게 바뀌었는지 생각하며 록산나는 차를 한 잔 따르고 주전자를 다시 가스레인지에 얹었다. 이따가 여섯 시쯤에 예자드를 위해서 새로 물을 끓일 것이다. 저녁이면 그는 아침과 전혀 달랐다. 하루 종일 일하면서 받은 상처가 온몸에 남아 있곤 했다. 남편이 하는 얘기를 듣고 있으면 그녀의 사랑이 상처를 입는 것 같았다. 자신이 대하는 손님들은 학교나 대학 또는 회사에서 나온 사람들로 많은 예산을 다루기 때문에 안하무인이며 스포츠 기구를 구입하는 비용에서 으레 리베이트를 바란다고 했다. 그래도 그는 역겨움을 참으며 사장인 카푸르 씨가 그런 일을 용납하지 않기 때문에……, 하고 솜씨 있게 설명해야 한다.

차를 홀짝이는 남편의 얼굴은 분노와 좌절감으로 가득 차곤 했다. 그는 차를 컵으로 마시기도 했지만 어느 때는 차를 잔 받침에 조금 부은 후에 노려보았다. 마치 찾고 있는 대답이 깊이를 알 수 없는 곳에 있기라도 한 것처럼. 그가 견딜 수 있는 건 침묵뿐이었으므로 그녀는 말하기가 두려웠다. 사랑하는 가족을 위해서 남편이 얼마나 열심히 노력하는지 어렴풋이나마 이해할 수 있었다. 그녀가 할 수 있는 일이라고는 밤이 올 때까지 기다려서 잠으로 그를 회복시키는 것뿐이었다.

아침이면 그는 다시 낙천주의자가 되어 채비를 하였다. 결국 저녁에 어떻게 끝날지 알면서도 록산나는 남편이 싸움터로 돌아가는 것을 지켜보았다. 그도 그렇게 될 줄 알지만 참고 버틴다는 걸 그녀는 알고 있었다. 그럴 때면 남편이 러스텀이나 소랍만큼이나 용감하고 강하다고 느꼈다. 그녀에게는 영웅인 그의 일상의 위업은 『샤나메』처럼 『예자드나마』라는 책으로 기록돼야 마땅했으므로 운명이든 신이든 행운이든 그들을 돌보는 어떤 것에라도 감사했다.

록산나는 아버지의 존재가 그들의 아침에 어떤 영향을 끼치게 될지 두려웠다. 무슨 일이 있어도 남편을 위해서 아침 일과를 지켜야 했다. 그에게 많은 기쁨을 선사하는 일상이 털끝만큼도 바뀌지 않도록 하겠다는 그녀의 의지는 확고했다.

록산나가 두 잔째 차를 반쯤 비웠을 때 제항기르와 나리만이 무라드의 초인종 소리에 잠을 깼다. 현관문을 연 그녀는 포옹하려고 붙들면 퇴짜를 맞을까 봐 큰아들이 급히 지나갈 때 팔만 꽉 쥐었다. 그는 책가방을 책상 밑에 내던지고 거실로 갔다.

"할아버지, 안녕하세요?" 그는 마치 할아버지가 긴 의자에 누워 있는 게 당연하다는 것처럼 굴었다.

"할아버지가 왜 우리 집에 계신지 궁금하지도 않니?"

록산나가 사고에 대해서 설명하는 동안 잠자코 듣고 있던 무라드는 잠시 뭔가를 생각하더니 말했다. "할아버지가 여기에 계시니까 제항기르가 간이 침대를 쓰고 전 발코니에서 잘래요."

"싫어. 내가 발코니에서 잘 거야." 제항기르가 말했다.

"뭐야, 둘 다 도망치는 거냐? 나한테서 냄새가 그렇게 심하게 나니?" 나리만이 물었다.

아이들은 그런 게 아니라면서 발코니에서 자면 별도 보고 구름도 볼 수 있으므로 일종의 모험 같은 거라고 했다.

"아빠가 집에 오신 뒤에 결정하도록 하자." 그렇게 말한 후 록산나는 환자용 변기와 소변기의 포장을 풀었다. 그것들을 살펴보던 그녀는 씻어야겠다며 가져갔다. 사람마다 청결의 기준이 다르다고 생각했지만 또다시 잘과 쿠미에게 화가 났다.

"그건 뭐예요?" 엄마가 돌아와 용변 도구들을 긴 의자 밑에 밀어 넣자 제항기르가 물었다.

"할아버지 물건이야."

"뭐하는 거예요?"

"저건 할아버지 쉬하는 통이고 저건 할아버지 응가 하는 거야." 무라드가 손가락으로 가리키며 말했다.

제항기르가 못 믿겠다는 얼굴 표정을 지었다. "엄마, 정말이에요?"

"형이 말한 대로야. 할아버지는 화장실까지 못 걸어가셔."

제항기르가 얼굴을 찌푸리더니 웩웩거렸다. 하지만 그건 실제로 역겨워서라기보다 그냥 그래 보는 것이었다.

여섯 시 반에 예자드가 현관문에 도착한 소리를 들은 아이들이 문을 열려고 달려갔다.

"아빠! 제가 텐트를 치고 발코니에서 자면 안 돼요?" 무라드가 빗장을 풀기도 전에 제항기르가 먼저 소리쳤다.

"아빠, 안 돼요. 그건 제가 먼저 생각한 거라고요. 엄마한테 물어보세요!"

열렬한 환영에 예자드는 즐거워했다. "아빠가 발이라도 먼저 좀 들여놓자. 부탁을 하기 전에 피곤한 아빠한테 인사부터 해야지."

"다녀오셨어요?" 아이들이 일제히 소리쳤다. "제가 발코니에서 자도 되죠?"

예자드는 현관문을 닫고 빗장을 걸었다. "록시, 아이들이 무슨 이상한 계획을 꾸미는 거야?"

그는 거실로 들어서다가 우뚝 섰다. "누구세요? 혹시 장인어른이세요?" 그는 어리둥절했다. 장인어른이 찾아오신 건 맞는데 혼자서 오신 건가? 근데 왜 긴 의자에 누워 계실까? 어디 편찮으신가?

단서를 제공할 법한 깁스는 홑이불에 가려져 있었다. 당황한 모습을 보이지 않으려고 예자드는 웃으면서 다가가 악수를 했고 그 와중에도 제항기르는 할아버지가 자신의 침대를 쓰고 있으므로 발코니로 가는 건 자신이어야 한다고 우겼다. 무라드는 자기가 나이가 더 많으므로 발코니에서 자는 건 자기가 안전하다면서 제항기르는 밤에 일어나다가 난간에서 떨어질지도 모른다고 주장했다.

"조용! 안 그러면 둘 다 혼꾸멍을 내 줄 테다." 록산나가 말했다. "발코니, 발코니, 발코니! 무슨 발코니 타령이야? 아직 아빠한테 할아버지 얘기도 안 했는데."

그녀는 치마에 손을 닦으며 긴 의자로 다가갔다. "여보, 오빠랑 언니가 얼마나 못되게 굴었는지 당신도 들어 보면 기가 찰 거예요."

"애야, 걔들도 최선을 다했단다." 나리만이 침착하게 말했다. "네 오빠랑 언니한테 화내지 마."

"아빠, 정확하게는 동복오빠랑 동복언니죠."

"너희들이 어릴 땐 전혀 그렇게 생각하지 않았는데." 그가 슬픈 목소리로 말했다.

"그 사람들도 이렇게 행동하지 않았죠."

"무슨 일이 있었는지 누가 말 좀 해 주겠어?"

록산나가 그날 아침과 지난 일주일 동안 무슨 일이 있었는지 설명했다. 그녀가 말을 마칠 때까지도 예자드는 고개를 가로젓고 있었다.

"장인어른, 저도 그 두 사람이 나쁜 짓을 했다고 생각합니다. 좀 더 단도직입적으로 말해야겠습니다. 도둑놈들처럼 나타나서 장인어른을 구급차에 두고 록산나를 협박한 겁니다."

"걔들이 견디질 못했어." 나리만이 말했다. "이게 탈출구였어. 성공적으로 버리려면 사전에 알리면 안 되거든. 너희들도 날 행복의 성으로 데려갈 때 명심해."

"아빠, 무슨 그런 농담이 다 있어요. 그 사람들은 예의도 없나요?"

"장인어른이 돌아가고 싶으시다면 어떻게 되는 거죠? 그곳이 사실은 장인어른 집이잖습니까. 그들이 어떻게 나오는지 보려면 그 문제에 대해서 장인어른께서 단호하게 움직이셔야 합니다."

"내가 일어설 수만 있다면야 모든 문제가 해결되겠지." 나리만이 쓴웃음을 지으며 말했다. "사람한테 어떻게 강요를 해? 관심과 걱정이 강제될 수 있나? 마음이 있든가 아니면 없는 거야."

"그래도 이건 너무 심하잖습니까. 장인어른을 편안한 아파트에서 이 작고 비좁은 공간으로 쫓아내다니."

나리만이 고개를 가로저었다. "그 큰 아파트는 내게 히말라야 동굴처럼 공허해. 여기가 궁전 같아. 하지만 자네가 힘들겠구먼."

"장인어른이 계시는 건 언제든지 환영입니다. 여기도 사실은 장인어른 집이니까요."

나리만이 고개를 돌렸다. "제발 다시는 그런 말 말게. 내가 오늘 이렇게 쳐들어왔지만 이 아파트는 자네와 록산나의 것이야. 결혼 선물이라고. 15년이 지난 지금에 와서 내가 이곳을 강제로 뺏으려 한다는 뉘앙스가 풍기는 말은 어느 누구도 해서는 안 돼."

나리만의 경직되고 딱딱한 말투로 보아 기분이 상했나 보다고 생각한 예자드가 말했다. "죄송합니다, 장인어른. 그런 뜻이 아니었습니다."

"아빠, 저흰 괜찮아요. 3주는 금방 지나가요."

"그럼요. 그리고 무라드와 제항기르가 엄마를 도울 거고요. 애들아, 그렇지? 할아버지께서 금방 다 나으실 거야."

제항기르가 간이침대 밑에서 소변기와 환자용 변기를 꺼냈다. "이게 할아버지 쉬하는 통이에요." 제항기르가 예자드에게 설명했다. "그리고 이건 응가 하는 거고요."

"그거 만지지 마!" 예자드가 갑자기 화를 내며 말했다. "당장 손 씻고 와."

예자드가 발코니로 성큼성큼 걸어가자 록산나와 나리만이 걱정스러운 눈으로 그를 바라보았다. 예자드는 록산나가 저녁이 준비됐다고 말할 때까지 발코니에 서 있었다.

제항기르는 할아버지에게 밥을 먹이는 일이라면 자기가 선수라면서 강낭콩을 먹는 걸 도왔다. 예자드는 장인어른이 개인 요양원뿐만 아니라 전용 집사도 있으니 더 뭘 바라겠냐고 했다.

나리만이 듣기에 그의 말에 가시가 돋쳐 있는 것 같았다. "내게 이런 가족이 있다니 참 복도 많지. 다른 부족한 것들이 다 보상되는구나."

"이부자리를 어디다 깔지 결정해야 해요." 록산나가 말했다. 부엌은 정기적으로 약을 쳤지만 쥐와 바퀴벌레가 있어서 불가능했다. 부엌과 화장실 사이의 통로는 위생 상태가 좋지 못했다. 현관문 근처의 바닥은 원인을 알 수 없는 습기가 계속 찼다. 따라서 발코니밖에 없었다.

"야, 만세!" 제항기르가 환호했다. "최고다! 텐트를 치고 야식을 몰래 먹어야지!"

"미안해서 어쩌지. 비행 중대장 비글스워스가 비밀 작전을 수행하기 위한 기지로 발코니가 필요하다." 무라드가 말했다.

"이 문제를 해결할 한 가지 방법은 너희들이 함께 사용하는 것뿐이야." 예자드가 말했다. "할아버지가 3주 동안 이곳에 계실 테니까 어디 보자, 20일쯤 되는구나. 그럼 열흘씩 나눠서 쓰도록 해."

예자드는 동전 던지기로 누가 먼저 쓸지 결정했다. 동전의 뒷면을 선택한 무라드가 이겼다. 간이침대의 얇은 매트리스 두 개를 나눴다. 제항기르가 쓸 것 하나는 남기고 나머지는 밖으로 가져가 밑에 비닐을 깔았다.

"비가 많이 왔으면 좋겠다. 그러면 폭풍우 속에서 허리케인 전투기가 수마트라에 불시착하는 비글스의 모험 같을 텐데." 무라드가 말했다.

"이 바보 같은 녀석아!" 록산나가 꾸짖었다. "비가 내리지 않기를 신에게 기도해야지! 매트리스가 젖으면 어떡할 거야? 그리고 네가 먹는 비싼 약값 때문에 생활비는 어쩌고?"

예자드가 아내를 달랬다. 오늘 밤 비가 내릴 확률이 거의 없으므로 내일 발코니에다가 임시 보호막을 치겠다고 했다. 그러나 록산나는 위험을 감수할 수 없다고 했다.

"이제 막 9월이 시작됐잖아요. 무라드까지 아프면 아빠를 돌봐야 하는 상황에서 나로선 어쩔 수 없어요." 록산나는 100퍼센트 방수가 불가능하면 자기가 발코니에서 자겠다고 했다.

그러자 무라드는 다 잡은 모험이 사라질까 봐 안절부절못했다. "엄마, 걱정 마세요. 아빠랑 제가 발코니를 비옷이랑 장화랑 모자로 무장할 테니까요." 무라드가 엄마를 안심시켰다.

그들은 부엌 바깥 선반을 뒤져 단철 난간을 덮을 만한 작은 비닐 두 장을 찾았지만 지붕을 만들 만큼 큰 것은 발견하지 못했다.

"빌리에게 물어보지그래. 방수포나 다른 걸 빌려 줄지도 몰라." 예자드가 록산나에게 제안했다.

"당신이 가요. 난 그 여자가 '자기', '당신'이라고 부르는 게 싫으니까. 게다가 노름까지 하는 여잔데."

빌리 카드마스터, 또는 예자드가 마트카의 여왕이라고 부르는 여자는 그와 나이가 비슷했으며 어머니와 함께 옆집에 살고 있었다. 그녀는 남자가 이런저런 요구를 하면서 밤새 잠을 못 자도록 하는 게 싫기 때문에 독신 상태가 좋다고 공공연히 말하곤 했다. 그러나 마치 자신과 잘 어울리는지 살펴보는 것처럼 종종 남자들을 탐내듯이 바라보곤 했다.

빌리의 일과는 집안일과 여섯 살짜리 아이처럼 쪼그라든 아픈 어머니를 돌보는 것이었다. 그녀는 어머니를 힘들이지 않고 들어 올려 마치 쪼그랑할멈 인형을 들고 다니는 것처럼 침대에서 욕실, 발코니의 안락의자, 식탁으로 옮겼다.

조금이라도 짬이 나면 그녀는 꿈을 해석하는 일에 몰두했다. 꿈에 나타난 물체와 사건에 숫자적 가치를 부여해서 마트카 도박에 이용했다. 그녀는 불법 숫자 게임이라는 실에다가 시간의 구슬을 꿰었다. 친구, 이웃, 이웃의 하인에게까지 질문을 해서 꿈 얘기를 들려준 이들에게 해몽의 과실을 선사했다. 거의 매일 마트카 도박을 하는 그녀는 장을 보러 갈 때마다 마권 업자인 식료품 가게 주인에게 돈을 걸었다.

"예자드 씨, 안녕하세용." 방문객을 보자 매우 기뻐하면서 그녀가 큰 소리로 말했다. 나이와 신분에 상관없이 남자라면 누구에게나 높임말을 썼다.

"귀찮게 해서 미안하군요."

"귀찮게 하지 않으면 이웃이 무슨 필요가 있겠어요? 예자드 씨, 어서 들어오세요. 친애하는 당신이 귀찮게 하고 싶은 만큼 하세요."

그는 냄새나는 실내복을 입은 그녀를 따라 안으로 들어갔다. 온몸을 가려 주는 긴 옷은 헐렁하고 앞쪽에 단추가 달려 있었으며 체형을 효과적으로 감추어 주었다. 그녀는 그 옷을 사흘이나 나흘 만에 목욕할 때만 갈아입었다. 그 옷을 입고 자고 요리를 했으며 매일 장을 보러 갔다. 특히 장을 보러 갈 때면 큰 변화를 주었는데 실내복 위에 사리를 걸친 후 코트 허리끈이 없었으므로 사리를 고정시키기 위해서 특이하게도 여섯 개의 안전핀을 사용했다. 그런 실내복을 그녀는 자신의 만능 가운이라고 불렀다.

예자드는 그녀가 살갑게 구는데 왜 자신이 우울해지는지 곰곰 생각해 보았다. 그건 바로 그녀의 아양을 떠는 말투와 꾀죄죄한 모습 간의 큰 격차 때문이었다. 그가 자초지종을 설명하지 않고 찾아온 용건만 간단히 밝혔음에도 그녀는 이미 아침에 구급차를 봤고 말다툼 소리도 들었던 터였다.

"예자드 씨, 무슨 일인지 알아요." 그녀가 윙크를 하며 말했다. "인척 문제에 휩싸이면 아무리 강한 사람이라도 힘없는 새끼 고양이가 되고 말죠. 자, 그럼 필요한 걸 찾아볼까요."

앞장선 그녀는 나리만의 곤경에 유감의 뜻을 표했다. 그녀는 그의 삶이 비극적이라면서 지저분한 내용을 몇 가지 시시콜콜 얘기했다. 그녀가 낱낱이 알고 있는 것에 예자드는 놀라지 않았다. 파르시 공동체에서 빌리처럼 동정과 호기심이 뒤섞인 감정으로 장인의 추문을 기억하고 있는 사람이 많았다.

그녀는 잡동사니로 가득 찬 구식 화장대 앞에 섰다. "당신 마음대로 서랍을 열어 보세요."

그가 망설이는 모습을 본 그녀는 무릎을 구부리고 앉아서 그를 도왔다.

"아 참, 오늘 밤에 있을 마트카에 좋은 번호가 있는데. 몇 달 만에 처음으로 꿈이 강렬하고 숫자적으로도 강력하거든요."

"빌리, 행운을 빌어요. 돈을 따기 바랄게요."

그가 관심을 보이지 않았지만 그녀는 꿈의 초자연적인 힘을 옹호하고자 목소리를 과장되게 낮추고서 경건한 말투로 말했다. "내가 본 건 고양이였습니다. 고양이 한 마리가 큰 우유 잔 받침 옆에 있었죠."

"고양이랑 숫자를 상의한 거예요?"

그녀는 어처구니없다는 듯이 미소를 지으며 직접 서랍에서 물건들을 꺼내 살펴보게 했다. "예자드 씨, 고양이와 잔 받침의 메시지가 워낙 강해서 상의할 필요도 없었답니다."

"그럼 둘이서 텔레파시로 의사소통한 건가요?"

빌리가 고개를 가로저었다. "고양이가 똑바로 나를 보고 앉아 있었어요. 머리와 몸이 완벽하게 숫자 8을 이루고 있었죠. 그리고 고양이 왼편에는 둥근 우유 잔 받침이 숫자 0의 모양을 하고 있었고요."

예자드가 또다시 놀렸다. "그런데 영어로 꿈을 꾼 거예요, 아니면 구자라트 어로 꾼 거예요?"

"잘 모르겠어요. 무슨 차이가 있죠?"

"엄청난 차이가 있어요. 구자라트 어로 숫자 8은……." 그가 허공에 대고 손가락으로 숫자를 그렸다. "고양이가 똑바로 앉은 모양이 아니거든요."

"예자드 씨, 당신 대단한 농담꾼이로군요." 그녀는 웃었지만 이미 의심의 씨앗이 뿌려진 상태였다.

그들은 방수포와 가로 4미터, 세로 6미터 크기의 천막을 발견했다. 발코니에 지붕을 치기에는 부족했다. 그때 예자드가 마지막 서랍에서 쇼핑백 안에 들어 있는 커다란 가죽 재질의 덮개를 꺼냈다. "이건 뭐죠?"

"아, 오래된 식탁보예요. 우리 가족이 쓰던 거죠."

"꽤 크겠군요."

"네, 그랬죠. 얼마나 큰지 열여섯 명이 거뜬히 앉았으니까요."

그들은 각각 한쪽 끝을 잡았다. 그러자 달라붙어 있던 식탁보가 찢어지는 소리를 내며 떨어졌다. 진녹색 렉신 모조 가죽이 펼쳐지자 빌리의 기억도 함께 펼쳐졌다.

"이 식탁보에 둘러앉아 있던 그 시절은 정말 행복했죠. 매주 일요일 오후에 온 가족이 모여 단삭 요리로 점심을 먹었어요. 아버지께서 단삭 요리에 열광적이셨거든요. 토요일에 카레라이스는 괜찮았지만 일요일엔 단삭 말고 다른 걸 요리하면 난리가 났어요. 그래서 어머니는 절대 말다툼이 생기는 일을 벌이지 않았어요. 한 시에 삼촌들, 숙모들, 사촌들이 도착하면 몇 달 만에 처음 만나는 것처럼 수다를 떨기 시작했죠."

예자드는 발코니 작업 때문에 초조했지만 말을 끊을 용기가 나지 않았다. 행복함으로 빌리의 얼굴이 흥분돼 있었다.

"아버지는 언제나 절 오른편에 앉히시고 달리 오빠를 왼편에 앉히셨죠. 그리고 일요일 점심때면 렉신 식탁보에 벨기에식 레이스를 입혔어요. 아버지께서는 예술 작품을 감추는 건 범죄라시며 식탁보 위에 장식품이나 꽃병 놓는 걸 허락하지 않으셨어요. 그때가 얼마나 즐거웠는지 몰라요. 잠깐만요, 예자드 씨. 보여 줄 게 있어요."

그녀는 사진 액자를 갖고 돌아왔다. 4인 가족이 긴 식탁 끝에서 격식을 차린 포즈를 취하고 있었다. 어머니, 아버지, 그리고 얌전한 두 아이가 있었다. 소년은 반바지에 셔츠와 넥타이를 말쑥하게 차려입어 돋보였고, 작은 소녀는 리본 장식이 있는 핑크색 오간자 원피스를 입고 있었다.

"마침 일요일이던 제 일곱 번째 생일이었어요. 아주 특별한 날이었죠." 그녀는 한숨을 내쉬었다. "우리는 성장하면 왜 갑자기 행복한 날들이 사라지는 걸까요?"

예자드는 그 질문에 답할 수가 없었다. "식탁은 어떻게 됐죠?"

"오빠가 결혼하면서 자기 아파트로 가져갔어요."

"오빠 분이 가족 전통인 푸짐한 일요일 점심 모임을 가지나요?"

빌리는 대답 대신에 입을 삐죽거렸다. "오빠가 식탁을 부쉈어요. 현관문으로 들어가질 않아서 목수에게 부탁해 조립식 테이블로 만들었죠. 목수가 뼈대를 짤 때 이상한 나무를 썼는지 2년 만에 흰개미들이 먹어 치워 버렸죠."

그녀는 식탁보를 어루만지더니 다시 접기 시작했다. 그녀를 돕던 예자드는 무슨 운명의 장난으로 일요일에 핑크색 원피스를 입고 아버지 오른편에 앉아 단삭 요리를 먹던 작고 귀여운 소녀가 꿈에 집착하고 마트카에 중독되고 고약한 냄새가 나는 여자로 변했는지 궁금했다. 어떤 잔인한 인생 역정 때문에 그렇게 된 걸까?

그녀는 식탁보를 쇼핑백에 집어넣지 않았다. "이걸로 발코니를 충분히 덮을 수 있을 거예요."

예자드가 깜짝 놀랐다. "그렇게 중요한 기념품은 보관해야 하지 않나요?"

"기념품이고 나발이고 그런 건 안 믿어요. 큰 식탁도 없고 앉아서 웃고 이야기할 손님들도 없는데 이 큰 식탁보가 무슨 소용이에요. 당신 아들이 감기에 걸리기 전에 발코니나 덮으세요."

"빌리, 고맙소."

그녀는 잡동사니를 도로 서랍에 집어넣고 세게 닫았다. "예자드 씨, 당신 말이 맞아요. 꿈을 구자라트 어로 꾼 거라면 다른 방법인 발음법을 사용해야겠어요. 그럼 고양이는 발음상 숫자 2가 되죠. 잔 받침인 숫자 0과 합쳐서 20에다가 돈을 걸어야겠어요. 친애하는 당신도 안전하게 두 가지 언어에 해당되는 20과 8에다가 돈을 걸어 보세요. 발코니에 튼튼한 방을 만들 만한 돈을 벌게 될 테니까요."

그는 그럴 필요 없다면서 일시적인 상황일 뿐이므로 발코니는 그대로 둘 거라고 했다.

"그게 무슨 상관이에요. 예자드 씨, 모든 것이 일시적이잖아요. 인생 자체가 일시적이니까요." 그를 배웅하며 그녀가 말했다.

남자한테 친애하는 당신 어쩌고저쩌고하면서 가능한 오래 수다를 떠는 게 저 여자의 전매특허라고 록산나가 말했다. 빌리가 사진을 보여 줬다고 하자 록산나는 저 여자가 마트카로는 성에 차지 않아서 또다시 새로운 짓을 벌이는 거냐고 물었다.

"빌리가 일곱 살 때 찍은 가족사진이었어." 예자드의 말에 록산나는 무안해졌다. 남편이 빌리의 슬픈 기억들과 식탁보에 얽힌 이야기를 들려주자 록산나는 식탁보를 받은 것에 미안함을 느꼈다. "빌리가 나쁜 사람은 아냐. 단지 좀 이상할 뿐이지. 그리고 당신 대신에 식료품 가게에서 장을 봐 주겠다고 하던데. 자기는 매일 간다면서 말이야."

예자드는 발코니에 렉신 식탁보를 펼친 후 가장자리를 따라 적당한 거리에 구멍을 뚫었다. 구멍을 낼 때마다 마음이 짠했다. 내일 보라 씨의 철물점에서 금속 고리를 사서 구멍에 붙여 방수포처럼 튼튼하게 만들 계획이었다. 일단은 구멍마다 짧은 끈을 집어넣어 발코니 난간에 식탁보를 고정시켰다.

무라드는 렉신 텐트에 장비를 갖추기 시작했다. 장난감 쌍안경, 나침반, 종이칼과 물총 같은 무기를 챙겼다. 수마트라 정글 깊숙한 곳의 긴급 은신처에다 초와 성냥도 두고 싶었다. 그러나 록산나가 안 된다고 했다.

"엄마 말이 맞아." 예자드가 말했다. "네가 유쾌한 빌라를 불태워 버리면 상황이 유쾌하진 않을 거다."

"하하, 아빠 정말 웃기세요. 엄마는 언제나 끔찍한 일만 상상해서."

"상상이란 말이 나와서 말인데, 장인어른이 우울증에 걸렸다는 이야기는 뭡니까? 처남과 처형이 상상해 낸 건가요? 장인어른 같은 철학자께서 우울증이라니 믿기지가 않아서요."

"그 우울증이라는 게 딴생각하는 걸 말하는 거야." 나리만이 말했다. "내가 과거에 대해서 많이 생각하는 건 사실이야. 하지만 내 나이쯤 되면 과거가 바로 지금 여기보다 더 현재 같거든. 그러니까 미래에 대한 건 거의 없단 말이지."

"아빠는 오래 사실 거예요."

"타라포레 박사가 왜 우울증이라고 생각했는지 궁금하네요." 예자드가 말했다.

"그 돌팔이가 쿠미와 잘의 말만 듣고 오진한 거지. 모든 것이 의학적으로 설명될 수 없다는 걸 의사가 아직 못 배운 거고. '마음은 이성이 모르는 이성을 가지고 있다."

"참 좋은 말이네요." 록산나가 말했다. "셰익스피어예요?"

"파스칼."

그녀는 나지막이 그 말을 되뇌었다. 마음은 이성이 모르는 이성을……

간이침대에 누워 어른들의 대화를 유심히 듣고 있던 제항기르는 우울증에 걸리면 어떤 기분일까 궁금했다. 오랫동안 비가 내릴 때 느끼는 슬픔 감정일까? 형이 발코니에서 잠잘 준비를 하는 모습을 부러워하며 바라보았다. 그때 할아버지가 기어 들어가는 목소리로 소변통을 달라고 했다.

"제가 갖다 드릴게요." 제항기르가 간이침대에서 벌떡 일어났다.

예자드가 두 발짝 큰 걸음으로 거실을 거칠게 가로질러 제항기르를 막아섰다. "아빠가 뭐라고 했니?"

제항기르는 그 자리에 얼어붙었다. 아빠가 당장이라도 때릴 것 같았다. 아빠의 목소리가 무서울 정도로 낮으면 몹시 화가 나 있다는 뜻이었다.

"대답해. 아빠가 뭐라고 했지?"

제항기르는 몸을 움츠린 채 대답했다. "할아버지 물건 만지지 말라고 하셨어요."

"그런데 그걸 왜 가지러 가는 거야?"

"깜빡했어요." 제항기르의 목소리가 들릴락 말락 했다. "도와 드리고 싶어서."

그 순간 예자드는 분노를 가라앉히고 아들의 어깨에 손을 얹었다. "제항글라, 이런 건 네가 도울 필요가 없단다."

예자드는 제항기르를 간이침대 쪽으로 살며시 밀었다. 제항기르는 엄마가 소변기를 꺼내는 걸 보았다. 엄마가 홑이불을 들어 올리고 할아버지의 고추를 소변기에 넣었다. 할아버지의 고추는 작아서 자신의 고추보다 별로 크지 않았다. 그러나 할아버지의 불알은 굉장히 컸다. 양말 속에 집어넣은 양파 같은 할아버지의 불알은 아빠 것보다도 훨씬 컸다. 아빠가 욕실에서 나와 옷을 입으려고 수건을 치울 때 그는 아빠의 불알을 여러 번 보았다. 자신의 불알은 작은 공깃돌 같았다. 불알의 크기와 무게 때문에 할아버지가 불편할 것 같았다.

"제항글라, 자리에 누워." 예자드가 말했다. "그걸 다 볼 필요 없어. 잘 자거라."

그때 엄마가 세면기를 가져와 할아버지가 주무시기 전에 양치를 하고 입을 닦도록 했다. 할아버지는 턱으로 익숙한 우스운 동작을 취하며 틀니를 꺼냈다. 틀니가 유리컵의 바닥으로 가라앉자 제항기르는 두 눈을 감았다.

록산나는 남편의 베개 위로 머리를 붙이며 이해해 줘서 고맙다고 했다.

그는 너무 힘들게 일할 필요 없다면서 병원 보모를 구하는 게 어떻겠냐고 했다. "처남과 처형한테 돈을 내게 하면 되잖아. 장인어른을 모시는 조건이라고 하고."

"그런 식으로 행동하는 사람들한테서 어떤 것도 받고 싶지 않아요. 아빠가 걸을 때까지 3주 동안 그 사람들 얼굴도 보고 싶지 않고요."

그녀는 조금만 참고 이해하면 힘들지 않을 거라고 남편을 달랬다. 그리고 아버지가 도착했을 때 냄새가 얼마나 지독했는지 설명했다. "냅킨과 물, 탤컴파우더만 있으면 되는데 신경도 안 쓴 거예요. 불쌍한 아빠의 얼굴에 난 수염 봤죠? 가방에다 면도기를 챙겨 넣었더라고요. 아빠더러 혼자서 면도를 하라는 건지 원."

"이발사를 부르자고. 하지만 딱 3주야. 그걸로 끝이야. 불한당들의 변명을 더는 받아들이지 않을 테니까."

"그럼요. 아빠 집에서 그 이상 더 아빠를 쫓아내도록 할 수는 없죠. 두고 봐요, 내가 해결할 테니까."

그녀가 더 가까이 다가가 남편을 안으며 속삭이던 귀에다 키스를 하고 살짝 깨물었다. 그가 한숨을 내쉬었다. 아내의 잠옷 끄트머리로 손을 뻗었다. 그녀가 엉덩이를 살짝 들어 올리자 잠옷을 허리까지 끌어 올렸다. 그의 손이 부드러운 잠옷 밑으로 움직이기 시작했다. 아이들은 자고 있지만 아빠는 어떤지 모르겠다며 그녀가 조금만 더 기다리자고 했다.

눈을 뜬 나리만은 루시의 크고 슬픈 두 눈이 자신을 따라다니며 괴롭히지 않기를 바랐다. 머리를 돌려 창문의 익숙한 창살을 찾으려고 했지만 손자의 간이침대가 눈에 들어왔다. 행복의 성이 아니었다. 오늘 밤은 기억에 재갈을 물려서 록산나와 예자드, 그리고 옆에서 자고 있는 손자들의 잠을 방해해서는 안 된다.

진통제 때문에 졸음이 왔던 그는 마치 잠든 것처럼 구름 위를 떠돌고 있었다. 안쪽 방에서 웅얼거리는 소리 가운데 '보모'라는 단어가 귀에 꽂혔다. 그러자 기억의 고문이 다시 시작됐다. 루시가 행복의 성에서 보모로 일하기 시작했다. 그와 가까이 있고 싶어서라고 했다. 일은 힘들지 않으며 같은 건물에서 살고 잠을 자기 때문에 행복하다며 오히려 그를 달랬다.

보모가 되기 전에 이미 그녀의 얼굴은 상심으로 인해 주름살이 생겨났고 굉장히 수척했다. 그런 데다가 고된 가사일로 더욱 나빠졌다. 보도에서 만나 주지 않는다고 스스로에게 이런 짓까지 하며 그의 삶을 비참하게 만드는 그녀를 보고 있자면 나리만은 정말 기가 찰 뿐이었다.

그녀의 고용주는 일층의 아르자니 부부였다. 그들은 그녀가 누군지 알고 있었다. 나리만과 함께 있는 걸 자주 봤기 때문이다. 두 사람이 사귀던 시절에 아르자니 부부는 틈만 나면 창가에서 행복의 성 주민들이 오가는 걸 눈여겨보았기 때문에 나리만은 일층에 사는 게슈타포라고 농담하곤 했다. 나중에는 저녁마다 그녀가 길 잃은 아이처럼 보도에 서서 그의 창문을 올려다보는 모습을 구경했다.

그러나 그들이 루시를 손자들의 보모로 고용한 건 일종의 복수라는 것을 나리만은 알고 있었다. 오래전 그가 루시와 사귀던 시절에 그의 아버지가 아르자니 씨를 명예 훼손으로 고발한 적이 있었으므로 그에 대한 앙갚음이 분명했다.

싸움의 발단이 된 종교적 논쟁은 소송으로까지 이어졌고, 엄청난 시간과 정력의 낭비를 초래했다. 사제가 파르시 어머니와 파르시가 아닌 아버지 사이에서 태어난 아들에게 입회 의식을 치러 줬는데 그 일은 보수 쪽 사람들에게 금기시되던 일이었다. 그 사건으로 인해서 개혁파와 정통파를 독감처럼 감염시키곤 했던 토론, 논쟁, 싸움이 시작되었다.

독자란에 투고하는 일로 유명했던 나리만의 아버지는 사제를 비판하는 글을 썼다. 문제가 된 사제가 지각 없이 아무에게나 수드라와 쿠스티를 수여하는 바람에 성스러운 입회식이 평범한 끈을 허리에다 묶어 주는 일과 다를 바 없게 됐다. 변절한 사제 때문에 3천 년 전통의 유서 깊은 역사에서 숱한 좌절을 겪고도 살아남은 조로아스터교가 파괴될 것이다. 그렇게 되면 652년에 아랍 군대가 하지 못했던 일을 그런 사제들이 이루게 될 것이다. 조로아스터교 생존의 주축이자 근간인 유일무이한 고대 페르시아 공동체의 순수 혈통이 손상되고 있다고 했다. 모르는 것이 축복일 수도 있지만 해를 끼치는 사제들의 무지는 절대 축복이 아니라 파르시 공동체에 독이라고 주장했다.

아버지의 과장된 글이 재밌기도 했지만 나리만은 절망감으로 고개를 저었다. 《잠 이 잠셰드》 신문은 그 논란과 관련된 특집란을 날이면 날마다 실었다. 아버지는 매일 아침 느긋하게 앉아서 자신의 글로 촉발된 찬반 편지들을 읽었으며, 아침 식사 자리에서 신문을 펼치고 선별한 내용을 가족에게 큰 소리로 읽어 줄 때면 만족감으로 얼굴이 환해졌다.

아버지는 언제나 그 논란과 루시의 문제를 엮으려고 했다. 예들을 인용하면서 다른 종교를 가진 사람과의 결혼이 왜 금지되는지 설명했다. 파르시와 파르시가 아닌 사람 사이의 관계를 금지하는 확실한 논거로 편지의 인용문들을 제시하는 것이다.

나리만은 아침 식사 대화로 생긴 호기를 놓치고 싶지 않았다. 그는 아버지에게 점심 식사 때나 차를 마실 때 루시를 초대해서 이야기를 나눠 보고 결정하라고 부탁했다. 그러나 불쌍한 여자가 희망을 갖도록 만드는 건 부당하다면서 단번에 거절했다. 때로는 어머니까지 나서서 루시가 어떤 사람인지 알아보는 것도 나쁘진 않다고 조심스럽게 제안했다. 아버지는 루시가 영국 여왕처럼 우아하고 매력적이며 훌륭한 사람일지 모르지만 조로아스터교 신자가 아니기 때문에 아들에게 어울리지 않는다면서 두 번 다시 그런 얘기를 꺼내지 말라고 했다.

아버지가 마음을 바꾸길 바라면서 소극적인 자세로 충돌을 피해 왔던 자신이 얼마나 순진했는지 나리만은 깨달았다. 편협한 신념을 위해서 가족의 행복을 기꺼이 포기하겠다는 아버지의 의지와 정력을 과소평가한 것이다.

아르자니 씨의 편지가 신문에 등장하면서 아버지의 아침 오락은 끝이 나고 말았다. 일층에 사는 이웃의 편지여서 더욱더 같은 진영의 배신자에게 공격당했다고 느끼는 것 같았다. 처음에는 편지 한 통만 쓰고 오합지졸의 수다를 무시하고 점잖게 지켜보려고 했던 그는 다시 한 번 펜을 들어 공격을 가했다.

그는 아르자니 씨가 입회식의 중요성과 간단한 교리조차 이해하지 못하는, 아무 쓸모 없는 생각만 머리에 가득 찬 표준 이하의 대표적인 예이며, 아르자니 씨의 견해는 품격 있는 토론의 가치조차 없다고 했다.

아르자니 씨는 적극적으로 전투에 뛰어들었다. 논쟁은 점점 신랄해졌고 결국 독자 투고 때문에 법정으로까지 가게 됐다. 아르자니 씨는 바킬 씨가 광적인 인종 차별주의자이기 때문에 순수 혈통을 광적으로 추구함으로써 종교가 다른 집안과 결혼한 배우자들과 자손들을 짓밟는 데 주저하지 않을 거라고 썼다.

일요일 저녁 모임의 참석자들은 나리만의 아버지에게 명예 훼손으로 고발하라고 충고했다. 아버지는 먼저 아르자니 씨에게 발언을 취소하고 사과할 기회를 주었다. 그는 거절했다. 개혁자 단체가 그의 변론에 돈을 댔으며 비록 패소했지만 그들은 계속되는 관심을 바람직하게 여겼다.

나리만의 아버지는 승리를 축하하는 파티를 열었다. 일요일 저녁 모임 참석자들은 발언 취소와 사과문이 실린《잠 이 잠셰드》신문의 한 페이지를 유리 액자에 넣어 그에게 선물했다.

나리만은 그들이 마치 크리켓 경기에서 이긴 것처럼 행동한다고 생각했다. 그들에게 판결 결과는 명예 훼손의 법적 절차라기보다 자신들의 신념을 정당화하는 것이었다. 법원에서 재판이 진행될 때 나리만은 착잡하기 그지없었다. 아버지가 지는 걸 원치 않았지만 이번 기회에 편협한 생각들이 공개적으로 검증되어 아버지의 인식이 바뀌길 희망했다.

그러나 그러한 구원은 이루어지지 않았다. 그로부터 10년이 지나고 부모님은 세상을 떠났지만 얼토당토않게도 루시가 아르자니 부부의 복수의 도구로 전락한 걸 지켜봐야 했다. 아르자니 씨는 행복의 성 주민들을 볼 때마다 자랑했다. 마라즈반 바킬의 아들의 여자 친구를 보모로 고용한 건 통쾌한 복수였다. 바킬 교수와 루시가 펼치는 드라마를 구경하는 건 굉장한 재밌거리였다. 아르자니 씨는 법원의 정의보다 훨씬 뛰어난 권선징악이라고 말했다.

아버지의 옛날 원수였던 아르자니 씨가 좀 더 사려 깊었더라면 편협한 아버지 역시 루시가 며느리가 아닌 보모로 더 적합하다는 데 동의했으리란 걸 깨달았을지도 모른다.

그러나 나리만을 더욱 놀라게 만든 건 바로 루시의 결정이었다. 돈 때문에 그 일을 하는 거라면 자신이 도와줄 테니 굴욕 당할 필요가 없으며 직장을 구해 주겠다고 했다.

그녀는 웃으면서 고개를 가로저었다. "내가 왜 여기 있는지 모르겠어요?

당신은 4층에 있고 나는 일층에 있으니까 마음이 편해요."

그는 서로를 위해서 다른 도시로 가는 것이 낫겠다고 경고했다. 약속을 지킬 것이고 다시는 그녀를 만나지 않을 거라고 했다. "쥐꼬리만 한 돈을 벌려고 노예처럼 일하면서 시간을 낭비하는 거야."

그녀는 웃었다. "일을 하는 줄도 모르겠어요. 세 아이가 모두 착해요. 내가 얼마나 아이들을 좋아하는지 당신도 알잖아요. 나리, 우리 계획 기억나죠? 아이 여섯을 갖기로 했잖아요. 그리고 아이에게 붙일 이름도 고르고……."

"루시, 제발, 이러지 좀 마!" 그는 화를 내며 자리를 떠났다.

그러나 매일 아침 출근하는 길에 그녀가 아르자니 씨의 손자들을 데리고 학교에 가는 걸 보아야 했다. 그는 아르자니 씨가 창가에서 그녀에게 아이들의 책가방을 들어 주라고 소리 지르는 걸 들었다. "내 손자들이 등에 혹이 생겨서 병신이 됐으면 좋겠어?"

나리만은 그녀가 책가방 세 개와 씨름하는 걸 지켜보았다. 며칠이 지난 아침에 그는 그녀를 도와주러 갔고 아이들의 학교까지 함께 걸어갔다.

정오에 그녀는 아이들에게 점심을 배달해야 했다. 나리만은 강의가 없을 때면 루시에게 가서 뜨거운 도시락과 그릇 바구니, 시원한 음료수가 든 보온병을 들어 주었다. 아르자니 씨는 한 명 값으로 두 명의 하인을 부리게 됐다고 자랑했다.

양심의 가책을 느낀 나리만은 아내가 위층에서 모든 걸 지켜보고 있음을 알았다. 자신의 행동이 야스민에게 얼마나 부당한지 알고 있었다. 저녁에 퇴근해서 집으로 돌아온 그는 잘과 쿠미가 엄마를 위로하고 있는 걸 보았다. 그들은 그를 쳐다보지도 않았다. 자러 가면서 인사도 하지 않았다.

야스민은 자기가 무슨 잘못을 했기에 그런 취급을 받아야 하느냐고 물었다. 루시를 그렇게 좋아하면서 왜 자기와 결혼했느냐고 따졌다.

"저녁마다 그 여자가 우리 집 창문을 쳐다볼 때도 끝냈다고 했잖아요. 내가 당신을 어떻게 믿어요?"

"제발 이해 좀 해 줘. 그 여자에게 말을 하지 않고 어떻게 이 곤란한 상황을 끝내라고 설득할 수 있겠어?"

"그 여자는 말을 듣지 않을 거예요. 그 여자가 당신을 바보로 만든 거 모르겠어요? 당신이 죄책감을 느끼도록 만드는 거라고요."

"아마 내 탓인지도 모르지." 야스민이 화를 내자 그는 그렇게 말한 걸 후회했다.

"나 같은 것은 잊어버려요. 당신 때문에 내 인생은 이미 망가졌으니까. 당신 자신이나 생각하라고요. 이 일로 대학에서 당신 평판이 얼마나 나빠질지, 사람들이 우리 아기 록산나에 대해서 뭐라고 할지 생각해 봐요. 록산나가 아버지의 불명예를 짊어지게 될 테니까."

"내 행동에 전혀 부끄러울 건 없어. 이 상황에서 명예롭게 행동하고 있으니까." 그가 작은 목소리로 말했다.

"참 희한한 명예로군요! 처음엔 나와 결혼하더니 날 팽개치고 이제는 그 여자 뒤를 개처럼 킁킁거리며 따라다니고. 그 여자 가족은 뭐하는 사람들이죠? 왜 저렇게 자신을 학대하도록 놔두는 거예요?"

"그 여자 가족이 그녀와 의절한 거 당신도 알잖아."

몇 달 동안 굴욕을 당한 후 야스민은 최후통첩을 선언했다. 그가 보모의 조수 노릇을 그만두지 않으면 록산나를 데리고 떠나겠다고 했다. 결정할 시간을 일주일 주었다.

"그래 봐야 무슨 소용이 있겠어?" 그는 가능한 한 설득해 보려고 했다. "당신과 아이만 고생할 뿐인데."

"당신이 감히 고생에 대해서 말할 자격이 있어요? 내가 지금 편안하고 행복한가요?"

일주일이 지나자 그는 야스민에게 상황을 더 악화시키지 말라고 했다. 그녀는 자신의 경고에 귀 기울이지 않으면 후회하게 될 거라고 했다. 더는 참을 수 없으며 아내가 아니라 적어도 엄마로서의 권리를 위해 싸울 거라고 했다.

"가면 안 돼." 그는 드디어 히스테릭한 목소리로 호소했다. "나도 사랑스러운 록산나가 필요해. 제발 나한테서 아기를 뺏어 가지 마……."

록산나와 예자드는 어둠 속에 서서 거실을 바라보았다. 분명히 나리만이 록산나를 부르는 소리가 들렸었다.

"꿈을 꾸셨나 봐." 예자드가 말했다.

그들은 몇 분 더 서 있다가 침대로 돌아가 아침에 그 일을 언급하지 않기로 했다. 말하면 나리만이 민망해할 것이다. 그의 기분을 북돋아 주어야 한다. 그를 괴롭히는 것이 무엇이든 간에 저절로 사라지기를 바랐다.

7

예자드가 승강장에 도착했을 때 9시 11분 기차는 벌써 역을 떠난 뒤였다. 그는 9시 17분 기차에 간신히 올라탔다. 기차가 출발하는데도 남자들이 기차를 따라 뛰었다.

예자드는 출입구 근처에 서서 머리 위의 손잡이를 잡았다. 너무 깊숙이 들어가면 마린라인스 역에서 내릴 때 나오느라 고생스러웠다. 그는 선풍기 근처로 끼어들었다. 자신의 땀도 식히고 주위의 겨드랑이 냄새도 희석시키기 위해서였다.

이러한 전술은 도시의 정글에서 살아남기 위해 본능적으로 이뤄지는 거라고 대학 때 친구들과 농담하곤 했었다. 나뭇가지 대신에 기차와 버스 안에서는 손잡이를 잡고 매달려 이동하고, 밖에서는 창살에 매달려야 했다. 타잔 만화책과 에드거 라이스 버로스의 소설들은 예자드와 교수들이 상상했던 것보다 유익했다.

이러한 유인원식 통근 생활이 지긋지긋했던 그는 캐나다로 이민을 가려고 신청서를 제출했다. 깨끗한 도시, 맑은 공기, 충분한 물, 그리고 기차에는 모든 사람이 앉을 수 있는 좌석이 있으며 버스 정류장에서는 사람들이 줄을 서고 먼저 타시라고 권하며 고맙다고 인사하는, 그런 곳으로 가고 싶었다. 젖과 꿀이 흐를 뿐만 아니라 탈취제와 향수를 사용하는 땅으로 가고 싶었다.

그러나 새로운 땅에서의 새로운 인생에 대한 환상은 금세 끝나고 말았다. 캐나다는 포기했다. 실망감을 달래기 위해서 지금은 과잉과 무절제의 땅이라고 이름 붙인 그곳에서 벌어지는 문제들에 관심을 기울인다. 실업, 강력

범죄, 노숙, 퀘벡의 언어법 등이었다. 그곳이나 이곳이나 큰 차이가 없다고 그는 생각했다. 봄베이에 거지들이 있다면 토론토 거리에는 얼어 죽는 사람들이 있었다. 카스트 제도로 인한 싸움 대신에 그곳에는 인종 차별과 경찰의 총기 사용이 있었다. 분리주의자들은 카슈미르에도 있었고 퀘벡에도 있었다. 뭣하러 작은 재난을 피하려고 큰 재난에 뛰어들겠는가?

물론 이민 신청이 성공하길 바라던 때가 있었다. 그는 인종 차별주의자인 이민 담당 공무원의 이름을 결코 잊지 못할 것이다. 이민에 성공했더라면 구급차를 캐나다까지 몰고 올 수는 없을 테니까 처남과 처형이 장인어른을 돌볼 수밖에 없었을 것이다.

나리만의 3주 요양 기간 가운데 열흘이 흘렀다. 거의 절반이었다. 모든 것이 괜찮은 척하면서 고생하는 아내를 지켜보는 건 고통스러웠다. 그날 아침에 있었던 말다툼이 생각났다. 출근하기 전에 아내가 그를 멈춰 세우며 뽀뽀를 한 번 더 해 달라고 했다. 먼저 빌리 카드마스터 집의 문구멍을 확인한 후 그들은 층계참에서 서로를 껴안았다. 조그만 소리에도 빌리는 내다보곤 했다. 아슬아슬하다는 생각에 키스가 더욱 달콤했다. 그러나 아내는 장인이 온 뒤로 그가 매일 지각한다는 사실을 모르고 있었다. 알아 봐야 그녀에게 걱정거리만 하나 더 늘어날 뿐이었다.

마린라인스 역에서 승객들이 기차를 타려는 사람들 앞으로 산사태처럼 우르르 쏟아졌다. 몸을 밀치며 무사히 내린 예자드는 시계를 힐끗 보았다. 벌써 9시 30분이었다. 그는 얼굴을 닦았다. 공기가 거대한 젖은 스펀지 같았다. 젖은 손수건을 호주머니에 넣고 길을 건너려고 기다렸다.

그는 봄베이 스포츠용품점의 매니저로 9시 30분까지 가게 문을 열고 사환인 후사인을 안으로 들여야 한다. 그러면 후사인이 출입구와 계단을 쓸고 나서 걸레로 닦고 차를 끓인 후에 크리켓 배트, 삼주문의 기둥, 모자, 축구공, 배드민턴 라켓, 그리고 다른 견본품들이 전시된 유리 진열장의 먼지를 털었다. 그런 다음 후사인이 두 개의 큰 유리창을 덮고 있는 셔터의 자물쇠를 풀었다. 철커덕거리며 철제 셔터가 올라가면 두꺼운 판유리 뒤로 더 많은 스포츠용품이 보였다. 그러면 걸레를 들고 재빨리 유리를 닦아서 광을 냈다. 10시에 영업이 시작됐다.

가게까지 가는 데 걸어서 8분이 걸렸으므로 예자드는 속력을 냈다. 후사인이 기다리고 있을 것이다. 조게시와리의 쪽방을 12시간 단위로 세를 낸 그는 공장에서 야근을 마친 다른 세입자가 돌아오는 아침 일곱 시에 방을 비워야 했다. 그래서 남는 시간을 가게 근처에서 보내야 했지만 8시간 단위로 세를 얻는 사람들보다 자기 처지가 낫다고 생각했다.

예자드가 서두르는 이유는 계단에 여유롭게 앉아서 그날 첫 빤을 씹으며 세상 돌아가는 걸 구경하는 후사인 때문이 아니었다. 가끔가다 사장이 일찌감치 출근하곤 했는데 하필이면 그때 늦기라도 하면 영락없이 지각한 학생처럼 기분이 찜찜했다.

봄베이 스포츠용품점에서 아래쪽으로 여섯 번째 가게는 인도 만세 책방이었다. 간판에는 '대학 교재, 참고서 전문'이라고 쓰여 있었다. 책방도 10시에 문을 열었다. 빌라스 라네가 필기판과 종이를 무릎 위에 올려놓고 닫힌 문에 기대어 앉아 있었다. 그가 손을 들어 인사했다.

예자드는 고개를 끄덕이고 손을 흔들며 서둘러 걸어갔다.

"서두를 필요 없어. 카푸르 씨는 아직 안 왔으니까."

"아, 그거 잘됐군."

그가 가게에 도착하자 쪼그리고 앉아 있던 후사인이 일어나 인사했다. 예자드는 가게 문을 열고 의자에 서류 가방을 던진 다음 다시 빌라스에게 갔다. "바빠? 쓸 게 많아?"

"아직은 없어." 빌라스는 필기판을 들어 올려 빈 종이를 보여 줬다.

빌라스는 책방에서 점원으로 일하는 것 외에 부업을 하고 있었다. 글자를 쓰지 못하는 사람에게 장당 겨우 3루피를 받고 그의 귀에다 쏟아 내는 생각, 감정, 걱정, 그리고 진실한 마음을 종이에 써 주는 편지 대필을 했다. 주로 먼 곳에서 도시로 와서 부두나 건설 현장에서 일하는 노동자들인 손님들에 따라서 언어는 힌디 어, 마라티 어, 구자라트 어 가운데 하나였다.

때로는 돈이 부족한 손님이 빌라스의 펜이 지불 가능한 숫자의 페이지를 채우고 나면 입을 다무는 경우가 있었다. 중요한 내용이 이미 쓰인 경우에는 빌라스도 편지를 끝맺었다. 그러나 감정이 북받친 목소리로 중요한 일을 설명하던 손님이 돈이 부족해서 말을 참고 있는 경우가 있었다. 그럴 때면 주는 돈만 받고 추가 비용 없이 하고 싶은 말을 계속하라고 했다. 손님들이 두서없이 내뱉는 말들이 그의 펜 끝을 거치면서 구체적인 이야기로 바뀌어 우체국을 통해 가족에게 전해졌다.

"자네는 유능한 사업가는 못 되겠구먼." 예자드가 꾸짖었다. "카푸르 씨가 크리켓 방망이를 공짜로 주면 봄베이 스포츠용품점이 살아남겠나?"

"어쩌겠나, 난 사람일 뿐인데." 빌라스가 말했다. "돈이 없다고 편지를 중단하는 것보다 잔인한 짓은 없지. 그건 죽음 같은 거야. 한순간 흐르던 말이 다음 순간 멈추게 되면 생각은 미완성이고 사랑은 전해지지 않으며 고통은 표현이 안 되니까. 그런 걸 어떻게 그냥 두겠나? 때로는 내 손님들이 고향에서 보내온 편지를 들고 오지. 읽다 보면 문장이 이어지지 않고 중간에서 끝나 버리는 편지를 말이야. 그런 고통은 견디기 힘들지. 난 절대 그렇게 야박한 짓은 못해."

빌라스 라네의 대필 부업은 책방에 청소부가 새로 들어왔을 때 우연히 시작되었다. 어느 날 아침 책꽂이와 책더미에서 먼지를 털던 청소부 수레시가 빌라스에게 말했다. "라네 선생님, 인생 참 아이러니하지 않습니까? 제가 여기서 하루 종일 책과 지내잖아요. 손으로 만지고 냄새를 맡고 때로는 꿈을 꾸기도 하죠. 그런데 저는 단 한 글자도 읽지 못하거든요."

그 말은 정부가 국가의 문맹에 관해서 주기적으로 한탄하며 상투적으로 내뱉는 말들보다 빌라스의 마음을 더 깊이 건드렸다. "그럼 글 읽는 걸 배우고 싶은가?" 그가 수레시에게 물었다.

"아뇨, 아닙니다. 글을 배우다뇨." 그가 쑥스러워하며 말했다. "제 머리로는 그렇게 어려운 건 못 배웁니다. 그냥 선생님께서 저를 위해 편지 한 장만 써 주셨으면 좋겠습니다."

가게 일이 끝나고 두 사람은 계단에 앉았다. 빌라스가 재빨리 받아쓸 준비를 했다. "아버님 그리고 어머님"으로 시작된 편지는 다섯 장을 가득 채우고 "불효자 이만 줄입니다." 하고 작별 인사로 마감했다.

3주 후에 답장이 도착했다. 수레시가 난생처음 받아 본 편지였다. 청소부는 은인이 계산대에서 편지 칼을 꺼내 봉투를 찢는 걸 지켜보며 숨을 죽였다.

"한 장밖에 없네요." 수레시가 아쉬운 듯 말했다.

"실망하지 말게." 빌라스가 말했다. "편지는 향수 같은 거니까 한 병을 다 쓰는 게 아냐. 한 번만 뿌려도 충분히 느끼지. 말도 마찬가지야. 몇 마디면 충분하니까."

미심쩍어하는 수레시에게 빌라스는 마을 대필자의 글을 읽어 주었다. 성 공을 기원하며 건강과 번영을 바란다는 내용과 수레시의 편지를 읽고 가족 이 모두 행복했다는 내용이었다. 매우 아름다운 편지여서 도시에서 수레시 와 함께 있으면서 그의 삶을 경험하고 함께 기차를 타고 책방으로 가서 그 가 일하는 걸 지켜보는 것 같다고 했다. 그리고 내용을 듣고 있노라면 그의 목소리를 듣는 것 같아서 말의 힘에 놀랐다고 했다.

편지가 끝나자 수레시의 얼굴은 자부심으로 홍조를 띠었다. "한 장밖에 안 되지만 자네에게 얼마나 많은 기쁨을 주는지 이제 알겠지?" 빌라스가 말 했다.

수레시는 판자촌 이웃들에게 자신의 생각과 감정을 가족에게 전달한 놀 라운 편지 작가가 있다고 말했다. 그래서 곧 빌라스의 대필 서비스는 공식 적인 부업으로 자리 잡게 되었다. 손님들은 책방 계단에서 그의 글 쓰는 모 습을 자신들과는 다른 세계의 사람을 대하듯 동경하고 놀라워하며 바라보 았다.

예자드는 그에게 돈을 더 받으라고 부추기곤 했다. 그러나 빌라스는 요금 을 올리면 편지가 줄어들 거라고 했다. 게다가 그는 부업을 일종의 사회사 업이라고 생각하고 있었다. 자신이 그 일을 하지 않으면 손님들이 도움을 받으려고 시브세나 지부로 가서 사악한 공동체 선전 홍보물을 보게 될 것이 고, 심지어는 얼토당토않은 말을 관철시키기 위해 반대파의 뼈를 부러뜨리 고 몽둥이와 돌을 동원하는 정치적 목적에 고용될지도 모른다고 했다.

"솔직히 말해서 난 어떤 것보다 편지 쓰는 일이 즐거워."

"자네 연기 동아리보다 더?" 예자드가 물었다. 빌라스는 자신이 속한 아마추어 연극 단체를 무엇보다 좋아했다.

"그 취미는 끝났어. 잘난 척하는 새 회원들이 실습을 하고 이론을 토론하거든. 내가 좋아하는 타입이 아니야."

편지 대필을 통한 그의 만족감은 시간이 갈수록 점점 진지하게 변했다. 손님들 삶의 이야기를 모두 들었다. 아이가 태어나고 돈 때문에 가족이 싸우고 마을에 두고 온 아내가 촌장과 잠자리를 같이하고 아픈 아버지가 제일 가까운 병원까지의 길이 비포장도로라 이틀이 걸려서 가는 동안 사망하고 농장에서 사고로 다친 형이 회복해서 집에 돌아왔다는 등의 이야기들이었다.

끝없이 펼쳐지는 희비극의 가족 문제 드라마를 읽고 쓰는 빌라스는 혼자만 볼 수 있는 편지들이 전체적으로 하나의 패턴을 이루고 있음을 깨달았다. 먼저 편지들이 자신의 의식에 흐르도록 해서 만화경 속의 색유리처럼 이야기들이 스스로 제자리를 찾도록 했다. 그러자 우연한 사건들, 예측 불가능한 잔인함, 말로 설명할 수 없는 친절함, 무의미한 재난, 뜻밖의 호의 등이 까딱하면 놓치기 십상인 패턴을 이루고 있었다. 만약에 모든 인류를 위해서 편지를 읽어 주고 대신 수많은 답장을 쓰게 된다면 신의 관점으로 세상을 이해할 수 있을 것 같았다.

"가장 좋은 건 이 일 덕분에 많은 가족이 생겼다는 거야. 모든 사람의 모든 걸 알고 있는 삼촌이나 할아버지처럼 사람들의 삶을 공유할 수 있거든. 놀라운 보상 아닌가?"

"난 한 가족의 문제만으로도 충분해. 자네가 바쁘지 않다면 나를 위해서 편지나 한 장 써 주게."

"물론이지. 누구한테? 신에게?"

"내 처남과 처형한테. 그 망할 인간들이 내 삶을 비참하게 만들었어. 큰 집에서 하루 종일 할 일이 없으니까 처남은 주식 시장에서 시간을 낭비하고 처형은 불의 사원에 가지. 거기다가 불쌍한 아버지조차 돌보질 않는다고. 대신에 집사람이 노예처럼 일을 하고 있어. 움직일 공간도 없는 아파트에서 매일 밤 장인이 꾸는 악몽 때문에 잠을 깬다네."

빌라스는 열흘만 지나면 장인이 집으로 돌아갈 테고 삶이 정상으로 돌아올 것이니 참으라고 했다.

"뻔한 충고를 해 줘서 고맙구먼. 그런 지혜는 도대체 어디서 얻는 건가?"

"부업을 통해서지. 나는 편지를 쓴다. 고로 존재한다."

"암, 그렇고말고. 그럼 빌라스 라네 선생님, 나중에 뵙겠습니다!" 예자드는 가게로 돌아갔다.

봄베이 스포츠용품점의 철제 셔터가 여전히 내려진 채였고 가게 앞 쓰레기는 그대로였다. 가게 안은 어두웠다. 예자드가 불을 켰다. 먼지는 그대로 있었고 차도 만들지 않았다.

"후사인! 어디 있는 거야? 사장님이 곧 출근하실 텐데!"

그는 사환이 창고 구석 바닥에 앉아 있는 걸 보았다. 후사인은 턱까지 끌어 올린 무릎을 감싸 안고 벽을 바라보고 있었다. 예자드가 다가가자 그는 창백한 미소를 지으며 고개를 들었다.

"후사인, 어서 일 시작해야지."

그는 다시 벽 쪽으로 눈길을 돌리며 중얼거렸다. "죄송합니다, 선생님. 오늘은 일할 기분이 아닙니다요."

예자드는 한숨을 내쉬며 카키색 셔츠와 바지를 입은 반백의 사환을 유심히 살폈다. 옷깃은 해졌고 무릎은 닳아서 얇아져 있었다. 새 유니폼을 사 줘야 할 때였다. 사실 그 옷이 유니폼은 아니었지만 사장이 사환에게 정기적으로 두 벌씩 사 주었다.

예자드는 후사인을 억지로라도 일으키는 게 나은지 아니면 사장에게 맡기는 게 나은지 갈피를 잡지 못했다. 후사인은 바브리 이슬람 사원 폭동이 발생하고 몇 달 후에 피해자들의 재활을 돕던 에크타 사미티의 요청으로 3년 전쯤에 가게에 취직했다. 그가 일을 하지 못하는 날이면 카푸르 씨가 마음의 상처를 달래 주고 일을 다시 할 수 있도록 도와주었다.

그런 후사인 때문에 짜증이 날 때마다 예자드는 안톱 언덕의 판자촌이 불탔다는 얘기와 깡패들이 사람들에게 불을 붙였다는 그의 말을 떠올렸다. 이슬람교도 이웃들과 함께 판잣집이 불타는 걸 지켜보던 후사인은 아내와 세 아들을 찾아다녔다. 그때 불이 붙은 네 사람이 건물 계단에서 굴러 떨어졌다. 후사인의 가족이 불붙은 손으로 불길을 뿌리치려고 하자 깡패들이 기름을 더 뿌렸다.

어두운 창고에서 예자드는 진저리를 쳤다. "후사인, 차 한 잔 하지그래?" 그를 대화에 끌어들이려고 했다. "아침인데 차 한 잔 하고 싶지 않아?"

"차를 마시든 마시지 않든 달라지는 건 없습니다요."

그렇게 우울한 날 왜 군이 가게에 나와서 구석에 앉아 있는 건지 예자드는 이해할 수 없었다. 사장이 몸이 좋지 않은 날은 결근해도 월급을 깎지 않겠다고 약속했었다. 하지만 어쩌면 그런 날일수록 후사인은 자신이 의지할 수 있는 사람들이 더욱 절실히 필요한 건지도 모른다.

전화벨이 울렸다. 후사인은 구석에서 꼼짝도 하지 않았다. 컨디션이 좋은 날에도 그는 주둥이가 큰 수화기를 들려고 하지 않았다. 실체가 없는 목소리를 전달하는 전화기에 자신의 목소리가 들어가서 아무도 모르는 곳으로 가게 될까 봐 두려워했다.

전화벨이 다섯 번 울리고서야 예자드가 수화기를 들었다. 카푸르 씨였다.

"여보세요. 예자드? 미안하네. 손님하고 있었나?"

"아닙니다. 후사인하고 있었습니다. 오늘도 뒤에 앉아 있어서요."

"아이고, 불쌍한 사람 같으니라고. 또 기분이 엉망인 거야? 할 수 없지. 쉬게 놔둬."

"계산서를 제출해야 하나요?"

"그건 내일 하게. 아니면 모레 해도 상관없고." 사장이 전화를 끊으려다 말고 말을 이었다. "오늘은 아마 오후 세 시까지 못 나갈 거야. 급한 일이 생겼거든. 나중에 얘기해 줄게. 그리고 후사인 잘 지켜보라고. 알았지? 그럼 끊네."

예자드는 수화기를 내려놓은 후 진열장에 불을 켜고 청소를 하며 일을 서둘렀다. 10시 반에 잡힌 약속 시간이 거의 다 됐다. 매니저가 사환의 일까지 하다니 인생은 불공평하기 짝이 없었다.

철제 셔터를 올리고 있을 때 손님이 도착했다. 얼라이언스에서 나온 말파니 씨가 가게 문 옆에 서더니 손목시계를 확인한 후 예자드의 손에 들린 긴 철제 손잡이를 빤히 쳐다봤다.

"체노이 씨, 좋은 아침입니다. 보아하니 승진하신 모양이군요." 말을 마치고 그는 자신의 농담에 혼자 웃었다.

예의상 웃어 주던 예자드는 그가 갈수록 몽구스를 닮아 간다고 생각했다. 작은 얼굴의 교활한 두 눈이 마치 조롱거리를 찾는 듯이 가게를 휘둘러봤다. 손님을 책상으로 데려가 의자에 앉힌 후에 양해를 구하고 손에 묻은 기름 얼룩을 씻으러 화장실로 갔다.

예자드가 돌아왔을 때 말파니 씨는 책상 위의 서류를 뚫어져라 보고 있었다. 바로 옆을 지나 의자에 앉을 때까지도 그는 서류에서 눈을 떼지 않았다.

"체노이 씨, 준비는 다 하셨습니까?"

예자드는 고개를 끄덕이며 서류철을 열고 계약서의 세부 사항을 살펴보았다. 손발이 맞으면 별도로 돈을 벌 수 있을 거라는 은밀한 제안을 받은 후부터 예자드는 그를 혐오했다. 그럼에도 그 스포츠 클럽과 거래하는 이유는 사장이 얼라이언스의 상무이사와 친구이기 때문이었다.

"한 가지만 빼고는 괜찮군요." 말파니 씨가 말했다.

그가 무슨 말을 할지 익히 알고 있는 예자드는 시치미를 뗐다.

"아이고, 이번에도 배에 들어갈 식량이 없네요." 그는 음흉한 웃음소리를 내며 말했다. "매번 말씀드리지만 비용을 추가로 만드셔야죠. 제 배에도 조금, 체노이 씨 배에도 조금만 넣으면 서로가 행복해지는데. 아직도 제대로 사업하는 법을 모르시다니."

예자드는 농담으로 간주하고 가볍게 웃어넘겼다. "말파니 씨, 이렇게 와주셔서 정말 감사합니다. 당신과 거래해서 언제나 즐겁습니다."

악수를 한 후 남자를 문까지 배웅했다. 예자드는 손을 다시 씻고 싶었다.

왠지 시작부터 매우 불쾌한 경험이었다. 그러나 그날 아침에 벌어진 일을 미뤄 볼 때 충분히 예상했어야 했다. 시작이 좋지 않으면 잘되는 일이 없었다. 예자드는 다시 말다툼을 떠올렸다.

록산나는 지난 열흘 동안 아침에 눈을 뜨면서부터 남편의 일상을 지켜야 한다고 마음을 도사려 먹곤 했다. 예자드도 느낄 수 있었다. 그녀는 그의 등에 키스를 하고 침대에서 일어나 그날 쓸 물을 받은 후 양치질을 했다.

그가 욕실에 들어가면 그녀는 차를 만든 후에 거실로 가서 커튼을 젖히고 아이들을 깨웠다. 제항기르는 어깨를 붙잡고 흔들어야 했지만 무라드는 벌써 일어나 텐트 안에서 책을 읽고 있었다. 그녀는 나리만에게 필요한 게 없는지 물었다.

"서두를 필요 없다." 그는 평소대로 대답했다. "난 기차 탈 일이 없으니까."

그녀는 찻주전자를 식탁으로 가져가 보온 커버로 덮었다. 예자드에게 차를 따르며 아침 햇살 아래서 책을 읽고 있던 무라드가 자신을 보더니 깜짝 놀라더라고 했다.

그때 나리만이 불편해하는 걸 눈치챈 그녀가 다시 물었다. 채 2미터도 떨어지지 않은 곳에서 차를 마시고 토스트와 버터, 달걀을 먹고 있는데 아버지가 방광이 가득 찬 채로 기다려야 한다는 건 옳지 않았다. 그녀는 소변기를 주겠다고 했다.

"아빠, 솔직히 말하세요. 참으면 건강에 해로워요."

나리만이 볼일을 마쳤을 때 제항기르가 아직 화장실에 있었기 때문에 그녀는 소변기를 긴 의자 밑에 넣었다.

"그걸 바닥에 놔두면 비위생적이잖아." 기분이 상한 예자드가 말했다.

그녀는 아무 말 없이 종종걸음 치며 부엌으로 가 욕실에 있는 무라드에게 뜨거운 목욕물을 갖다 준 후 남편을 위해서 다시 물통을 채워 가스레인지에 얹고 나서 나리만에게 세면기와 수건을 갖다 줬다.

"무라드한테는 내가 물을 갖다 줄 수도 있는데 왜 도와 달라고 안 해?" 예자드가 말했다.

"당신이 화상이라도 입으면 돈은 누가 벌어 와요?"

그는 그녀가 장인에게 구강 세정제를 주는 걸 바라보았다. 양치를 하는 장인의 입술에 가는 침이 한 줄기 매달려 있다가 아래로 늘어나 끊어지더니 턱에 달라붙었다.

예자드는 고개를 돌리고 아침 식사에 집중하려고 했다. 한 입 더 입에 넣던 그는 아내가 세면기와 젖은 수건을 가지고 바쁘게 지나가자 달걀을 반쯤 먹은 접시를 옆으로 밀어 버렸다. 더러운 물이 출렁거려서 세면기 밖으로 튈 것 같았다. 그는 움찔하며 의자 뒤로 몸을 움츠렸다. "천천히 해. 그렇게 쉬지도 않고 움직이다가는 기네스북에 오르든가 뒤로 자빠지겠어."

"난 괜찮으니까 걱정 마요."

"어떻게 걱정을 안 해? 요즘 당신 얼굴이 어떤 줄 알아?"

"거울 볼 시간도 없어요."

"피곤에 전 당신 얼굴 좀 보라고."

"그게 중요해요? 내 얼굴은 이제 자랑거리가 아니잖아요."

그 말에 마음이 아파져 그는 그녀를 안고 당신은 변함없이 아름답다고 말해 주고 싶었다. 대신에 그는 장인에게로 몸을 돌렸다. "따님은 언제나 현명하게 대답하죠. 장인어른 생각은 어떠세요? 록산나에게 진실을 말씀해 주세요."

나리만이 머뭇거렸다. "모든 관점에 진실이 담겨 있지."

"외교적인 말씀 마시고 솔직하게 말씀하십시오. 록산나의 볼이 움푹 꺼진 거 보이시죠? 오리사에서 배곯으며 고생하는 사람 같아요!"

그러자 나리만이 체념하고 사위가 듣고 싶어 하는 말을 했다. "록산나, 예자드 말이 맞다. 천천히 하렴. 나 때문에 서두를 필요 없다고 말했잖니."

"아빠, 이게 공평하다고 생각하세요?" 그녀가 나리만에게 틀니를 건네며 말했다. "이런저런 일을 하는 건 난데 다른 사람이 이래라저래라 할 수 있어요?" 식탁에서 물건을 집어 든 그녀는 쿵쿵거리고 나가면서 욕실에 있는 무라드에게 서두르라고 소리쳤다.

"나 때문에 화가 났구먼." 나리만이 말했다.

"어쩔 수 없습니다. 이런 식으로 가다간 록산나가 자살하고 말 겁니다."

예자드는 접시를 다시 끌어당겨 식어 버린 달걀에 손을 댔다. 마지막 토스트 조각으로 남아 있는 노른자를 닦아 먹은 후에 고무같이 질겨진 흰자를 썰었다.

거실로 돌아온 제항기르는 예자드가 남은 음식을 먹어 치우는 걸 지켜봤다. "아빠, 다 드셨어요?"

아들이 접시와 잔 받침과 컵을 챙겨서 부엌으로 들고 가는 모습을 보고 그는 고개를 끄덕이며 말했다. "착한 녀석."

나리만이 분위기를 바꾸려고 한마디 했다. "제항기르는 훌륭한 아이야."

"무라드도 훌륭합니다." 재빨리 받아쳐서 장인을 수세로 몰아넣은 걸 그는 곧 후회했다. 자신이 사랑하는 사람들을 불편하게 만드는 것이 싫었다.

부엌에서 돌아온 제항기르는 퍼즐 상자 가운데 하나를 열었다. 그러나 퍼즐을 맞출 생각은 않고 아무거나 하나 집더니 구불구불한 곡선을 만지작거렸다.

"지금 뭐하는 거니?" 예자드가 물었다.

"아무것도 안 해요." 제항기르가 상자 안을 보며 말했다.

"교복으로 갈아입어. 엄마가 또 소리쳐야겠니? 엄마는 할 일이 많잖아."

제항기르가 들은 척도 안 하자 예자드는 상자를 뺏어서 뚜껑을 거칠게 닫았다. "아빠 화나게 하지 마라."

고개를 든 제항기르의 눈에 눈물이 고여 있었다.

"제항글라, 왜 우니?"

제항기르는 아빠가 그렇게 부르는 게 좋았다. 형은 언제나 무라드였다. 때로는 불공평한 것 같았다. 형도 특별하게 부르는 이름이 있어야 했다.

"제항글라, 어디 아프니?" 예자드가 아들의 이마를 짚으려고 무릎을 굽히자 둘의 얼굴이 닿을락 말락 했다.

아빠의 입에서 차 냄새가 났다. 제항기르는 고개를 저으며 한쪽 눈을 비볐다. "엄마가 부엌에서 울어요."

"엄마가 왜 우는지 아니?"

"물어봤는데 말을 안 해요."

"가서 학교 갈 준비나 해. 엄마는 괜찮을 거야. 아빠 말 믿어." 그는 아들의 어깨를 한 번 쥔 다음 부엌으로 갔다.

제항기르는 부엌 쪽으로 귀를 기울였다. 엄마가 흐느껴 우는 소리가 들려오자 자신도 모르게 아랫입술이 떨렸다. 제항기르가 일어났다.

"그냥 놔둬라." 나리만이 시트를 끌어당겨 긴 의자에 공간을 만들었다. "앉아. 뭐가 문젠지 할아버지에게 말해 주렴."

나리만이 제항기르 손을 잡았다. "엄마랑 아빠가 싸우면 슬퍼져요." 제항기르가 작은 목소리로 말했다. "엄마랑 아빠가 행복하고 서로에게 잘해 줬으면 좋겠어요."

"지금 엄마랑 아빠는 힘들단다. 내가 가고 나면 나아질 거야."

"하지만 엄마랑 아빠 둘 다 할아버지를 좋아해요. 할아버지가 여기 있으면 왜 힘들어요?"

"그건 좋아하는 거랑 상관없단다. 사람들은 다 자기 삶이 있는 거야. 어떤 일로 자기 삶이 방해를 받으면 힘들어진단다."

"할아버지는 조용해서 아무도 방해하지 않잖아요." 제항기르는 자신의 손을 잡고 있는 할아버지의 손을 보았다. 전깃줄 같은 힘줄들이 있었고 손의 가벼운 떨림이 자신의 손으로 전달되는 것 같았다. "잘 외삼촌이랑 쿠미 이모한테 돌아가시면 보고 싶을 거예요."

"나도 네가 보고 싶을 거야. 하지만 열흘이나 함께할 시간이 있잖니. 그다음엔 네가 할아버지를 보러 오면 되고. 그럴 거지? 자, 그럼 가서 옷 갈아입어라."

긴 의자에서 내려온 제항기르는 평소보다 틀니가 더 꽉 물린 할아버지의 턱을 만졌다. 빨래 건조대로 가다가 방향을 바꿔서 부엌을 살짝 들여다봤다. 엄마가 아빠 품에 안겨 있었다. 엄마의 눈에는 눈물이 어려 있었지만 웃고 있었다.

어른들 사이에 무슨 마법이 통했기에 그렇게 짧은 시간에 소리치고 울다가 웃을 수 있는 걸까. 그게 뭐든 간에 그런 것이 존재한다는 데 감사하며 옷을 갈아입으러 안쪽 방으로 갔다.

가게에 도착한 카푸르 씨는 먼저 후사인에 대해 물어보았다. "후사인은 파오 바지 점심 먹으러 나갔나?"

예자드가 고개를 가로저었다. "제가 차를 갖다 줬지만 한두 모금 마시더니 그냥 두더군요."

"불쌍한 사람." 사장이 테니스 게임을 하듯이 백핸드를 날리면서 말했다. 사장은 어떤 생각에 골몰할 때면 상상의 배트와 라켓을 휘두르고 축구공을 차거나 하키 스틱으로 드리블을 했다.

서둘러 창고로 가던 그는 낮은 목소리로 후사인과 수천 명의 삶을 망가뜨린 놈들을 저주했다. 깡패들이 마치 테니스공이라도 되는 것처럼 팔을 휘둘러 백핸드, 포핸드를 사정없이 날렸다.

"후사인, 좀 어때?" 카푸르 씨가 어두운 구석에 있는 후사인 옆에 쪼그려 앉으며 등을 토닥였다. "차 좀 마실 텐가?" 후사인의 팔꿈치를 잡고 일으켜 세워 오후의 햇볕이 잘 드는 가게 앞쪽으로 데려갔다.

예자드가 차 석 잔을 만들어 계산대로 가져갔다. "자, 후사인, 다 함께 마시자고."

사환은 고맙다고 인사하며 컵을 받았다. 사장은 거리를 가리키며 지나가는 차의 색깔 좀 봐라, 큰 트럭이 지나간다, 누군가 책방에서 나온다며 말을 붙였다. 마치 아픈 아이를 다루듯이 후사인의 비위를 맞췄다.

예자드 역시 그런 노력에 동참했다. 사장의 저런 모습을 여러 번 보았지만 후사인의 망가진 삶을 바꾸려는 그의 너그러움은 볼 때마다 감동적이었다.

예자드가 15년 전 가게에 취직했을 당시에는 공식적인 고용주와 종업원의 관계였지만 사장이 곧 그러한 관계를 친구이자 불평을 털어놓고 속마음을 열 수 있는 막역한 사이로 발전시켰다. 카푸르 씨는 예자드에게 사장이라고 부르지 말라고 했다. 그들은 절충안으로 근무 시간에는 사장이라고 부르고 사적인 자리에서는 이름을 부르기로 했다.

시브세나의 옹졸하고 편협한 처신을 혐오하는 것 외에도 그들은 깡패 통치와 마피아들—신문의 표현을 빌리자면 '정치인과 범죄자, 경찰의 사악한 결합'—에 의해 파괴되고 서서히 죽어 가는 도시를 함께 슬퍼했다.

비크람 카푸르는 생후 6개월에 어머니의 품에 안겨 그 도시에 도착했다. 자신의 인생에 대해서 얘기할 기회가 있을 때마다 사장은 예자드에게 다음과 같이 말했다. "우리 가족은 1947년에 모든 걸 버리고 편자브에서 도망칠 수밖에 없었어. 그건 당연히 책임감을 저버리고 인도에서 달아난 용감한 영국인들 덕분이었지."

1947년과 국경 분리에 관한 이야기를 듣고 있자면 특정한 나이대의 편자브 지방 난민들이 마치 그 시대에 관한 이야기를 쓰는 인도 작가들 같다는 생각이 들었다. 시체로 가득한 기차들에 관한 리얼리즘 소설이든 혼란스러운 마술적 리얼리즘 소설이든 간에 하나같이 학살과 방화, 태아를 자궁에서 꺼내고 거세된 사람들의 입에 성기를 집어넣는 강간과 절단 같은 끔찍한 일들을 묘사하고 있었다.

하지만 나지막이 비판하던 예자드는 양심의 가책을 느끼곤 했다. 나치의 유태인 대학살, 수용소, 가스실, 그리고 수십 년이 지난 후에도 여전히 이해할 수 없는 일반인, 친구, 이웃이 저지른 악에 대해서 유태인들이 글로 쓰고 기억하고 악몽을 꾸는 것처럼 펀자브 사람들도 그럴 수밖에 없었다. 그 일에 대해서 반복해서 말하는 것 말고 달리 뭘 할 수 있겠는가?

"우린 어쩔 수가 없이 도망쳐야 했지. 그래서 이곳에 오게 된 거야. 하지만 봄베이는 우리를 잘 대해 줬어. 선친께서는 맨주먹으로 다시 시작했지만 성공하셨지. 전 세계에서 그런 게 가능한 유일한 도시라고."

카푸르 씨는 이러한 배경 때문에 봄베이에 대한 자신의 사랑이 본토박이가 느끼는 것보다 훨씬 특별하다고 주장했다. "이건 모태 신앙과 개종의 차이 같은 거야. 개종한 사람은 어떤 것도 당연하게 받아들이질 않아. 자신이 선택한 거니까 더 헌신하게 된다고. 봄베이에 대한 내 마음을 자넨 짐작조차 못할 거야. 그건 아름다운 여인에 대한 순수한 사랑, 그녀의 존재에 대한 고마움, 살아 있는 그녀의 실재에 대한 헌신과 같은 거지. 봄베이가 내 혈액형과 같은 Rh 마이너스의 육신이라면—사실 난 자주 봄베이가 그렇다고 생각해.—나는 봄베이를 구하기 위해 마지막 남은 피 한 방울까지 바칠 작정이라네."

예자드는 종종 봄베이에 대한 사장의 열정이 거의 광적이라고 생각했다. 물론 사장은 펀자브 가족 역사를 영원히 잃어버렸기 때문에 그것을 되찾고자 하는 열정을 봄베이에 쏟아붓는 것이리라. 따라서 봄베이는 처음부터 카푸르 씨의 헌신의 수혜자가 될 수밖에 없었다.

사장은 도시에 관련된 책, 옛날 사진, 엽서, 포스터 등을 수집하는 것은 물론이고 연구를 통해서 발굴한 잘 알려지지 않은 역사와 지리에 관한 모든 것을 예자드와 공유했다.

"자네, 오늘 내가 왜 늦었는지 아나? 보여 줄 게 있네." 사장은 후사인이 창고의 어두운 구석으로 돌아가지 못하게 도로가 보이는 계단에 앉혔다. 그리고 상상의 크리켓 배트를 휘두르면서 책상 뒤로 가더니 입으로 배트와 공이 부딪칠 때처럼 '딱' 소리를 냈다. 그는 마술사 같은 과장된 손짓으로 서류 가방에서 두 장의 사진을 꺼냈다.

"개인 수집가에게 이걸 사려고 서둘렀지. 다른 사람들이 도착하기 전에 말이야." 그는 사진 한 장을 예자드에게 건넸다.

예자드는 속으로 사업하는 사람이 참 잘하는 짓이라고 생각했다. 사장은 사진을 사러 뛰어다니고 사환은 주기적으로 일을 할 수 없고. 자기가 없으면 가게가 볼만할 것이다. 그는 사진을 유심히 살폈다. 전경에는 나무들이 하늘을 가리고 있었고 그 너머에는 우아한 방갈로들이 있었다. 방갈로 뒤로 운동장과 더 많은 나무가 있었다.

"아름다운 곳입니다."

"어딘지 맞혀 보게."

사장이 수집한 걸로 봐서 옛날 봄베이가 틀림없었다. 예자드는 사진을 다시 한 번 살피며 그곳이 어딘지 단서를 찾아보았다. "봄베이라기보다 꼭 유럽의 도시 같군요."

카푸르 씨가 웃었다. "여기가 무질서한 마린라인스 역이라면 믿을 수 있겠나?"

"굉장한 사진이네요. 얼마나 오래되었죠?"

"대략 1930년대야. 방갈로들은 군대 건물인데 육군이 콜라바에 새 간척지를 숙영지로 받고 나서 파괴되기 직전의 모습이지."

"고작 60년 전인데 엄청 많이 변했군요."

"여기 좀 보라고." 카푸르 씨가 사진을 손으로 가리켰다. "길 이쪽을 따라가면 소나푸르 화장장과 묘지가 나와. 간척하기 전에는 만조 때면 지금 철로가 놓여 있는 곳을 백베이가 물로 덮고 있었지."

예자드는 옛날 사진 속에서 현재의 마린라인스를 찾아보았다. 마치 60년 차이가 나는 두 개의 시간대를 살고 있는 기분이 들었다. 그러나 유쾌하면서도 안심이 되는 기분이었다.

그는 사진을 조심스럽게 책상 위에 올려놓았다. "정말 귀한 거네요."

"돈으로 따질 수 없는 거지." 카푸르 씨가 말했다. "나의 아름다운 봄베이의 아기 때 사진들이니까. 돈으로 살 수 없고말고. 봄베이가 순수했던 시절이지. 다른 사진도 보게."

사진을 자세히 들여다보던 예자드의 이마에 주름이 잡혔다. 어렴풋이 알 것 같은 곳이었다.

"따라오게." 보도로 나간 사장은 메트로 극장이 있는 길모퉁이를 가리키며 예자드가 볼 수 있도록 사진을 들어 올렸다.

"그렇군요! 메트로 극장을 짓기 전의 도비 탈라오 교차로네요!"

"맞아." 카푸르 씨가 환하게 웃었다.

계단에서 일어선 후사인은 그들이 뭘 보고 그렇게 흥분하는지 궁금했다. "후사인, 이리 와서 좀 봐. 아주 흥미로운 거니까."

그러나 사환은 낡은 흑백 사진에서 재밌는 것을 찾지 못했다. 사장의 비위를 맞춰 주려고 사진을 유심히 보다가 계단으로 돌아갔다.

예자드가 사진에서 눈을 떼고 여섯 개의 도로가 하나로 모이는 교차로를 본 후 다시 사진으로 눈을 돌리자 극장이 사라진 모습이 뚜렷했다. "사진에 있는 이 낮은 구조물들은 뭡니까?"

"내가 아시아 학회 도서관에 가서 조사를 좀 했지. 이 땅은 1936년에 메트로 골드윈 회사가 일 년에 1루피씩 주면서 99년간 임대하기로 하고 얻은 거야. 자네가 사진에서 보는 건 영국 공군의 마구간들이고."

"공군이 왜 마구간이 필요하죠?"

"말들 때문이지."

"재밌네요. 근데 공군이 왜 말이 필요하죠?"

"격납고에서 비행기를 꺼내고 무거운 장비를 운반하기 위해서야. 첨단 기술과 원시 기술을 결합한 거라고. 지금도 마찬가지야. 지난주에 전화 회사에서 우리 집 근처에 첨단 광학 섬유 케이블을 깔았는데 구덩이는 곡괭이와 삽으로 파고 잡석은 여자들이 바구니에 담아서 머리에 이고 운반하더군."

카푸르 씨는 가게 안으로 들어가 그날 벌어진 뉴스를 들려주었다. 도시의 과거에만 몰두하는 것이 아니라 당대의 구렁텅이 같은 복잡한 정치에도 관심이 많은 사장은 정부가 저지르는 끔찍한 일과 상황을 보고 있노라면 마치 자신의 몸이 상처를 입은 것처럼 아프다고 했다.

"이제 그 나쁜 놈들이 스리크리슈나 조사 위원회의 문을 닫는다는구먼."

"그게 어떤 위원회죠? 폭탄 테러 담당인가요?"

"그거랑 바브리 이슬람 사원 폭동도 담당하고 있지. 모든 것이 밝혀지려던 참이었는데. 시브세나가 약탈과 방화에 연관돼 있고 경찰이 폭도를 돕고 이슬람교도가 사는 곳에는 도움을 주지 않았다는 것들 말이야."

"사장님, 너무 흥분하시면 안 됩니다." 예자드가 주의를 주었다. "의사가 혈압에 대해서 말한 거 기억하시죠?"

카푸르 씨가 숨을 깊이 들이마신 후 입을 다물자 이번에는 후사인이 흥분해서 언성을 높였다. "사장님, 그건 사실입니다! 경찰이 정말 나빴습니다요!"

"암, 그렇고말고. 그놈들이 참 나쁘지." 카푸르 씨는 그들의 영어 대화를 일부만 알아들었을 사환을 배려해서 힌디 어로 말했다.

힌디 어를 쓰자 후사인이 말이 많아졌다. "사장님, 폭동이 일어났을 때 경찰들이 깡패처럼 행동했습니다요. 이슬람교도가 사는 곳에서 죄 없는 사람들에게 총질을 했죠. 집이 불에 타서 사람들이 물을 부으러 나왔는데 경찰이 어쨌는지 아십니까? 사격 연습하듯이 총을 쐈습니다. 법을 수호하는 자들이 사람들을 다 죽였다고요! 불쌍한 제 아내와 자식들도…… 전 가족 얼굴을 알아보지도 못하고……." 후사인이 흐느꼈다.

"암, 정말 부끄러운 일이지." 카푸르 씨가 의자에서 몸부림치며 괴로워했다. "3년이 넘게 지났는데도 아직 처벌이 이뤄지질 않았어. 시브세나가 경찰들을 오염시켰는데 이제는 시브세나 정부까지 들어섰으니."

후사인이 울면서 차를 더 가져오겠다고 하자 예자드가 대신 가겠다고 했다. 카푸르 씨가 예자드에게 그냥 있으라고 신호를 보냈다. 차를 끓이고 대접하며 마시는 일이 치료 효과가 있으므로 후사인에게 좋을 것이다.

사환은 곧 뜨거운 찻잔을 갖고 돌아왔다. "후사인, 고맙네. 자네도 마시는 거지? 어서 마셔."

사장이 예자드에게 물었다. "나쁜 놈들 때문에 화를 내는 내가 바보 같은가? 자네는 아무렇지도 않나?"

"전 봄베이 본토박입니다. 그래서 난폭한 공격에 알게 모르게 면역이 돼있죠."

영업이 끝나기 직전에 예자드가 계산서나 영수증이 발급되지 않은 그날의 현금 지불액을 사장에게 넘겼다. 사장이 한잔하자고 기다리라고 했다.

"후사인, 기분이 좀 어떤가? 맥주 사 올 수 있겠어?" 사환이 고개를 끄덕이며 돈을 받았다.

"킹피셔 두 병 사 오게. 손에서 데워지기 전에 빨리 오라고. 알았지?" 후사인이 웃으면서 손을 차갑게 하겠다며 길모퉁이에 있는 메르완 이라니의 가게로 출발했다.

"그건 그렇고 얼라이언스와 계약은 오늘 아침에 마무리했습니다." 예자드가 말했다.

"훌륭해. 자, 내 사무실로 가서 앉지."

비록 손바닥만 했지만 사장의 비좁은 사무실에는 에어컨이 있었으므로 초대받으면 언제나 즐거웠다. 카푸르 씨가 크고 단단한 여행 가방이 있는 구석으로 가서 등진 채 자물쇠의 숫자를 맞추었다. 현금 거래에서 나온 돈은 그곳으로 들어갔다.

처음 취직했을 때 사장이 파르시 직원을 두게 돼서 축복이라며 매일 처리할 현금 문제를 설명했을 때 예자드는 깜짝 놀랐다. "자네 바지 속으로 현금이 들어갈까 봐 걱정할 필요는 없겠구먼. 파르시 같은 공동체가 더 많았으면 좋겠어."

예자드는 당혹스러웠다. "파르시인 중에도 사기꾼이나 쓸모없는 게으름

뱅이가 많습니다."

"하하, 겸손하기는. 파르시 하면 정직한 것으로 유명하잖아. 설령 그것이 지어낸 얘기라고 할지라도 진실이 담겨 있지 않은 전설은 없으니까. 아니 땐 굴뚝에 연기 나겠어?"

당시 신입 사원이었던 예자드는 그 일을 더는 문제 삼을 수 없었지만 탈세에 연루될까 봐 걱정이 이만저만 아니었다. 사장이 직원의 정직함을 칭찬하면서 동시에 정직하지 말라고 지시하고 있다는 걸 알고나 있는지 모르겠다. 물론 사장은 여행 가방을 노후 연금이라고 부르면서 합리화했다. 정부의 엉터리 같은 조세법 때문에 모든 사람이 따를 수밖에 없는 '비정상적인 사업 관행'이라고 했다.

카푸르 씨는 가방을 잠그고 유리컵 두 개를 꺼낸 후 맥주를 기다렸다. 예자드는 다시 새로운 계약의 주문 규모와 순이익 추정치를 설명하려고 했다. 즉시 말할 수 있도록 숫자를 모두 외우고 있었다. 사장이 감동받아서 계약 수수료 인상을 논의할 수 있는 기회가 생기길 바랐다. 장인까지 돌봐야 하는 상황에서 조금이라도 돈이 더 생기면 도움이 될 것이다.

그러나 카푸르 씨는 사업 이야기에 관심이 없었다. "일은 하루 종일 했잖아. 봄베이 스포츠용품점은 이제 영업이 끝났어."

그동안 후사인이 킹피셔 맥주를 가지고 돌아와 큰 병의 뚜껑을 딴 후 조심스럽게 술을 따랐다. 사장은 거품이 많이 생기는 걸 좋아하지 않았다.

카푸르 씨가 웃으며 한 잔 쭉 들이켠 후 다시 잔을 채웠다. 4분의 1쯤 남은 맥주병을 살피던 사장이 후사인에게 병을 건넨다. "마시겠나?"

"네, 사장님." 사환은 좋다는 신호로 머리를 둥글게 돌리며 말했다.

"술 마시고 자네는 먼저 들어가도록 해. 문은 내가 잠글 테니까."

두 사람 앞에서 후사인이 술을 꼴깍거리며 마셨다. "아, 정말 시원하네요." 그가 다른 맥주병도 힐끔거렸다.

"더 마시고 싶어?" 예자드가 물었다. 그러자 후사인이 또 머리를 둥글게 돌렸다.

"그거 마시고 취해서 내일 일하러 늦게 나오는 건 아니겠지?" 사장이 농담을 건넸다.

"아이고, 사장님, 제가 어린애처럼 이거 마시고 취하겠습니까요?" 후사인이 웃으며 말했다. "저 같은 늙은 바보는 여섯 병은 비워야 취하죠." 나머지 병도 다 비운 그는 두 사람에게 고맙다고 인사한 후 가게를 나섰다.

그들은 한동안 말없이 앉아 있었다. 카푸르 씨는 의자에 몸을 기대고 두 발을 서류 캐비닛에 올렸다. "자네 의견이 필요한 일이 있어."

"말씀하십시오."

"내가 봄베이에 대해서 어떻게 생각하는지 자네도 잘 알잖아. 이 도시가 나한테 얼마나 큰 의미를 지니는지, 또 내게 얼마나 많은 걸 줬는지 말이야. 자네한테 우리 가족 이야기도 들려줬고."

"네, 여러 번 들려주셨죠."

카푸르 씨가 숨을 깊이 들이쉬었다. "이번에 있을 지방 선거에 출마하고 싶어."

사장의 표정에서는 그에게서 자주 보이는 애정과 분노가 결합된 감정이 느껴졌다. "왜요?"

"자네한테 방금 말했잖아. 봄베이가 내게 전부라고. 이 도시를 파괴하는 깡패들에 대해서 불평만 한다면 아무 소용 없으니까……."

"제 말은 그게 무슨 소용이 있냐는 겁니다. 정치가 썩을 대로 썩어서 손대는 것마다 더럽힌다고 하셨잖아요."

"그게 변명이 될 수는 없어." 그가 술을 한 모금 들이켜더니 잔을 내려놓았다. "자네가 사랑하는 여인이 괴롭힘을 당하고 있는데 숫자가 부족하다고 해서 아무것도 안 할 텐가? 아니, 자네는 그녀를 지키다가 매를 맞고 피투성이가 되고 아마 죽을지도 몰라. 그것이 그녀를 도울 수 있을지는 아무도 모르지. 그래도 자네는 개입할걸."

"네, 하지만 그건 개인적인……."

"똑같은 거야. 내가 사랑하는 봄베이가 지금 강간 당하고 있으니까."

사장이 도시를 인간에 비유하면 더 논쟁해 봐야 소용없다는 걸 예자드는 알고 있었다. "좋습니다. 그럼 출마한다고 치고, 어느 당을 선택할 겁니까?"

"정당은 가입 안 해. 무소속이야."

"그게 얼마나 효과가 있을까요?"

"그 질문엔 이미 대답했잖아. 그런 건 상관없어. 난 이대로 앉아서 깡패들을 지켜볼 수 없어."

"그럼 봄베이 스포츠용품점은 어쩌고요?"

"자네가 좀 맡아 주게. 모든 납품업자와 중요한 고객들이 자네를 아니까. 그러면 당연히 자네한테는 그만한 보상을 할 테니까."

예자드는 그 대목에서 새로운 관심을 가지고 가능성을 숙고했다. 봉급이 오르면 록산나를 도울 수 있고 숨통이 트일 것이다.

사장의 무모한 계획을 지지하려고 마음먹고 나니 문득 자신의 이기심이 부끄러워졌다. "중요한 건 그게 아닙니다. 부친의 유산을 지키는 것이 카푸르 씨의 의무 아닌가요? 바가바드기타에서 그 어떤 것도 의무를 방해해선 안 된다고 하지 않았습니까?"

"그거 좋은 말이군." 사장이 웃었다. "그렇다면 내 의무를 뭐라고 규정지어야 할까? 규정짓는 일이란 악당의 마지막 위로일 뿐이지. 선친께서 내 결정에 뜨거운 박수를 보낼 거라고 생각해." 그는 술잔을 비웠다. "후사인을 집에 보내지 않았으면 술을 더 사 오게 했을 텐데 말이야."

"제 거 드세요. 아직 많이 남았습니다."

"그래도 괜찮겠나?"

"제 술잔에 든 게 괜찮으시다면야 전 상관없습니다."

카푸르 씨가 자신의 술잔을 살짝 기울였다. "우리 두 사람이 여기에 앉아서 술을 나눠 마시는 모습 말이야, 이게 바로 봄베이 사람들이 사는 방식이거든. 그렇게 해서 봄베이가 홍수, 질병, 전염병, 물 부족, 하수 시설 파열, 인구 압박 같은 문제들을 견뎌 내고 있는 거야. 봄베이의 마음에는 이곳을 집으로 삼고자 하는 모든 사람을 위한 공간이 있으니까."

맞는 말일지도 모른다. 1,400만 명 가운데 절반이 슬럼가에 살며 짐승 우리만도 못한 곳에서 밥을 먹고 똥을 싸며 살아간다. 그것이 봄베이의 선물을 공유하는 잘난 방식이었다. 하지만 그 어떤 것도 시적인 비약을 하고 있는 사장에게 영향을 끼치지 못할 것이다.

"예자드, 자네도 알다시피 봄베이는 주기도 하고 받기도 하면서 견뎌 내지. 이러한 날실과 씨실에는 사회 구성의 특별한 결이 존재한다고. 바로 인내와 포용과 관대함의 정신이지. 이른바 문명국가라고 하는 영국이나 미국에서는 이런 끔찍한 조건이라면 혁명을 야기하니까."

혁명도 나쁘진 않다고 예자드는 생각했다.

"지금부터 우리 가게는 모든 축제를 기념하도록 하세. 디왈리, 크리스마스, 이드, 자네의 파르시 새해, 바이사키, 석가 탄신일, 가네시 탄신일 등 모든 기념일을 말이야. 창문에 장식을 하고 조명과 다른 것들을 써서 적절한 인사말을 붙이자고. 지금부터 우리는 이웃에게 모범이 되는 작은 봄베이가 되는 거야. 내가 이런 결정을 내린 건 지난주에 놀라운 걸 보고 난 다음이야."

사장은 예자드의 술잔에서 따른 맥주를 마셨다. "지난주에 내 차를 그랜트 거리 역 근처에 주차시키고 표를 샀어. 기차와 승객들을 구경하려고 말이야. 그냥 그러고 싶었어."

그는 한 모금 더 마신 후 말을 이었다. "난 기차를 타 본 적이 없어. 차를 타고 철로 옆을 지나면서 기차가 얼마나 혼잡한지만 봤지. 하지만 그날 승강장에서 새로운 걸 봤어. 승객들로 가득 찬 기차가 역을 떠나고 남자들이 따라 뛰다가 포기하더군. 딱 한 사람만 빼고 말이야. 마침 정거장 플랫폼이 끝나는 지점이어서 그 남자를 유심히 지켜봤지. 그때 남자가 두 팔을 올리더군. 그러자 기차에 타고 있던 사람들이 손을 뻗어서 남자의 팔을 잡았어. 그 사람들이 무슨 짓을 하는지 이해할 수 없었어. 남자가 질질 끌려가다가 죽고 말 텐데 말이야! 곧 사람들이 남자를 플랫폼에서 들어 올리더군. 그러자 남자의 두 발이 열차 밖에 매달렸어. 난 하마터면 기차를 세우라고 비명을 지를 뻔했지. 허공에서 움직이던 남자의 두 발이 열차 끄트머리의 작은 틈에 닿았다가 떨어지고 다시 자리를 잡더군. 거기에 매달려 있던 남자의 목숨은 말 그대로 모르는 사람들의 손에 달려 있었지. 남자가 목숨을 맡겼고 그들을 믿었어. 더 많은 손이 나와서 남자를 잡았어. 남자는 어느새 안전해 졌더군. 그건 기적이었어. 완벽하게 안전해서 조금 전에 내가 과민 반응을 보인 게 아닌가 싶더군. 하지만 정말로 남자의 목숨이 위험하게 느껴졌던 건 사실이야. 승강장에서 기다리면서 기차를 많이 봤어. 그리고 내가 목격 한 일이 기적이 아니라는 걸 깨닫게 됐지. 그런 일이 계속 일어나더군. 도와 주려고 손을 내미는 일이 당연하게 여겨졌고 일상적인 통근 절차더라고. 그 게 누구의 손이고 누구의 손을 잡아 주는 걸까? 힌두교도, 이슬람교도, 달리 트, 파르시 조로아스터교도, 기독교도? 아무도 몰랐고 아무도 신경 쓰지 않 았어. 그냥 같은 승객들일 뿐이지. 예자드, 승강장에 서 있는 동안 내 눈에 기쁨의 눈물이 차올랐어. 눈앞에서 벌어지는 일은 이 위대한 도시에 아직 희망이 있다고 말해 주고 있었으니까."

예자드는 말없이 고개를 끄덕였다. 카푸르 씨가 묘사한 건 자신도 매일 보는 일이었다. 매일같이 벌어지는 힘든 삶의 평범한 모습이었다. 그러나 사장이 예자드가 미처 보지 못한 관점에서 얘기해 주었으므로 자신이 또 놓 친 게 뭐가 있을까 생각해 보았다.

"이제 왜 내가 더 늦기 전에 행동하려고 하는지 알겠지? 일곱 개의 섬으로 이뤄진 이 아름다운 도시. 아라비아 해의 보석. 우리 발아래서 땅으로 바뀐 바다의 선물인 개간지. 여러 인종과 종교가 평화롭게 조화를 이루며 정답게 살아가는 세계주의의 수수께끼이자 다양성의 다이아몬드. 가난하고 배고픈 사람들을 포용하는 인자한 여신과도 같은 인도 제일의 도시. 예자드, 내 친 구여, 바로 이 사랑스러운 도시가 과장하지 않고 지금 중환자실의 환자처럼 괴로워하고 있다네. 편협하고 이기적인 자들이 그것도 모자라 자신들의 천

박함이 위대하고 뛰어난 걸 감당할 수 없으니까 파괴하려고 한단 말일세."

셰익스피어를 활용하는 카푸르 씨의 능력에 감탄하면서 예자드는 잠시 할 말을 잊었다. 오늘 밤에 장인에게 들려주면 좋아할 것 같았다. "브라보!" 그가 외쳤다. "힌디 어와 마라티 어로도 그렇게 말할 수 있다면 선거에서 승리하실 겁니다." 사장에게 손을 내밀었다.

"그럼 자네는 나한테 투표할 거지?"

"지난 칠팔 년간 단 한 번도 투표를 안 했습니다. 지방 선거든 총선이든 말이죠. 카푸르 씨를 위해서라면 빨리 그리고 자주 투표를 하겠습니다."

그들은 함께 웃었고 가게 문을 잠그려고 자리에서 일어났다.

학교에서 돌아온 아이들은 매일 할아버지의 침대 옆에서 시간을 보내곤 했다. 무라드는 할아버지가 어렸을 때 모형 비행기를 만들었다는 걸 알아냈다. 할아버지와 제1차 세계 대전 때 사용됐던 복엽 비행기와 단엽 비행기에 대해서 이야기를 나누었다. 포커 D. VII 비행기, 스패드, 우아한 소프위드 카멜, 무시무시한 포커 아인데커 등을 비교하며 이야기하는 동안 제항기르는 옆에서 듣고 있었다.

"비글스가 제일 좋아하는 비행기는 카멜이에요." 무라드가 말했다. "하지만 비글스는 스핏파이어 전투기와 허리케인 전투기도 조종할 줄 알아요. 할아버지, 그 전투기들도 가지고 계셨어요?"

"아니, 그건 제2차 세계 대전 때 쓰던 거야. 할아비하고 달리 비글스는 나이를 먹지 않는 모양이다. 발사나무 모형들이 시장에 나왔을 때는 내 나이가 많아서 그런 데 쓸 시간이 없었지."

베개를 맞추려고 그가 몸을 움직이자 아이들이 대신 해 주었다. "고맙다. 시간 얘기가 나왔으니 하는 말인데 너희들 숙제할 시간 안 됐니?"

"할아버지, 저한텐 아직 이야기를 안 해 주셨잖아요." 제항기르가 불평했다. "형하고 비행기 얘기만 하셨잖아요."

그러자 나리만은 어제에 이어서 어릴 적 친구였던 나우저 이야기를 시작했다. 나우저의 부모님은 작은 동물원을 방불케 할 만큼 새와 개를 많이 기르셨다. 방이 네 개였지만 그다지 크지 않은 아파트에 살면서 그들은 동물을 좋아해서 골든 레트리버 한 마리, 포메라니안 두 마리, 시드니 실키 세 마리를 키웠다. 그 활기찬 집을 상상하는 제항기르의 두 눈이 반짝반짝 빛났다.

"그리고 모란잉꼬들과 피리새들이 노래하는 큰 새장이 있었지. 앵무새 한 마리가 있었는데 이름이 테무라스였어. 앵무새는 따로 새장이 있었는데 밤에만 들어갔어. 낮에는 자유롭게 돌아다니고 말이야."

"날아가지 않았어요?"

"아니, 앵무새가 거기 사는 걸 좋아했거든. 개들도 앵무새를 좋아했어. 그중에서도 골든 레트리버 클레오파트라가 앵무새를 아주 좋아했단다. 테무라스가 클레오파트라를 밟고 다니고 등에 올라앉고 어떤 때는 머리 위에도 앉았지. 때로는 개의 발 사이에 앉아서 부리를 개의 코에 대고 휴식을 취했다니까."

제항기르가 새들이 무슨 색깔이었는지, 개들이 뭘 먹었는지, 잠은 어떻게 잤는지 등 시시콜콜 물어보았다. "테무라스가 말을 했나요?"

"테무라스는 아프리카산 회색 앵무새였는데 아주 똑똑했어. 나우저의 어머니가 엄격하셔서 매일 저녁 숙제를 시켰어. 그러자 그 말을 배운 앵무새가 어머니의 목소리로 '나우저! 공부할 시간이다!' 하고 말했어. 내 친구가 학교를 마치고 집에 돌아오자마자 테무라스가 그 말을 반복했지. 그러면 나우저가 조용히 하지 않으면 작게 만든 특수 재갈을 입에 물리겠다고 협박했어."

제항기르가 걱정스럽게 물었다. "정말 그렇게 했나요?"

"농담이었지. 나우저는 모든 생명체를 사랑했어. 장마철에 학교 정원에서 우리가 발견한 달팽이들도 사랑했으니까."

"고양이도 있었나요?"

"아니, 고양이는 안 키웠단다. 파르시 가족은 고양이를 키우지 않아. 고양이가 물을 싫어하고 목욕을 하지 않기 때문에 불운하다고 여기지."

"제항구, 어디서 많이 들던 소리 같지 않니?" 록산나가 부엌에서 나오며 말했다. "넌 아마 전생에 고양이였을지도 몰라."

"고양이는 자기 몸을 핥아서 청결을 유지해요. 책에서 읽었어요. 고양이는 아주 위생적이에요." 제항기르가 반박했다.

"맞다." 나리만이 말했다. "하지만 믿음이 사실보다 힘이 세단다. 거미와 수탉에 관한 우리 파르시의 믿음처럼 말이야."

"처음 듣는 말인데요."

"파르시인은 거미를 죽이지 않으며 수탉은 절대 안 먹고 암탉만 먹는단다. 대마왕 주학의 이야기에 나오는 거니까 너도 분명히 알 텐데."

"아뇨, 모르는데요."

"모르긴 왜 몰라." 록산나가 말했다. "입회식 기도 배울 때 내가 그 얘기 해줬잖아. 『샤나마』에 등장하는 잠시드 왕, 러스텀과 소랍 같은 얘기를 같이 많이 읽었잖니. 그리고 구스타스프 왕이 아끼던 말이 다리를 절룩거리자 우리의 예언자 자라투스트라가 무릎과 말굽 뒤를 손으로 만져서 낫게 해 줬다는 얘기도 읽었고."

"그런 건 기억나는데 주학에 관한 이야긴 생각이 안 나요."

"얘가 할아버지한테서 직접 이야길 듣고 싶은가 봐요."

"아뇨, 진짜라니까요. 그 이야기는 몰라요."

"그렇다면," 나리만이 이야기를 시작했다. "먼 옛날 수천 년 전에 주학이라는 마왕이 살았단다. 주학의 양 어깨에는 못생긴 데다 냄새가 지독한 거대한 뱀이 두 마리 자라고 있었는데 매일 아침 젊은 남자 두 명의 머리를 먹여야 했어. 900년 이상 주학이 통치하는 동안 매일 생때같은 아들을 바쳐야하는 사람들의 불행은 이루 말할 수 없었단다. 사람들은 구원을 기도했고 몇 세기가 흘러서 마침내 위대한 영웅 파리둔이 나타났지. 사악한 괴물이 파리둔의 아버지를 죽였기 때문에 파리둔은 복수의 칼을 갈았어. 마침내 둘이서 죽기 살기로 맞붙었어. 끔찍한 싸움이 몇 주 동안 계속됐는데 어떤 때는 파리둔이 이기고 어떤 때는 주학이 이겼어. 하지만 결국 파리둔이 마왕을 제압하고 거대한 사슬에다가 묶었단다. 사슬이 얼마나 튼튼한지 어떤 쇠칼로도 자를 수 없고 어떤 망치로도 부술 수 없었지. 그래서 주학이 무력해지자 선한 천사 사로시가 파리둔에게 마왕을 다마반드 산 깊숙한 곳에 묻으라고 지시를 내렸단다. 그렇게 해서 우주를 구하게 된 거야."

"그럼 거미와 수탉은요?"

"파리둔이 없을 때 우리를 지켜 주는 게 바로 거미와 수탉이야. 뱀의 어깨를 가진 나쁜 주학은 여전히 살아 있고 힘이 세거든. 초자연적인 힘으로 다마반드 산 깊은 곳에서 도망치려고 밤새도록 사납게 날뛰지. 이른 새벽 아직 어둡고 해가 뜨기 전에 주학이 사슬을 거의 부서뜨릴 무렵 수탉이 울어서 대마왕이 다시 우주로 나간다고 경고를 보내지. 그러면 선한 천사 사로시가 당장 거미를 보내서 주학이 부서뜨린 사슬에 거미줄을 쳐서 고치는 거야. 그렇게 해서 세상은 다시 안전해지는 거란다. 수탉과 거미가 매일 한 번씩 우리를 지켜 주는 거야."

제항기르가 고개를 끄덕였다. "그러면 사람들이 수탉을 다 먹어 버리고 거미를 다 죽여 버리면 아무도 우리를 도와줄 수 없겠네요?"

"그렇지. 내 친구 나우저가 이 이야기를 무척 좋아했단다. 몇 시간이고 앉아서 거미가 거미줄 치는 걸 지켜보곤 했지. 특히 비가 그치고 난 후에 햇살이 비치는 야외에서는 거미줄에 걸린 빗방울들이 보석처럼 보이거든."

제항기르가 천장과 벽, 방을 구석구석 살피며 거미줄을 찾아다녔다. 그것이 얼마나 아름다운지 직접 보고 싶었다.

무라드가 웃었다. "할아버지, 제항기르는 정신이 이상해요. 이제 주학이 걱정돼서 거미를 지키려나 봐요."

"난 정신이 이상하지 않아. 나도 주학이 없는 건 알아. 산타클로스처럼 그냥 이야기일 뿐이니까."

"둘 다 사실이야. 그리고 네가 발코니에서 자면 주학이 널 잡으러 올 거야." 무라드가 말했다.

"내일 내 차례를 뺏으려고 그러는 거지?"

"제항기르 말이 맞아." 나리만이 미소지으며 말했다. "하지만 주학이 진짜살아 있다고 해도 널 괴롭히지는 않을 거다. 질병이나 굶주림, 전쟁, 사이클론 같은 일로 바쁘니까 말이야."

거실에는 거미가 보이지 않았다. 제항기르는 엄마에게 거미줄을 발견하면 자기한테 꼭 먼저 보여 달라고 했다.

"할아버지 다리가 다 나으면 친구 분의 개와 새를 보러 함께 가도 되나요?"

"하지만 그건 벌써 오래전 일인걸. 그 애완동물들은……," 나리만이 잠시 멈추더니 안타까운 손짓을 하며 말했다. "죽었어."

제항기르가 믿으려고 하지 않자 나리만이 좀 더 사실적으로 말했다. "클레오파트라가 죽었을 때가 생각나. 고등학교 졸업 시험이 일주일밖에 안 남았을 때였지. 그래도 나우저와 그의 가족과 함께 개를 묻으러 갔어. 반드라에 시골집이 있었던 나우저 부모님의 친구 분이 뒤뜰에 묻어도 된다고 해서 택시를 타고 갔지. 비가 내렸어. 택시를 여러 대 보내고 가까스로 한 대를 잡았는데 운전사가 죽은 개를 좌석에 두지 못하게 했어. 그래서 시트에 싼 클레오파트라를 트렁크에 실었지. 나우저와 함께 개를 들고 갔어. 시트가 비에 젖고 진흙투성이였지. 그때 처음으로 나우저가 우는 걸 봤단다."

단 한 번도 본 적 없는 개를 묻어야 하는 슬픔이 62년이라는 시간을 건너와 제항기르의 마음을 흔들었다. 슬픔에 겨워하면서 제항기르가 물었다. "친구 분이랑 같이 구덩이를 파셨나요?"

"아니, 정원사가 미리 파 놓았어. 레몬나무 근처였지. 그때 나우저의 어머니가 클레오파트라를 한 번 더 보고 싶어 해서 나우저가 젖은 시트를 풀었지. 그건 실수였어. 아름다운 금갈색 털이 더러운 노란색이 됐고 털이 꼬이고 엉켜 있었지. 우리는 재빨리 시트를 덮고 묻었어."

제항기르는 팔꿈치를 무릎에 얹고 손으로 얼굴을 가린 채 바닥을 응시했다. 더는 아무것도 묻지 않았다.

"거봐, 개를 키우는 게 쉬운 일이 아니야." 록산나가 말했다. "개하고 웃고 노는 게 전부가 아니지. 개가 죽으면 슬퍼지니까."

"저도 알아요." 제항기르가 다시 할아버지 쪽으로 몸을 돌렸다. "그럼 할아버지 친구 분이 새 애완동물들을 기를 거 아녜요. 같이 가서 구경해도 돼요?"

나리만이 고개를 가로저었다. "내 친구 나우저는 2년 전에 죽었어."

제항기르의 얼굴에 먹구름이 드리웠다. "몇 살에요?"

"일흔여섯 살이었지."

제항기르는 계산해 보았다. 할아버지는 일흔아홉이었다. 친구 분이 살아 계시다면 일흔여덟 살이었다. 할아버지보다 한 살 아래지만 벌써 돌아가셨다.

제항기르는 손이 차가워지고 눈물이 왈칵 쏟아질 것 같았다. 계산상으로 할아버지의 목숨이 위태로웠다. 잔인한 숫자를 잊고 싶었던 그 애는 갑자기 일어서더니 발코니로 갔다.

록산나가 손가락으로 눈에서부터 볼을 따라 아래로 그으며 나리만에게 신호를 보냈다. 무라드는 그래도 형이라고 태연한 척했다.

나리만이 잠시 기다렸다가 제항기르를 불렀다. "제항기르, 주학을 물리치고 나서 파리둔이 어떻게 됐는지 이야기 들었니?"

"아뇨."

"파리둔의 세 아들인 살림, 투르, 이라즈에 관한 거야. 이야기가 어떻게 끝나는지 궁금하지 않니?"

"궁금해요." 하지만 눈물이 계속 흘러서 발코니에 그대로 있었다. 제항기르가 어룽거리는 눈으로 보도를 내려다보고 있는데 예자드가 나타나 집으로 성큼성큼 걸어오는 모습이 보였다.

제항기르가 현관에 나오지 않아서 실망한 예자드는 열쇠로 문을 열고 들어가 록산나에게 아들이 발코니에서 뭘 하느냐고 물었다. 그녀는 제항기르가 들으면 부끄러워할 거라며 목소리를 낮추라고 한 뒤 할아버지가 들려준 이야기 때문에 슬퍼서 울고 있다고 설명해 주었다.

"제항글라! 이리 나와 봐. 아빠랑 얘기 좀 하자."

제항기르는 마지막으로 눈물을 훔친 후 엷은 미소를 지으며 나왔다.

예자드가 아들의 손을 잡았다. "장인어른, 무슨 이야기였습니까? 왜 제 아들을 울리고 그러세요? 제가 얘기를 해 주면 다들 웃는데 말이죠." 장인을 가짜로 꾸짖는 척했지만 질투심이 밴 짜증이 역력히 묻어났다.

제항기르가 손을 잡아 빼며 말했다. "할아버지한테 화내지 마세요." 방금 닦았던 눈물이 다시 눈가를 적셨다.

"알았다. 그럼 너한테 화를 내야겠구나. 아빠가 일하러 가기 전에도 눈물, 일하고 돌아온 후에도 눈물이냐!"

다시 발코니로 가는 제항기르의 어깨가 흐느낌 때문에 들썩였다.

안쪽 방으로 가려고 돌아선 예자드는 문간에 걸린 옷걸이들의 젖은 옷과 부딪쳤다. 화가 난 그는 젖은 셔츠들을 얼굴에서 치우며 내던졌다. "여기가 빨래 말리는 데야?"

"텐트 때문에 발코니에 공간이 없어서 그래요." 록산나가 침착함을 유지하려고 낮은 목소리로 말했다. "그럼 어디다가 옷을 말려요?"

"행복의 성에다가 갖다 줘. 당신의 빌어먹을 오빠와 언니가 일곱 개나 되는 방에다가 말릴 테니까."

그녀는 바닥에 떨어진 빨래를 주워 털고 나서 다시 걸었다. "여보, 차 마셔야죠?"

그는 대답하지 않았다. 그녀는 차를 만들며 일은 어땠는지 물었다.

"어땠을 것 같아? 셔츠에 묻은 기름 좀 봐. 사환의 일까지 하느라고 망할 놈의 셔터문까지 올렸다고."

"내가 서프를 넣고 빨게요. 그럼 얼룩이 사라질 거예요."

"당신 아버지는 왜 우울한 얼굴이야? 제항기르까지 우울하게 만들고 말이야. 아무도 미소지을 줄도 웃을 줄도 몰라?"

"쉬이, 아빠가 듣겠어요! 예전에는 철학자의 얼굴이라더니 지금은 여기에 와 있다고 우울한 얼굴이에요?"

거실에서는 무라드가 할아버지에게 파리둔의 세 아들에 관한 이야기를 해 달라고 졸랐다. 나리만이 고개를 가로저었다. 사위가 자신을 경쟁자로 생각할까 봐 신경이 쓰였다. "나중에 얘기해 줄게. 어서 가서 숙제부터 해야지."

차를 식탁으로 가져온 록산나는 아이들을 책상으로 보냈다. 나중에 남편이 잠들고 나면 다시 널려고 식탁 의자에서 빨래를 걷었다.

예자드는 그녀의 두 팔이 젖은 옷으로 가득한 걸 보고 말했다. "그냥 둬. 난 의자 하나만 있으면 되니까." 그가 화해를 시도했다.

그가 차를 마시는 동안 록산나는 같이 앉아서 빌리 카드마스터가 그날 아침에 식료품 가게에서 양파와 소금을 사다 줬다고 했다. "당신 말이 맞아요.

그 여자, 사실은 꽤 괜찮은 것 같아요."

"그 여자한테 마트카 번호나 물어봐. 우리가 크게 따면 병원 보모를 고용할 수 있을 테니까 말이야."

"내가 도박을 하거나 당신이 하는 걸 보느니 차라리 굶는 게 나아요."

"진정해. 농담이니까." 그는 장인이 가슴 부근에 올려놓은 두 손이 마치 가슴을 때리는 것처럼 요동치는 걸 보았다.

무라드가 와서 그들 옆에 앉았다. "할아버지, 할아버진 봉고를 연주하셔야 해요."

"그건 또 왜?" 나리만이 물었다.

"할아버지 손놀림을 보니까 북을 아주 잘 치실 것 같아서요." 무라드는 의자에 대고 할아버지처럼 손을 떨면서 실제로 소리가 나는지 들어 보았다.

"바보처럼 굴지 마. 안 웃기니까." 예자드가 말했다.

그는 무라드에게 동생을 좀 본받으라면서 다시 안쪽 방으로 돌아가 공부하라고 했다. 아빠로부터 화해의 말을 들은 제항기르는 책을 보며 미소를 지었다.

8

나리만은 긴장한 나머지 신경과민 때문에 배가 아파서 잠에서 깼다. 3주가 흘렀고 타라포레 박사가 오늘 찾아와 발목에 대한 판단을 내릴 예정이었다.

지금까지 나리만은 아침에 모두가 차를 마시고 식사를 마친 후 학교와 직장으로 떠날 때까지 잘 참아 왔다. 그들에게 냄새를 피우지 않은 걸 자랑스럽게 생각했지만 하필이면 마지막 날 배가 말을 듣지 않았다.

"미안한데, 오늘은 못 참겠다. 안 그러면 더 큰 일이 벌어질 것 같구나." 그가 작은 목소리로 록산나에게 말했다.

"아빠, 그런 말 마세요. 변기가 필요하면 쓰셔야죠." 그녀는 환자용 변기의 모서리를 닦은 후 그가 몸을 한쪽으로 돌리자 밀어 넣었다.

냄새가 거실을 가득 채울 때까지 예자드는 묵묵히 있었다. 목구멍으로 넘어간 음식물이 올라올 것 같았다. 그가 접시를 치우고 안쪽 방으로 달아나자 록산나가 뒤따라왔다.

"아침 먹는데 악취를 풍기고 말이야." 그는 목소리를 낮추지 않고 말했다. "당신은 단 몇 분을 못 기다려?"

"난 기다릴 수 있지만 아빠 그러지 못해요. 지금까지 아빠가 당신 출근하기 전에 단 한 번이라도 대변 본 적 있어요?"

"오늘은 왜 그렇게 못해? 아니면 떠나기 전에 나한테 똥을 한번 보여 주고 싶어서 그런 건가?"

"말도 안 되는 소리 좀 그만해요!" 그녀는 남편을 뒤로하고 아이들이 할아버지를 놀리고 있는 거실로 갔다.

"할아버지, 웩! 완전 원자 폭탄이다!" 제항기르가 말했다.

무라드는 수소 폭탄 같다고 했다. 안쪽 방에서 예자드가 거기서 먹는 건 비위생적이므로 어서 나오라고 소리쳤다.

"봄베이 시궁창에서 수백만 명이 살고 있어요!" 록산나가 맞받아 소리쳤다. "하수구와 도랑 옆에서 먹고 잔다고! 이 도시 전체가 하수도처럼 악취가 풍겨요! 그런데 당신은 겨우 환자용 변기 하나에 벌벌 떨어요? 당신 정말 어리석어!"

"장인어른, 들으셨죠? 장인어른 덕분에 어리석다는 소리를 다 듣네요. 이게 정당한가요?"

"내 딸은 누구한테나 어리석다고 해." 나리만이 작은 목소리로 말했다. "나한테도 그러고."

며칠 전에 소변통 때문에 벌어졌던 것과 같은 싸움이 시작되자 제항기르는 무서웠다. "아빠, 새로운 우스갯소리가 하나 있는데 들려줄까요?"

"나중에."

"아빠, 제발요. 정말 재밌어요."

"그럼 해 봐." 예자드가 뾰루퉁하게 말했다.

"옛날에 관광객들이 빈에서 베토벤 박물관에 갔는데……."

"그거 다 아는 농담이잖아." 무라드가 비웃었다. "베토벤의 마지막 악장에 얽힌 화장실 얘긴 다 알지. 난 최신 버전을 알고 있지롱."

"더러운 농담이면 하지 마." 록산나가 경고했다.

"이건 더러운 얘기 아니에요. 들어 보세요. 관광객들이 빈에서 베토벤 박물관에 갔는데……."

"내 거 그대로 베끼는 거 봐!" 제항기르가 항의했다.

"끝까지 들어 봐. 완전히 다르단 말이야. 관광객들이 방에 들어갔더니 시신이 놓인 관이 열려 있고 시체는 녹색으로 썩어 가는데 벌레들이 마구 기어 나왔어. 찡그린 얼굴은 이마가 넓고 머리카락이 흐트러져 있었지. 마치 베토벤처럼 말이야. 관 옆에 있는 악보대에는 '교향곡 5번' 악보가 놓여 있었어. 화가 난 관광객들은 가이드에게 이게 뭐냐고 물었지. 가이드가 인내심을 가지고 지켜보라고 했어. 관광객들은 기다렸지. 그러자 곧 관에서 팔이 나오더니 악보에서 세로줄을 하나 없애는 거야. 몇 초 후에 다시 팔이 나오더니 또 세로줄을 없애고. 충격을 받은 관광객들이 가이드에게 루트비히 판 베토벤의 시신이 왜 땅에 묻혀 있지 않느냐고 물었지. 그러자 가이드가 신사 숙녀 여러분, 이것이 죽은 베토벤의 시신입니다, 지금 썩어 가는 베토벤이 곡을 만드는 대신에 서서히 곡을 분해하는 중입니다 하고 말했어."

모두들 웃었다. 록산나는 아이들이 어디서 그런 걸 배워 오는지 모르겠다고 했다. 제항기르는 형이 인기를 독차지한다고 생각했지만 개의치 않았다. 둘이서 엄마와 아빠가 싸우는 걸 막았기 때문이다. 그들이 익살을 떨고 농담을 하는 동안 록산나가 환자용 변기를 치웠다.

예자드가 일하러 가기 전에 나리만의 침대 옆에 멈춰 섰다. "장인어른, 타라포레 박사의 방문에 행운을 빌겠습니다."

"고맙네."

록산나가 남편에게 뽀뽀하려고 현관문에서 기다리고 있었다. "소리쳐서 미안해." 예자드가 그녀의 귀에 대고 말했다. "내가 냄새에 민감한 거 당신도 알잖아." 그가 팔로 감싸 안자 그녀는 눈을 감았다.

"여보, 부탁 하나 할게요. 길모퉁이에 있는 이발사에게 의사가 오기 전에 아버지 면도를 해 달라고 하세요."

"물론이지." 그는 계단을 내려가다가 멈췄다. "당신 오빠하고 언니가 오거든 의사가 있는 데서 당신을 괴롭히지 못하게 하라고. 아무것도 동의하지 말고."

"그 사람들은 십중팔구 오늘이 검진받는 날인 것도 잊어버렸을 거예요." 록산나는 남편에게 손으로 키스를 날려 보냈다.

잘과 쿠미에게 3주는 시작과 마찬가지로 말다툼과 혼란, 초조함과 논쟁, 그들이 한 짓에 대한 죄책감과 상황을 바로잡을 수 없는 무기력함으로 끝나고 있었다. 그들은 동생을 방문하기가 부끄러웠다. 진열장의 많은 장난감과 장식용 골동품도 고통으로부터 해방시켜 주지 못했다.

쿠미는 현재보다 미래가 더 걱정됐다. 아버지가 발목이 나아서 웬만큼 돌아다닐 수 있게 된다고 하더라도 곧 몸져누울 것이다. 의사는 파킨슨병 때문에 아버지가 몸을 움직이지 못하게 될 거라고 경고했었다. 그녀는 그로 인해서 짊어지게 될 병간호가 무서웠다. 오빠와 함께 정말 최선을 다했다고 생각했다. 그렇다면 자신의 한계를 부정해 봐야 무슨 소용이란 말인가? "록산나가 양심이 있다면 아버지를 더 모셔야 해."

"뭐라고?" 잘이 믿을 수 없다는 듯이 소리쳤다. "그 코딱지만 한 아파트에서? 여기가 아버지 집이잖아."

"난 아버지를 다시 못 모시니까 제발 강요하지 마. 아직 풀라 대신에 일할 하인도 못 찾았어. 쓸고 닦느라고 허리가 빠질 지경이야. 며칠 동안 오빠한테 해결책을 찾아보라고 했잖아. 그런데 어떻게 아무 말도 없어?"

이제 쿠미의 말이 놀랍지도 않았다. 잘은 상황을 받아들이고 아버지를 집으로 모셔 오고 싶었다. "쿠미야, 합리적으로 생각해. 우리가 3주라고 했으니까 약속을 지켜야지. 록산나가 아버지를 돌볼 수 있다면 우리도 할 수 있는 거라고."

"우리라니? 오빠는 매일 아침 주식 시장으로 달려가잖아. 그리고 3주라고 해 봐야 내가 아버지를 돌본 15년 세월에 비하면 아무것도 아니지. 오빠가 고상한 척하고 싶으면 집에 있으면서 아버지를 돌보라고. 그렇지 않으면 머리를 써서 뭔가를 생각해 내든가. 시간 없어. 오늘 검진하는 날이잖아."

그러나 여섯 시 반에 그들이 출발할 때까지도 잘은 아무 의견도 내놓지 않았다. 그들이 유쾌한 빌라에 도착할 때까지 잘은 침묵으로 버텼다.

땅거미가 져서 계단통이 어둑했다. 잘이 로비에서 스위치를 찾았다. 그러나 실수로 다른 모퉁이로 들어가 거미줄을 뒤집어쓴 그는 뒤로 물러서며 손으로 얼굴을 쥐어뜯어 거미줄을 떼어 냈다. 그들은 어두운 계단을 올라가기 시작했다.

첫 번째 층계참을 돌 때 불이 켜졌다. 밑에서 누군가 한 번에 계단을 두 개씩 올라오는 소리가 들렸다. "바쁜 사람 같은데 길을 비켜 주자." 잘이 말했다.

"우리가 먼저잖아. 누구든 상관없이 기다려야 해. 오빤 항상 양보하더라."

그들 뒤에서 예자드가 따라붙었다. 남매라기보다 오랫동안 함께 산 부부 같다고 그는 생각했다. "형님, 처형 말이 맞아요." 그가 난간 위로 소리쳤다. "자기 권리를 찾아야죠."

"아! 예자드, 미안. 우린 누군지도 모르고." 쿠미가 말했다.

"전혀 미안해할 필요 없습니다. 나처럼 계단을 이용할 권리가 충분히 있으니까요. 두 분 다 어떻게 지내셨어요? 장인어른을 모셔 가려고 왔나요?"

쿠미는 순간 당황했지만 근심 어린 표정을 지으며 말했다. "우리는 아버지가 보고 싶었어. 의사가 이제 괜찮다고 했으면 좋겠는데."

"아 참, 장인어른께서 3주 동안 괜찮으셨는데, 모르셨어요?"

그녀는 아무 말 없이 비난을 견뎠다. 꼭대기 층에 도착하자 예자드가 열쇠를 돌리며 록산나에게 소리쳤다. "여보! 계단에서 내가 누굴 만났는지 맞혀 봐!"

인사를 나누고 가족 간의 의례적인 말들이 끝나자 그들은 의붓아버지의 침대 옆에 섰다.

"아버지, 3주 전보다 훨씬 좋아 보여요. 여기 온 게 효과가 있네요." 쿠미가 말했다.

"면도도 멋지게 하셨네요." 잘이 말했다. "볼이 발그레해요. 아버지, 데이트라도 하러 나가세요?"

"그래, 내 운명과 만나러 간다."

"근데 아직 누워 계시네요." 쿠미가 가벼운 말투를 유지하며 말했다. "의사가 한번 걸어 보라고 모시고 나갈 줄 알았는데."

"난 네가 날 어디다 데려다 놨는지 잊어버린 줄 알았다."

"아버지, 그게 무슨 말씀이세요. 그러잖아도 예자드한테 아버지가 그리웠다고 말했는데. 록시, 우리 걱정하게 만들지 말고 어서 의사가 뭐라고 했는지 말해 봐."

"뭘 그렇게 서두르세요. 우선 차부터 드세요." 그렇게 말하긴 했지만 예자드도 매우 궁금했다. 잘이 웃으면서 식탁으로 갔다.

"그러고 싶은데 우리가 급해서 말이야." 잘이 식탁에 앉기 전에 쿠미가 말했다. "불의 사원에 가서 아버지의 회복을 감사드리는 기도를 올리고 싶거든."

"잘됐네. 나도 같이 가마. 그런 다음에 집으로 가자꾸나." 나리만이 말했다.

"그러면 좋죠." 당황한 쿠미가 입을 딱 벌리며 억지로 미소를 지었다. "그럼 의사가 걸어도 좋다고 한 거죠? 목발을 사용하셨어요?"

"아빠, 그만 놀리세요." 록산나가 말했다. 그녀는 단둘이 있을 때 예자드에게 먼저 말하고 싶었다. 타라포레 박사가 파킨슨병 알약의 주성분인 엘 도파의 부작용에 대해서 설명해 주었다. 의사는 아버지가 횡설수설 두서없이 말하면 당혹스럽겠지만 그다지 걱정할 일은 아니라고 했다. 약을 끊으면 사지의 온전한 통제력을 잃게 된다고 했다.

그녀는 그런 내용을 잘과 쿠미 앞에서 일일이 설명하고 싶지 않아서 발목에 관해서만 말했다. "의사 말이, 아버지가 일어서려면 다음 주까지 기다려야 한대요. 오늘은 깁스만 조금 풀었어요. 보세요."

그녀는 홑이불을 들어 올렸다. 넓적다리부터 발까지 둘러싸고 있던 깁스의 양 끝이 조금 짧아져 있었다. 발가락들이 보였고 무릎도 보였다.

쿠미는 곤란한 상황에서 벗어날 수 있겠다 싶었다. "이제 아버지가 좀 편하시겠네요."

"그럼 이제 어떻게 되는 거지? 그러니까 이번 주 말이야." 예자드가 물었다.

"의사가 8일 후에 파르시 종합 병원에서 엑스레이를 찍겠대요. 이번 주는 우리가 맡아야죠."

"미안하다만 이건 내가 맡을 문제다. 난 지금 집에 가고 싶어." 나리만이 말했다.

"아버지, 정말 너무하세요." 쿠미가 말했다. "가엾은 록시와 예자드의 기분을 상하게 하고 싶으세요? 여기도 아버지 집이잖아요. 안 그래요?" 아무 대답이 없자 그녀가 말을 이었다. "아버지, 우리랑 지금 집에 가도 돼요. 하지만 그러면 여기서 행복의 성까지 구급차를 부르고, 다음 주에는 병원에 엑스레이 찍으러 갈 때 또 부르고, 그다음에 집으로 갈 때 또 불러야 해요."

"걱정 마세요. 비용은 우리가 공동으로 부담할 테니까." 예자드가 말했다.

"돈 문제가 아니라니까. 위험해서 그러지." 쿠미가 반발했다. "움직일 때마다 그 무식한 구급대원들이 아버지를 잡고 들것에다가 던지다시피 하잖아. 세상에, 그러다가 잘못되면 얼마나 아프고 고통스러워. 그러면 아버지가 회복하는 데도 시간이 더 걸릴 테고."

모두들 그 끔찍한 상황을 상상하며 입을 다물었다. 그때 놀랍게도 쿠미가 예상치 못한 곳으로부터 지지가 날아들었다.

"장인어른, 처형 말이 맞습니다. 여기 계세요. 겨우 8일인데요, 뭘."

록산나는 고마운 눈길로 남편을 보았고 쿠미는 걱정거리를 덜었다는 표정을 짓지 않으려고 안간힘을 썼다. "일주일 치 약은 충분해? 아니면 내가 더 구해 올까?" 그녀가 물었다.

그들이 알약 개수를 세는 와중에 하나가 바닥으로 떨어졌다. 쿠미가 알약을 찾으려고 무릎을 굽히고 앉았다. 원하던 대로 미뤄지긴 했지만 불가피한 일이 단지 일주일 연기된 것뿐이었다. 그다음엔 어떻게 하지?

그녀가 알약을 찾고 있을 때 의사가 제거한 깁스가 눈에 띄었다. 깁스 조각들이 차탁 밑의 신문지에 놓여 있었다. 크고 작은 파편 가운데 몇 개는 나리만의 다리 곡선 모양을 하고 있었다.

그때 불현듯 아이디어가 떠올랐다. 해결책이 바로 그녀의 눈앞에 있었다.

"됐네요. 약은 열흘 동안 충분해요." 록산나가 알약 세는 걸 마치며 말했다.

"잘됐네. 아버지가 그 전에 집으로 오실 테니까. 아, 저기 의자 밑에 약이 있다." 쿠미가 말했다.

그녀는 약을 집어 들었다. 일주일 뒤에 파르시 종합 병원에서 만나기로 약속하고 헤어졌다.

"얼마나 대단한지 아직도 모르겠어?" 일주일이 지난 후에도 쿠미는 여전히 잘을 설득하려고 했다. "아버지 다리에서 떼어 낸 깁스가 우리 문제의 해결책을 제시한 게 놀랍지 않아?"

"근데 그건 너무 기만적이고 파괴적이고 극단적이잖아." 그가 다시 한 번 동생을 단념시키려고 했다.

"그럼 다른 좋은 생각 있어? 오빠가 내일부터 변기랑 화장실 담당할 거야?"

"아버지가 점점 나아지잖아."

"바보 같은 소리 마. 아버지는 절대 나아지지 않아."

"그렇게까지 하고서 어떻게 양심껏 살 수 있겠어?"

"익숙해질 거야. 아버지보다 양심을 돌보기가 더 쉬울 테니까 두고 봐. 솔직히 난 아버지가 돌아온다는 생각을 받아들이지 못하겠어. 지난 4주 동안 엄마와 다른 모든 걸 더 생생하게 기억하게 됐거든."

"나도 우리 엄마와 엄마의 불행을 기억해. 하지만 이제 용서할 때도 되지 않았니?"

"엄마가 죽기 전에 아버지를 용서할 시간이라도 있었어? 내가 정말 묻고 싶은 말이야!"

"무슨 일이 있었는지 우리도 정확히 모르잖아." 잘이 피곤해하며 말했다.

"오빠는 오빠 좋을 대로 생각해. 난 확신하고 있으니까. 엄마랑 아버지가 마지막으로 싸웠을 때 우린 같이 있었어. 엄마가 테라스로 올라가기 전에 둘 다 엄마의 마지막 말을 들었잖아."

잘이 한숨을 쉬었다. "시간이 지날수록 누구를 비난해 봐야 소용없다는 생각이 들어. 그건 그냥 슬프고 불행한 사건이었어. 때로는 인생이 다 그런 것 같아."

"개똥철학 집어치우고 필요한 일이나 해. 어서 에둘한테나 가 봐."

"알았어. 갈 테니까 소리 지르지 마." 잘은 무거운 발걸음으로 계단을 내려갔다. 쿠미는 걸핏하면 과거를 들춰냈다. 30년이 지난 후에도 그렇게 많은 분노를 품고 있는 건 비정상이었다. 그리고 지금 과거를 핑계로 아버지를 모시지 않는 걸 정당화하고 있다. 냄새나는 병간호에 대한 혐오감은 잘 역시 마찬가지였다. 주식 가격이 조금이라도 올라가면 쿠미의 정신 나간 계획 말고 병원 보모를 고용해서 문제를 평화롭게 해결할 수 있을 것이다.

그는 에둘 문시에게 할 말을 정리해 보았다. 또한 에둘의 불쌍한 아내 마니제를 떠올렸다. 남편이 헌책 노점에서 보도에 펼쳐놓은 책과 잡지 가운데 손수 일하는 사람에 관한 미국 잡지를 발견한 날을 그녀는 두고두고 한탄했다. 에둘은 여전히 자신의 소명을 발견한 순간의 놀라움을 이 사람 저 사람에게 들려주며 손수 일하는 것에 관한 장점을 설파했다.

"미국이 왜 위대한 나라인 줄 아시오? 그건 바로 DIY, 즉 손수 일하는 걸 믿고 있기 때문이죠. 우리는 그렇지 않기 때문에 가난하고 뒤처져 있는 거고. 간디 선생님께서 자립에 관해서 가르치실 때 뭘 의미하셨는지 이젠 알

것 같아요. 마하트마의 자립주의야말로 선생님께서 인도 최초의 진정한 셀프 수리공이었다는 뜻이죠. 선생님의 비전이 옳아요. 그것이 바로 이 나라를 구할 수 있는 유일한 방법이에요."

확신을 갖고 새로운 길을 가던 에둘은 손수 일하는 사람의 방식대로 연장들을 자신의 일부로 받아들였다. 그리고 〈캔디맨〉 노래를 응용해 자신만의 노래도 만들었다. "핸디맨은 사랑으로 고치고 잘되도록 만들 수 있다!"

에둘 문시의 집에 도착한 잘은 문패가 비뚤하게 달린 현관문 앞에 서서 초인종을 눌렀다. 에둘이 초인종을 고치고 있었던 탓인지 누름단추를 당기고 살살 움직이고 나서야 비로소 귀에 거슬리는 소리가 울렸다.

마니제가 문을 열었다. "여보! 윗집의 잘이 찾아왔어요!"

잘은 동정심이 가득한 미소를 보이며 기다렸다. 처음에는 마니제가 남편의 취미를 좋아해서 이웃들에게 훌륭한 연장과 장비를 자랑하곤 했다. 그것들로 할 수 있는 일을 보면 놀라서 숨이 멎을 지경이라고 이웃들에게 말했다. 그러나 시간이 흐를수록 그녀는 그 도구들이 가져오는 파괴가 어떤 건지 깨닫게 됐다.

에둘의 첫 번째 프로젝트는 부엌에 나무 선반을 설치하는 일이었다. 며칠 동안 하인을 포함해 모두가 경이로워하며 지켜보는 가운데 일을 마친 에둘이 나름대로 미국식 억양을 구사하며 당당하게 말했다. "마니제, 오케이? 우리 애기들이 준비가 다 됐다네. 자, 이제 물건을 채우시지."

그녀는 깡통 세 개를 선반에 하나씩 올린 후 뒤로 물러나 감탄했다. 그러나 몇 초 후에 선반이 바닥으로 와르르 내려앉아 버렸다.

에둘은 망연자실했다. 번쩍이는 값비싼 연장들이 어떻게 배신할 수 있단 말인가? 파편 더미에서 나사와 선반받이를 골라내어 먼지를 훅 불어 날리더니 그는 망연자실한 상태에서 씩씩거리며 쳐다보았다.

낙담한 마음은 며칠 후 회복됐고 그는 다시 일을 시작했다. 이번에는 선반이 제대로 붙어 있었다. 그러나 벽토에 큰 구멍들이 생겼다. 수리를 했지만 표면이 산굴의 벽처럼 울퉁불퉁했다. 현대 실내 장식에서는 인테리어 디자이너들이 질감이 드러나는 벽을 추천한다며 마니제는 남편에게 괜찮다고 했다.

그다음에 에둘은 물이 새는 수도꼭지를 수리하다가 홍수를 일으켰다. 일요일 아침 내내 용을 쓰다가 마침내 미끄러운 망할 놈이라고 욕하던 볼트의 똬리쇠를 갈았다. 그러나 수도꼭지를 틀었다가 잠글 때 두 손의 힘을 다 쓰지 않아서 문제가 발생했다.

남편이 맡은 작은 일들이 점점 큰 재앙으로 번지자 마니제는 그의 취미를 통제하기 시작했다. 규칙은 명료했다. 일을 시작하기 전에 그녀의 승인을 먼저 받아야 했다.

그가 꿈꾸는 계획은 언제나 지나치게 야심적이어서 항상 거절당했다. 새로 바닥을 깔고, 욕실을 고치고, 붙박이 벽장을 만드는 일 등이 퇴짜를 맞았다. 때때로 마니제가 뒤끝이 없겠다고 확신이 서면 사진 액자를 건다든지 하는 간단한 일을 허락했다.

에둘은 규모가 좀 더 큰 일에 대한 열망을 자기 집이 아니라 다른 곳에서 충족시켜야 했다. 종종 사람들에게 자신의 서비스가 덤으로 딸려 가는 공구를 빌려 가라고 권했다. 유감스럽게도 대부분의 친구들과 이웃들이 공구를 빌리는 숨은 비용을 알고 있었기 때문에 그러려고 하지 않았다.

그러나 에둘이 나오기를 기다리는 잘은 낙관적이었다. 하찮은 망치 하나를 빌리는데 설마 큰 피해를 입겠느냐 싶었다.

"잘 지내?"

"최고지. 잘, 자넨 어때?"

"나도 잘 지내지. 초인종은 고장 났나?"

에둘이 버튼을 이리저리 누르자 어쩌다 살짝 만진 곳에서 기분 나쁜 벨소리가 울렸다. 마니제가 얼굴을 찡그렸다.

"이런 건 조금만 손보면 돼." 그가 아내를 달랬다.

잘이 망치를 빌리고 싶다고 하자 그는 군침을 흘렸다. "무슨 일을 할 건지말해 보게. 모든 일에는 알맞은 공구가 있다, 이게 바로 핸디맨의 좌우명이지. 세 종류의 망치를 갖고 있다네. 장도리 망치, 공머리 망치, 벽돌공 망치."

"세상에, 정말 장비를 잘 갖추고 있군."

"기본적인 공구들이지 뭐." 그가 겸손하게 말했다. "얼마나 많이 갖고 있느냐가 아니라 얼마나 잘 쓰느냐가 중요해. 그래 무슨 일이야?"

잘이 망설였다. 거짓말이 너무 흥미로우면 에둘이 당장 달려들 것이다.

"신발 때문에."

"신발?"

"어, 뒷굽에 못이 튀어나와서."

"문제없어. 안으로 들어와. 망치로 때려서 넣어 줄 테니까."

"이 신발 말고 다른 신발. 집에 있어. 쿠미 신발도 그렇고. 둘 다 뒷굽에 문제가 생겼어."

"그럼 내가 같이 올라갈게."

"더러운 신발을 만지겠다고? 그렇게 모욕적인 일은 못 시키지."

"잘, 걱정 마. 우리 핸디맨은 온갖 더러운 일에 익숙하니까."

까딱 잘못하다가는 에둘을 뒤에 달고 계단을 올라가게 생겼으므로 잘은 재빨리 머리를 굴렸다. "솔직히 말해도 될까? 자네의 도움은 나중에 더 어려운 일을 할 때 필요하거든. 이건 그냥 혼자서 할게. 안 그러면 쿠미가 너무 부담스러워서 나중에 도움을 청하지 못할 거야."

에둘의 눈이 휘둥그레졌다. "그 어려운 일이란 게 뭔데?"

"창문." 잘은 상당히 안전한 선택이라고 생각했다. 에둘이 살펴보러 올라온다고 하더라도 문제가 있는 창문이 하나쯤은 있을 터였다. 에둘이 흥분해 있었으므로 잘은 지금 떠나야 했다. "망치나 좀 빌려 줘."

"물론이지. 그 일에는 이게 알맞을 거야." 그는 잘에게 못을 제거하는 장도리 망치의 사용법을 알려 주었다. "오래된 놈은 버리고 새것을 박는 게 최고야. 혹시 장도리가 못 물 수도 있으니까 펜치도 가져가게. 그리고 이 쇠받침을 신발 안에 넣으면 구두 골처럼 들어맞을 거야."

장비를 갖추고 잘은 집으로 가는 계단을 올랐다. 생각했던 것보다 쉬웠다. 그리고 에둘이 꽤 많이 아는 것 같았다. 어쩌면 사람들이 그의 단점을 너무 과하게 불평하는 건지도 몰랐다. 결국 인간은 과장하는 버릇이 있기 때문일 것이다.

쿠미가 왜 그렇게 오래 걸렸냐고 잔소리를 하자 잘이 못 듣는 척하려고 보청기를 만지작거렸다. 그는 그녀를 따라 의붓아버지의 방으로 갔다. 쿠미가 높다란 걸상을 침대 위에 올리더니 잘에게 올라가라고 했다.

"흔들리잖아."

"내가 잡고 있을게."

잘이 다시 망설였다. "엉망진창이 될 텐데. 아버지가 아끼는 가구들은 가려야 하지 않을까?"

"오빠, 단 한 번만이라도 머리를 좀 써. 엉망진창이 바로 우리가 원하는 거잖아."

그는 걸상에 한쪽 발을 먼저 올리고 나머지 발도 올렸다. 중심을 잡았다고 확신이 설 때까지 쪼그리고 앉아 있었다. "준비됐어?" 그가 물었다.

쿠미가 걸상 다리를 꽉 쥐고 말했다. "어, 그래. 준비됐어."

"그럼 일어선다."

"박수라도 칠까?"

"꽉 잡으라고!" 잘이 일어서서 중심을 잡더니 천장에 손이 닿는지 확인했다. 닿았다. 왼손 끝을 반듯한 천장에 대고 있자 더욱 안정된 기분이 들었다.

"오빠, 어서 시작해."

그는 한숨을 내쉰 후 망치를 휘둘렀다. 내키지 않는 마음으로 쿵, 때리자 천장에서 벽토 조각들이 침대와 쿠미의 머리 위로 비가 내리듯 떨어졌다. "방금 생각났는데, 누가 시끄러운 소리를 들으면 어쩌지?"

"누구? 까마귀? 우리 집 위엔 지붕밖에 없잖아."

그가 망치로 계속 때리자 천장에 구멍과 틈이 생기기 시작했다. 어떤 부분은 쉽게 부서졌지만 어떤 부분은 그렇지 않았다. 그는 잠시 멈추고 어깨를 좀 쉰 다음에 쿠미의 지시에 따라 덜 부서진 곳을 때렸다.

"이제 충분하지 않니?"

"계속해. 타라포레 박사가 아버지 다리에서 떼어 낸 깁스보다 적잖아."

마침내 그녀가 이제 내려오라고 하더니 의견을 물었다. "실제처럼 보여?"

밑에서 보니 그가 얼굴을 가까이 대고 보던 것보다 천장 상태가 훨씬 나빠 보였다. 부서진 걸 살피던 그는 메스꺼움을 느끼며 고개를 끄덕였다.

"좋아. 오빠, 그럼 다른 쪽도 작업하자."

잘은 화장대에 올린 걸상에 올라가 쿠미가 시키는 대로 일을 했다. 나리만의 방에서 록산나의 옛날 방으로, 그리고 그들의 방으로 가서 똑같이 했다.

엄마 방의 천장만 그대로 두었다. 잘이 의심스럽지 않겠느냐고 물었다. 쿠미가 그렇지 않다고 했다. 신의 뜻이 신비하다는 걸 모두가 알기 때문에 괜찮다고 했다. 그녀는 욕실로 가서 물 한 양동이와 바가지를 가져왔다.

"꼭 그렇게까지 해야 해? 지금도 사실적으로 보이는데." 잘이 말했다.

"물에 젖은 자국이 있어야 해. 예자드가 피해를 확인하러 오면 어쩔 거야? 우리 이야기가 빈틈없어야 한다고." 쿠미가 천장으로 물을 뿌리기 시작했다. 그러나 물은 목표물에 제대로 맞지 않고 대부분 그녀의 머리 위로 떨어졌다. "오빠가 다시 걸상에 올라가야겠다."

쿠미가 시키는 대로 잘이 부서진 부분에 물을 흠뻑 적셨다. 가구와 바닥도 같이 젖으면 더 자연스럽게 보일 거라고 그녀가 말했다.

그들은 몸을 닦고 머리를 감은 다음에 내일 파르시 종합 병원에서 이 불행한 소식을 알리려고 입을 맞추어 연습했다.

타라포레 박사가 엑스레이를 보더니 만족하여 미소를 지었다. 뼈가 잘 붙어 있었다. "교수님, 정말 놀랍습니다. 그 연세에 골다공증까지 있는데 말입니다."

그는 나리만에게 앉아서 할 수 있는 간단한 운동을 가르쳐 줬다. 발가락 꼼지락거리기, 발 구부리기, 발바닥을 바닥에 대고 뒤꿈치 들어 올리기 등이었다. 앞으로 4주 동안은 매일 목발을 짚고 몇 걸음씩만 걸으라고 했다. "교수님, 한 지점에서 다른 지점까지 이동하는 수단으로 걸으시면 안 됩니다. 목발이 힘들면 그냥 침대에 누워 계세요. 하지만 운동을 게을리 해서는 안 됩니다."

록산나는 쿠미가 와서 의사의 말을 듣기를 바랐다. 아버지가 집으로 돌아가서 무리할까 봐 걱정스러웠다. 나리만을 휠체어에 태우고 깁스 기술자 란가라잔에게 갔다.

"바킬 교수님의 막내따님을 뵙게 되어서 영광입니다." 그가 악수를 하면서 말했다. "교육과 지성을 넓히는 일에 종사하시면서 훌륭한 교수님의 뒤를 잇고 계신가요?"

그녀는 고개를 가로저었다. "평범한 가정주부예요."

"평범이라뇨?" 란가라잔이 깜짝 놀라며 말했다. "부인, 무슨 말씀이십니까? 가사가 얼마나 많은 재능을 요구하는 소중한 소명인데요. 가정주부가 없으면 집이 없고, 집이 없으면 가족도 없죠. 그리고 가족이 없으면 다른 게 뭐가 중요하겠습니까? 꼭대기에서 바닥까지 모든 것이 무너지고 혼돈의 상태로 전락하고 말죠. 이게 바로 기본적으로 서양의 병폐입니다. 바킬 교수님도 동의하지 않으십니까?"

"서양 사람들이 그걸 독점하고 있진 않은 것 같아. 불행한 가족을 만드는 일이라면 우리도 꽤 잘하고 있으니까 말이야." 나리만이 말했다.

란가라잔이 웃었다. 그는 록산나에게 압박 붕대 감는 법을 알려 주었다. "기본적으로 숫자 8의 모양입니다. 자, 제가 팽팽하게 묶는 걸 한번 보시죠."

록산나가 그의 기술을 지켜보고 있을 때 잘과 쿠미가 마치 폭풍우 속에서 엄청난 거리를 여행한 것처럼 조급하고 당혹스러운 동작과 표정으로 도착했다. "아버지를 찾아서 정말 다행이네. 타라포레 박사를 찾았더니 글쎄 접수계 직원이 아버지가 벌써 떠났다고 하더라고."

"무슨 일 있어요?" 록산나가 물었다.

"엄청난 일이 벌어졌어. 조금 이따가 얘기해 줄게." 쿠미가 록산나에게 속삭였다.

"모두들 모이셨으니까 붕대 감는 걸 처음부터 다시 시작하겠습니다." 란가라잔이 큰 소리로 말했다.

"이 멍청한 짓은 얼마나 걸리는 거야?" 쿠미가 구자라트 어로 중얼거렸다.

난처해진 나리만이 끼어들었다. "란가라잔 씨, 우리 때문에 더 있을 필요 없어요. 다른 환자들이 기다릴 텐데. 도와줘서 고맙소."

"하지만 별거 아닌데⋯⋯."

"고마워요. 그럼 잘 가세요." 쿠미가 인사했다.

순간적으로 란가라잔은 기분이 상한 듯했다. 그러나 곧 마음을 가라앉힌 뒤 나리만에게 쾌유를 기원하고 떠났다.

그들은 나리만의 휠체어를 복도로 밀고 가서 창문 근처 벤치 옆에 세웠다. "어젯밤에 무슨 일이 벌어졌는지 얘기하면 못 믿을 거야." 잘이 말했다.

"옥상의 물탱크가 터져서 천장이 부서졌어." 쿠미가 말했다. 요란한 소리가 나서 깨어 보니 침대에 벽토 덩어리들이 떨어지고 있었는데 다행히 물이 스며들고 큰 덩어리들이 떨어지기 전에 침대에서 빠져나왔다고 설명했다.

"어떤 건 축구공만 한 크기였어. 아버지는 신의 가호를 입으신 거예요. 어젯밤에 침대에 계셨더라면 큰 돌덩어리에 맞아서 머리가 깨졌을지도 몰라요. 아마도 발목이 부러진 아버지를 유쾌한 빌라로 옮기시는 방법으로 신이 아버지를 지켜 주었을 거예요."

"물탱크가 반밖에 안 차 있었던지 다행히 물이 많이 쏟아지지 않았습니다." 잘은 가짜 연극에 쿠미가 신을 조연으로 등장시킨 것이 불편했다.

"둘 다 엄마 방으로 옮겼어요." 쿠미가 말했다. "유일하게 엄마 방만 피해를 입지 않아서 안전하거든요."

"이상하네. 바로 네 옆방인데." 나리만이 말했다.

"글쎄, 그걸 누가 알겠어요. 옥상이 평평하지 않아서 물이 그쪽으로 흐르지 않았을지도 모르죠. 아니면 엄마 방의 천장이 더 튼튼하든가요." 잘이 말했다.

"신이 하는 일이라 신비한 거죠." 쿠미가 큰 소리로 말했다.

나리만은 부서진 천장 따위는 신경 쓰지 않는다면서 신학 토론에 시간 낭비하지 말고 어서 집으로 돌아가서 예전처럼 살고 싶다고 했다.

그러자 그들은 일제히 반대하면서 그건 말도 안 되는 소리라고 했다. 구조적인 문제가 있기 때문에 다른 것이 무너질지도 모른다고 했다. 게다가 잘과 쿠미는 자신들은 건강하기 때문에 무너지는 낌새가 보이면 당장 뛰쳐나올 수 있지만 아버지는 갇히고 말 거라고 했다.

"그런 위험쯤이야 감수할 수 있어." 나리만이 말했다.

결국 록산나가 나서서 피해 상황을 진단할 며칠 동안만이라도 유쾌한 빌라에서 지내자고 설득했다. 쿠미는 비용에 보태라면서 아버지의 연금을 보내 주겠다고 약속했다.

"더는 너랑 예자드에게 폐 끼치기 싫다." 나리만이 말했다.

"아빠, 그게 무슨 말씀이세요. 아빠 잘못도 아니잖아요." 록산나가 말했다.

"신이 한 일이니 누구의 잘못도 아니죠." 쿠미가 말했다.

잘이 휠체어를 밀고 구급차로 향할 때 나리만이 쿠미가 신에게 너무 많은 책임을 지우는 나쁜 습관을 들이고 있다고 말했다. "그런 건 신은 물론이고 우리한테도 좋지 않아."

저녁에 천장에 관한 소식을 들은 예자드는 무덤덤했다. 왠지 오늘 잘과 쿠미가 장인을 모셔 가지 않을 거란 예감이 들었었다.

록산나는 물탱크가 터진 건 그들 잘못이 아니라고 항변했다. "언니의 말대로 그건 신이 한 일이니까요."

"맞아, 신이 주로 처형을 위해서 그런 일을 하지. 안 그래? 만날 불의 사원에 가서 백단향나무를 뇌물로 바쳐서 그런 거겠지. 나도 불의 사원에 자주 가면 그런 힘을 좀 받을 수 있을 텐데 말이야."

"여보, 그러면 정말 좋죠." 록산나가 간절히 바라는 마음으로 말했다. "당신이 아이들도 함께 데려가서 기도……."

"그냥 농담한 거야." 그가 말을 끊자 그녀가 고개를 떨어뜨렸다.

그들은 나리만이 목발을 짚고 일어서는 걸 도와주었다. 예자드의 부축을 받으며 그는 처음으로 걸을 수 있었다. 느린 걸음으로 긴 의자에서 의자까지

1미터가량을 걸었다. 그가 움찔거리며 힘들게 앉자 손자들이 박수를 쳤다.

"할아버지 발에는 작은 한 걸음, 할아버지에게는 위대한 도약!" 무라드가 말했다.

"말 한번 잘한다." 나리만이 숨을 헐떡거리며 말했다.

"장인어른, 어떠세요?"

"괜찮아."

"아프진 않으세요?" 움찔하는 걸 본 록산나가 물었다.

"약간. 그거야 뭐 예상했던 거니까." 그는 저녁 식사 시간까지 의자에 앉아 있었다. 함께 식사할 수 있도록 그들은 식탁 가까이로 그가 앉아 있던 의자를 밀었다.

나리만의 걸음을 축하하기 위해서, 비록 생선이 없는 게 마음에 걸리긴 했지만, 록산나는 단다르 파티오를 만들었다. 생선 장수는 작은 병어 두 마리에 130루피를 달라고 했다. 다른 걸 절약할 요량으로 90루피에 달라고 했지만 야박한 생선 장수는 단칼에 거절했다. 깎아 주지 않아도 사려는 사람들이 줄을 섰기 때문에 그럴 이유가 없었을 것이다. 요즘 봄베이에서 부유한 사람들이 흥청망청하는 모습을 종종 볼 수 있었다. 그래서 불완전한 축하 음식인 생선 없는 단다르 파티오가 만들어졌다. 그녀는 상을 차리기 시작했다.

"내가 결혼식 때 준 네 할머니의 좋은 그릇들은 왜 한 번도 쓰질 않는 거냐?" 나리만이 물었다.

"아빠, 당연하죠. 그게 얼마나 소중한 건데요. 너무 오래돼서 깨지기 쉽잖아요."

"그래서 그릇을 가둬 놓는 거냐? 나도 늙고 부러지기 쉽다고 잘과 쿠미가 가둬 놓고 싶어 했지. 그렇게 살 순 없어. 접시를 쓰도록 해라."

"깨지면 그렇게 귀한 걸 어디서 다시 구해요?"

"인간도 부서지지만 다시 구할 수 없단다. 접시가 더 중요하니? 우리가 할 수 있는 건 기억을 즐기는 것뿐이야."

"역시 철학자십니다. 장인어른 말씀 잘 새겨들으라고."

"여보, 부추기지 말아요. 아빠, 회복을 축하하고 있는데 무슨 그런 불길한 말씀을 하세요?"

"불길한 말이 아냐." 나리만이 부드럽게 말했다. "삶의 슬픔과 비애를 극복할 수 있는 유일한 방법은 바로 웃고 즐기는 거란다. 좋은 접시를 꺼내고 좋은 옷을 입어야 해. 간직하고 있어 봐야 아무 소용 없어. 네 결혼식 때 쓰던 컷글라스 꽃병과 장미 꽃병은 어디 있니? 양치기 소녀와 양이 그려진 도자기도 갖고 있지? 딸아, 다 꺼내 놓고 즐기자꾸나."

"아빠, 또 왜 그러세요? 저번 생신날에도 그렇게 해서 언니한테 일을 많이 시키더니."

그녀의 말에 나리만의 얼굴에서 미소가 사라졌다. 두 달 전 저녁이 오랜 옛날처럼 느껴졌다. 그 당시에는 일어서고 옷도 입고 화장실도 가고 산책도 다닐 수 있었다. 그가 구덩이에 빠지기 전이었으며 쿠미와 잘이 가져온 변기 의자 때문에 악몽에 시달리고 악취가 풍기는 몸으로 무서워서 벌벌 떨기 전이었다.

록산나는 즉시 자신의 말을 후회했다. 그 말 때문에 아버지가 불편해하는 모습을 보는 건 고통스러웠다. 그녀는 도와 달라고 남편을 바라봤다. 예자드는 불편한 듯이 자세를 바꿔 앉았다.

그때 제항기르가 중대 발표를 하는 어른처럼 헛기침을 했다. "그렇다 하더라도, 좋은 그릇을 오늘 일정에 포함시키도록 합시다."

나리만이 웃자 예자드가 어린 갈색 앵무새가 할아버지로부터 새로운 표현을 배울 때가 됐다고 했다. 무라드는 앵무새를 길들이는 흉내를 냈다. "제항구, 귀여운 것. 아이고, 예쁜 제항구." 그들은 찬장 아래 칸에서 좋은 그릇들을 꺼내고 장미 꽃병을 식탁 한가운데 놓았고 양치기 소녀 도자기는 양들을 잘 돌보도록 차탁 위에 올려놓았다.

저녁 식사 내내 예자드는 앞으로의 일에 대해 생각했다. 아침 스트레스, 혼잡함, 냄새나는 거실 등 모든 것이 계속될 것이다. 게다가 한 사람을 더 먹여 살리는 일을 돈으로 계산해 보면 록산나의 식료품 값 봉투에서 25퍼센트가 적자였다. 비누, 목욕, 세탁 같은 비용은 제외하고도 그랬다.

"장인어른 연금 말입니다. 약 사고 나면 한 달에 얼마쯤 남았는지 아세요?"

"솔직히 난 몰라. 쿠미가 다 관리하니까. 오래전에 쿠미한테 예금 계좌를 맡겼거든."

"그럼 천장은요? 피해가 얼마나 심각한지 제가 한번 봐야겠는걸요."

"내 생각에는 피해하곤 상관없는 일이야. 벽토 부서진 게 재난은 아니니까." 나리만이 말했다.

예자드가 고개를 끄덕였다. 지금 돈 걱정을 해 봐야 도움이 되지 않을 것이므로 아내를 위해서 침착하고 인내하는 태도를 유지하는 편이 나았다. "일주일 정도는 버틸 수 있습니다."

아버지의 약이 떨어지자 록산나는 약국에 갔다. 쿠미가 준 아버지의 연금이 약값도 안 된다는 걸 알았다. 뭔가 착오가 있어서 언니가 돈을 일부만 준 건지도 모른다고 그녀는 생각했다.

약값은 생활비에서 충당했다. 생활비를 메우기 위해서 그녀는 빵만 사고 버터는 안 샀으며 식용유도 경제적인 큰 통 대신에 작은 통을 샀다. 차, 설탕, 쌀 등은 다음 주까지 버틸 수 있었다. 저녁은 고기 없이 감자와 꽃양배추로 만들기로 했다.

그녀는 약을 아버지 옆의 작은 탁자에 놓았다. 나리만이 돈이 충분하더냐고 묻자 그녀는 그렇다고 했다. 언니와 오빠가 차액을 가지고 조만간 나타날 거라고 그녀는 확신했다. 저녁 식사 때 같은 질문을 한 남편에게도 고개를 끄덕이며 말했다. "지금은 괜찮아요."

며칠 후에 생활비 절약이 눈에 띄기 시작했다. 아침 식사 때 무라드가 토스트에 버터가 없다고 불평했고, 제항기르는 차가 쓰다며 설탕을 더 넣어 달라고 했다.

예자드는 아이들의 불만이 맘에 들지 않았다. "이 녀석들이 버릇없이. 먹을 토스트와 마실 차가 있는 데 감사해야지. 이 세상에 수백만 명이 너희들이 먹는 것만 먹어도 행복해한다는 거 몰라?"

그 주가 끝날 무렵 나리만은 목발을 짚고 일어설 때 발목의 통증을 감추기가 점점 힘들었다. 자신이 내딛는 작은 세 발짝에 모두가 희망을 품고 있었으므로 고통을 내색하지 않았다.

그러던 어느 날 저녁, 자리에서 일어서려던 그는 발목의 통증 때문에 그만 비명을 지르고 말았다. 목발이 미끄러졌고 그는 긴 의자에 다시 주저앉

왔다.

예자드가 읽고 있던 신문을 집어던지며 달려왔다. 부엌에 있던 록산나도 뛰어왔다. 나리만이 안전하다는 걸 확인하고서 그들은 왜 비명을 질렀느냐고 물었다. 그는 갑작스러운 통증 때문에 그런 거라고 대충 넘기려고 했지만 록산나가 눈치를 챘다.

"빌어먹을 타라포레, 완전 돌팔이가 성급했구먼." 예자드가 말했다.

나리만이 고개를 가로저었다. "솔직히 의사가 내가 일어설 수 있다고 했을 때 우리 모두 기뻐했잖아."

"장인어른, 의사 편을 들면 어떡합니까. 여기가 미국이었으면 수백만 달러짜리 소송감이라고요."

그러나 그들은 지체 없이 타라포레 박사를 찾아갔고 의사는 기꺼이 도와주었다. 엑스레이는 거짓말을 하지 않았다. 갈라진 금들은 아물었다. 그러나 칼슘 부족과 골다공증으로 가는 금이 다시 생겼다.

또다시 침대에만 누워 있으라는 처방이 내려졌다.

하루에 적어도 한 번 록산나는 봉투를 들고 앉아서 어떻게 해야 할지 곰곰이 생각했다. 우유와 차라고 쓰인 봉투에서 버터와 빵이라고 쓰인 봉투로 돈을 옮겨야 할지, 아니면 고기라고 쓰인 봉투에서 돈을 빼서 쌀과 설탕이라고 쓰인 봉투로 옮겨야 할지 고민했다. 제항기르가 옆에 앉아서 아물 버터 한 덩어리, 차 한 통, 양고기 1킬로그램 등의 값을 물으며 머릿속으로 계산하고 의견을 제시했다.

걱정하느라 정신이 없어서 그만 아이와 돈 이야기를 하던 록산나는 곧 무슨 짓을 하고 있는지 깨달았다. "제항구, 그만해. 네가 왜 돈 걱정을 하니? 아빠랑 엄마가 다 알아서 할 텐데."

"알아요. 하지만 아빠가……." 제항기르는 말꼬리를 흐렸지만 록산나는 아들이 뭘 걱정하는지 알고 있었다.

천장이 부서진 후로 2주일이 지났지만 잘과 쿠미는 코빼기도 보이지 않았다. 예자드는 그런 사람들에게 어떤 호의도 원치 않는다면서 찾아가길 거부했다.

"내가 제안을 하나 해도 될까?" 나리만이 말했다. "자네와 록산나의 논쟁으로는 이 문제를 해결할 수 없어. 연금만으로는 나한테 드는 비용을 맞출 수 없잖아. 그러니까 내 예금 통장에서 돈을 인출하라고. 열심히 땀을 흘려서 번 내 돈이니까. 간단하잖아. 그러면 호의라고 생각할 필요가 전혀 없지."

"장인어른의 돈을 가지러 왔다고 말하기가 어색해서요. 그 사람들이 조금이라도 염치가 있다면 저희한테 가져왔어야죠."

"좋은 생각이 떠올랐어요." 제항기르가 말했다. "할아버지 생신날 저희가 드린 지팡이를 가지러 왔다고 하면 되잖아요."

예자드가 웃으면서 아들의 어깨를 두드리며 그러면 되겠다고 했다.

9

응접실 바닥을 덮고 있는 파편들을 가로지르던 예자드와 록산나는 벽토 덩어리들 위를 조심스럽게 걸었다. 잘이 서둘러 안락의자 두 개에서 석고 가루를 털었다. 쿠션을 털다가 일어난 먼지 때문에 그는 기침을 했다.

쿠미가 저벅저벅 발소리를 내며 응접실로 나왔다. 잘이 세 번째 의자를 털기 시작하자 그녀가 그의 팔꿈치를 만지며 그냥 서 있겠다는 신호를 보냈다. 그러자 잘도 쿠미 뒤에 서 있었다. 해가 저서 향을 피울 석탄을 준비하고 아이위스루트렘 게를 암송할 참이었다면서 그녀가 투덜댔다.

"정말 미안하군요. 처형과 신 사이에 끼어들 생각은 추호도 없었는데 말이죠." 예자드의 말에 잘이 낄낄거렸다.

"여보, 종교적인 문제를 가지고 놀리면 어떡해요." 록산나가 말했다. 그녀가 왜 왔는지 용건을 설명하자 쿠미가 짜증을 내며 고개를 가로저었다.

"아버지도 참 대단하시다. 언제까지 그런 말도 안 되는 소리를 다 들어 줄거니? 아버지 생신날 저녁에 내가 했던 말 기억나? 모두들 날 비웃었지. 지금은 내가 예언자로 보이지 않니?"

쿠미는 의붓아버지의 방으로 가서 생일 선물을 가져왔다. "목발을 짚고 간신히 절뚝거리며 걷는데 지팡이를 찾는다니. 완전히 미쳤어."

예자드가 더 중요한 문제로 화제를 바꿨다. "형님, 천장은 어떻게 된 거죠? 지금쯤은 수리를 마친 줄 알았는데."

"업자에게 보여 줬더니 돈을 너무 많이 요구하더라고." 쿠미가 잘 대신에 대답했다.

"그럼 건물주는요?"

"아이고, 건물주에게 고치게 하려면 법원까지 가야 하는데 아버지가 소송에 걸리는 20년 동안 살아 계시겠어? 어쨌든 공사 업자가 한 명 더 오기로 했어."

"한 명 더요?" 예자드가 분위기를 가볍게 만들려고 익살스럽게 말했다. "벌써 여기 이렇게 잘 콘트랙터와 쿠미 콘트랙터, 공사 업자라는 이름을 가진 사람이 두 명이나 있는데요?"

예자드의 농담에 잘이 킬킬거리다가 쿠미가 엄숙하게 있자 찔끔했다.

"그건 그렇고, 아빠 약을 샀는데 돈이 부족하던데요." 록산나가 말했다.

"그건 나도 알아. 나도 매달 약을 샀으니까." 쿠미가 말했다.

록산나는 언니가 계속 말하기를 기다렸다. 그러나 더는 말이 없었다. "그럼…… 그럼 연금의 나머지 돈도 줄 수 있어요?"

쿠미가 코웃음을 쳤다. "그게 다야. 전부라고."

"확실해요?" 예자드가 물었다.

"그게 무슨 뜻이야? 내가 아버지 돈을 가로채기라도 한다는 거야?" 그녀는 응접실을 뛰쳐나가 통장을 가지고 돌아왔다.

"언니, 예자드가 그걸 보고 싶어서 그런 게 아니에요. 놀라서 그렇게 말한 거지."

"나한테는 모욕하는 말로 들렸어!" 쿠미가 통장을 예자드의 무릎으로 던졌다.

"언니, 제발 그런 식으로 받아들이지 마. 알다시피 아빠를 돌보는 데 드는 비용 때문에 너무 힘들어."

"돌보는 일 자체도 그렇잖아. 할 말은 다 해야지." 예자드가 잘을 보며 말했다. "정말 힘든 일이라고요. 하루가 끝나면 록산나가 녹초가 되곤 합니다."

"일층에 사는 아르자니 가족 기억나?" 쿠미가 말했다. "그 집 아버지를 위해서 전임 간호사를 고용했는데 글쎄 욕창이 생겼다지 뭐야. 록시는 늙은 아버지를 돌보는 일에 만족하고 있어. 내 말 못 믿겠으면 록시한테 직접 물어봐."

"맞아요." 록산나가 직접 대답했다. "적어도 약값만 아빠 연금에서 충당된다면 나머지는 어떻게 할 수 있어요. 지불하는 액수를 보니 정부가 염치없는 짓을 하고 있군요."

"정부가 염치가 있다면 많은 문제가 사라지겠지." 잘이 말했다.

"맞는 말이에요. 그럼 아빠 예금 통장의 잔액이라도 주세요." 록산나가 말했다.

쿠미가 다시 코웃음을 쳤다. "그런 게 있어야 주지."

"하지만 아빠가 정기 예금에 맡긴 돈……."

"아버지 머리는 망고 절인 것처럼 물렁하다니까. 네가 아버지의 헛소리를 듣고 여기 찾아와서 나한테 따지는 거니, 지금? 네가 제정신인지 모르겠구나."

록산나가 잘을 보며 무슨 얘기라도 하기를 바랐다. 그러나 그는 또다시 보청기를 만지작거렸다. "날 욕하고 싶으면 얼마든지 하세요. 하지만 아빠한테는 존경심을 가져야 하는 거 아닌가요. 지금은 아빠가 골칫거리지만 언니 친아버지가 돌아가시고 나서 먹여 주고 입혀 준 게 누구예요?"

"엄마를 죽인 것에도 감사해야겠지."

"얼토당토않은 소리 좀 그만해! 내 엄마이기도 하니까!"

"내 엄마이기도 하셔." 잘이 싸우지 말라고 간청하는 목소리로 말했다.

"그럼, 당연하지. 우리 꼬마 동생도 그런 건 다 알아." 쿠미가 말했다. "다만 애는 매달 우리가 아버지의 약, 음식, 옷, 빨래 등 모든 것에 대한 비용을 메워 왔다는 사실을 모르지. 우린 아버지한테 갚을 만큼 갚았어. 오랫동안 우린 아버지를 위해 보조금을 냈어. 선의를 가지고 오빠와 내가 아버지를 돌봐 왔다고. 그 누구의 칭찬도 감사도 받지 않고 말이야."

"장인어른의 집에 살면서 집을 물려받을 생각으로 그런 건 아니고요?" 예자드의 말에 록산나가 매서운 눈빛으로 남편을 쳐다보았다.

"오호라, 똑똑한 양반께서 아는 척을 하시네." 쿠미가 말했다. "연금의 나머지 돈을 달라는 둥 확실하냐는 둥 하면서 여기까지 왔으니까 내가 이 집에 대해서도 얘기해 주지. 록시, 네 남편이⋯⋯."

"제발 싸우지 말자." 잘이 말했다.

"말 끊지 마! 예자드가 먼저 시작했으니까 진실을 말해 줘야지! 15년 전에 아버지가 너희들한테 아파트를 사 줬지? 그때 아버지가 행복의 성 건물주한테 가서 이 아파트를 오빠와 나의 공동 명의로 바꿨어." 그녀는 그들의 놀란 얼굴을 득의양양하게 살폈다.

"완전 얼간이로군." 예자드가 중얼거렸다.

"들었니?" 쿠미가 말실수를 놓치지 않고 물고 늘어졌다. "이 배은망덕한 자가 아버지를 얼간이라고 부르는 거 들었냐고?"

"들었어요." 록산나가 말했다. "예자드가 아빠를 얼간이라고 불러도 언니가 걱정하는 말보다 애정이 담겨 있어요."

"그래, 네 남편 편이나 들어라! 네가 하고 싶은 대로 하라고! 하지만 내 집에서 나한테 이래라저래라 하지 마! 엄밀하게 따지자면 오빠랑 내 집이지만. 그리고 천장은 너희들이 돈을 대지 않을 거면 우리가 편할 때 수리할 거야. 아버지도 우리가 원할 때 모셔 올 거고."

"말 다 했소?" 예자드가 낮은 목소리로 말했다. "장인어른을 자기 집에서 내쫓는 거요?"

"내 말 왜곡하지 마! 아무도 아버지를 쫓아내지 않았어. 의사가 우울증 때문에……."

"그건 우리도 다 아는 얘기고." 예자드가 지팡이를 쥐고 자리에서 일어서며 말했다. "그럼 장인어른에게는 뭐라고 말씀드릴까요?"

"아버지한테는 우리가 가능한 빨리 집을 고쳐서 돌아올 수 있도록 하겠다고 말씀드려 줘." 잘이 말했다.

오빠가 화를 내는 건 드문 일이었으므로 쿠미는 잠자코 있었다. 마치 자연의 질서가 무너진 것 같았다.

"도대체 왜 그런 거니?" 잘이 응접실을 거칠게 왔다 갔다 하며 소리를 질렀다. "왜 나한테 에둘의 망치를 빌려 오라고 한 거야? 왜 천장을 부순 거냐고? 몇 주 전에 아버지를 쫓아내는 거라고 나한테 미리 말을 했어야지!"

"아버지와 떨어져 있고 싶었어. 교양 있게, 싸우지 않고, 가족 관계도 망치지 않으면서 말이야." 쿠미가 다소곳이 말했다.

"너도 그런 걱정을 하고 사니? 너한테 가족은 중요하지 않아! 아버지를 돌보기는커녕 계속 원한만 키웠잖니. 30년 동안 내가 너한테 그만 잊고 용서하고 평화롭게 지내자고 사정사정했잖아."

또다시 왔다 갔다 하던 그는 두 팔을 천장을 향해 들어 올리고 절규하며 흔들었다. "여기 좀 둘러봐. 네가 한 짓을 똑똑히 보라고!"

오빠가 진정하길 바라며 그녀는 시키는 대로 했다. 먼지와 벽토가 사방에 널려 있었다. 그녀는 고개를 들어 부서진 천장을 바라보았다. 몸에 소름이 돈았다. 망치질을 한 후 처음으로 그녀는 풀이 죽었다.

"고개 돌리지 마! 부수고 싶다고 했잖아. 그러니까 두 눈으로 실컷 보라고! 행복하니? 집도 부서지고 하나밖에 없는 여동생과의 관계도 부서졌어."

그때 갑자기 슬픔에 짓눌렸는지 그의 목소리에서 히스테리컬한 날카로움이 사라졌다. 온몸에서 힘이 빠진 그는 의자에 풀썩 주저앉아 손으로 얼굴을 가렸다.

쿠미 역시 앉아서 오빠를 바라보며 그가 한 말들을 생각했다. 록산나…… 그들의 작은 아기…… 그녀가 태어났을 때 얼마나 사랑스러웠던가. 록산나가 예쁘고 좋아서 오빠와 함께 어디든 데리고 다녔다. 마린드라이브, 극장, 공중 정원 등 그들이 가는 곳이라면 어디든지. 어린 시절 록산나도 그들을 얼마나 좋아했던가……. 지금 그런 사랑이 남아 있기나 한 걸까? 극도의 피로가 밀려왔고 쿠미의 눈에 눈물이 고였다.

그녀가 훌쩍이는 소리를 듣고 잘이 얼굴을 들었다. "왜 그러니?"

"아무것도 아냐." 그 말과 동시에 그녀가 소리 내어 울기 시작했다. 아무도 자신의 감정에는 신경 쓰지 않고 매정한 말만 한다고 그녀가 작은 목소리로 말했다. 아버지를 위해서 그렇게 오랫동안 뒷바라지를 했건만 예자드는 자기를 돈이나 가로채는 사람 취급한다고 했다.

예자드는 지팡이를 긴 의자 옆의 구석에 세워 놓은 후 장인에게 예금에 관해서 물었다. 질문은 간단하고 직접적이었지만 나리만은 어리둥절한 듯 도움이 되는 정보를 내놓지 못했다.

"예금 계좌에 대해서 말한 거 기억나세요?"

"글쎄."

"처형이 장인어른은 돈도 없고 집도 없답니다."

예자드의 솔직한 표현에 록산나는 마음이 아팠다. "아빠, 걱정 마세요. 언니가 가끔 그렇게 터무니없는 말을 하는 거 아시잖아요."

"적어도 나는 처형의 모욕을 더는 못 참아. 처형이 사과하지 않는 한 다시는 거기 가지 않을 거야. 당신도 거기 가지 마."

"그럼 불쌍한 오빠가 너무 안됐잖아요." 록산나가 항변했다. "오빠는 우리한테 단 한 마디도 무례한 말을 하지 않았어요."

"처남이 보청기를 덜 만지작거리고 조금만 용기를 보였더라면 처형이 행실을 똑바로 했을지도 몰라."

"제발 싸우지 마라." 나리만이 간청했다. "쿠미가 뭐라고 했기에 화가 났는지 말해 봐."

그들이 나리만에게 자초지종을 설명한 뒤 물었다. "사실입니까?"

그가 희미한 미소를 지었다. "아마도."

"아파트를 그 사람들 명의로 했다면 장인어른이 모를 리 있습니까?"

"너무 오래된 일이라서. 불쌍한 아이들이 상처를 많이 받았거든. 뭔가에 서명을 하긴 한 것 같아."

"정말 어리석은 짓을 한 겁니다."

"왜?"

"간단하잖습니까. 장인어른께서는 이제 그 집에 법적 권리가 없습니다. 법원에 가서 싸우지 않는 한 말이죠."

나리만이 벽 쪽으로 고개를 돌리더니 마음을 가라앉히고 난 후에 말했다.

"내가 없으니까 걔들한테는 즐거운 휴일이겠구나. 그러니까 이젠 내가 완전히 쫓겨났다는 뜻인가?"

"확인할 방법이 딱 하나 있습니다. 초인종을 누르고 그 사람들이 장인어른을 받아 주는지 보는 거죠."

"아빠, 걱정 마세요. 그냥 시간을 늦추는 것뿐이니까요. 아빠가 다 낫고 나면 돌아오시래요. 그래야 언니랑 오빠도 편하니까요."

록산나는 저녁을 데우러 갔고 예자드가 뒤를 따랐다. 가스레인지가 말썽을 일으켜서 불이 붙지 않았다. 예자드가 가스통을 잠근 후 라이터를 넘겨받고 버너를 닦으며 말했다. "처형과 처남의 허를 찌를 방법을 찾아야 하는데. 얼마나 잘 속일 수 있는가 전투를 벌이는 일이 되고 말았으니까."

"하지만 두 사람이 아빠를 다시 모셔 갈 의사가 없다면……."

쉭 소리와 함께 버너에 불이 붙었다. "절대로 그렇겐 안 되지. 그들이 게임을 하겠다면 우리도 그렇게 할 수밖에. 장인어른을 우리 집으로 쫓아냈으니까 우리도 다시 그 집으로 쫓아낼 수 있는 방법을 찾아야 해."

"우리 아빠가 축구공이에요? 난 그렇게는 못해요."

"당신은 그럴 필요 없어. 내가 할 테니까." 그는 가스라이터를 계속 만지작거리며 라이터돌로 불꽃을 일으켰다.

록산나가 라이터를 뺏어서 식탁 위에 세게 내려놓았다. "분명히 말하는데, 당신이 아빠를 쫓아내면 나도 함께 쫓아내야 할 거예요."

그녀의 최후통첩에 그는 잠시 할 말을 잃었다. "그게 다야? 당신한테는 내가 그 정도고 당신 가족이 그 정도로 중요한 거야?"

"아빠가 우리 가족이 아니면 뭐죠?"

가족의 정의를 따져 봐야 소용없다고 생각한 그는 식탁에 앉아서 토스트 기계를 만지작거렸다. 지렛대를 눌렀다 놓았다 하기를 반복했다. 어쩌다 인생이 이렇게 꼬이게 됐을까 생각하며 그는 사장이 석 달밖에 남지 않은 선거에 계획대로 출마하기를 바랐다. 약속한 대로 승진을 하게 되면 적어도 돈 문제는 해결될 것이다.

"아빠, 스프링 망가지겠어요." 제항기르가 말했다.

예자드는 한숨을 쉬며 토스트 기계를 옆으로 밀었다. 록산나가 뜨거운 냄비를 식탁으로 가져온 후 빵을 잘라 다섯 사람 몫으로 나누었다. 남은 한 조각을 예자드의 접시에 담은 후 그녀는 아이들을 불렀다.

"저녁 메뉴가 뭐예요?" 무라드가 물었다.

"아일랜드식 양고기 스튜." 그녀는 양파와 감자와 국물을 무라드의 접시에 담아 주었다.

내용물을 살피던 무라드가 말했다. "양고기는 어디 있죠?"

"좋은 질문이다. 아마도 아일랜드에서 풀을 뜯고 있겠지." 예자드는 빵 조각을 국물에 담갔다가 먹었다.

그를 지켜보던 제항기르가 따라 하며 맛있다고 큰 소리로 말했다. 그 말에 나머지 접시를 채우고 있던 록산나가 미소를 지었다.

그녀가 나리만의 사발을 채우려고 하자 그는 한 스푼만 받으려고 했다. "고맙다. 난 그거면 충분해."

"장인어른, 왜 그러세요? 고기가 없어서 싫으세요? 그래도 좀 드세요. 안 그러면 따님이 속상해할 텐데."

"여보, 제발. 아빠 마음이 언짢으시잖아요. 보면 몰라요?"

"기분이 더 나빠지실지도 몰라. 조만간 빵하고 물밖에 없을 테니까."

"그만해요! 당신 왜 그렇게 못됐어!"

나리만이 손을 들고 말했다. "예자드가 뭐라고 하든 난 그런 말 들어도 싸다. 내가 생각이 짧았던 탓에 너희들이 고통받고 있으니까. 그 아파트를 넘기는 사인을 한 건 멍청한 짓이었어." 그는 감자 조각을 으깨면서 사발을 들여다보며 작은 목소리로 말을 이었다. "수업 시간에『리어 왕』을 그렇게 여러 번 가르쳤건만 정작 내가 교훈을 얻지 못하다니. 인생의 시작처럼 끝도 어리석으니 나는 과연 어떤 선생일까?"

"'리어 왕'이 뭐예요?" 제항기르가 물었다.

나리만이 감자를 삼킨 후에 말했다. "실수를 많이 한 왕의 이름이란다."

"오빠와 언니의 행동은 아빠 탓이 아니잖아요. 아빠는 친절하고 신뢰하는 성격을 보여 준 것뿐이니까요."

"친절과 신뢰가 머리 위에 지붕을 올려 주진 않지." 예자드가 말했다.

"걱정 마라." 나리만이 말했다. "이 리어 왕이 다시 집으로 갈 테니까. 난 쿠미를 알아. 준비가 되면 나보고 돌아오라고 할 거야."

그들은 한동안 아무 말 없이 식사를 했다. 그러자 무라드가 빵이 더 있냐고 물었다.

"네 몫을 먹었잖아." 록산나가 말했다.

"접시에 아직 국물이 남아 있잖아요."

그녀가 자기 빵을 주자 예자드가 무라드를 보며 말했다. "엄마한테 돌려줘." 그가 명령하며 자기 빵 한 조각을 대신 내밀었다.

"안 돼, 아빠 건 먹으면 안 돼. 아빤 우릴 위해서 돈 벌러 가야 하니까."

"아냐, 엄마가 환자용 변기를 다루려면 힘이 있어야 해." 예자드가 무라드의 접시에 빵을 툭 던지며 말했다. 그 빵은 록산나가 건넨 빵 옆에 나란히 놓였다.

무라드는 빵에 손도 대지 않고 식탁에서 나갔다. 록산나는 예자드의 유치한 장난 때문에 아이들이 배가 불러서 아무도 양고기를 먹고 싶어 하지 않을 거라고 말했다.

예자드는 아이들이 식탁을 치울 때까지 기다렸다가 신발을 신었다.

"어디 가요?" 록산나가 물었다.

"아무 데도 안 가."

현관문이 쾅, 닫혔다. 손으로 입을 가린 록산나는 식탁보의 장미 무늬를 바라보았다. 남편의 이런 행동은 결혼 생활 15년 만에 처음이었다.

"너무 걱정하지 마라." 나리만이 말했다. "가엾은 사람이 근심이 많아서 그러니까. 아마 머리를 식히려고 산책 갔을 거야. 나도 그렇게 해서 효과를 보곤 했으니까."

"아빠, 아무리 그래도 어쩜 그렇게 나쁜 말을 하고 화를 낼 수가 있어요?"

"그럼 뭘 어떻게 하겠니? 네 남편이 성인군자도 아닌데. 그건 우리 모두 마찬가지란다."

그녀는 아빠가 내민 손을 잡았다. 몸이 그렇게 아픈데도 아빠가 날 위로하다니.

아이들이 후다닥 발코니로 나가 예자드가 아파트 건물에서 나가 도로를 건너는 걸 내려다보았다. 아빠가 돌아보고 손을 흔들기를 기다렸지만 아빠는 길모퉁이를 돌아 사라져 버렸다.

"엄마, 아빠가 시장 쪽으로 갔어요." 무라드가 보고했다.

"아빠가…… 손을 흔들었니?"

"네." 제항기르가 재빨리 대답했다.

길모퉁이를 돈 예자드의 모습이 아이들에게는 보이지 않겠지만, 그는 발코니에 있는 아이들을 볼 수 있었다. 아이들의 걱정 어린 얼굴을 보고 있자니 몹시 괴로웠다. 이전에는 아이들의 왕성한 식욕 때문에 얼마나 즐거웠던가. 지난 몇 주 동안 그런 즐거움이 완전히 사라졌다. 록산나 역시 매일 조금씩 먹는 양을 줄여서 냄비에다 음식을 남겼지만 아이들은 속지 않았다. 제항기르가 재빨리 거절한 뒤 형에게 신호를 보내자 무라드도 망설였다. 이제 아이들은 항상 배가 부르다면서 록산나가 자기 몫을 다 먹게 만들었다. 빵을 더 달라고 한 걸 보면 오늘 저녁 무라드는 몹시 배가 고팠던 게 틀림없다.

그런 생각이 예자드의 마음을 송곳처럼 파고들었다. 그는 다시 한 번 발코니를 확인했다. 아무도 없는 걸 보고 그는 차들 사이를 위험하게 빠져나와 다시 도로를 건너 유쾌한 빌라의 입구로 숨어들었다. 4층까지 살금살금 계단을 걸어 올라간 그는 발끝으로 소리 없이 자신의 집을 지나 빌리 카드 마스터의 현관문을 노크했다.

문이 대번에 열렸다.

"안녕하세용, 친애하는 예자드 씨!" 그녀가 큰 소리로 말했다. "어쩐 일로……"

"쉬잇!" 그가 안으로 들어서며 재빨리 문을 닫았다. 그녀에게서 변함없이 약간 상한 벨가움 버터기름 냄새가 났기 때문에 그는 뒤로 물러서고 싶었다. "내가 여기 왔다는 걸 록산나가 알면 안 돼요."

그녀가 킥킥거렸다. "당신 뭘 하려는 거죠?"

"부탁이 있어서요."

"예자드 씨, 말하세요."

"요즘 마트카 어때요?"

"딸 때도 있고 잃을 때도 있어요. 내 꿈은 믿을 만해요. 다른 사람 꿈으로는 돈을 잃어요. 문제는 내가 잠자는 게 예전 같지 않다는 거죠."

그녀는 흘러내린 머리채를 틀어 올리고 구겨진 옷깃을 똑바로 폈다. "근데 왜 갑자기 마트카에 관심을 갖는 거죠?"

"그냥 일시적인 건데……." 그가 망설였다. "돈을 추가로 좀 벌고 싶어서요. 록산나를 깜짝 놀래 주려고요."

"와, 잉꼬부부로군요!"

"오늘은 어때요? 추천할 만한 게 있나요?"

"어젯밤에 또렷한 꿈을 꿨으니까 오늘은 숫자가 확실해요."

"무슨 숫자를 봤는데요?"

그녀의 눈이 수줍음을 띠었다. "극히 개인적인 거라서." 그가 더 캐묻지 않자 그녀가 말했다. "당신한테는 말해도 될 것 같아요. 꿈에서 일어나는 일은 내 책임이 아니니까요. 안 그래요? 그러니까 그랜트 거리에서 브래지어를 사려고 쇼핑을 하고 있었어요. 그래서 좋은 물건이 있는 노점에 멈췄죠. 남자가 사이즈를 묻기에 평소대로 34A라고 했어요."

예자드는 불편했지만 그녀는 개의치 않고 말을 이어 갔다. "남자가 고개를 저으면서 내 가슴을 뚫어지게 보는 거예요. 아주 무례한 사람이었죠. 더 러운 미소를 지으면서 그가 말했어요. '사모님 사이즈는 34A가 아닙니다. 제가 장사를 오랫동안 하다 보니 사모님의 아름다운 몸매를 한번 보고도 36C라는 걸 알겠는데요.'

예자드는 무심코 흘끗 보았다. 빌리의 가슴은 예전과 마찬가지로 초라한 실내복 아래에서 볼품없었다.

"'그만 봐요.' 하고 내가 그 악당에게 말했죠. '난 오랫동안 34A를 입었어요. 난 한창 크는 여학생이 아니에요.' 그러자 남자가 '사모님, 일단 입어 보시고 말씀하세요.' 하더군요. 그래서 내가 '당신 미쳤어요? 길에서 입어 보란 말이에요?' 그랬죠. 그러니까 남자가 말하더군요. '아뇨, 집에 가져가서 입어 보시라고요. 절 믿으세요. 가슴과 브래지어는 제가 밥을 먹고 사는 일이니까요. 36C에 만족하실 겁니다. 안 맞으면 도로 가져오세요. 전액 환불해 드리고 거기다가 불편을 끼친 대가로 10퍼센트 돈을 얹어 드리죠.' 그래서 집에 가져왔죠. 근데 이게 웬일이에요. 그 사람 말이 맞았어요. 36C가 몸에 꼭 맞는 거예요!"

그녀는 꿈을 재연하기 위해서 취했던 연극 같은 동작과 목소리를 멈추고 평소대로 돌아왔다. "예자드 씨, 이해되세요? 오늘 마트카 숫자는 36이라고요. 시작 번호가 3, 마감 번호가 6이죠."

예자드가 지갑을 꺼내 10루피를 건넸다. "나 대신 36에 걸어 주겠어요?"

"지금 몇 시죠? 어머나, 세상에! 서둘러야겠네요."

옆방으로 달려간 그녀는 색이 바랜 노란색 시폰 사리를 들고 나와 실내복 위에 걸쳤다. "근데 안전핀이 어디 있지? 예자드 씨, 핀 꽂는 거 좀 도와주세요. 어깨, 허리, 그리고 여기 등에다가요. 이건 내가 배에 꽂을게요. 이제 다 됐네요. 친애하는 당신, 고마워요."

"천만에요."

그녀는 거울을 보며 앞모습과 옆모습을 살피더니 만족스러워했다. "제시간에 도착하면 당신은 10루피를 걸고 810루피를 딸 거예요."

"결과는 언제 나오죠?"

"마감이 12시예요. 오실래요?"

"아침까지 기다리죠. 그럼 잘 자요." 그는 등 뒤를 돌아보며 다시 한 번 말했다. "좋은 꿈 꾸고요."

불이 꺼진 지 두 시간이 지났지만 제항기르는 여전히 잠을 이루지 못하고 뒤척였다. 움직일 때마다 매트리스 밑에 깐 판자에서 삐걱삐걱 소리가 났다. 엄마가 무슨 일인지 확인하러 나올까 봐 조마조마했다. 흉악한 동물처럼 나타나 집에 머물고 있는 불행에 괴로워하면서 주먹을 불끈 쥔 채 울지 않으려고 이를 악물었다.

제항기르는 아빠의 분노에 대해서 생각해 보았다. 아빠는 가끔 번쩍이는 천둥 번개처럼 발끈하다가도 금세 밝아져서 햇살 같은 웃음을 짓곤 했다. 하지만 최근에는 찌푸린 분노가 계속됐다.

지난 몇 주 동안 제항기르는 어떻게 하면 좋을지 몰랐다. 항상 말다툼과 빈정거리는 말이 오갔다. 엄마 아빠의 애정과 몰래 주고받던(모든 걸 보고 있는 제항기르에게는 비밀이 아니었다.) 행복한 표정이 완전히 사라졌다. 밤이면 엄마 아빠의 침대에서 들리던 유쾌한 속삭임과 낮은 웃음소리는 세상 모든 것이 괜찮다고 안심시키는 자장가처럼 제항기르를 잠들게 했었다. 지금은 모든 것이 무너지고 말았다. 침실에서 들리는 성난 소리와 사나운 불평 때문에 제항기르는 어둠 속에서 울었다.

유명한 5인조와 비밀 7인조처럼 잡일을 하고 심부름을 해서 엄마 아빠를 위해서 돈을 벌 수 있으면 좋겠다고 생각했다. 책의 주인공들은 제항기르처럼 중요한 일에 돈이 필요한 게 아니라 감초 사탕 과자와 박하사탕을 샀다. 그리고 얼음과자라고 부르는 아이스크림도 샀다. 너무 불공평했다. 제항기르의 삶은 절대 그들처럼 재밌지 않을 것이고, 그들은 값비싼 약이 필요한 병든 할아버지도 없었다. 엄마 아빠의 싸움은 모두 할아버지 때문이었다.

제항기르는 긴 의자를 바라보며 할아버지가 자고 있는지 아니면 그냥 눈만 감고 있는지 궁금했다. 할아버지의 숨소리가 들렸고 사지의 떨림도 잦아들었다. 약병들이 테이블 위에 놓여 있었다. 물을 떠서 할아버지에게 약을 갖다 주는 일은 제항기르의 몫이었다. 가끔 할아버지가 숨이 막혀서 기침을 하고 약을 내뱉으면 제항기르는 마음이 아프고 안쓰러웠다. 제항기르는 할아버지의 턱과 목에 튄 물을 닦아 주고 숨을 깊이 들이쉬라고 하면서("할아버지, 자, 들이쉬고 내쉬고, 들이쉬고 내쉬고.") 다시 한 번 천천히 물을 마시도록 도와주었다.

할아버지는 불평 한마디 없이 하루 종일 침대에 누워서 무슨 생각을 하는 걸까? 잘 외삼촌과 쿠미 이모의 매정함에 대해서 생각하는 걸까? 어쩌면 아빠가 지칠 대로 지쳐서 쫓아내면 어디로 가야 할지 걱정하고 있는지도 모른다. 늙고 힘없는 불쌍한 할아버지는 비록 숨기고 싶어 했지만(모든 걸 보고 있는 제항기르에게는 숨길 수 없었다.) 고통스러워서 몸을 움츠리고 끙끙댔다.

제항기르는 분노가 슬픔으로 바뀌자 울음을 터뜨렸다. 타라포레 박사가 엄마에게 은밀히 말하는 걸 엿들었다. 할아버지의 상태는 악화될 것이고 치료 방법은 없으며 팔다리를 쓰기가 점점 힘들어질 거라고 했다. "움직이기가 점점 힘들어지실 겁니다." 의사가 말했다. 눈물 때문에 어둠이 흐려졌다. 어둠이 빛처럼 선명하며 일그러질 수 있다는 걸 그때 처음 알았다. 빌리 아줌마한테 말해서 허드렛일이라도 하면 돈을 벌 수 있을지도 모른다. 아래층의 데이지 아줌마한테 부탁해 볼 수도 있다. 아마도 무라드 형이 같이 가 줄 것이다. 둘이서 같이 힘든 일을 하면 돈을 더 많이 벌지도 모른다.

불행을 헤쳐 나갈 방법을 이리저리 궁리하다가 가까스로 잠이 들었다. 제항기르는 목발을 짚은 할아버지가 힘차게 걷자 모두들 박수를 치는 꿈을 꾸었다. 그런데 목발 하나가 문제가 생겼는지 할아버지가 비실비실 걸었다. 부엌에 도착한 할아버지는 목발의 윗부분이 양고기 덩어리로 변해 있는 걸 발견했다. 아빠가 서랍에서 큰 칼을 꺼내더니 고기를 잘라 요리를 하려고 칼을 갈기 시작했다. 엄마가 그러면 할아버지가 어떻게 걸어 다니냐며 안 된다고 했다. 곧 끔찍한 싸움이 벌어져서 큰 소리가 오가자 할아버지가 괜찮으니 걱정 말라고 했다. 군침을 흘리는 아빠와 무라드 형을 위해서 양고기 덩어리를 내준 할아버지는 남은 목발 하나로 시범을 보이다가 바닥에 넘어질 뻔했다. 엄마가 아빠에게 고함을 지르며 양고기 욕심 때문에 불쌍한 할아버지를 죽일 셈이냐고 했다. 게다가 붉은 고기를 많이 먹으면 콜레스테롤 수치가 올라갈 텐데 돌봐야 할 어린 자식이 둘이나 딸린 과부로 만들 거냐면서……

제항기르가 소스라치게 놀라 잠에서 깼다. 제항기르가 일어나 앉자 간이 침대에서 삐걱 소리가 요란하게 났다.

"왜 그러니?" 나리만이 작은 목소리로 물었다.

"꿈에 할아버지 목발이 부서져서……."

"내 목발은 괜찮아. 이리 와서 내 손을 잡고 자렴."

제항기르는 간이침대와 긴 의자 사이의 공간을 더듬어 건너가 할아버지의 손을 잡고 곧 깊이 잠들었다. 그날 밤에는 다시 꿈을 꾸지 않았다.

"여보, 잠깐만요." 록산나가 작별 키스를 하려고 현관문으로 달려 나갔지만 남편은 이미 계단을 내려가고 없었다. 또 그렇게 아침에 남편을 달래 줄 마술을 부릴 기회를 놓치고 말았다.

3층 층계참에 도착한 예자드는 문 닫는 소리가 들리자 잠시 기다렸다. 햇빛으로 가득한 계단에 서 있던 그는 어젯밤에 바보 같은 짓을 했다며 후회했다. 꿈에서 본 브래지어 사이즈에 걸라고 빌리에게 10루피를 준 건 돈을 쓰레기통에 처박은 거나 다름없었다.

그는 계단통에 울리는 데이지 이치하포리아의 바이올린 연주 소리와 함께 4층으로 올라갔다. 노크 소리에 빌리의 눈이 문구멍에 나타나자 그는 손가락을 입술에 갖다 댔다. 그녀가 현관문을 열고 안으로 들어오라고 손짓했다. 실내복을 입은 그녀가 바이올린 소리에 맞춰 낭만적으로 몸을 움직이자 그는 음악이 헝가리 민속 무용곡처럼 열광적이고 격렬한 것이 아니라 차분한 제2악장이어서 다행이라고 생각했다.

선율에 맞춰 몸을 움직이던 그녀는 가슴에 손을 넣더니 지폐 다발을 꺼냈다. 그러곤 그의 손목을 잡더니 돈을 손바닥 위에 철썩 내려놓았다. "친애하는 당신, 받아요. 810루피예요. 어서 세어 보세요."

그는 믿기지 않는 눈으로 돈을 노려보았다. 그리고 그녀의 가슴의 온기가 남아 있는 지폐들을 탐욕스럽게 펼쳤다. "굉장하군요. 아마도 초심자의 행운이겠죠."

"초심자라니 그게 무슨 말이에요?" 그녀가 발끈하며 말했다. "난 어릴 때부터 꿈을 꿨어요."

기차역으로 걸어가는 예자드는 돈을 엄청 땄음에도 성장이 멈추어 버린 외로운 빌리의 인생을 생각하자 기분이 울적해졌다. 그러나 그녀의 36C 브래지어 사이즈 꿈이 마트카 번호를 맞혔다. 우연일까, 아니면 그녀가 미래를 예측할 줄 아는 걸까? 꿈으로 그렇게 할 수만 있다면 근심 걱정이 필요 없을 텐데. 최악의 소식을 미리 알 수 있다면 고통을 줄일 수 있을 것이다. 물론 좋은 소식의 즐거움도 줄어들겠지. 하지만 그 정도 대가는 기꺼이 치를 용의가 있었다.

그는 오늘 밤에 아내의 봉투에다가 100루피를 나누어 넣을 계획이었다. 그리고 다음 주에도 100루피, 또 그다음 주에도……. 그녀가 눈치를 챈다면 "깜짝 놀랐지! 카푸르 씨로부터 수수료를 더 받았어." 하고 말하면 될 것이다.

오후 휴식 시간에 차를 마시러 이라니 식당으로 가는데 빌라스가 카푸르 씨의 디왈리 장식을 가리켰다. "상당히 극적이군." 마분지를 오려 내 만든 람과 시타의 서 있는 모습이 석유램프에 둘러싸여 있었다. 그들의 발아래에는 머리가 열 개, 팔이 스무 개 달린 악마 라반이 엎드려 있었다.

"람과 시타가 병원의 환자를 방문하고 있는 것 같지?" 예자드가 물었다.

"카푸르 씨가 작년에는 이렇게 하지 않았던 것 같은데. 안 그래?"

"맞아. 하지만 지금부터 모든 축제를 기념하기로 했다네. 크리스마스가 오기를 학수고대하고 있지. 훨씬 극적인 창문 장식을 보게 될 걸세."

"극 얘기가 나왔으니 말인데, 내가 속한 아마추어 연극 단체에서 두 사람이 인사차 잠깐 들를 거야."

빌라스와 예자드는 식당 입구 주변에 지저분하게 엎질러진 음식과 내팽개쳐진 의자들을 피해서 들어갔다. 계산대 뒤에는 몸집이 크고 뚱뚱한 메르완 이라니가 금고를 연 채 서 있었다. 그는 지폐를 액면 금액에 따라 나누고 있었다. 땀으로 번들거리는 불그레한 얼굴의 주인이 그들을 보자 인사를 했다.

"무슨 일 있어요? 싸움이라도 벌어졌어요?" 예자드가 물었다.

메르완 이라니는 손님과 난투가 벌어졌다고 설명했다. "빌어먹을 놈이 왕처럼 거들먹거리며 들어와 앉더니 빵하고 차에다가 버터를 더 달라느니 어쩌느니 주문을 하더라고. 허겁지겁 소리를 내 가며 쓰레기통의 염소처럼 행복하게 다 처먹고 차까지 꿀꺽꿀꺽 넘기더군. 그놈이 계산서를 받아 들더니 미안하다며 돈이 없다는 거야. 웨이터는 농담인 줄 알았지. 근데 이 빌어먹을 자식이 끝내 돈을 안 내는 거야."

그래서 웨이터가 남자를 밀쳤고 싸움이 벌어졌다. 결국 웨이터 세 명이 남자를 누르고 메르완이 주머니를 뒤졌다. "그런데 코 묻은 손수건 말고는 아무것도 없는 거야. 1파이사도 없는 완전 알거지더라고. 돈은 없고 배가 고파서 그랬다더군. 빌어먹을 놈이 간땡이가 부은 거지."

"그래도 정직하네요." 빌라스가 말했다.

"에라이, 그놈의 빌어먹을 잘난 정직! 이 나라 국민 절반이 굶주리지. 그런데 다들 그놈처럼 굶면 난 뭘 먹고 살아? 손등으로 그 자식을 사정없이 갈겨줬지."

메르완이 손을 들어 보였다. 그의 두툼한 손바닥과 소시지처럼 땅딸막한 손가락을 본 그들은 얻어터진 남자가 불쌍하다는 생각이 들었다.

"경찰은 불러 봐야 소용없어." 메르완이 계속 말했다. "경찰도 몇 대 때리고는 돌려보낸다니까." 그는 가난한 남자를 풀어 주기 전에 충고를 한 마디 건넸다고 한다. 다음부터는 시장에서 사과나 바나나를 훔쳐서 달아나는 게 좋을 거라고 말이다.

그러자 남자가 평소에는 그렇게 하는데 오늘이 마침 대학 졸업한 지 10주년 되는 날이라서 친구들과 행복했던 시절에 함께 먹곤 하던 차와 빵이 간절히 그리웠다는 것이다. 그는 셔츠를 바지 속으로 가지런히 집어넣고 빗으로 머리를 넘기고 신발끈을 묶은 다음에 메르완과 악수를 나눴다. 그들은 꽤 우호적으로 헤어졌다.

"대학까지 졸업한 사람이 일자리를 못 구한다니 안타까운 일이지." 메르완이 말했다.

"흔하디흔한 일입니다." 빌라스가 말했다. "일반적인 문학사나 이학사로는 어림없어요. 돈을 버는 사람들은 컴퓨터 전공자들이죠."

"노상강도, 가정집 침입, 부수고 들어가는 일에 대해서는 들어 봤어도 차하고 빵을 도둑질하는 건 난생처음이야. 도대체 세상이 어떻게 돌아가는 건지." 메르완이 말했다.

그들은 웃으며 뒤쪽에 있는 테이블로 갔다. 주방 쪽에서 웨이터가 손가락

두 개를 세워 보이며 평소처럼 차 두 잔을 주문하는 건지 확인했다. 그들이 고개를 끄덕였다. 그때 빌라스의 친구들이 입구에 나타났다. 그는 친구들에게 손을 흔들며 들어오라고 했고 웨이터에게 손가락 네 개를 들어 보인 후 가우탐과 바스카를 예자드에게 소개했다.

그들은 악수를 나눈 후에 의자를 끌어당겨 앉았다. 바스카는 간디처럼 둥근 철제 안경테를 쓰고 있었고 둘 다 어깨에 작은 천 가방을 메고 있었다. 가방은 그들이 입은 청바지처럼 유행에 따라 누덕누덕 기워져 있었다. 꼼꼼하게 찢어진 바지 사이로 맨살이 드러나는 반면에 손으로 짠 가방의 틈새로 책과 잡지가 얼핏 보여 눈길을 끌었다.

차가 도착했다. "오늘은 내가 사지." 예자드가 말하며 웨이터를 보았다. "이봐, 양고기 파이 네 개랑 웨이퍼 한 접시 갖다 주게."

빌라스가 얼굴을 가까이 대고 속삭였다. "자네가 왜 내는 거야? 장인 때문에 돈 문제가 심각하다면서."

"오늘은 괜찮아. 마트카로 돈을 좀 땄거든."

"정말? 자네가 마트카를 하는 줄 몰랐는데."

"난생처음이야. 옆집에 마트카 여왕이 살거든. 굉장한 꿈을 꾼다고. 내 대신 돈을 걸어 줬어."

"초심자의 행운이로군." 빌라스가 말했다. "돈 잘 챙기고 다시는 하지 말게."

대부분의 사람에게 마트카는 복권처럼 약간의 재미를 주는 해롭지 않은 일이라고 가우탐이 말했다. "하지만 문제는 기본적으로 범죄 집단이 무기력한 봄베이를 움켜쥐고 있다는 거죠."

웨이터가 주문한 양고기 파이와 웨이퍼를 갖고 왔다. 예자드가 낄낄 웃으며 말했다. "코사 노스트라가 봄베이를 다스리는 것처럼 말하는군요."

"기본적으로 코사 노스트라는 봄베이 갱단들에 비하면 어린애죠." 가우탐이 말했다. "미안한 말이지만 예자드 씨께서 사정을 잘 몰라서 그렇습니다."

"그게 무슨 소리요?" 방금 만난 사람한테서 공격을 당하자 예자드가 당혹스러워하며 물었다.

바스카가 끼어들었다. "아시다시피 우리는 언론인입니다. 가우탐이 최근에 마트카에 관한 기사를 썼죠. 정치인, 범죄자, 경찰의 결합에 관한 심층 분석이었습니다. 시브세나를 언급했다고 해서 그들이 좋아하지 않았죠. 지난주에 가우탐이 사무실 밖에서 시브세나 단원들한테 붙잡혔어요."

"그자들이 내 얼굴에 먹칠을 했죠." 가우탐이 양고기 파이를 한입 물며 무미건조하게 말했다.

"그자들이 욕을 하고 협박을 하던가?" 빌라스가 물었다.

"비유적으로 말한 게 아닙니다."

"그러면 실제로……?"

"네." 10여 명의 시브세나 단원이 다가와 시브세나를 헐뜯고 거짓말로 좋은 이름에 먹칠을 하는 기자들은 똑같은 대우를 받아야 한다고 고함을 질렀다. 남자들이 그의 두 팔을 등 뒤로 비튼 후에 머리털을 쥐고서 움직이지 못하게 했다. 벚꽃 상표 검정 구두약을 그의 얼굴, 귀, 목에 발랐고 그 와중에 셔츠가 못 쓰게 됐다.

"그자들이 작업을 마치자 가우탐은 알 졸슨처럼 변했죠." 바스카의 말에 예자드와 빌라스가 웃었다.

"웃을 일이 아닙니다." 가우탐이 눈을 부릅떴다. "눈하고 피부가 불에 타는 것 같아서 의사한테 달려갔죠. 그리고 구두약을 지우느라고 하도 문질러서 아직도 얼굴이 얼얼합니다."

"그놈들 완전히 무법자들이로군." 예자드가 말했다. 가우탐의 울대뼈 근처에 있는 검은색 점 같은 것이 구두약이 남아서 그런 건지 피부의 점인지 아리송했다.

"근처 경비들은 그 시브세나 단원들이 어느 지부 소속인지 신원을 정확히 알고 있을 거야." 빌라스가 말했다.

"한 가지 확실한 건 그 기사가 아픈 곳을 찔렀다는 겁니다." 바스카가 말했다. "사람들은 시브세나가 '자선' 사업을 하려고 부자 사업가들로부터 '기부'를 뜯어내는 걸 나쁘지 않다고 생각하죠. 하지만 마트카 역시 시브세나 조직의 자금줄이거든요. 또한 테러리스트들이 주식 시장을 폭파시킬 때 쓰는 플라스틱 폭탄 역시 마트카 돈에서 나오는 거고요. 이거야말로 역설적이지 않습니까? 국가의 적들은 물론이고 국가를 보호한다는 정치 단체 역시 같은 돈줄에 의지하고 있으니까요."

"문제는 수백만 명의 평범한 사람들도 그렇다는 거야." 빌라스가 말했다. "매일 밤 숫자에 돈을 거는 게 다음 날 아침에 그들이 일어나는 이유야. 어떤 면에서는 마트카가 봄베이고 봄베이가 마트카야."

"심오하게 들리긴 하지만 이치에 맞지는 않군요." 가우탐이 말했다. "도박을 하는 사람들은 자기들이 범죄 사업을 돕고 있다는 걸 분명히 알아야 해요."

"이보쇼, 나는 이게 처음이자 마지막이오." 예자드가 말했다.

가우탐이 고개를 끄덕이며 양고기 파이를 한입 더 먹으려고 하자 빌라스가 그의 손목을 잡았다. "이거 마트카를 해서 딴 돈으로 산 건데."

"압니다. 이걸 버린다고 해서 불법 행위를 막을 수 있는 건 아니잖아요. 사실 이렇게 맛있는 걸 버리면 가중 처벌을 받습니다."

모두들 웃으며 바삭한 웨이퍼를 으드득 깨물었다. 그때 바스카가 아마추어 연극 단체를 위해 빌라스가 글을 쓴 지 오래됐다면서 편지를 대필해 주다 보면 틀림없이 소재가 많을 거라고 했다.

"사실 오늘 아침에 장편 비극이 될 만한 편지를 한 통 읽었어. 한 남자의 남동생에 관한 내용으로 우타 프라데시의 마을에서 온 편지였지."

그는 마을 편지 작가가 쓴 내용을 다음과 같이 요약했다. 남동생이 카스트가 높은 소녀와 시간을 보내자 마을 사람들, 특히 소녀의 친척들이 난리가 났다. 그들은 한목소리로 당장 그만두라고 했다. 경고로 소녀의 몇몇 남자 가족이 소년을 때리자 둘은 더 반항적이 됐다.

어느 날 저녁 둘이 껴안고 있다가 발각됐다. 남자들이 둘을 갈라놓은 뒤 때리고 머리털을 뽑고 옷을 찢었다. 마을에 긴급회의가 소집됐다. 여기저기 멍이 든 남녀가 피를 흘리며 사람들 앞에 끌려 나왔다.

소년의 가족은 아들이 죄를 저질렀다면 경찰에 고발하라고 했다. 소녀의 가족은 그것이 마을의 문제이기 때문에 전통적인 벌을 받아야 한다고 했다. 마을 회의에서 동의했다. 몇 분 만에 결정이 났다. 귀와 코를 벤 후에 둘의 목을 매달기로 했다.

소년의 아버지가 마을 회의 앞에 무릎을 꿇고 자비를 베풀어 달라고 울면서 절충안을 제시했다. 귀와 코는 베되 목숨만은 살려 달라고 했다. 그들은 안 된다고 했다. 관용을 베풀면 젊은이들의 나쁜 행동을 부추기게 될 거라면서.

마을 회의의 눈에는 양측 가족 모두 피해자였다. 그래서 소녀의 아버지에게는 소년의 귀와 코를 벨 권리를 주고 소년의 아버지에게는 소녀의 얼굴을 훼손하라고 했다. 소년의 아버지가 거절하자 소녀의 아버지가 직접 딸의 귀와 코를 베고 목을 매달게 했다.

"비극적인 얘기로군요." 가우탐이 말했다. "하지만 우리한테는 어울리지 않습니다."

"아니 왜?"

"우린 도시와 관련된 주제가 필요하거든요. 기본적으로 우리 임무는 도시 빈민들이 자신들의 처지에 눈뜨게 하는 거니까요."

"그리고 그 이야기에 몇 가지 문제점이 있습니다." 바스카가 말했다. "비극이라면 비극적 주인공이 누구이며, 비극적 주인공의 치명적 결함인 하마르티아가 뭐죠? 그리고 관객은 누구이며, 관객의 카타르시스는 어떤 모습을 취할 건가요? 이런 문제들을 고려해야 합니다."

빌라스가 눈알을 굴리며 예자드를 한 번 쳐다본 후 반박했다. "이봐, 관객은 젊은 두 사람에게 연민을 느끼고 폭압적인 자들과 카스트 제도에 분노를 느낄 거야. 그걸로 충분하지 않은가?"

기자들이 건방진 미소를 지으며 고개를 가로저었다.

"그걸로는 안 된다니까요. 제 말 믿으세요." 바스카가 말했다. "우린 빌라스 씨가 시브세나에 관한 걸 썼으면 좋겠습니다. 그들이 도시의 가장 큰 위협이니까 말이에요."

"그렇다고 시브세나를 직접적으로 언급하진 마세요. 그랬다가는 우리가 만나는 곳을 불태워 버릴 테니까." 가우탐이 말했다.

"알레고리 스타일을 적용해 보시죠. 우화 형식으로 써도 되고요." 바스카가 말했다.

예자드가 탁자에 놓인 소금 그릇을 만지작거리며 말했다. "소년의 부모는 어떻게 했소? 경찰에게 갔을 텐데."

기자들 때문에 화가 난 빌라스가 예자드를 닦아세웠다. "자넨 마치 법질서와 민주주의에 대해서 논하는 외국인 관광객처럼 말하는군. 이 나라의 상황이 어떤지 자네도 잘 알면서……."

"자네 말이 맞아." 예자드가 머쓱해하며 말했다. "그런 끔찍한 소문을 듣게 되면 나도 모르게……."

"그래, 사람들이 무기력해지면 자신의 기분이 좋아질 만한 말만 하지. 아니면 불의를 부정해 버리든가." 빌라스가 말했다.

"그냥 별개의 사건이라고 치부해 버리죠." 가우탐이 말했다.

"정확하게 말했어." 바스카가 말했다. "사람들은 우리 나라가 눈부시게 발전했다고 말하지. 위성 텔레비전, 인터넷, 이메일, 세계에서 가장 뛰어난 소프트웨어 설계자들을 들먹이면서 말이야."

가우탐이 낄낄거리며 말했다. "우리 나라 만만세! 하고 정부의 구호처럼 반복하는 거죠." 그들이 함께 웃었다.

"내가 예를 하나 들려주지." 빌라스가 말했다. "얼마 전에 비상사태에 관한 소설을 한 권 읽었어. 두꺼운 책인데 사실적이고 무시무시한 이야기와 평범한 사람들의 웃음과 존엄성 같은 생명력으로 가득 차 있었어. 100퍼센트 정직한 책이었으므로 읽으면서 웃기도 하고 울기도 했지. 그런데 어떤 평론가

들은 아니라는 거야. 상황이 그 정도로 나쁘지 않았다면서 말이야. 특히 외국 비평가들이 그랬지. 그 사람들은 2주일 정도 여기 왔다 가면 너나없이 전문가가 되는 걸 자네들도 알잖아. 지금 이름은 기억이 안 나는데 한 불쌍한 여자는 작품을 가차없이 혹평하더군. 그 여자는 정신이 어떻게 된 건지는 모르지만 인디라 간디와 산제이 간디의 불임 수술 캠페인, 그리고 비상사태까지도 옹호하더라고. 영국 큰 대학의 유명한 교수라는데 어처구니가 없더군. 어쩌겠어? 사람들이 진실을 받아들이길 두려워하는데. T. S. 엘리엇이 말했듯이 '인간은 많은 현실을 견디어 낼 수 없는 존재들'이니까 말이야."

시계를 본 빌라스가 깜짝 놀라며 차를 꿀꺽꿀꺽 마셨다. 예자드와 빌라스는 자리에서 일어섰다.

"예자드 씨, 만나서 반가웠습니다." 젊은 기자들이 말했다. "빌라스 씨, 글좀 써 주세요. 약속하시는 거죠?"

예자드가 계산하고 있을 때 주방에서 그릇이 와장창 깨지는 소리가 들렸다. 그리고 곧바로 서로에게 책임을 떠넘기느라 고래고래 고함을 질러 댔다. 메르완 이라니가 예자드에게 잔돈을 던지다시피 하고 금고를 잠근 후에 육중한 몸집으로 잽싸게 주방으로 달려갔다. 그 와중에도 그의 큰 손과 팔뚝은 까딱도 않고 허리에 붙어 있었다. 예자드는 메르완이 움직이는 양고기 덩어리 같다고 생각했다.

"불쌍한 사람, 오늘 일진이 나쁘구먼." 빌라스가 말했다. 밖으로 나오자 그가 다시 말했다. "내가 연극 단체 사람들이 어떤지 말했었지? 내 눈에는 비현실적으로 보여. 지적인 사유에 빠져서 허우적대느라 실제 삶과는 거리가 멀다니까. 스타니슬랍스키며 스트라스부르며 브레히트적인 소외 따위만 애기하지."

예자드는 목 매달았다는 남녀의 이야기가 귓전에서 맴돌아서 손님에게 답장을 써 줬냐고 물었다. 빌라스는 불쌍한 손님이 충격을 받았다며 고개를 가로저었다. "편지를 읽어 주는 대가로 그가 먼저 지불했던 돈을 돌려주려고 했어. 어떻게 돈을 받고 그런 소식을 전할 수 있겠나? 하지만 그가 공짜로 들으면 동생의 죽음을 값싸게 만드는 것 같아서 싫다고 하더군. 마을로 돌아가서 복수할 거라고 했어. 불쌍한 친구지. 그 사람한테 인생이 아미타브 바찬의 영화가 아니라는 걸 어떻게 말해 주겠어? 정의는 신기루일 뿐이란 걸 말이야."

"그래서 뭐라고 말했나?"

"가족에게 편지를 써서 슬픔과 분노를 함께 나누라고 했지. 그것 말고 뭘 할 수 있겠나?" 빌라스가 한숨을 내쉬었다. "이런 사건을 신문을 통해서 읽는 것과 아무 영문도 모른 채 나란히 앉아서 편지를 읽다가 사건의 내막을 알게 되는 건 전혀 다른 문제지."

"불치병에 걸린 환자를 둔 의사 같군." 예자드가 말했다.

"더 나쁘지. 의사라면 적어도 환자와 가족에게 준비를 시킬 수 있잖아. 그런데 나는 편지를 받으면 그 속에 무슨 내용이 들어 있는지 짐작도 못하지. 눈으로 글자를 보고 입으로 읽어 주는 거야. 그러니 내가 할 수 있는 일이라곤 계속 읽는 것밖에 없어."

"그럼 잠시 멈췄다가 미안하지만 나쁜 소식이니 마음의 준비를 하라고 먼저 위로해 줄 수도 있잖아. 의사가 경고를 하는 것처럼 말이야."

"예자드, 거기에는 큰 차이가 있어. 의사는 그렇게 해도 히포크라테스 선서를 위반하는 게 아니야. 사실 친절과 연민은 좋은 의사의 의무니까. 하지만 내가 소식을 별것 아닌 것처럼 만들고 띄엄띄엄 전달하면 그건 신뢰를 저버리는 거라고."

"맙소사, 이보게, 친절한 것이 왜 신뢰를 저버리는 일이야?"

빌라스는 그를 이해시키기 위해서 매우 열정적으로 말했다. "손님이 내손에 편지를 쥐여 주는 건 신성한 신뢰를 의미하는 거야. 스스로 읽을 수 있다면 눈으로 글자를 읽는 데 열중하듯이 내가 그렇게 읽어 주겠다고 약속하는 거야. 그러니까 이건 거역할 수 없는 계약이지. 단 한 글자도 더하거나 생략하지 않고 지체하지 않는다는 계약 말이야."

"자네 너무 심각하게 받아들이는 거 아냐? 그래 봐야 사소하고 악의 없는 거짓말일 텐데."

"심각하게 받아들여야만 하는 문제들이 있다니까!" 빌라스의 목소리가 높아지자 지나가는 사람들이 두 사람이 싸우는 줄 알고 힐끔거렸다. "사소하고 악의 없는 거짓말들이 심각하고 악의적인 거짓말들만큼 해롭다네. 그 둘을 합치면 거대한 모호함의 회색빛이 몰려와 사회가 선악의 판단이 없는 바다에 표류하게 돼. 그러면 부패와 타락과 부정이 난무하게 된다고. 바로 그런 시대를 우린 지금 지나고 있어. 세부 사항들을 무시하고 어느 것도 심각하게 받아들이지 않아서 모든 것이 붕괴되고 있단 말일세."

거칠게 숨을 몰아쉬던 빌라스는 자신이 너무 흥분했다는 걸 깨달았다. "예자드, 미안하네. 내가 편지에 집착한다고 생각하겠지. 나한테 가족이나 다름없는 사람들의 비극적인 얘기들을 듣지 않아도 자넨 지금 자네 문제로 괴로울 텐데 말이야."

"괜찮아. 그런 얘기들 때문에 내 문제가 작아 보이니까."

"맞아. 하지만 그건 지금 당장일 뿐이지. 저녁에 아픈 장인과 분투하는 아내와 아이들이 필요로 하는 걸 손에 쥐지 않고 돌아가게 되면 자네의 짐은 또다시 커질 거야. 그러면 고통받는 세상도 자네에게 위로가 될 수 없지."

"고맙네. 힘이 솟는 말이로군."

"마트카를 또 할 텐가?"

예자드가 얼굴을 찌푸리며 어깨를 으쓱했다. "그러고 싶지 않지. 월급만 올라간다면 마트카의 여왕 따위는 필요 없을 텐데 말이야."

"친구, 조금만 참아. 자네 속에는 인내심이 있고, 돈은 자네 밖에 있으니까. 그래서 자네는 돈이 없는 거고." 빌라스가 웃으며 말했다. "좋은 표현 아닌가?"

"아주 재미있군. 안에 있든 밖에 있든 똑똑한 사람들은 필요하면 돈을 벌 줄 아는데 말이야."

"하지만 자네는 이런 부패 문화에 맞지 않아."

"왜?"

"자네의 가정교육, 그리고 정직과 정정당당함에 대한 자네의 믿음 때문이지."

"카푸르 씨의 파르시인은 정직하다는 따위의 헛소리같이 들리는데."

"헛소리가 아냐. 신화가 현실을 창조하거든. 내가 하고 싶은 말은 어떤 신화에 맞춰 사는 삶이 자네 파르시 공동체에 공헌했던 시절이 있었다는 거야. 지금 같은 사회에서 그런 신화는 부적응자들을 만들어 내지만 말이야. 심지어 영국인조차도 '친구, 이게 공정한 크리켓 시합처럼 보이나?' 하고 우리 허리띠 아래를 때리고 불알을 걷어차고 눈을 찌르기도 했으니까."

그들은 함께 웃었다. 빌라스가 계속 말했다. "물론 영국인도 새로운 표현을 개발해야지. 지금의 크리켓은 예전의 크리켓이 아니니까. 크리켓을 사랑하는 아대륙 사람들의 가슴을 찢는 마권 업자와 뇌물과 승부 조작 때문에 또 하나의 부패한 사업이 되어 버렸으니까 말이야."

"그러면 나더러 정직하지 말라는 건가?"

빌라스가 웃으며 고개를 가로저었다. "자네는 그렇게 못할 거야. 하고 싶으면 해 봐. 자넨 언제나 크리켓 선수 같을 테니까."

크리켓 얘기가 나오자 예자드는 장인과 함께 완크헤데 스타디움에서 벌어진 일류 시합들을 보러 갔던 때가 생각났다. 장인이 열렬한 크리켓 팬이어서 테스트 국제 경기나 란지 우승배를 놓치지 않았다. 옆에 앉아서 과거의 훌륭한 경기들을 비롯하여 장인이 브라번 스타디움에서 직접 본 랄라 아마르나트, C. K. 나야두, 비제이 머천트, 폴리 움리가 같은 위대한 선수들에 관한 이야기를 듣는 건 굉장한 즐거움이었다.

그 시절의 기억이 떠오르자 깊은 슬픔이 밀려왔다. 지금 장인은 무기력하게 침대에 누워 있다. 그것도 자신의 침대가 아니었다.

어떻게 이렇게 시간이 가고 상황이 변하는 걸까. 세월이 슬그머니 지나가 버리는 것 같았다. 끝없이 지루하고 무의미한 하루하루일 뿐이었다. 내 인생은 이렇게 끝나는 걸까? 마흔세 살이 되었는데 이뤄 놓은 게 뭐가 있나? 새 출발을 하고 싶었지만 빌어먹을 캐나다도 가지 못했다. 아이들은 하루가 다르게 커 나가는데 뭘 해 줄 수 있는가? 아무것도 해 줄 수 없었다.

예자드는 빌라스에게 작별 인사를 하고 가게로 들어가 의자에 앉았다. 책상에 엎드려 손에 턱을 괴고 창밖을 보았다. 언제나 그렇듯이 배기가스를 내뿜는 차와 버스가 사납게 으르렁거리며 도비 탈라오 교차로로 천천히 기어가고 있었다. 후사인이 다가와 차를 마시겠냐고 묻는 바람에 신경을 딴데로 돌리게 되어 예자드는 사뭇 고마웠다.

10

이틀 동안 곰곰이 생각한 끝에 제항기르는 등굣길에 형에게 계획을 털어놓았다.

무라드는 우선 이웃들이 일을 시키지 않을 것이며, 설령 일을 시킨다 하더라도 돈을 매우 적게 줄 테니까 엄마 아빠의 돈 문제에 도움이 안 될 거라고 했다.

"얼마를 줄지 형이 어떻게 알아?"

"왜 몰라. 넌 사람들이 하인들하고 말싸움하는 거 못 들었어? 그리고 하인들을 어떻게 다루는지도 못 들었니?"

"우리한테는 그렇게 안 할 거야."

"우리가 어리니까 더 심하겠지."

제항기르가 다른 계획을 제안했다. 학교 친구들에게 이야기책을 팔자는 것이다.

"그런 생각은 어떻게 한 거니? 돈을 거의 못 벌 거야. 살 때보다 훨씬 값을 적게 받을 테니까. 바보 같은 짓을 했다고 엄마 아빠가 화낼 거고. 어쨌든 할아버지한테는 수백 루피가 필요해."

교문에서 헤어진 후 무라드는 운동장을 뒤덮은 베이지색 교복의 물결 속으로 사라졌다. 풀이 죽은 제항기르는 혼자서 어슬렁거리며 방법을 찾으려고 머리를 쥐어짜다가 첫 번째 종이 울리자 책가방만큼이나 무거운 걱정에 짓눌려 계단을 터벅터벅 올라갔다. 그때 누군가 뒤에서 뛰어와 그의 등을 쳤다.

"밀린드, 안녕."

"오늘 시합 있는 거 기억하지?" 밀린드가 말했다. "가톨릭교도 대 비가톨릭교도의 경기잖아." 밀린드는 비가톨릭교도가 쓸 자신의 크리켓 방망이를 휘둘러 보였다. 가톨릭교도 팀은 따로 방망이를 가져올 것이다. 운동장 나무에 분필로 선을 그어서 만드는 삼주문의 기둥은 모든 종교를 상징할 것이다.

밀린드의 바지 주머니는 시합 때 쓸 테니스공 때문에 불룩했다. 크리켓공은 너무 단단하고 위험하다고 해서 운동장에서의 사용이 금지돼 있었다. 밀린드는 목소리를 낮추고 가톨릭교도 팀과 비가톨릭교도 팀에서 뛸 선수들의 이름을 말해 주었다. 성자비에르 학교에서는 학생회는 물론이고 크리켓에서도 그런 종교적 구분을 허락하지 않았다.

새 학년이 시작됐을 때 조회 시간에 그 문제가 언급됐다. "오래전 크리켓 경기가 우리 나라에서 널리 알려지기 시작했을 때 봄베이 5각 선수권 대회가 출범했습니다." 드실바 신부가 말했다. "힌두교도, 이슬람교도, 파르시교도, 유럽 인, 그리고 나머지라고 불린 다섯 팀이 우승을 다퉜어요. 하지만 그 일로 마하트마 간디 선생님께서 몹시 슬퍼하셨습니다. 간디 선생님께서는 우리 어머니 인도의 아이들은 일을 하거나 놀 때도 모국을 예속된 사슬에서 자유롭게 하기 위해서 한가족이 돼야 한다고 말씀하셨습니다. 단식을 하시던 간디 선생님께서는 팀의 주장과 코치를 만나서 타격, 투구, 야수 위치 등에 관한 해박한 지식으로 감동을 주시고 단체정신과 단결이 필요하다고 그들을 설득하셨습니다. 간디 선생님의 지도로 5각 선수권 대회는 폐지됐고 그때부터 종교나 인종을 구분하여 크리켓 경기를 하지 않게 됐습니다. 학생 여러분, 우리 위대한 학교는 국부의 충고를 따르기 위해서 노력하고 있음을 명심하세요. 가톨릭교도나 비가톨릭교도로 편을 가르면 안 됩니다. 왜냐하면 우리는 카스트나 신념에 따라 구분하지 않는 이 은혜롭고 사랑이 깃든 모교의 학생들이니까요."

조회 시간에 경청한 학생들은 드실바 신부의 운동장 훈계를 금방 잊어버렸다. 아이들에게 크리켓 경기는 전혀 종파적이지 않았고 그들의 방법은 팀을 조직하는 하나의 수단일 뿐이었다. 지난주에는 채식주의자 대 비채식주의자 경기가 열렸다. 이전에는 머릿기름을 바른 사람 대 그렇지 않은 사람, 교복에 풀을 먹인 사람 대 그렇지 않은 사람 간의 경기가 펼쳐지기도 했다. 그럼에도 학교는 공동체주의의 기미가 보일까 봐 항상 경계했다. 특히 바브리 이슬람 사원 폭동 이후에는 더욱 그랬다.

그런 이유 때문에 밀린드는 드실바 신부가 항상 동정을 살피는 세속적인 복도를 어지럽히지 않으려고 제항기르의 귀에다 대고 선수들 명단을 속삭였던 것이다. 제항기르는 가톨릭 팀의 이름들이 마음에 들었다. 헨리, 조지, 프랜시스, 윌리엄, 필립 등이었다. 마치 에니드 블리턴의 이야기에 등장하는 이름들 같았다. 하지만 드수자, 페르난데스, 드멜로 같은 그들의 성은 유명한 5인조나 5인조 수사대에 등장하는 성과 달랐다. 제항기르는 자신의 이름을 바꾸고 싶었다. 제항기르, 제항글라, 제항구⋯⋯ 그냥 '제한'으로 줄일 수 있을 것이다. 그러면 존과 매우 비슷하게 들렸다. 존 체노이. 에니드 블리턴의 아름다운 책 세계에 한 발짝 다가가도록 만드는 그 이름이 마음에 들었다.

"짧은 휴식 시간에 시합을 시작할 거야." 밀린드는 비가톨릭교도 팀의 주장이었다. "라제시를 후보로 넣고 널 주전으로 뛰게 할게."

"몸이 별로 안 좋아." 제항기르가 말했다.

"야, 왜 그러냐? 넌 한 번도 우리랑 안 뛰더라."

두 번째 종이 울렸다. 얼른 자리에 앉고 싶었던 제항기르는 휴식 시간까지 몸이 괜찮아지면 뛰겠다고 약속했다. 형과 달리 그는 운동에 그다지 관심이 없었다. 크리켓 경기 결과를 확인하고 방송을 듣는 게 전부였다.

세 번째 종이 울리며 수업 시작을 알리자 종소리에 맞춰 헬렌 알바레즈 선생님이 교실로 들어섰다. 그러자 61켤레의 신발 소리와 함께 책상이 삐걱거리고 긴 의자에서 끽끽 소리가 들리더니 학생들이 자리에서 일어나 "선생님, 좋은 아침입니다!" 하고 인사했다.

"좋은 아침이에요. 자, 다들 자리에 앉아 주세요."

소년들이 자리에 앉으면서 다시 한 번 발소리와 부스럭거리는 소리가 교실을 휩쓸고 지나갔다. 헬렌 알바레즈 선생님은 예쁘장하고 향수를 뿌려 좋은 냄새가 났기 때문에 대부분의 학생들이 마음을 빼앗겼다. 그녀는 20대의 고아 지방 출신으로 체구가 자그마했다. 광대뼈가 두드러졌으며 코는 둥글고 약간 낮았다. 항상 말쑥하게 옷을 차려입고 하이힐을 신었으며 유행에 민감했다. 올해는 그녀의 치마 끝이 올라가서 소년들의 맥박도 자주 올라갔다. 특히 그녀가 계단 두 개를 올라 교단으로 가서 의자에 앉아 매끈한 두 다리를 꼴 때면 더욱 그랬다.

등받이가 곧은 의자는 좌석 부분이 등나무로 엮여 있었다. 알바레즈 선생님이 의자에 잠깐 앉아 있다가 일어서면 꼭 끼는 치마에 등나무 무늬가 찍히곤 했다. 그러면 소년들은 선생님과 은밀한 비밀이라도 나누고 있는 듯한 기분이 들었다. 학생들은 기하학적 무늬가 깊숙이 들어가 선생님의 예쁜 궁둥이에도 찍혀 있을 것 같았다.

제항기르는 즐거운 마음으로 알바레즈 선생님의 모습을 수줍게 바라보았다. 선생님을 흠모했던 제항기르는 몇몇 학생이 그녀의 이름을 가지고 옛날 힌디 어 영화에 등장하는 헬렌과 비교할 때면 화가 났다. 부모님이 1960년대 향수를 달래려고 빌려 오는 비디오 영화에 등장하는 야한 옷차림의 그 여배우를 아이들은 잘 알고 있었다. 힌디 어 영화의 헬렌은 항상 남자 주인공을 진실한 사랑으로부터 유혹하기 위해서 섹시한 카바레 노래를 부르는 요부의 역할을 맡았다. 남자 주인공은 한순간은 넘어가지만 영화가 끝나기 전에 언제나 헬렌을 버리고 여자 주인공의 품으로 돌아갔다.

제항기르에게는 헬렌 알바레즈 선생님이 여자 주인공이었다. 아이들이 선생님에 대해서 함부로 말할 때면 속이 상했지만 입 밖으로 내지 않았다. 그렇지 않으면 아이들이 놀려 대서 학교생활을 견디기 힘들 것이다. 알바레즈 선생님이 임명한 세 명의 숙제 검사원 가운데 한 명이 되는 것으로 충분히 힘들었다.

숙제 검사는 선생님이 가장 아끼는 프로젝트로 학생들의 동료들이 과제를 점검하는 제도였다. 선생님에 의하면 신뢰, 정직, 강직함 등을 학생들에게 가르치는 것이 그 프로그램의 목표라고 했다. 선생님은 학생들에게 교실이 사회와 국가의 축소판이라고 했다. 어떤 사회와 마찬가지로 교실에도 법질서, 경찰, 사법 제도가 존재해야 한다고 했다. 그리고 시민들과 법질서 수호자들이 서로를 존중하고 신뢰할 때에만 정당하고 번영하는 사회가 될 수 있다고 했다.

"여러분들이 이 교실의 훌륭한 시민이 된다면 우리 나라의 좋은 시민이 될 수 있을 거예요." 선생님은 교실마다 그 방법을 활용한다면 국가의 퇴보, 타락, 부패와 싸울 수 있을 거라고 믿었다.

새 학년이 시작되던 지난 6월에 선생님이 숙제 검사 제도를 설명하자 제항기르는 매우 감동했다. 선생님의 말을 듣자 아빠, 할아버지, 잘 외삼촌이 정치를 토론할 때 엿들었던 사건들이 생각났다. 식량과 관개 예산이 부패한 지방 관리들의 주머니로 들어가는 바람에 비하르의 한 마을에서 가난한 사람들이 굶어 죽었다는 이야기, 강당을 지은 공사 업자가 시멘트를 제대로 쓰지 않은 바람에 학교 행사에 참석한 450명의 학생이 깔려 죽은 이야기, 업주가 안전 점검자에게 뇌물을 주고 가짜 증명서를 발급받았는데 실수 소화 장비가 없던 극장에 불이 나서 수십 명이 불타 죽었다는 이야기 등이었다.

열정과 의욕으로 뛰는 가슴을 달래며 제항기르는 진심으로 다짐했다. 알바레즈 선생님을 도와 부패와 싸우고 사람들을 구하겠다고. 그렇게 해서 이 나라 모든 사람의 삶이 더 나아지게 만들겠노라고. 제항기르는 근면하고 공정하며 양심적인 최고의 숙제 검사원이 되기로 결심했다.

제항기르가 맡은 일을 성실히 수행하자 상습적인 위반자들이 제항기르를 싫어했다. 봐 달라고 조르고 달래고 협박하고, 우정을 약속하거나 두고 보자며 위협했다. 끊임없이 그들에게 저항하는 건 힘들었다. 때로는 제항기르도 흔들렸다. 아르빈드가 동인도 회사와 관련된 날짜를 틀린 걸 그냥 넘어가고 바산트가 산수를 틀린 걸 눈감아 주고 앤서니가 요약을 못한 걸 무시한다고 해서 큰일이 생기진 않을 것이다.

그럴 때마다 제항기르는 교단에 있는 상냥한 눈과 매끈한 다리의 알바레즈 선생님을 흘끗 보았다. 그러면 헬렌이 나오는 힌디 어 영화의 남자 주인공처럼 마음을 굳게 먹고 요부의 유혹을 떨칠 수 있었다. 제항기르는 열정을 가지고 숙제 기록부에 정직한 기록을 남겼다.

새 학년이 시작된 지 5개월이 지난 지금 제항기르는 자신의 역할에 익숙해졌고 학우들의 감언이설과 모욕에 단련되어 있었다. 오늘은 시 숙제를 검사하는 날이었고 다음 차례는 아쇽이었다. 제항기르는 아쇽의 옆에 앉아 책을 덮고 암송을 시작하라고 했다.

"야, 제항기르 인마, 경고하는데 나한테 잘해." 아쇽이 낮은 목소리로 위협했다.

알바레즈 선생님은 아쇽을 영원한 문제아라고 불렀고 주기적으로 아쇽의 부모에게 쪽지를 보냈다. 옷감 가게들, 마루티 판매 대리점, 주유소 세 개를 운영하는 아쇽의 부모는 선생님의 쪽지들을 심각하게 받아들였지만 집에서 아무리 벌을 받아도 아쇽의 학교 성적은 나아지지 않았다.

"준비됐어?" 제항기르가 물었다.

"앨프레드 테니슨 경의 '부서져라, 부서져라, 부서져라.'" 아쇽이 말했다.

"앨프레드 로드 테니슨이지."

"야, 어떻게 그렇게 되냐? 앨프레드가 이름이고 테니슨이 성인데. 그러면 네 이름은 제항기르 씨 체노이니, 아니면 제항기르 체노이 씨니?"

제항기르는 그냥 넘어가기로 했다. 엄밀히 따지자면 알바레즈 선생님은 시 16행을 외우라고 했지 시인의 이름은 숙제가 아니었다.

아쇽이 암송을 시작했다. "부서져라, 부서져라, 부서져라, 부서져라……."

"'부서져라'는 세 번이잖아."

"야, 나도 알아. 한 번 더 한 건 네가 얄밉게 굴면 네 머리를 그렇게 만들겠다는 뜻이야." 실수를 재치 있게 넘겼다고 생각한 아쇽이 킬킬거렸다. "경고하는데 틀렸다고 하지 마. 농담한 거니까."

제항기르는 미심쩍었지만 한 번 더 기회를 주기로 했다.

아쇽이 다시 시작했다. "부서져라, 부서져라, 부서져라. 차디찬……." 아쇽이 멈췄다. "잠깐. 말하지 마. 외우고 있으니까. '차디찬 너의 잿빛 돌들 위에, 오 바다여! 나의…….' 그다음에 뭐더라. 혀 어쩌곤데. 나의 혀가 어쩌고……."

"포기야?"

아쇽은 포기하지 않았다. 알바레즈 선생님은 세 번은 도와주도록 허락했지만 아쇽은 그렇게 빨리 찬스를 써 버리고 싶지 않았다. 아쇽은 머리를 힘주어 긁더니 다시 시작하다가 같은 부분에서 멈추며 숙제 검사원을 노려봤다. "그 행이 뭐냐?"

"나의 혀가 발설해 주기를 바라노니……."

"안다니까. 내가 혀라고 했잖아. '나의 혀가 발설해 주기를 바라노니.'" 아쇽이 헛기침을 하며 연의 마지막 행을 외우기 시작했다. "'속에서 솟아오르는 생각들을.' 됐지? 그럼 2연으로 넘어가도 되지?"

"첫 번째 연이 완벽하지 않아."

"뭐? '속에서 솟아오르는 생각들을.'이 마지막 행이잖아."

"'나의 속에서 솟아오르는 생각들을.'이 맞지. 두 번째 실수야."

아쇽이 양손을 쥐어틀며 그냥 넘어가 달라고 했다. 그러나 제항기르는 봐 주지 않았다.

다음 4행은 빠르게 넘어갔다. "오, 그 어부의 아들은 좋겠구나. 자기 누이 동생과 놀면서 소리치니! 오, 그 사내 뱃사공은 좋겠구나. 만 위의 자기 작은 배 안에서 노래하니!"

"잘했어." 제항기르는 영원한 문제아가 이번에는 성공하기를 바랐다.

"그리고 저 우아한 배들은 가는구나. 저 산 아래 그 낙원을 향하여."

"낙원이 아니라 피난처지."

"뭐가 달라? 야, 낙원이나 피난처나 그게 그거지. 제발 부탁할게." 숙제 기록부가 열리자 아쇽이 사정했다. "제발 부탁이다. 부모님한테 또 혼난단 말이야."

제항기르가 기록할 준비를 했다. "어쩔 수 없어. 알바레즈 선생님이……."

"잠깐만." 아쇽이 주머니에 손을 넣어 뭔가를 꺼냈다. "자, 받아." 아쇽은 제항기르의 손을 책상 밑으로 끌어당겼다.

10루피였다. 제항기르는 마치 손바닥을 덴 것처럼 돈을 밀어 버렸다.

"이거 가지고, 그냥 맞았다고 해 주라." 아쇽이 간청했다.

제항기르는 거절했다.

아쇽이 다시 주머니에 손을 넣더니 지폐 한 장을 더 얹었다. 아쇽은 숙제 검사원에게 지폐 두 장을 찔러 줬다.

20루피! 이번에는 제항기르가 멈칫하며 돈을 살피더니 구겨진 돈을 다시 떠밀었다. "안 돼."

"야, 그냥 가져. 선물이야. 아무도 모를 거야. 친한 친구들한테도 말 안 할게." 아숙은 다시 돈을 찔러 줬다.

제항기르가 망설였다. "비제이랑 라제시한테 말할 거잖아." 그 셋은 항상 붙어 다녔다.

"걔들한테도 말 안 할게."

제항기르는 다시 한 번 아숙의 돈을 보았다. 작은 버터 한 통이나 한 끼 분량의 양고기를 살 수 있는 돈이었다. 아니면 아빠가 아침 식사 때 먹을 달걀 일주일 치를 살 수도 있었다. 그런 돈이 제항기르의 손에 쥐여 있었다.

제항기르는 가슴이 두근거렸지만 아숙의 이름 옆에 ✓ 표시를 하고 돈을 호주머니에 집어넣었다. 방금 저지른 일의 중대함 때문에 머리가 어질어질 했다.

학교가 끝날 무렵에 은밀한 거래의 부담은 거의 사라지고 대신 또 다른 걱정거리가 생겼다. 바로 돈을 어떻게 쓰느냐 하는 문제였다. 제항기르가 음식을 산다면 무슨 돈으로 샀냐고 물을 것이다. 엄마에게 돈을 준다고 해도 똑같은 문제가 발생할 것이다. 학교 운동장에서 주웠다고 할 수도 있지만 그러면 유실물 취급소의 나바로 수사에게 넘기라고 할 것이다.

버스에 탄 제항기르는 호주머니에 들어 있는 돈을 만져 보았다. 일단 돈을 어떻게 쓸 건지 결정하고 나면 부모님의 사이가 좋아질 거라고 생각했다. 빌리 아줌마에게 허드렛일을 해 주고 돈을 더 보탤 수 있을 것이다. 형이 그 계획에 동참하지 않는다고 해도 신경 쓸 필요가 없었다.

버스 창밖을 내다보며 집에 다시 행복이 찾아오는 꿈을 꿨다. 버스가 로터리를 돌 때 제항기르는 형과 꼭 닮은 사람이 보도에 있는 걸 보았다. 군중 사이에서 놓쳤다가 다시 찾았을 때 자세히 보니 형이 틀림없었다. 왜 걸어 가는 걸까? 차비로 뭘 했을까?

버스가 유쾌한 빌라 근처 모퉁이에 멈출 때까지 제항기르의 궁금증은 가시지 않았다. 지폐가 가진 힘에 매료되어 손을 호주머니에 넣었다 뺐다 하면서 버스에서 뛰어내렸다. 자신감이 넘쳤다. 당장 빌리 아줌마에게 가기로 했다.

제항기르는 노크를 했다.

"안녕, 친애하는 제항기르 도련님. 뜻밖이네. 잘 지냈어?"

"네, 아주머니. 전 잘 지내요."

"최근에 좋은 꿈 꾼 거 없니?"

제항기르는 양고기 목발 꿈이 생각났다. "아뇨, 아주머니."

"엄마가 시장에서 필요한 게 있다니?"

"아뇨. 여쭤 볼 게 있어서…… 혹시 제가 아주머니를 도울…… 아르바이트할 일이 없나 해서요."

그녀는 기분이 좋은지 박수를 쳤다. "근데 엄마가 이러는 거 아시니?"

"비밀이에요."

그녀는 제항기르를 사랑스럽게 보았다. "친애하는 제항기르야, 내 말 잘 들어 봐. 네가 날 도와줄 순 있지만 내가 돈을 줄 순 없단다. 네 부모님이 아시면 내가 널 하인으로 삼았다고 하실 거야."

"절대 말 안 할게요." 제항기르가 항변했다.

"아가, 사람을 돕는 건 좋은 일이지만 돈을 위해서 그러면 안 돼."

형의 말이 옳았다. 아줌마는 제항기르를 속이고 공짜로 부려 먹을 속셈인 것 같았다. "아주머니, 고맙습니다." 제항기르는 중얼거리며 그곳을 떠났다.

멍청한 빌리 아줌마. 멍청한 에니드 블리턴. 지금부터 그녀의 책은 단 한 글자도 믿지 않을 것이다. 그리고 멍청한 유명한 5인조로부터 영감을 얻지도 않을 것이다. 제항기르는 자신이 뭘 해야 할지 알고 있었다. 혼자 힘으로 엄마 아빠의 삶이 나아지도록 만들 것이다. 그러나 여전히 존 체노이라는 이름이 좋았다.

가게 문을 닫을 시간쯤에 사장이 예자드를 그의 작은 사무실로 불렀다. 사무실 안은 에어컨을 세게 틀어 놓아서 시끄러운 소음 때문에 바깥 도시와 단절돼 있었다. 실제 세계와 멀고 모든 것으로부터 떨어져 있어서 비행기를 탈 때의 기분이 그럴 거라고 예자드는 생각했다.

책상 위에는 셀로판으로 싼 사진 석 장이 놓여 있었다. 예자드가 들어오자 카푸르 씨가 사진을 엎었다. "자네를 깜짝 놀라게 해 줄 것이 있네."

"그 사진요?" 예자드가 흑백 사진을 보려고 손을 내밀었다.

"잠깐만. 순서대로 봐야 해. 이 사진부터 먼저 보라고."

예자드의 얼굴에 환한 미소가 번졌다. "이건 휴즈 거리 사진이군요. 제가 자란 곳이죠."

"내가 이 사진을 왜 샀을 거라고 생각하나? 참, 그리고 자네가 알아야 할 것 같은데, 오래전에 시타람 파트카 거리로 이름이 바뀌었다네."

"저한테는 언제나 휴즈 거리입니다."

카푸르 씨가 찬성의 표시로 미소를 지었다. 예자드가 말했다. "여기는 제가 눈 감고도 설명할 수 있습니다. 이 건물이 제항기르 맨션이죠. 부모님이 결혼하고 여기로 이사하셨어요. 이 사진은 샌드허스트 다리의 다다지 다크지 지붕에서 찍은 게 분명합니다. 제항기르 맨션의 반대편에 수크 사가르 건물이 있었죠. 보십쇼, 여기 부시 라디오 간판이 보이죠."

예자드가 잠시 멈추더니 다시 말했다. "이건 오래된 사진은 아니군요. 지금하고 똑같아요."

"최근 사진이야. 1990년도쯤. 그래도 다른 두 사진 때문에 나한테는 중요한 소장품이라네."

카푸르 씨는 다음 사진으로 넘어가기 전에 예자드가 사진을 돌려주기를 기다렸다. 그러나 예자드는 사진을 구석구석 살피고 있었다. "놀랍군요. 어떻게 사진 한 장이 우리 눈이 못 보는 것들을 보여 주죠?"

"특히 우리가 잘 알고 있는 곳이면 더욱 그렇지. 렌즈는 우리의 제3의 눈이거든."

옛 거리를 마음속에 불러내 준 사진 덕분에 예자드는 다시 한 번 차 소리를 듣고, 시즐러 식당 밖에 항상 자욱하던 고기 연기 냄새를 맡고, 벨푸리를 맛볼 수 있었다. 사진 속의 장마철 하늘에서는 긴장감을 느낄 수 있었다. 회색 구름은 대학교에서 집으로 돌아올 때 비옷 없이 소나기를 맞곤 했던 시절을 생각나게 했다. 그때는 계집애 같은 남자들이나 비옷을 입는 거라고 여겼다. 수크 사가르 밖에서 83번 버스에서 내려 도로를 건너 제항기르 맨션에 도착할 때까지 비에 흠뻑 젖는 데는 1분도 채 걸리지 않았다. 그러면 어머니가 접어서 책과 함께 놔둔 비옷을 왜 가져가지 않았느냐며 야단치셨다⋯⋯.

"자, 그럼 이 사진을 보게." 카푸르 씨가 말했다.

첫 번째 사진을 돌려주고 두 번째 사진을 받아 든 예자드는 문득 목이 메었다. 여전히 휴즈 거리였지만 간소했던 시절의 순박한 모습이었다. 사진을 찍은 사람은 제항기르 맨션의 반대편 끝인 마돈 약국 밖에 서 있었을 것이다. 휴즈 거리와 샌드허스트 다리의 교차로가 사진의 초점이었다. 빛으로 보아 이른 아침이었다. 손수레 한 대 말고는 차도 보이지 않았고 도로가 텅비어 있었다. 보도에 서 있는 외로운 세 사람은 봄베이의 미래에 인구가 폭발할 거라고 예언하는 예언자 혹은 점쟁이처럼 신비해 보였다.

예자드는 목소리를 가다듬으려고 침을 꿀꺽 삼켰다. "제가 아주 어렸을 때 거리가 이렇게 조용했었죠." 그는 기침을 하며 물었다. "이게 몇 년도죠?"

"메트로 자동차 회사 밖에 뷰익 간판이 있는 걸로 봐서 1940년대 후반인 것 같은데. 자네가 태어나기 5년 전쯤 되지 않을까?" 카푸르 씨가 말했다.

"부모님이 결혼하실 무렵쯤 될 겁니다. 그 당시 거리의 모습이 이랬겠죠."

이른 아침 햇빛이 쏟아지는 건물과 나무는 마치 어린 시절 친구들처럼 그를 다시 데려가려고 기다리고 있는 듯했다. 그리고 도로 한가운데 달린 옛날 가로등이 현재 가로등의 높이 솟은 강철과 달리 장식품처럼 매력적이었다. 사진을 황홀하게 들여다보는 그에게 어린 소년과 아버지가 마돈 약국 밖에 모습을 드러냈다. 학교 버스가 보이자 아버지는 헤어지기 전에 아들과 작별 포옹을 했다. 오후 늦게 버스를 타고 돌아온 아이는 차가 마시고 싶었고 숙제 시간이 되기 전에 아파트 단지 뜰에서 뛰어놀고 싶었다. 버스 정류장에 있던 어머니가 소년의 손을 잡고 차 대여섯 대가 다니던 도로를 안전하게 건넜다…….

예자드가 손으로 눈을 비비자 환영들이 사라졌다. "이 사진은 마치……

시간을 붙잡는 마술 같군요."

"자, 그럼 마지막 사진일세." 카푸르 씨가 책상 너머로 사진을 건넸다.

예자드는 사진을 받기가 두려웠다. 그러나 사진을 본 그는 안심했다. 그냥 풍경이었다. 카푸르 씨가 왜 야자나무들이 도로를 따라서 늘어서 있는 사진을 보여 주는지 의아했다. 바로 그때 무쇠 난간을 본 그의 눈이 휘둥그레졌다.

휴즈 거리와 이어져 있는 샌드허스트 다리의 곡선을 따라 붙어 있던 정교한 난간이었다. 그러나 제항기르 맨션이나 수크 사가르 또는 메트로 자동차 회사는 없었다. 그 건물들이 들어선 곳에 야자나무들이 있었다. 어떤 나무들은 도로 위로 아치를 만들었고 어떤 것들은 하늘로 일직선으로 뻗어 있었다. 나무들 너머에는 바다가 보였다.

그는 몸이 후들후들 떨렸지만 이유는 알 수 없었다. 예자드가 아끼는 장소들은 없었지만 그 사진이 풍경이 멋진 그림엽서 이상의 의미로 다가왔다.

"자네 추운 모양이구먼." 카푸르 씨가 책상을 돌아 에어컨 쪽으로 갔다. 딸깍 소리가 나더니 시끄러운 소음이 사라졌다. 갑자기 찾아온 고요함은 우주처럼 광활하고 공허하며 영원한 듯했다.

예자드가 작은 목소리로 몇 년도 사진이냐고 물었다.

제어판에서 돌아서며 카푸르 씨가 그의 어깨에 손을 얹었다. "1908년일세. 휴즈 거리가 만들어졌을 때지."

말을 제대로 할 수 없어서 예자드가 고개만 끄덕였다. 그는 부예진 눈에 초점을 맞추려고 눈을 깜박거렸다.

"이런, 자네가 요즘 우울해 보여서 기분을 띄워 주려고 사진을 가져왔는데 말이야." 카푸르 씨가 사진 때문에 마음이 상했다면 그만 돌려 달라고 했다.

"아뇨. 굉장한 사진들입니다. 전 단지……."

"나도 알아. 농담이야." 그는 예자드의 어깨를 두드리고 다시 의자에 앉았다.

"이 난간은 사진에서 또렷하지가 않군요."

그러자 카푸르 씨가 서랍에서 돋보기를 꺼냈다. "무쇠 세공의 아름다운 표본이야. 장식이 아주 훌륭해. 다리의 난간마다 미너렛처럼 솟아 있는 지주들이 맘에 들어."

돋보기를 통해 사진들을 유심히 들여다보던 예자드는 제항기르 맨션의 벽돌 하나하나를 지나며 상세하게 설명했다. "도로를 넓히기 전에는 이 담이 건물에서 훨씬 멀리 떨어져 있었죠. 그래서 아주 크고 좋은 뜰이 있었습니다."

아파트 단지에 살던 소년들은 일층에 사는 주민들이 진저리를 칠 정도로 뜰에서 마음껏 게임을 하고 시끄럽게 굴었다. 주로 크리켓 경기를 했는데, 특히 테스트 국제 시합을 위해서 영국이나 호주가 방문할 때면 절정에 이르렀다. 그러나 1960년 로마 올림픽 때 아이들은 잠시 크리켓을 등지고 모두 400미터 달리기에 출전한 밀카 싱을 흉내 냈다. 아이들은 뜰의 크기를 측정하여 몇 바퀴를 돌아야 하는지 계산했다. 그리고 '날아다니는 시크교도'처럼 상투를 틀어 올릴 긴 머리와 트랙을 질주할 때 휘날리는 턱수염이 있었으면 하고 간절히 바랐다.

몇몇 아이가 밀카 싱의 상투를 흉내 내려다 실패한 이야기를 듣고 카푸르 씨가 웃음을 터뜨렸다. 머릿수건에 종이를 채운 후 고무줄로 머리에 고정시켰지만 아이들이 달리자 고무줄이 끊어져 버렸다.

예자드는 아파트를 가리키며 누가 어디에 살았는지 설명하다가 멈췄다. "괜히 이런 얘기를 늘어놓아서 지루하시겠습니다."

"정반댈세." 카푸르 씨는 사진들로 발생한 기억의 홍수를 즐기고 있는 듯했다. "제항기르 맨션이 파르시 단지 같구먼."

"아닙니다. 여기 일층에는 이슬람교도 가족이 살았습니다. 샤룩의 가족이 었죠. 샤룩의 아버지가 택시 운전을 했는데 가끔가다 우리를 예닐곱 명씩 힐만 차에 태워서 학교까지 데려다 주곤 했죠."

"그럼 샤룩이 자네 친구들과 어울렸겠구먼."

"아, 그럼요. 그런데," 예자드가 말을 멈추더니 실토했다. "아이들이 어떻게 싸우는지 아시잖아요. 예를 들어서 발로 공을 멈춘 반칙을 범하거나 해서 말싸움이 벌어졌을 때 샤룩이 다른 의견을 제시하면 파키스탄으로 가 버리라고 말하곤 했어요. 그리고 샤룩이 포경 수술한 것을 놀리면서 아다 불라 카타일라라고 불렀죠."

예자드는 회한에 젖어 고개를 가로저었다. "어린 시절 꿈을 꾸면 샤룩을 찾아가서 미안하다고 말해 주길 바라면서 잠에서 깨곤 합니다. 슬픈 사실은 나중에 샤룩의 가족이 친척들이 있는 파키스탄으로 정말 가 버렸다는 겁니다. 우리 모두 죄책감을 느꼈죠."

그 사진을 내려놓고 그는 거리에 야자나무들만 있는 가장 오래된 사진을 다시 들었다. "이게 몇 년도 사진이라고 하셨죠?"

"1908년."

"휴즈 거리의 첫 번째 아침을 보는 것 같습니다." 예자드가 경건하게 말했다. "그리고 이 완벽한 난간은 황홀하군요. 난간의 원형 장식, 소용돌이 장식, 둥근 장식들을 만지면 기분이 무척 좋았어요. 아버지와 나갈 때마다 볼트로 조여진 난간에 올라서곤 했습니다. 난간에 매달려 힘차게 걷는 걸 좋아했는데 그러면 아버지께서 만약을 대비해서 팔을 제 허리 근처에 두셨죠. 그러다가 끝에 다다르면 보도로 뛰어내렸고요. 집에 돌아올 때도 똑같이 했습니다. 난간이 보이면 집에 거의 다 왔다는 걸 알죠. 길모퉁이 근처의 오페라 하우스에서 다리가 보이면 난간이 반갑다고 인사를 하거든요."

"난간이 왜 그렇게 중요하지?" 카푸르 씨가 물었다.

"저도 모르겠습니다. 아마도 우리 인생에서 유일하게 아름다운 것이라서 그런지도 모르죠. 밤에 쇠 부딪치는 소리가 들려서 아파트 사람들이 깨곤 했던 일이 기억나네요. 도둑이 고철로 팔려고 난간을 훔치려 했죠. 그러면 아파트 단지 전체에 불이 켜지고 창문 밖으로 머리가 하나둘 나와서 고함을 치고 비명을 질렀습니다. 불쌍한 도둑은 다른 도둑질을 찾아 쏜살같이 도망쳤죠."

철꺽거리며 철제 셔터를 내리는 소리가 사무실까지 들렸다. 후사인이 가게 문을 닫으려고 준비하고 있었다.

예자드는 사진들을 책상에 놓고 돋보기를 돌려줬다. "이 사진으로 제가 잃은 것이 무엇인지 보여 주셨습니다."

"미안하네, 예자드. 난……."

"아뇨, 제가 고마워해야죠." 사진들 덕분에 그 거리와 건물들이 얼마나 소중한지 깨닫게 됐다. 당연하게 여기고 무시해 버리는 친척들처럼 언제나 그곳에 있을 거라고 생각했었다. 그러나 건물, 도로, 공간은 사람들처럼 부서지기 쉬우므로 할 수 있을 때 소중하게 간직해야 했다.

"자네를 안 지 벌써 15년인데 오늘 처음 자네 인생과 어린 시절에 대해서 얘기했다는 걸 알고 있나?" 카푸르 씨가 물었다.

"네? 지금까지 계속 말씀드렸는데요." 예자드가 당황스러워하며 말했다.

"지금 그랬지. 전에는 내 얘기와 내 가족사만 말했으니까."

"카푸르 씨 얘기가 더 재밌지 않습니까."

"사람들은 모두 자신의 인생을 과소평가하지. 재밌는 건 당신 인생, 내 인생, 늙은 후사인의 인생 같은 우리 얘기가 결국은 모두 같다는 거야. 사실 전 세계 어디를 가든 중요한 이야기는 단 하나야. 젊음, 상실, 구원에 대한 열망이지. 그래서 우리는 똑같은 이야기를 반복하는 거야. 세부 내용만 다를 뿐이지."

그는 에어컨으로 손을 뻗었다. "사무실이 또 더워졌구먼. 안 그래?"

"네. 하지만 절약하셔야 합니다. 전기 요금이 매달 늘어나고 있거든요."

사장이 미소를 지으며 제어판에서 손을 뗐다. "예자드, 난 자네의 그런 점이 맘에 들어. 내 돈을 함부로 다루지 않으니까."

그는 양손을 머리 위로 올린 후 앞으로 뻗으며 보이지 않는 농구공을 던졌다. 그런 다음 사진들을 셀로판으로 잘 싸서 치웠다. "이 사진 석 장에 참 많은 추억이 담겨 있군. 모든 사진이 마찬가지지. 많은 것을 숨기고 있으니까 말이야. 우리에게 필요한 건 마술을 열 수 있는 좋은 눈이야." 그는 열쇠를 돌리는 시늉을 했다.

그들은 사무실을 나와 후사인이 현관문 옆에서 기다리고 있는 어두컴한 가게로 들어섰다. 철제 셔터에는 자물쇠가 채워져 있었다. 람과 시타, 엎드린

라반은 불이 꺼진 가게 진열대 안에서 고독해 보였다.

"지금 한 가지는 확신할 수 있겠어. 자네도 나만큼 이 도시를 사랑한다는 것. 나보다 더 사랑하지는 않겠지만 말이야. 내가 왜 지방 선거에 출마하고 싶어 하는지 자네는 이해할 거라고 믿네."

예자드가 고개를 끄덕였다. "정말 출마하실 건가요?"

"물론이지. 좋은 계획도 세웠다네. 조만간 선거에만 몰입해서 전략도 짤 거야. 영향력 있는 친구들이 모두 날 지지하고 있어. 공약 선언문도 초안을 만들었지. 자네한테 이메일로 보내 주겠네. 자네 의견을 듣고 싶어."

"컴퓨터가 없습니다."

"그래? 그럼 프린트를 해서 줄게. 선거 운동을 위한 아이디어가 많이 들어 있거든."

그는 그중에 하나를 들려주었다. 팸플릿을 나눠 주는 진부한 방법 대신에 차와 간식이 준비된 승합차에 도우미들을 데리고 다닐 거라고 했다. 접는 탁자와 걸상을 비치한 이동 찻집인 셈이었다. 구역마다 다니면서 입구, 안마당, 단지, 계단 아래 등 공간이 있는 곳이면 어디든지 차를 세우고 주민들을 초대해서 다과를 먹으며 이야기를 나눌 거라고 했다.

"차 한 잔 마시면서 이웃들이 서로 만나게 되고, 또 생각과 꿈과 비전을 건전하게 나누면서 공동체가 인간적 유대 관계를 재발견하게 되는 거지."

"아주 좋습니다. 봄베이 스포츠용품점은 절 믿으셔도 됩니다." 예자드가 말했다.

"그럴 생각이네. 조만간 그 문제도 얘기하세. 자네가 새로 맡을 일들과 그에 따른 봉급 문제도 있으니까." 카푸르 씨가 둘만의 비밀인 것처럼 덧붙여 말했다. "그리고 내 여행 가방을 잊어선 안 돼. 그것도 자네가 맡아야 하니까. 그 돈으로 선거 운동을 할 거야."

두 사람이 함께 웃었다. 현관문을 잠그던 후사인이 미소를 지었다. 마치 그들의 유쾌함에 가까이 있는 것만으로도 행복하다는 듯이. 인사를 하며 후사인이 열쇠를 건네자 그들이 작별 인사를 했다.

예자드는 세상이 편하게 느껴졌고 몇 주 만에 처음으로 평온했다. 그토록 마음의 평정을 잃게 만든 상황에서 사진들이 가져온 결과가 의아할 뿐이었다. 마치 약병을 흔드는 것처럼 긍정적인 종류의 동요였는지 모른다.

역에서 그는 땀에 젖은 사람들에게 떼밀려 기차 안으로 휩쓸려 들어갔다. 머리 위의 손잡이 난간을 쥐고서 제항기르 맨션과 휴즈 거리를 생각했다. 지금 이 순간 어린 시절 집에 대한 추억은 참으로 소중했다. 사실 지금껏 그곳에 대해서 별로 생각하지 않았다. 가족이 모두 그 집을 떠날 무렵에는 토대에 쥐들이 파 놓은 미로처럼 얽힌 굴들이 있을 정도로 건물이 낡아서 뒤도 안 돌아보고 떠나왔다. 하지만 지금까지 그 집이 예자드를 따라다니고 있었던 게 틀림없다.

카푸르 씨의 얼굴이 아파트 건물, 거리, 난간에 붙어 있는 걸 상상해 보았다. 그는 사장이 그 어느 때보다 맘에 들었다. 그를 더 많이 이해하게 된 건 틀림없는 사실이었다. 그의 선거 출마는 두 사람 모두를 위해서 좋은 일이었다. 그런 낙관적인 생각에 빠져 있다가 하마터면 목적지를 놓칠 뻔했다. 기차가 막 움직이기 시작했을 때 뛰어내렸다. 그는 휘파람을 불며 걸었다.

록산나가 부엌에서 서둘러 나와 조용히 하라고 손가락을 입에 댔다. 아빠가 어젯밤에 잠을 못 주무셨는지 아침과 오후 내내 잠이 들었다가 깨기를 반복하며 혼잣말을 하고 있다고 했다.

예자드와 록산나가 현관문에 있는 동안 나리만이 또다시 중얼거렸다. "루시, 내 사랑, 나의 감미로운 클라리넷. 당신에게 달콤한 음악을 연주해 주리라……."

록산나가 놀란 표정으로 눈을 치켜뜨며 손으로 입을 가렸다. 아이들을 딴 곳으로 옮겨야겠다고 생각했다. 아빠의 손은 가만히 있는데 마음이 그렇질 않으니 기이한 일이었다. 그녀는 무라드에게는 발코니로, 제항기르에게는 책을 갖고 식탁을 나와 안쪽 방으로 가라고 했다.

"여기가 더 넓은데요." 제항기르는 할아버지가 하는 말들을 유심히 들으며 이해하려고 머리를 쥐어짜는 중이었다.

"엄마가 시키는 대로 해." 록산나가 속삭였다. "저녁 먹으려면 식탁이 필요하잖아." 그녀가 방문을 닫자 제항기르는 할아버지의 비밀로부터 차단돼서 골이 났다.

"나와 같이 살며 내 사랑이 되어 주오." 나리만이 말했다. "그렇게 해서 모든 쾌락을 증명합시다……."

록산나가 접시를 식탁으로 옮기며 물었다. "아빠, 저녁 드시겠어요?"

나리만이 신음 소리를 내자 예자드가 오늘 장인어른 컨디션이 좋지 않은 것 같은데 그냥 쉬게 두고 위를 가볍게 하는 게 좋겠다고 했다.

그녀가 고개를 끄덕였다. "여보, 시계태엽 감아야 해요."

발코니에 있던 무라드가 그 말을 들었다. 무라드는 태연하게 들어와 그들

옆을 지나 슬그머니 부엌으로 갔다. 그러더니 벽 근처에 걸상을 놓고 올라가 시계의 유리문을 열었다. 시계추 밑을 더듬어 빛나는 크롬 도금 열쇠를 찾아서 끼웠다.

삐걱거리며 스프링이 감기는 소리가 화장실에 가던 예자드의 귀에 들렸다. "너 지금 뭐하고 있니?"

"시계가 멈춰서요." 무라드가 말했다.

예자드는 아무 말 없이 큰아들을 걸상에서 들어 내린 후 록산나가 있는 안쪽 방으로 끌고 갔다.

"이놈을 죽여 버릴 거야." 예자드가 나지막이 말했다. "바로 여기 당신 앞에서 이놈을 죽여 버릴 거라고."

"여보, 제발 진정해요!" 록산나가 애원했다. "무라드가 뭘 어쨌는데요?"

"시계태엽을 감고 있었어."

그녀는 움찔했다. 그런 죄를 저질렀다면 무라드를 매질로부터 구하긴 힘들었다. "그러면 안 되는 줄 알면서 왜 그랬는지 애한테 물어보아요. 무라드, 너 왜 그랬니?"

무라드는 반항의 표시로 침묵했다. 구석에 있는 책상에서 제항기르가 깜짝 놀라서 쳐다보고 있었다.

록산나가 다시 한 번 물었다. "그 시계가 아빠한테 얼마나 소중한 건지 알잖아. 근데 왜 그랬니? 엄마한테 말해 봐."

이번에는 무라드가 망설였다. "아빠를 도와주려고 그랬어요. 저녁이면 항상 피곤해하시니까……."

"변명 한번 기가 막히네." 예자드가 말했다. "하지만 그런 변명은 안 통해.

도와줄 수 있는 게 많고 많은데 하필이면 왜 하지 말라는 걸 해?"

록산나는 벌을 피할 수 있기를 바라며 무라드의 이유를 액면 그대로 받아들였다. "무라드, 착하구나. 그래도 아빠한테 죄송하다고 말씀드려. 네가 잘못했으니까. 그 시계가 얼마나 소중한지 너도 알잖아. 그 얘기 들었잖아."

"무슨 얘기요?" 제항기르가 물었다.

"제항글라, 그런 속임수 안 통한다."

"아뇨, 진짜예요. 아빠, 정말 기억이 안 나요."

"그럴지도 몰라요." 록산나가 말했다. "당신이 그 얘기 했을 때 제항기르는 아주 어렸잖아요." 그녀는 그 얘기가 남편을 진정시킬 수 있는 좋은 방법임을 알았다.

"전혀 생각이 안 나요." 제항기르가 좀 더 진지하게 말했다.

"시계는 원래 제항기르 맨션의 아빠 집 부엌에 걸려 있었어. 은행 회장이 친할아버지께서 용감한 일을 했다고 주신 선물이야." 록산나가 말했다.

예자드가 바로잡았다. "여기 새겨진 내용에 따르면 '직무상 타의 모범이 되는 용기와 정직함을 보여 준 데 대해서 감사를 표한다'고 돼 있어." 록산나가 바란 대로 남편이 이야기를 시작했다.

"할아버지께서는 은행 출납 담당 총책임자셨어. 일주일에 한 번씩 무장 경비원을 데리고 지점에서 본점까지 현금을 운반하셨지. 그게 당시의 시스템이었어. 사건이 발생한 건 제2차 세계 대전이 끝날 무렵이었지."

"그럼 아빠는 몇 살이셨어요?" 제항기르가 물었다.

"난 아직 태어나기도 전이었어. 할아버지께서는 일주일에 한 번씩 경비인 둘립 싱 씨와 함께 택시를 타셨지. 그날도 마찬가지였어. 그런데 갑자기 온 도시가 폭발한 것 같은 끔찍한 폭발음이 들렸어. 하늘에서 시체와 파편이 비 오듯이 쏟아졌지. 폭발은 계속됐고 무슨 일이 벌어진 건지 아는 사람은 아무도 없었어. 거리의 사람들은 적의 폭격기들이 봄베이를 날고 있다고 생각했지. 수백 명이 순식간에 죽었으니까. 택시 운전사는 너무 겁이 나서 차를 멈추고 달아났지. '선생님, 큰일 났습니다.' 하고 외치면서 말이야. 그러자 둘립 싱 씨도 무서워서 택시에 소총을 두고 달아났어. 그래서 할아버지께서는 차도 없고 보호도 받지 못한 채 혼란한 거리에서 혼자 50만 루피가 든 가방을 들고 계셨지. 머릿속에 온갖 끔찍한 상상이 난무했어. 나쁜 사람들이 현금으로 어마어마한 돈을 들고 있는 걸 알게 되면 할아버지를 죽여도 아무도 모를 테니까. 아니면 폭발 때문에 죽을 수도 있고. 나중에 수백 구의 시체는 찾지도 못했거든. 그렇게 되면 은행에서는 혼란한 상황을 틈타 돈을 들고 사라졌다고 생각할 수도 있잖아. 할아버지께서는 이 점을 가장 두려워하셨지. 그러면 명예를 잃게 되니까."

"가게나 건물에 숨으면 되잖아요?" 무라드가 물었다.

"가게고 집이고 할 것 없이 모두 문을 잠갔어. 적이 침입한 거라고 생각했거든. 할아버지께서 할 수 있는 유일한 방법은 본점으로 가는 거였지. 야타 아후 바리오 기도를 암송하면서 쉬지 않고 걸으셨어. 현관 복도와 문간에 몸을 숨겨 가며 조심스럽게 움직여서 몇 시간 후에 마침내 본점에 도착하셨지. 그런데 거기도 문이 잠겨 있었어. 문을 두드리고 치고 고함을 질러서 마침내 경비가 나왔지. 매주 오는 할아버지를 알아본 경비가 즉시 안으로 들였어."

"그럼 폭발은 어떻게 된 거죠?" 제항기르가 물었다.

"그 얘기도 해 주마. 당시는 전시여서 영국 탄약 배 두 척이 항구에 정박해 있었단다. 사고 때문에 그 배들이 폭발해서 탄약을 도시에 퍼부은 거지. 나중에 밝혀진 바에 따르면 죽은 사람만 수천 명이었어. 은행에서는 할아버지께서 얼마나 용감하고 의지가 굳으며 무엇보다도 얼마나 정직한지 알게 됐지. 은행의 연간 행사 때 회장이 직접 이 시계를 선물하면서 할아버지의 용기를 칭찬하는 연설을 했단다. 시계가 정확하게 시간을 말해 주는 것처럼 체노이 씨의 행동은 정직이 무엇인지 정확히 말해 준다고 했지."

예자드가 잠시 말을 멈췄다. "너희 할아버지께서 죽을 위험에 처했을 때 가장 걱정하신 것은 목숨을 잃는 것이 아니라 바로 명예를 잃는 것이었어. 할아버지께서 내게 이 이야기를 들려주시면서 매번 하신 말씀이 '사람들이 너한테서 다른 건 모두 뺏어 가도 강직함은 못 뺏어 간다는 걸 명심해라. 네가 지키고자 하면 절대 그럴 수 없단다. 오직 너 자신만의 행동으로 잃을 수 있다.'였어."

"얘들아, 할아버지 말씀을 머릿속에 영원히 새겨 둬. 알았지?" 록산나가 말했다.

"네, 엄마." 제항기르가 대답했다.

"무라드, 넌?"

무라드가 고개를 끄덕였다.

집이 고요했다. 그러나 모두들 잠자리에 든 지 한 시간쯤 후에 나리만이 중얼거리기 시작했다. 록산나는 예자드가 깨기 전에 아빠가 조용해지길 기도했다.

그때 나리만이 목소리를 높였다. "제가 사랑하는 여자를 창녀라고 부르고 그 사람을 여기 데려왔다고 해서 이 집을 사창굴이라고 부른다면 그건 아버지의 역할에 먹칠을 하는 겁니다! 아버지가 수치스럽습니다!"

예자드가 침대에서 벌떡 일어났다. "방금 사창굴이라고 한 거야?"

록산나가 조용히 하라고 손가락을 입에 댔다. "루시 때문에 아빠가 할아버지랑 싸우나 봐요."

"그래도 무슨 말이 저래? 어린애도 있는데."

"걱정 말아요. 제항기르는 자고 있으니까."

"확인했어?"

그녀는 침대에서 나와 문으로 살금살금 갔다. 밖을 보며 그녀는 미소를 지었다. 제항기르는 세상모르고 곤히 자고 있었다.

"당신 아버지가 또 무슨 말을 내뱉을지 누가 알아? 당신 아버지 인생은 좋은 소설책 소재는 되겠지만 아이들한테 들려줄 옛날얘기는 아니라고."

다시 누운 그는 잠이 들려면 한참 걸릴 거라며 투덜거렸다. 록산나는 남편의 가슴에 손을 올리고 가슴털을 만지며 아기처럼 어루만지고 달랬다.

나리만이 다시 작게 중얼거렸다. 제항기르는 팔꿈치로 머리를 받치고 귀기울여 들었다. 엄마한테 깨어 있는 걸 들키기 전에 눈을 감아서 다행이었다. 제항기르는 할아버지가 말하는 걸 놓치고 싶지 않았다. 무슨 일이 있었는지 알 수 있는 유일한 방법이었다. 엄마와 아빠에게 물을 때마다 어른들의 문제에 관심 갖지 말라는 대답만 돌아왔다.

할아버지가 애원하는 소리가 들렸다 "내 사랑, 제발 거기서 내려와. 루시, 제발. 거긴 노래 부르기 알맞은 곳이 아냐. 제발 내려와서 내 옆에 서. 그럼 당신이랑 함께 노래할 테니까……."

이번에는 할아버지가 매우 걱정스러워했다. "루시, 무섭다니까! 내 사랑, 이제 제발 내려와……." 제항기르는 할아버지가 다시 소리를 질러서 아빠가 깰까 봐 두려웠다. 요전에 할아버지가 손을 잡아 줬던 것처럼 이번에는 자기가 할아버지의 손을 잡아 줄까 생각했다. 그러면 위로가 될지도 몰랐다.

애원하던 할아버지가 〈우리가 젊었던 어느 날〉이란 노래를 흥얼거리기 시작했다. 그러자 루시가 분명히 그 노래를 들은 것 같았다. 제항기르는 팔꿈치를 내리고 베개를 베었다. 할아버지의 여자 친구가 어디에 서 있었는지, 할아버지가 왜 그렇게 겁을 먹었는지 생각해 보다가 낮은 노랫소리에 맞춰 잠이 들었다.

11

제항기르는 거울에 비친 모습을 보며 얼굴에 무슨 변화가 생겼는지 살펴보았다. 떳떳지 못한 비밀들이 육체적으로 드러나는 이야기를 읽은 적이 있었다. 피부에 종기가 생기고 손톱이 검게 변하며 목이 쉬고 머리카락이 빠지는 것 등이었다.

며칠 동안 고민에 빠진 제항기르의 호주머니에는 여전히 20루피가 들어 있었다. 문제를 일으키지 않고 어떻게 돈을 사용할 수 있을까? 고맙게도 아빠의 벽장문 거울에 비친 자신의 얼굴은 그대로였다.

그때 부엌에서 강한 폭발음이 들렸다. 압력솥에서 김이 빠지는 소리보다 훨씬 큰 소리였다. 제항기르는 부엌으로 달려갔다. 그러자 엄마가 가스레인지에 가까이 가면 위험하다며 뒤로 물러서라고 했다. 엄마 역시 밸브에서 증기와 함께 음식을 내뿜고 있는 야수로부터 몇 발짝 떨어진 채 얼어붙어 있었다. 첫 번째 강한 분출로 인해서 벽과 천장에 자국이 생겨났다.

압력솥 때문에 얼이 나간 제항기르는 통로에 서 있었다. 그때 쉿쉿골골거리는 소리 사이로 초인종 소리가 들려왔다. 엄마가 듣지 못한 것 같아 제항기르가 나가 문구멍으로 내다본 후 현관문을 열었다. 데이지 아줌마가 재빨리 그의 옆을 지나 부엌으로 갔다.

"가스레인지 꺼요!" 그녀의 목소리에 록산나가 화들짝 놀랐다.

"데이지!"

"어서 꺼요!" 다시 한 번 소리친 데이지는 자신이 직접 하기로 했다. 그녀는 행주를 쥐더니 손을 보호하려고 둘둘 감았다. 다른 손으로 얼굴을 가린 후 몸을 숙이고 가스레인지로 다가갔다.

마치 소를 잡으려는 카우보이 같았다. 데이지가 손을 뻗어 스위치를 재빨리 돌려서 가스레인지를 껐다. 서부에서 제일 빠른 손놀림 같다고 제항기르는 생각했다.

"다음은 찬물 한 양동이." 데이지가 여전히 매우 사무적으로 말했다. 그녀가 압력솥에 찬물을 끼얹자 야수가 잠잠해졌다.

"고마워요." 안도감에 맥이 빠진 록산나가 말했다. "어떻게 된 건지 모르겠어요. 항상 조심한다고 했는데. 압력 밸브도 제자리에 있었고 아무 문제 없어서 아빠랑 같이 있었거든요."

"이런 일은 언제든 생길 수 있어요. 포르티시모로 부는 트럼펫 소리가 들리자마자 록산나 씨의 압력솥이 폭발한 걸 알았어요." 데이지가 한 발짝 뒤로 물러나 피해 상황을 살펴보았다. "잭슨 폴록의 작품 같군요."

"네?" 록산나가 물었다.

데이지가 벽을 가리켰다. "현대 미술 작품이네요. 압력솥에 뭐가 있었죠?"

"노란색 달콩이랑 토마토 수프."

"색이 예쁘네요." 데이지가 색 배합에 감탄했다.

제항기르는 조금 전 얼굴을 비춰 보았던 안쪽 방의 거울 있는 데로 돌아갔다. 벽장문을 열고 엄마가 봉투를 보관하는 안쪽 서랍을 열었다. 아무 말 없이 20루피를 봉투에 몰래 넣어 놓으면 어떻게 될까? 엄마는 아빠의 봉급이라고 생각하고 평소처럼 쓸 것이다.

아직 데이지 아줌마와 함께 부엌에 있는 엄마는 지저분한 것을 치우고 있었다. 형과 아빠는 집에 없었고 할아버지는 주무시고 계셨다. 지금이 적기였다.

제항기르는 아빠의 봉급날이면 엄마가 돈을 나눌 때 옆에 앉아서 보던 익숙한 봉투들로 손을 뻗었다. 지폐가 새 돈이면 엄마는 제항기르에게 돈을 세어 보게 했다. 제항기르는 빳빳한 돈 냄새가 좋았다. 지폐가 헌 돈이면 엄마는 더욱 조심했다. 누가 만졌는지도 모르고 화장실에 갔다가 비누로 깨끗하게 두 번 손을 씻었는지 안 씻었는지도 알 수 없다고 했다.

제항기르는 봉투를 대충 훑어보고 넘기면서 봉투에 붙어 있는 라벨을 읽었다. 버터와 빵, 가스, 버터기름, 쌀과 설탕, 우유와 차, 물과 전기, 고기…… . 라벨이 계속 이어지자 제항기르의 머리가 아쉬움으로 가득 찼다. 가진 돈이라고는 20루피가 전부였다. 봉투들은 낡고 구겨졌으며 덮개는 접힌 부분이 너덜너덜했다. 3년 전 봉투가 하얗게 빛나던 때가 생각났다. 엄마와 아빠는 인상에 대해서 며칠 동안 이야기했다. 제항기르가 그게 무슨 뜻이냐고 묻자 엄마가 "돈이 더 생기는 거란다." 하고 즐거운 듯 말했다. 그러자 아빠가 인플레이션 때문에 별로 많이 살 수 없을 거라고 했다. 인플레이션이 뭐냐고 묻자 아빠가 "우리의 미래를 먹어 치우는 괴물이지." 하고 말하며 물가 상승과 구매력에 대해서 설명했다. 그래도 엄마는 희망적이었다. 새로 예산을 짜고 행운을 위해서 봉투도 새로 장만했다.

지금 봉투들은 낡고 더러워서 행운이 깃들어 있는 것 같지 않았다. 봉투가 너무 많아서 표가 나려면 많은 돈이 필요했다. 어디다가 20루피를 넣어야 가장 좋을까? 빨리 결정해야 했다. 엄마와 데이지 아줌마가 곧 부엌에서 일을 마칠 것이다.

제항기르는 봉투를 넘기다가 버터와 빵이라고 쓰인 봉투에서 멈췄다. 어제 아침에 아빠가 말했다. "당신 가족 때문에 또 버터 없는 토스트를 먹는구먼." 그러자 엄마가 답했다. "15년 동안 당신 가족은 도와준 적이 한 번도 없어요." 그 말에 아빠가 더 화가 났다. "적어도 우리 집을 병원으로 취급하진 않아."

다시 싸움이 벌어졌다. 엄마는 결혼 전에 아빠의 누나들이 얼마나 막되게 굴었는지 말했다. 결혼할 때 아빠 몫인 가구의 의자나 침대, 벽장 하나도 주지 않았다고 했다. 제항기르 맨션에 있는 부러진 지팡이 하나조차 주지 않았으므로 아빠가 옷과 신발을 가져온 것은 기적이라고 했다. 그러자 아빠가 가족사를 끄집어내면 자기도 똑같이 할 수 있지만 아이들 앞이라서 차마 그런 끔찍한 일은 못하겠다고 했다.

엄마는 누나들만 아니었다면 제항기르 맨션에서 살았을 것이며, 그랬더라면 할아버지가 돈을 모두 쓸 필요가 없었을 테니까 지금도 운명을 스스로 결정할 수 있었을 거라고 했다. 싸우고 슬퍼하면서 새 인생을 시작하지 말라시며 할아버지가 모든 걸 희생했다고 했다.

"그러니까 내 가족이 지금 우리 문제를 만든 게 아니란 걸 명심해요." 엄마가 말했다.

아빠가 할아버지가 누워 있는 긴 의자를 가리키며 말했다. "그럼 이건 뭐야? 내가 한마디만 하지. 난 당신 아버지를 보살피는 명예와 특권을 위해서 당신과 결혼한 게 아냐."

부모님의 설전을 기억하며 제항기르는 돈을 손에 쥐고 얼어붙은 채 서 있었다. 두통이 있을 때 머리가 그런 것처럼 가슴속이 무겁게 느껴졌다. 이런 것이 마음이 아프다는 걸까? 마음이 아픈 데 먹는 약도 있을까?

부엌에서 무슨 소리가 들리자 제항기르는 정신을 차리고 결정했다. 버터와 빵이 최고의 선택이었다. 제항기르는 20루피를 살며시 밀어 넣고 봉투들을 제자리에 갖다 놓았다. 그때 엄마가 통로를 지나갔다. 데이지 아줌마가 할아버지에 관해 물어보았고 그들은 거실로 갔다.

"아빠, 여기 누가 왔는지 보세요. 데이지 이치하포리아예요."

나리만이 잠시 멍하게 있더니 금방 얼굴이 환해졌다. "바이올리니스트!"

"잘 아시네요!" 그들의 말은 꼭 제항기르가 시험 성적이 좋았을 때 엄마가 하는 칭찬 같았다.

"그런데 바이올린은 어디 있소?"

"아빠, 데이지 씨는 콘서트를 하러 온 게 아니라 부엌일을 도와주러 왔어요." 록산나가 웃으며 말했다.

"음악은 사랑의 음식이니 연주하여 실컷 맛보게 해 주오.' 그 말처럼 어디 가든지 항상 바이올린을 들고 다녀야지." 할아버지가 속삭이듯이 말하자 데이지가 매우 기뻐했다.

"데이지 씨의 음악을 얼마나 좋아하시는지 말씀하세요. 데이지 씨가 연습하는 걸 들으실 때마다 아빠가 천국에 있는 것 같다니까요. 데이지 씨가 아빠 얼굴을 봤어야 하는데."

록산나가 데이지를 옆으로 데려가더니 아빠가 우울한 날이면 음악이 축복이라고 설명했다. 바이올린 연주가 시작되는 순간 아빠가 약을 먹은 듯이 차분해진다고 했다.

"퍽 흥미롭네요. 얼마 전에 음악 치료법에 관한 책을 읽었는데 편두통, 고혈압이나 저혈압, 복통 같은 데 구체적인 곡을 처방하더라고요. 정확하게는 기억이 안 나는데 바흐가 가장 많이 처방됐던 것 같아요. 특히 잘 연주된 건반 악기의 푸가들요. 잠깐만요. 금방 돌아올게요."

그녀가 바이올린을 들고 돌아와 발랄한 곡을 연주하자 집이 활력으로 넘쳤다. 나리만은 미소를 지으며 두 눈을 감고 음악을 감상했다. 록산나가 데이지에게 손짓으로 아빠가 즐거워한다고 알려 주었다. 음악이 곡선과 원을 그렸다. 하늘에 새 떼가 날고 태양이 빛나며 하얀 조각 구름들이 떠다니는 텅 빈 도로에서 오픈카를 타고 질주하는 기분이 꼭 그럴 거라고 제항기르는 생각했다. 데이지 아줌마가 바이올린 활을 휘두르며 곡을 마쳤다.

"브라보." 나리만이 박수를 쳤지만 소리가 거의 나지 않았다. 다른 사람들이 박수를 쳐서 도와주었다. "그 곡을 연주하는 78rpm 하이페츠를 옛날에 갖고 있었지. 사라사테의 〈사파테아도〉, 맞소?"

나리만이 곡 이름을 알아맞히자 데이지가 기뻐하며 고개를 끄덕였다.

"사파……, 그게 무슨 뜻이에요?" 제항기르가 물었다.

"사-파-테-아-도." 나리만이 천천히 말해 주었다. "발을 구르며 추는 춤이란다. '사파토'는 에스파냐 어로 신발이란 뜻이지."

제항기르는 새 떼, 구름, 자동차가 등장하는 자신의 해석이 더 마음에 들었다. 할아버지를 따라 말했다. "사파토. 사파트하고 비슷한데요."

"맞아. 구자라트 어와 에스파냐 어 둘 다 인도·유럽 어족이기 때문이지."

데이지가 멘델스존의 〈노래의 날개를 달고서〉를 연주하기 시작하자 그들은 다시 조용해졌다. 이번에는 바이올린에서 더 부드러운 음악이 매우 달콤하게 쏟아지자 제항기르는 그 맛을 볼 수도 있을 것 같았다. 부드러운 황금실들이 숟가락에서 넘쳐흐르는 꿀이 생각났다. 목이 아프면 엄마가 레몬즙에 꿀을 섞어서 목을 부드럽게 만들어 주었다.

데이지가 연주를 마치자 그들이 다시 박수를 쳤다. 그녀가 바이올린을 치우자 나리만이 물었다. "그게 다요? 오늘은 여기서 연습해도 되는데."

"바킬 교수님, 하찮은 제 음악을 다 듣고 싶으신 건 아니죠?"

나리만은 듣고 싶다고 했다. 그러나 악보와 악보대가 아래층에 있었으므로 그녀는 몇 곡만 더 악보 없이 연주하고 바이올린을 케이스에 집어넣었다. 나리만이 정말 원한다면 내일 또 오겠다고 약속했다.

"한 가지만 더 약속해 주시오."

"물론이죠."

"내가 죽을 때 날 위해서 연주해 주겠다고 약속하겠소?"

데이지는 앞으로 더 오래 사실 거라고 안심시켰다.

"몇 년을 더 사는 건 문제가 아니지. 내가 숨이 끊어지는 날 데이지의 바이올린 소리가 내 귀를 채워 줬으면 좋겠소. 그게 언제가 됐건 말이야. 약속하는 거죠?"

나리만이 손을 내밀었다. 데이지는 난감했지만 거절할 수가 없었다. 그의 손을 꽉 잡으며 말했다. "약속드릴게요."

나리만의 요청에 데이지가 응하자 마치 그로 인해서 슬픈 순간이 빨리 오기라도 할 것처럼 록산나가 얼굴을 찌푸렸고 제항기르는 마음이 아팠다.

알바레즈 선생님이 숙제 검사원들과 학생들을 칭찬했다. 선생님이 자신의 눈에서 죄책감을 볼지도 모른다고 생각한 제항기르는 선생님과 눈이 마주치는 게 두려웠다. 그래서 칠판의 한 지점에다가 시선을 고정시켰다.

"여러분, 학년 시작 때 성적이 좋지 못했던 학생들이 많이 향상됐어요. 심지어 영원한 문제아들도 열심히 공부하고 있어요. 왜 그런지 아세요? 그건 여러분들이 학우들의 모범이 되었기 때문이에요. 난 정말 여러분들이 자랑스러워요. 고마워요. 계속 열심히 하세요. 모두들 축하해요."

그런 다음 알바레즈 선생님은 학생들을 흥분시키는 다리를 꼬고 나서 시험지를 채점하기 시작했다. 그동안 숙제 검사원들이 맡은 일을 시작했다. 무굴 제국과 관련된 연도를 알아맞히는 퀴즈 10개가 학생마다 주어졌다.

책상 사이를 움직이며 제항기르는 아쇽의 차례가 되면 무슨 일이 벌어질지 골똘히 생각했다. 그 일이 있고 일주일이 흘렀다. 아쇽이 다시 돈을 내밀까? 알바레즈 선생님에게 들킬지 모른다는 두려움이 그의 명치를 짓누르고 있었다.

아쑉의 차례가 되기 한참 전에 제항기르의 역사 교과서 갈색 책싸개가 손바닥의 땀으로 축축해졌다. 셔츠 소매에 손바닥을 닦았지만 금방 다시 땀이 배어 나왔다. 아빠가 책싸개에 써 놓은 잉크 글자가 얼룩질까 봐 손가락이 책 가운데에 닿지 않게 신경 썼다. 엄마는 아빠의 필체가 진주처럼 완벽하다고 했다.

제항기르 체노이
4학년 A반
역사

감청색 잉크의 광채와 함께 글자들이 가지런히 이어져 있었다. 엄마는 아빠처럼 아름다운 필체를 연습하라고 했다. 글씨가 빈대처럼 기어가는 무라드 형은 이미 늦었다고 했다. 새 학년이 시작되면 식탁에 앉아서 갈색 포장지로 책을 쌌고 아빠는 이름, 반, 과목을 적었다. 5월의 방학이 끝나고 학기가 시작될 때 가장 행복한 순간이었다. 제항기르는 갈색 포장지의 반들거리는 광택, 새 책의 냄새, 아빠의 만년필촉에서 자신의 이름이 흘러나오는 짜릿함이 무척 좋았다. 또한 아빠 얼굴의 진지한 표정에서 아빠도 그 일을 즐기고 있음을 알 수 있었다. 책 속의 지식이 누구의 뇌로 들어가야 할지 모르기 때문에 책에 학생의 이름이 쓰여 있어야 배우는 과정이 비로소 시작되는 거라고 아빠가 농담을 하곤 했다.

지금 아빠의 아름다운 진주 필체가 자신의 사악함으로 인한 땀으로 더럽

혀질 위기에 처해 있었다. 제항기르는 죄의식과 두려움의 짐을 이끌고 걱정의 근원지에 도착했다.

아속이 보내는 윙크를 무시하고 그는 무굴 제국에 관한 질문을 시작했다. 불쾌한 비밀에 구속되지 않고서 얼마든지 당당한 거리를 유지할 수 있다는 사실에 제항기르는 놀랐다.

"바부르가 파르가나의 왕이 된 해는?"

"1947년." 아속이 싱글거리며 호주머니에 손을 집어넣었다.

"파니파트의 첫 번째 전투가 벌어진……."

"1947년." 아속이 20루피짜리 지폐를 꺼내자 제항기르가 손을 책상 밑으로 넣었다.

"후마윤이 황제에 취임한……."

"1947년."

질문을 계속하며 제항기르가 돈을 호주머니에 집어넣었다. 아속은 열 번 다 1947년이라고 대답했다. 제항기르는 숙제 기록부에 10점 만점에 9점이라고 기록했다.

다음 책상으로 가는 제항기르의 손바닥은 자신감으로 깨끗하게 말라 있었다. 간단했다. 전혀 두려워할 필요가 없었다고 생각하며 비제이의 숙제를 확인하러 갔다.

비제이는 아속과 라제시와 함께 짧은 휴식 시간을 보냈고 긴 휴식 시간에는 함께 앉아서 점심을 먹었으며 집에도 같이 갔다. 비제이의 어머니가 코코넛 기름을 좋아해서 아들의 머리가 항상 빛났다. 머릿기름을 바른 사람 대 그렇지 않은 사람 간에 크리켓 시합이 벌어지면 비제이는 자기 머리가 가장 번들거리므로 자기가 주장이 돼야 한다고 우겼다.

제항기르가 질문을 시작하자 비제이가 정확한 답을 끄집어내려고 하는 것처럼 관자놀이를 손가락으로 누르며 고민했다. 곧 세 번의 찬스를 다 써 버렸다.

"미안." 제항기르가 숙제 기록부를 펼쳤다.

"좋아." 비제이가 한숨을 쉬며 책상 밑으로 손을 넣으라고 속삭였다.

"왜?"

"야, 왜 그래? 모른 척하지 마. 20루피라는 거 다 알고 있으니까."

제항기르는 심장이 콩닥콩닥 뛰었고 돈을 받지 않았다. 아쇽, 이 나쁜 놈! 아무한테도 말 안 한다고 약속해 놓고 날 배신하다니! "통과 못했다고 기록해야 해."

"좋아, 그럼 어떻게 되는지 보자."

"뭐가 어떻게 돼?" 제항기르는 큰소리를 쳤다.

"먼저 네 교과서에다가 내 머리를 문지를 거야. 그런 다음에 선생님한테 네가 돈을 받는다고 말할 거다."

"선생님이 안 믿을 텐데."

"아쇽이 함께 가서 너한테 돈을 줬다고 말할 거야."

제항기르가 협박에 무너지자 비제이가 돈을 역사책 속에 슬쩍 끼워 주었다.

지폐의 한 귀퉁이가 튀어나와 있었다. 다른 사람이 볼까 봐 제항기르는 얼른 돈을 호주머니에 집어넣었다. 그런 다음 숙제 기록부에 비제이를 10점 만점에 8점이라고 기록했다.

책상을 몇 개 더 지난 다음 그는 라제시에게 도착했다. 그의 싱글거리는 웃음으로 보아 말하지 않아도 무슨 뜻인지 알 수 있었다. 형식적으로 역사 퀴즈를 끝낸 후 제항기르는 20루피를 호주머니에 쑤셔 넣었다.

그때부터 아쇽, 비제이, 라제시, 셋이서 매주 60루피를 제항기르에게 주었다. 아무것도 않고 뭔가를 얻는다는 것, 즉 아무런 노력 없이 돈을 벌 수 있다는 건 놀라운 일이었고 제항기르에게 권력이 어떤 것인지 깨닫게 해 주었다.

곧 제항기르는 그들이 주는 돈을 당연하게 받아들였다. 세 사람 중에서 누군가가 숙제를 해 오면 공연히 화가 났다. 다른 두 명처럼 부자가 아니었던 라제시가 주로 공부를 더 열심히 했다. 봉투에 돈을 적게 넣을 때면 엄마를 실망시키는 기분이 들었다.

그래서 제항기르는 상황을 통제할 수 있는 방법을 찾아냈다. 알바레즈 선생님은 검사자들에게 숙제 질문 목록을 주었지만 스스로 질문을 만들 수 있는 재량권도 주었다. 그들의 좋은 판단력을 믿는다고 했다.

지리 숙제에서 먼저 제항기르가 알바레즈 선생님의 질문 목록에서 묻자 너무 쉬워서 라제시가 다 맞혔다. 커브를 던질 때가 왔다. 제항기르는 교과서를 뒤져 구석에 있는 내용을 물었다. "인도의 모든 강의 연간 총유동량은?"

"뭐?" 라제시가 어처구니가 없다는 듯이 물었다. "뭐 그런 질문이 다 있어!"

제항기르는 냉정하게 침묵하며 항의를 묵살했다. "정답은 연간 1조 6천8백억 세제곱미터야."

"나쁜 놈."

두 번 더 실수하게 하려고 제항기르는 비슷한 숫자 관련 질문으로 공격했다.

"이건 산수가 아니라 지리 숙제잖아!" 라제시가 침을 튀기며 말했다. 라제시는 증오하는 눈빛으로 제항기르를 노려보다가 20루피를 건넸다. "두고 보자. 본때를 보여 줄 테니까."

제항기르는 미소를 지으며 돈을 호주머니에 집어넣은 후 그 줄의 다음 친구에게로 갔다.

제항기르가 60루피를 다양한 봉투에 살며시 넣은 후 안쪽 서랍을 닫다가 서두르는 바람에 시끄러운 소리가 났다. 부엌에서 소리를 들은 록산나가 벽장문을 열고 서 있는 아들을 보았다.

"너 지금 뭐하니?"

제항기르는 재빨리 머리를 굴렸다. "아빠가 캐나다 가려고 썼던 편지 좀 보려고요." 엄마는 그 말을 믿을 것이다. 아빠가 지원서 신청하고 면접 본 이야길 듣는 걸 제항기르가 좋아했기 때문이었다.

"아빠 선반에 손대면 안 돼. 그건 그렇고 편지는 찾았니?"

"아뇨. 아빠 물건이 섞일 것 같아서요."

아들의 현명한 결정에 그녀가 고개를 끄덕였다. "아빠 오신 뒤 기분이 좋아 보이면 여쭤 보렴." 그녀가 아들의 뺨을 쓰다듬으며 얼굴을 가까이 갖다 댔다. "제항구, 무슨 일이니?"

"아무것도 아니에요."

"행복하지?"

제항기르가 고개를 끄덕였다.

"자, 나가자. 차 마셔야지. 무라드는 또 왜 이렇게 늦지? 넌 안 그런데 어째 걔만 버스를 놓치니?"

"저는 전속력으로 계단을 내려가서 버스 정류장까지 뛰어가요." 제항기르는 형이 요즘 걸어 다닌다는 걸 밝히지 않았다. 형이 버스비를 아끼는 이유가 분명히 있을 것이다. 아마 형도 엄마 아빠를 돕고 싶어서 그런 건지도 모른다.

무라드가 곧 집에 도착했다. 록산나가 왜 늦었냐고 묻지 않은 이유는 예자드가 뒤따라 도착해 현관문을 열면서 "세상에, 이럴 수가." 하고 말했기 때문이다.

집에 도착하자마자 남편이 뭣 때문에 화가 났는지 궁금했다. "여보, 왜 그래요?" 그녀가 조심스레 물었다.

"몇 주 만에 처음으로 제대로 된 게 있어서 그래."

록산나의 근심이 녹아서 미소로 바뀌었다. "뭐가요?"

"한번 맞혀 봐. 힌트를 하나 줄게. 오늘 집에 오는데 계단을 오르지 않았어."

"그럼 뭐 날기라도 했다는 거예요?" 록산나의 말에 제항기르가 웃었다. 제항기르는 부모님의 대화에 안심했다.

"맞아, 바로 그거야! 새장 안에서 날아올랐다니까."

"엘리베이터가 작동해요!" 무라드가 외쳤다.

"팔 년 만이야. 장인어른, 믿기세요?"

"좋은 소식이구먼. 현대 기술의 기적이 유쾌한 빌라에 돌아왔군." 나리만이 말했다.

모두들 웃었다. 활기찬 기분의 제항기르가 말했다. "낡았지만 착한 엘리베이터를 위해서 만세 삼창! 만세, 만세, 만만세!" 오늘 저녁에 아빠가 기분이 좋아서 제항기르도 행복했다.

"그런 건 에니드 블리턴의 책에서 읽었나 보구나." 예자드가 말했다. 록산나는 음식이 준비됐으니 모두들 식탁에 앉으라고 했다.

저녁 식사가 시작됐다. 감자를 삶아 얇게 썰어 양파를 넣어 튀기고 풋고추를 썰어 넣고 커민 씨를 넣은 요리가 나왔다. 달걀 네 개를 휘저어 거품을 내서 위에 얹어 마무리를 하지 않았으므로 요리가 완전하지 않다는 걸 록산나는 잘 알고 있었다. 요리를 나눠 주면서 너무 빈약한 것 같아 신경이 쓰였다.

"정말 맛있네. 풋고추는 마술이군." 예자드가 말했다.

제항기르가 흔쾌히 동의하며 고개를 끄덕였다. "아빠, 제 이름을 존이라고 바뀌도 돼요? 줄여서 말예요."

"여보, 쟤 말하는 거 들었어? 당신 아들이 기독교인이 되고 싶은가 봐."

"아뇨, 전 언제나 파르시인이죠. 단지 이름만 살짝 바꾸고 싶어요."

"제항글라, 내 말 잘 들어. 너의 기독교도 친구들은 기독교 이름을 갖고 있고 힌두교도 친구들은 힌두교 이름을 갖고 있어. 넌 파르시 조로아스터교도니까 페르시아 이름을 가지고 있는 거야. 자랑스럽게 생각해. 그건 낡은 신발처럼 버리는 게 아니야."

"낡은 사파토." 제항기르가 말했다.

"요즘 우리 집은 아무것도 버릴 여유가 없으니까."

돈이라는 불쾌한 주제가 다시 등장하자 걱정이 된 제항기르는 음식 씹는 것을 멈췄다. 록산나가 저녁이 마음에 들지 않느냐고 물었다.

"아뇨, 아주 맛있어요." 제항기르가 다시 속력을 냈다.

"아빠한테 벽장에서 뭘 하고 있었는지 말씀드렸어?"

그 질문에 제항기르가 찔끔해서 말문이 막혔다. 간신히 머리를 가로저었다.

"이 녀석이 무슨 짓을 한 거야?"

"당신 편지를 보고 싶었나 봐요. 캐나다 이민 편지 말이에요."

제항기르에게 안도감이 밀려들었다. 마치 온몸에 파도가 밀려오는 듯했다. 엄마가 그 이야기를 꺼낸 건 아빠의 좋은 기분을 가능한 오래 지속시키기 위한 것임을 제항기르도 알고 있었다.

저녁 식사가 끝나자 제항기르가 그 이야기를 해 달라고 졸랐다.

이전에 이민 이야기는 꿈과 현실이라는 두 부분으로 구성돼 있었다. 그러나 세월이 흐르면서 성공, 집, 차, CD플레이어, 컴퓨터, 맑은 공기, 눈, 호수, 산, 풍요와 같은 꿈은 결코 실현되지 않을 것이므로 버려졌다. 그 부분의 이야기는 거의 남아 있지 않았다. 이를 보충이라도 하려는 듯이 나머지 부분의 이야기가 많아져서 이제는 이야기의 전부가 되다시피 했다. 그 이야기는 당시에 록산나와 세 살배기였던 무라드로 구성된 가족을 데리고 이민을 가고 싶다는 소망을 담아서 캐나다 대사관에 예자드가 썼던 편지로부터 시작됐다.

"전에 다 들었던 얘기잖아." 제항기르가 귀찮게 조르자 예자드가 말했다.

"그래도 편지는 안 읽어 주셨잖아요."

"읽어 줬던 것 같은데."

"여보게, 딴 사람들은 몰라도 난 정말 듣고 싶구먼." 나리만이 말했다.

"아, 그럼 좋습니다." 그는 벽장으로 가서 편지를 찾는 기회를 이용해 남은 마트카 상금을 봉투 다섯 개에 대충 넣었다. 거실로 돌아와 그는 편지 꾸러미를 펼치고 그들이 듣고 싶어 하는 이야기가 담긴 편지를 찾았다.

편지지 다발을 꺼내면서 그는 오래전 캐나다 대사관에 편지를 쓸 때 자신이 엔지니어, 간호사, 기술자같이 수요가 많은 사람도 아니고 자격도 미달이었기 때문에 오로지 편지로 학위나 자격증이 해내는 일을 이룰 수 있기를 바랐다고 했다. 편지를 읽은 대사관에서 바로 여기 캐나다에 어울리는 사람이 있다고 주목하게 만들어야 했다. 말은 마음을 움직이는 힘이 있으며 위대한 일들을 이뤘고 전쟁도 승리하게 만들었다. 이성과 열정을 조심스럽게 섞어서 달군 처칠, 셰익스피어, 밀턴의 언어로 이민 비자를 받을 수 있을지도 몰랐다.

그래서 예자드는 캐나다 찬가를 썼다. 놀라운 지리와 사람들, 세계적 위상, 새로운 것을 받아들이기 전에 옛것을 버리도록 요구하지 않는 매우 지혜롭고 관대한 다문화 정책 등에 관한 내용이었다. 너도나도 아메리칸드림에 대해서 말하지만 자신의 견해로 볼 때 미국의 용광로 정책은 악몽이라고 적었다. 그런 투박한 비유는 약속의 땅보다 지옥불과 유황을 묘사하는 데 적합하다고 했다. 캐나다의 꿈을 보여 주는 모자이크가 훨씬 뛰어나다고 썼다. 모자이크는 상상력, 인내심, 예술성을 필요로 하며 이는 불타는 용광로의 무자비함에는 없는 미학이라고 설명했다.

그는 잠시 말을 멈췄다. "지금 보니 너무 과장됐어."

"아빠, 계속하세요. 굉장한 편지예요."

예자드가 웃으며 다음 페이지로 넘긴 후 큰 소리로 읽었다. "캐나다의 꿈의 관대함 덕분에 모든 사람, 그리고 많은 언어와 문화와 인종을 위한 공간이 있습니다. 포용성에 기초하여 자신을 정의하고 끊임없이 재정의하려고 하는 것에 바로 캐나다의 위대함, 약속, 희망이 있습니다. 제 가족과 저는 이러한 꿈에 동참하고 싶습니다. 우리는 그 꿈의 고귀함을 믿으며 세상의 빛이 되고자 헌신하는 사회에서 살기를 소망합니다. 저는 꿈이 있습니다. 언젠가 제 가족이 이 불만의 땅을 영원히 떠나 연민의 가치가 가장 중요시되며 이기심이 감금되고 근절되며 대결보다 타협이 우선하며 조화의 꽃이 재배되는 곳에 가서 살고 싶다는 꿈입니다. 무엇보다도 언젠가 아내와 아들과 제가 캐나다 하늘에 머리를 들고 진심을 다해 〈오, 캐나다〉 노래를 부르고 싶은 꿈이 있습니다."

그는 편지 끝부분의 구체적인 세부 사항들은 건너뛰었다. "맙소사, 내가 정말 이렇게 순진한 헛소리를 썼단 말이야?"

"글쎄," 나리만이 말했다. "성취하고자 한 걸 쓴 내용은 매우 좋구먼. 지금까지도 충분히……."

"이걸 쓰느라고 6주 동안이나 힘들게 고치고 쉼표 때문에 고민하면서 하나 더하고 지우고 하다가 뉴델리로 부쳤다는 사실이 믿기세요? 빌어먹을 대사관에서 3개월 동안 아무런 소식도 없었죠. 전 뭔가 기분을 상하게 한 말을 쓰지는 않았는지 곱씹었어요. 마틴 루서 킹의 연설풍으로 썼는데 캐나다 이민 신청을 하면서 왜 미국 영웅을 인용했냐고 기분이 나빴을 수도 있고. 그랬다면 연구를 더 많이 해서 캐나다 사람을 인용하는 게 나았을 수도 있죠. 아니면 미국의 용광로 정책에 대해서 너무 비판적으로 써서 저한테 불리하게 과격분자, 혹은 문제를 일으킬 수 있는 미국 혐오자나 반미주의자로

낙인찍혔을 수도 있고. 그것도 아니면 인도를 배반했다는 느낌을 줬을 수도 있고요. 사실 그런 건 저도 피하고 싶었거든요. 그러던 어느 날 마침내 답장이 왔죠. 장인어른, 어떤 내용이었는지 아세요? 신청서 작성 요령과 함께 신청서를 동봉한다는 두 줄짜리 복사 편지였습니다. 자, 여기 복사 편지 보이시죠?"

"난 아직도 믿기질 않아요. 그런 편지를 어떻게 무시할 수가 있죠?" 록산나가 말했다.

"관료주의. 인류 최, 최, 최악의 적." 나리만이 말했다.

"맞습니다." 예자드는 록산나와 눈짓을 주고받았다. 그녀도 나리만이 말을 더듬는 걸 알아챘다. "그래서 신청서를 작성하면서도 그다지 희망을 가지지 않았죠. 편지로 그 사람들을 감동시킬 수 없다면 무슨 수로 결정에 영향을 미칠 수 있겠습니까? 방법이 없었죠. 그러니 6개월 후에 면접을 보러 오라고 했을 때 얼마나 놀랐겠습니까. 다시 한 번 열정이 솟았죠. 받아들일 가능성이 없으면 대사관에서 이민 신청자들을 면접하는 일은 없으니까요. 그리고 저뿐만 아니라 온 가족을 초대했죠."

"그날 입었던 옷을 아직도 기억해요." 록산나가 말했다. "예자드는 감청색 더블 양복을 입었고 저는 옛날에 입던 자주색 치마와 재킷을 입었죠. 무라드한테는 귀여운 나비넥타이를 사 줬고요. 땀이 날까 봐 택시를 타고 갔어요."

"그랬습니다." 예자드가 말했다. "거기 도착하자 접수계원이 이민 담당관인 마조바시 씨가 곧 우리를 부를 거라고 하더군요. 그래서 대기실에 있는 소파에 앉았죠. 마치 결혼식에 온 것처럼 거기 있는 가족들이 우리처럼 차려입었더라고요. 어떤 여자들은 몇 킬로그램은 될 것 같은 금 장신구를 하고 있었죠. 지금 생각하면 정말 바보 같았어요. 하지만 그 당시 생각나는 거라곤 이민 담당관의 이름인 마조바시밖에 없었죠. 감격적이더군요. 이것이 바로 캐나다의 아름다움이구나 싶었죠. 마조바시가 캐나다 이름이 될 수 있다는 사실이 말입니다. 체노이도 그렇게 될 수 있으니까요. 그때 복도에서 목소리가 들렸습니다. 체노이 가족을 부르더군요. 마치 진찰실의 다음 환자를 부르는 의사처럼 말이죠. 그 남자를 봤을 때 이민 담당관이 아닌 줄 알았습니다. 사환처럼 옷을 입었더라고요. 쿠르타 타입의 구겨진 셔츠를 바지 위에 걸치고 발에는 콜하프루 지방 샌들을 신었는데 발톱에 때가 꼬질꼬질했어요. 사무실로 들어갔더니 남자가 책상 뒤의 큰 안락의자에 앉더군요. 책상에 M. M. 마조바시라고 쓰인 황동 명패가 있었습니다. 그렇게 꾀죄죄한 차림으로 인터뷰를 하다니 우리를 이렇게밖에 취급하지 않는구나 하는 생각이 들더군요. 하지만 판단을 유보하기로 했습니다. 캐나다 인이 미국인보다 격식을 덜 차리는 건지도 모르니까요."

"영국 사람들은 그런 걸 토착화된다고 표현했지." 나리만이 말했다.

"맞습니다." 예자드가 말했다. "마조바시가 우리에겐 앉으라는 말도 없이 우리 파일을 열더군요. 의자가 하나 있어서 록산나에게 앉으라고 팔꿈치로 슬쩍 찔렀죠. 그가 눈치를 채고 구석에 있는 또 다른 의자를 가리키며 '저기 가서 앉아요.' 하더군요. 우리가 앉자 그가 말했어요. '양복하고 재킷을 입고 있는데 안 더워요?' 제가 웃으며 말했죠. '아뇨, 선생님. 에어컨이 잘 가동되고 있어서요.'"

록산나가 끼어들었다. "사실 사무실이 너무 추워서 나일론 스카프를 안 가져간 걸 후회했어요. 그리고 무라드가 감기에 걸릴까 봐 걱정했고요. 내가 떨고 있는 걸 보더니 그 남자가 묻더라고요. '아니, 왜 그래요? 추워요? 그런데 캐나다에 가서 살겠다고요?' 정말 교양 없는 사람이라 전 처음부터 싫었어요."

"어쨌든," 예자드가 말했다. "그 남자가 갑자기 사무실을 나가더니 물을 한잔 들고 돌아오더군요. 마침내 예의를 차리는가 싶었죠. 그런데 책상 위에 있는 작은 화분에다가 물을 붓는 거예요. '캐나다가 얼마나 먼 줄 아시오?' 하고 묻더군요. 그래서 캐나다 어느 지역을 가느냐에 따라서 다른데 서부 해안을 가려면 거의 6천 킬로미터나 거리가 늘어난다고 대답했죠."

"좋은 지적이야." 나리만이 말했다.

아빠가 나쁜 마조바시에게 한 방 먹인 것에 제항기르도 기뻤다. "그때 아빠가 그 사람한테 예의 없는 사람이라고 한 거죠?"

"아냐, 좀 더 나중에. 그 사람이 파일을 다시 열더니 담배에 불을 붙이고 손톱을 살피다가 우리한테 왜 캐나다에 가고 싶냐고 물었어. 그래서 내가 긴 편지의 내용을 반복하면서 끝에 실수로 그 사람 가족이 이민 간 것과 같은 이유라고 대답했지. 그 사람이 비웃으며 말하더군. '우리 가족은 캐나다에서 태어났소.' 난 침묵했지. 그다음에 그가 인터뷰와 관련된 첫 번째 질문을 했어. '여기 스포츠용품을 판다고 적혀 있네요. 좀 더 자세히 설명해 주시오.' 하더군. 내가 대답하는 도중에 그가 말을 끊고 물었어. '좋소. 됐소. 크리켓, 배드민턴, 탁구 얘기는 그만합시다. 캐나다에서도 스포츠용품을 팔 생각이오?' 그래서 내가 대답했지. '네. 하지만 어떤 일이라도 기꺼이……' '그건 됐고. 캐나다 스포츠에 대해서 아는 게 있소? 아이스하키 팀은 선수가 몇 명인지 아시오?' 하고 묻더군. 내가 '11명입니까?' 했지. '틀렸소. 한 경기에 몇

피어리드나 있는지 아시오?' 하고 묻더군. '두 갭니까?' 했지. '틀렸소. 파워 플레이가 뭔지 아시오? 데케 동작이 뭔지 아시오? 아이싱 페널티가 뭔지 알아요? CFL과 NFL의 차이를 말해 보시오. NHL에는 몇 팀이나 있소? 라크로스는 어떻게 하는 건지 알아요?' 기관총처럼 나한테 질문을 쏘아 대더군. 마침내 남자가 이렇게 말하더라고. '당신네 인도 사람들은 참 순진해. 아무것도 모르는 나라에 돈이나 벌려고 가서 얼어 죽고 싶어 하다니. 나 참, 어쨌거나 캐나다에 관심 가져 줘서 고맙소. 결과는 나중에 알려 드리리다.'

제항기르는 기다렸다. 하이라이트가 다가오고 있었다.

"우리가 얌전하게 일어나서 나가길 기다리더라고. 그래도 계속 의자에 앉아 있었지. '선생님, 실례지만 한마디만 해도 되겠습니까?' 하고 물었어. 그러자 남자가 '그러쇼. 하지만 서둘러요. 인터뷰할 당신 같은 사람이 많으니까.' 하더군. 그래서 내가 '그럼요. 빨리하죠.' 그랬지. 내가 의자에서 몸을 앞으로 들이밀었어. '선생님은 참 무례하고 무식하군요. 당신 사무실과 국가에 수치요. 여기 앉아서 우리를 모욕하고 인도 사람들과 인도를 모욕하다니. 인도는 당신 정부가 두뇌를 빨아들이는 많은 나라 가운데 하나고 당신 나라의 성장과 번영에 기여하고 있소. 우리에게 고맙다는 예의는 못 차릴망정 당신의 편견과 편협한 생각들을 내뱉다니. 당신 같은 사람들은 캐나다 시민으로서 인종 차별과 외국인 혐오증을 겪고 전쟁 포로처럼 수용소에도 들어가고 했으니까 어느 누구보다도 캐나다 다문화주의의 계몽적 이상을 이해하고 실현해야 하는 것 아니오? 당신을 보고 미루어 짐작건대 캐나다는 거대한 사기요.'

"브라보." 나리만이 말했다. 무라드와 제항기르는 자랑스럽게 박수를 쳤다.

"굉장한 연설이었죠. 하도 오래전 일이라 다 기억나진 않지만."

"당신이 그 남자 책상 뒤에 있는 국기에 대해서도 한마디 했잖아요." 록산 나가 힌트를 주었다. "잎에 대해서 말이에요."

"아, 맞아. 사무실에 억지로 붙어 있는 국기의 빨간 단풍나무 잎이 수치심 때문에 시들어 떨어지지 않고 아직 붙어 있는 게 신기하다고 했지."

"아주 잘했어." 나리만이 말했다.

"지원하기 전에 연구를 철저히 했거든요. 책방에서 일하는 친구인 빌라스 가『오바산』이라는 소설책과『한때는 친구였던 적』이라는 책을 빌려 줬습니 다. 거기다가 캐나다 철도 건설, 클론다이크 골드러시, 1867년 캐나다 연방 등에 관한 책들도 봤죠. 사실 캐나다에 대해서는 거기서 태어난 사람들보다 더 많이 알고 있다고 자부합니다. 캐나다 스포츠만 빼고요. 그런데 그 남자 가 날 퇴짜 놓은 거죠."

나리만이 서글픈 표정으로 고개를 가로저었다. "고생을 많이 한 사람들이 보통 사람들보다 자비로울 거라고 우리는 생각하지. 꼭 그렇다는 보장이 없 는데 말이야. 아무튼 자네가 이민 가지 않아서 난 기쁘네."

"장인어른, 처남과 처형도 그럴 겁니다. 봄베이에서 캐나다까지는 구급차 가 어마어마하게 비싸니까요."

"자네가 이민 가지 않아서 기쁜 이유는 이민이 잘못된 선택이기 때문이 야. 인생에서 저지를 수 있는 가장 큰 실수지. 고향을 잃어버리는 건 결코 채 워지지 않는 구멍을 남기거든."

장인의 말에 사장의 제항기르 맨션과 휴즈 거리 사진들이 떠오르자 예자드는 목이 메었다. 그의 잃어버린 집. 다시 슬프고 공허한 느낌이 찾아오더니 곧이어 마음이 평온해졌다.

그는 지난 12년 동안 모은 캐나다 관련 뉴스 스크랩들과 함께 다양한 용지와 편지를 큰 봉투에 도로 담았다. 마조바시를 만났을 때보다 캐나다에 대해서 더 많이 알고 있었다. 거절당했다는 아픔 때문에 퇴짜 놓은 대상에 대해서 더 많이 알고 싶은 욕구 때문이었다.

예자드는 봉투를 벽장으로 갖고 가다가 멈췄다. 뭣 때문에 그걸 간직하고 있었을까? 그는 이유를 알고 있었다. 언젠가 다시 한 번 이민을 신청해서 성공하리라는 생각을 버리지 않았던 것이다.

그는 침대에 앉아서 큰 봉투를 뒤집어 흔들었다. 편지, 용지, 복사물, 뉴스 스크랩 등이 펄럭이며 떨어져 수북하게 쌓였다. 그러자 그는 그것들을 찢기 시작했다.

종이 찢는 소리를 듣고 록산나가 안쪽 방으로 들어왔다. "지금 뭐하는 거예요?" 그녀가 깜짝 놀라서 물었다.

"쓰레기 정리하는 중이야."

그녀는 순간 서류들을 빼앗으려다가 곧바로 남편을 이해했다. 예자드가 옳았다. 그건 갖고 있을 필요가 없었다. 침대에 책상다리를 하고 앉아서 남편과 함께 종이를 찢었다. 그렇게 하니 기분이 좋았다.

그들은 미소를 지으며 쌓인 종이 더미를 보다가 눈이 마주쳤다. 다 찢고 나자 종이 꽃잎들이 작은 산을 이루었다. 예자드가 그 위로 손을 뻗어 록산나를 가까이 끌어당겼다. 두 팔로 그녀를 감싸더니 머리를 자신의 가슴에 묻었다.

발코니에서 무라드가 아빠에게 전할 말이 떠올랐다고 제항기르에게 말했다. 마조바시가 인터뷰할 때 무례하고 불공평했다고 캐나다 정부에 항의하면 될 거라고 했다.

"하지만 정부가 평범한 사람들을 돕진 않잖아." 제항기르가 잘난 척하며 말했다.

"넌 인도만 생각하니? 외국에서는 그렇지 않아. 아빠한테 건의할 거야." 무라드가 말했다.

"형, 기다려! 지금 가면 안 돼. 엄마랑 아빠가 키스하고 있단 말이야."

12

록산나가 지켜보는 가운데 부르셰인 배달원이 가스레인지 밑에 있던 빈 가스통을 치웠다. 옆에서 지켜보지 않으면 숟가락이나 선반의 향료병을 슬쩍할지도 몰랐다. 그녀는 코를 킁킁거렸다. 분리된 호스에서 가스가 흘러나와 공기에 미세하게 섞여 있었다.

덜커덕거리며 새 가스통을 밀어 넣은 남자는 무릎을 꿇고 앉아서 호스를 연결한 후에 버너에 불을 붙여 가스가 잘 통하는지 확인했다. 불꽃은 깨끗한 푸른색이었다. 힘을 돋우는 소리와 함께 빈 가스통을 어깨에 짊어진 남자는 록산나의 안내를 받으며 밖으로 나갔다.

돈을 가져오려고 서두르던 그녀는 계산서를 슬쩍 보더니 멈춰 섰다. 가격이 또 올랐다. 남자에게 가스통을 도로 가져가라고 할까 망설였다. 오래된 프라이머스 풍로에 석유를 사용하면 더 저렴할 것이다. 그러나 접속 파이프가 막혀 있고 펌프가 굳어 있을 것이다. 그리고 오늘 저녁 당장 요리를 해야 했다.

가스라고 적힌 봉투를 찾으려고 다른 봉투들을 넘기다가 버터와 빵이라고 적힌 봉투에 돈이 있는 걸 보았다. 20루피? 그럴 리 없었다. 며칠 동안 버터 없이 지냈기 때문이다.

전기라고 적힌 봉투를 넘길 때도 돈이 있는 걸 느꼈다. 안을 들여다보자 45루피가 들어 있었다. 하지만 전기 요금은 그달 초사흘에 이미 납부했다.

부르셰인 배달원에게 돈을 지불한 후 그녀는 벽장으로 돌아가 봉투를 모두 확인했다. 그녀의 계산에 따르면 180루피가 더 들어 있었다.

그날 저녁 남편에게 그 사실을 알렸다. "뭔가 이상해요. 몇 번이고 확인했거든요." 혹시라도 남편이 자신을 무능하다고 생각할까 봐 그녀는 조심스럽게 말했다.

"카푸르 씨가 봉급을 줄 때 실수했을지도 몰라. 어쨌든 돈이 많으면 좋은 거지 웬 걱정이야? 부족한 데다 잘 쓰면 되지 뭐."

그는 속으로 웃었지만 약간 어리둥절했다. 그가 넣은 돈은 120루피였기 때문이다.

며칠 동안 그는 빌리의 강력한 다음번 꿈을 희망하면서도 동시에 그러한 유혹이 두려웠다. 그가 집을 나설 때마다 빌리는 4층 층계참이나 계단에서 그를 불러 세워 '따끈한 정보'가 있다며 자꾸 귀찮게 했다. 때로는 그녀의 설명이 이치에 맞는 것 같아서 그는 스스로에게 깜짝 놀랐다. 어떻게 불쌍한 빌리의 헛소리를 논리적이라고 생각할 수 있을까? 그녀의 환상에 사로잡힐 정도로 나약한 자신을 증오했다.

그럴 때마다 그는 빌리의 브래지어 꿈이 생각났다. 그게 쓸데없는 짓이었는지 잘 모르겠다. 아마도 빌리가 통계학적 확률 과학에 타고난 소질이 있는 건지도 모른다. 머릿속으로 12자리 숫자를 곱해서 계산기를 사용하는 것보다 빨리 답할 수 있는 샤쿤탈라 데비나 다른 수학 천재들처럼 말이다. 이유가 뭐든 간에 빌리의 공식이 작동하는 것 같았다.

현실 세계와 빌리의 숫자 세계의 희망 사이에서 갈팡질팡하던 그는 또다시 운명에 맡기기로 했다. 봄베이 스포츠용품점에서 승진하게 되면 더는 마트카를 할 필요가 없을 것이다. 그러나 카푸르 씨는 그 문제에 관해서 아직 말이 없었다. 그에게 귀띔이라도 해 줘야 할까? 단도직입적으로 봉급을 올려 달라고 할까? 최근의 업무량으로 볼 때 충분히 그럴 자격이 있었다. 굳이 선거 운동 때까지 기다릴 필요가 없었다.

하루하루가 지나고 운명의 판단을 기다리면서 그는 가끔 조금씩 판돈을 걸었다(그리고 감을 유지하기 위한 거라고 자위했다). 36C 브래지어 사이즈 꿈으로 딴 돈을 유지할 정도로 따거나 잃으면서 강력한 다음번 꿈을 기다렸다. 오래지 않아 그는 전문가가 된 기분이었다. 꿈과 숫자에 관한 지식이 사무실 하루 일과를 설명하는 것과 거의 같은 수준이 됐다. 판돈을 걸 때 생기는 흥분, 특히 승리 혹은 패배의 마트카 결과를 알기 직전의 순간에 느끼는 긴장된 흥분을 그는 즐기기 시작했다. 그리고 매번 딴 돈이 늘어나면 조금씩 떼어서 록산나의 봉투에 몰래 넣었다.

"여보, 계산이 자꾸 틀려요." 돈이 더 나올 때마다 록산나가 말했다. 아내의 기분 좋은 말투로 볼 때 그녀도 은근히 즐기는 것이 분명했다. 남편이 수수료를 더 받아서 봉투에 몰래 넣어 주는 건 이제 싸우지 말자는 그만의 방식이라고 그녀는 생각했다.

예기치 않게 큰돈을 따고 몇 주가 지난 후 예자드가 일을 마치고 집으로 돌아가는데 빌리의 현관문이 열렸다. "예자드 씨, 좋은 소식이 있어요."

그가 지갑을 꺼내려고 손을 뒤로 뻗자 그녀가 만류하며 말했다. "친애하는 예자드 씨, 너무 흥분하시네요. 지갑 꺼내기 전에 꿈 이야기부터 들어 보세용."

또 속옷 꿈인가? 그는 호기심을 느끼며 동전 넣는 칸 밑에 조심스럽게 숨겨 둔 지폐들을 꺼냈다. 지갑에 남은 돈 전부였다. 돈을 세면서 이번에는 판돈을 많이 걸고 싶다는 생각이 들었다. 당장 현금을 구할 수 있으면 좋으련만. "빌리, 돈만 주고 갈게요."

"예자드 씨, 10초도 안 걸려요. 짧고 달콤한 꿈인데."

그가 발을 움직이자 그녀가 얼른 덧붙였다. "당신도 꿈에 보였어요."

"그래요?"

"지금껏 꾼 꿈 가운데 제일 간단한 꿈이었어요. 너무 단순해서 대부분은 사람들이 깨자마자 잊어버리는 그런 꿈이에요. 당신과 내가 부엌에서 초콜릿을 먹었죠."

"그게 다예요?"

"짧고 달콤한 꿈이라고 했잖아요." 그녀가 킥킥거렸다. "아니, 길고 달콤하다고 해야겠네요. 우리가 큼직한 캐드베리 초콜릿을 나눠 먹었으니까요. 내가 한 입 먹고 나면 당신이 한 입 먹었죠. 입에서는 군침이 돌았고 초콜릿이

끈적끈적하게 온……."

예자드가 말을 끊었다. "정확한 숫자는 알아냈겠죠? 당신이 전문가니까 난 필요 없잖아요."

"꿈에서는 당신이 필요했어요." 그녀가 수줍게 말했다. "바로 당신이 초콜릿을 가져왔으니까."

"내가요?"

"네. 당신이 포장을 벗겨서 얼마나 큰지 보여 주며 나한테 주기 전에 몇 조각인지 세었어요."

"몇 개였죠?"

"18조각요." 그녀가 유혹하듯이 속삭였다. "친애하는 예자드 씨, 그러니까 우리 숫자는 18이랍니다."

그들은 악수를 하고 서로에게 행운을 빌었다. 그런 다음 예자드는 그 집을 빠져나왔다.

저녁 내내 남편이 딴생각을 하고 있자 록산나는 그의 기분이 다시 나빠진 건가 싶었다. 지난 몇 주 동안은 분위기가 아주 좋았다. 그런데 뭣 때문에 그가 표변한 걸까?

무라드가 매일 늦게 귀가하는 문제를 상의할 계획이었지만 다음 기회로 미루었다. 그녀는 말을 걸지 않고 남편을 내버려 두기로 했다.

아이들은 안쪽 방에 틀어박혀 있었다. 아빠가 차를 마시는 동안 착한 모습을 보이려고 아이들은 열심히 공부했다. 예자드가 차를 마시고 나자 제항기르가 "나는 왜 인도가 위대한 나라라고 생각하는가"라는 제목의 에세이를 써야 한다며 중대 발표라도 하듯이 말했다.

"아빠, 도와주실래요?" 아빠가 기뻐하길 바라며 제항기르가 물었다.

"선생님이 인도가 왜 절망적인 나라인지에 관한 에세이를 쓰라고 하면 아빠한테 가져와."

그 말에 록산나는 자신의 결심을 깜빡 잊고 말았다. "어린애한테 그게 무슨 잔인한 말이에요?"

"진실은 때로 잔인한 법이지. 당신이 거짓말로 도와주든가. 아니면 바킬 교수님께서 사실을 만들어 내면 되겠구먼."

"내가 도와주마." 나리만이 말했다.

제항기르가 엄마를 보며 허락을 구했다. 그녀가 고개를 끄덕이자 제항기르는 식탁에 앉았다. "좋아요, 할아버지. 전 준비됐습니다."

예자드는 구석에 있는 의자에 앉아서 아들이 집중하는 모습과 나리만의 고통스러운 얼굴에 번지는 즐거운 표정을 바라보았다. 아들 옆에 앉아서 에세이를 도와줄 인내심조차 없다니 자신의 인생은 도대체 어디로 흘러가는 걸까?

그는 도저히 그대로 있을 수 없어서 자리에서 일어났다. 서두르느라 차탁과 부딪친 그는 안쪽 방으로 들어가 무라드에게 나가라고 했다. 그는 항상 열려 있는 문을 잠그려고 했다. 오랫동안 쓰지 않았던 탓에 문틈이 맞질 않아 빗장을 지르는 데 애를 먹었다.

문을 잠그는 소리가 들리자 록산나는 불안했다. 그녀는 잠시 기다렸다가 문에 귀를 대고 서 있었다. 정적이 흘렀다. 발소리조차 들리지 않았다. 남편이 저녁 내내 안절부절못하고 행동이 겉돌았다. "여보?" 그녀는 방문을 두드렸다.

그는 대답하지 않았다.

"여보, 무슨 일 있어요?"

그녀는 남편을 부르며 계속 노크를 했다. "여보! 제발 이 문 좀 열어요!" 당황한 그녀는 문을 발로 차고 거칠게 두드렸다.

갑자기 문이 열리자 순간 그녀가 비틀거리며 몸이 앞으로 쏠렸다. 예자드가 팔로 막아섰다. "히스테리 좀 그만 부릴 수 없어? 아니면 당신 팔다리를 확 묶어 버릴까?"

그가 문을 꽝 닫았다. 소스라치게 놀란 그녀는 잠시 문을 노려보다가 돌아섰다. 제항기르가 앉아 있는 식탁에 앉았다. 제항기르는 이미 글쓰기를 멈췄다.

"에세이나 계속 써." 그녀가 힘없이 말했다. "아빠가 단단히 화나는 일이 있나 보다."

"직장에서 아무 일 없는 거겠지?" 나리만이 물었다.

"무슨 수로 알겠어요? 저한텐 아무 말도 안 하니. 전혀 딴 사람처럼 행동하잖아요." 그녀가 작은 목소리로 말했다.

제항기르가 의자에서 살그머니 일어나더니 록산나의 어깨에 얼굴을 묻었다. 그녀가 아들의 머리에 입을 맞추었다.

"아빠가 엄마 안 묶을 거예요." 제항기르가 흐느끼며 말했다.

"그럼, 당연하지. 아빤 안 그럴 거야."

"아빠가 화가 나서 그렇게 말한 것뿐이야." 무라드가 말했다.

침대에 누운 예자드는 자신의 행동이 부끄러웠지만 다른 방법이 없었다고 스스로를 위로했다. 방문을 잠그지 않고 어떻게 계획대로 한단 말인가? 게다가 가족을 돕기 위해서가 아닌가? 그러나 자신의 결정이 옳은 것인지에 대해서는 여전히 확신이 서지 않았다. 그는 일어서서 주먹을 쥐었다 폈다 하면서 방 안을 서성거렸다. 그러다가 과감하게 벽장으로 성큼성큼 걸어갔다.

그는 봉투를 모두 꺼냈다. 매달 초에 청구서들을 납부하므로 많은 봉투가 이미 비어 있었다. 아직 돈이 들어 있는 봉투에서 돈을 꺼내기 시작했다. 버터와 빵, 우유와 차, 쌀과 설탕……

지폐를 꺼내면서 그는 봉투 위에 적힌 음식들을 훔치는 것 같은 죄책감이 들었다. 그러나 자신에게 내일이면 백 배로 돌려줄 테니 쓸데없는 걱정 집어치우라고 했다.

그런데 왜 도둑이 된 기분이 드는 걸까? 록산나에게 계획을 털어놓을 수 있으면 좋으련만. 그러나 아내는 절대 동의하지 않을 것이다. 도박을 증오하는 것 외에도 위험이 너무 크다고 할 것이다.

대충 세어 보니 700루피가 약간 넘었다. 그는 돈을 지갑에 쑤셔 넣고 빈 봉투들을 벽장에 넣은 후 방문을 열러 갔다. 빗장에 손을 얹은 그는 또다시 망설였다. 혹시라도 빌리의 꿈이 맞지 않는다면……

그가 빗장을 벗기자 요란한 소리가 났다. 그는 마치 아무 일도 없었다는 듯이 방을 나와 현관문으로 걸어갔다.

"여보, 제발 무슨 일인지 말 좀 해 봐요." 록산나가 애원했다. "지금 어디 가는 거예요?"

"산책."

엘리베이터에 탄 예자드는 출발을 알리기라도 하는 듯이 접는 문을 꽝 닫은 후 로비로 내려갔다. 잠시 거기에 있다가 계단으로 다시 올라갔다.

돌계단의 발소리가 텅 빈 복도에 울렸다. 3층에서 웃음소리가 들리자 그는 잠시 멈췄다. 아이들의 행복한 목소리가 흘러나왔고 계집아이가 매우 기뻐하며 호들갑을 떨었다. 엄마가 저녁 먹으라고 부르는 소리가 들렸다.

그는 그 소리들로부터 도망치고 싶었다. 한때는 행복하고 따뜻하며 사랑스러웠던 자신의 작은 아파트에서 사라진 것이 무엇인지 알려 주는 그 익숙한 소리 때문에 그는 화가 났다.

상황을 자신의 손으로 통제할 수만 있다면 다시 그렇게 될 거라고 스스로에게 다짐했다. 그는 계단을 다시 올라가 빌리의 집을 노크했다.

그는 인사치레를 생략했다. "빨리 식품점 주인에게 한 번만 더 갔다 와요." 이미 손에 쥐고 있던 지갑에서 그는 지폐 뭉치를 꺼냈다. "이걸로 판돈 좀 걸어 줘요."

그의 단도직입적인 태도에 깜짝 놀랐지만 빌리는 유쾌한 모습을 유지하려고 했다. "기꺼이 그러죠. 그런데 친애하는 예자드 씨, 정말 괜찮겠어요? 이렇게 많이요?"

"그건 당신이 신경 쓸 문제가 아니잖소. 문 닫기 전에 빨리 가요."

마트카 동지가 그런 식으로 말한 것에 마음이 상한 빌리는 아무 말 없이 돈을 받았다. 그런 태도는 게임의 참뜻에 맞지 않았다.

9시쯤에 예자드는 시작 번호가 발표됐는지 궁금했다. 발코니 난간에 몸을 기대고 기다리며 산들바람이 불기를 바랐다. 11월이었지만 아직 더위가 가시지 않았다. 기온으로 보면 5월이라고 해도 무방했다. 시작 번호는 어떻게 됐을까? 1번이 나왔을까? 반드시 그래야만 했다.

9시 30분에 그는 밖에 나간다고 말했다.

"또 나가요?" 피곤해서인지 록산나의 말은 질문이라기보다 넋두리에 가까웠다.

예자드는 아내가 장인과 나누는 표정을 목격했다. "처형이 장인어른께 한 것처럼 당신도 나한테 규칙과 할당량을 지키라는 건가?"

"언니 같은 사람은 바로 당신이에요. 어리석은 말이나 해 대니까."

"그것참, 굉장한 농담이로군. 내 움직임을 일일이 감시하다가 산책하러 나간다고 하면 질문을 열두 가지나 해 대니……."

"가고 싶으면 가요! 걷든지 달리든지 기든지 내 알 바 아니니까. 상관 안 해!"

예자드는 엘리베이터에 올라 접는 문을 거칠게 닫았다. 이전의 속임수를 반복하며 잠시 후 계단을 걸어 올라가 노크를 했다.

"어떻게 됐소?"

"친애하는 예자드 씨, 시작 번호는 1이에요."

그가 안도의 표정을 짓자 그녀는 해결책을 알려 주었다. "마감을 취소하는 건 아직 늦지 않았어요. 내 꿈을 믿지 못한다면 말이에요. 랄루바이가 나를 봐서 그렇게 해 줄 거예요."

예자드는 대답하지 않았다.

"시작 번호만으로도 딴 돈을 챙길 수 있어요."

그는 계산을 하기 시작했다. 총 판돈이 785루피였다. 따라서 이미 785루피의 아홉 배를 땄다. 그는 잠시 머릿속으로 계산했다. 총 7,065루피였다. 굉장했다. 그것만 챙겨도…… 하지만 마감까지 걸어서 8이 나오면 그 액수의 아홉 배를 챙기게 된다. 그러면 총…… "빌리, 연필 있어요?" 그는 현관문에 대고 계산을 했다. 그리고 액수에 깜짝 놀랐다. 총 63,585루피였다.

그것만 있으면 모든 비용을 감당하기에 충분했다. 쿠미와 잘의 집 천장 수리까지 할 수 있었다.

"취소하고 싶으면 지금 당장 가야 해요." 빌리의 목소리에 그가 계산을 멈췄다.

"됐소. 그대로 둬요." 그가 말했다. 그리고 자신의 말투를 깨달은 예자드가 다시 말했다. "빌리, 미안해요. 너무 스트레스를 받아서 그래요."

"이해해요." 빌리가 그의 어깨를 토닥였다.

예자드는 매트리스를 손으로 누르고 뒤척여 등을 대고 누웠다. 거친 움직임에 침대 머리판이 흔들렸다. 숨을 몰아쉬며 방이 너무 덥다고 중얼거렸다. 홑이불을 발로 휘저어 끌어내리고 땀에 젖은 손바닥을 파자마에 닦았다. 잠시 후 땀이 식어서 오한이 나자 홑이불을 끌어 올렸다.

그는 팔꿈치를 대고 몸을 일으켜 자명종을 봤다. 째깍거리는 소리가 너무 커서 잠이 오지 않는 게 당연하다고 생각했다. 새로 샀을 때와는 달리 숫자가 어둠 속에서 빛나지 않았다. 그는 눈을 가늘게 뜨고 몸을 앞으로 기울였다. 12시 30분이었다. 마트카 마감 시간이 지났다.

록산나가 남편을 달래 주려고 팔로 감싸자 그의 몸이 굳어졌다. 절망한 그녀는 팔을 풀면서 몸에 손만 대도 싫어하니 이렇게 결혼 생활이 끝나는 건가 싶었다. 남편의 뒤척임이 마침내 진정된 걸 보니 가까스로 잠이 든 모양이었다. 그가 어두운 허공에 몇 번 헛발질을 하더니 무릎을 배에까지 끌어 올렸다.

그때 거실에서 나리만이 잠꼬대하는 소리가 들려왔다. 아빠가 오늘 밤에는 흥분하지 않고 만족한 듯이 중얼거려서 그녀는 다행스러웠다. 그러나 남편이 혹시나 깰까 봐 걱정이 이만저만 아니었다. 아빠, 제발 큰 소리 내지 마세요, 하고 그녀가 간절히 빌었다.

그들은 영화를 보고 나왔다. 리갈 극장에서 상영하는 〈위대한 앰버슨 가족〉을 관람했다. 나리만은 루시와 함께 커프 퍼레이드 해안을 산책했다. 그들의 초창기 데이트 코스는 오후에 극장에 가고 긴 산책을 마친 후에 볼가 혹은 파리 식당에서 저녁을 먹는 것이었다. 그날 영화를 보고 슬펐던 그들은 자부심과 오만, 몰락과 치욕에 관해서 생각했다. 바다는 사나웠고 바람이 거세게 불어서 머리와 옷이 휘날려 말하기조차 힘들었다.

그들은 휴게소의 벤치를 발견했다. 초저녁 공기에 비 냄새가 실려 왔다. 코코넛 주스, 사탕수수, 땅콩 장수들은 이미 모두 사라지고 없었다. 꽃을 파는 어린 소녀가 그들을 보고 부리나케 달려왔다. "선생님, 꽃이에요. 사모님을 위한 꽃입니다." 소녀가 새된 목소리로 간청했다.

그는 재스민꽃을 사서 루시의 머리에 꽂아 주었다. 그러나 꽃을 머리에 꽂는 것에 익숙지 않았던 그녀는 꽃을 빼어 손목에 묶었다. 그는 그녀의 손목을 들어 꽃향기를 맡았다. "손목에서는 재스민 향기가, 손바닥에서는 장미꽃 향기가 나는군."

그녀의 손바닥에 키스한 후 그가 손가락을 하나씩 빨기 시작했다. 잠시 후 그가 말했다. "여기서 시간을 낭비할 필요가 뭐 있어? 부모님이 지금쯤 떠나고 안 계실 텐데."

그녀는 혹시 몰라서 그의 집에 가고 싶지 않았다. 하지만 그는 부모님이 코트왈 부부가 해마다 개최하는 휘스트 카드놀이와 저녁 식사에 참석해서 새벽 1시까지 절대 돌아오지 않을 것이므로 마주칠 일이 없다고 안심시켰다.

비가 내리기 시작하자 그들은 택시를 탔다. 차의 속력이 줄어들자 시끄러운 경적 소리가 귀 속을 파고들었다. 차의 앞 유리 와이퍼가 계속 걸리자 택시 운전사가 밖으로 손을 내밀어 만져서 움직이게 만들었다. 앞 좌석에는 젖은 손을 닦는 수건이 놓여 있었다.

택시가 행복의 성에 도착하자 일층의 아르자니 씨가 창가에서 폭우를 감상하고 있었다. "어이, 나리!" 그가 나리만을 부르더니 핵심을 찌르며 말했다. "자네 부모님이 나가는 걸 30분 전에 봤어."

나리만이 고개를 끄덕였다. 그 집을 지나자 아르자니 씨가 부인에게 바킬 집의 아들이 새 여자 친구를 데려왔다고 신 나게 떠드는 소리가 들렸다. 엘리베이터를 기다리며 그는 루시의 얼굴을 흘긋 보고 속삭였다. "정말 불쌍한 사람들이야."

집에 도착한 그는 만약을 대비해서 현관문이 열리지 않도록 안전 체인을 걸었다. 그의 방을 잠그는 게 더 낫지 않겠냐고 그녀가 제안했다.

"내 방은 잠금장치가 없어. 그리고 문을 닫아 놔도 부모님이 무시로 드나든다니까."

"세상에." 그녀는 상상만으로도 몸서리가 쳐졌다. "그런데도 괜찮겠어요?"

"그럼." 그가 속삭이며 그녀의 귀를 살짝 깨물고 머리를 넘기더니 목에 키스를 했다.

"당신 조상들 사진 좀 가려요." 긴 통로를 따라 그의 침실로 걸어가면서 그녀가 말했다. "날 무섭게 노려보잖아요."

"천사한테 한 번도 사랑을 받지 못해서 그래."

그녀는 침대에 앉아서 신발을 벗었다. 그가 커튼을 치자 이미 땅거미가 내린 방은 겹쳐진 창틀 사이에서 살짝 새어 드는 불빛 외에는 칠흑같이 어두웠다. 그가 탁자의 등불을 켰다. 그들은 옷을 벗기 시작했다. 속옷만 남게 되자 그녀가 부끄러운 듯이 등불을 가렸다. "불 꺼요."

"보고 싶어, 당신의 모든 걸. 제발 부탁이야."

"왜요?"

"내 모든 감각이 당신을 찬미하기 위해서."

그녀는 잠시 멈칫했다가 그의 대답이 마음에 들었는지 다시 옷을 벗기 시작했다. 말로는 이기지 못하겠다고 그녀가 투덜거렸다. 그녀의 뒤에 서서 브래지어를 벗긴 후 그는 목덜미에 코를 대고 냄새를 맡았다. 그러고는 그녀의 팔을 들어 겨드랑이를 킁킁거렸다. 그녀가 웃었다. "지금 뭐하는 거예요?"

"코로 당신을 숭배하는 거야." 그가 그녀 앞에 서더니 얼굴을 젖가슴 사이에 파묻고 숨을 들이마셨다. 이번에는 무릎을 꿇고 앉더니 손가락으로 팬티 고무줄을 잡아 발목까지 쭉 내렸다. 그녀가 팬티에서 발을 빼고 기다렸다. 여전히 무릎을 꿇고 앉은 채 그는 몸을 앞으로 숙여 음모에 코를 대고 문질렀다. 좀 더 오래 느끼고 싶어서 그녀는 두 손으로 그의 머리를 감싸 쥐었다.

침대에 누운 그는 그녀의 가슴에 귀를 대고 심장이 뛰는 소리를 들었다. 그녀에게 키스를 하며 혀를 맛보았다. 귀와 젖꼭지를 맛보았다. 아래로 내려가 배꼽을 핥고 더 밑으로 내려가……

그때 초인종이 울렸다. 벨 소리가 고요한 아파트를 사납게 휘젓더니 곧 거친 노크 소리가 연달아 들렸다. 이미 쾌락이 갈가리 찢긴 두 사람은 침대에 일어나 앉았다. 나리만은 벨 소리를 무시하기로 했다. 그게 누구든지 간에 집에 아무도 없으면 곧 돌아갈 것이다.

그러나 노크 소리와 벨 소리가 그치질 않았다. 순간 아버지의 고성이 들린 것 같아서 나리만은 현관으로 나가 귀를 기울였다. 아버지였다. 그들은 서둘러 옷을 입었다. 루시는 머리를 매만지며 응접실로 달려갔다. 나리만은 현관 거울에 비친 모습을 슬쩍 본 후 문에 걸린 체인을 풀었다.

그의 어머니는 금방이라도 쓰러질 것처럼 얼굴이 창백했다. 아버지가 한쪽에서 어머니를 부축하고 솔리 밤보트 씨가 다른 쪽을 부축했다. 나리만이 솔리 아저씨로부터 어머니를 넘겨받으며 무슨 일이냐고 물었다.

"늘 있는 일이지 뭐." 어머니가 숨이 차서 헐떡이면서도 미소를 지어 보였다. "또 갑자기 혈압이 떨어졌단다."

어머니를 어깨로 부축하며 통로를 지나 부모님의 방으로 갔다. 그는 어머니가 신발을 벗는 걸 도와주었다. 어머니를 침대에 눕힌 후 아버지와 함께 방을 나왔다.

아버지가 소리치며 화를 냈다. "넌 뭐하고 있었던 거냐? 네 엄마가 아파서 집으로 데려왔더니 문이 잠겨 있다니! 네 엄마가 계단에서 한참이나 비틀거렸잖아!"

"죄송합니다. 이렇게 일찍 오실 줄 몰랐어요." 아버지한테서 저녁에 마신 술 냄새가 풍겼다. 솔리 아저씨도 마찬가지였다.

"그런 걸 변명이라고 하니!" 아버지가 호통을 쳤다. "그런데 왜……." 그때 아버지가 문 너머로 응접실에 있는 루시를 발견했다. "여기 그 이유가 있구먼!"

"그래요, 아버지께서 제 프라이버시를 존중하지 않아서 체인을 걸어 뒀습니다." 나리만이 나지막이 말했다.

"그게 무슨 헛소리야! 세상에 어떤 해괴한 아들이 자기 부모한테서 프라이버시를 찾아! 더러운 짓을 계획하지 않고서야." 그들의 눈을 피해 소파에 앉아 창밖을 내다보고 있는 루시를 가리키며 그가 말했다.

"마르지, 쉬잇! 불쌍한 제루가 자고 있잖어. 자네 땜에 깼어." 솔리 아저씨는 여전히 발음이 샜다. "자, 좀 조용히 허자고. 제루가 나은 담에 얘길 허자고."

"나중에? 벌써 늦었어, 이 사람아! 내 아들놈이 창녀를 데려와서 우리 집을 사창굴로 만들어 버렸어! 이런 부도덕함 때문에 우리 파르시 공동체가 파괴되는 거란 말이야!"

나리만은 응접실로 가서 루시의 손을 잡아끌고 아파트를 나왔다. 그의 아버지가 문을 열고 욕을 퍼부을까 봐 그들은 엘리베이터를 기다리지 않았다.

계단을 두 층이나 내려온 후에야 그들은 안전하다고 느꼈다. 나리만은 조용한 계단통에 멈춰 섰다. "루시, 미안해. 아버지의 행동이 난 정말 부끄러워."

"당신 잘못이 아니잖아요." 목소리가 떨렸지만 그녀는 침착해지려고 무진 애를 썼다. "그냥 운이 나빴을 뿐이에요."

그들은 미소를 지으며 계단 구석에서 오랫동안 키스를 했다. 그녀를 택시에 태워 보낸 후 그는 집으로 돌아왔다. 방으로 들어간다고 해서 해결될 문제가 아니었다. 아버지가 따라 들어올 것이다. 그래서 그는 폭우처럼 쏟아지는 말을 무시하며 기다렸다. 잠시 말이 멈춘 틈을 타서 그가 입을 열었다.

"한마디만 하겠습니다. 제가 사랑하는 여자를 창녀라고 부르고 그 사람을 여기 데려왔다고 해서 이 집을 사창굴이라고 부른다면 그건 아버지의 역할에 먹칠을 하는 겁니다! 아버지가 수치스럽습니다!"

"이봐, 나리!" 솔리 아저씨가 끼어들었다. "먼 이유가 됐든 간에 아버지한테 고렇게 말하면 쓰나."

"내 아들놈은 날 아버지로 존경 안 해. 솔리, 자네도 방금 들었지. 이게 바로 그 증거라네."

솔리 아저씨가 중재에 나선 가운데 날선 비난과 맞비난이 이어졌다. 솔리 아저씨가 달래기도 하고 꾸짖기도 했다. "이봐, 마르지. 용서허고 잊어버리소. 나리, 자네도 그만해."

둘 다 조용해지자 솔리가 그 기회를 이용해 개똥철학을 설파했다. "마르지, 남자애들이 다 고렇지 뭐. 지금이야 재미 좀 보고 장난 좀 쳐도 괜찮걸랑. 나중에 좋은 파르시 여자 만나서 잘 살면 되는겨. 나리, 고렇지? 결혼한 후에는 나쁜 짓 허기 없기여."

두 사람을 화해시키려고 솔리가 연거푸 우스갯소리를 했다. "나리, 나한테만 말해 봐. 자네 여자 친구가 오늘 둘이서 헌 일을 신부한티 고백 성사 해야 허남?"

나리만이 그 말을 무시하자 솔리가 큰 소리로 웃으며 계속 말했다. "내가 알기론 말이야 신부들이 여자들한테 온갖 얘기를 다 하게끄롬 만든다는구먼. 남자가 어델 만졌는지, 여자가 어델 만졌는지, 안에다가 고걸 넣었는지 등등 말이제."

솔리가 배를 들썩이며 다시 웃자 아버지도 낄낄거렸다. 그러다가 제루가 안정을 취해야 한다며 서로에게 조심하자고 했다. 그러자 솔리가 또다시 나리만에게 유머 감각이 없다며 놀려 댔다. 나리만은 아저씨의 그런 얼토당토 않은 말이 전혀 재미없다고 쏘아붙였다…….

나리만에게 가려던 록산나는 괴로워하며 자는 남편이 신경 쓰여 그대로 있었다. 아빠의 중얼거림이 어둠 속에서 계속 들렸다. 남편의 팔이 침대 머리판에 세게 부딪쳤다. 남편이 아빠의 말을 들은 걸까? 아니면 자신의 머릿속에서 귀신을 본 걸까?

나리만은 방금처럼 화가 나서 소리를 지르는 것이 아니라 누그러진 말투로 계속 중얼거렸다. 제항기르가 엄마를 위로하려고 조그맣게 뽀뽀 소리를 내자 그녀의 마음이 짠하고도 고통스러운 행복감으로 충만해졌다. 정말 아름다운 아이였다. 신의 축복이 있기를 바랐다. 얼마나 듬직하고 어른스러운지 행동만 보면 전혀 아홉 살로 보이지 않았다.

그녀는 눈을 뜬 채 누워서 소리를 들었다. 아빠의 고통은 어떤지 짐작할 수 있었다. 남편의 지옥이 무엇인지 알 수만 있다면 그 어떤 것이라도 해 주고 싶었다. 그가 깨어 있을 때 털어놓고 싶지 않다면 잠꼬대라도 해서 도대체 뭣 때문에 그렇게 괴로워하는지 내뱉었으면 싶었다.

눈 밑에 다크서클이 생긴 두 사람의 눈이 찻잔 위로 마주쳤다. 초췌한 얼굴에 어깨가 축 처진 아내가 안쓰러워서 예자드는 가슴이 아팠다.

그러나 아침 햇살에 그의 근심이 사라졌다. 곧 아내에게 진실을 말하고 자신의 행동을 설명할 수 있을 것이다. 손에 63,000루피가 넘는 돈뭉치를 들고 있으면 용서를 구하기가 쉬울 것이다.

그는 9시 전에 집을 나서 늘 하던 방식대로 빌리의 집으로 갔다. 마권 업자로부터 딴 돈을 받아 왔을까? 곧바로 아내에게 돈을 들고 가서 불행을 끝내 주리라고 다짐했다. 가게에 늦게 도착하겠지만 사장이 가게 문을 직접 연다고 해서 큰일이 나지는 않을 것이다.

예자드는 노크를 했다. 대답이 없었다. 좀 더 세게 노크를 했다. 그래도 대답이 없었다. 바보 같은 여자가 어디로 간 걸까? 내가 얼마나 노심초사하는지 짐작하고 있을 텐데. 아마도 어젯밤에 무례하게 굴어서 복수를 하는 건지도 모른다. 하지만 사과하지 않았던가. 식품점 주인에게 가서 돈을 세고 있는지도 모른다. 돈이 너무 많아서 시간이 다소 걸릴 것이다.

그는 다시 한 번 노크를 한 후 땀을 닦으려고 호주머니를 뒤져 손수건을 찾았다. 엄지손가락에 침을 약간 발라 빌리의 현관문에 갈겨 쓴 숫자들을 힘들게 지웠다. 연필로 쓴 숫자들이 얼룩져 있었다. 마지막으로 노크를 한 후 그는 포기하고 가게로 향했다.

시간은 느리게 기어갔다. 제항기르가 할아버지의 동물 애호가 이야기를 듣고 감명을 받아서 학교 정원에서 집으로 가져온 달팽이가 생각났다. 달팽이는 발코니에서 기어 다녔다. 참, 달팽이는 어떻게 됐을까? 달팽이처럼 하루가 더디게 갔다. 문 닫는 시간이 결코 오지 않을 것 같았다.

그러나 마침내 가게 문을 닫을 시간이 됐다. 예자드는 역으로 달려가 사람들 사이를 뚫고 첫 번째 도착한 기차에 올랐다.

그는 유쾌한 빌라로 날다시피 달려갔다. 너무 지쳐서 조심하고 말고 할 겨를도 없이 바로 엘리베이터를 타고 아파트 여기저기서 풍겨 나오는 음식 냄새를 맡으며 4층에 도착했다. 그의 입에서 군침이 돌았다. 어디선가 양고기를 튀기는 듯했다. 자신이 빌리의 집으로 가는 걸 누가 볼지도 모른다는 생각도 들지 않았다. 모든 일이 잘되어 잠시 후 아내의 손에 돈뭉치를 쥐여 줄 것이다.

그가 록산나와의 행복한 화해를 상상하고 있을 때 현관문이 열렸다. 쾌활한 마트카의 여왕은 온데간데없고 괴로움과 고통에 싸인 여자가 앞에 서 있었다. 그녀는 위로해 주기를 바라는 표정을 짓고 있었다.

"예자드 씨! 몹시 슬픈 날이에요!" 빌리가 낮게 울부짖었다.

그녀의 가족 중에 누군가가 죽었을지도 모른다는 생각이 번득 들었다. 그녀의 병든 어머니일지도 모른다. "빌리, 정말 안됐군요. 무슨 일이에요?"

"소식 못 들었어요? 하루 종일 어디 있었어요?"

"일했죠."

"그래서요? 봄베이가 발칵 뒤집혔는데. 이 골목 저 골목에서 하나같이 그 얘기만 하고 있잖아요. 경찰이 마트카를 폐쇄했어요."

"언제요?"

"오늘 새벽에요." 그녀는 자정에 늘 하던 대로 창가에 서서 2층에 사는 삼파트가 가로등 아래에 멈춰 마감 번호를 알려 주기를 기다렸다. "그가 손가락 여덟 개를 들었어요."

그래, 이제 모든 걱정이 끝났다고 예자드는 안도의 숨을 내쉬었다.

그녀가 계속 말했다. "몇 시간 후에 경찰이 급습했어요. 불쌍한 랄루바이는 네 시 반쯤에 구속됐고요."

"하지만 이런 일은 전에도 있었잖아요. 안 그래요? 단속할 때는 마트카를 며칠 닫았다가 잠잠해지면 다시 시작했잖아요."

"이번엔 달라요." 과거에는 마트카 두목, 경찰, 정치인들이 미리 짜고 급습했으므로 피라미 마권 업자 몇 명만 감옥에 가는 것으로 끝나곤 했다. 그러나 오늘 새벽의 일은 모든 사람에게 충격이었다. "이번에는 마트카를 완전히 박살 냈어요. 오늘 하루 종일 랄루바이의 가게에서 보석 신청을 하려는 그 사람 아들들과 지냈어요."

경찰이 거물 마권 업자, 잔챙이, 두목, 졸개 할 것 없이 닥치는 대로 잡아들이고 있다는 것이다. 소문에 따르면 폭탄 테러로 주식 시장이 폭파되고 봄베이가 파괴돼서 당국에서 마트카에 조치를 취했다고 한다. 아무리 부패한 정치인이라도 봄베이를 제2의 베이루트로 만들고 싶지는 않았을 것이다.

"마트카도 없고 랄루바이도 없으니 나한테 이젠 아무것도 남지 않았어요. 내 꿈으로 뭘 할 수 있겠어요?"

"빌리, 걱정 말아요." 조금이나마 위로해 줄 생각으로 그가 팔꿈치로 장난스럽게 슬쩍 찌르며 말했다. "당신의 강력한 꿈이 실현됐잖아요. 큰 거 한 방으로 마무리한 거예요. 크리켓 선수가 은퇴하기 전에 마지막 이닝에서 100점 낸 거나 다름없어요."

"예자드 씨, 급습 소식을 들었을 때 당신 생각이 맨 먼저 났어요. 판돈을 취소했더라면 좋았을 텐데."

그의 손이 얼어붙었다. "마트카 결과는 18이었잖소! 캐드베리 초콜릿 18

조각이 나온 대로 돈을 걸었잖아요!" 자기도 모르게 언성을 높인 것 같아서 그는 다시 목소리를 낮췄다. "그러니까 내 말은 급습은 자정 이후에 이뤄졌고 숫자는 이미 발표됐다는 거죠."

"그래서요? 모든 걸 압수당했어요. 랄루바이의 아들들은 단돈 1파이사도 없다고요."

"그래도⋯⋯." 그가 말을 하려다 입을 다물었다. 잠시 후 지푸라기라도 잡는 심정으로 말을 꺼냈다. "그래도 영수증이나 기록 같은⋯⋯ 뭔가 보여 줄 만한 게 있을 거 아니오? 그러니까 그걸 입증할 수 있는⋯⋯."

"생각해 보세요. 마트카는 불법이에요. 그런데 무슨 영수증이 있고 회계 장부가 있겠어요? 그리고 설령 있다 한들 그걸 어디로 가져갈 거예요? 경찰서에요? 랄루바이가 있는 감방에 들어가고 싶으세요?"

그는 아무 말 없이 허청허청 빌리의 집을 나와 자신의 집으로 갔다.

안쪽 방에서 예자드가 침대에 앉아 신발을 벗었다. 록산나를 부르자 제항기르가 따라 들어왔다.

그는 아들에게 나가 있으라고 했다. "엄마랑 단둘이서 할 얘기가 있단다."

제항기르가 엄마를 보자 그녀가 고개를 끄덕였다. 아들이 나가자 예자드가 문을 닫고 벽장에서 봉투들을 꺼냈다.

"앉아." 그가 봉투들을 그녀의 무릎 위에 올려놓았다. 봉투 안을 확인하던 그녀의 얼굴이 백지장처럼 하얘졌다.

"그래, 아무것도 없어." 그가 힘없이 말했다. "내가 돈을 다 가져갔으니까."

그는 몇 주 전 처음으로 몰래 마트카 도박을 한 것부터 자초지종을 털어

놓았다. 길길이 뛰며 화를 내던 그녀는 곧 남편의 생기 없는 목소리에 신경이 쓰였다. 차라리 그가 다시 화를 냈으면 좋겠다는 생각까지 들었다.

록산나가 빈 봉투들을 치우고 남편에게 다가가자 서로의 어깨가 닿았다. 그는 그대로 몸을 기댔고 그녀가 팔로 안았다.

예자드는 사장에게 가불해서 돈을 메우겠다고 했다. 학교에서 곧 새 용품들을 주문하면 수수료가 생길 터이므로 손실을 금방 만회할 것이다. 빌리와는 절대 말도 섞지 않을 것이고 그녀의 강력한 꿈도 믿지 않을 거라고 했다.

남편이 속마음을 털어놓자 록산나는 그나마 11월 중순이 지나서 학비와 전기 요금 같은 큰 비용 처리가 끝났으니 천만다행이라고 생각했다.

예자드는 일하러 가면서 여기저기 가게 들창문에 크리스마스 장식이 걸려 있는 걸 보았다. 지난주까지만 해도 디왈리 장식만 있었다. 이제는 면과 플라스틱 호랑가시나무 가지, 반짝이의 차례였다.

오늘 출근하면 카푸르 씨에게 가불을 부탁하리라고 마음먹었다. 그 어느 때보다 돈이 필요했다. 새로운 크리스마스 장식이 도착하는 날이므로 사장은 기분이 매우 좋을 것이다. 며칠 동안 카푸르 씨는 아이처럼 흥분해 있었다.

시브세나 단원들이 밸런타인데이에 행패를 부린 걸로 미루어 볼 때 아직까지 산타클로스를 정치 문제화하지 않은 건 의외라고 예자드는 생각했다. 정권을 잡은 후 시브세나는 끊임없이 검열과 박해를 가했다. 뭐니 뭐니 해도 최우선순위는 변함없이 그들이 가장 아끼는 희생양인 이슬람교도였다. 또한 인도의 유명 예술가들의 작품이 힌두교 신과 여신들에게 불경하다면서 파괴해 버렸다. 누드와 섹스와 비속함으로 인도의 도덕성을 위협한다면서 남성 잡지사의 사무실에 불을 질렀다. 그리고 인도의 가족 가치관에 어긋난다는 이유로 여자들이 저녁 8시 이후에 술집과 디스코텍에서 일하는 걸 금지했다.

정말 웃기는 정부였다. 광대이자 사기꾼, 혹은 웃기는 사기꾼들이었다. 시브세나에게 딱 어울리는 크리스마스 장식은 마스크를 쓰고 기관총을 든 산타클로스였다. 사실 어느 정당이나 마찬가지였다.

예자드는 후사인의 인사에 답하고 가게 문을 열었다. 사장이 크리스마스 장식을 어떤 식으로 할 건지 기대되었다. 지금까지는 후사인에게 맡겼다. 창문 진열대에 은별과 함께 끈으로 등을 몇 개 매달고 빨간색과 녹색 글자로 크리스마스 축하 인사 표지를 내걸었다. 글자의 위아래에는 눈송이와 고드름 장식을 매달았다. 장식을 끝마치면 후사인은 사장과 예자드를 불러 불멸의 걸작을 감상하도록 했다.

하지만 올해는 카푸르 씨가 뭔가 대단한 것을 암시했다. "기다려 보라고. 우리 가게의 장식이 도시에서 화젯거리가 될 테니까. 개봉 박두! 예자드, 자네도 크리스마스가 다가오니까 좋지?"

집에 무슨 일이 벌어졌는지, 경제 사정이 얼마나 다급한지 사장이 안다면 좋으련만. 예자드는 장식이 너무 번쩍이거나 종교적이지 않기를 바랐다. 시내에는 이미 말구유, 예수, 성모, 요셉, 산타클로스, 화려한 불빛들이 넘쳐 났다.

보도의 갓돌 쪽에서 자동차가 경적을 울리자 후사인이 달려가 짐을 내렸다. 뒤따라 나간 예자드는 카푸르 씨가 싱글거리며 트렁크 옆에 서 있는 걸 보았다. "이걸 직접 받으려고 목수의 가게로 가서……." 그는 말을 끊고 후사인에게 주의를 주었다. "후사인, 조심해! 그거 깨지기 쉬운 물건이야."

그러자 후사인이 조심조심 꾸러미를 아기처럼 보듬어 안았다. 그는 꾸러미를 하나씩 가게로 가져가 계산대에 조심스럽게 내려놓았다. 마치 아기를 침대에 눕혀서 재우는 것 같았다. 카푸르 씨가 포장을 풀었다.

"준비됐지? 짠짜라잔!" 그는 팡파르를 울리며 종이를 풀었다.

그러자 화려하게 뿔이 돋은 순록이 흰색 크리켓 유니폼을 입고 뿔 사이에 챙 달린 모자를 쓰고 있는 모습이 드러났다. 약 45센티미터 키의 평면 합판 사슴은 뒷다리로 설 수 있도록 밑에 받침이 달려 있었다. 그런 사슴이 다섯 마리 있었는데 저마다 조금씩 다른 자세를 취하고 있었다. 그중에서 삼주문을 지키는 사슴은 다른 녀석들보다 거칠어 보였으며 눈에서 위협적인 광채가 났다. 단 한 번이라도 실수를 하면 삼주문 위의 가로장을 날려 버릴 것 같았다.

"수비수들이야. 어떤가?" 사장이 물었다.

"환상적이네요." 예자드가 아무런 감흥 없이 말했다. 돈 문제에 정신이 팔려 있는 그는 가불을 부탁할 적기를 호시탐탐 노리고 있었다.

사장이 의아한 눈으로 자신을 바라보는 걸 눈치챈 그는 좀 더 적극적으로 관심을 나타냈다. "환상적입니다. 그런데 왜 멤버가 모자라죠?"

"11마리를 채우기에는 우리 창문이 작아서 말이야. 참, 여기 하나 더 있어."

카푸르 씨가 마지막으로 가장 큰 꾸러미를 풀자 외야 한가운데 담장으로 공을 날릴 기세로 배트를 휘두르는 산타클로스가 나왔다. 산타클로스는 흰색 유니폼 대신에 빨간색 옷을 입고 있었다. 패드와 장갑도 빨간색이었다.

장인이 결코 좋아하지 않을 거라고 예자드는 생각했다.

"후사인, 빨리 창문에 공간을 만들어야지." 사장이 신이 나서 말했다. "자, 얼른얼른 설치하세. 아 참, 잠깐만. 제일 중요한 걸 깜빡했네."

카푸르 씨는 서류 가방에 손을 넣더니 특별히 개조된 작은 전기 모터를 꺼냈다. 그는 산타클로스의 페인트칠이 안 된 쪽 어깨 뒤로 장치를 연결하고 스위치를 켰다. 배트가 급성 류머티즘에 걸린 것처럼 뻣뻣하게 올라가기 시작했다. 합판으로 만든 팔이 거의 수직이 되자 배트가 멈추더니 이번에는 고통스럽게 내려오기 시작했다.

"저 멀리 4점짜리네요!" 후사인의 말에 그들이 웃었다.

장식을 하면서 그들은 가벼운 마음으로 수비수 배열에 대해서 의견을 내놓았다. "그럼 돌아가면서 할까. 내일은 예자드 자네가 하라고." 카푸르 씨가 말했다.

다음으로 액세서리들을 설치했다. 합판으로 만든 삼주문의 기둥, 삼주문을 위한 인조 잔디, 선수 위치를 표시하는 흰색 테이프 등이었다. 그리고 호랑가시나무 가지와 솜을 여기저기 뿌렸다.

"북극에서의 크리켓이라. 크리켓 역사상 처음 있는 일이로군." 카푸르 씨가 뿌듯한지 환한 미소를 지으면서 말했다.

예자드는 사장이 영락없이 산타와 노는 어린아이 같다는 생각이 들었다. 이것이 선거에 출마하겠다는 사람의 모습인가? 사장은 넙죽 엎드리더니 인조 잔디와 반짝이 사이를 기어 다니면서 여기저기 마음껏 뿌려 댔다.

예자드는 미소를 지으며 사장이 정치하는 모습이 상상이 되지 않는다고 생각했다.

"체노이 선생, 웃지만 말고 장식하는 거 좀 도와줘."

예자드는 창문 진열대에 들어가 장식품과 미니 스타킹을 걸었다. 그러면서 카푸르 씨가 사업의 성장과 발전에 전념하는 야심 찬 사업가의 모습으로 돌아오길 바랐다. 사장이 조금이라도 생각이 있다면 선거와 관계없이 당장 자신에게 가게를 맡겨야 했다. 그러면 봄베이 스포츠용품점에 기적을 일으켜서 가게를……

"이봐, 예자드. 방금 생각난 건데, 산타클로스 옷을 빌려서 입고 손님들에게 사탕 과자를 나눠 주면 어떨까?"

"농담이시죠?"

"재밌을 거야. 안 그래?"

예자드는 그렇지 않다고 생각했지만 카푸르 씨는 진심인 것 같았다. 빨간색 옷을 입고 싶어 하는 카푸르 씨가 산타클로스처럼 행복한 지금이 바로 가불 얘기를 꺼낼 기회였다.

"사장님, 부탁이 하나 있습니다." 예자드는 예상치 않은 상황으로 인해서 급하게 돈이 필요하게 됐다고 나지막이 말했다.

"고민하지 말고 가불 신청해. 내가 사인할 테니까."

"고맙습니다." 예자드는 일이 쉽게 풀려서 한시름 놓았다. "그런데 선거 운동 계획은 어떻게 돼 가고 있습니까?"

"순조롭게 진행되고 있어. 친구들과 이웃들이 많이 도와주니까."

"가게는 절 믿으셔도 됩니다."

"그럴 생각이네."

"그리고 사장님, 제 생각에는 기다릴 필요 없이 제가 당장 사장님을 도와서 좀 더 일을 많이 할 수 있을 것 같습니다. 그러면 사장님께서도 선거에 전념할 시간도 많아지고 크리스마스 준비도 더 할 수 있지 않겠습니까."

"고맙네, 예자드. 하지만 아직은 괜찮아. 선거 운동이 본격적으로 시작되면 당연히 자네가 일을 맡아야지."

"그러면 혹시 마무리가……."

"사장님!" 바깥 보도에서 창문을 확인하던 후사인이 흥분해서 카푸르 씨를 불렀다.

"왜 그래?" 카푸르 씨가 서둘러 현관문으로 갔다. 말이 끊긴 것이 아쉬웠지만 예자드도 따라 나갔다.

"사장님, 큰일 났습니다! 배트, 삼주문, 외야수들, 삼주문 수비수까지 다 있는데 공이 없습니다."

카푸르 씨가 다정하게 후사인의 등을 쳤다. "예자드, 봤지? 후사인이 이렇게 관찰력이 좋다니까. 자네도 공이 없는 거 눈치 못 챘지?"

"그러고 보니 공이 어디 있죠?"

공은 지금 만드는 중이어서 며칠 후에 도착한다고 사장이 설명했다. 그는 또 한 번 깜짝 놀라게 될 거라며 기대해도 좋다고 했다.

13

하루 일과를 마치는 기도 시간 전에 알바레즈 선생님이 제항기르를 책상으로 불렀다. 선생님이 봉투를 건넬 때 향수 냄새가 났다. 제항기르는 후들

거리는 다리로 자리에 돌아가 봉투를 책가방에 넣었다.

가톨릭교도 소년들은 눈을 감고 성호를 그었고 어떤 아이들은 대충 따라 했으며 나머지 아이들은 두 손을 한데 모았다. 학생들이 기도를 시작했다. "전지전능하신 하느님께 감사드리며……."

제항기르는 매일 반복하는 기도문도 잊어버리고 부들부들 떨었다. 편지가 그 일에 관한 것임을 확신했다. 선생님이 부모님께 꼭 전해 드리라고 했다. 그녀의 목소리에 슬픔이 배어 있었다. 네, 선생님, 하고 제항기르는 중얼거렸다.

집에 도착한 제항기르는 엄마에게 곧바로 편지를 보여 주지 않았다. 제항기르는 기다렸다. 귀가한 아빠가 다행히 기분이 좋았으므로 엄마도 행복해져서 편지를 보여 주는 일이 수월해졌다. 아빠가 엄마를 묶어 버리겠다고 위협했던 날 같았으면 어땠을지 상상만 해도 무서웠다. 제항기르는 밀봉된 봉투를 아빠에게 내밀었다.

"이게 뭐지?"

"알바레즈 선생님이 보냈어요."

"왜?"

"여보, 열어 보면 알 수 있잖아요." 록산나는 마치 아이한테 말하듯 했다. "아마도 제항구가 또 시험이나 다른 것에서 일등을 했을 거예요."

아빠가 편지를 열어 크게 읽는 동안 제항기르는 얼굴을 보이지 않으려고 발코니를 바라보았다.

"친애하는 체노이 씨와 체노이 부인께. 두 분 중에 한 분이 내일 저를 찾아오시면 고맙겠습니다. 오전 8시 30분에서 오후 4시 30분 정규 수업 시간 이

외에, 그리고 조회 시작 전 한 시간 동안이면 좋겠습니다. 불편을 끼쳐드려 죄송합니다. 그럼 이만 줄이겠습니다. 헬렌 알바레즈(4학년 A반)."

"제항구, 선생님이 왜 우릴 보자시는 거니?" 록산나가 물었다.

"모르겠어요."

"너 숨기는 거 없니?"

"아뇨."

"당신이 갈 거야?" 예자드가 물었다.

"내가 어떻게 가요? 아빠는 어쩌고요?"

예자드가 한숨을 쉬며 선생님에게 내일 오후 4시 반까지 가겠다고 말씀 드리라고 했다.

알바레즈 선생님이 악수를 하려고 교단에서 내려오자 빈 교실에 하이힐 소리가 날카롭게 울렸다. "체노이 씨, 이렇게 오시게 해서 죄송합니다. 심각한 문제라서 번거롭지만 오시라고 했습니다."

예자드는 그녀의 모습에 기운이 돋았다. 이렇게 예쁜 사람에게서 어떤 심각한 문제에 관한 이야기를 듣게 될까? 그는 자신의 학창 시절을 떠올렸다. 당시에는 그렇게 예쁜 선생님이 없었다. 그 당시 성자비에르 학교에는 로보 선생님, 마스카렌하스 선생님, 몬테이로 선생님 등 콧수염을 길게 기른 사납고 엄격한 교사들밖에 없었다. 헬렌 알바레즈 같은 선생님은 볼 수 없었던 것이다.

알바레즈 선생님이 복도에서 기다리는 제항기르를 안으로 불렀다. "제가 제일 아끼는 학생이 그런 학생들과 연관됐다는 게 아직도 믿기지가 않습니다." 그녀가 마지못해서 말을 시작했다.

예자드는 미소를 띤 채 아이들이 무슨 장난을 쳤을까 궁금해하면서 한편으로는 아들이 또래 아이들과 어울려서 기쁘기도 했다. 매사에 착하기만 해도 좋지 않았다. 장난꾸러기로 문제를 일으키지 않으면 어린 시절이나 소년 시절은 완전하지 않은 법이니까. 그도 이 학교를 다닐 때 그랬다.

교실은 거의 변한 게 없었다. 알바레즈 선생님의 어깨 너머로 빈 책상들이 줄을 지어 있었다. 잉크 냄새와 더불어 간식인 비스킷, 점심때 먹은 샌드위치, 푸리 바지, 라그다 파이 등의 음식 냄새와 뒤섞여 남학생들 특유의 땀냄새가 암모니아성 악취를 풍기고 있었다. 가구처럼 튼튼하게 교실을 차지하고 구석구석 스며든 영원한 냄새…….

예자드는 문득 어린 시절이 생각났다. 과거의 얼굴들이 빈 의자들을 채워 나갔다. 그 행복했던 시절엔 학교에서의 일주일이 풍요롭고 완벽한 일생과 같았다. 모르는 아이들이 일주일 만에 친한 친구가 되고 싸움을 해서 이기고 졌으며 모든 분야를 습득할 수 있었다. 그때는 시간이 다르게 작동했기 때문이다. 계절은 또 얼마나 느리게 바뀌었던가. 장마철은 영원히 끝나지 않을 것 같았다. 하늘에서 비가 끝도 없이 쏟아지곤 했는데 도로가 물에 잠기면 학교에 가지 않아도 된다는 것이 그렇게도 좋았다. 그럴 때면 항상 갓돌에서 떨어져 보도 안쪽으로 걸으라는 충고를 들었다. 왜냐하면 훔쳐 가거나 고철로 팔아 버려서 하수구 뚜껑이 없어졌기 때문이다. 해마다 아이들이 하수에 휩쓸려 떠내려갔다. 버스와 자동차가 반쯤 물에 잠겨서 마치 연해를 운항하는 특이한 보트처럼 보이기도 했다. 허리까지 올라오는 물을 위험하게 걸어서 건너는 건 일종의 모험이었다. 쓰레기가 둥둥 떠다니는 시커

먼 물을 아나콘다가 배회하는 아마존 강이라고 간주했다. 믿기 힘든 위업들을 용감하게 이루고 땅에 이르러서 문명사회인 집에 도착하여 뜨거운 차와 간식을 먹으며 휴일을 즐긴다는 그런 모험……

"체노이 씨, 아시다시피 이건 저의 가장 중요한 프로젝트입니다." 알바레즈 선생님이 말했다.

자신의 이름이 들리자 예자드는 현실로 돌아왔다. 그녀는 숙제 검사 제도에 관해서 말하고 있었다. 제항기르가 장인의 생일날 설명해 주었다. 불과 4개월 전이었는데 아주 오래된 일처럼 느껴졌다.

그는 관심이 있다는 듯이 고개를 끄덕여 보였다. "무척 흥미롭군요."

"전 우리 반 학생들에게 큰 기대를 가졌습니다. 그런데 지금 이 프로젝트를 중단하게 됐습니다. 숙제를 하지 않은 학생 세 명이 검사원에게 돈을 주고 좋은 성적을 받았거든요."

제항기르는 아빠와 자신과 선생님의 신발만 내려다보고 있었다. 선생님의 발가락마다 작고 예쁜 루비 고리가 끼워져 있었다. 그러나 눈물 때문에 앞이 흐려서 루비가 빨간색의 긴 얼룩처럼 보였다.

그동안 예자드는 혀를 차며 고개를 가로저어 실망감을 표시했다. 그런데 아들은 어떤 역할을 한 걸까. 돈이 없으니 뇌물을 주진 않았을 것이다. 숙제는 꼬박꼬박 잘했고 게다가 숙제 검사원이니까……

그는 그만 생각을 멈췄다. "그 세 명은 잡았습니까?"

"네. 돈을 받은 검사원도요." 그녀가 팔을 올려 제항기르의 어깨를 감쌌다. 신원을 확인해 줌과 동시에 보호하겠다는 몸짓이었다.

아들을 보며 놀란 표정으로 눈썹을 치켜뜬 예자드는 다시 알바레즈 선생님을 보았다.

그녀가 슬픈 표정으로 고개를 끄덕였다.

"뭐라 드릴 말씀이 없군요." 순간 교실의 냄새에 구역질이 났던 예자드는 다시 한 번 제항기르를 바라보며 설명을 바랐다. 그러나 제항기르의 두 눈은 여전히 신발만 내려다보고 있었다.

"저도 처음에는 충격을 받았답니다. 사실 그 세 명은 워낙 쪼다들이니까 놀라지도 않았어요." 알바레즈 선생님은 그렇게 표현해 놓고 민망한지 얼굴을 붉혔다. "그러니까 걔들은 공부도 좋아하지 않았고 성적도 형편없었거든요. 부잣집 아이들이라 부모가 돈으로 모든 걸 해결하려고 하죠. 하지만 제항기르는 제가 가장 아끼는 학생이었어요."

그녀가 마른침을 삼켰다. "제항기르가 한 사람한테서 20루피씩 매주 60루피를 받았다는 사실을 알았을 때 전 말할 수 없이 화가 나서……."

60루피? 방금 60루피라고 했나? 예자드는 생각에 잠겼다. 60루피라면 그가 봉투에 넣었던 돈과 록산나가 확인한 돈의 차액이었다.

"전 학생들에게 튼튼한 기초를 쌓아 주고 정직을 인격의 영구적인 한 부분으로 만들어 주고 싶었거든요. 그래서 어른이 되면 우리 사회의 부패와 싸울 수 있도록 하려고요. 특히 정치인이나 고위 공무원이 되려는 학생들을 위해서요. 그런데 바로 그런 악이 이미 이 교실을 오염시키고 있었던 거죠. 이래서야 우리 나라가 어떻게 좋아지겠습니까?"

예자드는 정말 죄송하다고 웅얼거리며 제항기르가 이번 일로 교훈을 얻도록 만들겠다고 약속했다.

"오늘 아침에 일어나서 교직을 그만둬야겠다고 생각했습니다. 제가 가장 아끼는 학생이 나쁜 꾐에 넘어간다면 가르치는 게 아무 소용이 없다는 자괴감이 들었어요."

"알바레즈 선생님, 그만두시면 안 됩니다. 제항기르가 선생님에 대한 걸 가족에게 낱낱이 얘기해 줬습니다. 굉장히 훌륭한 선생님이시라고요. 그리고 아이가 선생님을 얼마나 좋아하는지도요. 지금껏 본 선생님 중에 최고라고 했습니다."

그러자 제항기르가 울음을 터뜨렸다. 처음에는 조그마한 소리로 울더니 점차 흐느끼며 어깨가 들썩거렸다. "선생님, 죄송합니다." 제항기르가 모깃소리만 한 목소리로 말했다.

그녀가 미소를 지었다. "우리 제항기르를 계속 가르쳐야겠구나. 이번 실수를 통해서 네가 배울 수 있기를 바랄게."

다시는 그런 일이 일어나지 않도록 하겠다고 예자드가 강조하며 자신의 말을 믿어도 된다고 그녀를 안심시켰다. 알바레즈 선생님은 모든 부모가 이렇게 협조적이었으면 좋겠다면서 바쁘실 텐데 찾아와 줘서 고맙다고 했다.

기다림은 괴로웠다. 제항기르는 빨리 부모님의 꾸지람을 듣고 벌을 받고 싶었다. 그런데 아빠는 제항기르의 어깨를 꽉 쥐며 제항글라, 괜찮으니까 걱정하지 말라고 했다. 엄마는 제항기르를 옆에 앉히고 불쌍한 우리 아이들이 어른처럼 걱정을 했구나, 하고 말했다. 엄마는 자기 탓이라고 했다. 봉투를 허술하게 관리해서 아이의 눈에 띄게 했으니 자신의 잘못이라고 주장했다.

그게 다였다. 꾸지람도 벌도 없었다. 제항기르는 그래서 기분이 더 나빴다. 부모님이 얼토당토않은 책임을 서로에게 지우며 또 싸우기 시작했다. 자신 때문에 부모님이 서로 상처 주는 말을 주고받자 제항기르는 그게 바로 벌임을 깨달았다.

"당신 동복언니와 동복오빠의 파렴치한 짓이 불러일으킨 결과를 똑똑히 봐. 아홉 살짜리 아이가 뇌물과 부패에 가담해서야 쓰겠어?"

"과장하지 말아요. 못된 아이들이 돈을 주니까 제항구는 가족을 도우려고 받았던 것뿐이에요. 그걸 왜곡하고 비틀어서 추악한 쪽으로 몰고 가지 말라고요."

"추악한 게 맞잖아. 이걸 설명할 수 있는 방법은 딱 한 가지야. 이 나라를 더럽히고 있는 부패가 처남과 처형의 파렴치한 속임수와 배신 때문에 바로 여기 우리 가족에게 발생했다는 사실 말이야. 그 사람들이 저지른 일에 비하면 제항글라가 뇌물을 받은 일은 아무것도 아니라는 거야?"

"당신 도대체 무슨 소리를 하는 거예요? 우리 아들은 풍선껌이나 아이스크림을 사 먹으려고 돈을 받은 게 아니에요. 우리 음식하고 할아버지 약값에 보태려고 그런 거지."

"그래서 이게 다 내 탓이로군. 내가 당신 아버지를 위한 고급 요양원을 운영할 정도로 충분히 돈을 못 벌어서 그런 거잖아."

"난 그런 말 안 했어요."

그러자 예자드는 이렇게 될 줄 알았더라면 10년 전에 캐나다의 꿈을 절대 포기하지 않았을 거라고 했다. 수단 방법 안 가리고 인종 차별주의자 이민 담당관이 자신의 길을 막지 못하게 했을 거라고 했다. 그랬더라면 오염과 쓰레기와 부패로 썩을 대로 썩어서 죽어 가는 이 도시의 유독 가스 대신에 록키 산맥의 맑은 공기를 마시며 지금쯤 토론토에서 행복하게 살고 있을 거라고 했다.

록산나는 캐나다가 살아 있는 성자들의 땅인 줄 아느냐고 물었다. 그리고 록키 산맥은 앨버타에 있는 걸로 아는데 언제 정부가 말도 없이 온타리오로 옮겼냐고 물었다.

자신의 실수에 짜증이 난 예자드는 지리 시험 치면 백점 맞겠다, 아주 장하다면서 그 문제에 대해서 더 말하고 싶지 않으니 발코니로 가서 조용히 있고 싶다고 했다. 아니, 발코니가 아니라고 정정했다. 그곳은 발코니가 아니라 빈민굴이라고 했다.

"당신 왜 그렇게 쓸데없이 심술궂은 말을 하고 그래요? 애들이 좋아하는 텐트를 빈민굴이라고 불러야겠어요?" 록산나가 항의했다.

"저걸 좀 봐. 빌리한테서 가져온 냄새나는 낡은 비닐 식탁보 아냐. 빈민굴에 가 보면 저런 비닐로 집을 짓지. 그러니까 이게 빈민굴이 아니고 뭐야?"

"당신 좋을 대로 불러요. 난 말싸움할 시간 없으니까. 시장에 가서 감자 사서 저녁 만들어야 해요."

"오후 내내 뭐한 거야?"

"사교춤 추러 다녔어요! 내가 뭘 한 것 같아요? 아빠 스펀지 목욕 시켜 드렸어요. 그게 얼마나 시간이 많이 걸리는지 알잖아요. 거기다가 아빠가 누워 있는 채로 시트도 갈았고. 그렇게 안 하면 냄새난다고 당신 불평이 대단하잖아요."

"그래도 냄새가 나는데, 뭘. 쉴 새 없이 방귀를 뀌어 대잖아. 도대체 장인어른한테 뭘 먹이는 거야?"

"당신이랑 같은 거 먹이죠. 아빠의 위가 제대로 작동 안 하니까 그런 거잖아요. 당신도 늙으면 알게 될 거예요."

"이젠 나한테 악담까지 하는 거야?"

"그게 왜 악담이에요? 당신은 안 늙을 줄 알아요? 무라드! 제항기르! 어서
책 펴! 엄마가 돌아오면 숙제 검사할 테니까."

발코니에 있던 예자드는 아내가 바구니를 들고 아파트 건물에서 나가는
걸 보았다. 매일 아침 일하러 갈 때 서로 손을 흔들고 록산나가 바라보던 것
처럼 이번에는 그가 그녀의 모습을 지켜보았다. 아내가 보도에서 발을 떼자
그는 하마터면 기다려! 차가 오잖아! 하고 소리를 지를 뻔했다.

그러나 그녀도 차를 보고는 다시 갓돌 위로 올라섰다. 그는 안도의 한숨
을 내쉬었다. 그녀는 교통 흐름이 끊어지기를 기다렸다가 재빨리 건넜다.
몹시 지친 사람처럼 어색한 동작으로 달리는 아내를 보자 그는 마음이 아팠
다. 발코니에서 내려다본 그녀의 두 어깨는 심하게 굽어 있었다. 사랑하는
록산나. 어깨에 짊어진 삶의 무게 때문에 그녀의 아름다움이 시들어 갔지만
그는 지켜 줄 수가 없었다. 앞에 있으면 원수를 만난 것처럼 싸우고 험담을
퍼부으면서도 지금은 사랑이 솟구치니 아이러니가 아닐 수 없었다.

발코니에서 시간이 흐르자 구름들이 저녁 빛깔을 띠기 시작했다. 지는 해
가 구름에 구릿빛 테두리를 그려 주었다. 텔레비전 케이블, 라디오 안테나,
전기선과 전화선이 하늘을 배경으로 무질서하게 뻗어 있었다. 그는 혼돈의
화신인 도시에 딱 어울리는 풍경이라고 생각했다. 전선들은 건물들 사이를
교차하고 도로 위에 아무렇게나 걸쳐져 있고 나무에 위험하게 매여 있었으
며 술에 취한 듯이 옥상으로 기어 올라가고 있었다. 그런 혼란스러움 때문

에 동네가 마치 거미줄에 갇혀 있는 듯했다.

"소변통 좀 다오." 안에서 장인의 목소리가 들렸다.

예자드는 기대고 있던 난간에서 몸을 세우고 얼굴을 돌렸다. 제멋대로 모인 까마귀 떼가 까악까악 울면서 하늘에 엉킨 전선들 사이를 날아갔다. 그는 기다렸다. 또다시 장인이 부르는 소리가 들렸다.

어떻게 할까? 그러나 그건 자신의 일이 아니었다. 아내에게 분명히 말했었다. 적어도 그것만큼은 물러설 수 없었다. 게다가 그녀가 곧 돌아올 것이다.

황혼은 이제 저녁을 거부하는 새들과 어둠을 환영하는 박쥐들로 붐볐다. 장애물인 전선들 사이에서 당황한 그들이 왔다 갔다 하며 날개를 퍼덕이는 모습을 예자드는 지켜보았다.

"제발, 소변통 좀 갖다 줘."

장인의 말이 힘없이 떠돌았다. 잠시 후 제항기르가 발코니로 나와 조심스럽게 다가왔다. "아빠, 할아버지가 쉬하고 싶으신가 봐요."

"그래, 나도 들었다. 엄마가 곧 돌아올 거야." 예자드는 아들에게 공부하러 돌아가라고 했다.

장인이 이번에는 더 큰 목소리로 다시 한 번 부탁했다. "소변통 좀 갖다 다오! 오줌보가 차서……." 그의 지친 목소리가 약해졌다가 잠잠하더니 다시 들려왔다.

록산나가 현관문을 열고 들어서자마자 거실에서 애원하는 목소리가 들렸다. "다들 귀가 먹었어? 불쌍한 아빠가 오줌 누고 싶으시다는 말 안 들려!"

"그래서 어쩌라는 거야?" 예자드가 물었다.

"어쩌긴 뭘 어째, 소변통을 주면 되지! 아빠랑 크리켓하래?" 그녀가 소변기를 집어 들며 말했다.

그는 고개를 가로저었다.

"내가 당신한테 단 한 번이라도 도와 달라고 한 적 있어? 내가 없을 때만이라도 아빠 좀 도와주면 안 되냐고?"

그는 다시 한 번 고개를 가로저었다. "장인어른이 도착한 날 당신한테 말했지. 그리고 애들한테도 경고했고. 환자용 변기와 소변기는 만지지 말라고 말이야."

"소변통이 뭐가 그렇게 나빠? 청결하고 위생적으로 보관하는데!" 그녀는 약자들, 노인들, 낙오자들을 돌보는 것보다 숭고한 일은 없다고 말한 간디 선생님의 가르침을 기억하라고 했다.

그는 간디 선생님을 끌어들이지 말라면서 그의 가르침 가운데 단 하나도 인도에서 성공한 것이 없다고 했다. "간디 선생님이 파키스탄을 주고 나서 나라에 골칫거리들이 생겼잖아."

"당신은 성인을 비난하는 인민당의 광신도처럼 말하는군요. 애먼 소변통에 화내지 말고 우리 아이들이 늙는 것과 동정심에 대해서 배우는 걸 감사하게 생각해요. 아이들이 인생을 준비하고 더 나은 사람이 될 수 있도록 만들 테니까."

"아이들은 즐거움과 행복을 먼저 배우고 어린 시절을 즐겨야 해. 질병과 죽음에 대해서 배울 시간은 앞으로도 충분하니까."

"지금 현재가 제일 중요한 거죠. 데이지가 바이올린 연습하듯이 매일 사랑을 연습할 기회란 말이에요. 아이들이 사랑을 배우게 되면 행복은 저절로 따라와요. 그래야 우리가 늙어서 힘이 없어도 아이들이 등을 돌리지 않을 테고."

예자드는 아이들에게 그런 무거운 짐을 지울 날이 오지 않기를 바란다고 했다. 자신은 일을 현명하게 처리해서 늙어서 단돈 1루피도 자신의 이름으로 갖고 있지 않은 상황은 만들지 않을 거라고 했다.

까마귀들이 까악까악 울어 대고 길 건너에서 앵무새가 비명을 지르고 행상들이 보도에서 노래하고 있을 때 아침 식사 준비가 거의 끝났다. 무라드는 목욕을 마치고 안쪽 방에서 교복을 입고 있었다. 그러나 제항기르는 예자드가 어깨를 흔들며 학교에 늦겠다고 말할 때까지 눈을 뜨지 않았다.

"몸이 안 좋아요."

"어디가?"

"배가 아파요."

"진짜야? 알바레즈 선생님 때문이 아니고?"

"아뇨, 정말 아파요."

"알바레즈 선생님은 좋은 분이시니까 괜찮을 거야."

아빠가 샤워하러 가자 제항기르는 코모 호수 퍼즐을 꺼낸 후 엄마에게 애원했다. 록산나는 그래도 동정적이었다. "제항구, 잠을 못 잤니? 눈 밑에 다크서클이 생겼구나."

"양심의 가책 때문에 못 잤겠지 뭐." 예자드가 욕실에서 옷을 벗으며 외쳤다. "그런 건 좋은 거야. 양심이 아직 작동하고 있다는 뜻이니까." 바가지가 양동이에 부딪치고 물이 철벅거리는 소리 사이로 그는 큰 소리로 격려의 말을 해 주었다.

그러나 제항기르는 듣지 않았다. 코모 호수 퍼즐 속으로 도망치고 싶었다. 호수의 익숙한 풍경은 실제 세계보다 훨씬 간단했다. 뚜껑에 1,272조각이라고 적혀 있었으므로 제항기르가 가지고 있는 퍼즐 가운데 가장 복잡했다. 색깔들이 미묘하게 단계적으로 변했으므로 하늘의 파란색(할아버지가 하늘색이라고 가르쳐 준 게 생각났다.)이 호수에 녹아들고 짙은 녹색은 나뭇잎이거나 언덕을 안고 있는 빽빽한 관목의 일부였다. 비밀을 드러내지 않으려고 하는 것이 매력이었다. 제항기르는 마분지 상자에 든 퍼즐을 애지중지했다.

호수가 모습을 드러내고 강기슭을 따라 길이 보이기 시작하면 그림 속으로 빨려들었다. 당나귀가 건초를 높이 쌓은 달구지를 끌고 딸랑딸랑 소리를 내며 걸어갔다. 당나귀의 재갈을 쥔 시골 소녀와 함께 제항기르는 나무가 우거진 언덕을 돌아 사라지는 길을 걸었다. 제항기르는 한 조각 한 조각 자신의 피난처를 만들면서 호수의 산들바람과 얼굴에 닿는 황금빛 햇살을 즐기고 발밑의 무성한 풀을 느끼며 공기 냄새를 맡았다. 마지막 부분이 가장 어려웠다. 냄새를 만드는 데 맞출 수 있는 퍼즐은 없었다. 냄새는 호수의 풍경에 존재하지 않았지만 어느 곳에나 있었다.

제항기르는 상쾌한 공기가 퍼즐의 길 위에 있는 걸 상상했다. 그리고 상쾌한 공기가 있는 곳이면 본능적으로 새의 노래가 있어야 했으므로 새의 노래도 상상했다. 까마귀들의 시끄러운 까악까악 소리가 아니라 아빠의 박력 있고 감미로운 휘파람 소리 같은 새의 노래였다. 아빠의 휘파람은 불행을 내쫓고 심지어는 불행의 기억마저 사라지게 만들었다. 아빠의 휘파람은 무적이어서 즐거운 우산처럼 제항기르의 머리 위를 지켜 주었다. 아빠의 손을 잡고 그 우산 밑을 걸을 때면 세상은 안전하고 훌륭했다. 그런 아빠를 더없이 사랑했으므로 유명한 5인조의 그 누구도 되고 싶지 않았고 그저 아빠의 아들이고만 싶었다.

길 건너에서 앵무새가 또다시 비명을 내질렀다. 제항기르는 퍼즐을 상자에 도로 집어넣었다. 아무런 희망도 없었다. 이제 퍼즐은 그런 효과를 만들지 못했다.

예자드가 수건을 몸에 두르고 귀에서 물을 빼려고 손가락을 넣은 채 거실로 나왔다. "제항글라, 알바레즈 선생님을 피해서 집에 며칠이나 있을 것 같니?"

"배가 아프다고 했잖아요." 아빠의 몸에서 신솔 상표 비누 냄새가 났다.

"학교에 가면 안 아플 거야. 아빨 믿어. 그 나쁜 녀석들은 무시하고 하던 대로 공부를 하면 괜찮을 거다."

아빠의 머리에서 퍼즐 상자 위로 물방울이 떨어지자 제항기르가 상자를 치웠다. 예자드는 안쪽 방으로 가서 바지를 입은 후 머리를 말리려고 수건을 쓴 채 돌아왔다.

"제항글라, 넌 일등 학생이야. 아무것도 두려워할 필요 없어." 그는 젖은 수건을 목에 걸치고 아들의 어깨에 팔을 얹었다. "네 이름이 무슨 뜻인지 아니?"

제항기르가 고개를 저었다.

"'세상의 정복자'라는 뜻이란다."

제항기르는 감동했다. 고개를 들어 아빠를 보고 배시시 웃었다. 아빠의 곱슬곱슬한 가슴털이 흐트러진 채 아직 젖어 있었다.

"복통 따위가 세상의 정복자를 멈추게 할 순 없지." 예자드가 아들의 등을 두드리며 어서 옷을 입으라고 했다.

무라드가 교복 넥타이를 목에 헐렁하게 매고 거실로 나왔다. "제 이름은 무슨 뜻이에요?"

"네 이름은 축복, 신의 은총이란 뜻이지."

"그럼 엄마 이름은요?"

"록산나는 새벽이란 뜻이고."

"아빠 이름은요?"

"내 이름은 수호천사란 뜻이란다. 자, 이리 와 봐. 넥타이 바로 매자."

형이 이름들의 뜻을 더 물어보고 아빠가 넥타이를 묶어 주는 걸 바라보면서 제항기르는 이름의 의미들을 생각해 보았다. 할아버지의 이름은『샤나마』이야기에 등장하는 것으로 너무 복잡해서 아빠는 영웅 러스텀의 족보를 기억해 내려고 애를 썼다. 나리만이 러스텀의 증조할아버지인지 고조할아버지인지 헷갈렸다. 그러자 금방 잠에서 깬 할아버지가 정답을 알려 주었다. "증조부."

제항기르가 생각해 보니 그 이름들을 다 합치면 완벽한 가족이 되었다. 신의 은총을 입고 세상을 정복하며 아빠가 수호천사이고 엄마가 새벽빛을 모두에게 비추는 가족. 그러나 엄마 아빠는 매일같이 싸우고 불행하다……

"지금은 너희들이 잘 모르겠지만 학교 다닐 때가 행복한 거란다." 예자드가 제항기르와 무라드에게 말했다. "곧 손에서 빠져나가듯이 사라져 버리지. 너희들이 나이가 들면 추억에 잠길 거야. 그날들이 돌아오길 간절히 바라면서. 하지만 다시는 돌아오지 않아. 그러니까 지금 꽉 붙잡고 즐기란 말이다."

제항기르는 아빠의 말을 믿고 싶었다. 그러나 먼저 산산조각이 난 세계를 다시 이어 맞춰야 했다. 퍼즐처럼 상자를 열어서 할아버지의 행복의 성 아파트를 새로 짓고 할아버지의 뼈를 붙이고 쿠미 이모와 잘 외삼촌과 화해할 수 있으면 좋겠다고 생각했다. 무엇보다도 중요한 건 지금은 완전히 사라져 버린 이야기와 웃음과 농담이 흐르던 아름다운 아침을 다시 이어 맞추는 것이었다.

예자드는 등교하는 아이들을 몇 번씩 안아 주며 배웅했다. 현관문에서 아이들의 이마에 입을 맞추었다. 그런 다음 식탁으로 돌아갔다.

작별 인사로 손을 흔들던 아이들이 문간에 서 있던 모습을 떠올리며 그는 자리에 앉아서 공상에 잠겼다. 아이들은 눈 깜짝할 사이에 자랐다. 무라드가 유치원에 다니고 제항기르가 기저귀를 차고 기어 다니던 때가 바로 엊그제 같은데 말이다. 그런데 지금 얼마나 컸는가. 자신과 록산나가 그토록 아름다운 아이들을 낳았다니.

그러다가 정신이 번뜩 들었다. 개나 고양이도 새끼를 낳는다. 그러니 자신이 그런 과정을 발명했다거나 특별한 일을 한 건 아니었다. 그런 감상적인 생각 때문에 이 나라의 인구 통제가 불가능한 것이다.

그러나 인구 문제에 관한 이성적인 생각에도 경이로움이 다시 찾아들었다. 생각에 잠겨 있던 그는 나지막하게 휘파람을 불기 시작했다. "해가 뜨고, 해가 지고."

그 멜로디의 의미를 알아챈 록산나가 남편의 옆에 앉았다. 휘파람을 멈추자 그녀가 그의 팔을 어루만졌다. "여보, 무슨 생각 해요?"

"별거 아냐."

"말해 봐요."

그가 한숨을 쉬며 말했다. "아이들이 학교 갈 준비 하는 걸 보면서 교복 입은 모습이 참 멋지다는 생각이 들었어."

그녀가 미소를 지었다.

"아이들이 어렸을 때 두 팔에 안거나 목말 태우고 다니던 게 생각나더군. 그리고 같이 했던 게임들도. 지금은 그렇게 못하잖아. 문득 그 노래가 떠오르더라고. 테브예의 딸이 결혼할 때 흘러나오던 노래잖아. 당신도 그 영화 기억나지?"

록산나가 고개를 끄덕였다. "재단사와 결혼했죠."

"맞아. 결혼식을 지켜보던 테브예가 다 큰 딸과 신랑을 보면서 놀라움을 금치 못했지. 무라드와 제항기르도 언젠가 결혼을 하고 우리가 지켜볼 거란 생각이 들더군. 그러면 우리도 늙고 외롭게 될 거고."

"여보, 바보같이 왜 그래요. 걔들은 영원히 우리 아들들인데."

"아냐. 아내의 남편이 되겠지."

"이전에는 안 그러더니 왜 그렇게 감상적이에요? 요즘 무슨 일 있어요?"

그는 대답하지 않았다. 잠시 후 그는 록산나를 끌어당겨 팔로 감싸 안았다.

카푸르 씨는 약속된 시간 전에 선물을 풀어 보고 싶은 유혹과 싸우는 어린아이처럼 소포 주위를 맴돌았다. 안에는 크리스마스 장식을 위해서 특별히 주문한 공이 들어 있었다. 예자드와 카푸르 씨는 사환이 돌아오기를 기다렸다.

"우리가 먼저 풀어 보면 후사인이 실망할 거야." 카푸르 씨는 상상의 배트를 쥐고 수비 자세로 포워드를 날렸다.

생각에 잠겨 있던 예자드는 듣지도 않고 고개를 끄덕였다. 영업이 끝나기 전에 사장에게 본격적으로 언제쯤 선거 운동을 시작할 건지 물어보고 약속을 받아 내리라고 결심했다.

"사장님은 크리스마스 축제를 제대로 즐기시는군요. 그렇지 않아요?" 그가 슬쩍 말을 꺼냈다.

"자네도 내 정책을 알잖나. 우리 코즈모폴리턴 가게에서는 모든 축제를 기념한다는 거 말이야. 많을수록 더 즐거운 법이니까." 카푸르 씨는 유쾌하고 넉넉한 웃음을 지으며 창가에 서서 산타클로스의 어깨 너머로 도로를 바라보았다. 그는 행인들에게 고개를 끄덕이고 파오 바지 장수에게 손을 흔들고 아는 사람에게 좋은 아침이라고 큰 소리로 외쳤다.

"사장님 정책은 정말 바람직합니다. 이 도시는 포용의 기적이니까 반드시 그렇게 머물러야 합니다."

"자네가 꼭 나처럼 말을 하는구먼." 사장은 예자드의 진지한 말투가 맘에 들었다.

"제가 15년째 사장님 말씀을 듣고 있는걸요." 예자드의 말에 두 사람이 함께 웃었다.

"저기 후사인이 오는군." 그들은 사환에게 서두르라고 손을 흔들었다. 그들을 즐겁게 해 주려고 후사인이 아기처럼 비틀거리며 달리는 흉내를 냈다. "이 친구야, 어서 와. 특별 주문한 공이 도착했어."

카푸르 씨가 보호막을 뜯고 나서 주문 제작된 소품을 들어 보였다. 둥근 전구를 빨갛게 칠하고 겉에는 원을 따라 실밥을 그려 놓아 크리켓공 모양을 하고 있었다.

"자, 어떤가?"

"굉장합니다." 예자드가 말했다. 그는 빛을 이용하는 강속구 투수처럼 그 공을 활용하리라고 다짐했다. 배트 바로 밑에 떨어지도록 던지거나 커브를 던지거나 바운드 없이 직접 삼주문에 던지거나 간에 사장을 아웃시키기 위해서 뭐든지 하리라고.

"이게 움직이는 걸 보면 지금보다 훨씬 대단하다고 느낄 거야." 카푸르 씨가 꾸러미를 뒤져 코드와 소켓을 찾았다. "이게 산타의 팔 모터와 연동돼 있거든. 배트가 공에 가까이 가면 빛이 난다네."

"근사하네요. 그럼 연결하시죠." 빨리 작동될수록 좋다. 그러면 사장이 기분이 좋아져서 이야기할 때 한결 너그러워질 것이다.

카푸르 씨가 부인의 반짇고리에서 투명 실이 감긴 실패를 가져와 한 가닥을 풀어 소켓에 묶은 후 천장에 매달려고 했다.

"제가 사다리를 타고 올라가겠습니다." 예자드가 자원했다. "꽤 주의해야 하는 일이네요. 너무 가까우면 배트가 전구를 부술 거고 너무 멀면 실감이 나지 않을 테니까 말이죠."

사다리 위에서 그는 천장에 손을 대고 중심을 잡으며 바닥에서 30센티미터 떨어지게 전구를 내렸다. "어떻습니까?"

"조금만 더 내려." 카푸르 씨가 말했다. "공이 배트로 맞히기 가장 좋은 곳에 있는 것처럼 보이게 말이야."

예자드는 손에서 실을 5센티미터쯤 더 풀었다. "창문에 사람이 많이 모여

들겠네요. 그 사람들을 통제하려면 특별 경비원이 필요하겠어요."

"그랬으면 좋겠구먼. 조금만 왼쪽으로 가라고."

"사장님, 이번 기회를 이용해서 창문에다가 이름을 선전하시죠. '크리스마스 잘 보내십시오. 사장 비크람 카푸르 올림'이라고 쓰면 되지 않겠습니까?"

"아냐. 그건 너무 값싸게 보여."

예자드가 다시 한 번 시도했다. "그래도 창문에다가 선거 운동 슬로건이라도 하나 내거세요. '비크람 카푸르에게 한 표, 산타클로스에게 한 표.' 혹은 '비크람 카푸르에게 투표하면 6점타.' 이런 건 어떻습니까?"

"그거 좋구먼." 사장이 희미하게 웃었다. "하지만 선거는 없을 거야."

사장의 말투에서 왠지 불편해하는 기색이 느껴졌다. 예자드는 카푸르 씨가 가리키는 손을 따라서 실을 좀 더 왼쪽으로, 그리고 앞으로 옮겼다. "선거가 다가오는데 무슨 말씀입니까?"

"나하곤 상관없어. 출마 못할 것 같아."

그 순간 투명 실이 예자드의 손에서 빠져나갔다. 전구가 바닥으로 떨어져 산산이 부서졌다.

"아이고, 세상에!" 카푸르 씨가 유리 조각을 피해 뒤로 물러섰다.

사다리를 내려오는 예자드의 두 손이 떨렸다. 사과하는 자신의 목소리가 마치 딴 사람의 그것처럼 낯설었다. "사장님, 그런데 왜 출마를 안 하십니까?"

"공을 떨어뜨리면 어떡해! 아이고, 예자드, 예자드, 예자드!"

"죄송합니다. 그런데 왜……."

"새로 또 주문해야 하잖아. 도착하려면 사나흘 걸리겠군." 사장은 화를 내며 걸어 나갔다.

"제 말 안 들리세요? 왜 줄마 안 하시냐고요?"

카푸르 씨가 예자드를 한 번 보더니 고개를 돌려 다시 창문을 보았다. "산타클로스가 5일 동안이나 허공에 방망이질을 하고 있어. 내가 5일 동안이나 그 공을 기다렸다고." 그가 투덜거렸다.

예자드는 자신도 힘들었지만 먼저 사장부터 달래야겠다고 생각했다. "임시로 일반 전구를 넣는 건 어떨까요?"

"그러면 더 이상해 보일 텐데." 그가 또 투덜거렸다. 그러나 잠시 울적해 있던 사장이 그렇게라도 해 보자고 했다. 후사인이 여분의 전구를 가지러 창고로 갔다.

"전 이해가 안 됩니다. 계획을 세우고 준비를 마치고 직접 쓰신 공약 선언문도 보여 주셨는데 왜 지금 와서 마음을 바꾸신 겁니까?" 예자드가 과감하게 물었다.

"여러 가지 이유가 있는데, 그러니까…… 너무 복잡해. 내가 그렇게 한다는 게 비현실적이란……." 그는 말을 끊고 고개를 돌렸다. 그러나 예자드는 유리창에 비친 사장의 면목 없어 하는 표정을 보았다.

"너무 위험해서 말이야. 집사람이 말하기를 요즘 선거는 깡패들 싸움이나 마찬가지라더군. 생각해 보니까 그 말이 맞아. 게다가 집사람이 내 혈압을 이만저만 걱정하는 게 아니야."

사장이 전구 소켓을 만지작거리며 더 설명하려고 할 때 후사인이 빗자루를 끌고 60와트짜리 전구를 흔들며 돌아왔다. "사장님, 보세요! 찾았습니다!"

카푸르 씨는 대화가 중단된 것에 안도하는 모습이었다. 사장은 창문 진열대에서 부지런히 몸을 움직였다. 사환은 핏방울처럼 주위에 흩어진 빨간색 유리 조각들을 쓸었다. 솜, 반짝이, 호랑가시나무 가지를 털자 유리 조각이 더 많이 나왔다. 준비를 마치자 카푸르 씨가 소켓에 전구를 넣고 모터를 작동시켰다.

배트가 내려가자 불이 켜졌다. 배트가 올라가자 불이 꺼졌다. 사장의 기분을 맞춰 주려고 후사인이 완크헤데 스타디움 관람석의 관중처럼 환호했다. 그러나 대체 전구의 희미한 노란색 불빛은 분위기를 환하게 만들지는 못했다.

사장이 대수롭지 않게 말한 것에 예자드는 몹시 실망했다. 부인이 안 된다고 했다니! 무슨 그따위 이유가 있나?

예자드는 그날 하루 종일 좌절감과 싸워야 했다. 분노와 배신감을 느끼다가 마침내 침착해지자 자신이 얼마나 비이성적이었는지 깨달았다. 사장은 사실 자신의 어려운 처지에 대해서 아는 바가 없다.

어쩌면 사장에게 속사정을 털어놓고 사장이 선거에 출마하지 않는다는 사실에 왜 그렇게 실망했는지 해명해야 할지도 모른다. 승진에 모든 희망을 걸었기 때문이다. 자존심을 죽이고 현재의 봉급으로는 생활하기 불가능하다고 이실직고해야 한다. 두 아이의 교육비, 물가는 하루가 멀다 하고 오르고…… 게다가 지금은 의붓자식들에게 쫓겨난 아픈 장인까지 모시고 있어서 작은 아파트에 공간도 없고 약값을 댈 돈도 없으며 환자용 변기 때문에 거실에는 악취가 풍긴다고…… 그 일로 아내와 싸우곤 하지만 그래도 결혼할 때 장인이 아파트를 사 줬기 때문에 의무감을 느낀다고…….

예자드는 손으로 이마를 쥐었다. 아냐, 그런 이야기를 시시콜콜 하는 건 현명하지 못한 처사야. 개인적인 가족 문제를 낱낱이 밝힌다는 건 어리석고

못난 짓이었다.

오후 내내 그는 산타가 경련을 일으키며 관절염에 걸린 어깨 때문에 고생하는 걸 바라보았다. 가끔가다가 작은 모터가 제대로 작동하지 않았다. 그럴 때면 전구가 방정맞게 깜빡이고 배트가 위아래로 조금씩 떨렸다. 마치 산타가 파킨슨병에 걸린 것 같았다.

후사인이 사장을 부르러 달려가면 사장이 달려와 스위치를 고쳤다. 배트가 정상적으로 작동하기 시작했다. 수리가 끝나고 나면 사장이 엄지손가락을 멋지게 치켜들고 사무실로 돌아갔다.

시간이 지나자 예자드는 전구의 나태한 불빛 때문에 잠시 최면에 걸린 듯했다. 주장 산타클로스를 언제든 아웃시키고 보이지 않는 심판에게 "당연히 아웃 아니에요?" 하고 따질 준비가 된 삼주문을 지키는 붙박이 사슴과 다른 수비수 사슴들처럼 몸을 움직일 수가 없었다. 물론 사슴이 항의하는 목소리도 들리지 않았다.

바보 같은 장식을 보고 있자니 더 우울해지기만 했다. 아무것도 이해되질 않았다. 갑자기 자신의 인생이 불쌍한 빌리 카드마스터의 인생처럼 보잘것없다는 생각이 들었다. 생일 사진 속에서 두 눈이 순진한 희망으로 빛나던, 핑크색 원피스를 입은 작고 예쁜 소녀에서 지금의 모습으로 바뀐…….

그는 최면에 빠지게 만드는 산타에게서 눈을 떼고 후사인을 쳐다보았다. 사환은 끊임없이 솜과 플라스틱 잎과 반짝이를 매만지며 바로잡았다. 예자드는 사소한 일에도 즐거워하는 그가 부러웠다. 비결이 뭘까?

후사인은 가족이 살해당한 악몽 때문에 인생이 파괴됐지만 그래도 싸구려 장식품에서 즐거움을 찾을 줄 안다. 그건 사무실에서 나와 예자드에게 화해의 미소를 보내고 창문 장식으로 가서 잠시 싱글거리며 서 있다가 책상으로 돌아가는 카푸르 씨도 마찬가지였다.

14

록산나가 행복의 성 로비에서 엘리베이터를 기다리고 있을 때 입구에서 차 소리가 나더니 덜걱덜걱 요란한 소리가 들렸다. 연장통을 든 에둘 문시였다.

그와 수리하는 문제에 관한 얘기를 나눌 기분이 아니었으므로 그녀는 어서 엘리베이터가 도착해 자신을 구해 주기를 바랐다. 언니, 오빠와 문제를 해결하려고 방문한 터라 그녀는 긴장되었다. 아빠를 이리로 모셔 올 방법을 찾아야 했다. 남편의 스트레스가 너무 심해서 요 며칠 동안 행동이 이상해졌다.

"와, 이게 누구야!" 그녀의 뒤에서 에둘이 말했다. "록산나, 몇 달 만에 처음 보네. 어떻게 지냈어?"

"전 잘 지내요. 아저씨는요?"

"최고지. 다리가 흔들린다고 해서 친구를 도와주고 오는 길이야." 그가 재빨리 말을 이었다. "그 친구 식탁 다리."

"이제 괜찮아요?" 그녀가 예의상 묻자 그가 수리에 관해서 상세하게 늘어놓았다. 친구인 카부스가 손쉬운 방법을 찾자며 그냥 나사 두 개만 박자고 했는데 자기가 설득해서 다리를 떼어 내고 제대로 수리해서 지금은 에베레스트 산만큼 튼튼하다고 했다.

"마니제 아줌마는 좋겠어요. 아저씨가 재주가 많아서요." 록산나가 말했다.

그는 수줍어하며 얼굴을 붉혔다. "그냥 여기저기서 조금씩 하는 거지 뭐. 그런데 요즘 언니하고 오빠는 통 안 보이던데. 아버지는 좀 어떠셔?"

"별 차도 없어요. 의사 말로는 파킨슨병은 낫기가 힘들대요."

에둘이 안됐다며 고개를 가로젓는데 마침 엘리베이터가 도착해서 그들이 올라탔다. "사람의 몸이라는 게 참 복잡해. 몸이 잘못됐을 때도 스스로 고칠 수 있으면 좋을 텐데 말이야."

"의사가 있잖아요."

"전문가들은 절대 믿으면 안 돼. 집수리나 아플 때도 말이야. 아버지가 구급차 타고 가는 걸 본 지 꽤 오래됐는데, 아직 안 돌아오셨나?"

"지금 우리 집에 계세요. 오빠 집은 천장을 고쳐야 해서요."

에둘의 눈이 반짝였다. "아무도 그런 말 안 하던데."

"언니가 알아보고 있어요." 에둘이 사는 층을 지나갈 때 록산나가 버튼을 누르려고 서둘렀지만 이미 늦었다.

그는 걱정하지 말라는 손짓을 했다. "정직하고 똑똑하고 비싸지 않은 업자를 구하는 일이 쉽지 않을 거야. 그게 최소한의 조건이지. 내가 쿠미하고 이야기를 해 봐야겠군."

"그럼 좋겠네요." 제삼자가 충고하면 언니가 곤혹스러워서라도 움직일지 모른다고 그녀는 생각했다.

"매우 정직하고 아주 똑똑하며 저렴하게 일해 줄 사람을 추천해 줄 수 있는데. 사실 재료비만 받고서 일하거든."

록산나는 무슨 뜻인지 알면서도 모른 척하고 말했다. "믿기지 않는데요."

에둘이 미소를 지었다. "그게 누구냐면 바로 나거든."

엘리베이터가 멈추자 그는 문을 열어 주었다. 에둘을 아빠의 아파트에 들여 놓으면 어떻게 될지 그녀는 상상해 보았다. 그건 원숭이의 손에 면도칼을 쥐어 주는 것과 다름없었다.

"그건 올바르지 않죠. 아저씨를 이용하는 거잖아요."

"이용하다니 그런 말이 어디 있어? 내가 자원하는 건데. 알다시피 내가 그런 일을 즐기잖아. 내 취미니까. 부서진 걸 새로 고쳐서 사람들 마음에 행복을 선사하는 걸 좋아한다니까."

엘리베이터 통로로 벨이 울리는 소리가 들렸다. 누군가 일층에서 엘리베이터를 호출했다. "아저씨, 고마워요. 하지만 그런 큰일을 부탁드릴 순 없죠. 천장이 심하게 부서졌거든요."

엘리베이터가 로비로 내려오도록 어서 문을 닫으라고 외치는 목소리를 무시하고 에둘이 말했다. "큰일이든 작은 일이든 조리 있게 일하는 게 중요하거든. 두 번 재고 한 번 자른다는 게 바로 핸디맨의 좌우명이야. 문제를 찬찬히 생각하고 해결책을 마음속에 그려야 해. 체스를 두는 거랑 마찬가지야. 몇 사람만 가진 특별한 기술이지."

그가 수리하는 일의 장점에 대해서 계속 설명했지만 그녀는 듣지 않았다. 그때 문득 이런 생각이 떠올랐다. 천장이 이미 못 쓰게 됐는데 굳이 에둘로부터 보호할 필요가 있을까? 그가 아무리 기술이 없다고 해도 그보다 더 나쁘게 만들 순 없을 것이다.

뭐 그다지 나쁜 생각도 아니었다. 지저분한 걸 치우고 힘든 보수 작업을 마치고 천장만 안전하게 만들면 되는 일이었다. 그래도 구멍이 나고 금이 간 건 보이겠지만 뭐 어떤가? 공짜에다가 아빠도 집으로 돌아올 수 있을 텐데.

그러나 언니부터 먼저 설득해야 했다. "자신 있으시면 오빠하고 언니한테 호의를 말씀드릴게요."

"100퍼센트 자신 있어." 그가 록산나를 안심시켰다.

일층에서 고함을 지르던 사람은 엘리베이터가 내려오기를 포기했는지 조용했다. 에둘은 함께 가도 되겠냐고 물었다. "지금 당장 견적을 내고 대충 재료비를 산정할 수 있거든."

"제가 먼저 언니랑 오빠하고 얘기할게요. 아저씨한테 그렇게 큰 짐을 지우는 건 결국은 언니랑 오빠의 몫이거든요."

"문제없어." 에둘이 다시 엘리베이터에 올랐다. "나한텐 집수리가 절대로 짐이 아니니까." 엘리베이터가 내려가기 시작했지만 그의 목소리는 계속 들려왔다. "내 즐거움의 원천이라고."

"쿠미야! 록시가 왔어!" 잘이 기뻐하며 외쳤다. "록시, 어서 들어와!" 잘은 그녀의 두 손을 잡고 안으로 이끈 후 길게 포옹했다. 오빠의 눈에 가득한 기쁨과 안도의 표정으로 볼 때 가족 간의 소원함이 영원할 것 같지 않았다. "예자드는 왜 같이 안 왔어?"

"아직 일하고 있지요." 오빠의 얼굴이 밝아진 게 꼭 전기 스위치를 켠 것 같다고 생각하며 그녀는 환영에 감동했다.

"쿠미야!" 그가 다시 불렀다. "어디 있어? 록시가 왔다니까!"

"쉬잇!" 쿠미가 방에서 기도하고 있다며 조용히 하라고 했다. 그녀는 잠시 통로로 나와 흰색 물물 천을 쓴 얼굴을 보였다.

"아, 미안." 잘이 말했다.

몇 분 후에 쿠미가 응접실로 나왔다. "웬 난리야, 영국 여왕이라도 행차한 것처럼?"

"아냐, 아르민하고 호상이 아니라 록시가 왔다니까."

쿠미가 잘의 호주머니에 든 보청기를 똑똑 두드렸다. "또 배터리가 다 된 거야?" 쿠미와 록산나는 서로의 어깨에 손을 가볍게 올리고 뺨을 비볐다.

"아버지는 어떠셔?" 쿠미가 물었다.

"똑같아요. 아파트 수리가 시작됐느냐고 물으셔. 조금만 참으시라고 내가 계속 말하는데 너무 슬퍼서. 나도 수리가 어떻게 되어 가는지 모른다는 걸 아시나 봐."

잘의 얼굴에 양심의 가책이 드러났다. 그는 두 손을 쥐어짜고 보청기를 만지며 쿠미에게 말없이 간청했다.

"오빠, 기계가 또 말썽이구나. 가서 배터리나 사 와. 나중에 록시가 무슨 말 했는지 알려 줄 테니까."

"아냐, 괜찮아." 잘이 보청기에서 손을 뗐다.

"아빠는 좋은 날도 있고 안 좋은 날도 있고 그래. 문제는 다음 연금이 나오기 전에 약이 떨어진다는 거야."

"우리도 돈을 더 보태고 싶어. 그런데 아버지의 통장은 텅텅 비었고 주식 시장도 요즘은 상황이 별로 안 좋아. 그건 오빠가 잘 알 거야."

"내 문젠 그걸로 충분하고, 언니랑 오빠는 어떻게 지내?"

"보다시피 석고하고 먼지 때문에 불행에 묻혀서 살고 있지."

"수리 업자는 아직 찾고 있는 중이야." 잘이 작은 목소리로 말했다.

"더 무너지지는 않았어?" 록산나가 물었다. "다 안전한 거야? 그것참, 다행이네." 그 순간 그녀는 말을 자제했다. 빈정거림은 화해를 하려고 온 목적에 도움이 되지 않았다. "참, 그 말 하니까 생각나네. 아래층에서 누굴 만났는지 알아? 운 좋게도 에둘 아저씨를 만났지 뭐야."

"야, 그게 운이 좋은 거니?" 쿠미가 말했다. "저주받은 사람이나 그 사람하고 만나는 건데." 그러자 잘이 웃었다. 분위기가 화기애애해지는 것 같아서 그는 기분이 좋았다.

"나도 무슨 뜻인지 알아요. 그런데 그 사람이 천장에 대해서 묻더니 공짜로 고쳐 주겠다고 하던데."

"당연하지. 그 사람은 돈을 주고도 일을 하려고 하니까. 그만큼 절박하거든. 그 사람 와이프가 집에는 손도 못 대게 하잖아." 쿠미가 말했다.

"에둘은 수리공이 아니라 광대야." 잘이 낄낄거렸다. "연장통을 챙겨서 서커스단에 합류해야 해."

"나도 처음엔 그렇게 생각했죠. 근데 생각해 보니까 우리는 업자를 부를 돈이 없잖아요. 그 사람이 새로 석고만 발라 주면 나아질 거 아녜요."

"안 돼. 에둘은 위험해." 쿠미가 큰 소리로 말했다. "그 사람이 전구를 갈면 아파트 건물 전체가 정전이 된다니까. 그런데 그런 사람한테 우리 집을 고치라고?"

록산나가 어깨를 으쓱했다. "그건 언니가 결정하세요."

또다시 긴장감이 감돌았다. 그때 놀랍게도 잘이 목소리를 높였다. "난 찬

성이야. 에둘한테 시킨다고 무슨 해가 되겠⋯⋯."

쿠미가 쏘아보자 잘이 얼른 입을 닫았다. 그러나 더는 문제 삼지 않았다.

좋아, 에둘에게 일을 맡기자, 하고 쿠미는 생각했다. 멍청이가 일을 더 엉망으로 만들면 오히려 좋지 않은가? 오랫동안 즐기기 위해서 무슨 일이든 질질 끄는 게 취미인 에둘 덕분에 아버지의 귀환은 영원히 지체될 것이다. 그럼 구차하게 변명을 만들어 내지 않아도 된다.

에둘은 뜻하지 않게 완벽한 공범이 될 것이다.

사장은 항의의 표시로 손가락을 들어 올려 시계를 가리켰다. "시간 보이지? 이제 '사장님'이라고 부르면 안 돼." 그는 예자드의 얼굴을 유심히 살폈다. "이틀째 자네가 몹시 우울해 보이는군. 무슨 문제라도 있나?"

예자드가 어깨를 으쓱했다. "우리가 얘기했던 일들 때문인가 봐요. 그 옛날 사진들도 그렇고⋯⋯. 카푸르 씨 때문에 제가 바뀐 것 같아요. 카푸르 씨 같은 훌륭한 사람이 정치를 해야 한다고 믿습니다. 안 그러면 사기꾼들과 깡패들이 우릴 좌지우지할 테니까."

"재밌지 않나?" 사장이 씁쓸한 미소를 지으며 말했다. "우린 완전히 뒤바뀌었어. 내가 자네처럼 말하고 자네가 나처럼 말하니까." 그가 한숨을 내쉬었다. "나도 선택권이 있었으면 좋겠어."

"우린 언제나 선택권이 있습니다."

"하지만 가족이 먼저야. 예자드, 자네도 이해하지? 공직 이전에 가족에게 봉사하라고 아내가 그러더군. 혈압 문제 외에도 가방에 들어 있는 돈 문제도 있고 말이야. 집사람 말대로 선거에 저 돈을 써서는 안 될 것 같아."

그는 예자드의 팔을 잡고 사무실로 데려갔다. "너무 실망 말게. 한때는 좋은 생각이었지만 이젠 끝났어. 받아들여야지 어쩌겠나."

"그게 의무라고 말하지 않았습니까?"

"암, 그랬지. 내 의무고 모든 훌륭한 시민의 의무지. 난 특별하지 않아. 하지만 이거 하나는 깨달았어. 이번 경우에는 의무가 소용없다고 말이야."

"그게 무슨 뜻이죠?"

"생각해 보게. 순수한 의무는 결과에 상관하지 않는 거야. 내가 시의원이 되고 좋은 싸움을 한다고 해서 결국 뭘 얻겠나? 내가 의무를 다했다는 만족감만 남겠지. 봄베이는 변하지 않을 거야. 아무도 시간을 되돌릴 수는 없으니까."

예자드는 사장의 변심이 믿기지 않았다.

"그러니까 이제는 무덤과 벌레, 묘비명을 이야기하는 것 말고는 남은 게 아무것도 없다는 말이지. 이제 이 의자에 앉아서 도시들의 죽음에 관한 슬픈 이야기나 하세나."

예자드는 침묵했다. 사장이 혼자 지껄이도록 놔뒀다. 아무런 대답도 반응도 보이지 않았다.

그때 사장이 어설픈 농담을 던졌다. "내 문제가 뭔지 아나? 봄베이를 드러내 놓고 끔찍하게 사랑한다는 거야. 그래서 집사람이 질투가 났나 봐. 다른 미녀가 자신과 경쟁하는 걸 원치 않거든."

짜증이 날 대로 난 예자드가 자기도 모르게 대꾸를 하고 말았다. "이젠 인도 작가를 인용하시는 게 어떻습니까?"

사장은 항의에 담긴 비난을 대수롭지 않게 생각했다. 예자드가 입을 열었다는 사실에 만족할 따름이었다. "그게 바로 자네나 나나 우리 교육의 근본적인 문제야. 어쨌든 셰익스피어는 봄베이와 마찬가지니까. 둘 다 우리에게 필요한 걸 모두 가지고 있거든. 둘 다 우주를 품고 있잖아."

예자드는 속이 부글부글 끓어올라 시계를 보았다. "죄송하지만 먼저 가야겠습니다."

카푸르 씨가 책상을 잠갔다. "아직도 화가 안 풀렸나?"

"제가 무슨 권리로 화를 내겠습니까? 카푸르 씨의 인생이고 사모님과 함께 결정한 건데요."

사장은 서류 가방을 들고 불을 껐다. "예자드, 내가 자네 충고를 받아들인 거 눈치챘나? 이제 에어컨을 사용하지 않잖아. 지금부터 봄베이가 주는 것을 그대로 받아들일 생각이야. 더위, 습기, 해풍, 태풍 같은 거 말이야."

"전 오랫동안 그런 철학을 실천해 왔습니다. 물론 저한텐 쉬운 일이죠. 에어컨을 살 돈이 없으니까요."

"그런 건 필요 없어. 우리 인도 사람들은 타고난 냉각 시스템이 있으니까. 고추와 매운 향신료를 먹고 땀을 흘리면 산들바람이 땀을 말려 줘서 시원해지지."

예자드가 피식 웃었다.

그를 달래려고 사장은 무던히 애를 썼다. "예자드, 우리가 항상 그 사진들을 갖고 있다는 걸 명심하게. 우리 도시가 그 사진들에 보존돼 있다고. 그 기록은 우리 뒤에 올 사람들을 위해서도 남을 거야. 그들도 알겠지, 한때 여기 바닷가 옆 빛나는 도시에 다양한 인종과 종교가 평화롭고 우호적으로 공존

하던 황금의 장소인 열대의 캐밀롯이 있었다고 말이야."

예자드는 다시 짜증이 나서 귀담아듣지 않았다. 그런데 사장의 열정과 모순에 자신도 모르게 그만 애정이 느껴졌다. 선거가 끝나는 두 달 후면 사장이 출마하지 않은 걸 후회할 거라고 그는 확신했다. 아니면 며칠 후에 또 마음을 바꿔 출마하겠다고 할지도 모른다. 사장의 생각을 누가 알겠는가?

현관문으로 함께 걸어가다가 그는 사장이 크리스마스 장식을 흐뭇하게 바라보는 걸 보았다. 제2의 유년기로 돌아가기엔 아직 너무 젊다고 말해 줘야 할 것 같았다. 자기만족의 현혹에서 벗어날 수 있도록 뭔가 강한 자극이 필요해 보였다.

거리의 가게들이 봄베이 스포츠용품점에서 아이디어를 얻은 것 같았다. 인도 만세 책방은 『바가바드기타』 영문 번역판을 무릎 위에 펼치고 맨발에 가부좌를 틀고 있는 산타를 전시했다. 코에는 반달 모양의 독서용 안경이 놓여 있었다. 라조이 스테인리스 가게에는 앞치마를 두른 산타가 큰 요리 기구를 젓고 있었다. 바갓 안경점의 산타는 멋진 반사 선글라스를 쓰고 있었다.

더는 크리스마스트리와 별, 천사에 만족하지 않으니 가게마다 모두 저런 걸 하나씩 두는 거라며 예자드는 진절머리를 냈다. 남자 옷 가게에는 산타가 앞으로 뻗은 두 팔 위에 셔츠와 넥타이가 걸려 있었다. 신발 가게의 산타는 구두 상자 더미를 안고 있었다. 다행히 사리 가게에는 5미터 길이의 화려한 여자 옷을 입힌 산타가 없었다.

장식이 하나같이 따분하고 재미가 없었다. 책방은 빌라스의 상상력 덕분에 예외였다. 거리에 넘쳐 나는 허튼짓들을 보고 있자니 예자드는 아이러니컬하게도 시브세나의 행패가 그리울 지경이었다. 개똥도 약에 쓰려면 없다더니 그 많던 깡패 녀석은 다 어디로 갔을까? 왜 미친 듯이 거리를 날뛰며 바보 같은 장식들을 부수지 않는 걸까?

어쩌면 사장에게 필요한 건 그런 종류의 자극이 아닐까? 사슴 수비수들의 뿔이 잘리고 깜빡이는 전구가 잠잠해지고 시브세나 돌격대원들이 흰 수염 달린 타자를 끌어내 사지를 찢는다면 그의 투쟁 정신이 되돌아올지도 모른다. 시브세나가 가게로 찾아온다면 사장에게 매우 유익한 자극이 될 것이다.

문이 닫힌 책방 앞에 앉아 있던 빌라스가 큰 소리로 예자드를 불렀다. 그는 계단을 두드리며 예자드가 앉을 수 있도록 공간을 만들었다.

"아냐, 늦었어." 예자드가 뻐근한 목을 주무르며 말했다.

"흥분한 것 같은데, 무슨 일 있어?"

"카푸르 씨 때문에. 이전에 왜 사장이 선거 계획에 몰두했었잖아. 지금은 완전히 뒤집혔어. 부인이 안 된다고 했다네."

빌라스가 웃었다. "참 자상하군. 편자브에서 공처가는 보기 드문데 말이지."

"나도 영문을 모르겠어. 덕분에 승진만 날아갔지 뭐."

그들이 대화를 나누는 동안 빈 바구니를 든 날품팔이가 책방을 향해 오다가 감히 더 다가오지 못하고 멈춰 섰다. 그는 머리에 충격을 줄이려고 쓴 터번 안에서 편지를 꺼내 작가 선생님을 위해서 구겨진 부분을 바로 폈다.

"손님이 왔구먼." 그렇게 말하고 예자드는 계단을 떠났다.

어깨뼈 사이가 칼로 찌르는 듯이 아팠다. 예자드는 목을 계속 비비며 좌우로 돌리고 위아래로 움직였다. 그는 마린라인스 역으로 곧바로 가지 않고 도비 탈라오로 돌아 프린세스 거리를 걸으며 생각에 잠겼다. 그는 숨이 가빠서 헐떡거렸다. 다섯 발짝 걷고 나서 숨을 들이쉬고 여덟 발짝 걷고 나서 숨을 내쉬기로 했다. 다섯 발짝 들이쉬고 여덟 발짝 내쉬고……

하지만 디젤 매연이 끼쳐오자 그는 기침을 했다. 빌어먹을 공해 때문에 도시에서 숨조차 깊이 쉴 수 없었다. 사장의 옛날 사진들 속으로 들어가지 않는 한 그런 일은 불가능했다. 옛날 휴즈 거리에서나 가능했다. 괜히 빌라스와 얘기하는 바람에 다시 화가 솟구쳤다. 자신은 걱정이 돼 죽겠는데 조금만 참으면서 사장에게 동기를 부여할 방법을 찾아보라니, 남의 일이라고 참 쉽게 말했다.

호흡 마스크를 쓰고 오토바이를 탄 사람이 지나갔다. 조만간 모두들 저런 마스크가 필요할 것 같았다. 세상의 문제들을 걸러 줄 마스크가 있다면 그것 또한 나쁘지 않을 거란 생각이 들었다.

"선생님." 누가 부르는 소리가 들렸다.

예자드가 돌아서니 와디아지 불의 사원 밖에 있는 백단향나무 가게의 남자였다. 예자드는 그제야 불의 사원을 지나고 있음을 깨달았다.

"선생님, 백단향나무 필요하십니까? 진짜 말바리 백단향입니다요." 남자가 백단향나무 토막을 정리하다가 일을 멈추고 말했다.

남자는 예자드의 아버지가 옛날에 쓰던 것과 같은 검정 벨벳 기도 모자를 쓰고 있었다. 그는 고개를 젓고 나서 가던 길을 계속 갔다.

몇 발짝 걸은 후 그는 망설이다가 돌아서 사원 안으로 들어갔다. 사슬로 기둥에 묶어 놓은 자전거 두 대 외에는 텅 비어 있었다. 아마도 기도를 부탁한 가족들에게 차스니를 배달하는 사람들이 타고 온 것이리라. 차스니를 함께 먹어 본 지도 꽤 오래됐다. 파프리와 말리도의 맛도 이제는 거의 잊어버렸다.

모자를 쓰지 않았으므로 그는 사원 현관에서 멈췄다. 손수건을 쓰고 들어갈까? 아냐. 그는 들어가고 싶지 않았다.

사원 안은 빛이 잘 들지 않았다. 그러나 바닥에 돌이 깔린 긴 베란다 같은 공간과 돌난간이 있는 씻는 곳이 보였다. 한쪽 끝에서 한 남자가 쿠스티로 기도를 올리기 전에 혼자서 손과 얼굴을 닦고 있었다.

남자가 수드라와 셔츠를 꺼내 바지 위로 내놓았다. 그런 다음 셔츠 밑으로 손을 넣더니 쿠스티의 매듭을 풀며 기도를 올리기 시작했다. 그는 허리에서 쿠스티를 푼 다음에 이마에 갖다 댔다.

흐릿한 빛 속에 드러난 남자의 희미한 몸짓을 보노라니 예자드는 오랫동안 암송하지 않았던 기도문이 생각났다. 아후라 마즈다 코다이, 아즈 하마 구나, 파테트 파세마눔……. 마음속으로 암송하던 그는 기도문이 기억나자 매우 기뻤다. 그때 남자가 쿠스티로 두 개의 고리를 만들어 이마에 다시 갖다 댔다. 이제 남자가 성대(聖帶)를 다시 허리에 묶을 준비를 하면서 마나시니, 가바시니, 쿠나시니 부분을 암송한다는 걸 예자드는 알았다.

혼자 있는 남자를 지켜보던 예자드는 어릴 때 입회식과 파르시 새해에 부모님과 함께 사원에 오면 베란다가 행복한 사람들로 가득 차곤 했던 기억이 떠올랐다. 화려한 새해 옷을 입은 사람들은 모두 백단향나무 토막을 쥐고 돌난간에 모여 은그릇에 손을 씻고 기도를 끝낸 후 축제를 즐겼다. 예자드의 어머니처럼 사리를 입은 여자들은 그 자리에서 쿠스티 기도를 올렸다.

그러나 치마를 입은 여자들은 쿠스티를 풀려면 치마를 들어 올려야 했으므로 칸막이로 몰려들었다. 그러한 현대 여성들을 정통주의자들은 마땅찮게 생각했다. 그들은 여자가 생리를 시작하면 그때부터 원피스를 입으면 안 된다고 주장했다. 유리 칸막이로 비치는 여자들의 모습을 훔쳐보는 남자들도 있었다. 할머니들은 저놈들이 경사스러운 날 성스러운 곳에서조차 엉뚱한 짓을 한다며 혼쭐을 내 줘야 한다고 목소리를 높였다.

쿠스티 기도가 끝나면 가족들이 중앙 홀을 지나 사원 안으로 더 깊숙이 들어갔다. 안에도 사람들로 가득 차 있었다. 불길이 활활 타오르는 성소에 가까이 갈수록 더웠으며, 은 쟁반이 봉헌된 백단향나무로 넘쳐 나서 일 년 중에 불길이 가장 밝게 타올랐다. 성소에 무릎을 꿇고 머리를 조아리려면 차례를 기다려야 했다.

불의 사원을 방문하고 나면 친척들을 찾아가 사탕 과자를 나눠 주고 맛있는 음식을 먹었다. 그리고 저녁이면 파르시 농담과 개그와 노래로 풍성한 아디 마르즈반의 코미디나 버라이어티 쇼를 보러 극장에 갔다.

혼자서 예배를 올리던 남자는 쿠스티 기도를 마치고 베란다에서 계단을 올라가 홈이 파인 기둥을 지나서 안으로 사라졌다. 이제 그곳엔 아무도 없었다.

예자드는 남자가 들어간 안쪽은 매우 고요하고 시원하며 어두울 거라고 생각했다. 록산나의 말이 옳았다. 사원은 이 거대한 미친 도시의 한가운데 있는 진정한 오아시스였다.

왼쪽 복도에서 발을 끄는 소리와 함께 슬리퍼가 찰싹 부딪치는 소리가 들렸다. 예자드가 자리를 뜨기도 전에 흰옷을 입은 키가 크고 마른 사람이 그의 옆에 서 있었다. 기도 복장을 완전히 갖춘 사제의 옷에서 백단향 연기의 향기로운 냄새가 났다. 그 향기로 인해 예자드의 얼굴에 그리움의 미소가 번졌다.

사제가 미소로 화답했다. "안녕하십니까." 사제는 오른손을 이마에 올리더니 잠시 멈췄다. 그리고 밖에서 망설이는 파르시교도를 자세히 보려는 듯이 얼굴을 가까이 가져갔다. 그의 눈동자가 두꺼운 안경 때문에 뾰족한 점처럼 보였다.

사제가 송곳처럼 파고드는 듯한 기분이 들었지만 예자드는 얼굴을 돌릴 수 없었다. 길게 자란 흰 수염 때문에 사제의 얼굴이 훨씬 길어 보였다.

사제가 다시 입을 열었다. "모자가 필요하시오?"

"아뇨, 아닙니다. 고맙습니다만 오늘은 이만…… 늦어서요." 그는 뒤로 돌아 기차역으로 달아났다.

예자드가 집에 도착했을 때 안쪽 방에는 아이들만 있었다. 그는 엄마가 어디 갔냐고 물었다.

"엄마 나갔는데요."

"그건 나도 알아. 어디 갔냐고 물었잖아."

"엄마가 말 안 했어요."

그는 부엌에 가서 주전자를 불에 올렸다. 소변기를 달라는 장인의 작은 목소리가 거실에서 들려왔다.

제항기르가 부엌으로 후다닥 달려왔다. "할아버지가 쉬하고 싶으신가 봐요."

아들의 모습에 감동했지만 그는 양보하지 않았다. "지난주에 내가 얘기했지?"

"네, 아빠. 하지만 할아버지가 급하신가 봐요."

"제항글라, 잘 들어. 할아버지를 우리가 떠맡을 때 난 약속했다. 절대 소변기나 환자용 변기를 만지지 않겠다고. 그건 너희들도 마찬가지야."

예자드의 말에 제항기르는 어리둥절한 표정이었다. 아빠의 목소리에 슬픔이 배어 있었다. 그냥 두면 침대가 젖을 거라고 제항기르가 다시 한 번 말했다.

"그건 네가 신경 쓸 문제가 아냐. 넌 어서 숙제나 해."

한숨을 깊이 내쉬며 돌아가는 제항기르의 어깨가 축 처져 있었다. 장인이 다시 한 번 외치는 소리가 들렸다. "제발. 못 참겠다. 이러다…… 이러다 나오겠어……." 장인이 울먹이며 하소연했다.

예자드는 불만을 쏟아부으며 차를 만들었다. 잔 받침에 부어 한 모금 홀짝인 후 꿀꺽꿀꺽 마시던 그는 얼굴을 찡그렸다. 록산나가 만들어 준 것보다 맛이 없었다.

그는 빈 잔과 잔 받침을 주방에 놓고 아이들이 숙제를 하고 있는 안쪽 방을 들여다본 후 발코니로 가서 난간에 기댔다. 나는 밖에서는 친절하다가 집에만 오면 골목대장이 되는 형편없는 사람이 돼 가는 걸까?

아냐. 그는 믿고 싶지 않았다. 몇 달 전까지 영위하고 있던 자신의 삶을 강탈당했다. 록산나의 가족이 자신의 평화와 만족을 훔쳐 가 버렸다. 과거에는 야만의 도시의 피난처였던 그 집에서 이전의 삶을 되찾을 때까지 더러움을 견뎌야만 했다.

구역질 나는 병실이 돼 버린 불쾌한 거실이 있는 집으로 돌아오지 말고 차라리 불의 사원에 앉아 있는 게 나을 뻔했다. 하지만 불의 사원에서 영원히 살 수 있는 것도 아니니 그렇게 큰 도움은 되지 못할 것이다. 지저분한 집이 언제나 그를 기다리고 있었다.

제항기르는 숙제에 집중할 수 없었다. 긴 의자에서 들리는 소리 때문에 괴로웠다. 소변을 보고 싶은데 못 누면 얼마나 불편한지 제항기르는 알고 있었다. 언젠가 알바레즈 선생님이 시험을 친다고 화장실에 못 가게 했을 때 그런 일을 겪은 적이 있었다. 그래도 종이 울리자마자 달려갈 수 있었다. 불쌍한 할아버지는 언제 소변을 볼 수 있을지도 모르고 마냥 누워서 기다려야 했다. 그런데 아빠는 왜 그렇게 소변기에 완고한 걸까? 평소에는 뭣 때문에 아빠가 화가 났는지 직감적으로 알 수 있었다. 하지만 이번에는 딱히 이유가 없는 듯했다.

"형이 가서 다시 말해 봐." 제항기르가 무라드를 재촉했다.

"뭐가 문제야? 엄마가 빌리 아줌마를 부르라고 했잖아. 다 말해 놨다고 말이야."

"근데 아빠가 집에 있는 걸 보면 아줌마가 뭐라고 생각하겠어? 공정하지 못하잖아. 아빠가 할아버지한테 소변통을 줘야지."

"네 꿈속에서나 가능한 일이다."

할아버지가 다시 끙끙대자 더는 참을 수 없었다. 제항기르는 빌리 아줌마를 모셔 오는 건 부끄러웠기 때문에 연필을 내려놓고 형의 필사적인 경고를 무시한 채 긴 의자로 갔다.

사흘 동안이나 스펀지 목욕을 하지 못한 할아버지한테서 더러운 세탁물로 가득한 바구니 냄새가 났다. 제항기르는 뼈만 앙상한 떨리는 손을 잡으며 마음을 단단히 먹은 후에 할아버지를 앉히기 위해서 온 힘을 다해 힘껏 끌어당겼다. 할아버지가 소변을 볼 때면 엄마는 항상 먼저 앉혔다. 할아버지의 관절을 위해서도 조금 움직이는 것이 좋다고 했다.

소변기는 매끄러운 흰색 동물처럼 긴 의자 밑에 웅크리고 있었다. 제항기르는 소변기를 들고 할아버지를 주둥이 부분으로 조심스럽게 안내했다. 안 그러면 고추 끝 부분이 아플지도 몰랐다. 마치 철사를 두른 작은 원을 통과해야 하는 유원지 게임과 같았다. 원에 닿으면 버저가 울려서 지게 된다. 가끔다 엄마가 서두를 때면 할아버지가 아프다고 했다.

그들은 기다렸다. 아무 일도 일어나지 않았다. 제항기르의 얼굴을 무기력하게 바라보던 할아버지가 집중하느라 얼굴을 찡그리더니 으르렁거리듯 신음 소리를 크게 냈다.

그때 제항기르가 할아버지를 도우려고 엄마가 하듯이 쉬 소리를 냈다. "쉬이이이이쉬이이이쉬!"

그 소리를 들은 예자드가 발코니에서 들어왔다. "너 지금 뭐하는 거냐?"

"할아버지가 너무 급해서요." 제항기르가 중얼거렸다. 그때 노란 액체가 흘러나와 반투명의 플라스틱을 채우기 시작했다. 아빠 때문에 긴장한 제항기르는 소변기를 제대로 잡고 있기가 힘들었다.

소변 줄기가 약해지더니 똑똑 떨어지다가 멈췄다. 제항기르는 엄마가 하듯이 소변기를 약간 흔들었다. 소변기를 뺄 때 침대에 오줌이 몇 방울 흘렀다. 제항기르는 소변기를 다시 밀어 넣었지만 너무 늦었다. 고추 끝에 남아 있던 마지막 한 방울만 담을 수 있었다.

15

매일 저녁 7시에서 8시 사이에 에둘은 사다리 두 개를 판자로 붙인 엉성한 이동식 발판 위에 서서 벽토를 조금씩 벗겨 냈다.

잘은 가구를 덮은 비닐들을 살핀 후 문간에 서서 천장에서 눈을 떼지 않았다. 그러다가 거기는 괜찮으니까 그냥 넘어가라거나 저기는 부서지지 않았으니까 손댈 필요가 없다고 말했다.

그러면 에둘이 수리공의 금언집에서 주옥같은 말을 선사했다. "이보게, 준비가 수리의 4분의 3이라네. 벽토 뒤에 있는 오리목이 썩지 않았는지 확인해야 해. 서두르면 카레를 망치는 법이지." 그는 주먹으로 튼튼한 벽토를 두드리고 아는 체하며 고개를 끄덕였다. "이 소리 들리나? 내 말 무슨 뜻인지 알겠지?"

무슨 소리가 나는지 들어 보려고 잘이 보청기를 조절했다. 그는 고개를 뒤로 젖히고 에둘에게 벽토를 다시 한 번 두드리라고 했다.

그러나 쿠미는 일의 속도를 높이려는 오빠의 노력이 여간 신경 쓰이는 게 아니었다. 저녁 기도를 하다 말고 그녀는 잘을 부엌으로 불러서 에둘을 성가시게 하지 말라고 했다. "그러다 에둘이 지쳐서 그냥 가 버리겠다. 오빠 아버지가 다시 왔으면 좋겠지?"

잘은 3개월 전부터 아버지가 돌아오길 원했다고 중얼거렸다. 쿠미가 왜 아버지 방이 아니라 응접실부터 일을 시작하도록 했는지 이해가 되질 않는 다고 했다.

"그건 에둘이 응접실에서 연습을 해 보고 실수를 통해 배우라는 뜻이야. 아버지를 실험 대상으로 삼을 순 없잖아."

벽토에 대한 에둘의 공격은 계속됐다. 우울한 저녁에 끊임없이 망치 두드리는 소리가 들렸다. 마치 불행이 문을 두드리는 것 같다고 잘은 생각했다. 그는 록산나와 예자드의 작은 아파트에서 상황이 얼마나 어려울지 늘 노심초사했다.

에둘은 가끔 엉뚱한 일로 웃음을 선사했다. 어느 날 저녁 요란한 소리가 두 번 나더니 에둘의 신음 소리가 들렸다. 잘과 쿠미가 부리나케 달려가 보니 에둘이 두 손으로 얼굴을 가린 채 눈에 석고가 들어갔다고 방방 뛰었다.

"어디 봐요." 쿠미의 말에도 그는 손을 치우지 않았다. 그녀는 잘에게 두 손을 붙들고 있으라고 하고 눈꺼풀을 위아래로 벌리고 한쪽 눈에 두 번씩 입김을 불었다.

에둘이 눈을 깜박이더니 비비고 닦았다. "쿠미는 천재로구먼!"

"아버지한테서 배웠어요, 친아버지한테. 우리가 초파티 해변에 갈 때마다 장난이 심한 오빠는 항상 눈에 모래가 들어갔거든요."

그녀는 친아버지가 사 준 양동이, 삽, 체, 물뿌리개 세트를 가지고 해변에 갔던 추억에 잠겼다. 해변에서 모래성을 만들곤 했는데 특히 오빠는 재주가 뛰어나서 다른 가족들이 구경하면서 감탄하면 친아버지가 자랑스러워했다. "친아버진 오빠가 우리 이름인 콘트랙터에 걸맞게 뛰어난 건축가가 될 거라고 말씀하시곤 했죠."

에둘이 웃었다. "뭐라고, 잘이 말이야?" 바닥에서 망치와 정을 들고 그는 다시 사다리로 재빨리 올라갔다.

어느 날 저녁 또다시 날카로운 외침이 어둠을 갈랐다. 에둘의 비명에 익숙해진 그들은 달려가지 않았다. 지겹다는 듯이 응접실로 걸어간 그들은 에둘이 엄지손가락을 빨고 있는 걸 보았다.

"정원사들은 엄지손가락이 녹색이고 수리공들은 엄지손가락에서 멍이 가실 날이 없다네." 그는 억지로 크게 웃으려고 했다. "직업상 재해야."

"망치가 미끄러워서 그런 거 아냐?" 잘이 가엾게 생각되어 물어보았다.

"천만에. 내 망치는 최고급이야." 에둘은 변명을 늘어놓기엔 너무 정직했다. "훌륭한 수리공은 절대 연장을 탓하는 법이 아니라네." 그는 다시 엄지손가락을 빨았다.

"괜찮아요? 얼음찜질 좀 할래요?" 쿠미가 물었다.

"아냐, 괜찮아." 말은 그렇게 하면서도 에둘은 얼음을 받았다. 그는 얼음을 엄지손가락에 잠시 문지르더니 입에다 쏙 집어넣고 우두둑 씹어 먹었다.

에둘이 일을 시작한 지 2주일 후에 잘은 은행에서 500루피를 인출했다. 쿠미가 곧 눈치챌 테니까 당분간만 비밀이란 걸 알고 있었다. 하지만 그는 개의치 않았다.

그날 저녁 늦게 그가 유쾌한 빌라에 도착하자 아파트에서 음악이 흘러나왔다. 집 안에 들어선 그는 아버지의 긴 의자 옆에 바이올린 연주자가 있는 걸 보고 깜짝 놀랐다. 록산나가 현관에서 기다리라고 했다. 그러면서 아빠에게 인사를 안 하면 안 되겠냐고 물었다. 24시간 동안 아빠가 매우 괴로워하다가 가까스로 잠들려는 참이라고 했다.

"그럼 안쪽 방에 있을게." 잘이 말했다.

록산나가 다시 돌아와 나리만 옆에 앉았다. 그의 눈가에 눈물이 흐르고 있었다. 그녀는 냅킨으로 눈물을 닦아 주었다. 바흐의 파르티타 알망드곡을 마친 후 데이지가 물음표처럼 바이올린 줄 위에 활을 올리고 기다렸다. 더 연주할까요, 하고 묻는 듯했다.

록산나가 그만 됐다고 신호를 보내자 그들은 살며시 거실을 나왔다. 안쪽 방에서 예자드가 데이지에게 잘을 소개했다. "제 처남입니다."

"아름다운 곡이었습니다. 아버지를 위해 연주해 주셔서 고맙습니다." 잘이 데이지와 악수를 했다.

"천만에요. 제가 오히려 기쁘죠." 데이지는 필요하면 내일 제항기르를 보내라고 록산나에게 말했다.

"정말 아름다운 여인이군. 결혼은 했나?" 데이지가 가고 난 후 잘이 물었다.

"아뇨. 연결해 드릴까요?" 예자드가 장난기 어린 미소를 지으며 말했다.

"아냐." 잘의 얼굴이 빨개졌다. "그냥 궁금해서 물어봤어. 아버지는 어떠셔?"

"더 나빠진 것 같아요." 록산나가 나리만의 언어 장애가 시작됐다고 알려주었다.

그 말을 듣고 슬퍼진 잘이 발끝으로 살금살금 거실로 갔다. "지난번보다 훨씬 마르셨네. 살이 녹아 버린 것처럼 뼈와 가죽만 남았어."

"의사 말로는 급성 근육 위축이래요. 오빠, 여기 앉으세요." 록산나가 침대를 가리키며 행복의 성 소식을 물었다.

침대 끝에 엉거주춤 앉은 잘은 시트 자락을 만지작거리며 쿠미는 잘 있고 다 괜찮다고 했다. 그러나 계속 거짓말을 할 수 없었던 그는 감정을 드러내며 속마음을 털어놓았다.

"모든 게 엉망이야. 어떻게 해야 할지 모르겠어. 멍청한 에둘은 날마다 천장을 쿵쿵쿵 두드리고 있고 쿠미는 서두르라고 하지도 않아. 서두르면 위험하다고 말이야."

"맞는 말이네요." 록산나가 호의적으로 말했다.

"그게 무슨 뜻인지 다 알고 있잖아." 예자드가 말했다.

"난 며칠이면 벽토 바르는 일이 끝나서 아버지가 돌아올 수 있을 거라고 생각했거든. 그런데 그 바보가 망치를 들고 이런 식으로 하다간 한두 달은 좋이 걸릴 거야."

"저희가 할 수 있는 일이 별로 없군요." 예자드가 말했다.

"하지만 이건 옳지 않아. 이렇게 작은 집에서. 가엾은 록산나가 할 일이 너무 많잖아. 거기다가 약값에 다른 비용까지……." 그는 500루피가 든 봉투를 꺼냈다. 누구에게 줘야 할지 몰라서 구겨진 봉투 모서리를 바로 펴면서 말했다. "……이거 내가……."

록산나가 봉투를 열어 예자드에게 보여 줬다. "혹시 언니도 알고 있나요?" 오빠의 기분을 상하지 않게 하려고 그녀가 부드럽게 물었다.

"이건 쿠미 돈이기도 하지만 내 돈이기도 해. 그러니까 아버지에게 선물을 주고 싶으면 쿠미의 허락을 받을 필요는 없다는 뜻이지."

예자드는 동의의 미소를 보였지만 잘에게 무슨 일이 벌어질지 상상할 수 있었다. "괜찮으시겠어요? 처형이 틀림없이 화를 낼 텐데."

잘이 머뭇거리며 귓불을 비틀었다. "상관없어." 잘의 자존심이 몇 달 만에 가장 드높았다. "뭐 어쩌겠어? 나도 집에서 쫓아낼 건가? 선택할 수만 있다면 사실 나도 떠나고 싶어."

예상치 못한 말에 예자드와 록산나는 어안이 벙벙해서 서로를 쳐다보았다. "처형하고 무슨 일 있어요?"

"아냐, 특별한 건 없어. 그냥 만날 하는 말이지 뭐. 내가 뇌가 없다느니 쓸모가 없다느니 간섭한다느니 뭐 그런 말들. 쿠미가 화내는 걸 30년 동안 들었더니 이젠 넌더리가 나." 잘은 잠시 말을 멈췄다. "행복의 성같이 큰 집이라면 나도 여기 와서 살고 싶어." 예자드를 보더니 잘이 재빨리 말을 덧붙였다. "물론 날 받아 준다면 말이야."

"그렇게 큰 아파트가 있다면야 저희하고 함께 사셔야죠." 예자드가 말했다.

"그러면 내가 록시를 도와서 아버지를 보살필 텐데 말이야. 내 몫의 돈으로 비용도 보태고. 그러면 참 좋을 텐데."

잘이 떠나려고 일어서자 그들은 자주 오라며 언제든지 환영한다고 했다. 그는 웃으면서 고맙다고 말하고 다시 살금살금 거실로 걸어가 긴 의자 옆에 섰다.

의붓아버지의 두 눈은 감겨 있었지만 입술은 달싹거렸다. 잘은 어떤 잔인한 기억들이 잠자는 아버지를 따라다니며 괴롭히고 있는가 싶어 마음이 몹시 아팠다. 그는 손끝으로 가볍게 아버지의 어깨를 어루만지며 잠시 그곳에 서 있었다.

비는 그쳤지만 옥상 테라스는 젖어 있었다. 계단을 한 번에 두 개씩 오르며 그가 옥상에 도착하자 심장이 망치로 때리듯이 쿵쿵 뛰었다.

"우리가 젊었던 어느 날, 오월의 아름다운 아침에……." 길가에 멈춰 선 차들에도, 구경하려고 몰려든 사람들에게도 관심이 없는 그녀는 지평선을 바라보며 노래를 불렀다.

사람을 보내서 끔찍한 일이 벌어질 것 같다고 알린 사람은 일층에 사는 아르자니 씨였다. 처음에 나리만은 그 말을 믿지 않았다. 아르자니 씨가 루시를 보모로 고용할 정도로 원한을 품고 있다면 그런 잔인한 농담도 가능했다.

그는 직접 확인하려고 창문으로 갔다. 야스민과 아이들도 창문 쪽으로 갔다. 거리에는 소동이 벌어졌다. 보도에 있던 사람들이 위를 쳐다보고 손가락으로 가리키며 소리를 질렀고 도로에는 차들이 멈춘 채 운전자들이 목을 길게 빼고 있었다. 그는 아르자니 씨가 농담을 한 게 아니라 바야흐로 옥상에서 일이 벌어지기 일보 직전임을 직감했다.

나리만이 테라스로 달려가려고 하자 야스민이 그 여자와 말도 안 되는 드라마를 다시 시작하기 전에 잘 생각해 보라고 했다. 그 문제는 나리만의 책임이 아니라 루시를 보모로 고용한 아르자니 씨가 해결해야 한다고 했다.

"하지만 나도 책임감을 느껴." 루시와 11년 동안이나 사귀었고 그런 절망적인 상태로 몰고 간 데 부분적인 책임이 있다고 나리만이 말했다. "당신이 내가 학교에 함께 가도록 놔뒀으면 더 낫지 않았을까?"

"언제까지요? 버릇없는 아르자니 아이들이 졸업할 때까지요? 오래전에 그 여자가 맨 처음 여기 와서 우리 집 창문을 올려다봤을 때 끝냈어야죠! 왜 그 여자의 버릇을 잘못 들여서 이 지경까지 만들어요! 지금 이 꼴을 보라고요!"

응접실 한쪽 끝에 있던 잘과 쿠미가 뾰로통해서 곁눈질로 그를 보고 있었다. 그는 아이들이 무슨 생각을 하고 있는지 잘 알았다. 또 엄마를 못살게 굴며 울리는구나, 하고 생각하고 있을 것이다. 안타깝게도 아이들은 이미 그들의 싸움에 익숙해 있었다. 엄마의 분노와 의붓아버지의 냉정한 괴롭힘은 익숙한 장면이었다. 아이들에게 엄마를 불행하게 만들고 싶은 생각은 추호도 없으며 자신도 사실 일을 어떻게 처리해야 할지 모르겠다고 설명해 주고 싶었다.

쿠미가 외쳤다. "아버지, 그만해요! 테라스로 가지 마세요!" 야스민이 쿠미를 조용히 시키고 입을 맞춘 후에 잘과 함께 방으로 들어가서 숙제를 하라고 했다.

"지금 과거에 대해서 얘기하고 들먹거릴 때가 아냐." 나리만이 간청했다. "위험한 상황이잖아."

"그렇게 위험하다면 당신이 할 수 있는 건 없어요. 그 여자는 정신 병원에서 전문가의 도움을 받아야 해요."

"당신 말이 맞을지도 몰라. 하지만 일단 내려와야 정신 병원에도 데려갈 거 아냐."

"지치면 내려오겠죠. 얼마나 오랫동안 난간에 서서 노래를 부를 수 있겠어요?"

"지치고 어지러워서 떨어지면 어쩌고? 불쌍한 여자의 죽음을 당신 양심에 매단 채 살고 싶어?"

그러자 야스민은 마지못해서 가라고 했다.

옥상으로 가는 계단에서 그는 루시의 노래를 들었다. 테라스에 도착했을 때 그녀는 난간 턱에 서 있었다. 옛날처럼 머리를 풀어 어깨 위로 늘어뜨린 채였다. 저녁 불빛에 비친 그녀는 날씬했고 젊어 보였다. 예전처럼 행복해 보이는 그녀의 그림자가 회색빛 하늘을 배경으로 왈츠 템포로 흔들리고 있었다.

젖은 판석에 발을 디딘 그는 그녀가 서 있는 난간 턱도 그렇게 미끄러울 거란 생각이 들었다. 그러자 소름이 끼쳤다. 더는 시간을 낭비해서는 안 된다.

나리만의 아버지의 원수는 아들과 함께 큰 물탱크 뒤에 숨어 있었다. 그들이 나리만을 손짓으로 불렀다. 아르자니 씨는 과장된 제스처를 취하며 아무 소리도 내지 말라고 했다. 그는 루시를 설득하려고 했지만 오히려 화를 키우는 것 같아서 물러났다고 했다.

"서둘러야 해. 미끄러져서 땅에 떨어지면 안 돼! 불쌍한 여자가 그런 일을 당하면 안 되지. 경찰 보고서가 얼마나 짜증 나는 것인 줄 아나?"

나리만은 역겨움을 삼키며 그의 말을 무시하고 물탱크 주위를 조심스럽게 살폈다.

"우리가 어떻게 하면 좋을까요?" 그의 아들이 물었다.

"두 사람은 테라스를 떠나는 게 좋겠습니다." 나리만이 말했다.

그들은 살았다는 듯이 살금살금 발끝으로 걸어 나갔다. 아르자니 씨는 가기 전에 고맙다고 속삭이며 이제 그만 용서하고 잊어버리자고 했다.

루시와 단둘이 남자 그는 같이 노래를 불렀다. "봄의 노래를 부르며……."

그의 목소리를 들은 루시가 노래를 멈췄다. 그녀는 난간 턱에서 몸을 돌려 거리를 등지고 테라스를 응시했다. 마침내 물탱크 옆에 있는 나리만을 보았다. "안녕, 나리."

말없이 원망하는 듯한 그녀의 미소에 그의 마음이 칼에 찔린 듯이 아팠다. "루시, 잘 지냈어?"

"보고 싶었어요."

"나도 보고 싶었어."

난간 턱 근처에 얇게 퍼진 빗물에 거울처럼 그녀의 모습이 비쳤다. 그녀가 한 발짝 옆으로 움직이자 물에 비친 그림자도 따라 움직였다. 나리만의 숨이 멎었다.

"나리, 아침마다 애들 학교 데려갈 때 왜 볼 수 없는 거죠? 오후에도 그렇고."

"일하러 가느라 그랬어."

테라스 위로 산들바람이 불어 빗물 위를 스쳐 지나갔다. 빗물에 물결이 일자 루시의 모습이 흔들렸다. 그녀가 다시 노래를 부르기 시작했다. 그는 침묵했다.

"왜 같이 안 불러요? 나한테 문제라도 있나요?"

"아냐, 루시. 당신은 여전히 밀리자 코르유스처럼 아름다워."

그러자 그녀의 얼굴이 환한 미소로 밝아졌다. "나리, 우리가 영화 보러 간 것도 참 오래됐군요."

"루시, 그만 내려와. 그럼 같이 노래 부른다고 약속할게."

그녀는 계속 노래를 불렀다.

"루시, 제발. 거긴 노래 부르기 알맞은 곳이 아냐. 내 사랑, 제발 내려와서 내 옆에 서."

그녀가 돌연 손을 뻗자 그가 난간에서 내려오도록 도와주었다. 그녀의 손바닥은 거칠었다. 나리만은 아르자니가 한 짓을 저주했다. 테라스에서 계단을 내려와 아파트 일층으로 함께 가는 내내 그녀는 노래를 불렀다.

아르자니 집 현관에 도착하자 그녀는 마치 데이트를 마치고 저녁에 그가 집으로 바래다주는 것처럼 돌아서더니 손을 흔들었다. 문이 닫히기 전에 그녀는 키스를 날려 보냈다. 쓰라린 마음을 달래 주려고 그도 재빨리 키스를 날려 보냈다.

아르자니 가족은 나리만을 영웅처럼 대했다. 그러나 그는 쏟아지는 감사를 무시했다. 빨리 그녀의 가족에게 연락해서 도와줄 수 있는 적절한 조치를 취하겠다고 그들이 약속했다. 그는 사건이 안전하게 끝나서 안심했다.

며칠 후 나리만은 일층 초인종을 누르고 일이 어떻게 돼 가고 있느냐고 물었다.

아르자니 씨가 반갑게 맞으며 안으로 들어오라고 한 뒤 다시 한 번 고맙다고 했다. "루시가 다시 예전처럼 돌아와서 자네도 기쁠 거야."

"잘됐군요. 하지만 그날 루시가 한 일은 정상이 아니에요. 의사한테 가야 합니다."

"나리, 왜 그래. 누구나 한번쯤은 실수를 하는 법이잖아." 어리석은 사건 때문에 그녀를 정신 병원에 감금하는 건 옳지 않다고 아르자니 씨가 말했다. 복잡한 생리와 폐경, 갖가지 여성 문제 때문에 여자들은 살아가면서 한번씩 이해할 수 없는 엉뚱한 짓을 저지르게 돼 있다고 말했다. 자기 아내도 행복한 결혼 생활 52년째인 지금도 가끔 이해 못할 행동을 할 때가 있다고 했다. 게다가 루시는 일을 잘하고 있으며, 손자들을 사랑스럽게 돌보고 요리도 하고 청소도 한다고 했다. 그런데 의사에게 데려가 자초지종을 밝히면 분명히 입원시킬 거라고 했다. "내 생각에 그건 권한 남용이야."

나리만은 자기가 나서서 루시가 치료를 받도록 해 주고 싶은 생각도 들었다. 그러나 결과를 장담할 수 없었다. 정신병 환자들이 새장 같은 방에 갇혀 있는 정부 병원의 비인간적인 사정을 그는 잘 알고 있었다. 환자를 돌봐 주는 가족이 밖에 없으면 종신형이나 다름없었다. 어떻게 루시가 그런 운명에 처하도록 할 수 있겠는가?

그는 아르자니 씨에게 고용주의 책임을 상기시켰다. 그의 말이 거칠어지자 아르자니 씨는 마침내 남의 집 일에 간섭하지 말라고 했다.

"그러지 않을 수 없잖소! 당신의 양심이 아무것도 느낄 수 없을 만큼 무뎌져 있으니까."

"누가 누구한테 양심 운운하는 거야! 참 좋은 남편 났네!"

예자드는 잠시 장인이 뭐라고 중얼거리는지 이해해 보려고 했다. 그러나 곧 모로 누워서 아내를 보며 저녁에 찾아온 처남이 마침내 기운을 좀 차린 것 같아서 다행이라고 했다. "좀 더 일찍 그랬으면 좋았을 텐데 말이야. 그랬더라면 장인어른이 자기 집에서 쫓겨나지 않았을지도 모르는데."

"그런 걸 누가 알아요? 때가 되면 일이 생기는 법인데." 록산나가 말했다.

"아냐, 원하는 걸 일어나게 만드는 건 우리한테 달린 거야."

그는 그녀를 팔로 감싸며 자신의 충고를 스스로 실천할 때가 왔다고 생각했다.

아침에 예자드가 책방 앞에 도착했을 때 아직 도로는 교통 정체와 매연이 시작되지 않았다. 마침내 12월의 서늘한 날씨가 시작되고 더위가 자취를 감추려는지 변화의 기운이 느껴졌다.

방금 쓴 편지를 건네받은 손님이 감사의 뜻으로 빌라스의 발을 만지려고 허리를 굽혔다. 그는 그토록 소중한 일을 해 준 대가를 돈으로 계산하기에는 부족하다고 말했다. 빌라스가 그러지 말라며 나무랐다. "자꾸 이러면 앞으로 다시는 편지를 안 써 줄 테요."

"라네 선생님, 죄송합니다. 정말 죄송합니다." 남자가 두 손을 모아 자신의 이마를 만졌다.

빌라스는 너그럽게 손을 흔들며 배웅한 후 예자드에게 내용을 얘기해 주었다. 남자의 부모가 딸 하나를 팔려고 했다. 열네 살인 소녀를 60살 된 홀아비와 결혼시키려고 했던 것이다. "아내를 원한다고는 했지만 사실 노예를 산다는 걸 온 마을 사람들이 눈치챘지. 입 하나라도 덜겠다고 남자네 집에서는 그렇게 하려고 했던 거고. 여기 온 남자가 그 소녀의 오빤데 부모에게 곧 돈을 부칠 테니 기다리라고 한 거야."

빌라스의 손님들의 비참한 삶의 이야기에 이골이 난 예자드는 조바심을 내며 건성으로 들었다. 그는 슬픔이나 불행을 견딜 힘이 더는 없었다. "이봐, 해결책을 찾았어." 그가 빌라스의 말을 끊고 사장에게 동기를 부여할 방법을 설명했다.

"이 부분에서 자네의 도움이 필요해. 시브세나 지부를 찾아가서 마린라인스와 도비 탈라오를 점령한 산타클로스들에 대해서 불평을 늘어놓게. 외국인의 침략에 대해서 설명하고 행동을 취하도록 부추겨 달라는 거지." 예자드가 힐끗 바라보니 빌라스는 편지지에 낙서를 하고 있었다. "왜 고개를 가로젓는 건가?"

"난 지부에 영향력이 없어."

"충성심 강한 마하라시트라 사람으로, 애국심 강한 인도인으로, 신앙심 강한 힌두교도로서 불만을 말할 수 있잖아."

"난 그렇지 않은걸."

"그런 척하는 거지."

"그래, 그렇다고 치세. 그래도 지부 우두머리가 폭동을 일으키지는 않아. 그런 건 상부의 직접 지시가 있어야 가능하지."

"제안은 할 수 있는 거 아냐?"

"자넨 지금 제정신이 아냐." 빌라스가 한숨을 쉬었다.

"그게 무슨 말이야? 사장에게 동기 부여가 필요하다고 말한 사람은 바로 자네야."

"이런 식으로는 아니지. 잠자는 뱀은 건드리지 말고 웅크리고 있는 호랑이는 귀찮게 하지 말아야 해."

"자네 속담 따윈 필요 없어."

그들은 잠시 말없이 앉아서 지나가는 차와 행상들, 가방과 물통을 들고 허둥지둥하는 학생들을 바라보았다.

"옛날에는 크리스마스가 참 좋았는데." 예자드가 말했다. "그런데 저 바보 같은 창문들을 보라고. 내 개인적인 문제는 둘째 치고 시브세나가 좋은 일을 해 줄 거야. 일석이조잖아."

빌라스가 다시 한숨을 쉬었다. "시브세나가 오면 돌멩이만 가져올 것 같아? 공포로 뒤덮여서 너나없이 자네 장인처럼 덜덜 떨 텐데."

"이봐, 뺑 좀 그만 쳐." 예자드가 쏘아붙였다. 그는 일어나 엉덩이를 털고 계단을 내려갔다.

"가기 전에 내 제안을 들어 보는 건 어때?" 빌라스가 옆 자리를 가볍게 두드리자 예자드가 다시 앉았다. "자네 계획은 원론적으로는 참 좋은데 문제는 시브세나가 연관된다는 거야. 위험 요소를 좀 더 나은 것으로 바꿀 필요가 있어."

"무슨 뜻이야?"

"몇 달 전에 만났던 내 친구들 기억나나? 가우탐과 바스카. 배우들 말이야."

"물론이지."

"그 친구들에게 시브세나 단원들로 연기하도록 부탁해 볼게. 항상 새로운 프로젝트를 찾아다니니까 아주 좋아할 거야."

"그게 자네의 제안인가? 배우 두 사람이 일으키는 폭동?"

"끝까지 들어 봐." 그동안 손님이 도착해 빌라스에게 인사를 했다. 그는 남자에게 기다리라고 하고 목소리를 낮춰 계획을 설명했다.

예자드는 미심쩍었다.

"잘될 거야. 내 말 믿어." 빌라스가 힘주어 말했다. "말의 힘 때문에 성공할 거야. 가우탐과 바스카는 훌륭한 배우들이야."

"그 사람들이 어떻게 진짜 시브세나보다 효과적일 수 있지?"

"진짜 시브세나는 야수처럼 날뛰며 창문을 깨뜨리고 불을 지르고 몽둥이와 벽돌을 들고 설치잖아. 예자드, 그건 너무 위험해. 포기하라고. 어쨌든 카푸르 씨는 폭력보다는 말에 흔들리는 종류의 사람이니까. 그렇게 생각하지 않나?"

예자드가 가게로 돌아가야 했으므로 그들은 저녁에 다시 만나 계획을 논의하고 종이에 쓰기로 약속했다. 그는 빌라스의 다음 손님을 위해서 계단을 양보했다.

이틀 후 카푸르 씨는 점심 식사 후에 예정된 혈압 검사를 받으러 갔다. 몇 분 후에는 후사인이 심부름을 떠났다. 계획했던 대로 오후가 흘러가자 예자드는 잘되고 있다고 생각했다.

그는 가게를 왔다 갔다 하면서 사장이 돌아오면 할 말을 마음속으로 다시 한 번 연습했다. 짜증 나는 빨간색 전구 불빛이 눈에 띄자 그는 모터의 스위치를 꺼 버렸다.

그는 장면을 떠올리고 걸으면서 상상의 손님들과 그들의 버릇에 대한 묘사를 연습하고 즉석에서 덧붙이며 또다시 연습했다. 너무 정확하면 안 된다. 빌라스와 그 문제에 대해서도 논의했다. 너무 놀라서 겁이 난 사람들은 보통 정확하게 기억하질 못해서 다음과 같이 말하곤 한다. 아, 그 사람이 녹색 셔츠를 입었…… 아니, 아마도 회색…… 아니, 회녹색이었던가……. 그렇게 두서없이 이야기하고 추측한다. 연기할 때 그 점을 명심해야 한다.

그가 한 시간 정도 연습하고 있을 때 사장이 가게를 들어서며 지난 며칠 내내 그랬던 것처럼 호-호-호 하고 산타처럼 웃었다. 사장은 산타클로스가 왜 멈췄냐고 물었다.

"또 고장 난 것 같아서 제가 껐습니다."

카푸르 씨는 창문 진열대로 들어가 스위치를 켜고 대여섯 번 배트가 움직이는 걸 관찰했다. "이제 괜찮은데."

혈압에 대해서 묻자 사장은 의사가 계속 같은 약을 복용하고 흥분하지 않도록 주의하라고 했단다. 그는 창문 주위를 어정거리더니 수비수들의 위치를 바꾸었다. 행인들이 서서 쳐다보자 사장은 미소를 지으며 상냥하게 고개를 끄덕였다. "그동안 별일 없었지?"

예자드가 긴장된 표정으로 고개를 들었다. "누가 찾아왔었습니다." 그는 낮은 목소리로 말하며 침을 꿀꺽 삼켰다.

"누가?"

"남자 두 명요. 시브세나에서 나왔다더군요."

"쳇." 사장은 짜증 난다는 제스처로 손을 흔들며 배트가 올라가고 내려가는 모습에서 눈을 떼지 않았다. "그자들이 준 팸플릿이든 뭐든 간에 쓰레기통에 던져 버리라고."

"팸플릿은 나눠 주지 않았습니다."

사장이 창문에서 몸을 돌리더니 관심을 나타냈다. "뭘 원하던가?"

"세금 부서에서 나왔다더군요."

카푸르 씨가 얼굴을 찡그렸다. "시브세나에서 나왔다며?"

"처음에는 시브세나라고 하지 않았습니다."

"그놈들이 자네한테 무례하게 굴었겠군. 그렇지?"

예자드는 고개를 가로저었다. "인사를 하고 선생님이라고 불렀습니다. 그들의 실체를 알았을 때는 사실 약간 무섭더군요. 가게에 아직 세금 고지서가 날아오지 않았다고 했더니 싱긋이 웃으면서 자기들은 정부에서 나온 게 아니라고 하더군요. 시브세나 특별 세무 부서에서 나왔다고 했습니다. 사소한 문제가 있다며 얘기 좀 하자고 하더군요."

"쯧."

예자드는 잠시 말을 멈췄다. 연습했던 대로 말하는 목소리가 자신의 귀에 조차 낯설게 들렸다. 사장에게 먹혀들고 있는 걸까? 그는 책상 밑의 바지 무릎에다가 손바닥을 닦은 후 말을 계속했다. "상호에 봄베이가 들어간 모든 가게와 호텔과 사업체에 30일 내로 이름을 바꾸라고 통보하는 중이라고 했습니다. 안 그러면 벌금을 내야 한다더군요."

"그래서 뭐라고 했나?"

"정부에서 그런 법을 통과시켰냐고 물었죠. 그랬더니 그런 법은 필요 없다면서 시브세나의 새로운 정책이라고 했습니다."

"나쁜 놈들. 그다음엔?"

"전 그냥 종업원이고 사장님은 나가셨다고 했습니다. 그러자 한 사람이 화를 내더군요. 처음엔 여기를 맡고 있다더니 갑자기 일개 종업원이라니 거짓말하냐고 다그치더군요. 절 때리려는 줄 알았습니다. 하지만 제가 침착하게 말했지요. 당신들이 판매세나 소득세 징수원들이라면 도와줄 수 있지만 이건 특별한 문제라고 말이죠."

"그놈들이 어떻게 생겼던가? 깡패들이던가? 폭력배들이야?"

"평범한 마하라시트라 사람들이었습니다. 사무원처럼 보이던데요. 머릿기름을 발랐고 몸이 말랐더라고요. 한 명은 콧수염을 기르고 있었습니다. 아니, 둘 다 콧수염을 길렀던가? 기억이 잘 나지 않네요."

카푸르 씨가 고개를 끄덕였다. "어떻게 생겼는지 상상이 가는구면."

그 말에 예자드는 더욱 자신감이 생겼다. 이야기를 더 깊이 할수록 등장인물들에 피와 살이 붙어서 더 충실해졌다. 본능적으로 가능성을 눈치챈 후에 등장인물들을 키우는 건 쉬웠다. 부모나 꼭두각시 부리는 사람처럼 조금만 지도해 주면 된다.

"웃긴 건 그자들이 무섭게 보이지도 않았는데 절 협박했다는 겁니다. 그들의 목소리와 말투에서 권력을 느낄 수 있었거든요. 그들도 제가 겁을 먹고 있다는 걸 알았습니다."

사장의 얼굴에서 재미있다는 표정이 사라졌다. 상황의 심각성을 받아들인 것 같다고 예자드는 생각했다.

"그자들이 이름을 말하던가?"

"네, 발라지 뭐라고…… 아, 데시판데라고 했습니다. 그리고 고피나스 사완트. 잠깐만요. 발라지 사완트, 고피나스 데시판데였던가? 어쨌든 바꾸는 건 쉽다고 했습니다. 양식에 사인만 하면 된다고 하더군요. 전 못한다고 했습니다."

"그놈들이 길길이 뛰었겠구먼."

"발라지가 고함을 지르더군요. 이름에 따라 성공과 실패가 좌우될 만큼 중요한데 사장의 허락도 없이 제가 어떻게 마음대로 바꾸느냐고 했습니다. 고피나스가 발라지의 귀에다 대고 속삭이더니 무슨 말인지 알겠다며 특별 면제권을 발행해 주겠다고 하더군요. 계약금 30,000루피에 매달 5,000루피를 내면 봄베이라는 이름을 사용하게 해 주겠다고 했습니다."

"망할 놈들! 완전 공갈 협박이잖아!"

"그렇게 안 하면 뭄바이 스포츠용품점으로 바꿔야 한답니다."

"안 돼!" 사장이 유리 계산대를 손으로 내려쳤다.

예자드는 자신이 꾸며 낸 얘기에 진짜로 화를 내자 놀랍기도 하고 기분이 좋기도 했다. "사장님, 진정하십시오. 유리는 그놈들이 깨뜨리는 거지 사장님이 그러시면 안 되죠."

"미안." 그는 멋쩍게 웃었다. "자네가 잘 처리했구먼. 그런데 후사인도 같이 있었나?"

"아뇨. 배달하러 나가고 없었습니다."

"잘됐군. 시브세나 얘긴 하지 말게. 불쌍한 친구가 기겁할 테니까. 후사인이 돌아오면 가게 문을 잠그자고."

"왜요? 그러면 우리가 겁먹었다고 생각할 거 아닙니까?"

그러자 사장이 사납게 변했다. "날 겁먹게 할 사람은 없어! 기분이 나빠서 그런 것뿐이야." 그는 책상에 앉아서 계속 말했다. "내가 있었더라면 그놈들 혼꾸멍을 냈을 거야." 그는 주먹을 들어 보였다. "본때를 보여 줬을 텐데. 그래 언제 다시 오겠다던가?"

"그런 약속은 하지 않았습니다. 사장님이 주로 오전에 가게에 계신다고 했습니다."

카푸르 씨가 얼굴을 찌푸리더니 그럼 가게를 그냥 열어 두자고 했다. 오후 내내 사장은 심기가 불편해서 시브세나와 그들이 도시에 끼친 병폐를 성토했다. 지금껏 듣지 못했던 독설과 신랄함을 담고 있어서 예자드는 작전이 먹혀들고 있다고 생각했다.

저녁이 되자 사장은 상당히 누그러졌다. 그는 예자드의 책상 앞에 와서 크리켓 책에 나오는 완벽한 자세로 상상의 배트를 정면으로 겨누었다. "네 가지 선택권이 있어."

"네 가지라뇨? 그놈들이 두 가지 선택권만 줬는데요."

"네 가지야." 그가 다시 말했다. "첫째, 이름을 바꾸는 것. 둘째, 이름을 바꾸지 않고 그놈들에게 돈을 주는 것. 셋째, 이름을 바꾸지 않고 경찰에 신고하는 것. 넷째, 그놈들을 무시하고 어떻게 되는지 보는 것."

그러자 예자드가 다섯 번째 선택권도 있다고 했다. "이전에 결심한 대로 선거에 출마하는 겁니다. 그러면 중요한 사람들도 알게 되고 경찰이나 정치인들과 인맥을 쌓을 수 있으니까요. 제도권 안에서 문제의 근본 원인을 해결하는 거죠."

"그게 가능하다면 나도 그러고 싶어. 이미 말했잖아." 사장이 흥분하여 손을 들더니 숨을 깊이 들이쉬었다. 의사의 충고가 생각난 듯했다. "예자드, 혹시 벵골보리수나무 본 적 있나?"

그는 고개를 끄덕였다.

"그 나무가 어떻게 자라는지 아나? 긴 가지들이 공중에 뿌리를 내리면 뿌리가 깊이 뻗어서 가지들을 지탱하는 기둥이 되지. 뿌리가 사방으로 널리 뻗어 나가면서 가지들이 훨씬 튼실해진다네."

"네, 사진으로 봤습니다. 근데 그게 무슨 관련이 있죠?"

"부패와 싸우는 시의원은 벵골보리수나무를 파내려고 하는 주머니칼과 마찬가지 신세란 말일세."

예자드는 사장의 비유를 반박할 논리가 떠올랐지만 사장이 쓸쓸하게 고개를 가로저었다. "예자드, 그만하게. 네 가지 선택권밖에 없으니까." 그는 한숨을 쉬며 의자에 털썩 주저앉았다.

그러나 사장은 곧 등을 꼿꼿이 세우고 앉았다. "두고 보자고. 올 테면 오라고 해. 내가 아는 한 그자들은 닥치는 대로 들러서 겁먹은 작은 가게 주인에게 돈을 뜯으려고 한 거니까."

가능성을 열어 둔 사장은 기분이 좀 나아졌다. 그들이 작별 인사를 할 때 사장은 상상의 테니스 라켓으로 발리를 날렸다. 그는 예자드의 어깨를 두드리며 그놈들이 다시 나타나지 않을 거라고 확신한다고 했다.

예자드는 그들이 반드시 나타날 거라고 사장에게 말해 줄 수 있으면 좋겠다고 생각했다.

16

예자드는 메르완 이라니의 식당에서 빌라스와 배우들과 함께 차를 마시면서 그들이 대본을 읽고 토론하는 걸 들었다. 식당에는 웨이터들이 쉴 새 없이 돌아다녔고 그릇이 달그락거리는 소리와 함께 바지를 튀기는 매운 냄새가 가득했다.

빌라스의 예측이 정확했다고 예자드는 생각했다. 가우탐과 바스카는 (그들이 부르기를) 카푸르 프로젝트가 환상적인 연극 실험이라고 했다. 취미 생활을 하면서 그렇게 독특한 경우가 생긴 적은 없었다고 했다.

그들의 재능은 판자촌이나 공동체 강당, 봄베이의 좁은 도로와 골목에서 심각한 사회 문제를 다룬 짧은 연극인 단막극에 국한될 수밖에 없었다. 신부 불태우기와 지참금 살인, 공동체주의의 위험, 알코올 중독의 추악함, 가정 폭력의 악, 도박의 비극 등에 관한 것이었다. 국회의원 자리 사고팔기, 학생들의 시험 커닝을 보장하는 법 제정, 배급표 제도의 부조리 같은 정치 코미디를 다룬 해학도 있었다.

그들은 빌라스와 예자드에게 최근에 중앙 수사국에 집을 수색당한 통신부 장관에 관한 공연이 매우 성공적이었다고 말했다. 기도 방에서 락슈미 신전 뒤로 현금이 가득 든 트렁크 두 개와 여행 가방 22개가 나란히 있는 걸 발견한 사건이었다.

"우리가 신문 헤드라인들만 보고 짧은 희극을 썼습니다." 바스카가 간디 안경을 코 위로 밀어 올리며 말했다. "우리는 장관이 변명하는 상황을 연출해서 추가했을 뿐이죠. 부패 혐의는 근거가 없다면서 부의 여신이 정부에서 일 잘하는 그를 위해 보잘것없는 장관의 수입을 늘려 줬다는 식으로요."

젊은 남자들은 코미디의 일부를 재연해 보였다. 통신부 장관이 휴대폰으로 락슈미와 대화를 나누면 여신이 금융에 관한 충고를 하고, 때로는 특별 위성 텔레비전 채널에서 락슈미 전국 방송을 통해 여신이 조언해 준다는 내용이었다.

"판자촌마다 재미있다고 난리가 났죠." 빌라스와 예자드가 크게 웃자 바스카가 말했다. "하지만 카푸르 프로젝트는 실내에서 벌어지는 거리 연극 같을 겁니다." 예자드가 갸우뚱하자 그가 설명했다. "거리에서는 미리 알리지 않고 시작합니다. 우리가 말다툼하고 싸우고 술 취한 연기를 하죠. 진짜로 일이 벌어지는 것처럼 말예요. 그러면 사람들이 멈춰 서서 듣고, 군중이 모여들게 되죠."

"맞습니다. 하지만 차이가 있어요." 가우탐이 끼어들었다. "거리의 관객들은 곧 우리가 연극을 공연하고 있다는 걸 알게 되죠. 하지만 카푸르 씨에게는 그런 관객이 없다는 겁니다."

"제 의견은 다릅니다." 바스카가 말했다. "자기만 인식하지 못할 뿐이지 카푸르 씨가 관객이자 배우라고 생각합니다."

"인식이 없는 배우는 나무로 만든 꼭두각시일 뿐이지." 가우탐이 결정타를 먹었다고 생각하며 호기롭게 말했다.

"운명을 최고의 힘이라고 믿는 문화에서 우리는 모두 꼭두각시들일 뿐이야." 바스카가 그에 못지않은 호기로움으로 말했다.

예자드는 그들의 과장된 연극 이야기를 들어 주는 데 인내심의 한계를 느꼈다. 그들이 하는 꼴로 봐서 언제라도 자리에서 일어나 가슴을 내밀고 턱을 치켜들고 오른팔을 높이 들고 휘두르며 '우리가 최고다!' 하고 외칠 것 같았다.

"우린 지금 운명 대 자유 의지에 관해서 논쟁하는 게 아냐. 논점에서 벗어나지 말게." 가우탐이 말했다.

"그게 다 연관돼 있는 거야. 자네가 아치 모양의 무대 같은 진부한 생각들에 집착하니까 그런 거지." 바스카가 말했다.

"무슨 소리야? 아치 모양의 무대는 여전히 필수적이야. 그게 단지 거리의 무대로 바뀌었을 뿐……."

"바스카 올리비에 씨, 가우탐 기엘구드 씨, 이제 그만합시다." 빌라스가 말했다. "예자드와 난 15분 후에 일하러 돌아가야 해."

빌라스의 중재 덕분에 예자드는 사장에게 일어난 일을 설명할 수 있었다. 자신은 카푸르 씨를 좋아하며 그들의 연극은 단지 사장의 선거 출마를 종용하기 위한 것임을 강조했다.

"어떤 면에서는 사회 문제에 관련된 자네들의 연극과 비슷해." 빌라스가 말했다. "시브세나의 위협이라고 제목을 붙여도 되겠구면."

"그렇군요." 가우탐이 말했다. "기본적으로 카푸르 씨의 행동을 촉구하는 것인 데다가 저항할 능력이 있는 사람들은 악을 모른 척해서는 안 된다는 교훈도 있으니까요."

"자, 누가 경직된 사고를 하는 거지? 어떻게 자네가……."

"거참, 그만하라니까." 빌라스가 말했다. "이건 예자드의 연극이야. 거기에 집중하세."

"봄베이-뭄바이 이름에 얽힌 세금 문제로 카푸르 씨를 자극하는 건 좋은 생각이네요." 바스카가 말했다.

"고맙네." 빌라스가 말했다. "하지만 이건 간단한 협박의 문제가 아니란 걸 명심해야 해. 돈을 뜯어내는 건 쉬워. 자네들의 임무는 개혁 운동을 이끌어 내는 거야."

"네, 무슨 말인지 알겠습니다." 가우탐이 말했다. "기본적으로 카푸르 씨가 깨달음을 얻도록 해야겠군요. 그렇다면 우리가 그와 그의 가게에 단순한 현재의 위험 그 이상을 전하도록 하겠습니다. 바로 이곳과 지금을 초월하고 시간의 모래톱을 뛰어넘어서 카푸르 씨에게 최고의 사람들은 신념이 부족하고 최악의 사람들은 열정을 지닌 사회의 무서움이 어떤 것인지 어렴풋이나마 보여 줘야겠군요."

미사여구가 펑펑 쏟아지고 난 후 그들은 구체적인 계획을 세웠다. 사흘 후 오전에 카푸르 씨가 가게에 혼자 있을 때 방문하기로 했다. 예자드는 돈 보스코 고등학교의 스포츠 담당자와 미팅하러 가기 때문에 가게에 없을 것이다.

"완벽하군요." 가우탐이 말했다.

"실례지만 요약해 드리겠습니다." 바스카는 자신의 관객을 잃지 않으려고 애를 쓰는 사람 같았다. "우리의 목적은 카푸르 씨의 숭고한 욕구를 다시 불타게 만드는 것입니다. 우리는 그가 카타르시스와 연민과 공포를 초월하여 참여하게 해야 합니다. 그것은 바로 영웅적인 리얼리즘의 영역으로 행동하는 사람들의……."

예자드는 듣지 않았다. 그들의 재잘거림이 계속된다면 심각한 두통에 시달릴 것 같았다.

"자네들은 연극이 정밀과학인 것처럼 말하는군." 빌라스가 말했다.

"아, 빌라스 씨의 끝없는 회의주의로군요." 가우탐이 말했다. "브레히트가 그런 염세주의에 굴복했다면 오늘 우리가 어디에 있겠습니까?"

"근데 왜 그렇게 복잡하게 말을 하나? 우리가 지금 하고자 하는 건 좋은 목적으로 카푸르 씨를 속이는 것뿐인데."

"어쨌거나 시브세나 단원들의 생김새가 어때야 하는지는 내가 말했죠? 그리고 그들의 요구 조건이 무엇인지도. 더 필요한 게 있소?" 예자드가 다시 본론으로 돌아갔다.

배우들은 등장과 퇴장을 다 마쳤으니 차나 더 마셔야겠다고 했다.

예자드와 빌라스는 웃으면서 차 한 잔 더 하라는 제의를 사양하고 식당을 나왔다. 두 사람은 남아서 연극의 미래에 대해서 토론을 이어 갔다.

"저 사람들 입담 참 좋지?" 밖으로 나오자 예자드가 말했다. 쏟아지는 말에 질렸다는 듯이 그는 머리를 세게 문질렀다.

"저 친구들 그룹이 다 저래. 몇 분 동안은 재밌다가 나중에는 죽을 맛이지."

봄베이 스포츠용품점 앞에 도착하자 걸음을 멈춘 예자드가 보도를 응시했다. "왜 또 그래?" 빌라스가 물었다.

"잘 모르겠어. 배우들의 이번 계획이…… 카푸르 씨가 고혈압이거든."

"이봐, 찜찜하면 가우탐과 바스카에게 취소하면 돼……."

"아냐, 그럴 필요 없어." 예자드가 빈 담뱃갑을 걷어차자 갓돌 위를 날아 하수도로 들어갔다. "가우탐과 바스카가 믿을 수 있는 사람들이길 바라야지."

"그럼, 믿어도 돼. 오히려 계획한 것보다 더 많이 얻을까 봐 걱정이지."

사흘 후 돈보스코 고등학교 스포츠 담당자와 오전 미팅을 끝낸 예자드는 사장의 사무실로 달려가고 싶은 마음을 간신히 참았다. 그는 책상에 앉아서 일을 하는 척했다. 사장이 직접 소식을 전하러 나오도록 하는 게 나을 거라고 생각했다.

그는 창문의 빨간색 전구가 때때로 빛을 발하며 배트가 올라갔다 내려갔다 하는 걸 쳐다봤다. 곁눈질로 보면 선사 시대의 커다란 곤충이 창문에 떠 있는 모습이고 사슴들은 유인원 같았다. 사슴들에게 몽둥이를 쥐어 주면 영락없이 산타클로스에게 달려드는 깡패들처럼 보일 것이다. 빨간 옷을 입은 피해자는 자신의 머리가 곧 부서질 거라는 사실을 전혀 모르고…….

어깨에 손이 닿자 그는 소스라치게 놀랐다. 잔혹한 몽상이 중단됐다. "무슨 생각을 그렇게 골똘히 하고 있나?" 사장이었다.

"죄송합니다. 오시는 걸 못 봤습니다. 돈보스코 견적서를 뽑고 있었습니다."

"잘됐군." 카푸르 씨가 손에 쥐고 있던 황갈색 봉투를 만지작거리다가 예자드의 책상에 놓았다.

"이게 뭡니까?"

"자네 친구들이 왔었어."

"네?"

"우리의 친구들이라고 해야겠군. 가는 콧수염을 기른 발라지와 고피나스, 그 빌어먹을 놈들 말이야." 사장은 후사인이 있는지 둘러보며 목소리를 낮췄다. "후사인이 놀랄까 봐 그놈들을 사무실로 데리고 갔었지."

그는 봉투를 가볍게 두드렸다. "이건 그놈들 거야. 가방에서 꺼낸 35,000 루피일세."

재빨리 안을 들여다본 예자드의 얼굴에 놀라움과 공포, 절망이 잇달아 나타났다.

"그래, 나 역시 놀랐어. 난 그놈들이 다시 오지 않을 거라고 생각했으니까." 사장이 말했다.

"하지만……," 자리에서 일어선 예자드의 목소리가 떨렸다. "이건 말도 안 됩니다! 이렇게 돈을 주다니요!"

"잔소리 그만해! 자네가 원하는 게 뭐야? 내 목이라도 잘리라는 건가? 가게가 잿더미로 변했으면 좋겠어?"

사장이 사무실로 들어가자 후사인이 뒤따르며 뜨거운 차 한 잔 마시겠냐고 물었다. "사장님, 왜 그러세요?"

"일 때문에 그래. 후사인, 자넨 걱정할 필요 없어."

사환은 창고로 가서 새로 차를 만들려고 주전자를 불에 올렸다. 잠시 뒤 그가 외쳤다. "사장님, 차 준비됐습니다요."

"난 괜찮아." 카푸르 씨가 대답했다.

풀이 죽은 후사인이 걸상으로 돌아가 상처받은 새처럼 앉아 있었다. 잠시 후 사장의 기분이 누그러졌다.

후사인은 찻잔과 잔 받침을 들고 들어가 책상에 놓은 후 사무실 문 옆에서 기다렸다. 그는 안에서 들리는 소리에 귀를 기울였다. 사장이 차를 불고 한 모금 마신 후 숨을 내쉬었다.

사장은 꼴깍 소리를 내며 마지막 한 모금까지 마신 후 빈 잔을 갖고 나왔다. 나머지 손으로 테니스 스트로크를 연습하며 마무리 동작에 몰두했다.

"예자드, 소리쳐서 미안하네."

"괜찮습니다. 제가 끼어들 문제가……."

"그만 잊어버리게." 후사인에게 차를 잘 만들었다고 칭찬한 후 사장이 따라오라며 예자드에게 손짓을 했다. 사환은 그들이 함께 사무실로 들어가는 모습을 흡족하게 바라보았다. 찻주전자로 마술을 부려서 모든 걸 정상으로 돌려놨다. 후사인은 빗자루를 들었다.

힘차게 비질하는 소리가 칸막이 사무실 안에까지 들렸다. 그 소리에 사장이 미소를 지으며 말했다. "자네는 내가 화도 안 난다고 생각하나? 깡패들이 정당인 양 설치고 얼토당토않은 저질 인간들에게 협박당한다는 생각을 하면 나도 열이 뻗친다네!" 그러자 혈압이 생각난 듯 사장이 얼굴을 쓰다듬고 나서 작은 목소리로 말을 이었다. "나도 울고 싶어."

예자드는 침을 꿀꺽 삼켰다. "감정적으로 받아들일 필요 없습니다. 그자들은…… 아시다시피 그럴 가치조차 없습니다."

사장이 목과 이마의 땀을 닦았다. 에어컨이 꺼져 있었다. 봄베이를 있는 그대로 받아들이겠다고 약속한 이후로 사장은 에어컨을 사용하지 않았다.

"내가 가장 화가 나는 게 뭔 줄 아나? 그놈들의 오만함이야. 여기가 자기들의 왕국이나 되는 것처럼 거침없이 말하더군. 마치 점령군처럼 원하는 걸 얻는다는 식이었어."

사장이 자리에서 일어나 기지개를 켰다. "불쌍한 봄베이를 지켜 줄 영웅은 없어. 영웅이 없는 도시는 불행하지."

그러자 예자드가 화장실로 가서 작은 거울을 떼어 가지고 사무실로 들고 왔다. 그는 카푸르 씨 앞에서 거울을 들었다.

"지금 뭐하는 건가?"

"영웅을 보여 드리는 겁니다."

카푸르 씨가 자신 없는 미소를 지었다.

예자드가 다시 한 번 말했다. "이번 선거에 출마하면 봄베이를 구할 수 있는 영웅의 모습입니다."

"또 부추기는 건가?"

"물론이죠. 빼빼 마른 채식주의자들이 봄베이 스포츠용품점을 협박한다는 건 있을 수 없습니다."

"그놈들 생김새에 속으면 안 돼. 바지 라오, 바지 카오 어쩌고 하는 놈들이 빼빼 말랐어도 못처럼 튼튼한 마라타 민족의 후예들이니까. 시금치를 먹는 뽀빠이처럼 튼튼하지."

그들이 함께 웃었다. 카푸르 씨가 심각한 어투로 말했다. "사업하는 내 친구들도 비슷한 상황을 겪었다네. 모두들 그냥 돈을 주고 조용히 처리하라고 충고하더군."

힘이 빠진 예자드는 책상을 노려보았다. 계획은 실패했다. 처참한 실패였다. 더는 할 말도 할 수 있는 일도 없었다. 그는 봉투를 사장에게 내밀며 안전한 곳에 보관하는 게 좋겠다고 말했다.

카푸르 씨가 봉투를 다시 건넸다. "그놈들이 가지러 올 때까지 자네 서랍에 보관해 두게."

"직접 주시는 게 좋을 듯합니다."

"아냐, 그놈들 얼굴에 침을 뱉어 주고 싶을지도 몰라." 그는 거울을 들었다. "이건 다시 화장실에 걸어 두게."

거울을 책상 위로 건네던 사장은 문득 예자드를 옆으로 불렀다. "보라고."

예자드는 사장의 어깨 너머로 흘긋 보았다. 두 사람의 모습이 거울에 비쳤다.

"보이지? 영웅이 아니라 평범한 가장의 모습 말이야."

예자드는 배우들이 어떻게 원래 계획을 어길 수 있냐고 물었다. 그들이 15년 동안이나 함께 일한 자신보다 사장을 더 잘 안다고 생각한 건가? 이제 그들 때문에 더 복잡하고 혼란스러운 상황이 되었다.

"진정해. 오늘 아침에 가우탐과 바스카를 만났어. 그 사람들은 우리 계획을 정확하게 따랐어." 빌라스가 말했다.

"그런데 왜 카푸르 씨가 돈을 준비해 놓은 거지?"

빌라스가 옆에 앉으라고 계단을 가볍게 두드렸다. "금방 바뀔 거라고 기대했나? 하룻밤 사이에 개혁 운동을 예상했던 거야?"

"금방 항복할 거라고는 기대하지 않았어. 자네한테 간단하게 부탁했잖아. 시브세나에 산타클로스를 고발해 달라고 말이야. 내가 원한 건 그게 전부었어."

"맞아, 자네가 원한 건 위험한 불장난이었지."

예자드가 비웃으며 말했다. "그래서 자네가 빌어먹을 가짜 배우들을 데리고 온 건가? 그자들의 극적인 깨달음! 그들이 말한 그 깨달음은 도대체 어디 있는 거야? 카푸르 씨의 눈이 번쩍 뜨이는 깨달음이 어디 있냐고?"

빌라스가 호주머니를 뒤지는 시늉을 했지만 예자드는 웃지 않았다.

"시간이 걸릴 거야. 결과가 금방금방 나오는 건 소설 속에서나 가능해." 빌라스가 달랬다.

"이젠 상황이 더 나빠져서 35,000루피가 든 봉투까지 책임져야 한다니까. 나타나지도 않을 상상의 시브세나 단원 두 명을 위해서 보관하고 있어야 하다니 원."

"예자드, 사실 그 돈은 카푸르 씨에게 자네가 의무를 상기시킬 구실이 될 수 있어. 우리 배우들이 씨앗을 뿌렸으니까 자네의 부추김으로 자랄 수 있을 거야."

"그럼 나더러 큰 소리로 방백이라도 하라는 거야?" 예자드가 씩씩거리며 말했다.

"화내지 말게. 희망을 가질 수도 있잖아."

예자드는 계단 세 개를 쿵쿵거리며 내려가 버렸다. 머리가 욱신욱신 쑤셨다. 모퉁이를 돌자 온몸에서 힘이 빠져나간 듯했다. 그는 발을 질질 끌며 걸었다. 어렸을 때 발을 끌면 어머니에게 야단을 맞았다. 발을 질질 끌지 말고 들고 다니라고.

그는 와디아지 불의 사원을 지나 역으로 빙 둘러 가고 있었다. 아무튼 걸는 건 몸에 좋을 것이다. 방 두 개짜리 비참한 집에 서둘러 갈 필요가 있을까? 머리가 빠개질 듯이 아팠으므로 집에 가 봐야 아무 도움도 되지 않을 것이다. 지금 이 순간 평화와 안정이 필요했다.

그가 정문을 흘끗 들여다보자 사원 안 한가운데에 작은 정원이 보였다. 안에서 평온을 즐기는 사람들이 부러웠다. 문득 자신도 그럴 수 있다는 생각이 들었다. 들어가는 데 필요한 건 단지 기도 모자뿐이었다. 그러나 신앙심이 없어서 20년 동안 간단한 쿠스티 기도조차 하지 않았으므로 왠지 정직하지 못하다는 생각이 들었다. 그래도 그는 여전히 수드라를 착용하고 있었다. 부드러운 물물 천은 피부에 닿는 감촉이 좋았다. 그리고 아침마다 목욕 후에 비록 건성이긴 했지만 쿠스티를 허리에 감았다. 습관의 힘 때문이었으며 록산나를 기쁘게 해 주려고 그랬다.

하지만 불의 사원에 들어가려면 꼭 신앙심이 깊어야 한다는 법은 없었다. 표지판에는 '파르시인만 입장 가능'이라고 쓰여 있었다. 그도 파르시인이었으므로 안에 들어갈 자격이 있었다.

들어가 볼까? 시원하고 조용한 내부에 들어가서 뭘 하지? 그는 작은 백단향나무 가게에서 잠시 망설였다.

"아저씨, 안녕하세요." 오늘 저녁엔 어린 소년이 계산대 뒤에 있었다. "백단향 필요하세요? 진짜 말바리 백단향입니다."

그때 예자드는 늙은 남자가 계산대 밑의 걸상에 앉아 있는 걸 보았다. 아들에게 장사를 가르치는 모양이었다. 봄베이의 파르시 인구가 줄어드는 데다 자기 같은 사람들이 종교를 대하는 태도로 미루어 짐작건대 소년이 어른이 돼서도 장사를 할 수 있을지는 불투명했다. 게다가 비어라빠 같은 산적과 밀수업자들 때문에 백단향나무가 빠르게 사라져 갔다.

"아저씨, 얼마만큼 드릴까요?" 소년이 적극적으로 물었다.

예자드가 미소를 지었다. "5루피어치도 파니?"

"물론이죠." 소년이 향기로운 나무를 한 조각 골라 두 손으로 건네고 돈을 받았다.

"고마워." 예자드가 나무토막을 경건하게 쥐었다. 그는 코로 가져가고 싶었지만 신에게 바치는 백단향의 냄새를 맡는 건 불경하다고 들었던 기억이 났다. 성스러운 불에서 나는 향기를 마음껏 즐길 수 있는 안으로 들어갈 때까지 참아야 했다.

그가 돌아서려다가 머뭇거리며 물었다. "모자 좀 빌릴 수 있을까?"

소년이 그의 아버지를 흘끗 보자 남자가 고개를 끄덕였다. 대부분 검은색으로 다양한 크기의 기도 모자가 들어 있는 상자를 소년이 계산대 위에 올렸다. 머릿기름과 포마드 때문에 때에 절어 반질거리는 모자가 많았다.

예자드는 메스꺼움을 억누르고 모자들을 살피다가 그중에서 좀 낫다 싶은 걸 찾았다. 상자 바닥에 있는 고동색 모자가 깨끗해 보였다. 아마도 색깔 때문에 인기가 없을 것이다. 입회식 때 어머니가 사 주신 기도 모자도 바로 그런 고동색이었다. 그가 일곱 살 때였는데 벌써 기도문을 다 외웠다고 식구들이 대견스럽게 여겼다. 보통 다른 아이들은 아홉 살에서 열한 살 때까지 기다렸다.

그는 뒤로 간 솔기를 찾은 후 모자를 썼다. "금방 돌려주마."

"아저씨, 괜찮아요. 원하시는 만큼 쓰셔도 돼요."

"오래 걸리진……." 예자드가 말을 멈췄다. 그는 고맙다고 말한 후 사원

구내를 지나 씻는 곳이 있는 베란다로 갔다.

그는 손과 얼굴을 씻고 손수건으로 닦은 후 신발을 벗으려고 자리에 앉았다. 불이 있는 고요한 방으로 빨리 들어가고 싶었다. 양말만 신은 채 신발을 벤치 밑으로 차 넣었다.

홈이 파인 기둥을 지나는 계단을 오를 때 예자드는 왠지 꺼림칙한 느낌이 들었다. 쿠스티 기도를 올리지 않고 들어가는 건 옳지 않다는 생각이 들어서 걸음을 멈췄다. 수십 년 전에 받았던 훈련 덕택에 그는 다시 베란다로 돌아갔다.

그러나 어느 쪽을 바라보고 기도를 올려야 할지 난감했다. 그곳엔 아무도 없었으므로 다른 사람이 하는 걸 보고 따라 할 수도 없었다. 태양의 위치와 관련이 있다는 게 생각났다. 하지만 저녁이어서 이미 해가 지고 없었다.

그는 대충 난간을 바라보고 쿠스티의 옭매듭을 풀기 시작했다. 서투르게 더듬거리는 모습을 아무도 보지 않아서 다행이라고 생각했다. 그는 등 뒤로 매듭을 푸는 요령을 잊어버렸다. 앞쪽의 매듭을 풀기가 한결 쉬웠다.

그때 자신의 입에서 자연스럽게 켐 나 마즈다 기도문이 흘러나오자 깜짝 놀랐다. 마치 하루도 빠지지 않고 아침저녁으로 평생 그 기도를 암송한 것 같았다. 기도가 아후라 마즈다 코다이 부분을 지나 마나시니, 가바시니, 쿠나시니 암송에 이르자 그는 다시 성대를 허리에 묶을 준비를 했다.

슬리퍼 부딪치는 소리가 뒤에서 찰싹찰싹 들렸다. 소리가 점점 가까워졌다. 마침내 바로 옆에서 들리는 것 같더니 그의 어깨에 손이 닿았다. 이전에 입구에서 봤던 흰 수염의 늙은 사제였다.

미소를 띤 사제는 아무 말 없이 예자드를 180도 돌려 세웠다. 그는 부끄러웠다. 사제가 언제부터 보고 있었는지 모르겠지만 쿠스티 매듭을 서투르게 푸는 모습도 보았을 터이다.

사제는 손가락을 입술에 갖다 댔다. 세속적인 말과 불필요한 설명으로 기도의 흐름이 끊어져서는 안 된다는 뜻일 게다.

예자드는 고개를 끄덕였다. 어깨 위에 놓인 사제의 손이 그의 목덜미를 지나 허리까지 쓸어내렸다.

사제는 예자드의 등을 세 번이나 쓸어내렸다. 마치 몸에서 뭔가를 없애려는 것처럼, 고통받는 존재로부터 스트레스를 풀어내려는 것처럼. 사제는 그의 어깨를 다시 가볍게 두드리더니 찰싹찰싹 슬리퍼 소리를 내며 복도를 걸어갔다.

감동적이기도 하고 혼란스럽기도 했던 예자드는 쿠스티를 도로 허리에 감았다. 사제가 왜 그의 등을 쓰다듬은 걸까? 얼굴에 근심 걱정이 가득하고 우울해 보여서 무슨 문제가 있나 보다고 짐작한 것일까?

그는 넓은 홀의 낡고 푹신한 페르시아 양탄자를 기분 좋게 밟으며 안으로 들어갔다. 밖의 거리보다 온도가 적어도 6도는 낮았다.

끝에 다다른 그는 방금 걸어온 홀보다 훨씬 작고 어두운 방 앞에 멈춰 섰다. 문득 양말을 벗고 싶은 충동이 일었다. 양말을 벗어 바지 주머니에 넣고 방으로 들어서자 성소가 보였다. 불이 모셔진 성스러운 공간에 평신도들이 못 넘어오도록 대리석 문턱으로 경계가 쳐져 있었다.

예자드가 어렸을 때 그 성소는 무척 매혹적이었다. 사제라고 해서 다 들어갈 수 있는 게 아니라 순결 의식을 올리는 사제만 들어갈 수 있었다. 그는 부모님을 속이고 안으로 달아나 주춧대 위에서 장엄하게 빛나며, 시간에 따라서 흥하고 망하는 불꽃을 높이 받들고 있는 거대한 은 향로를 만지고 싶다는 상상을 자주 했었다. 그건 금지된 일이었다. 신의 사적 공간의 문턱 근처만 가도 그는 경외심으로 주눅이 들었다. 혹시라도 걸려 넘어져서 몸의 일부인 손이나 손가락이 우연히 금지된 경계선을 넘어가 끔찍한 결과를 불러일으킬까 봐 두려웠다.

예자드는 성소의 문턱으로부터 열 발짝쯤 떨어진 바닥에 앉아 푹신한 양탄자를 만지면서 보드라운 감촉을 즐기며 어린 시절을 떠올리다 미소를 지었다. 향로에는 불씨만 빨갛게 이글거렸다. 연기는 별로 없었지만 방 안이 백단향 향기로 가득했다. 이따금씩 날카롭게 쪼개지는 소리와 함께 불꽃이 우뚝 솟은 둥근 천장으로 날아올랐다.

얼마나 고요하고 평온한가. 그 불은 사원이 지어진 이후로 거의 150년 동안이나 꺼지지 않았다. 예자드의 부모님, 조부모님, 증조부모님도 황홀하게 바라보았던 똑같은 불……. 그렇게 생각하자 예자드는 마음이 차분해지고 안심이 됐다.

몇 분이 흘렀다. 스카프를 턱 밑으로 단단히 동여맨 노파가 들어왔다. 백단향나무 한 자루를 쟁반에 놓고 힘겹게 무릎을 꿇은 후에 노파는 떠났다. 예자드도 서둘러야 하는 거 아닌가 싶었다. 늦게 온다고 록산나가 걱정할 것이다. 평온한 곳을 떠나기 싫었지만 언제든 다시 올 수 있었다. 내일 일이 끝나면 가게 문을 닫는 즉시 카푸르 씨나 빌라스와 시간을 낭비하지 않고 곧바로 여기로 올 것이다.

사제가 들어오더니 쟁반의 백단향나무들을 모아 성소로 갔다. 그는 물물천 보호막을 머리에서 내려 코와 입을 덮었다. 사람의 숨으로 불이 오염돼

서는 안 된다. 사제들이 복면을 쓴 강도 같다던 옛날 농담이 생각나 예자드
는 미소를 지었다.

사제는 문턱에서 멈추더니 몸을 돌려 예자드를 보았다. 생각을 들키기라
도 한 것처럼 예자드는 당황했다. 사제가 그의 셔츠를 가리키더니 다시 불
을 가리켰다.

백단향나무가 아직 호주머니에 있는 걸 본 예자드는 사제가 봉헌할 거냐
고 묻고 있음을 깨달았다.

"네, 고맙습니다." 그는 작은 목소리로 말하며 나무토막을 건넸다.

그러자 사제가 성소로 들어가서 게를 바꾸는 의식을 올렸다. 해가 졌으므
로 조로아스터교의 하루 네 번째 게가 시작됐다. 예자드는 사제가 성소, 주
춧대, 불을 담은 은 향로를 정화하는 의식과 함께 불에 봉헌할 준비를 하고
있는 모습을 바라보았다.

방 안을 평화로 가득 채우는 모습을 바라보는 예자드의 마음이 평온해졌
다. 그런 불멸의 특성은 어디에서 오는 것일까? 흰색 사제복을 입고 천천히
움직이면서 다양한 은 기구로 의식을 올리고, 세대와 세기를 걸쳐 축적돼
피와 뼈에 새겨진 우아한 기품으로 매일 다섯 차례나 반복하는 신비한 동작
을 바라보자 큰 위로가 되었다.

사제는 불에 봉헌할 준비를 마쳤다. 그가 빨갛게 이글거리는 불씨들을 능
숙하게 다루자 불꽃이 부젓가락을 핥기 시작했다. 쟁반의 백단향나무들을
불 속에 쏟아붓자 낮게 중얼거리는 기도 소리에 맞춰 불꽃이 점점 커졌다.

거기에는 다른 사람들이 손에 들고 온 나무토막들과 함께 예자드가 바친
5루피짜리 백단향나무도 들어 있었다. 그의 나무토막은 불의 어느 곳, 널름

거리는 불길의 어디를 타오르게 하고 있을까? 불을 그런 식으로 나눌 수 있을까? 그게 중요한가?

그때 사제가 의식을 마무리 지었다. 그는 성소의 귀퉁이에 매달려 있는 종을 울렸다. 뎅그렁, 크고 맑게 울리는 첫 번째 소리에 예자드의 심장 박동이 멎었다. 종소리가 연속으로 찬란하게 울려 성소와 둥근 지붕, 어두운 방과 홀을 가득 채우며 사원 전체에 새로운 게 시작됐음을 알렸다. 예자드는 생명과 희망을 알리는 소리라고 생각했다. 그의 마음은 종소리와 함께 노래하고 있었다.

그리고 침묵이 찾아왔다. 사제는 불에 대한 마지막 경의를 표하며 은 주걱에 재를 모아 예자드에게 내밀었다. 그는 재를 조금 집어서 이마와 목에 발랐다. 사제는 예자드 쪽을 바라보며 자신의 이마를 만진 후 사라졌다.

예자드는 다시 한 번 성소에 다가갔다. 불이 힘차게 타올라 불길이 기뻐 날뛰었고 방에 빛과 그림자가 춤을 추었다. 잠시 마음을 빼앗긴 채 서 있던 그는 명료한 아름다움을 지닌 숭고한 모습 앞에서 고개를 숙이지 않는 건 예의 없는 짓이란 생각이 들었다. 지금 그 앞에서 무릎을 굽히지 않는다면 뭘 위해서 그럴 수 있단 말인가?

예자드는 무릎을 꿇었다. 이마가 대리석 문턱에 닿았다. 그는 오랫동안 머리를 숙이고 있었다.

예자드는 넓은 홀에서 멈춰 양말을 신고 베란다로 돌아가 신발을 신었다.

불의 사원에서 나오자 저녁은 이미 깊어 있었다. 그는 사원 구내를 매우 편안한 마음으로 걸어 나와 빌린 모자를 백단향나무 가게의 웃고 있는 소년에게 건네고 집으로 향했다.

침대에 누운 록산나가 백단향 향기가 난다고 했다.

"오늘 저녁에 불의 사원에 갔었어." 예자드가 말했다.

"아니, 갑자기 왜요?" 그녀는 대수롭지 않다는 말투를 유지하려고 했다. 침실의 불이 꺼져 있어서 자신의 얼굴에 나타난 기쁨의 표정을 감출 수 있어 다행이라고 생각했다.

"하도 바빠서 휴식이 좀 필요했거든. 당신 제안도 생각나고 해서."

"어땠어요?"

"평화롭더군." 그는 베개를 맞추고 말을 이었다. "우리 집 한쪽 구석이 그렇게 평화로울 수만 있다면 뭔들 못 주겠나 싶을 정도로."

그녀는 어둠 속에서 미소를 지으며 용기를 내서 물었다. "당신…… 기도했어요?"

"그런 걸 왜 해?"

그녀는 남편의 말을 믿지 않았다.

예자드가 사장에게 기대하는 깨달음은 끝내 찾아오지 않았다. 혹시라도 계획했던 것이 시차를 두고 작동하는 캡슐처럼 사장의 마음속 소화관을 통해 서서히 작동하지 않을까 싶어 매일매일 유심히 살폈다. 그러나 매일매일 실망했다. 사장은 가게에 오면 사슴을 확인하고 곧장 비좁은 사무실로 들어갔다. 생각이 많은지 일이 끝난 후에도 예자드를 사무실로 초대하지 않았다.

크리스마스를 일주일쯤 앞둔 어느 날, 사장이 여느 때와 달리 매우 늦게,

정오가 다 돼서야 도착했다. 예자드가 무슨 일로 늦었냐고 물었다.

"늦었다고?" 카푸르 씨가 시계를 보았다. "어, 시간 좀 보게. 자네 말이 맞구먼. 대중교통이 이렇게 오래 걸리는 줄 미처 몰랐군. 아 참, 마침내 내 차를 팔았어."

"기차 타고 오셨습니까?"

"택시. 사실은 기차를 타려고 했지." 카푸르 씨가 약간 당황하며 말했다.

사장은 야릇한 모험을 한 이야기를 들려주었다. 기차를 타고 가축처럼 여행하는 수백만 명 중에 한 명이 되려고 그는 역으로 갔다. 기차가 들어올 때마다 밀치고 나갔지만 번번이 정거장 플랫폼에 남겨졌다. 한번은 사람들의 한가운데 있었으므로 확실히 탈 수 있을 거라고 생각했지만 원심력의 쇄도와 함께 팔꿈치에 찔려 밀려나고 말았다.

예자드가 고개를 끄덕였다. "흔히 있는 일입니다."

"한 시간 넘게 시도하다가 포기했어. 하지만 내일 또 시도해 볼 거야. 스핀을 건 공을 던지는 것처럼 이것도 연습의 문제인 것 같아." 그는 사용하지 못한 기차표를 아쉬운 듯 바라보다가 휴지통에 집어던졌다. 예자드는 왜 갑자기 기차를 타고 싶었느냐고 물었다.

"철학적인 결정인데. 우리가 한번 얘기했었지? 난 이 도시가 주는 모든 걸 받아들이고 싶다고. 도시의 사람들과 어울리고, 거리와 기차와 버스에서 부딪치는 몸의 일부가 되고 싶어. 봄베이라고 하는 유기체적 통일체와 하나가 되고 싶단 말이지. 바로 거기에 나의 구원이 있거든."

이로써 배우들과 영웅적인 리얼리즘에 대한 빌라스의 믿음은 끝이 났다고 예자드는 생각했다. 불쌍한 사장은 판타지의 영역으로 깊숙이 들어가고 말았다. 진짜라고 믿고 있지만 결국 아무것도 이룰 수 없는 미사여구의 영역이었다. 자못 슬픈 일이었다.

"오늘 왜 성공하지 못했는지 스스로 물어보았어. 정신적으로는 100퍼센트 성공하고 싶었거든. 그렇다면 내 몸이 부족해서 그런가? 아직도 몸 냄새와 더러운 옷과 머릿기름 바른 머리가 역겨워서 그럴까? 그럴지도 모르지. 하지만 난 극복하고 기차를 탈 거야."

사장의 혈압이 염려스러운 예자드는 그가 기차를 포기하고 새로 차를 사길 바랐다.

하지만 다음 날 사장은 헝클어진 머리에 다리를 절뚝거리며 거의 기다시피 가게로 들어왔다. 후사인이 달려가 의자를 갖다 주자 사장이 털썩 주저앉았다. 예자드가 서류 가방을 받아 들었다. 사환이 잔 받침에 차를 따라 사장의 입으로 가져갔다.

그러자 카푸르 씨가 짜증을 냈다. 그는 손을 흔들어 거절하고 찻잔을 쥐었다. 몇 모금 마신 후 정신을 차린 사장이 이야기를 시작했다. "몇 달 전에 내가 했던 얘기 기억하나? 기차 밖에 매달린 승객들이 한 남자를 끌어 올리는 기적을 목격했다고 했잖아. 발 디딜 틈도 없는 기차 안에 공간을 만들어 남자를 안전하게 들어 올렸지. 어젯밤 늦게 침대에 누워 있는데 문득 내가 그 남자가 될 수도 있겠다는 생각이 들더군. 우리 봄베이 사람들을 믿기만 하면 나도 기차에 오를 수 있을 테니까 말이야. 그래서 오늘 아침 기차가 움직일 때 나도 따라 움직였어. 처음에는 쉬웠어. 속도가 매우 느렸으니까. 문에 매달린 남자들이 안으로 비집고 들어가려고 애를 쓰더군. 모두들 손잡이나 난간을 잡고 차차 안정을 찾았어. 곧 내 차례가 왔지. 기차와 함께 달리느라고 숨이 차서 헐떡거리는데 누군가 손짓을 하더라고. 그게 인사인지 관두라는 신호인지 모르겠더군. 혹시 내가 작별 인사를 한다고 오해할까 봐 두 팔을 쭉 뻗었어."

사장이 말을 멈추고 기가 죽은 표정으로 찻잔을 바라보았다. "예자드, 그 사람들은 날 돕지 않았어. 단 한 사람도 내 손을 잡으려고 손을 뻗지 않더군. 나를 마치 이방인 보듯이 바라보았어. 물론 일면식도 없는 사람이긴 하지. 하지만 나도 봄베이의 형제야. 안 그런가? 사람들은 날 그냥 빤히 내려다보더군. 어떤 사람들은 재밌다는 듯이 서로 쳐다보며 웃더라고."

사장은 찻잔을 비우고 후사인에게 건넸다. "예자드, 날 위한 기적은 없었어. 정거장 플랫폼이 끝나는 곳에서 난 발을 헛디뎌 쓰러졌어. 그래서 택시를 탔지."

거절당했다는 생각에 사장은 기가 죽어 있었다. 마치 침대가 준비되기를 기다리는 환자처럼 사장은 문간에 앉아 있었다.

"내 생각엔 말이야." 카푸르 씨가 마침내 작은 목소리로 입을 열었다.

"네?" 예자드는 사장이 차를 판 건 실수였음을 인정하길 기대했다.

"택시를 타고 오면서 곰곰이 생각해 보았어, 내가 왜 정거장 플랫폼에서 버림받았는지 말이야."

기차가 만원이었으며 사람들이 사장의 머릿속에 가득 찬 낭만적인 헛소리를 듣지 못했으니까 그랬을 거라고 예자드는 생각했다. "글쎄, 왜 그랬을까요."

"예자드, 날 봐, 내 옷과 신발과 머리를. 어때? 자네 의견을 말해 보게."

예자드는 사장의 세련된 헤어스타일을 살피고 멋진 리넨 셔츠를 보았다. 기차역에서 모험을 하느라 비록 때가 묻고 구겨지긴 했지만 품질이 좋은 것을 감출 순 없었다. 마찬가지로 천연 섬유를 섞어 가벼운 원단으로 만든 바지에는 주름이 완벽하게 잡혀 있었다. 그리고 이태리제 신발의 부드러운 가죽은 최고라고 뽐내며 번쩍번쩍 빛이 났다.

"어떤가?" 카푸르 씨가 조급해하며 물었다.

"멋지신데요. 품격 있고요. 그게 제 판단입니다."

"바로 그거야. 그게 문제라고. 내 모습이 외치는 건 내가 당신들과 같은 부류가 아니라는 거야. 그러니까 승객들과 공통점이 있다손 치더라도 난 외계에서 온 사람이나 다름없는 거지. 자기들보다 내가 우수하다고 말하는데 날 기차에 태워 주겠냐고!"

사장은 그러한 결함을 고치겠다고 다짐했다. 지금부터 에어컨이 가동되는 백화점이 아니라 그랜트 거리와 기르가움 거리의 가게에서 옷을 사고 쿠르타 파자마나 가랑이가 끼이는 바지와 겨드랑이가 쪼이는 반팔 부시 재킷을 사겠다고 했다. 그리고 양말과 신발을 신지 않고 티눈과 굳은살이 박이고 봄베이의 때가 발톱에 끼는 슬리퍼를 신고 다니겠다고 했다.

"그리고 다시는 발렌테 선생 헤어 살롱에 가지 않고 케트와디 거리의 이발사한테 머리를 맡길 거야. 이발사가 내 머리를 거칠게 깎으면 기차의 승객들이 플랫폼에서 날 잡아 주지 않을까?"

"그럼 언제쯤 변신을 마치실 겁니까?" 예자드가 비웃음을 참지 못하며 물었다.

사장이 손가락을 꼽으며 계산을 했다. "9일 후에. 크리스마스 직후구먼." 그는 자리에서 일어나 힘차게 사무실로 걸어갔다. 아침의 우울함은 이미 사라졌다.

"근데 때로는 싸구려 옷들도 좋아 보이거든요. 새 옷을 사기 전에 잘 안 맞는 걸 꼭 확인해야 할 겁니다."

자신감을 되찾은 사장을 놀리는 건 바늘방석에 상처를 입히려는 것과 같았다. "그럼, 당연하지." 사장이 걸음을 멈추더니 뒤로 돌아 크리스마스 장식이 있는 창문 진열대로 들어갔다.

17

행복의 성에서는 밤마다 에둘 문시의 집에서 싸우는 소리가 일층부터 옥상까지 들렸다. 그가 연장통을 들고 집에 도착하자마자 시작되는 싸움은 저녁 식사 내내 이어져 부부가 잠자리에 들 때까지 계속됐다.

잘은 그들의 싸움에 안절부절못했다. 그리고 걱정도 되었다. 처음에 에둘이 천장을 고치기 시작했을 때 마니제는 기뻐했다. 남편이 집에서 수리하는 걸 금지하고 있었기 때문에 그녀가 항상 미안해한다는 것을 아파트 사람들은 누구나 알았다.

그러나 그 일은 그동안 에둘이 망쳐 놓곤 했던 작은 일들과 달리 매우 규모가 컸다. 작업이 며칠씩 계속되자 마니제는 매일 저녁 남편이 사라진다며 불평하기 시작했다. 시간이 지나자 그녀의 불평은 점점 심해졌다. 심지어는 남편이 집에 없으니 과부나 다름없다고 했다.

에둘은 잘에게 전혀 걱정할 필요 없다며 마니제의 화를 유머로 잘 받아넘기고 있다고 했다. 아내가 그의 망치 소리를 들을 수 있는 한 행복한 남편의

자랑스러운 소유자라고 했다.

"아무 문제 없어." 그는 잘에게 여러 번 말했다.

그러나 잘은 상황이 에둘의 말과 다르다고 생각했다. 에둘의 집에서 큰 소리로 격렬한 싸움이 벌어진 날 그의 직감이 들어맞았음이 입증됐다.

마니제의 고함 소리가 들렸다. "당신하고 그 결혼도 안 한 여자하고 둘이서 위층에서 뭘 하는지 모를 줄 알아! 그 여자 뚜쟁이 오빠가 산책하러 나가면 당신이 연장통 들고 남아 있잖아! 참 좋겠다!"

"쉿! 이웃들이 듣겠어!" 에둘이 애원했다.

"잘됐네. 들으라고 해! 내 뒤에서 손가락질하면서 내 남편이 쿠미를 위해서 수리해 준다고 하는 것보다야 낫지! 더러운 여자가 감히 결혼한 남자를 넘봐!"

"당신, 어떻게 쿠미를 질투해? 쿠미를 보라고, 앞뒤가 완전히 평평하잖아. 당신 엉덩이가 얼마나 아름다운데. 그리고 당신……."

"야, 이 바보야, 살살 말해! 동네 사람들이 다 들었으면 좋겠어? 차라리 내가 벗은 사진들을 보여 주지그래!"

다음 날 저녁 에둘이 일하러 왔을 때 잘은 그의 활기 없는 모습을 보았다. 평소에 흔들어 대던 연장통은 고장 난 시계추처럼 얌전히 들려 있었다. 쾌활한 수리공의 모습 대신에 그는 겸연쩍은 미소를 지었다. 잘이 잘 지냈냐고 안부를 묻자 최고라고 대답하더니 어색한 침묵이 흘렀다.

"어젯밤에 마니제의 고함 소리가 들렸을 텐데. 마누라가 화가 좀 났거든." 에둘이 태연한 척하며 말했다.

"그래? 난 아무것도 못 들었는데. 지금은 괜찮아?"

"최고지. 사소한 오해가 있었어. 여자들은 집수리 작업을 이해 못하거든."

에둘이 연장통의 버클을 풀자 요란한 소리를 내며 뚜껑이 열렸다. 그가 연장통을 뒤지자 연장들이 덜걱거리고 뗑그렁 소리를 냈다. 입술을 오므리고 불던 경쾌한 휘파람 멜로디가 곧 우울한 음조로 바뀌었다.

잘은 그날 저녁을 학수고대했었다. 에둘이 벽토를 새로 바르기로 한 날이었기 때문이다. 그러나 그는 그럴 기분이 아니었다. 손도 대지 않은 석고 자루가 현관문에 기대어 있었다.

잘은 저녁 산보를 포기할 수밖에 없었다. 그가 집에 있어야만 마니제가 뚜쟁이질한다고 비난하는 걸 막을 수 있었다. 그녀를 불러서 남편이 일하는 모습을 직접 보여 주고 수상할 것이 없음을 확인시켜서 상황을 정리하고 싶었다.

그러나 그럴 수 없었다. 밤마다 들려오는 싸움 소리로 보아 마니제의 기분을 달랠 만한 상황이 아니었다. 그녀는 화를 내는 것으로 부족해 운명론까지 들먹였다. 그들의 삶에 그런 불행이 닥친 것도 놀랄 일이 아니라고 했다. 에둘이 감히 들어간 집은 불행의 집으로 가족이 파괴되고 두 여자가 죽었으며 세대에 걸쳐 슬픔이 잉태된 곳이라고 했다. 그러니 남편에게 전염된 거라고.

쿠미는 잘에게 엿듣지 말라고 했다. "참 이상하네. 그게 어떻게 다 들려? 내가 오빠한테 얘기하면 안 들린다며."

"멀리서 듣는 게 차라리 나아. 볼륨 조절이 더 쉽거든."

에둘과 마니제가 한때는 금실이 참 좋았는데 부서진 천장 때문에 행복한

442

가정이 불행해졌다며 잘이 안타까워했다. 쿠미는 그렇게 행복하지 않았을지도 모른다면서 행복했다면 그런 사소한 일 때문에 영향을 받진 않았을 거라고 했다.

"너한테는 사소하겠지만 마니제한테는 사소하지 않지. 마니제는 정확한 사실을 모르잖아." 잘이 말했다.

"그건 사실하고 아무 관계 없어. 사실이야 필요하면 얼마든지 만들어 내기도 하는데 뭐. 일을 계속할지 말지는 에둘한테 달린 거야."

잘은 에둘이 일을 그만두지 않아서 다행이라고 생각했다. 그는 천장 일을 계속하면서 오해를 풀어 주고 마니제를 달랬다. 위층에서 시간을 많이 보내는 건 힘든 일을 즐기기 때문이라고 했다. 그런 이유로 사랑하는 아내가 추잡한 일을 상상해서야 되겠냐고 다독였다. 남자다운 취미를 왜 받아들이지 못하느냐, 남편이 자수나 뜨개질을 했으면 행복하겠냐고 물었다. 그러면서 남편이 뱅충맞은 사람이 됐으면 좋겠냐고 다그쳤다.

그의 끈기 있는 노력이 열매를 맺었다. 마니제의 화가 풀렸고 싸움이 잠잠해졌다. 그녀는 직접 확인하려고 이런저런 핑계를 대며 불시에 일터에 나타나곤 했다.

"방해해서 미안하네." 그녀가 잘에게 말했다. 남편이 사다리에 올라가 있고 쿠미가 가까이 없는 걸 확인한 그녀는 안심했다. "여보, 오늘 저녁은 생선 프라이를 할까요, 아니면 양념을 바를까요?"

"프라이로 부탁해." 그가 대답하며 윙크를 보냈다. "오늘 밤엔 지글지글 뜨거운 걸 원하니까."

그녀는 웃음을 참으며 잘을 흘긋 보았다. 잘은 보청기가 꺼진 척했다.

또다시 올라온 그녀는 다림질에 관해서 물었다. 파란색 셔츠를 다릴지 담황색 셔츠를 다릴지 물어보려고 올라왔다는 것이다.

"내일은 파란색 셔츠를 입을게." 에둘이 대답한 후 단둘이 있는 줄 알고 얼른 말을 이었다. "여보, 오늘 밤엔 내 알몸도 다려 줘."

깜짝 놀란 마니제가 손가락을 입술에 대고 문밖에 쿠미가 서 있다고 몸짓으로 알렸다. 그들의 외설스러운 대화에 불쾌해진 쿠미가 눈알을 굴리며 자리를 뜨자 에둘이 석고가 묻은 손으로 싱글거리던 입을 가렸다.

새로 석고를 바르기 시작한 지 8일이 지난 후 에둘이 흙손을 깨끗이 닦고 나서 응접실이 주거 준비를 마쳤다고 선언했다. 그는 큰 소리로 마니제를 계단통으로 불렀고 잘에게 방에 있는 쿠미를 불러오라고 했다.

"자, 어떤가?" 에둘이 환하게 웃으며 말했다.

잘과 쿠미는 끔찍한 결과를 예상하고 있던 터라 적절한 대답을 할 수 없었다. 달 표면처럼 크고 작은 분화구로 뒤덮인 곰보 천장을 바라본 오누이는 충격을 감추려고 갖은 애를 썼다.

다행히 마니제가 위기를 모면케 해 주었다. "여보, 당신이 이 모든 걸 혼자서 했다는 게 믿기질 않아요." 그녀가 잘과 쿠미를 돌아보며 말을 이었다. "우리 집 양반 정말 대단하지?"

"잘했네요. 정말 고마워요." 남매가 가까스로 입을 열었다.

"천만에." 에둘이 두 눈을 반짝이며 겸손하게 손사래를 쳤다. "오래 걸려서 오히려 내가 미안한걸."

"저렇게 멋진 일을 하는 데 4주면 길지 않은 거죠. 전 더 오래 걸릴 줄 알았거든요." 쿠미의 말에 마니제가 눈을 부라렸다.

"그럼 이젠 아버지 방을 작업할 거지?" 잘이 물었다.

그러나 에둘은 먼저 사흘간 휴식을 취하겠다고 했다. 쿠미가 현관문을 닫을 때까지 에둘이 마니제와 손을 잡고 떠나는 모습을 잘은 마치 행복한 아버지처럼 바라보았다.

짧은 휴가가 끝나자 에둘이 나리만의 방 천장에서 부서진 벽토를 제거하기 시작했다. 잘의 망치질이 철저했던 관계로 에둘의 작업은 빨리 진행됐다. 때때로 그는 휘파람을 멈추고 남매가 꾸며 낸, 물이 샌 자국을 보고 깜짝 놀랐다.

작업 이틀째 되는 날 그가 외쳤다. "세상에!" 그는 오누이를 방으로 불렀다.

"천장에 대들보 있는 거 알지?"

남매가 고개를 끄덕였다.

"나쁜 소식인데. 대들보가 썩었어."

"뭐라고?"

"썩었다고." 에둘은 다시 한 번 말하면서 잘과 쿠미의 반응을 즐기는 듯했다. "썩-었-다-고."

"그럴 리가!" 잘은 말도 안 되는 폭탄선언을 받아들일 수 없었다.

"잘, 진정하게. 충격적인 소식이지만 난들 어떡하겠나? 정확하게 알려 줘야지. 여기 세 번째 대들보 지나가는 거 보이지?"

"나무가 어떻게 그렇게 빨리 썩어?"

"아, 그건 천장이 얼마나 젖었는지 알 수 없어서 그래. 벽토가 떨어지기 전에 몇 달 동안 물이 조금씩 스며들었을 수도 있고."

"그럴 리 없어!"

에둘은 어리둥절했다. "왜 자꾸 그럴 리 없다는 거지?"

"내가 아니까! 왜냐면……."

그들이 저지른 일을 오빠가 불쑥 털어놓을까 봐 불안해진 쿠미가 끼어들었다. "그럼 썩었다고 가정해요. 그다음엔 어떻게 되는 거죠?"

"가정이라니? 지금 날 못 믿겠다는 거야? 썩었다니까. 대들보를 갈아야 해."

"안 돼! 제발 손대지 마!"

"오빠, 어린애처럼 굴지 마. 차분하게 생각해. 에둘 씨, 확실해요?"

"1,000퍼센트 확실해."

"알겠어요." 그녀는 주판알을 튕겼다. 복잡한 대들보 문제로 아버지가 돌아오는 일이 더 연기될 것이다. "에둘 씨, 할 수 있겠어요?"

"난 거짓말 안 해. 이건 힘든 일이야. 제대로 안 하면 위험할 수도 있어. 천천히 조심스럽게 일할 사람이 필요해."

"그게 바로 에둘 씨잖아요." 쿠미의 말에 그가 미소를 지었다.

"제발, 그냥 석고만 바르고 놔둬!"

"오빠, 그만해."

"그럼 다른 사람 의견이라도 물어보자, 응?"

"우리 수리공들의 격언에 이런 말이 있지. 다른 사람 의견 때문에 혼란만 태산처럼 커진다."

"맞는 말이네요." 쿠미가 말했다.

"뭐가 맞는 말이야?" 잘이 고함을 질렀다.

"잘, 진정하라니까. 내가 방법을 설명해 줄게." 에둘은 강철 기둥들을 설치하고 수압 잭을 이용해 대리 버팀대를 세워서 대들보의 짐을 덜 거라고 했다. 작업에 관한 그의 상세한 설명은 자격증이 있는 기술자나 오랜 연륜이 쌓인 장인에게서나 들을 수 있는 말이었다.

잘은 보청기를 빼서 입김을 불고 다시 끼워 넣느라고 설명을 제대로 듣지 못했다.

"가장 중요한 건 강철 대들보를 지금 있는 나무 대들보와 나란히 놓는 거야. 따라서 구조물이 지지를 못 받을 일이 절대 없게 되는 거지."

"아, 그렇군요." 쿠미가 안심하며 말했다. "그러니까 대들보를 하나 대신에 두 개를 갖게 되는군요. 오빠, 들었지? 대들보가 두 개면 훨씬 안전하잖아."

잘도 더는 반대하지 않았다. 그리하여 에둘의 계획대로 하기로 했다.

유쾌한 빌라에 도착한 잘은 침대 옆에서 바이올린을 들고 있는 데이지를 보자 가슴이 콩닥콩닥 뛰기 시작했다. 두 사람의 눈이 거의 마주쳤지만 바이올린 활을 든 그녀가 팔을 올려 바이올린을 켜자 잘은 그만 팔꿈치에 인사를 한 꼴이 되고 말았다.

그가 의붓아버지의 어깨를 가볍게 두드리자 나리만이 알았다는 표정을 지었다. 잘은 살금살금 의자에 가 앉았다. 그는 데이지의 음악을 잘 들으려고 보청기를 조절하며 록산나에게 예자드는 어디 있냐고 물었다.

록산나가 남편이 일을 마치고 집으로 오는 길에 와디아지 불의 사원에 들렀을 거라고 속삭였다.

잘이 화들짝 놀라 눈을 치켜떴다. "예자드가 불의 사원에 갔다고?"

록산나가 고개를 끄덕였다. "요즘 거의 매일 가요. 남편 말로는 기도하러 가는 게 아니라 평화롭고 고요해서 좋대요."

잘이 미소를 지으며 고개를 끄덕였다. "아버지가 더 좋아 보이시네."

"데이지가 올 때면 항상 환해지세요."

"쉿!" 제항기르가 말했다. "음악에 방해되잖아요."

"우리 조카, 미안하다." 잘은 등을 기대고 앉았다. 그는 서서히 감정을 자아내는 바이올린 연주에 매료됐다. 음악 소리가 마음속 깊은 곳에 있는, 말로는 설명할 수 없는 복잡한 감정들을 들려주는 것 같았다. 때때로 아주 잠깐 동안 바이올린이 사람인 듯했고 이해할 수 있는 사람의 언어로 말하는 것 같았다.

연주가 끝나자 그들은 박수를 쳤다. 데이지가 잘에게 인사를 하며 들어올 때 답례를 못해서 미안하다고 사과했다.

"아뇨, 전 괜찮습니다." 잘이 수줍은 미소를 지었다.

"대, 대, 대단해. 그걸 고, 공연해야 하는데." 나리만이 작은 목소리로 더듬거리며 말했다.

"봄베이 교향악단과 솔로로 공연하는 게 제 꿈이에요."

"실례지만 방금 연주하신 곡이 무슨 곡이죠?" 잘이 물었다.

"베토벤 협주곡요."

"몇 번이죠?"

"하나밖에 없어요."

"그럼 연습하신 부분이…… 몇 악장이죠?"

"제2악장 라르게토였어요."

데이지는 다시 나리만을 보며 꿈을 이루기가 굉장히 힘들다고 말했다. 그녀가 바이올린을 조율하는 동안 잘은 그녀의 일거수일투족을 감탄의 눈빛으로 바라보았다. 록산나가 팔꿈치로 슬쩍 건드렸다. "오빠, 가서 말하세요."

"나중에 할게." 그가 작은 목소리로 말하다가 바이올린이 다시 연주되자 입을 다물었다.

그때 예자드가 도착해 열쇠로 문을 열고 소리 없이 들어오다가 잘이 있는 걸 보았다. 천장 수리가 어떻게 돼 가고 있는지 듣고 싶었지만 장인이 잠들 때까지 기다렸다. 데이지가 떠난 후 그들은 안쪽 방으로 들어갔다.

"행복의 성의 최근 소식을 전해 주시죠."

"일주일 전만 해도 에둘처럼 최고라고 말했을 텐데. 지금은 나도 어떻게 될지 모르겠어." 잘은 썩은 대들보에 관한 소식을 전하며 예자드와 록산나의 얼굴을 걱정스럽게 바라보았다.

"그거야 형님 잘못이 아니죠. 너무 미안해하지 마세요." 예자드가 말했다.

"하지만 에둘의 헛소리를 전해 주는 게 나니까……."

"대들보가 진짜로 썩었을지도 모르잖아요. 얼마나 걸린대요?" 록산나가 물었다.

"일 년쯤." 예자드가 공허하게 웃으며 말했다.

"아냐, 아냐. 그렇게 오래 걸리진 않아." 잘이 말했다.

그는 며칠 내로 장비를 들여서 강철 대들보를 올릴 준비를 하겠다는 에둘의 계획을 설명해 주었다. "늦어도 24일까지는 그렇게 하겠대. 에둘이 크리스마스 휴일에 그 일을 하겠다더군. 반쯤 하다 말면 안 되니까 일을 마치는

데 필요하면 밤늦게까지라도 하겠다던데."

"메리 크리스마스가 되겠군요." 예자드가 말했다.

"분명히 고요한 밤은 아닐 거야. 제항기르, 넌 어떠니? 산타를 위해서 긴 양말을 매달 거야?"

"네." 제항기르가 한숨을 쉬며 말했다. "형이랑 싸우느라 지쳤어요. 형이 자꾸 산타를 믿으라고 해서 미치겠어요."

"하지만 무라드 말이 맞아." 잘이 말했다. "너 지금 아홉 살 아니니?"

"네." 제항기르가 마지못해서 인정했다.

"그럼 문제없어. 산타는 열 살까지 오는 거니까. 이제 마지막 기회야."

"외삼촌, 전 어린애가 아니잖아요. 그렇게 쉽게 속아 넘어가지 않아요."

잘이 웃으며 조카를 껴안은 후 현관문에서 예자드와 록산나와 악수를 나눴다. 그는 새로운 소식이 있으면 가능한 빨리 전해 주겠다고 했다. 현관문을 닫은 후 그들은 발코니로 가서 잘에게 손을 흔들었다.

록산나는 남편에게 바싹 다가가 그의 옷에 남아 있는 백단향 향기를 기분 좋게 맡았다. "오빠가 데이지를 퍽 좋아하나 봐요. 두 사람이 잘하면 좋은……."

"제발 참아. 당신 가족은 중매로 덕 본 게 없잖아."

예자드는 식탁에 앉아 찻잔을 만지작거렸다. 록산나가 남은 음식을 이것저것 모아서 저녁 식사를 준비하고 있었다. 그는 장인의 사지가 홑이불 밑에서 무기력하게 떨리는 것을 흘긋 보았다.

마치 덫에 걸린 짐승이 도망가려고 발버둥 치는 것 같았다. 노년의 질병은 저주였다. 빌어먹을 파킨슨병은 고문처럼 잔인했다. 미국에서 배아 세포와 관련된 최신 연구가 빨리 이뤄진다면……. 그러나 연구를 반대하는 단체들이 있었다. 그들은 아마도 파킨슨병에 걸리지 않았거나 노인의 고통을 매일 지켜보지 않을 것이다. 아직 태어나지 않은 아이들의 권리, 생명의 시작과 죽음의 순간 같은 수준 높은 토론은 얼마나 사치스러운가. 카푸르 씨처럼 쓸데없이 말만 많은 사람들이다. 그러한 사치는 이곳에 존재하지 않는다. 다음과 같은 규칙이 필요할지도 모른다. 먼저 불 속을 걷고 난 다음에 철학적인 사색을 하라고.

잠자던 장인이 신음 소리를 내자 예자드가 생각을 멈추고 긴 의자로 갔다. "장인어른, 제가 여기 앉아 있으니까 걱정 마세요." 장인의 어깨를 어루만지며 말했다.

장인에게 자신의 말이 들렸을까? 예자드는 다시 찻잔을 들었다. 죽음으로 향하는 여행은 생소했다. 장인이 얼마나 더 살지는 알 길이 없었다. 일 년 또는 이 년? 그러나 록산나의 말이 옳았다. 죽어 가는 노인을 돕는 것이 죽음에 대해서 아는 유일한 방법이었다. 그리하여 자신에게도 그런 순간이 오면 그 죽음을 떠올리면 될 것이다.

그런데 우리는 죽음을 기억하게 될까? 젊은 사람들, 심지어 중년들도 자신들은 영원히 살 거라고 착각하니 얼마나 어리석은가. 죽음을 기억할 수 있다면 우리의 삶은 얼마나 더 나아질까? 우리가 매일 죽음을 기억할 수 있다면 몰인정, 분노, 괴로움, 그리고 사소한 어떤 것에라도 시간을 낭비하지 않을 것이다. 죽음의 순간을 기억하는 것이 바로 삶에서 어리석음과 추악함을 없애는 비결이다.

예자드는 의자를 뒤로 밀고 찻잔과 잔 받침을 주방으로 가져갔다. 설거지를 하고 손을 씻은 뒤 다시 장인을 지켜봤다. 참 이상하다는 생각이 들었다. 어떤 사람을 오랫동안 알게 되면 그에게 질투심, 존경심, 동정심, 짜증, 분노, 호감, 사랑, 역겨움 같은 온갖 감정과 반응을 보이게 된다. 그러다가 결국은 연민의 정을 느낀다. 우리 모두 예외 없이⋯⋯. 우리가 처음부터 그런 사실을 알 수만 있다면 고통과 슬픔과 불행을 얼마나 줄일 수 있을까?

장인의 신음 소리가 점점 커졌다. 그는 다시 일어나 장인의 어깨를 어루만졌다. 장인을 도울 수 있는 방법이 분명히 있을 것이다. 해답은 간단했다. 장인의 약값을 대는 것이었다. 그러나 예자드는 그럴 돈이 없었다. 언제나 그렇듯이 문제는 돈이었다.

사장이 산타클로스 채비를 갖추는 동안 가게 책상 속에서는 돈 봉투가 일주일 넘게 상상의 시브세나 단원들을 부질없이 기다리고 있었다. 일주일 후면 크리스마스였다. 쓸데없이 기다리는 대신 그 봉투에서 돈을 꺼내 쓸 용기만 있다면⋯⋯.

예자드는 빌리의 마트카 꿈과 카푸르 씨가 약속한 승진을 기다렸다. 장인의 발목이 낫길 기다렸고 천장이 수리되길 기다렸으며 배우들이 깨달음을 가져다주길 기다렸다.

기다릴 만큼 기다렸다. 결국 믿을 건 자기 자신, 그리고 무의미한 세상에서 자신의 피난처인 불의 사원밖에 없었다.

산타 복장이 23일 정오 전에 배달됐고 사장이 예자드와 후사인에게 보여주려고 옷을 갈아입었다.

"사장님, 정말 멋지십니다." 사환은 꾸밈없이 매우 기뻐하며 박수를 쳤다. "빨간색이 잘 어울리십니다요."

카푸르 씨가 아무 말이 없는 예자드를 위해 포즈를 취했다. 값싼 검정 비닐 벨트와 무라드와 제항기르가 반항하기 전에 장마철에 신던 냄새나는 종류의 고무장화를 그는 흘긋 보았다.

"대체로 좋습니다. 근데 배에다가 뭘 좀 넣어야겠는데요." 예자드가 의견을 제시했다.

그들은 가게를 뒤져서 어린이용 타격 패드와 복싱 글러브를 합쳐서 배를 튀어나오게 만들었다. 사장이 나머지 산타 복장을 다 갖춰 입자 후사인이 흰 솜털 턱수염과 콧수염을 보더니 움찔했다. 그는 사장이 무섭게 보인다고 예자드에게 말했다.

"호-호-호! 호-호-호!" 사장이 팔을 세게 흔들자 팔목에 달린 방울들이 딸랑딸랑 울렸다.

사환이 예자드의 귀에 대고 속삭였다. "왜 사장님이 앓는 소리를 내는 거죠?"

예자드가 크게 웃자 사장이 뭐가 그렇게 재미있냐고 물었다. 그가 대답하자 사장도 따라 웃었고 후사인은 어리둥절했다.

"아이고, 후사인 이 친구야. 그건 앓는 소리가 아니라 산타클로스의 즐거운 웃음소리야!"

후사인은 여전히 얼떨떨해 보였지만 더는 말하지 않았다. 오후에 그는 전날 주문했던 사탕 과자를 가지러 갔다.

여전히 산타 복장을 하고 있는 사장이 예자드에게 다가와 얼굴을 들여다

보더니 눈 밑에 웬 다크서클이 끼었냐고 물었다. "자네, 잠을 잘 못 자는 모양이네."

"장인어른 때문에요. 요즈음 저희 집에 와 계신데 잠꼬대가 심하고 고함을 치는 바람에."

잠시 말을 멈춘 예자드는 이번 대화를 빌라스가 말한 대로 사장에게 동기를 부여할 기회로 삼기로 했다. "그리고 시브세나가 걱정되어서 잠이 오지 않습니다."

"예자드, 마음 편히 가지게. 걱정해 봐야 좋을 거 없으니까. 어젯밤에 좋은 생각이 떠올랐어. 상황을 다시 생각해 봤거든."

예자드의 가슴이 뛰기 시작했다. 연기자들의 노력이 결실을 거둔 걸까?

"봄베이가 도시 이상의 종교라는 중요한 결론에 이르렀네."

"봄베이 홍보라도 하시는 겁니까? 이전에는 봄베이가 아름다운 여인이라고 하시더니."

사장이 웃더니 예자드의 책상 귀퉁이를 치우고 걸터앉았다. "맞아, 아름다운 여인이지. 하지만 이젠 나이가 들었어. 봄베이가 자태와 기품으로 주름살을 받아들일 수 있다면 나 또한 그래야지. 왜냐하면 그렇게 받아들이는 것도 역시 아름다우니까. 이게 바로 나의 통일적 접근법이야."

꽤나 엉뚱한 접근법이라고 예자드는 생각했다. "문제들은 손대지 않으실 겁니까?"

"아니, 그러지 않을 거야. 도시의 빈민굴, 부서진 하수구, 부패하고 죄를 일삼는 정치인들. 그런 모든 결점을……."

"사장님, 잠깐만요. 범죄나 부패는 결점이 아닌 것 같은데요. 그건 암 덩어리 아닌가요? 사람이 몸에 암이 생기면 지독하게 싸워야 하잖습니까."

"통일적 접근법에서는 그렇지 않아. 암을 미워하고 호전적인 방법으로 공격하는 건 부질없는 짓이지. 통일적 방식에서는 암을 사랑과 친절함으로 설득해서 악성을 양성으로 바꾸는 거야."

"그러다 암이 말을 듣지 않으면요? 그럼 그 여잔 죽는 거 아닌가요?" 예자드가 다소 심술궂게 말했다.

"아름다운 여인이란 은유를 글자 그대로 받아들이지 말게." 카푸르 씨가 나무랐다.

"네? 전 그냥 일관되게 적용했을 뿐인데요. 사장님 사진의 젊은 봄베이, 나이 든 봄베이, 암에 걸린 봄베이……."

"좋아, 그럼 아름다운 여인은 잊어버리게." 사장이 짜증 난 기색을 보이며 말했다. "봄베이가 종교와 같다는 내 말 기억하지? 내 생각엔 힌두교와 닮은 것 같아."

"그런데 그런 걸 어떻게 알아내신 거죠?"

"힌두교는 모든 걸 받아들이는 특징이 있지. 동의하지? 지금 내가 하는 이야기는 이슬람 사원을 파괴하는 근본주의 광신도가 아니라 모든 교리, 신념, 신조, 신학을 환영하고 받아들여서 수천 년 동안 이 나라를 지탱해 온 진짜 힌두교를 말하는 거야. 때로는 힌두교가 그것들을 몰래 흡수해 버리기도 했어. 심지어 가짜 신들을 받아들여서 진짜 신들로 바꿔 수백만 신에 포함시켰지. 그와 마찬가지로 봄베이도 모든 사람을 위해서 공간을 만들어 주지. 이주 노동자, 사업가, 변태, 정치인, 성자, 노름꾼, 거지 등등. 출신이나 계급에 상관없이 도시는 모두를 환영하고 봄베이 사람들로 만들지. 그러니 어떤 사람들이 이곳에 속하고 어떤 사람들이 그렇지 않다고 내가 감히 말할 수 있겠나? 인민당은 괜찮고 시브세나는 안 된다? 세속주의는 괜찮고 공동체주의는 안 된다? 인도국민당은 받아들일 수 없고 국민회의당은 차악이다? 그건 우리한테 달린 게 아니야. 봄베이는 모든 사람에게 두 팔을 벌리니까. 우리가 부패라고 생각하는 게 사실은 도시의 성숙함이고 자신의 본질적이고 복잡한 본성에 대한 지조일 뿐이라는 거지. 내가 감히 어떻게 도시의 시대정신을 문제 삼을 수 있겠나? 지금이 봄베이의 혼돈 시대라면 내가 어떻게 조화의 황금시대를 요구할 수 있겠나? 지금이 백만 반란의 시대라면 어떻게 법치와 민주주의가 있을 수 있겠나?"

예자드는 고개를 끄덕였지만 사장의 엉뚱하고 비현실적인 유추에 머리가 백만 조각으로 부서질 것만 같았다.

바로 그때 후사인이 사탕 과자를 들고 돌아오자 사장이 말을 멈췄다. 사장은 주문한 물건을 확인하려고 여섯 개의 큰 봉지를 살폈다. 예자드가 주문량으로 봐서 돈이 꽤 많이 들었겠다고 말했다.

"괜찮아. 좋은 일을 위한 거니까. 시브세나 깡패들이 우리한테서 수천 루피씩 뺏어 가는데 동네 아이들을 위해서 이 정도 선물도 못하겠어? 게다가 아이들이 다른 공동체와 종교도 배우고 관용에 대해서도 배우게 될 거 아냐. 안 그래? 아이들이 시브세나한테서 편협함을 너무 많이 보고 들었어."

그럼 무라드와 제항기르를 위한 선물은 어디 있는 거지? 사장의 사무실로 봉지를 들고 가면서 예자드는 순간적으로 화가 났다. 자신은 선물은커녕 가족을 위한 필수품도 살 수 없는 처지였다.

"예자드, 그 말 하니까 생각났는데 그놈들이 돈을 가지러 왔던가?"

"아직 안 왔습니다." 예자드는 돈 봉투 얘기를 듣자 열이 뻗쳤다. 꼴도 보기 싫은 봉투를 잊은 지 한 시간도 채 안 되었다. 책상 서랍 안에서 얼마나 오랫동안 날 괴롭힐까? 시브세나가 찾으러 오지 않는다고 사장이 가방에 도로 집어넣을 때까지? 부질없는 연극이 끝날 때까지? 아니면 내가……

"예자드, 이것 좀 보게." 사장이 밖에 내걸려고 직접 손으로 쓴 마분지 표지판이었다. 15센티미터 크기의 녹색과 빨간색 글자들이었다. '얘들아, 어서 와서 산타 할아버지를 만나자!' 밑에는 힌디 어로도 적혀 있었다. '아오, 바체이, 산타클로스 코 밀로!' 산타와 만나는 시간은 12월 24일 오후 2시부터 7시 사이, 12월 25일 오전 10시부터 오후 1시 사이라고 적혀 있었다.

"크리스마스에도 가게를 여실 겁니까?"

"장사를 하는 게 아니라 평화와 친선을 위한 거지. 자넨 올 필요 없어. 마음껏 휴일을 즐기라고. 후사인 자네도 마찬가지고."

"사장님, 전 오고 싶습니다요. 제발 오게 해 주십쇼."

"그래? 그럼 좋지. 어쨌든 어서 이걸 밖에다 붙여."

후사인이 창고에서 사다리를 가져와 마분지 표지판을 봄베이 스포츠용품점 네온사인 밑에 붙였다. "사장님, 됐습니까?"

"아주 좋아. 준비 다 됐구먼."

사장은 일을 못할 정도로 흥분해서 오후 내내 산타 복장을 하고 돌아다니다가 옷이 너무 덥다고 불평했다. 가게 문 닫을 시간에 옷을 벗은 사장은 땀으로 흠뻑 젖어 있었다.

"산타 노릇 하기 힘드네." 사장이 농담을 하며 빨간색 상의와 바지를 말리려고 카운터 위에 올려놓았다. "오늘 밤엔 푹 쉬어야겠어."

가게 문을 잠근 후 사장은 후사인의 배웅을 받으며 갓돌에서 기다리다가 택시에 올라탔다. 후사인은 사장이 털북숭이 괴물 안에서 아무 탈 없이 나와서 행복했다.

예자드는 작별 인사를 한 후 서둘러 집으로 가는 사람들에게 떠밀려 보도를 걸었다. 그는 불의 사원의 평화를 간절히 원했다. 거친 사막이 돼 버린 도시에서 그를 위한 오아시스는 매우 가까이 있었다.

그리고 오늘은 기도 모자도 챙겨 왔다. 그는 호주머니에 손을 넣고 마음에 위안을 주는 벨벳 모자를 만지작거렸다. 오랫동안 쓰지 않았지만 모자는 여전히 부드러웠다.

예자드는 두 눈을 감고 기도책을 무릎에 편 채 성소 가까이에 앉아 있었다. 이미 울린 종은 제자리에 걸려 있었고 은 향로 안에서 활활 타오르던 불길이 시나브로 사그라졌다. 그러자 방이 다시 약간 어두워져서 평화로웠다.

그는 기도책을 덮어 선반 제자리에 갖다 놓고 성소의 대리석 문턱에 머리를 조아렸다. 재를 담뿍 집어서 이마와 목에 바른 후 뒤로 천천히 걸어 불에서 멀어져 방을 나왔다.

베란다에서는 수염이 흰 사제가 다른 사제와 심각한 대화를 나누고 있었다. 그들은 경전 해석 같은 심오한 문제를 토론하고 있는 건지도 모른다. 그런 지식을 배울 수 있다면 얼마나 좋을까. 이 세상, 아니 자신의 세계를 이해하는 데 도움이 되지 않을까? 직접 해 보기 전에는 알 수 없는 노릇이었다.

사원 정문을 나서며 기도 모자를 벗어서 호주머니에 집어넣고 재를 닦았다. 그는 마린라인스 역으로 향했다.

예자드는 몇 발짝 걷다가 멈추더니 뒤로 돌아 가게로 성큼성큼 걸어갔다. 빌라스가 책방 앞에서 편지를 쓰고 있을지 몰라서 일부러 돌아갔다. 가게가 보이자 그는 열쇠를 꺼내 들었다. 빗장이 부드럽게 풀리자 문을 재빨리 열고 들어가 닫았다.

필요한 건 모두 다 보였으므로 불을 켜지 않고 안으로 들어갔다. 사장이 내일 입으려고 카운터에 걸어 놓은 산타 복장을 지나 손끝으로 맞는 열쇠를 찾아 책상 자물쇠를 열고 서랍을 빼서 황갈색 봉투를 서류 가방에 넣었다. 다시 책상을 잠그고 가게 문을 잠근 후 집으로 갔다.

그는 아내에게 한마디도 하지 않았다. 혼란스러움이 사라지기 전에는 말을 할 수 없었다. 신중하게 생각하고 취한 행동이 오히려 더 많은 혼란을 불러왔다. 게다가 이제는 심장 주위가 꽉 조여 오는 듯했다.

저녁 내내 예자드가 안절부절못하자 무라드와 제항기르가 걱정스러운 눈으로 힐끗거리며 가까이 가지 않았다. 록산나 역시 말다툼이 벌어질까 봐 자극하지 않았지만 그동안 집 안에 평화가 찾아왔었는데 또 뭐가 잘못된 건지 불안해했다.

다음 날 오후 2시가 되기 훨씬 전부터 카푸르 씨는 산타클로스 복장을 하고 카운터 사이를 초조하게 왔다 갔다 했다. 가끔씩 큰 소리로 호-호-호 웃으며 후사인을 놀래 주거나 손을 이리저리 흔들어 보며 어떻게 해야 방울 소리가 가장 잘 나는지 확인했다. 번쩍이는 전구 때문에 손님들이 들어오는 문에 놓인 의자가 섬뜩한 붉은빛을 띠었다.

마침내 약속한 시간이 되자 사장은 사탕 과자로 가득한 자루를 옆에 놓고 자리에 앉았다. "예자드, 걱정할 필요 없어. 사람들이 올 테니까."

"물론이죠. 올 겁니다." 죄책감에 노심초사하는 모습이 걱정하는 것처럼 보인 모양이라고 생각하며 침착해지자고 마음먹었다. 어젯밤부터 가슴이 조여오는 듯하더니 오늘도 하루 내내 괴로워서 병원에 가야 할지 고민했다.

반 시간이 지난 후 사장이 또다시 가게를 왔다 갔다 했다. "왜 아무도 안 오는 거지? 어제 악바랄리를 지나다 보니까 아이들이 꽉 찼더라고. 예자드, 날 좀 봐. 내가 악바랄리의 산타보다 못한가?"

"훌륭합니다. 문제는 그 사람들은 우편 리스트가 있고 특별 초대장을 보낸다는 거죠. 제항기르도 지난주에 초대를 받았습니다."

"거기 데려갔어?"

"당연히 안 데려갔죠. 그럴 나이는 지났으니까요. 그리고 산타를 만나고 싶으면 여기로 데려오면 되죠."

그 말에 사장이 기뻐했다. 손을 흔들어 안으로 초대할 어린아이를 찾으려고 그는 바쁘게 지나가는 사람들을 열심히 살폈다.

또다시 30분이 지났고 사탕 과자를 먹는 사람이라곤 예자드밖에 없었다. 그는 하나씩 껍질을 벗겨서 우두둑 깨물어 먹었다. 포장지를 더듬거리는 그의 손가락은 줄담배를 피우는 사람처럼 불안했다.

"아무도 내 사탕을 원하지 않나 봐." 사장이 의기소침해져서 말했다. "자네나 많이 먹어. 자네랑 후사인이 집으로 가져가게."

"아무래도 마분지 표지판이 문제 같은데요." 예자드는 사탕 과자를 손에 든 채 말했다. "사람들이 그걸 제대로 읽을 수 있을까요?"

사장이 즉각 반응했다. "맞아, 내가 왜 진작 그 생각을 못했지? 후사인이 밖에서 사람들의 관심을 끌면 되겠구먼."

사환은 새로운 임무를 중대하게 받아들였다. 창문 앞에 멈춘 엄마와 아들에게 후사인이 재빨리 다가가자 그들은 깜짝 놀라서 꽁무니를 뺐다. "얘야, 빨리 가자. 미친 사람이다." 엄마가 겁을 먹고 두리번거리며 말했다.

후사인은 그 말에 상처를 입었지만 굴하지 않고 사장의 은혜를 입을 다른 사람들을 골랐다. 이번에는 남자와 딸로 보이는 어린 소녀가 창문의 장식을 구경하려고 멈췄다. 아이가 뭔가를 요구하자 남자가 미소를 짓더니 고개를 가로저으며 아이의 뺨을 가볍게 토닥였다.

그들이 가까이 오자 후사인이 채비를 했다. 이번에는 사냥감이 달아나지 못하도록 하겠다고 다짐했다. 사장에게 꼭 아이를 데려갈 것이다. 그들이 지나가자 그가 갑자기 덤벼들었다.

후사인은 어린아이의 팔을 붙잡고 남자에게 간곡히 부탁했다. "선생님, 제발 안으로 들어오십쇼! 공짜로 사탕을 드립니다! 아이가 좋아할 겁니다!"

그런데 아버지는 아이를 유괴한다고 생각했거나 지나치게 손님을 끄는 것에 화가 난 듯했다. "뭐야, 이 자식아! 이게 뭐하는 짓이야!" 남자가 고함을 질렀다.

그러나 후사인은 팔을 놓지 않았다.

"이거 안 놔! 머리통을 부숴버릴 테다!"

남자가 후사인을 때리려고 하자 카푸르 씨가 구하러 나섰다. "선생님, 잠깐만요!" 사장이 가게 입구에서 외치며 남자를 막았다. "불편을 끼쳐드려 죄송합니다! 저희는 크리스마스라 공짜로 사탕 과자를 나눠 주고 있을 뿐입니다."

예자드도 출입문으로 나와 여차하면 끼어들 준비를 했다. 사장의 말에 남자는 안심했다. 그러나 어린아이는 빨간색 옷을 입은 유령을 보고 울음을 터뜨렸다. 행인들이 산타클로스와 사람들 간의 보기 드문 장면을 놓치지 않으려고 멈춰 섰다.

"아가야, 울지 마라." 카푸르 씨가 손을 내밀자 아이가 움찔했다. "영어 할 줄 아니?"

"내 딸은 지금 영어로 가르치는 학교 1학년이오." 사장의 질문에 기분이 상한 남자가 거만하게 말했다.

"훌륭하군요. 그런데 아가야, 왜 우니? 산타 할아버지 처음 보니?"

"우린 자이나교를 믿소." 남자가 싸늘하게 말했다.

"그거 좋군요. 전 힌두교도입니다. 하지만 크리스마스 기분을 내는 건 해롭지 않죠. 그리고 현대판 산타클로스는 세속적이니까요."

사장이 코즈모폴리턴 사회의 미덕과 모든 신앙과 종교의 축제들을 기념하는 일의 장점에 관해서 설교를 늘어놓자 남자는 두려움을 잊고 어느새 마음을 빼앗긴 아이를 끌고 사라졌다. 보도에 모인 행인들은 사장의 말을 끝까지 들었고 몇몇은 옳다며 박수를 치기도 했다. 그들에게 손을 흔들던 사장은 팔에서 울린 방울 소리에 자기가 깜짝 놀랐다. 가게로 돌아온 그는 다소 풀이 죽어 있었다.

"도대체 무슨 짓을 한 거야? 내가 사람들한테 산타가 있다고 알리라고 했지 애들을 잡고 겁을 주라고 했어? 웃으면서 다정하게 굴라고. 집에 친구들을 초대하듯이 말이야. 자, 다시 해 봐."

후사인은 사장의 분노에 다시 보도로 가면서 고개를 갸웃거렸다. 무섭게 생긴 복장과 수염 때문에 사장의 따뜻한 성격이 바뀐 걸까?

그사이에 예자드는 사장을 위로했다. "생소한 일을 하는 데는 시간이 걸립니다."

"산타클로스는 새로운 게 아냐. 수백 년이나 되었어."

그들은 후사인이 다시 한 번 손님들을 끌어들이려고 노력하는 걸 지켜봤다. 그는 싱글거리며 인사를 한 후 표지판을 보여 주고 가게 안에 있는 빨간색 옷을 입은 사람을 가리켰다. 놀라지 않게 의사소통하는 기술을 터득한 듯했다. 마침내 첫 번째 방문객들이 도착했다.

소년은 산타 예법을 잘 알고 있었다. 소년은 사장에게 다가가 악수를 하고 나서 아무 말 없이 서 있었다. 올 한 해 소년이 착한 아이였느냐고 묻자 부모가 그렇다며 자랑스럽게 대답했다.

사장이 환하게 웃으며 빨간색 자루에 손을 집어넣으면서 입이 무거운 소년에게 몇 마디 건넸다. 사장은 기분이 좋았던지 부모에게도 사탕 과자를 한 움큼씩 건넸다.

후사인은 사장이 정성껏 준비한 행사의 하이라이트를 보며 당황했다. 말도 안 된다는 얼굴 표정이었다. 사장이 가게 물건을 사려고 하지도 않는 처음 보는 사람들에게 사탕을 공짜로 나눠 주고 있었다.

"호-호-호!" 방문객들이 떠나자 사장은 다시 한 번 산타클로스 웃음소리를 냈다. "메리 크리스마스! 내년에 또 봅시다!"

"산타 할아버지, 고맙습니다 해야지." 사탕 과자를 먹는 데 정신이 팔려 있는 소년은 부모의 말을 무시한 채 계단을 내려갔다.

"이번엔 제대로 됐네." 카푸르 씨가 말했다.

"완벽했습니다." 사장 뒤에 있던 예자드는 시간이 빨리 지나가길 바랐다.

그는 윗입술의 땀을 훔치고 셔츠 소매에 손을 닦은 후 사탕을 더 먹으려고 봉지에 손을 집어넣었다.

"내가 장담하는데 이제부터 아주 바쁠 거야." 사장이 큰 목소리로 말했다. "후사인, 뭐해? 왜 날 그렇게 빤히 보고 있는 거야? 빨리 밖에 나가서 부모랑 있는 애들을 더 보내야지."

사장의 호언장담은 들어맞지 않았지만 민망하지 않을 정도로 드문드문 방문객이 오고 가며 다채로운 경험을 선사했다. 산타를 처음 보는 아이들은 황홀하게 바라보거나 겁이 나서 도망갔다. 어떤 아이들은 말 잘 듣는 로봇처럼 들어왔다가 도로 나갔다. 산타를 믿기엔 나이가 많은 아이들은 조롱하고 비웃는 태도로 공짜 과자를 얻으려고 들어왔다. "크리스마스 신부의 수염에는 벌레가 산다!" 그러자 당황한 엄마는 수염이 많아서 그 안에 벌레가 산다고 소문이 난 수염이 흰 사제와 산타클로스를 아들이 혼동한 것 같다고 둘러댔다.

일곱 시가 되자 창문의 불을 껐다. 후사인에게도 그만하라고 했다. 사장은 사무실로 들어가 얼굴에서 턱수염과 콧수염을 뗐다. 피부에 들러붙어서 잘 안 떨어지면 얼굴을 찡그렸다. 밖에서 철제 셔터가 철컥 닫히는 소리가 들리자 그제야 안심이 됐다. 고무장화를 벗으려고 앉았지만 뜨거운 고무 속에 들어가 있던 발이 부어 있었다. 그는 장화 한 짝을 잡아당겨 간신히 벗었다.

사장이 나머지 한 짝과 씨름하고 있을 때 후사인이 들어왔다. "어, 후사인. 나 좀 도와주게. 너무 조여서 안 벗겨져."

사환이 무릎을 꿇고 앉아 장화 뒤축과 발끝을 쥐고 당기자 의자에 앉아 있던 사장이 다리에 힘을 꽉 주었다. 쓱 소리와 함께 장화가 빠졌다. 사장은 발목을 돌리고 발가락을 꼼지락거린 후에 아픈 발을 편안한 이태리제 신발에 집어넣었다. "예자드, 퇴근할 준비 됐나?"

그들은 밖으로 나왔다. 예자드가 문을 잠그는 동안 카푸르 씨가 간판을 가리켰다. "저것 좀 보게."

예자드는 손으로 답답한 가슴을 문지르며 간판을 보았다. 네온 불빛은 '봄베이 스포츠용품점'이라고 돼 있었다. ㅁ의 불이 꺼져 있었다. '봄'과 '점'에 있는 ㅁ은 멀쩡한데 '품'의 ㅁ만 불이 나갔다.

"내일은 전기 기사가 쉴 테니까 모레 불러야겠습니다." 예자드가 말했다.

"그래. 크리스마스는 가족과 함께 보내게."

"고맙습니다."

"예자드, 메리 크리스마스!"

18

자정이 지나자 가슴의 답답함이 심해졌다. 이마에서 땀이 흘렀다. 예자드는 조심스럽게 일어났지만 침대가 삐걱거리자 록산나가 몸을 돌렸다.

"여보, 왜 그래요?"

"아무것도 아냐. 배에 가스가 찼나 봐. 생강 소다를 마셔야겠어."

그는 부엌으로 가서 불을 켜지 않고 냉장고 문을 열었다. 불빛이 쏟아지자 눈을 가늘게 떴다. 그는 생강 소다를 찾아서 손을 댔다. 약간 차가웠다.

서랍을 열어 손을 더듬자 숟가락들 때문에 달그락 소리가 났다. 그는 병따개를 집어 뚜껑을 땄다. 떨어지는 병뚜껑을 잡으려고 했지만 그만 식탁 밑으로 굴러가 버렸다. 그는 거품이 이는 음료수를 유리컵에 가득 따랐다. 상쾌한 음료수를 몇 모금 마셨다. 어둠 속에서 거품은 잇따라 쉬잇 소리를 내며 부서졌다.

곧 트림이 났지만 그가 원하는 위안은 생강 소다에 있지 않았다. 배에 가스가 차서 그런 게 아니라 돈 봉투 때문이었다. 돈 봉투를 집으로 가져온 순간 큰 짐으로 바뀌어 숨을 제대로 쉴 수 없었다. 뭔가에 씐 걸까? 궁여지책이었다. 그는 여전히 어찌할 도리가 없었다. 24시간 동안 아무것도 바뀐 게 없었다. 장인은 여전히 고통스러워했고 아내는 일 때문에 녹초가 됐으며 먹을 것이 부족했다. 돈 봉투를 열어서 쓰기만 하면 모든 걱정이 사라질지도……

부엌으로 다가오는 맨발 소리가 들렸다. 아마도 상태를 확인하러 오는 록산나일 것이다. 불이 켜지자 그는 눈을 가렸다.

무라드였다. 가스레인지 옆 걸상에 앉아 있는 아빠를 보고 무라드가 깜짝 놀랐다. "아빠, 불도 안 켜고 여기서 뭐하세요?"

"전구가 너무 밝구나. 가스가 차서 말이야." 그는 생강 소다를 가리켰다. "근데 넌 여기 뭐하러 온 거니?" 그는 가슴을 문지르며 물었다.

"제항기르 양말에 크리스마스 선물을 넣으려고요."

예자드가 눈을 가늘게 뜨고 물었다. "돈이 어디서 나서?"

"버스비를 모았어요."

근엄한 표정으로 한 가지 더 물어본 후에 그는 상황을 이해하고 부드럽게 말했다. "집에 걸어온다고 엄마한테 말했어야지. 네가 학교 끝나고 매일 늦게 온다고 엄마가 얼마나 걱정을 많이 했는데."

"비밀로 해서 크리스마스 아침에 모두 놀래 주고 싶었어요."

예자드가 미소를 지었다. "아무한테도 말 안 하마." 그는 생강 소다를 한 모금 더 마셨다. "몇 달 전부터 준비했겠구나."

무라드가 고개를 끄덕였다. "제항기르가 걱정에 싸인 채 항상 슬퍼 보여서 기쁘게 해 주려고요."

예자드가 유리컵을 내려놓았다. 그는 의자에서 일어나 아들의 어깨를 꼭 쥐었다.

무라드는 씩 웃고 나서 향료 찬장을 열고 상자와 병 뒤로 손을 뻗어 숨겨 둔 꾸러미를 꺼냈다. 무라드는 코를 쿵쿵거리며 포장지의 냄새를 맡더니 얼굴을 찡그렸다. "모티랄 향료 가게 냄새가 나요."

"뭘 샀니?"

"에니드 블리턴의 책 세 권요." 무라드가 찬장 문을 닫고 부엌에서 나가면서 물었다. "불 켜 둘까요?"

"아니."

부엌이 다시 어두워졌고 무라드가 뭔가에 부딪쳤다. "하나도 안 보여요." 무라드가 작은 목소리로 말했다.

"어둠에 익숙해질 때까지 그대로 있어. 쿵쾅거리면 제항기르랑 할아버지가 깰 거야."

동생을 놀래 주려는 열망이 담긴 아들의 숨소리가 들렸다. 대부분 록산나의 공이었지만 그들이 아들 하나는 잘 키웠다는 생각이 들었다. 제항기르처럼 겉으로 애정을 드러내진 않지만 무라드 역시 속이 깊었다.

"이제 잘 보이네요." 무라드가 부엌을 나갔다.

몇 초 후 예자드의 시선이 무라드에게 고정됐다. 그는 그 순간을 놓치고 싶지 않았다.

침대 옆에서 소리가 나자 제항기르는 형이 양말 쪽으로 다가오는 걸 눈치 챘다. 사실은 긴 양말이 아니라 엄마가 낡은 천 쇼핑백을 양말 모양으로 잘라 바느질을 해 주었다. 손잡이 부분이 그대로 붙어 있었다. 제항기르는 무슨 선물인지 궁금했다.

제항기르는 실눈을 뜨고서 형을 현장에서 잡으려고 기다렸다. 형은 매우 조심스럽게 움직였다. 부스럭거리는 소리가 나자 무라드가 동작을 멈추고 베개를 살폈다. 그때 할아버지가 무슨 소리를 내자 무라드는 순간적으로 발코니로 뛰어가려고 폼을 잡았다. 할아버지는 브라간자 씨에 대해서 몇 마디 중얼거리더니 다시 조용해졌다. 그러자 무라드는 선물을 양말 속에 집어넣었다.

제항기르는 달려들 준비를 마쳤다. 지금 덮칠까? 제항기르는 망설였다. 어둠 속에서 형의 미소 띤 얼굴이 보였다. 동생을 사랑하는 표정이었다.

불현듯 형이 왜 산타클로스를 믿으라고 했는지 이해할 것 같았다. 동생을 놀리기 위해서가 아니라 그 이야기를 즐기길 바랐을 것이다.

어떤 면에서는 유명한 5인조 이야기와 산타클로스 이야기가 비슷했다. 그것이 진짜인지는 모르지만 어딘가 더 나은 세상이 있을 거라 상상할 수 있게 만들어 준다. 아이들이 한밤에 축제를 벌이고 온갖 식료품이 가득한 식료품실을 습격하여 먹을 것으로 넘쳐 나는 세상을 꿈꾸게 만들어 준다.

시골로 소풍을 가서 모험을 하며, 그들이 붙잡은 도둑이나 밀수꾼조차도 그다지 위험하지 않아서 책 끝에 친절한 경찰의 설명처럼 '쓸모없는' 사람들이거나 '심술궂은 손님들'일 뿐인 그런 세상. 거지도 없고 질병도 없고 굶어 죽는 사람도 없는 그런 곳. 일 년에 한 번씩 명랑한 뚱보 아저씨가 착한 아이들에게 선물을 주는 그런 세상······.

형은 내게 그 모든 걸 꿈꾸길 바랄 것이다. 지금 벌떡 일어나 '잡았다! 날 속이려고?' 한다면 너무 잔인하다.

제항기르는 손끝 하나 까딱하지 않은 채 눈을 꼭 감고 있었다. 선물을 양말에 집어넣은 무라드는 살금살금 걸어서 발코니로 돌아갔다.

예자드는 어두운 부엌에서 다시 생강 소다 잔을 들면서 록산나와 함께 그 장면을 봤더라면 좋았을 거라고 생각했다. 제항기르가 무라드를 본 게 틀림없었다. 무라드가 가자마자 긴장을 풀고 등을 대고 누운 제항기르의 모습에서 알 수 있었다. 며칠 동안 제항기르는 산타클로스의 존재를 부정했다. 그 점을 입증하고 싶었다면 오늘 밤 자리에서 일어나기만 하면 됐다. 하지만 무라드가 놀래 주려고 마련한 이벤트를 무사히 마치도록 해 주었다.

그는 아이들을 껴안고 얼마나 사랑하는지, 그런 아들을 둘씩이나 둬서 아빠로서 얼마나 행운인지, 그리고 서로를 아끼는 형제를 둔 것이 얼마나 축복받은 일인지 말해 주고 싶었다. 그는 아이들의 사랑이 절대 끝나지 않고 언제나 서로 돌봐 주기를 바랐다. 아내를 깨우고 장인도 깨워서 자신의 기분을 말하고 싶었다.

유리컵에 남아 있는 김빠진 생강 소다를 마신 예자드는 그 소중한 순간과 자신이 스스로 만들어 낸 골칫거리를 양립시킬 수 없었다. 부엌 시계가 종을 한 번 울렸다. 12시 반인가, 아니면 1시인가?

그는 굳이 시곗바늘의 위치를 확인했다. 1시 반이었다. 팔각형 시계의 유리문은 광택을 낸 짙은 색 나무틀에 들어 있었다. 황동 시계추에 빛이 어렴풋이 번득였다. 그가 바라보는 시계는 한때 제항기르 맨션의 부엌에 걸려 있었으므로 자신의 어릴 적 집과 아버지에 대한 추억을 간직하고 있었다.

시계가 시간을 집어삼키기 시작하자 예자드는 다시 그 일층 집으로 돌아가 있었다. 아버지가 손에 쥔 크롬 열쇠를 시계 왼쪽에 집어넣고 시계 방향으로, 오른쪽에 집어넣고 시계 반대 방향으로 감는 걸 바라보았다. 시곗바늘을 돌려 뎅, 종소리를 확인한 아버지가 정확한 시간을 맞추고 유리문을 닦은 다음에 문을 닫자 딸깍 소리가 났다. 어린 소년이던 예자드가 시계에 새겨진 내용에 관한 이야기를 들려 달라고 또 졸랐다. '직무상 타의 모범이 되는 용기와 정직함을 보여 준 데 감사를 표한다.' 그 이야기는 아버지가 어마어마한 현금을 들고 폭발하는 도시에서 오도 가도 못하게 됐을 때……

시계가 2시를 알리자 예자드는 다시 유쾌한 빌라의 부엌으로 돌아왔다. 시계의 똑딱거리는 소리가 마음에 큰 위안을 주었다. 시계침은 우주의 일을 안정적으로 다스리고 있는 듯했다. 마치 자신이 어렸을 때 경이와 격변의 세상에서 길을 안내하듯 손을 잡아 주시던 아버지처럼……. 이야기가 끝나고 나면 아버지는 다음과 같이 말씀하셨다. '쿠스티 기도를 항상 기억하렴. 마나시니, 가바시니, 쿠나시니. 선한 생각, 선한 말, 선한 행동……'

시계가 똑딱거리는 소리에서 아버지의 말씀이 들리는 듯했다. 심장이 꽉 조여 오는 느낌이 들었다. 잠시 동안 그는 시계추의 어렴풋한 빛을 응시했다. 그는 눈을 감고 결심했다. 그래, 아침에 가게에 들르자. 사장에게 메리 크리스마스를 외치고 그가 문간에서 사탕 과자를 나눠 줄 때 돈 봉투를 다시 서랍에 넣으면 될 것이다. 아니면 아무도 없을 때 일찍 가도 되고.

그는 침대로 돌아가려고 남아 있는 생강 소다를 버렸다. 잠시 시계 밑에 멈춰서 시계의 표면을 손으로 만지다가 유리문을 가볍게 두드렸다.

가슴의 통증이 거의 사라졌다. 장인의 잠꼬대 소리가 들렸다. 마음속으로 장인에게 잘 자라는 인사를 전했다. 그가 눕자 침대에서 삐걱거리는 소리가 났다.

"여보, 괜찮아요?"

"훨씬 좋아졌어. 잘 자." 그는 아내의 등에 다정하게 키스를 했다.

제항기르는 한쪽 팔꿈치에 몸을 기댄 채 할아버지가 루시의 노래 부르는 꿈을 또다시 꾸는 소리에 귀를 기울였다. 할아버지가 루시에게 거기 서 있으면 위험하니 어서 내려오라고 했다. 그러나 할아버지의 꿈은 부분적으로만 이해할 수 있었다. 아빠의 고장 난 라디오처럼 소리가 들렸다 안 들렸다 했다.

제항기르는 그 말들을 할아버지의 다른 단편적인 말들처럼 머릿속에 저장해 뒀다. 언젠가 들어맞는 날이 와서 무슨 내용인지 이해할 수 있을 거라고 확신했다.

아파트 건물에 소란이 벌어졌다. 또 보모가 테라스에서 노래를 부른다! 누군가 소리쳤다. 이번에는 뛰어내릴 것 같아! 나리만은 두려움으로 온몸이 얼어붙었다. 동시에 그런 불행을 불러일으킨 아르자니는 물론이고 자신과 루시에게 분노가 치밀었다.

아르자니 씨가 또다시 비굴하게 도움을 요청하자 그는 숨을 깊이 들이쉬고 침착해지려고 노력했다. 한 번만 더 루시를 위해서 그렇게 하겠다고 했다.

야스민이 격노했다. 예상했던 바였다. 그러나 그녀의 분노는 이전과 달라서 움켜쥔 주먹으로 금방이라도 때릴 것 같았고 그는 소스라치게 놀랐다. 그녀는 테라스에서 처음으로 드라마 같은 일이 벌어진 지 거의 두 달이 됐다고 말했다. 두 달이면 아르자니 씨가 미친 여자가 다른 사람들의 삶을 망치지 않고 안전하게 지낼 만한 곳으로 보내는 데 충분한 시간이라고 했다. 나리만이 상관할 바가 아니므로 가지 말라고 못 박았다.

그러나 그는 테라스에 이르는 계단을 올랐다. 야스민이 층계참 아래에서 쥐꼬리만큼이라도 지킬 명예가 있다면 그와 가족을 위해서 다시 한 번 생각하라고 했다. 그는 몸을 돌려 슬픈 눈빛으로 그녀를 바라보다가 다시 계단을 올랐다.

옥상에서의 상황은 지난번과 거의 똑같았다. 루시가 난간 턱에 서서 행복하게 노래를 부르고 있었다. 역시 물탱크 뒤에 웅크리고 있던 아르자니 씨와 그의 아들이 나리만을 보더니 적이 안심했다. 그들이 또다시 과도하게 고마움을 표시하자 나리만은 화가 났다. 그들에게 당장 테라스를 떠나라고 했다. 진절머리가 났지만 그는 다시 루시를 달래어 내려오게 한 후 아르자니 씨의 집으로 돌려보내고 집으로 갔다.

그는 지난번과 달리 큰 소동이 벌어질 거라고 각오했다. 그러나 야스민은 저녁 기도를 위해서 뜨거운 석탄이 든 은 향로를 준비하고 테이블에 앉아 있었다.

그녀가 저녁 기도를 시작하면 싸우지 않을 테니 잘됐다고 그는 생각했다.

향로 옆에 편지, 카드, 사진 등이 있는 걸 보았다. 그리고 나리만은 곧 그 물건들을 알아보았다. 그가 테라스에 올라가 있는 동안 야스민이 책상과 서랍을 샅샅이 뒤졌던 것이다.

"돌아왔어요? 자, 그럼 왜 이 쓰레기들을 간직하고 있는지 말해 봐요."

그는 침묵했다.

"지금까지 당신은 그 여자가 골칫거리라고 했죠. 그 여자를 안 만나려고 최선을 다한다느니, 집으로 가도록 설득하고 있다느니. 그런데 왜 이런 걸 간직하고 있냐고요? 나한테 거짓말한 거예요? 대답해요!"

그는 계속 침묵했다.

"남자답게 인정해! 아직까지 그 여자한테 감정이 남아 있다고!"

"내가 누구한테 무슨 감정을 느끼는지 나도 모르겠어."

"그럼 내가 이것들을 불태워도 상관없겠군요." 그녀는 종이를 한 움큼 쥐더니 향로의 뜨거운 석탄에 던졌다.

그는 테이블로 달려가 편지들을 낚아채고 싶었지만 간신히 의자에 앉아 있었다. 연기가 나고 편지들이 불에 타기 시작했다. 루시의 사진, 생일 카드, 특별한 이유 없이 쓴 카드, 루시가 일시적 기분으로 보냈던 메모 등도 불에 탔다. 행복했던 시절의 추억들이 하나씩 불에 타 재로 변하는 모습을 말없이 지켜보았다.

야스민은 입을 꾹 다문 채 모두 불태웠다. 불길이 사그라지자 나리만은 고개를 돌렸다.

그의 태도에 야스민은 다시 화가 났다. "모두 다 속임수야! 그 여자가 당신을 올라오게 만드는 수작이라고. 아침마다 당신이 궁둥이를 흔들며 그 여자를 쫓아가지 못하게 하니까 당신과 놀아나려고 그런 거야! 그 여자한텐 이게 게임이야. 내 남편을 갖고 놀 수 있고 원하는 대로 춤추게 만들 수 있다고 보여 주려는 거라고!"

"당신 말이 맞을지도 몰라. 하지만 내가 가지 않아서 그 여자가 정말 뛰어내리면 어떡할 거야?"

"말도 안 돼! 진짜 자살하고 싶은 사람들은 절대로 연기를 하지 않아! 그 여자는 머리가 조금도 이상하지 않아. 머리를 너무 잘 굴려서 탈이지."

야스민이 또다시 협박을 했다. 아이들을 데리고 떠날 것이며 다시는 두 살배기 딸을 못 볼 거라고 했다. 아이들과 굶어 죽는 편이 여기 살면서 모욕을 당하고 나리만의 잔인함을 겪는 것보다 나을 거라고 했다.

야스민이 격분하자 아이들이 겁을 먹었다. 잘과 쿠미는 그런 싸움에 익숙했지만 이번에는 둘 다 울음을 터뜨렸다. 마치 지금까지 강인하다고 생각했던 엄마가 사실은 결혼의 덫에 빠져 아무 데도 갈 곳 없는 나약한 존재임을 깨달은 듯했다. 나리만은 자신에 대한 아이들의 증오가 점점 커져 가고 있음을 느꼈다.

"정말 나빠요!" 쿠미가 외쳤다. "왜 그렇게 우리 엄마를 학대하죠?"

잘이 동생을 달래려고 했지만 소용없었다. "지금 하고 있는 일로 신의 벌을 받을 거란 사실을 기억하세요!"

나리만은 가슴이 아팠지만 아이들에게 할 말이 없었다. 그는 두 손에 머리를 묻고 앉아 있었다. 아이들이 야스민에게 가서 포옹하고 침실로 데려가는 걸 무심히 바라보았다.

궁여지책으로 그는 루시의 가족을 만나러 갔다. 현관문으로 나온 브라간자 부인은 그를 보더니 마치 귀신을 본 것처럼 문을 꽝 닫아 버렸다. 그는 계속 초인종을 눌렀다. 문이 다시 열렸다. 이번에는 브라간자 씨가 나와 당장 가지 않으면 경찰을 부르겠다고 했다. 나리만은 루시의 상태에 대해서 재빨리 설명했다. 그러나 몇 마디 하기도 전에 또다시 문이 꽝 닫혀 버렸다. 어느 순간 그는 자기 혼자 말하고 있는 것을 깨달았다.

브라간자 씨는 정말 자신의 딸에게 무슨 일이 벌어지고 있는지 관심이 없는 걸까? 나리만은 록산나가 그와 같은 상황이었다면 어땠을지 생각해 보았다. 브라간자 씨처럼 행동하는 건 상상할 수도 없었다.

마침내 행복의 성 주민들은 루시에게 거의 신경 쓰지 않게 되었다. 보도나 창가에 모여드는 사람들도 별로 없었다. 사건이 일상적이라며 아파트에 떠도는 말을 나리만은 들었다. 보모가 약간 미쳐서 일주일에 한 번 난간 턱에서 매번 똑같은 노래를 부르다가 바킬 교수의 팔에 안겨 내려오면 그걸로 끝이라고 했다. 그러니 이제 난리를 피울 필요가 없다고 했다.

아르자니 씨와 마찬가지로 모두들 나리만이 그 일을 도맡아 루시를 안전하게 내려오게 해서 아파트로 데려가는 걸 당연하게 생각했다. 이제 어느 누구도 그 사건이 위험하다고 생각하지 않았다. 그리고 나리만도 점점 그렇게 생각하게 됐다. 상황을 그대로 받아들이는 것이 아마도 최선의 방법이었다.

어느 날 저녁 그를 테라스로 부르는 메시지가 도착했다. 야스민이 오늘은 자기가 올라가겠다고 했다. 미친 여자와 얼굴을 맞대고 얘기해서 그녀가 얼마나 미쳤는지 직접 확인하겠다고 했다.

나리만은 제발 그러지 말라고 애원했다. 루시가 노래를 부르고 겉으로는 유순해 보이지만 매우 불쌍한 사람이라고 타일렀다. 그러나 야스민은 그가 그 여자를 단념시키지 못하므로 자신이 마지막으로 고쳐 보겠다고 했다.

"엄마, 조심하세요." 쿠미가 울면서 말했다. "미친 여자가 때릴지도 몰라요."

"쿠미야, 걱정 마라. 그러면 나도 때려 줄 테니까."

나리만은 몇 발짝 뒤에서 야스민을 따라 계단을 올라갔다. 그녀가 옥상에 도착하자 그는 물탱크 그늘에 숨었다.

이제 어쩌지? 그는 무서워서 제대로 생각조차 할 수 없었다.

땅거미가 졌지만 아직 바람 한 점 없이 무더웠다. 자동차 경적과 브레이크 밟는 날카로운 소리들이 테라스를 침범했다. 야스민이 어슴푸레한 난간 턱에 서 있는 루시에게 다가가는 걸 지켜보는 나리만은 마치 꿈을 꾸고 있는 듯했다.

"야, 보모!" 야스민이 두 손을 허리에 올리고 고함을 질렀다. "이게 무슨 짓이야? 얼른 거기서 내려와 부엌으로 가지 못해! 지금 당장! 아르자니 씨가 저녁 식사를 기다리잖아!"

자리에 얼어붙어 있던 나리만은 루시가 어깨 너머로 야스민을 흘끗 보는 걸 바라보았다. 무례하게 외치는 여자가 누군지 알아보지 못하는 듯했다.

길 건너 건물의 지붕에서는 빨간색과 파란색 네온사인 불빛이 번갈아 반짝이면서 신발 모양을 만들며 다음과 같은 선전 문구를 보여 주고 있었다. '큰 걸음으로 세상을 뛰어넘자.'

야스민이 다시 한 번 외쳤지만 메아리만 되돌아올 뿐이었다. 야스민이 치마를 걷고 난간 턱에 직접 올라가 루시의 어깨를 거칠게 두드리는 장면을 나리만은 꿈꾸듯이 지켜보았다.

"야! 귀가 먹었어?" 야스민이 계속 어깨를 두드렸다. "말을 하면 최소한 쳐다는 봐야 할 것 아냐!"

나리만은 멍한 상태에서 깨어나 살금살금 앞으로 걸어갔다. 난간 턱에 있는 여자 두 명을 어떻게 설득할 수 있을까? 파란색과 빨간색 네온사인 불빛이 번갈아 반짝이며 그들을 에워쌌다.

"그때 우리는 웃기도 하고 울기도 했지." 루시가 어깨 위의 손을 치우고 노래를 불렀다.

야스민은 마침내 반응을 얻어 냈지만 원하던 종류의 것이 아니었다. "야, 네가 도대체 뭐야!" 그녀가 소리를 질렀다.

야스민이 루시의 팔을 두 손으로 쥐자 루시가 벗어나려고 몸을 빼다가 둘 다 난간 턱에서 위태롭게 흔들렸다. 나리만이 기겁을 했다.

그는 달려가며 그들을 잡으려고 두 손을 뻗었다. 그들의 팔을 붙잡긴 했지만 잠시뿐이었다.

할아버지가 비명을 내질렀다.

제항기르는 재빨리 팔꿈치로 몸을 받치고 일어났다. 심장이 쿵쾅거렸다. 할아버지의 꿈에서 끔찍한 일이 벌어진 것 같았다. 잠시 후 할아버지가 코를 훌쩍이는 소리가 들렸다. 제항기르는 판자에서 소리가 날까 봐 조심조심 매트리스에서 일어나 작은 목소리로 물었다. "할아버지, 필요한 거 있으세요?" 제항기르는 주둥이 달린 컵을 내밀었다. "물 드실래요?"

나리만은 고개를 저으며 손자의 얼굴을 만지려고 힘없이 손을 들었다. 제항기르는 할아버지의 손이 자신의 볼에서 떨리는 걸 느꼈다.

제항기르는 할아버지의 손을 꼭 붙잡고 가볍게 입 맞추는 소리를 냈다. "할아버지, 제가 손을 잡아 드릴 테니까 그만 주무세요."

아침 공기가 상쾌해서 예자드는 숨을 깊이 들이쉬며 가게 문을 열고 들어 갔다. 기온이 약간 낮아진 12월의 공기였다.

카푸르 씨도 후사인도 아직 도착하지 않았다. 이제 곧 9시였다. 그는 돈 봉투를 원래 있던 서랍에 넣고 책상을 잠갔다.

〈화이트 크리스마스〉 노래를 휘파람으로 부르며 그는 네온사인 간판을 포함해서 가게의 모든 불을 켰다. 가게 뒤로 가서 긴 손잡이를 찾은 그는 밖으로 나가 셔터를 부드럽게 올리며 햇살을 안으로 들였다. 창문이 잠에서 깨어나 커다란 눈을 뜨는 그 순간에는 뭔가 특별한 것이 있었다. 후사인이 셔터 톱니바퀴에 기름칠을 꼼꼼히 해 두었다.

그가 일을 마치고 손잡이를 빼고 있을 때 사환이 도착해서 인사를 하더니 문간에서 우울하게 기다렸다. 예자드는 후사인에게 또다시 그날이 찾아왔는가 싶어 가슴이 덜컥했다. "사장님이 곧 오실 테니까 차를 준비해야지."

"아니, 왜 제가 할 일을 하고 계십니까?" 후사인이 상처를 입은 듯이 말했다. "제가 차를 만들고 창문을 열 수 있는데 왜 그러세요."

"오늘만 특별히 자넬 도우려고 그런 거야. 어제처럼 애들을 데리고 오려면 바쁠 것 같아서." 예자드가 부드럽게 말했다.

특별 임무를 상기시켜 주자 후사인의 기분이 좋아졌다. 그는 서둘러 가서 가스레인지에 불을 켰다. 예자드는 창문 장식의 스위치를 켠 후 사슴의 위치를 바꿔 보기로 했다. 등을 도로 쪽으로 돌리고 창문에 웅크리고 있을 때 유리창에서 노크 소리가 나는 바람에 그는 깜짝 놀랐다.

"호-호-호!" 사장이 예자드를 보더니 기분이 좋은지 유리창에 대고 큰 소리로 웃었다. "짓궂은 친구 같으니!" 그는 가게로 들어와 창문 진열대에 합류했다. "난 자네가 안 오는 줄 알았잖아."

"산타 카푸르가 보고 싶어서 왔죠."

"좋아, 아주 좋아. 그리고 자네한테 줄 크리스마스 선물이 있네. 어제 준비해 뒀는데 흥분해서 깜빡했지 뭔가."

두 사람은 사무실로 들어갔다. 사장이 책상의 자물쇠를 열고 선물을 꺼냈다. 포장지에 방울과 호랑가시나무 가지가 달려 있었다.

예자드가 미소를 지으며 직사각형 판지 같은 납작한 포장의 양면을 살폈다. "이게 뭡니까?"

"어서 풀어 보게나."

예자드가 포장을 뜯자 셀로판 커버 석 장이 담긴 폴더가 보였다. 그 안에는 휴즈 거리 사진 석 장이 들어 있었다.

그는 사장을 보고 말했다. "사장님, 이 사진들은……."

"자네가 여전히 좋아하길 바라네."

"물론이죠. 하지만 이렇게 소중한 걸…… 사장님 소장품인데……."

"그래도 자네가 가졌으면 좋겠어."

예자드는 침을 꿀꺽 삼키며 사진 모서리를 쓰다듬었다. "카푸르 씨, 고맙습니다. 저에게 정말 과분한 선물……."

"천만에." 사장은 예자드를 팔로 감싸며 말했다. "자네한테 의미 있는 걸 줄 수 있어서 정말 행복하군. 자, 그럼 이제 복장을 갖춰 볼까."

사장이 채비를 하는 동안 후사인이 김이 나는 차 두 잔을 가져와 책상에 올려놓고 손님들을 맞으러 밖으로 나갔다.

"사장님, 두 사람이 사장님을 찾아왔습니다요."

카푸르 씨가 혀를 찼다. "이런, 아직 옷도 안 입었는데. 산타클로스가 10시에 시작한다는 표지판 보여 주지 않았어?"

"사장님, 아이들이 아니라 남자 두 명입니다요. 사탕 때문에 온 건 아닌 것 같습니다요."

"그럼 오늘 영업 안 한다고 말하면 되잖아."

"제가 얘기할까요?" 예자드가 물었다.

"그 사람들이 사장님 이름만 말했습니다요." 후사인이 머뭇거리며 말했다.

"알았어. 내가 가 보지." 사장은 산타클로스 옷을 다 입지도 못한 채 양말 차림으로 나갔다. 예자드가 뒤를 따랐다.

사장의 옷차림새를 보고 재밌다는 듯이 손님들이 씩 웃었다. "사장님, 좋은 아침입니다."

"무슨 일로 오셨습니까?"

"귀찮게 해 드려서 죄송합니다만 간판을 보고 들어왔습니다."

"이보세요. 첫째, 우리 가게는 10시에 문을 엽니다. 둘째, 산타클로스는 어린이들에게만 공짜로 사탕 과자를 나눠 줍니다. 여러분들은 어린이들이 아니죠. 안 그래요?"

젊은 남자들이 사장의 오해에 미소를 지었다. "그 표지판이 아니라 가게 간판 말입니다. 봄베이 스포츠용품점이라고 쓰여 있더군요."

"지금은 용품점이라고 돼 있을 거요."

"네, 사장님 말씀이 맞습니다." 그들이 웃으며 말했다. "저희도 ㅁ이 고장 난 거 봤습니다."

사장은 그들이 일을 원하는가 보다고 생각했다. "간판 고치시게? 그래 얼마면 되겠소?"

그들이 다시 미소를 지었다. "아뇨, 사장님. 저희는 전기 기술자들이 아닙니다. 저희는 이 지역 시브세나 지부에서 나온 사람들로 간판을 '뭄바이 스포츠용품점'으로 바꿔야 한다고 친절히 알려 드리고자 합니다. 새로운 규칙이라서……."

"아, 그거. 그건 나도 알고 있소." 사장의 얼굴이 어두워지더니 예자드를 흘끗 보면서 마침내 올 것이 왔다고 여기는 듯했다.

예자드의 얼굴에서 핏기가 싹 가셨다. 세상에, 뭐 이런 우연의 일치가 다 있을까? 그는 침착해지려고 차가운 손을 입에 대었다. 다행히 돈은 다시 서랍에 들어 있었다. 사장이 돈을 달라고 했을 때 없었으면 어쩔 뻔 했을까 상상하자 아찔했다.

사장은 화가 난 데다가 빨간색 상의까지 입고 있어서 몹시 더웠다. 그는 넓은 검정 벨트를 풀어 의자 위에 내던졌다. 젊은 남자들은 미소를 보이며 침착하게 기다렸다.

"그 이야기는 벌써 마쳤소. 수금하러 온 거면 진작 그렇다고 말을 하지 그 랬소?"

사장이 예자드에게 봉투를 가져오라고 하자 남자들이 어리둥절해했다.

"그런데 지난번에 온 사람들이 아니잖습니까?" 예자드가 카푸르 씨의 귀에 대고 속삭였다. "돈을 주면 안 돼……."

"얼른 주고 쫓아 버려!"

예자드는 책상 열쇠를 열고 봉투를 사장에게 건넸다. 그러자 사장이 봉투를 남자들이 서 있는 계산대에 집어던졌다.

"발라지와 고피나스와 약속한 전부요."

"사장님, 저희는 이해가 안 됩니다."

"아하, 이해가 안 되신다?" 사장이 비웃었다. "그럼 가서 당신들 지부에 확인해 봐! 야, 이놈들아, 지금 나하고 장난하자는 거야!"

"사장님, 욕은 하지 마십시오. 저흰 돈을 원하는 게 아닙니다. 그저 간판을 '뭄바이'로 바꾸시라고 요청하는 것뿐입니다."

예자드가 사장을 한쪽으로 데려가서 일을 해결하는 데 도움이 안 되니 제발 화를 내지 말라고 당부했다. 사장은 예자드를 밀치며 참을 만큼 참았으며 더는 악당들에게 당하지 않겠다고 했다.

"특별 면제에 필요한 돈이 35,000루피라면서! 그래서 '봄베이'를 그냥 쓰고 돈을 주기로 했잖아!"

사장이 계산대에서 돈 봉투를 집어 다시 던졌는데 공교롭게도 남자의 가슴에 세게 부딪쳤다. 당황한 그들은 봉투 안을 들여다본 후 서로 눈짓을 교환했다. "사장님, 시브세나에 기부하고 싶으시다면 좋습니다. 하지만 가게 이름은 반드시 '뭄바이'로 바꾸셔야 합니다."

"뭐라고?" 사장이 고함을 지르더니 그들의 손에서 봉투를 빼앗았다. "기부라니! 꿩도 먹고 알도 먹겠단 거야! 에라이, 사기꾼들아!"

"사장님, 저흰 사기꾼들이 아닙니다. 지역민들의 이익을 돌보고 사회 복지를 위해서 열심히 일하고 있습니다. 가난한 사람들의 삶을 향상시키고……."

"그 입 다물지 않으면 네놈의 삶을 망가뜨려 줄 테다! 네놈들의 사이비 역사 강의는 관심도 없어!"

"사장님, 저흴 협박하시면 안 됩니다. 저흰 단지 간판을 바꿔야 한다는 규칙을 설명했을 뿐입니다. 일주일 내로 그렇게 하지 않으면 좋지 않을 겁니다."

그러자 사장이 달려들어 그들을 뒤로 밀쳤다. 남자들이 비틀거리며 밀려났다.

"야, 이 허접스러운 풀이나 처먹는 놈들아! 너희들이 날 겁줄 수 있을 것 같아! 내가 누군지 알아? 난 펀자브의 우유를 먹고 자란 사람이야! 야, 이 새끼들아, 나한테 까불면 머리통을 부숴 버릴 테다!"

사장이 계속 밀치자 남자들이 출입구로 밀려났고 마지막에는 계단에서 발을 헛디뎌 보도로 넘어졌다.

"당신의 폭력적인 행동을 후회하게 될 거요!" 남자들이 씩씩거렸다.

카푸르 씨가 문을 꽝 닫으며 저놈들 때문에 아침을 망쳤다고 투덜거렸다. 그는 봉투를 다시 예자드의 책상 서랍에 넣고 산타의 검정 벨트를 차고 나서 예자드와 함께 사무실로 갔다. 방금 벌어진 일에 충격을 받은 후사인도 뒤를 따랐다.

"사장님, 괜찮으십니까?"

"어, 난 괜찮아." 카푸르 씨가 퉁명스럽게 말했다. 화가 가라앉지 않은 목소리였다.

"사장님, 차 더 드릴까요?"

"후사인, 나한테 차를 얼마나 먹일 셈이야? 차 마신다고 문제가 해결되나?"

예자드의 창백한 얼굴에 혈색이 돌아오는 걸 보더니 사장이 말했다. "설마 자네도 겁먹은 건 아니겠지?"

"겁이 나서 그런 게 아니라 걱정돼서요. 지부에서 아마 혼동이 있었던 모양입니다."

"사장님, 제발……." 후사인이 말을 하고 싶다는 표시로 발을 지척거렸다. "사장님, 시브세나와 싸우시면 좋지 않습니다. 절대로 이길 수가 없습니다요."

"나도 시브세나에 대해서 알 만큼 알아. 자넨 걱정할 필요 없어."

"사장님은 모르십니다요." 후사인이 울음을 터뜨렸다. "바브리 이슬람 사원이 파괴되고 폭동으로 난리가 났을 때 이 나쁜 사람들이 죄 없는 사람들을 너무나 많이 죽였습니다요. 사장님, 제 두 눈으로 직접 봤습니다. 사람들을 집에 가두고 불을 지르고 칼과 도끼로 공격하고……."

사장이 사환의 어깨를 팔로 감쌌다. "후사인, 괜찮아. 무서워할 필요 없어. 그놈들은 가난한 사람들, 약한 사람들만 공격하니까. 골목대장처럼 그놈들도 사실은 겁쟁이들이라네."

"네, 맞습니다." 예자드가 얼빠진 목소리로 말했다.

후사인이 고개를 저으며 사무실을 나가자 사장이 예자드에게 팔목에 방울 다는 걸 도와 달라고 했다. 방울이 딸랑딸랑 울리자 사장의 기분이 좋아졌다.

그들은 출입문을 조심스럽게 열고 남자들이 근처에 있는지 혹은 시브세나 단원들을 더 불러 모았는지 살펴보았다. 그러나 보도는 사람들로 가득했고 도로는 차들로 요란해서 거리는 일상적인 광란의 상태를 유지하고 있었다.

얼마 후 10시가 되자 후사인이 보도로 나가 자리를 잡았다. 첫 번째 방문객들이 아이들과 함께 들어오자 사장의 기운찬 호-호-호 웃음소리가 다시 가게에 울려 퍼졌다.

"쿠미, 좋은 아침! 메리 크리스마스!"

에둘 문시가 노래를 부르며 그녀를 가볍게 지나쳐 통로로 들어왔다. "짐꾼 두 명이 걸어서 올라오는 걸 봤네♬ 걸어서 올라오는 걸 보았어♬" 그는 크리스마스 캐럴을 마음대로 바꿔서 불렀다. "크리스마스 아침에 짐꾼 두 명이 걸어서 올라오는 걸 봤네♬"

"아침부터 웬 이상한 노래를 부르고 난리예요?" 아침부터 짜증이 나고 우울했던 쿠미는 에둘의 바보 같은 행동을 참을 수 없었다. 매번 크리스마스만 되면 상처받은 어린 시절의 행복한 시기였던 수녀원 여학교의 추억이 떠올라 괴로웠다. 그런 아픔을 없앨 수만 있다면 추억의 즐거움도 기꺼이 포기할 수 있다고 그녀는 생각했다.

크리스마스 6주 전에 학교 성가대는 부모들을 초대할 콘서트를 위해 연습을 시작했다. 12월 둘째 주에는 크리스마스트리를 만들었다. 크리스마스트리 장식은 성가대 여학생들만을 위한 특별한 경험이었다. 대부분의 비기독교 가족들처럼 쿠미의 부모도 그 학교가 아이에게 최선의 선택이 아닐지도 모른다는 의구심을 가졌다. 바르다 뉴 고등학교에 다니는 잘은 문제없었지만 쿠미가 가톨릭의 영향을 너무 많이 받는 건 아닌지 걱정스러웠다. 특히 그에 필적할 만한 조로아스터교의 영향이 미미했으므로 더욱 그러했다. 파르시 조로아스터교의 풍습에는 산타클로스 같은 즐거운 인물이 없기 때문에 매우 불리하다고 생각했다.

콘서트 날에 쿠미가 노래하는 걸 보러 간 그들은 그런 걱정을 잠시 잊었다. 콘서트가 끝나고 나면 아버지는 성가대가 노래를 잘하긴 하지만 그중에서도 쿠미의 목소리가 가장 크고 최고였다고 말했다. 처음에는 기뻤지만 다음 해에는 오히려 쿠미가 아버지에게 따졌다. "제 목소리가 합창단과 한데 어우러져야 해요! 제 목소리가 들렸다면 노래를 못한다는 뜻이란 말이에요!"

그러자 아버지가 웃으면서 딸의 목소리가 천 개의 목소리와 완벽하게 어우러진다 하더라도 작은 천사와 같은 그 목소리를 여전히 들을 수 있다고 했다. 그렇게 행복했던 시절이 끝나고 아버지는 몸져누웠으며 엄마의 말대로 자신이 천사가 되었다.

수녀원 여학교, 성가대, 크리스마스트리, 아버지의 즐거움 같은 아름다운 기억들을 지키고 싶었던 쿠미는 에둘을 노려보았다. 그녀가 좋아하는 캐럴을 멋대로 부르는 건 야만적인 행위였다. "그게 무슨 말도 안 되는 가사냐고요?"

"아냐, 말이 돼. 왜냐면 내가 대들보 드는 걸 도와줄 짐꾼 두 명을 쌀가게에서 불렀거든. 11시에 올 거야." 그는 다시 노래를 불렀다. "쌀가게에서 온 나의 짐꾼들♬ 크리스마스 아침에 쌀가게에서 온 나의 짐꾼들♬"

"그만해요!" 쿠미가 고함을 질렀다.

그녀의 뒤에 있던 잘이 입을 다물라는 제스처를 취했다. 대들보 올리는 일에 신경이 쓰였던 잘 역시 아침부터 긴장해 있었다.

"그럼 이건 어때? 내 말 좀 들어 보소♬ 핸디맨이 일을 한다♬ 새로운 천장에 영광을♬"

잘이 평화를 지키는 걸 포기했을 때 초인종이 울렸고 쿠미가 현관문으로 갔다. 잘은 동생이 그런 식으로 놀림당하는 게 싫었다. 오늘 그녀의 기분이 어떤지 누구보다 잘 알았다. 그러나 그걸 에둘에게 설명한다는 건 불가능했다.

쿠미가 문간에서 다투는 소리가 들리자 그들이 가 보았다.

"아, 저 사람들은 내가 부른 쌀가게 짐꾼들이야."

"맞아요. 아직 9시밖에 안 됐다고 말하는 중이에요. 11시에 오라고 했다면서요?"

"내가 설명할게. 내 마라티 어 실력이 조금 더 나으니까."

에둘이 약간 꾸짖는 목소리로 말했다. "지금 뭐하는 거야! 왜 빨리 와서 난리야?"

그러나 그게 끝이었다. 어휘가 딸리자 그는 힌디 어, 구자라트 어, 영어를 마음대로 섞어 가며 간간이 마라티 어를 첨가했다. "아니, 왜 이렇게 빨리 왔냐고? 내가 11시에 오라고 했잖아. 쌀가게에 있다가 나중에 오라니까."

"선생님, 오늘은 휴일이라서 배달이 없습니다요. 하시는 건 뭐든지 돕겠습니다요." 짐꾼들이 말했다.

에둘이 마음이 약해지자 쿠미가 끼어들어 어서 가라고 했다. "내 집에서 빈둥거리는 거 보기 싫어."

에둘이 쿠미를 옆으로 데려가더니 그대로 돌려보내면 안 된다고 했다. 그동안 다른 일이 생겨서 그들이 11시에 오지 않으면 어떡할 것인가? 대들보 작업에 차질이 생길 것이다.

대들보는 일주일 넘게 통로의 조상들 사진 밑에 있었다. 쿠미는 대들보에 걸려 넘어지곤 해서 짜증이 났으므로 몇 주 더 늦추어지는 게 싫었다. 그래서 짐꾼들에게 그냥 있으라고 했다.

"하지만 돈을 더 주진 않을 거야." 에둘이 못을 박았다.

"그럼요. 돈을 더 바라진 않습니다요. 그냥 잔 받침에다 차만 조금 주시면 정말 고맙겠습니다요."

"참 뻔뻔스럽네! 내가 찻집이라도 차린 줄 아나!" 쿠미가 말했다.

크리스마스니까 그들을 천장에 축복을 주러 온 동방 박사들이라고 생각하고 주전자를 불에 올려 달라며 에둘이 구워삶았다. 그는 차를 만들어 주면 노래를 부르지 않겠다고 다짐하고서야 마침내 설득에 성공했다.

그러나 쿠미가 부엌에 있는 동안 에둘이 또 마음대로 가사를 바꾼 캐럴을 짐꾼들에게 불러 주었다. "쌀가게에서 함께 일하는 당신들 ♬ 오늘은 나를 위해 강철 대들보를 들리라 ♬"

바닥에 책상다리를 하고 앉은 짐꾼들은 무슨 말인지 이해하지 못한 채 열심히 듣기만 했다. 노래가 끝나자 짐꾼들이 크게 박수를 쳤다.

잘이 자세히 보니 짐꾼들의 낯이 익었다. 몇 달 전에 아버지가 구덩이에 빠졌을 때 집으로 데려왔던 사람들이었다.

"에둘, 걱정이 돼서 그러는데, 짐꾼들이 이 일을 할 자격을 갖춘 사람들인가? 머리에 곡식 가마니나 이던 사람들이잖아." 잘이 말했다.

"이보게, 걱정 말게. 내가 필요한 건 저 사람들의 무식한 힘이니까. 기술과 계획은 소생에게 맡겨 두게나."

차가 도착했다. 짐꾼들에게는 양철 컵이, 에둘에게는 일반적인 찻잔이 건네졌다. 그들은 감지덕지하며 컵을 받은 뒤 시끄러운 소리를 내면서 차를 마셨다. 에둘이 짐꾼들을 나리만의 방으로 데려갔다. 그 후 몇 시간 동안 그들은 대들보를 올릴 버팀대를 준비하고 장대 기둥을 알맞은 위치에 놓으며 이따금씩 서로를 격려하는 말을 주고받았다.

정오 무렵 마주하는 벽 사이에 기둥들과 버팀대들을 각자의 위치에 세워 놓았다. 잘이 걱정스럽게 둘러보자 에둘이 안심시키려고 장대 기둥을 발로 차고 몸을 기대며 안전하다고 시범을 보였다.

금방이라도 넘어질 것 같아서 잘이 얼굴을 가렸지만 기둥은 잘 버티고 있었다. "그럼 이젠 뭘 할 거지?"

"가장 중요한 일이 남았어." 에둘이 짐꾼들을 데리고 강철 대들보가 있는 곳으로 갔다. "간파트, 자넨 저리로 가." 그는 대들보의 한쪽 끝을 가리켰다. 그리고 나머지 한 명에게 말했다. "간파트, 뭘 보고 있어? 자넨 이쪽을 잡아야지." 에둘은 중간에 섰다.

"두 사람 이름이 같아?" 잘이 물었다.

에둘이 씩 웃었다. "난 짐꾼들을 간파트라고 부르거든."

세 명이 길고 어두운 색의 대들보를 붙잡고 통로를 나와 나리만의 방으로 향했다. 그러나 공간이 넓지 않아서 곧바로 들어갈 수 없었다. 그들은 앞으로 뒤로 수없이 움직여야 했다. 에둘이 여러 가지 언어를 섞어 가며 큰 소리로 지시를 내렸다. "이봐! 제대로 움직여야지! 그쪽이 아니라 이쪽이라니까! 멍청하게 그런 것도 제대로 못해!"

마침내 그들은 대들보를 방으로 집어넣고 숨을 헐떡거리며 바닥에 내렸다. 최종 목적지가 될 지점으로부터 3.6미터 바로 아래였다.

"오케이, 완벽해." 에둘이 말했다. 그는 이마의 땀을 닦으며 잘과 쿠미를 보았다. "자, 그럼 두 사람은 이 방에서 나가 주세요. 방해가 되면 안 되니까." 그러나 그는 통로에서 보는 건 허락했다.

버팀대와 기둥을 한 번 더 확인한 후 에둘은 뒤로 물러나서 짐꾼들에게 일을 지시했다. 그들이 대들보를 1.2미터쯤 들어 올려 첫 번째 단계인 중간 버팀대에 올리자 잘과 쿠미가 마른침을 삼켰다.

짐꾼들이 잠시 멈추고 숨을 들이쉬고 나서 사다리를 올라가 대들보를 2.4미터까지 들어 올렸다. 약간 까다로운 일이라서 발을 안전하게 디뎌야 했다. 에둘이 흔들리지 않도록 사다리를 꼭 잡았지만 그래도 힘든 일이었다.

네 번째 사다리 발판에 선 후 짐꾼들이 대들보를 어깨까지 번쩍 들었다. 그러나 버팀대로 옮기는 도중에 한 명이 비틀거렸다. 그러자 대들보 한쪽 끝이 버팀대에서 어긋났다.

"이봐, 조심하라니까!" 에둘이 고함을 질렀다. "더 높이 들라고, 더 높이!"

남자가 다시 중심을 잡자 대들보가 안전해졌다. 그는 고개를 끄덕여 밑에서 있는 에둘을 안심시켰다.

"간파트, 똑바로 안 해! 아침 안 먹었어? 파오 바지 안 먹었냐고!" 에둘이 소리소리 질렀다.

마지막 단계는 수압 잭들이 밑에 설치된 두 개의 강철 기둥 위로 올리는 작업이었다. 에둘이 신호를 보내자 남자들이 단 한 번에 힘껏 들어서 일을 마쳤다.

"아주 잘했어!" 에둘이 칭찬하자 짐꾼들이 우쭐하며 좋아했다. 그들은 대들보를 쓰다듬으며 자랑스러운 포즈를 취했다.

에둘은 세 번째 사다리를 설치하고 위로 올라가 대들보를 고정시켰다. 양 끝에 미리 파 놓은 구멍에다가 볼트와 너트 네 쌍을 끼운 후 모두들 사다리에서 내려왔다. 에둘은 점심을 먹고 작업을 계속하겠다고 했다.

"이렇게 놔둬도 괜찮아요?" 쿠미가 물었다.

"물론이지. 피사의 탑처럼 튼튼해. 아 참, 그게 아니라 에펠 탑처럼 말이야." 그는 말을 바꾼 뒤에 기둥을 여러 번 세게 걷어찼다.

에둘은 짐꾼들에게 합의한 금액에 10루피를 팁으로 얹어 주었다. "크리스마스니까." 그는 잘과 쿠미에게 일시적 충동을 설명했다.

짐꾼들은 뛸 듯이 기뻐하며 일이 있을지 모르니까 쌀가게 근처에 있겠다고 말하고 떠났다.

에둘도 점심을 먹고 한 시간 후에 돌아오겠다고 하고 나갔다. 마니제가 잔소리를 하지 않으면 그보다 빨리 올 수 있을 거라고 덧붙였다.

잘은 빈방에서 아무도 없는 틈을 타서 천장을 유심히 살펴보았다. 그때 모두 흥분해서 보지 못했던 것을 발견했다. 천장과 대들보 사이에 큰 틈이 있었다.

맙소사, 잘은 가엾은 사람이 또 실수를 한 거라고 생각했다. 천장에 벽토를 바르기 전에 발견해서 정말 다행이었다.

에둘이 돌아오자 잘이 장난스럽게 꾸짖었다. "이보게, 이리 와서 이것 좀 봐." 그는 에둘이 늘 조롱하던 방식으로 보복했다. "대들보하고 천장 사이가 적어도 10센티미터는 벌어졌잖아."

"이보게, 이걸 잘 봐." 에둘이 웃으면서 대답했다. "기둥 밑에 뭐가 있는지 보이지? 이게 잭이라는 거야. 자네, 잭이 뭔 줄 아나?"

"당연하지."

"대들보가 천장에 딱 붙을 때까지 잭으로 기둥 두 개를 올리면 돼."

잘이 머쓱한 미소를 지었지만 에둘은 되풀이해 공격하지 않았다. "자네의 실수는 이해가 돼. 자네가 수리공도 아닌데 이런 장비에 대해서 알 필요가 뭐가 있겠어?"

그는 기둥 두 개를 번갈아 가며 올리기 시작했다. 균형을 맞추기 위해서 각각 몇 번씩만 끌어 올렸다. 밀리미터 단위로 올라가서 거의 눈에 띄지 않았다.

얼마쯤 지나자 잘은 지겨워졌다. 에둘이 잭 두 개 사이를 바쁘게 움직이는 걸 지켜보는 건 별로 재미가 없었다. 그는 낮잠을 자러 갔다.

에둘이 대략 한 시간 동안 낑낑대고 나자 대들보가 천장과 나란해졌다. 일이 끝날 무렵에 그는 틈틈이 사다리에 올라가 너무 많이 올린 건 아닌지, 기울지는 않았는지 확인했다.

만족한 그는 잭을 고정시키고 자신의 작품을 보며 감탄했다. 마니제를 위층으로 불러서 함께 감상하고 싶은 기분이 들었다.

그때 에둘은 강철 대들보의 한쪽이 원래 있던 나무 대들보와 약간 방향이 어긋나서 벽과 각을 이루고 있는 걸 발견했다. 수평을 이뤄야 했다.

사다리에 올라가 측정해 보니 약 1.9센티미터 어긋나 있었다. 거의 눈에 띄지 않았다. 그는 삼각자를 치웠다.

그러나 작은 실수가 계속 마음에 걸렸다. 그는 다시 한 번 올라가 잘못된 부분을 살핀 후 마음을 바꿔 바로잡기로 했다.

대들보가 천장에 딱 붙어 있었기 때문에 먼저 잭을 약간 낮춰야 했다. 에둘은 2.5센티미터 정도 낮춘 후에 잭을 고정시키고 사다리에 올라갔다. 그런 다음에 대들보 바닥을 손으로 움켜쥐고 힘껏 잡아당겼다.

꼼짝도 하지 않았다. 다시 한 번 시도했지만 마찬가지였다. 빌어먹을! 한 가지 방법밖에 없었다. 볼트를 빼고 바로잡은 후 다시 끼워야 했다.

그는 렌치로 재빨리 너트 네 개를 풀어서 호주머니에 넣어 보관했다. 이제 조금만 고치면 된다. 그러면 완벽해질 것이다.

에둘은 땀에 젖은 손으로 강철 대들보를 꽉 쥐고 힘을 주었다. 약간 움직인 것 같아서 측정하려고 멈췄다. 그러나 그대로였다. 다시 한 번 힘을 주며 그는 조그맣게 대들보를 욕하다가 나중에는 큰 소리로 욕을 퍼부었다.

"야, 이 빌어먹을 놈아, 조금만 움직여라!" 에둘이 투덜거렸다. 손이 미끄러워지자 바지에 땀을 닦았다. "개새끼, 1.9센티미터만 움직이란 말이야!"

에둘이 대들보와 씨름하는 동안 쿠미가 와서 문간에 서 있었다. 거의 4시였다. 그녀는 차와 프루트케이크 한 조각을 가져왔다.

"쿠미, 미안!" 그녀를 발견한 에둘이 숨을 헐떡이며 말했다. "욕을 해서 정말 미안해. 이 자식이 움직이질 않아서 말이야."

"짐꾼들을 불러서 도와 달라고 해요."

"아냐, 혼자서 할 수 있어. 조금만 고치면 되는데 뭐. 저기 어긋난 거 보이지?"

쿠미가 그것을 보려고 방 안으로 들어와 쟁반을 들고 사다리 밑에 멈췄다.

"이쪽으로 약간만 움직이면 돼. 그거 크리스마스 케이크야? 맛있겠네. 조금만 기다려. 곧 내려갈 테니까."

그는 대들보를 우악스럽게 붙잡고 역도 선수처럼 기합을 넣으며 세게 잡아당겼다.

"조심해요! 기둥이 움직여요." 쿠미가 말했다.

그녀의 경고는 너무 늦었다. 대들보는 이미 지주를 잃었다. 대들보가 와르르 무너지면서 사다리에 있던 에둘이 튕겨나갔다. 쿠미가 도망치려고 했지만 머리에 스친 것만으로 두개골이 깨졌다. 바닥에 떨어진 에둘의 가슴에 대들보가 놓여 있었다.

방금 쿠미의 차 마시라는 소리에 잠에서 깬 잘이 보청기를 끼고 있을 때 대들보가 내려앉았다. 그는 소리가 아니라 진동으로 사고가 난 걸 직감했다. 침대까지 흔들리자 끔찍한 생각이 들었다. 즉시 나리만의 방으로 달려갔다.

바로 아래층에서는 와르르 무너지는 소리에 귀청이 터질 듯했다. 가벼운 지진 같은 진동을 마니제도 느꼈다. 그녀는 계단을 뛰어 올라가 주먹으로 문을 쾅쾅 두드렸다.

잘이 분필처럼 하얗게 질린 얼굴로 문을 열었다. 그를 보고 상황을 짐작했지만 마니제는 혹시나 하는 마음으로 물었다. "어디 있어요? 우리 집 양반 괜찮아요?"

잘은 아무 말도 할 수 없었다. 그는 간청하듯이 손을 들었다. 그러나 그
것이 의미하는 바가 인내심인지 용기인지 용서인지 본인도 알 수 없었다.

마니제는 잘을 밀치고 들어갔다.

"마니제, 잠깐만! 내 말 먼저……"

그녀는 이미 방에 들어가 남편의 옆에 무릎을 꿇고 앉아 오열하며 그의
얼굴을 감싸고 있었다.

그녀는 에둘의 뭉개진 가슴에서 시선을 떼지 못한 채 잘에게 외쳤다. "어
서 사람을 불러! 의사! 구급차!"

주위를 돌아보던 마니제는 남편에게서 멀지 않은 곳에 쿠미가 머리에
피를 흘린 채 쓰러져 있는 걸 보았다. 잘은 두 사람이 누워 있는 각도와 팔
다리가 놓여 있는 상황이 살아 있을 때보다 친밀해 보인다고 생각했다.

잘은 처음 느꼈던 무기력함에서 점차 벗어났다. 침착해진 그는 이제 정확
하게 뭘 해야 할지 하나씩 생각했다. 반드시 해야 할 일들이 무엇인지 생각
하고 결정한 후 움직여야 했다.

그는 마니제의 얼굴을 보았다. 충격으로 망연자실한 표정이었다. 그녀는
그 와중에도 쿠미를 바라볼 때마다 왠지 꺼림직한 생각이 드는 모양이었다.
마니제는 세상의 온갖 괴로움을 짊어진 사람의 모습이었다. 그렇게 놔둬서
는 안 된다. 그녀를 안심시키는 것이 잘의 첫 번째 임무였다.

"마침 쿠미가 차와 케이크를 가지고 온 참이었어요." 그는 그녀가 곧이든
기를 바랐다.

잘은 깨진 찻잔과 잔 받침을 주워서 들어 보였다. "이거 보이죠? 쿠미가

여기다 차를 들고 온 거예요. 저기 차가 쏟아져서 바닥이 젖어 있잖아요. 아, 프루트케이크도 저기 보이네요."

그사이에 아파트 건물에 울린 소리를 들은 사람들이 올라왔다. 그들은 현관문 안으로 들어오다가 소스라치게 놀랐다. 몇몇은 끔찍해서 고개를 돌렸다. 밖에서 토하는 소리가 들렸다. 누군가 전화로 구급차를 불렀다.

구급차가 도착하는 데 시간이 걸렸다. 구급대원들이 방으로 뛰어 들어오자 이웃 가운데 한 명이 그렇게 꾸물거리다간 다 죽겠다고 호되게 꾸짖었다. "당신들 운 좋은 줄 알아! 둘 다 즉사했으니까 망정이지."

"아니, 그럼 저흴 왜 부르셨어요? 경찰을 불러야죠."

설상가상으로 구급대원들은 가까운 경찰서에 빨리 신고해야 한다고 냉정하게 말했다. 법에 그렇게 돼 있다고 했다.

아파트에 모여 있던 이웃들이 은밀히 대화를 나눴다. 경찰에 신고하면 일도 복잡해지고 온갖 절차를 따라야 하며 어쩌면 부검을 해야 할지도 몰랐다. 그렇게 되면 조로아스터교 의식에 맞게 사후 24시간 내에 치르도록 돼 있는 장례식이 연기될 것이다.

"내 생각엔 이 사람들이 돈을 좀 원하는 것 같은데." 누군가 말했다.

"그럼 돈을 주고 끝냅시다. 여기 온 걸 없었던 일로 하자고 말하고요."

"그거 좋은 생각이네. 100루피쯤 쥐여 주면 곧 잊어버릴 거야."

"그래도 적합한 서류 절차가 필요하지 않습니까? 그러지 않으면 침묵의 탑에서 시신을 안 받을 텐데."

그때 잘이 한 가지 제안을 하자 모두들 좋다고 했다. 행복의 성 길 건너편에 사는 마살라왈라 경감에게 부탁하자는 것이었다.

지금은 고인이 된 경감의 아버지가 경찰서장으로 있을 때 야스민과 루시가 옥상 테라스에서 떨어졌는데, 그때 그의 도움을 받은 적이 있었다. 경찰서장은 파르시인들의 허물을 밖으로 드러낼 필요가 없다면서 그 문제를 가능한 조용히 처리해 주었다.

아버지보다 계급은 낮았지만 마살라왈라 경감 역시 수완이 뛰어났다. 아버지의 철학을 따르는 그는 집으로 찾아온 사람들의 말에 공감했다. 게다가 이웃의 은퇴한 피터 박사까지 설득해서 옛날의 바킬 사건처럼 도와주도록 했다.

그들은 함께 길을 건너 사건 현장을 방문했다. 그들이 도착하자 구급대원들의 태도가 180도 바뀌었다. 쓸데없이 간섭하는 태도가 즉각 사라지고 겸손해졌다. 심지어 마살라왈라 경감을 보자 어설프게 거수경례를 하기도 했다.

시신을 살피고 맥박을 짚어 보던 피터 박사가 사망 진단서를 발급해 주겠다고 했다. 부검은 필요 없었다.

넋이 나가 있던 잘은 일이 잘 해결되어서 다행이라고 생각했다.

19

예자드가 팔로 잘을 감싸며 작은 목소리로 말했다. "정말 안됐습니다." 그리고 옆으로 비켜나 록산나에게 자리를 내주었다. 그녀는 잘을 안고 울었다.

가족만 남자 잘이 처음으로 눈물을 흘렸다. 아파트에 모였던 이웃들이 모두 떠나자 그때까지 일 처리를 하느라 참았던 슬픔이 터져 나왔다. 그는 울면서 말했다. 쿠미가 죽어서 슬프기도 하지만 불행한 삶을 살다 가서 더욱더 슬프다고 했다.

"아빠도 그런 말씀 하셨어요. 소식을 전하자 언니가 분노로 가득 차서 죽었다며 마음 아파하셨어요." 록산나가 흐느끼면서 말했다.

잘이 고개를 끄덕였다. 그는 록산나의 머리를 가슴에 끌어안고 말없이 눈물을 흘렸다.

바쁘게 움직이는 편이 좋겠다고 생각한 록산나는 오빠에게 침묵의 탑에서 철야 기도를 해야 하니 짐을 싸자고 했다. 그녀는 안으로 들어가 일을 시작했다.

천장에 망치질을 하지 않아서 멀쩡한, 남매가 함께 사용하던 엄마의 방에서 록산나는 잘의 공간에 있던 물건을 찾았다. 그러다 맞은편을 바라보았다. 문 뒤의 못에 언니가 입던 꽃무늬 잠옷이 걸려 있었다. 언니의 괜찮은 신발이 침대 밑에 있었다. 화장대에는 언니가 숫자를 적어 놓은 가계부가 보였다. 옆에는 뾰족한 연필이 있고 가계부 페이지 위에는 기도책이 놓여 있었다. 록산나가 가까이 가서 보니 코르데 아베스타가 아이위스루트렘 게에 맞춰 펼쳐져 있었다. 언니가 어제 해 질 무렵과 자정 사이에 암송했던 부분이었다.

록산나가 오열했다. 그녀가 우는 소리를 듣고 응접실에서 남자들이 달려왔다. 그녀가 쿠미의 기도책을 들고 있는 걸 보고 상황을 이해했고 다들 숙연해졌다.

잠시 후 영구차가 도착했다. 그들은 함께 침묵의 탑으로 향했다. 다음 날 오후에 있을 장례식을 위한 절차와 시신의 세정식이 끝나자 하얀 천에 싸인 시신이 기도실의 대리석 안치대에 놓였다. 그러자 당장은 할 일이 없었다.

그들은 어둑한 방의 벽을 따라 놓인 의자에 앉았다. 이따금씩 방갈로 뒤에서 사람 목소리와 함께 장례 의식에 사용할 용품들을 씻고 준비하느라 딸그락거리는 소리가 들렸다. 소음이 사라지자 방갈로에는 다시 정적이 감돌았다.

록산나는 의자에서 일어나 문간으로 나가 베란다 너머를 바라보았다. 관목이 우거졌다. 언덕 위 이곳은 완전히 다른 세상 같았다. 도시의 먼지와 악취를 벗어난 높은 곳은 그지없이 평온했다.

땅거미가 지자 벌레 소리가 정적을 갈랐다. 그 소리 때문에 오히려 훨씬 평온하게 느껴졌다. 그녀는 지금은 땅거미 때문에 보이지 않지만 베란다를 지나 높은 언덕에 이르는 작은 길을 유심히 보았다. 내일 언니의 시신이 저 길을 따라서 침묵의 탑으로 올라가면 독수리들이 내려올 것이다.

그녀는 안으로 들어가 예자드를 보았다. 그가 고개를 끄덕였다. 떠날 시간이었다. 그는 시신 앞에서 고개를 한 번 더 숙인 후 뒤로 물러섰다. 록산나는 언니의 얼굴을 보려고 좀 더 머물렀다. 아직 얼굴을 덮지 않았다. 내일 기도가 끝나면 시트로 얼굴을 가릴 것이다.

언니의 표정이 한결 부드러워진 것 같았다. 어릴 적에 그녀에게 아낌없이 애정을 쏟으며 소중한 인형처럼 업고 다니던 언니가 되돌아온 것 같았다. 록산나의 두 뺨을 타고 눈물이 흘렀다.

예자드가 그녀의 팔꿈치를 부드럽게 어루만졌다. 그가 팔로 감싸 안자 그녀가 얼굴을 닦은 후 천천히 문 쪽으로 걸어갔다. 잘이 베란다로 나왔다.

그들은 길을 따라 걷다가 뒤를 돌아보며 잘에게 손을 흔들었다. 새소리와 어둠으로 둘러싸인 언덕을 내려오자 울창한 나뭇잎들이 마치 거대한 검은 우산처럼 그들의 머리 위에 펼쳐져 있었다.

택시 안에서 예자드가 기사에게 집으로 가는 빠른 길을 알려 준 다음에 록산나가 입을 열었다. "괴로워 죽겠어요. 이럴 때 하필 천장 생각이 나는지 원."

"너무 괴로워하지 마. 나도 그 생각 했으니까. 당연한 거야."

"천장을 고치고 아빠가 가신다고 해도 오빠 혼자서 어떻게 감당해요?"

"장인어른을 돌보는 게 우리 운명인지도 모르지."

지칠 대로 지친 예자드는 그때부터 내내 말이 없었다. 그는 부담스러워서 더는 짐을 떠맡을 수 없었다. 이제 신의 손에 맡길 것이다. 모든 것이 그렇듯 이 신의 뜻에 따를 것이다.

그는 택시 기사에게 유쾌한 빌라에서 떨어진 길가에 내려달라고 했다. 택시비를 아끼기 위해서 나머지 길은 걷기로 했다. 록산나는 집으로 올라가고 그는 전화를 쓰려고 약국에 들렀다. 내일 장례식 때문에 일하러 못 간다고 사장에게 알려야 했다. 그러나 사장의 집 전화는 아무도 받지 않았다.

예자드가 집에 들어서자 록산나가 아이들을 껴안고 침대에 앉아 있었다. 무라드가 사고에 대해서 묻고 이모가 어떻게 죽었냐고 묻자 예자드와 록산나는 가능한 정직하게 대답했다.

"저도 장례식에 가는 거죠?" 제항기르가 물었다.

"가고 싶니?"

제항기르가 고개를 끄덕였다.

"무라드는?"

무라드도 고개를 끄덕였다.

저녁을 먹고 나서 예자드는 다시 사장에게 전화를 걸러 나갔다. 여전히 아무도 받지 않았다. 11시까지 적당한 간격을 두고 세 번 더 걸고 나서 그는 포기했다. 아침에 봄베이 스포츠용품점에 들러서 카푸르 씨에게 직접 말하기로 했다.

손으로 쓴 공고문이 문에 붙어 있었다. '가족이 상을 당하여 당분간 문을 닫습니다. 소중한 고객들께 불편을 끼쳐 드려서 죄송합니다.'

예자드는 잠시 어리둥절했다. 사장이 처형이 죽은 걸 어떻게 알았을까? 나를 가족으로 생각해 주다니 정말 좋은······.

혼란스러움이 가시자 생각이 명료해졌다. 아냐, 처형을 말하는 게 아니다. 그렇다면 대체 누가 죽었다는 말일까? 또 우연의 일치인가? 우리 가족이 상을 당하고 카푸르 씨의 가족도······.

그는 열쇠를 찾으며 공고문의 글씨체가 사장의 것이 아님을 알아챘다. 가게 안으로 들어가 전화를 해서 누가 죽었는지 알아보기로 했다. 사장에게 조의를 표하고 자신의 가족도 상을 당했다는 소식을 전하기로 했다. 그는 잠금쇠를 풀고 열쇠를 집어넣었다.

열쇠는 돌아갔지만 문이 열리지 않았다. 그는 다시 한 번 시도하다가 문 밑의 걸쇠에 맹꽁이자물쇠가 채워져 있는 걸 보았다. 안으로 들어갈 수 없었다. 웬일일까? 어쩌면 공고문을 쓴 사람이 보안이 걱정돼서 자물쇠를 채웠는지도 모른다.

그가 호주머니에 도로 열쇠를 집어넣는데 후사인이 다가왔다. 사환에게 소식을 전해 줘야 했다.

"안녕하십니까요."

"후사인, 미안하지만 오늘 아침엔 못 들어가게 됐네."

사환이 고개를 끄덕이며 문을 향해 두 손을 들더니 힘없이 떨어뜨렸다. "가슴이 찢어집니다요." 그가 흐느끼며 말했다.

사장의 가족이 상을 당했다는데 왜 그렇게 슬퍼할까? 또 우울한 날이라면 위로해 줘야 했다. "후사인, 왜 여기서 시간을 낭비해? 어서 집에 가서 쉬어. 그래도 봉급은 나올 테니까. 가게가 다시 문을 열면 사장님을 볼 수 있을 거야."

후사인이 어이없다는 듯이 예자드에게 말했다. "무슨 말씀이세요? 카푸르 사장님을 다시는 볼 수 없게 됐는데!"

길바닥이 핑 돌며 흔들리자 예자드는 중심을 잡으려고 문에 몸을 기댔다. 그는 출입문 계단에 앉다가 넘어질 뻔했다. 후사인이 그를 부축한 후 옆에 앉아서 울었다.

"무슨 일인지 말해 보게." 그가 사환을 독촉했다.

"무슨 말을요? 그놈들이 사장님을 죽였습니다…… 두 사람이." 그게 다라는 듯이 그가 어깨를 으쓱했다.

예자드는 감정을 추스르며 구체적으로 그 남자들이 누구였는지, 무슨 말을 했는지, 싸움이 어떻게 일어났는지 등을 부드럽게 물었다. 카푸르 씨처럼 힌디 어를 써 가며 사환이 자유롭게 말할 수 있도록 격려했다.

후사인이 가까스로 입을 열었다. "전 보도에 있었습니다요. 사장님이 가게

문은 닫았고 어린이들만 받는다고 말하는 소리가 들렸죠. 남자들이 웃으면서 문을 닫았으니 일하기가 더 편하다고 했습니다."

기억하기가 괴로운지 그의 얼굴이 일그러졌다. "남자들이 사장님을 펀자브 놈이라고 불렀습니다요. 펀자브 놈아, 우리가 버릇을 가르쳐 주마 하면서 가게 뒤로 사장님을 밀었죠. 배를 때리고 발로 찼습니다. 제가 소리치려고 했지만 목소리가 나오지 않았습니다. 그런데 갑자기 사장님이 크리켓 방망이를 들고 그놈들을 위협했습니다. '네놈들 머리에 6점타를 날려 주마!' 그러셨습니다."

사장이 이기는 장면이 떠오르자 후사인의 얼굴이 잠시 밝아졌다. 카푸르 씨가 끝까지 반항하며 제압당하지 않았다는 설명에 예자드는 가슴이 아파서 순간적으로 후사인이 어리석다는 사실을 잊었다. 그러나 그는 곧 마음의 평정을 되찾았다. "후사인, 그래서 어떻게 됐어?"

"그놈들이 겁을 먹고 카운터 뒤로 숨었습니다요. 그런데 칼을 꺼냈습니다. 둥글게 원을 그리더니 한 놈이 사장님 뒤로 갔습니다. 사장님이 비명을 지르고 저도 목소리가 살아나서 고함을 질렀죠. 그러자 그놈들이 개처럼 달아났습니다요. 사장님이 바닥으로 쓰러지셨고 전 달려갔습니다. 처음에는 빨간색 옷 때문에 피가 보이지 않았습니다. 그런데 피가 흰색 테두리를 적셨어요. '후사인, 도와줘. 집사람에게 전화하게.' 하시더군요. 전화를 하니 사모님 목소리가 들렸습니다. 그래서 사장님의 말씀을 전했습니다. 카푸르 사장님이 사고를 당했습니다. 어서 빨리 구급차를 불러 주세요 했습니다."

예자드가 잘했다며 고개를 끄덕였다. 후사인이 말을 이었다. "사람들이 사장님을 병원으로 데려갔고 저도 따라갔습니다요. 사장님이 제가 필요하다고 하셨습니다. 사모님이 올 때까지 사장님의 손을 붙잡고 있었습니다. 사장님 몸에 피를 넣으려고 병을 걸고 튜브를 연결하더군요. 피를 너무 많이 흘리셨거든요. 피가 더 필요하면 제 걸 뽑아서 쓰라고 했습니다요. 그런데 검사를 하더니 안 된다고 했습니다. 같은 혈액형이라야 한다고 했습니다."

그는 말을 멈추더니 눈물을 흘리며 물었다. "왜 병원에서 제 피는 안 된다고 한 거죠? 제가 이슬람교도고 사장님이 힌두교도라서 그런 겁니까?"

"아냐, 후사인. 절대 아냐. 그 사람들이 혈액형이라고 한 건 의학적인 거지 종교적인 게 아냐. 후사인의 혈액형이 형제와도 다를 수 있고 사장님의 혈액형이 사모님의 혈액형과도 다를 수 있어. 종교하고는 아무 상관 없어."

"아, 그렇군요." 예자드의 설명에 안심이 된 후사인이 고개를 끄덕였다. 그는 다시 이야기를 시작했다. "저녁에 사장님이 숨을 거뒀습니다요. 그래서 사람들이 혈액 튜브를 뽑았습니다."

후사인이 손으로 가슴을 쳤다. "그렇게 좋으신 분을! 왜 그놈들이 좋은 사람들을 죽이는 겁니까?"

예자드도 후사인처럼 단순하게 슬퍼했으면 좋겠다는 생각이 들었다. 그는 나중에 자신의 감정을 추스르기로 했다. 지금 당장은 사환을 위로해야 했다.

"후사인, 우리가 그런 걸 어떻게 알겠나, 알라의 뜻인데." 그는 사장이 하듯이 후사인을 팔로 감쌌다. "그래서 경찰은 어떻게 했어?"

"경찰요?" 슬퍼하던 후사인이 비웃었다. "저한테 질문을 많이 하더군요. 모든 걸 말했습니다. 그놈들이 어떻게 생겼는지, 무슨 말을 했는지에 대해서요. 경찰이 일일이 받아 적더니 강도라고 하더군요. 제가 소리를 질러서 겁

을 먹고 달아나는 바람에 훔칠 기회가 없었다고 그러더라고요. 전 이해가
되질 않았습니다. 시브세나가 아침에 와서 큰 싸움이 벌어졌다고 말했거든
요. 무서웠지만 경찰이 사장님을 죽인 놈들을 잡길 원해서 말했습니다." 후
사인이 또 생각에 빠졌는지 말을 멈췄다.

예자드는 잠시 기다리다가 팔꿈치로 슬쩍 찔렀다.

"경찰이 시브세나를 연관시키는 건 옳지 않다고 했습니다요. 경찰 한 명
이 기분 나쁘게 웃었습니다. '당신 같은 이슬람교도는 걸핏하면 시브세나를
탓하지.' 하고 말했습니다. 전 무서웠습니다. '경찰 선생님, 죄송합니다.' 하고
두 손을 모으고 사과했습니다. '전 그런 뜻이 아니었습니다. 제발 누구든지
간에 살인자들을 처벌해 주십시오. 모든 걸 다 말하라고 해서 그렇게 했을
뿐입니다.' 하고 말했죠."

후사인이 슬리퍼 끈을 만지작거리고 고개를 저으며 몸을 떨었다. 예자드
는 그의 무릎을 가볍게 두드리며 용감한 일을 했다고 말했다.

"그럼 난 사모님한테 가 봐야겠어. 조의를 표하고 가게 일을 돕겠다고 말
씀드릴게. 같이 갈 텐가?"

"전 이미 조의를 표했습니다요. 그냥 여기 있겠습니다."

예자드는 사환의 어깨를 두드리고 나서 현관 계단에서 일어나 길을 걸었
다. 사장의 죽음에 충격을 받은 그는 무작정 앞으로 돌진하다가 사람들과
부딪치며 보도에서 비틀거렸다.

카푸르 씨의 집 근처에서 그는 걸음을 멈추고 방향을 가늠해 보았다. 올
바로 가고 있는지 확실히 하기 위해서 길을 물었다. 사장의 집으로 오는 도

중에 그는 줄곧 빌라스와 배우들의 계획에 관해서 생각하며 그들과 자신을 탓했다. 불쌍한 카푸르 씨가 헛되이 죽었다. 진짜 시브세나 단원들이 나타났을 때 배신당했다는 생각이 들었다. 하지만 그렇게 될 줄 누가 알았겠는가? 모두들 우연의 일치의 가능성을 무시해 버리니 그게 문제였다.

그는 외관이 화강암인 로비로 들어가 벽에 붙은 인명부를 바라보았다. 경비원이 누구를 찾느냐고 묻더니 아파트 호수를 알려 주었다. 고속 승강기가 고급 아파트의 16층으로 금방 올라갔다.

카푸르 씨의 집 현관문은 열려 있었다. 복도에 얼어붙은 채 서 있던 예자드는 초인종을 눌러야 할지 그냥 들어가야 할지 망설였다. 황동 문손잡이는 시타르 모양이었다. 집 안에는 사람들이 돌아다니고 있었다. 흰색 옷과 나지막한 대화 소리만 아니라면 파티라도 벌어진 줄 알겠다는 생각이 들었다.

뒤에 더 많은 손님이 들어오자 그는 인파에 묻혀 따라 들어갔다. 카푸르 부인에게 조의만 표하고 곧장 떠나기로 했다.

대리석이 깔린 현관에서 그는 어느 쪽으로 가야 할지 망설였다. 사람들의 움직임을 보니 오른쪽 방에 카푸르 부인이 있는 듯했다. 카푸르 씨 가족이나 친구들이 자신을 궁금한 눈빛으로 바라보는 걸 의식하면서 그는 머뭇머뭇 들어갔다. 누군가 인사를 하며 악수를 청했다.

"끔찍한 일입니다." 남자가 낮은 목소리로 말했다. "봄베이가 범죄 때문에 살기 부끄러운 곳이 돼 가고 있으니."

"정말 큰일입니다." 예자드가 고개를 가로저으며 말했다. "카푸르 부인께서는……?"

"아, 네. 이쪽으로 오시죠. 저 방에 계십니다."

그는 현관을 지나며 사람들에게 목례를 했다. 방 안을 들여다보니 카푸르 부인이 창문 옆 의자에 앉아 있었다.

그러나 주위에 친척이 많이 몰려 있어서 뚫고 들어가기가 힘들었다. 가까이 가려고 할 때마다 누군가 선수를 쳤다. 그렇다고 강하게 밀어붙이면 꼴사나울 것 같아서 그는 기회를 기다렸다.

예자드의 눈에는 모두들 카푸르 부인과 육체적 접촉을 하고 싶어 하는 듯했다. 손을 쥐고 머리를 쓰다듬고 얼굴을 어루만지지 않으면 슬픔을 오해받기라도 하는 것처럼. 엄청난 비극을 당해서 힘든 데다가 저런 일까지 겪어야 하다니…….

그는 이미 충분히 애도를 표한 사람들 뒤에 우물쭈물 서 있었다. 그들이 속삭이는 말을 들으니 카푸르 씨의 시신을 기다리는 모양이었다. 법의학 조사가 끝나고 경찰이 시신을 넘겼으므로 곧 도착할 거라고 했다.

그때 발코니에서 흥분된 목소리가 들렸다. "저기 오네요!" 영구차 비슷한 차량이 아파트 정문으로 들어섰다.

모두들 발코니로 몰려갔다. 그러나 잘못된 정보였다. 가구 배달용 밴이었다.

"정말 죄송합니다." 남자가 말했다. "여기에서는 아래가 잘 보이지 않는군요. 비크람의 서재에서 쌍안경을 가져올게요." 그는 쌍안경을 찾으러 갔다.

소란 덕분에 예자드가 카푸르 부인에게 다가갈 기회가 생겼다. 날 기억할까? 오래전에 그녀가 가게에 자주 들렀을 때 만나곤 했었다.

"예자드 체노이라고 합니다. 봄베이 스포츠……."

"어서 오세요." 그녀가 그의 손을 잡으며 말했다. "앉으세요."

그녀는 발코니의 소란 때문에 비어 있는 옆 자리를 가리켰다. 애도의 표시로 편하게 보이면 안 되겠다 싶어서 그는 의자 끝에 앉았다. 주위의 사람들과 달리 그녀가 침착해서 놀라웠다.

"정말 충격적이었습니다." 그가 작은 목소리로 말했다. "오늘 아침에 가게로 갔다가 공고문을 봤습니다. 후사인한테 자초지종은 들었습니다."

"가엾은 후사인이 화가 많이 났어요. 무식한 사환이지만 어제 큰 도움이 됐죠. 남편이 좋은 종업원들을 뒀어서 다행이에요. 항상 당신을 칭찬하고 좋아했어요."

"카푸르 씨와 일해서 영광스럽고 즐거웠습니다. 혹시라도 제가…… 도와드릴 일이 있으면…… 가게나 다른 일이라도……." 예자드는 목소리가 떨렸다.

"예자드, 이렇게 와 줘서 고마워요."

"천만에요. 장례식에는 참석하지 못할 것 같아서 정말 죄송합니다. 어제 처형이 사고로 사망했습니다."

"저런, 안됐네요. 물론이죠. 가족이 먼저니까요."

그는 다시 손을 내밀며 속삭였다. "카푸르 부인, 한 가지 더……."

"뭐죠?"

가게에 숨겨 둔 비밀 수입이자 검은돈이 있다는 걸 어떻게 말해야 할지 몰라서 그는 망설였다. "저, 사장님 사무실에 큰 여행 가방이 있습니다."

그녀가 의미심장한 미소를 지었다. "가방은 안전해요. 후사인이 비명을 지른 덕분에 도둑들이 그냥 달아났거든요. 내가 집으로 가져왔어요."

"잘하셨습니다." 예자드는 그녀의 침착함과 냉정함에 다시 한 번 놀랐다.

"가게 문제는 결정되는 대로 빨리 알려 줄게요." 그녀가 안심시키며 말했다.

"제가 필요하시면 언제라도……."

"그래요. 고마워요."

조의를 표하려는 사람들이 그의 존재에 점점 조급해한다는 걸 그는 눈치챘다. 한 여자가 그의 의자 뒤로 비집고 들어와 카푸르 부인의 등을 문질렀다. 팔을 뻗어 그녀의 어깨를 만지던 다른 여자가 사납게 그를 노려보자 애도의 표정이 일그러졌다. 『내셔널 지오그래픽』에 실린 마오리 부족이 찡그리며 인사하는 풍습이 떠올랐다.

여자들의 극성 때문에 마음이 편하지 못했다. 그는 카푸르 부인과 악수를 하고 나서 주위에 밀려든 사람들 사이를 조심스럽게 빠져나왔다.

장례식부터 우탐나와 차람까지 총 나흘간의 기도와 의식 기간에 예자드와 록산나는 잘을 자주 만났다. 매번 그는 더없이 지쳐 보였다. 그러다 뜸해지자 록산나는 오빠가 괜찮은지 걱정되었다.

"도움이 필요하면 기꺼이 우리가 힘이 되어 준다는 걸 처남도 알잖아." 예자드가 말했다.

이틀 후 저녁에 잘이 찾아와 지난주 일 때문에 너무 지쳐서 휴식도 취하고 생각도 하느라고 꼼짝 않고 집에 있었다고 했다. 그는 알루미늄 용기에 담은 음식을 건넸다. 아직 세바사단의 주문을 2인분에서 1인분으로 줄이지 않아서 집에 음식이 많이 남는다고 했다.

바구니 안에는 크로켓, 으깬 감자, 작은 사발에 담긴 고기 국물 소스, 캐러

멜 커스터드 등이 들어 있었다. 록산나는 매우 고마워하며 받았다. 저녁거리로 충분했다. 고기 국물 소스에 물을 약간 부으면 5인분을 만들 수 있었다.

잘은 최근에 일어난 일을 이야기했다. 피곤함에도 침묵의 탑에서 지금껏 경험한 적 없는 가장 평화로운 잠을 잤다고 했다.

"난 그 말 믿어요." 예자드가 말했다. "몇 년 전에 아버지 때문에 침묵의 탑에 갔었죠. 해가 뜰 때까지 아버지와 함께 있겠다고 다짐했어요. 그런데 침묵의 탑은 마술 같은 곳이더군요. 고통과 슬픔을 가져가고 대신에 평화를 주었어요. 마치 천사들이 내려와서 날 위로해 주는 것 같았습니다." 록산나가 쓰는 말을 사용한 것 같아서 그는 아내를 보고 미소를 지었다. "새벽 3시쯤에 잠이 든 걸로 기억해요. 그런데 마치 아버지가 내가 어릴 때처럼 손으로 머리를 쓰다듬고 목을 문질러 주는 것 같아서 잠을 푹 잤습니다."

"맞아, 나도 그랬다니까." 그리고 잘은 어제 에둘의 기도에 참석했다고 했다. 에둘의 죽음이 잘 때문이라고 비난하는 마니제의 가족과 화해하기 위한 의사 표시였다. 백단향나무를 불에 바치려고 가족이 앉아 있는 곳을 지나던 그는 그 기회를 이용해 고개를 숙이고 이마를 만졌다. 악수와 조의는 나중에 해야겠다고 생각했다.

"그런데 기도가 끝나니까 마니제를 재빨리 데려가더라고. 그녀를 찾으려고 불의 사원을 샅샅이 뒤졌지. 정원까지도 말이야. 그런데 없더라고."

"기회가 또 있을 겁니다. 아니면 애도를 표하러 찾아가세요. 바로 아래층에 사니까요." 예자드가 말했다.

"아냐. 그 집은 지금 비었어. 마니제는 자기 부모님 집에 가 있대. 영원히 화를 내지 않았으면 좋겠는데. 분노란 건 끔찍하거든." 잘이 고개를 가로저으며 말했다. "세상의 수많은 불행한 결혼이 싸움으로 골병이 들잖아. 그런데 그렇게 완벽한 사랑스러운 결혼이 망가져 버렸으니 원. 운명이라고 부르는 이 부조리한 힘은 대체 뭘까?"

"일은 사람이 꾸미고 성패는 신에게 달렸다." 예자드의 설명이었다. "우리가 모든 걸 이해할 순 없으니까요. 그렇게 하면 할수록 불행해질 뿐이죠."

"맞아. 그건 그렇고 내일은 마살라왈라 경감한테 가서 도와줘서 고맙다고 인사할 생각이야. 피터 박사한테도 가서 사망 진단서를 써 줘서 고맙다고 하고." 잘이 말했다.

"그거 좋은 생각이네요. 저희들도 고맙게 생각한다고 전해 주십시오."

잘이 떠나자 그들은 저녁을 먹으려고 식탁에 앉았다. 록산나가 잘이 가져온 음식을 데웠다. 생각보다 많은 양을 보자 그녀의 마음이 아팠다. "크로켓을 이렇게 많이 가져오다니. 오빠는 제대로 먹었을까?"

"처남이 굶지는 않을 거야."

"집안일은 언니가 다 했는데. 오빠 혼자 몹시 힘들 거예요."

"처남이 어린앤가. 괜찮을 거야."

다음 날 오후 6시 반이 지날 무렵 잘이 마살라왈라 경감 집의 초인종을 눌렀다. 오래 머물지 않고 고맙다는 말만 전하고 피터 박사의 집으로 갈 생각이었다.

그러나 하인이 문을 열자 박사가 경감과 함께 거실에 있는 모습이 보였다. 두 사람은 부드러운 쿠션을 등 뒤로 요령껏 받치고 너른 등나무 의자에 편안하게 앉아 있었다. 유리를 위에 얹은 등나무 테이블에는 얼음을 넣은 술 두 잔이 놓여 있었다.

"일어나실 필요 없습니다." 잘의 말에 그들은 의자에 앉아서 악수를 했다.

"경감님, 도와주셔서 고맙다는 인사를 하러 왔습니다. 박사님께도 가려던 참이었습니다."

"노크 한 번으로 일석이조의 효과를 얻은 셈이구면." 의사가 말했다.

"어서 앉으시오." 경감이 자리를 권했다. "훌륭한 의사께 나도 고마움을 전하던 참이오. 나 때문에 현업으로 복귀했으니까. 안 그렇습니까? 술 한잔 대접하려고 초대했지." 경감이 웃으면서 말했다.

경감은 겸손했다. 단순히 술 한잔이 아니었다. 자신이 아끼는 조니 워커 블루 라벨의 스카치위스키 하이볼을 더블로 대접하고 있었다. 잘에게도 한 잔하라고 했다.

"고맙지만 전 사양하겠습니다. 술은 내키지 않아서요."

"알았네. 강요하진 않겠네." 경감이 재빨리 술병을 치웠다. "다른 거 마시겠나? 시원한 음료수는 어때?"

"아뇨, 정말 괜찮습니다. 전 감사의 말만 전하러 왔습니다. 가족 모두 두 분께 고마워하고 있습니다."

"별말씀을."

"우리가 적어도 그 정도는 해 줘야지."

두 사람이 술잔을 들었다. "고생하셨습니다." 경감이 말했다.

"아이고, 천만에." 피터 박사가 말했다.

그들이 술을 음미하자 잠시 침묵이 흘렀다. 경감이 도와줄 수 있어서 기뻤다고 말했다. "어려울 때 우리끼리 서로 돕지 않으면 누가 그렇게 하겠어?"

"맞는 말이야." 의사가 받았다.

"그래도 정말 고맙습니다." 잘이 인사했다.

"아니라니까. 별말씀을."

그들은 스카치위스키를 홀짝홀짝 마시면서 술맛이 좋다고 하며 선행의 만족감을 즐겼다. 잘은 그들이 술을 마시며 즐거워하는 모습을 흥미롭게 바라보았다. 의사가 바킬 교수의 건강을 묻자 잘은 그다지 좋지 않다고 했다.

"그게 빌어먹을 파킨슨병의 문제야. 절대 낫지 않으니까." 의사가 투덜거렸다.

"잘, 자네가 오기 전에 파르시 공동체의 미래에 대해서 얘기하고 있었다네." 경감이 말했다.

"아, 정통파와 개혁파의 논쟁 말입니까?"

"그건 단지 일부일 뿐이야. 더 중요한 문제는 출산율이 줄어드는 데다 파르시가 아닌 사람들과 결혼하고 서양으로 이민을 가는 거야."

"독수리냐 화장장이냐, 그런 문제는 부차적이지." 의사가 목소리를 높였다. "파르시인이 없다면 그런 게 무슨 소용이야? 자네 생각은 어떤가?"

"글쎄요, 전 잘 모르겠습니다." 잘은 민감한 주제에 관한 토론에 말려들고 싶지 않았다. "저흰 처음부터 소수 공동체였잖습니까. 그래도 살아남아서 번창했잖아요."

"그건 다른 세상, 다른 시절 얘기지." 경감이 낙관주의를 못 참겠다는 듯이 말했다. "인구 전문가들이 50년 후면 파르시인이 없어질 거라고 확신하고 있다네."

"공룡처럼 멸종하는 거지. 그러면 사람들이 우리의 뼈를 연구해야 할 거야." 의사가 말했다.

잘이 미소를 지었다. 의사의 무뚝뚝하고 퉁명스러운 성격에도 잘은 그가 좋았다. 그의 유머는 암울함 앞에서도 웃을 수 있는 능력인 파르시 정신을 잘 보여 주었다.

"자네는 잘로사우루스로 명명될 거고 난 사푸르지사우루스라고 명명될 거야." 의사가 말했다. "선친의 뼈가 발견되면 우리에게는 머리에 푸그리를 쓴 페스턴지사우루스라는 학명을 붙이겠지. 그리고 경감은 스카치위스키를 좋아하니까 블루 라벨 술병을 팔에 끼고 있는 힘센 위스키사우루스라고 명명될 거고. 그때까지 먹고 마시고 즐기자고."

의사와 잘이 웃었다. 특히 잘은 다시 웃게 돼서 좋았다.

경감은 파르시 공룡 이야기가 왜 우스운지 모르겠다는 듯 여전히 심각한 표정이었다. "그런 문제를 생각할 때마다 우울해져. 무엇보다 안타까운 건 그런 재앙을 피할 방법이 있다는 것이지."

"정말?" 의사가 물었다.

"출산율 저하 문제를 보세요. 우리 파르시 남녀는 자기 집이 생길 때까지 결혼하려고 하지 않습니다. 그런 건 봄베이에서 사실상 불가능하지 않습니까? 부모와 한지붕 아래에서 살고 싶지 않다는 거죠. 그런데 다른 공동체 사람들은 한지붕 아래에서는 말할 것도 없고 같은 방에서 합판 칸막이나 찢어진 커튼을 치고도 살거든요. 우리 왕자님들과 공주님들은 방음과 프라이버시를 원한단 말이죠. 이런 서구적 생각들이 해로운 겁니다."

"맞는 말이야. 웃기는 건 우리가 서구화돼 있고 선진화돼 있다고 자랑스러워했다는 점이지." 의사가 말했다.

"맞습니다. 그럼 제 해결책을 들어 보십시오. 프라이버시가 침해될까 봐 결혼을 못하겠다면 파르시 공동체 회의에서 부모들에게 집수리 비용을 대주면 된다는 겁니다. 집 한쪽 구석을 완전 방음 구역으로 만들어서 두 사람이 들어가서 즐기고 소리 지르고 싶은 만큼 하라는 거죠. 그래서 아이도 많이 만들고 말입니다."

"짝짓기 방인가? 그런데 젊은 사람들이 그렇게 할까?" 의사가 물었다.

"시도해 볼 만하죠. 하지만 프라이버시 문제만 있는 게 아닙니다. 새집에 따로 살면서 자식을 하나만 낳는 부유한 부부도 많거든요. 물론 자식을 둘 낳는 경우도 있죠. 인도에서 가족계획 광고를 유일하게 따르는 사람들이 파르시인일 겁니다. 나머지 사람들은 토끼처럼 번식을 하죠."

"글쎄, 인구학자들 말대로 교육을 많이 받을수록 출산율이 줄어들지." 의사가 말했다.

"그래서 그 문제도 해결해야 합니다. 저는 두 가지 방안을 갖고 있습니다. 첫째, 젊은이들이 학사 이상을 따지 못하도록 금지해야 합니다. 공부를 덜 하도록 현금 인센티브를 제공하는 겁니다. 그리고 대학원에 가고 싶은 사람들에게는 집에 있는 50대 이상 식구들의 숫자만큼 아이를 낳겠다는 계약서에 사인하지 않으면 공동체 회의로부터 돈을 못 받도록 만드는 거죠. 젊은 여자들의 건강을 망치면 안 되니까 최대 일곱 명까지만 낳도록 하는 겁니다."

"무슨 말인지 알겠네. 하지만 의학적 문제가 있거나 불임인 사람들은 어떻게 하나?" 박사가 물었다.

"그건 변명이 될 수 없습니다. 요즘에는 시험관 아기나 여러 명을 낳게 만드는 놀라운 기술들이 있으니까요. 한 방에 예닐곱 명을 만들 수 있다니까요."

"아, 흥미로운 제안이군." 의사가 말했다.

"우리 공동체 젊은이들이 대가족의 즐거움을 재발견해야 합니다." 의사와
잘이 서로 쳐다보며 웃는 걸 모른 채 경감이 계속 말했다. "잃어버린 게 뭔지
깨달아야 합니다. 집 안을 가득 채우는 음악 같은 아이들의 행복한 웃음소
리, 부엌에서 많은 음식을 요리하는 아내, 솥과 냄비가 딸그락거리는 소리,
단삭과 단다르의 냄새 등을 말입니다."

"대가족에 따르는 병폐들이 자네 계획에 숨어들어서 즐거움과 행복이 망
가지지 않도록 조심하게나." 의사가 말했다.

"네, 물론이죠." 경감이 자신 있게 말했다. "그런데 무슨 병폐를 말씀하시는
거죠?"

"질병과 가난 같은 흔한 것들 말이야."

"아, 그런 건 걱정하지 마십쇼. 파르시 공동체 회의가 돈을 충분히 갖고 있
습니다. 단 한 사람도 아프거나 가난하지 않을 겁니다. 우리가 걱정해야 할
문제는 개인주의적인 생각들입니다. 그거야말로 독이죠. 파르시 공동체에
그런 생각들은 진짜 독입니다."

"친애하는 경감, 생각들이 밀려오는 건 막기 힘들지." 의사가 말했다.

"그래도 노력해야죠." 경감이 힘주어 말했다. "그런 생각들 때문에 불행해
집니다. 에둘 문시의 예를 보세요. 젊은 나이에 압사했잖습니까. 왜 그랬습
니까? 바보 같은 수리공 취미 때문에 그런 거 아닙니까. 파르시인으로 의무
를 다해서 아이를 여섯 명 낳았더라면 공구를 갖고 장난칠 시간이 없었겠
죠. 그랬더라면 아직 살아 있을 겁니다."

"맞는 말입니다." 잘이 말했다. 지금까지 경감이 늘어놓은 말 가운데 유일하게 이치에 맞는 말이었다.

"자네 여동생도 마찬가지야. 자네를 화나게 만들고 싶은 생각은 없네. 다만 쿠미가 결혼을 했더라면 머리를 깨지게 만든 강철 대들보에서 멀리 떨어진 남편의 집에 있었을 거란 말이지."

"만약이지만 우리가 멸종할 팔자라면 무슨 수로 구하겠어." 의사가 말했다.

"맞습니다. 하지만 그렇게 되면 전 세계에 손실이죠. 하나의 문화가 사라지면 손해 보는 건 인류니까요."

"맞는 말이야." 의사가 말했다. "그러면 우리가 후손들을 위해서 타임캡슐이라도 묻어야 할 것 같은데. 천 년 후에 개봉하도록 말이야. 단삭, 파트라니 마치히, 마르기 나 파르차, 라간 누 커스터드의 요리법을 담아야지."

그 생각이 마음에 들었던 마살라왈라 경감은 기분이 약간 좋아졌다. "젠드 아베스타와 치하이예 하마이 자르토스티의 가사와 곡도 포함시켜야 하지 않을까요?"

"물론이지. 그리고 《잠 이 잠셰드》 신문도 몇 부 넣어야지."

"아디 마르즈반의 라디오 코미디 카세트도 넣죠. 쿠미가 좋아했거든요." 잘이 말했다.

"파르시 의식과 행사를 위한 모든 지시와 설명도 넣어야죠." 경감이 말했다.

"다른 건 몰라도 우리의 위대한 나브사리 서사시 한 권은 반드시 넣어야 해."

"제목이 뭐죠?"

"엑 필라 니 라다이."

경감이 웃으면서 마침내 긴장을 풀었다. "영어 제목을 붙여야겠군요."

세 사람은 즉석에서 번역해 '닭의 전투'라고 시의 제목을 정했다. 닭을 도둑맞고 나서 이웃들과 54일 동안이나 끈질기게 싸운 여인에 관한 시를 그들은 기억해 냈다. 그중에 몇 연은 나쁜 짓이 얼마나 비열하게 이뤄졌으며 그녀가 협박과 저주를 어떻게 퍼부었는가에 대해서 상세히 기록하고 있었다. 도둑들이 훔친 닭을 조금이라도 먹는다면 끔찍한 질병들을 앓게 될 거라고 적혀 있었다. 그 질병들을 열거한 부분이 가장 재밌었다. 장티푸스, 콜레라, 디프테리아, 설사, 이질, 농루, 치질, 포진에서부터 이하선염, 홍역, 광견병, 말라리아, 수두에 이르기까지 가능한 병을 총망라했다.

저녁이 깊어 가는 동안 세 사람은 생각이 떠오르지 않을 때까지 상상의 타임캡슐에 자신들이 좋아하는 오래되고 현대적인 것, 진지하고 하찮은 것, 성스럽고 불경스러운 것 들을 담아 넣었다.

경감이 한숨을 쉬며 빈 잔에다가 스카치위스키를 더 따랐다. "이 아름다운 도시를 건설하고 번영하도록 만든 게 바로 우리 파르시인인데 몇 년만 지나면 그 얘기를 해 줄 사람들이 없겠군요."

"우리도 죽어 가고 봄베이 역시 죽어 가고 있어." 의사가 말했다. "영혼이 죽으면 곧 몸도 썩어서 허물어지고 말지."

"아름다운 표현입니다. 맞는 말씀입니다. 이제 기분이 좀 나아지네요." 조심스럽게 눈가를 닦으며 경감이 말했다.

"그때까지 먹고 마시고 즐기자고."

그때 피터 부인이 와서 저녁 준비가 됐으니 집으로 가자고 했다.

"완전히 준비됐어 아니면 거의 다 된 거야?" 스카치위스키가 아직 남아 있는 의사가 물었다.

"완전히 준비돼서 식탁에 올릴 참이에요. 늦게 오면 생선 요리가 식었다고 불평할 거잖아요."

그녀가 다른 사람들을 보며 하소연했다. "이 파르시 양반이 얼마나 까다로운지 겪어 보기 전엔 몰라. 은퇴한 늙은 양반이 아직도 자기가 의사인 줄알고 명령을 내린다니까."

"테미, 그만해. 그 정도면 오늘 저녁에 내 체면을 충분히 세워 줬으니까." 피터 박사가 쾌활하게 말했다. 그는 잔을 다 비운 다음에 깊숙이 앉은 등나무 의자에서 힘들게 빠져나왔다.

잘은 노부부의 농담과 사랑에 마음이 따뜻해졌다. 그도 자리에서 일어나그들과 함께 나왔다.

피터 부인은 서둘러 먼저 가고 잘과 의사는 밖에 잠깐 서 있었다. 그들은어둠 속에서 차들과 사람들과 하늘을 보았다. 도시는 완연한 밤이었다. 그러나 여전히 시끌벅적했다. 도시의 활발함의 원천이었다. 잘은 피터 박사가그 모든 것을 흐뭇하게 바라보는 모습을 지켜보았다. 입가에 옅은 미소를머금은 그는 마치 환자에게 좋은 소식을 전해 주는 듯했다. 악수를 나눈 후의사는 서둘러 생선 요리를 먹으러 갔다.

길을 건너려고 보도의 갓돌에서 기다리던 잘은 손목시계를 보았다. 8시반이 가까웠다. 계획했던 것보다 훨씬 오래 머물렀다. 그러나 매우 즐거운만남이었다.

마살라왈라 경감으로부터 쏟아지는 비관주의가 피터 박사의 몇 마디 말과 재치 있는 농담 덕분에 익살스럽게 바뀐다는 게 신기했다. 잘은 웃음을 세상의 끊임없는 공격에 대한 방패로 사용하여 삶을 이해할 수 있는 능력이 있으면 좋겠다고 생각했다. 경감과 인구 전문가들이 말하는 절망은 바보들에게나 통했다. 록시와 예자드, 그들의 아이들만 봐도 알 수 있다. 그는 조카들이 자랑스러웠다.

예자드는 이제 심심풀이로 읽을 신문이 없었다. 다음 봉급이 불확실해지자 크리스마스 이틀 후에 신문을 끊었다. 아이들은 학교에 갔고 그는 식탁에 혼자 앉아 있었다. 어제 쿠미를 위한 두스무 기도식이 있었다. 또한 봄베이 스포츠용품점이 문을 닫은 지 열흘째가 된 날이기도 했다.

"여보, 가게는 어떻게 되는 거죠?" 록산나가 불안감에 못 이겨 물었다. "당신이 가게를 맡게 되는 건가요?"

아내를 위해서 그는 침착하기로 했다. 앞으로 일을 할 수 있을지에 대한 불안감을 그녀에게 보이고 싶지 않았다. "먼저 카푸르 부인이 회복할 시간이 필요하잖아. 생각해 봐, 남편이 갑자기 가게에서 살해당했어."

"당신 말이 맞아요. 열흘은 아무것도 아니죠. 근데 제항구와 무라드가 교복을 입을 때……."

"왜?"

"애들이 살이 빠진 것 같아요."

"근데 여보, 걔들은 원래 말랐잖아." 예자드는 재밌는 척하려고 낄낄거렸다. "애들하고 하던 게임 생각나? 애들 갈비뼈를 세면서 거기다가 피아노를 쳤잖아."

옛날 기억에 기운이 난 록산나가 미소를 지으며 주방으로 가서 나리만에게 주려고 주둥이 달린 컵에 차를 따라서 식혔다.

예자드는 얼마나 더 침착한 모습을 유지할 수 있을지 자신 없었다. 하지만 별도리 없었다. 그가 자제력을 잃으면 모두들 절망할 것이다. 결국 신의 손에 달린 것이라고 다시 한 번 스스로에게 다짐하면서 발코니로 갔다.

그는 구부정한 자세로 난간에 몸을 맡기고 팔을 늘어뜨린 채 거리를 내려다봤다. 길 건너 4층의 앵무새가 새장 안에서 쉬지 않고 돌아다녔다. 좌우로 움직이며 창살에 거의 몸을 내던졌다. 예자드는 움찔했다. 자신의 애완동물이었다면 새장을 열고 풀어 줬을 것이다.

그는 더 볼 수가 없어서 안으로 들어갔다. 주둥이 달린 컵이 여전히 식탁에 있었다. 컵을 만져 보았다. 알맞게 식어 있었다. 록산나를 부르려다가 그만뒀다.

"장인어른, 차 드실 준비 됐습니까?"

"음."

예자드는 긴 의자 끝에 앉아서 컵의 주둥이를 나리만의 입술로 가져갔다. 그러자 차가 입가로 흘렀다.

"어이쿠. 장인어른, 죄송합니다. 주둥이 달린 컵이 어렵네요." 그는 베개 옆에 있는 냅킨으로 나리만의 턱을 닦았다. 길고 거친 수염이 냅킨에 걸렸다. 돈을 주고 이발사를 부른 지 벌써 몇 주가 지났다. "장인어른, 수염이 늦게 자라서 다행입니다. 안 그랬으면 지금쯤 카를 마르크스처럼 수염이 길었을 겁니다."

나리만이 미소를 지어 보이자 예자드가 다시 컵을 갖다 댔다. 요령을 익힌 그는 조금씩 나오도록 컵을 비스듬히 기울였다. 컵을 기울일 때 나리만이 차를 마셨다. 몇 달 전에 장인이 도착한 이후 처음으로 그렇게 가까이 앉았다.

비록 작은 컵이었지만 다 마시는 데 시간이 걸렸다. 차를 다 마시고 나서 나리만이 떨리는 손을 들어 예자드의 손 위로 얹었다. 컵을 잡은 두 손이 함께 떨렸다.

장인이 고맙다는 말을 하고 있음을 예자드는 알았다. 긴 손가락에는 손톱이 길게 자라 있었다. 시간의 흐름과 견뎌 낸 세월을 보여 주듯이 주먹은 비바람에 씻긴 바닷가의 조약돌 같았고 피부는 거의 투명했다.

"장인어른, 천만에요."

예자드가 주둥이 달린 컵을 주방으로 가져가자 록산나는 자신에게 할 일을 일러 주는 거라고 생각했다.

"어, 컵이 비었네요." 안을 들여다보던 그녀는 잠시 어리둥절해하다가 남편이 아빠에게 차를 주었음을 깨달았다. 그녀의 입술이 떨렸다.

"다 드셨어." 그렇게 말하고 예자드는 부엌을 나갔다. 그는 화장대에 가서 아내의 작은 서랍을 뒤져 원하는 걸 찾았다.

"자, 장인어른, 손톱 깎으시죠." 그는 나리만의 손을 올려 엄지손가락부터 시작했다. 나리만의 손이 떨리는 대로 예자드의 손도 떨려서 손톱깎이에서 손톱이 자꾸 빠져나갔다.

"다른 방법을 시도해 보죠." 그는 긴 의자에 비스듬히 앉아 다리를 꼬아서 무릎이 높이 들리도록 만들었다. 무릎 위에 장인의 손을 올리고 자신의 손으로 누른 후 손가락들을 쫙 폈다. 손톱깎이가 딱딱거릴 때마다 노란색 초

승달이 방을 날아다녔다.

"자, 어떻습니까."

"후, 훌륭해."

그러나 손톱이 물러서 손톱깎이에 깎였다기보다 쪼개졌기 때문에 끝이 거칠었다. 예자드는 손톱 가는 줄을 꺼내 울퉁불퉁한 끝을 다듬었다. 그러자 나리만이 미소를 지었다.

"조금 나아졌죠? 어떠세요?" 예자드는 손톱 끝을 다시 한 번 확인했다.

"이젠 손톱이 빠져서 해, 해, 해를 입히진 않겠구먼."

"장인어른은 혀가 살아 계시니 아직은 아니죠."

그들은 나지막하게 웃었다. 예자드는 바닥을 살피며 낡은 신문지에 손톱을 주워 담았다. "장인어른, 발톱도 깎아야겠습니다."

"너무 서, 성가시게 해서……."

"전혀 그렇지 않습니다."

그는 장인의 다리에서 홑이불을 걷고 발밑에 앉았다. 발톱은 훨씬 단단해서 거의 뿔처럼 딱딱했다. 마치 작은 새의 부리 같았다. 그가 어깨 너머로 흘끗 보자 장인의 두 뺨에 눈물이 흘러내렸다. 그는 못 본 척하고 손톱깎이를 쥐었다. 발톱을 다 깎은 후 신문에 담아서 잘 쌌다.

"장인어른, 수염도 어떻게 해야겠는데요. 면도기 가져오셨죠?"

면도기는 면도솔과 비누와 함께 여행 가방에 들어 있었다. 그러나 칼날이 무뎌서 긁히고 칼자국이 날 것 같았다. 수염의 양으로 보아 더욱 그럴 것이다. 예자드는 자신의 상자에서 새 면도기를 꺼낸 후 뜨거운 물을 가지러 플라스틱 컵을 들고 주방으로 갔다.

"면도하게요?" 록산나가 남편의 뺨에 삐죽삐죽 자란 수염을 보며 물었다.

그는 고개를 끄덕이며 거실로 돌아갔다. 장인의 가슴을 수건으로 덮고 뺨을 적신 후 거품을 풍성하게 일으켜 수염을 부드럽게 만들었다. 나리만은 두 입술을 말아 넣어 예자드가 코 밑에 솔질을 하도록 도왔다.

"자, 준비됐습니다." 예자드는 면도칼을 뜨거운 물에 담갔다. 엄지손가락으로 귀밑의 피부를 바짝 끌어당겨서 팽팽하게 만들었다. 나리만도 입을 옆으로 비틀어 돌리고 뺨을 부풀려서 최선을 다해 도왔다.

예자드가 턱 밑을 면도하고 있을 때 록산나가 거실로 들어왔다. 남편이 아버지를 덮치고 있는 모습에 그녀는 순간 기겁했다. 무슨 일이 벌어진 걸까? 잠시 후 남편이 뭘 하고 있는지 깨달았다. 그녀는 소리를 내지 않으려고 손으로 입을 가렸다.

면도가 끝나자 예자드는 콧구멍과 귓불에 묻어 있는 수염 찌꺼기를 닦아냈다. 면도 용품을 챙긴 후 그는 몸을 돌렸다. 그러자 문간에 서 있는 아내의 모습이 보였다. 그녀의 두 눈에 고마워하는 빛이 어리자 그는 겸연쩍어서 눈을 돌리고 말았다.

저녁때쯤 잘이 음식을 들고 찾아왔다. "음식이 많이 남아서 또 가져왔어." 그가 기분 좋게 말했다. "괜찮지?"

"그럼요. 얼마나 좋은데요." 록산나가 말했다. 그러나 남편이 어떤 반응을 보일지 확신이 서지 않았다.

긴 의자에 누워 있는 나리만이 말쑥하고 깨끗해 보이자 잘이 외쳤다. "세상에! 정말 아버지 맞으세요?"

"외삼촌, 여기 좀 만져 보세요." 제항기르가 할아버지의 턱을 주무르며 말했다. "옛날처럼 부드럽고 매끄러워요."

잘이 망설였다.

"만져 보세요. 감촉이 참 좋아요."

잘이 의자에서 몸을 숙여 나리만의 턱을 부드럽게 어루만졌다. "제항기르 말이 맞아요. 제가 면도한 것보다 낫네요."

나리만이 미소를 지었다. "예자드 때, 때, 때문에…… 벼, 변……."

"변신하셨다고요? 맞죠?" 잘이 예자드를 바라보자 그는 고개를 돌렸다.

그때 록산나가 재빨리 말했다. "손톱 손질, 발톱 손질, 얼굴 마사지까지 다 해 줬다니까요! 아빠한테 미용 서비스를 패키지로 해 줬어요!"

모두들 웃었다. 무라드는 아빠가 체노이 선생의 살롱 드 보테를 개업하면 되겠다고 농담을 했다.

"프랑스 어 좀 배웠다고 잘난 척하는 거 보게." 예자드가 자랑스럽게 말했다.

"아빠, 노인들을 전문적으로 상대하면 손님이 많을 거예요. 분명히 많은 할아버지가……." 제항기르가 조심스럽게 말하다가 말끝을 흐렸다.

그때 감정에 북받친 잘이 자리에서 일어나더니 예자드를 껴안았다. "자넨 정말 좋은 사람이야. 고마워."

"고마워할 필요 없습니다." 예자드가 불편해하며 잘의 팔에서 슬그머니 빠져나왔다.

록산나가 아빠에게 잘이 가져온 양고기 파이를 맛보겠냐고 물었다. 그는 고개를 살짝 저어 신호를 보낸 후 환자용 변기를 달라고 속삭였다.

그녀가 몸을 숙여 변기를 꺼내자 남편이 의자에서 몸을 움찔하더니 일어서서 발코니로 슬며시 나가는 게 보였다. 그녀는 미소를 지었다. 그래, 이것만큼은 저 양반이 도와주지 않겠지.

메시지를 전하러 온 남자가 현관문으로 나온 예자드의 손에 들린 유리잔을 빤히 쳐다보았다. 틀니가 물에 잠겨 있었다. 틀니를 어디다 넣는지 궁금하다는 듯 남자가 예자드의 입을 보았다.

틀니를 씻고 있던 예자드가 웃으며 설명했다. "내 것이 아니오. 난 이가 있고 틀니는 장인어른 것이오."

"어쩐지 이상하다 했습니다." 남자는 그제야 심부름이 생각났는지 편지를 건넸다.

카푸르 부인으로부터 온 것이었다. 사장이 죽은 지 3주가 지났다. 예자드는 유리잔을 내려놓고 봉투를 열었다.

하인은 그가 편지를 다 읽을 때까지 기다렸다. "사모님이 답을 가지고 돌아오라고 했습니다."

"그럼 사모님이 원하시는 대로 내일 10시까지 가겠다고 전해 주시오. 적어 줄까요?"

"아뇨, 괜찮습니다. 그 정도는 기억할 수 있습니다."

하인이 떠나자 록산나가 그 소식을 듣고 기뻐했다. 뜻하는 건 한 가지밖에 없었다. 그리고 분명히 내일 봉급을 받게 될 것이다. 그녀는 카푸르 부인이 가게 문을 닫은 기간에 대해서 급여를 깎지 않기를 바랐다. "사실 당신이 가게를 혼자서라도 운영하겠다고 했잖아요. 끽해야 언니 때문에 못 간 하루나 이틀은 제하겠죠."

"기다려 보자고."

남편의 절제하는 대답에 피곤함이 묻어 있자 그녀는 신경이 쓰였다. "여보, 왜 그래요?"

"아무것도 아냐." 그러나 그는 가게에 다시 들어간다는 생각을 하면 두려웠다. 그렇다고 아내에게 짐을 지울 수는 없었다. 이제 그건 신과 자신의 문제였다.

예자드가 봄베이 스포츠용품점에 도착했을 때 문은 열려 있었지만 철제 셔터는 내려져 있었다. 어제 카푸르 부인의 메시지를 전달했던 하인이 안에 있었다. 그는 소리 없이 뒤에 있는 사무실을 가리켰다.

예자드가 카운터를 지나자 에어컨 소리가 요란하게 들렸고 열린 문으로 카푸르 부인이 남편의 의자에 앉아 있는 모습이 보였다. 상처 하나 입지 않고 호된 시련을 극복한 데다가 남편의 의자가 자신의 것인 양 차지하고 있었다. 아니, 그건 야박한 표현이었다. 인간의 정신은 강인한 것이니까 그녀는 칭찬받아야 마땅했다. 그래도 책상에 앉아 있는 그녀는 왠지 편안해 보였다. 그녀의 평온하고 힘 있는 모습이 부러웠다.

"체노이 씨, 좋은 아침이군요. 어서 앉으세요."

"고맙습니다." 그녀가 요전에 예자드라고 불렀던 생각이 나자 그는 불안했다.

"본론으로 바로 들어갈게요. 봄베이 스포츠용품점은 다시 열지 않을 겁니다."

그는 의외로 놀라지 않았다. 웬일인지 오히려 안도감이 들었다. 예자드가 물었다. "가게를 파시려고요?"

"왜요, 사고 싶어요?" 그녀의 환한 미소는 남의 일에 상관 말라는 메시지를 분명히 전달했다.

머쓱해진 그가 고개를 가로젓자 그녀가 말을 이었다. "밀린 급여 외에 한 달 치를 더 줄게요."

그녀는 얇은 봉투를 책상 위로 건넸다. 예자드는 봉투를 그대로 두고 계산을 해 보았다. 15년 동안의 헌신이 고작 한 달 치 월급의 가치밖에 안 된단 말인가?

"제발 받으세요." 그의 망설임을 사양하는 걸로 오해한 그녀가 말했다. "남편도 분명히 그러길 원할 거니까."

"고맙습니다." 그는 책상 위에 있는 봉투를 앞으로 가져왔다. 이게 단가? 이제 일어서서 봉투를 호주머니에 넣으면 되는 건가? 그는 더 있고 싶지 않아서 의자에서 일어서려고 했다.

"그건 그렇고 체노이 씨, 여기 있던 여행 가방 알죠?" 그녀가 여전히 환한 미소를 지으며 말했다.

"그런데요?"

"남편이 가방 얘기를 할 때마다 체노이 씨를 칭찬했어요. 현금 판매 금액은 1루피도 걱정할 필요가 없다고 했죠. 매일 저녁 체노이 씨가 남편에게 돈을 모두 넘긴다고요."

"달리 제가 뭘 할 수 있겠습니까?"

카푸르 부인이 큰 소리로 웃었다. "그런 예는 아주 많아요. 정직한 종업원을 찾기가 하늘의 별 따기죠. 당신이 없었다면 분명히 가방이 지금보다 훨씬 작아졌을 거예요."

그래서 한 달 치 월급을 더 주는 건가?

"남편은 가방을 우리의 사적인 연금 계획이라고 불렀죠. 내 불쌍한 남편 비크람은 그걸 즐기지도 못하겠지만 말이에요." 그녀가 잠시 말을 멈췄다. "알다시피 몇 달 전에 남편이 뜬금없이 정치를 하겠다는 생각을 했어요. 가방에 들어 있는 돈을 선거에 쓰려고 했죠. 난 극구 반대했어요."

"사장님이 실망했겠습니다."

그녀가 고개를 가로저었다. "남편이 여러모로 어린애 같아서 온갖 엉뚱한 일을 다 해 보고 싶어 했죠. 그러면 내가 문제점들을 지적했고요. 어떨 땐 나 없이 어떻게 사업을 했는지 신기하기도 해요."

"매우 잘하셨습니다."

"아, 정말 착하시군요. 충실한 부하 직원이에요. 그래서 말인데 가방 안에 얼마나 들어 있는지 알아요?"

"아뇨. 사장님도 정확한 금액은 몰랐을 텐데요."

그녀가 미소를 지었다. "남편은 몰랐어요. 하지만 난 알았죠. 매일 밤 남편이 집에 오면 그날 넣은 액수를 말해 줬거든요. 펀자브 속담 중에 이런 말이 있어요. 팁은 10만 루피를 주어도 계산은 1파이사까지 정확하게 하라."

그는 검은돈과 탈세에 관한 속담은 없는지 묻고 싶었다.

"어젯밤에 가방에 들어 있는 돈을 세어 봤어요. 근데 문제가 있어요. 35,000루피가 부족해요."

유쾌하게 시작된 대화가 결국은 그렇게 흘러갔다. 웃고 있는 저 거미가 날 거미줄에 빠뜨리려고 했다. "사장님이 말씀 안 하시던가요?" 그가 공손하게 물었다.

"뭘요?"

"시브세나에 대해서요. 사업체를 돌아다니면서 소위 기부라는 명목으로 돈을 달라고……."

"지금까지 한 번도 우릴 괴롭힌 적이 없어요." 그녀가 말을 끊으며 날카롭게 말했다.

"이번에는 그랬습니다." 그는 사장이 가게 간판에 뭄바이 대신에 봄베이라는 이름을 유지하기 위해서 세금을 내기로 했다는 이야기를 들려주었다. "그래서 사장님이 가방에서 35,000루피를 꺼내신 겁니다."

"알겠어요. 그 사람들이 영수증을 끊어 줬나요?"

"크리스마스에 난리가 났죠. 다른 두 사람이 와서 예외를 허락할 수 없다고 했습니다. 처음에 왔던 두 사람은 돈을 받으러 오지 않았고요."

"아, 그렇군요. 돈을 받으러 안 왔군요. 그럼 돈은 어떻게 됐죠?"

"아직 제 책상에 있습니다." 그는 등 뒤 가게 쪽으로 몸짓을 했다. "크리스마스에 도둑들이 훔쳐 가지 않았다면 말이죠."

그녀가 눈을 가늘게 뜨고 말했다. "체노이 씨, 도둑들은 후사인이 소리치는 바람에 도망치느라 아무것도 손대지 않았어요. 그런데 체노이 씨 책상에는 왜 여벌 열쇠가 없는 거죠? 확인하러 가 보죠."

그들이 사무실을 나올 때 예자드는 호주머니에서 열쇠고리를 더듬어 찾았다. 책상을 여는 그의 손이 떨렸다. 그는 아버지와 부엌의 시계…… 명예와 명성을 생각하면서 천천히 서랍을 열었다.

그는 무덤덤하게 돈 봉투를 건넸다. 그녀는 서랍에 뭐가 더 들었는지 보려고 몸을 숙여 자세히 살폈다.

"카푸르 부인, 세어 보시죠. 말씀하신 대로 계산은 1파이사까지 정확해야 하니까요."

"난 아직도 이해가 안 돼." 그녀는 이제 노골적으로 의심하는 말투였다. 적의가 명백하게 느껴졌다. "돈이 왜 체노이 씨 책상에 있는 거죠?"

"사장님이 저더러 해결하라고 했습니다. 그런 악당들과 얘기하기 싫다고 하셨죠."

"모든 게 참 이상해. 남편이 왜 가게 이름을 바꾸지 않고 예외를 원한 거죠? 새 간판 다는 게 35,000루피보다 훨씬 저렴할 텐데."

"사장님은 모든 걸 돈으로 계산하지 않으셨습니다." 예자드는 차분한 말투를 유지하려고 애를 썼다. "아시다시피 사장님에게 이름은 매우 중요했습니다. 봄베이는 사장님에게 무엇과도 바꿀 수 없는 것이었죠."

카푸르 부인이 고개를 가로저었다. "내 남편은 그렇게 감상적이지 않았어요. 어쨌든 다시 올 필요가 없도록 책상에 있는 개인 물건을 모두 가져가세요."

카푸르 부인은 자기 남편에 대해서 얼마나 모르고 있었던가? 그는 서랍을 하나씩 열어 내용물을 꺼냈다. 가져갈 물건이 별로 없었다. 잡지 몇 권과 고객들의 감사 편지, 그리고 오랫동안 거래처들이 디왈리와 새해에 보낸 카드들이 전부였다.

카푸르 부인은 옆에 서서 그의 서류 가방에 들어가는 물건을 모두 점검했다. 그녀는 빠뜨리지 않고 잘 보려고 목을 쭉 빼고 수시로 방향을 바꾸었다.

그녀가 등 뒤에서 보고 있는 걸 무시한 채 그는 일부러 서류들을 유심히 점검하면서 서두르지 않았다. 문득 도둑질을 했다고 의심받던 하인에 관한 어릴 적 기억이 떠올랐다. 자신보다 서너 살 많았던 15살의 헨리는 사소한 이유로 쫓겨났다. 헨리의 아버지가 매우 부끄러워하며 아들을 데려가려고 왔다. 소년의 녹이 슬고 찌그러진 작은 트렁크가 돌돌 말아 놓은 얇은 침구와 함께 뒷문에 준비돼 있었다. 그러나 떠나기 전에 헨리는 트렁크를 비우고 닳아서 누덕누덕 기워진 침구를 펴서 아무것도 훔쳐 가지 않는다는 걸 고용인들에게 증명해야 했다. 소년의 아버지가 부끄러워하며 지켜보았다.

그때 예자드는 아버지가 자신의 치욕을 지켜보고 있을지도 모른다고 생각했다. 책상 정리를 끝낸 그는 서랍을 닫고 카푸르 부인에게 열쇠를 건넸다.

"체노이 씨, 고마워요. 남편을 대신해서도 고맙다는 말을 전하죠. 자, 그럼 혹시 가게에 기념품으로 갖고 싶은 게 있나요? 비크람을 추억할 수 있는 뭔가 작은 것 말이에요."

아마도 의심한 것을 보상하려고 그러는 건지도 몰랐다. 그가 거절하려고 하는 참에 퍼뜩 떠오르는 게 있었다.

"사실은 사장님이 제게 크리스마스 선물을 줬습니다. 시브세나 소동 때문에 그날 깜빡하고 가져가지 못했죠. 휴즈 거리를 찍은 석 장의 사진이었는데 제게 주려고 책상에 다시 넣어 뒀을 겁니다."

"아, 체노이 씨, 그 사진이 어디 있는지 알아요. 하지만 그건 비싼 건데요."

예자드는 그녀의 눈을 보며 말했다. "사장님이 제게 선물로 주셨습니다." 그는 목소리를 침착하게 유지했다. "크리스마스 아침에요."

"그건 불가능해요. 남편의 소장품 가운데 일부거든요. 그의 취미 중 하나였죠. 나는 이제 과부가 되었으니 돈 관리에 신경을 써야 하니까 팔아야 할지도 몰라요. 다른 건 어때요? 저기 산타클로스나 아니면 축구공 같은 거."

"고맙지만 사양하겠습니다."

"그래요? 그럼 잘 가요."

가게를 나온 예자드는 머릿속이 하얘졌다. 그는 호주머니에 들어 있는 출입문 열쇠를 만지작거렸다. 그녀는 열쇠를 돌려 달라고 하지 않았다. 문을 닫으면서 그는 뒤를 힐끔 보았다. 아니, 그녀는 잊은 게 아니었다. 자물쇠가 모두 바뀌어 있었다.

보도의 갓돌을 따라 걸으며 그는 다시 한 번 호주머니에 손을 넣어 열쇠를 꺼내 하수구에 집어던졌다. 15년의 세월이었다. 열쇠가 떨어지자 뎅그렁 소리가 들렸다.

근처에서 쓰레기를 뒤지던 넝마주이가 열쇠가 떨어진 걸 보고 주우려고 달려들었다. 그는 오물에서 열쇠를 건져 올린 후 금속을 모으는 자루에 집어넣었다.

인도 만세 책방을 지날 때 누군가 자신의 이름을 부르는 소리가 들렸다. 그는 못 들은 척하고 계속 걸었다. 와디아지 불의 사원에 도착할 때까지 쉬지 않고 걸었다.

그는 록산나가 중요한 서류, 영수증, 건강 기록, 아이들의 성적표 등을 보관하는, 지퍼가 고장 난 낡은 핸드백을 뒤졌다. 그의 고등학교 졸업장, 문학사 학위, 판매와 경영 수료증, 15년 된 이력서도 들어 있었다.

그는 식탁에 그것들을 펼쳐 놓고 이력서를 새로 손으로 썼다. 격려하려고 옆에서 지켜보던 록산나가 그의 글씨체에 감탄했다.

"여보, 종이 위의 진주인 당신 필체는 언제 봐도 아름다워요. 당신처럼 쓸 수 있으면 타이핑 안 하는 게 나아요."

그는 미소를 지었다.

"금세 새 직장을 구할 거예요. 옛날 직장보다 더 좋은 데로요." 그의 정수리에 입을 맞추고 그녀가 돌아섰다.

그는 이력서를 쓰고 나서 서류 가방을 챙기면서 봄베이 스포츠용품점에서 가져온 고객들의 감사 편지를 집어넣었다. 그는 모퉁이 가게로 가서 그것들을 복사했다.

사흘 동안 그는 도시의 웬만한 스포츠용품점을 다 돌아다녔다. 이전 직장에서 벌어진 불행한 일을 알고 있는 지배인들과 사장들은 그의 구직을 동정적으로 받아들였다. 그들은 자리가 생기면 알려 주겠다고 약속했다. 그러나 예자드는 그들이 불편해하는 걸 눈치챘다. 살인과 연관된 사람과 접촉하기 싫다는 듯이 그들은 악수할 때도 매우 조심스러워했다.

나흘째 되는 날 아침 그는 같은 시간에 집을 나서 불의 사원까지 걸어갔다. 기차 승차권이 이미 만료됐다. 그는 두 시간 동안 기도한 다음에 다시 걸어서 집으로 돌아왔다. 집에 도착하자 겨우 1시였다.

"당신이에요? 왜 이렇게 빨리 왔어요?"

"더는 찾아갈 스포츠용품점이 없어."

"다른 데는 알아보지 않을 거예요?"

"그게 무슨 말이야? 오늘 일찍 온 게 내가 게을러서 그렇단 말이야?"

"난 단지 당신 계획이 궁금해서 물어본 거예요."

"궁금해할 필요 없어. 찾아간 사람들마다 하나같이 시간이 필요하다고 그랬으니까. 그게 언제가 될지는 신이 결정할 거고."

록산나는 당분간 남편을 내버려 두기로 했다. 그날 오후 늦게 그녀는 잠시 나갔다 올 테니 집을 봐 주겠냐고 물었다. "오빠가 언니 옷이랑 신발이랑 다른 물건들을 정리해 달라고 해서요. 노인정이나 과부 마을에 기부하겠대요."

"물론이지. 그런 건 빠를수록 좋은 법이야. 가난한 사람들이 쓸 수 있으니까."

떠나기 전에 그녀는 나리만에게 소변기를 갖다 댔다. 그녀의 쉬 소리에 그는 뭘 원하는지 눈치챘다. 그러나 기껏해야 오줌 몇 방울만 흘러나왔다.

"아빠, 그게 다예요? 다시 해 보세요. 그래야 제가 돌아올 때까지 볼일 볼 필요가 없죠."

나리만이 끙끙거리며 다시 한 번 시도했지만 이번에도 몇 방울만 더 나왔을 뿐이었다. 그녀는 변기에 오줌을 버리고 소변기를 씻었다. 남편에게는 아빠가 오늘 조용했다고 일러 주고 집을 나섰다.

예자드는 잠시 거실에 머물렀다. 그는 장인의 떨리는 손과 감긴 눈꺼풀 밑에서 불안한 눈을 바라보았다. 그러나 무엇보다 슬픈 건 지난 몇 주 동안 장인이 거의 입을 닫았다는 점이었다.

발코니로 나가 난간에 몸을 기댄 그는 장인이 4개월 전 처음 도착했을 때 유치하게 화를 냈던 일을 떠올렸다. 장인과 보냈던 즐거운 시간들도 생각났다. 그의 위트와 재밌는 몇 마디 말에서부터 청산유수 같은 말솜씨도 이젠 거의 멈췄다. 안쪽 방 선풍기의 속도 조절 장치가 느리게밖에 작동하지 않는 것처럼. 모든 동작과 말이 끝난다는 전조임을 제외한다면 느림 그 자체는 음미해 볼 만한 가치가 있었다.

아이들이 학교에서 돌아오자 그는 주전자를 불에 올렸다. 여느 때 같으면 아빠가 직장에 있어야 할 시간에 집에서 차를 만들고 있자 아이들이 신기해한다는 걸 그도 알았다. 예자드는 아이들이 차를 마시는 동안 함께 있어 줬다.

"자, 그럼 공부해야지."

아이들은 안쪽 방의 작은 책상으로 갔고 그는 침대에 앉았다. 아이들의 이마가 땀으로 번들거렸다. 아직 1월이 채 끝나지도 않았는데 날씨가 벌써 더워졌다. 그는 아이들에게 무슨 숙제를 하느냐고 물었다.

"전 프랑스 어 숙제요." 무라드가 말했다.

"아빠가 프랑스 어를 조금 기억하니까 도움이 필요하면 말해."

"아빠, 메르시."

"제항글라, 넌 뭐하니?"

"산수요. 근데 너무 멍청해요. 이 질문 좀 보세요. 볼라카니 부인이 100루피를 가지고 시장에 갔습니다. 달걀에 22.5루피, 빵에 14루피, 버터에 36.75루피, 양파에 7루피를 썼습니다. 집에 돌아온 볼라카니 부인에게는 돈이 얼마 남았을까요?"

예자드가 그게 왜 멍청하냐고 묻자 제항기르는 아무도 그렇게 많은 양의 버터를 한꺼번에 사지 않으며 볼라카니 부인이 엄마처럼 좋은 봉투를 여러 개 가지고 있지도 않다고 대답했다.

모두 웃었다. 예자드는 아이들의 어깨를 사랑스럽게 꼭 쥐었다. 무라드가 선풍기를 켜도 되냐고 물었다.

제항기르가 얼굴을 찡그리며 말했다. "형, 엄마가 선풍기를 틀면 전기 요금이 많이 나온다고 했잖아."

"땀이 줄줄 흐르는데 어떻게 프랑스 어 단어들을 다 외우냐?"

예자드가 그러면 10분만 선풍기를 켜자고 했다. 그는 유일하게 작동하는 '느리게'로 선풍기를 맞췄다. 그러자 방 안에 공기가 돌기 시작했다.

잠시 후 나리만의 불분명한 말소리가 거실에서 들리자 예자드가 그의 곁으로 갔다. "장인어른, 괜찮으세요?" 그런 질문을 한 자신이 바보 같았다. "록시는 나갔고 저희는 여기 다 있습니다."

나리만이 계속 뭔가를 말하려고 하자 예자드가 아이들에게 돌아가서 말했다. "할아버지가 뭔가 말하려는 것 같은데. 너희들, 알아들을 수 있겠니?"

세 사람은 긴 의자 옆에 나란히 서서 기다렸다.

"아마 소변보고 싶으신 거겠지?" 예자드가 말했다.

"아뇨. 소변이면 할아버지가 '소변통'이라고 말씀하세요. 대변을 보고 싶으신가 봐요." 제항기르가 말했다.

예자드는 가슴이 철렁 내려앉았다. "확실해?" 그는 베개로 몸을 숙이고 부드러운 목소리로 물었다. "대변보실래요?"

나리만이 끙끙거렸지만 약간 안심한 목소리로 보아 그렇다는 표시 같았다.

"빌리 아줌마 부를까요?" 무라드가 물었다.

예자드가 숨을 깊이 들이쉬었다. "아냐, 그럴 필요 없다."

그의 대답에 아이들이 깜짝 놀랐다. 아빠가 할아버지 물건들을 절대 못 만지게 하고 엄마 아빠가 그것 때문에 여러 번 싸웠기 때문이다. 아이들의 얼굴에 아빠의 결정이 옳다는 표정이 금방 드러났다.

"근데 전 방법을 몰라요. 소변통보다 복잡하거든요." 제항기르가 말했다.

무라드가 자기도 그렇다며 고개를 끄덕였다.

"알아낼 수 있을 거야. 그렇게 어렵지 않을 테니까." 예자드가 말했다.

그는 홑이불을 들어 더러워지지 않도록 옆으로 치웠다. 그러자 나리만을 둘러싼 악취가 코를 찔렀다. 장인에게 아내가 항상 스펀지 목욕을 시켜 주고 텔컴파우더를 발라 주는데도 그랬다.

"제항기르, 아빠랑 형이 할아버지를 들어 올리면 네가 변기를 밀어 넣는 거야. 준비됐지?"

"잠깐만요. 방금 생각났어요. 엄마가 항상 비닐을 한 장 더 깔았어요."

긴 의자 밑의 매트리스에 포개진 비닐이 꽂혀 있었다. 제항기르가 비닐을 펼쳤다.

"준비됐지?" 예자드가 물었다. "하나, 둘, 셋!" 제항기르가 재빨리 흰 시트 위로 비닐을 밀어 넣고 변기를 할아버지 밑에 받쳤다.

"아주 잘했다." 무라드와 함께 장인을 변기에 앉히면서 예자드가 말했다. "장인어른, 괜찮으세요?"

나리만이 안도의 한숨을 내쉬자 그들이 뒤로 물러섰다.

아내가 매일 혼자서 장인의 몸을 들어 올리고 비닐을 깔고 변기를 밀어 넣는 일을 했겠구나 생각하니 예자드는 숙연해졌다. 자신은 그녀의 강인함을 칭찬하기는커녕 화를 내고 불평만 하지 않았던가. 아내는 자신의 도움이 필요했건만 그가 한 일이라곤 말도 안 되는 독설을 토해 낸 것뿐이었다. 아침이건 저녁이건 밤이건 아내의 인내심이 자신의 성난 좌절감을 달래 주었다.

너무 부끄러웠던 나머지 그의 까다로운 코도 변기의 냄새를 아랑곳하지

538

않았다.

제항기르가 슬며시 아빠의 손을 잡았다. "아빠, 곧 직장 구하실 거죠?"

"신은 위대하단다. 신이 원한다면 분명히 그렇게 될 거다."

아빠의 새로운 이야기 방식에 익숙지 않았던 아이들이 얼굴을 돌렸다. 잠시 동안의 침묵 사이로 나리만의 신음 소리와 한숨 소리만 들렸다.

"이러면 어떻겠니? 내일이 마침 휴일이니까 아침에 아빠랑 불의 사원에 가는 거야. 신에게 우리를 도와 달라고 함께 기도하자꾸나."

아이들은 당황스러웠지만 고개를 끄덕였다. 그런 말은 주로 쿠미 이모가 했지 단 한 번도 아빠가 말한 적은 없었다.

"할아버지가 끝났나 봐요." 무라드가 말했다.

"그, 그, 그래."

두 사람이 다시 나리만을 살짝 들어 올리자 제항기르가 변기를 빼고 뚜껑을 닫았다. 그는 소파 밑에서 낡은 수드라와 파자마를 자른 작은 천들이 담긴 바구니를 꺼냈다. "할아버지의 궁둥이를 닦아야 해요. 엄마가 휴지는 너무 비싸다고 했거든요."

얼굴이 하얗게 질린 예자드가 바구니를 넘겨받았다. 그때 현관문이 열리며 록산나가 들어왔다.

"아빠, 안 돼요!" 냄새를 맡은 그녀가 현관에서 외쳤다. "침대에다 누신 거예요?"

거실로 들어선 그녀는 긴 의자 주위에 있는 가족과 예자드의 손에 들린 헝겊을 보고 상황을 파악했다. "여보, 고마워요. 이건 내가 할게요." 그녀가 속삭이며 바구니를 넘겨받았다.

"제항기르와 무라드에게 고맙다고 해야 해. 애들이 없었으면 아무것도 못 했을 테니까."

그녀가 미소를 지으며 눈물을 참으려고 애를 썼다.

"당신 혼자서 어떻게 이걸 다 한 거야?"

"어렵지 않아요. 하다 보면 익숙해져요."

그냥 해서 되는 게 아니라 사랑과 헌신이 필요했다. 아내가 장인을 들어 올리는 것을 보면 사랑이 기적을 행한다는 격언이 들어맞는다는 생각이 들었다.

"여보, 그 꾸러미 풀어 봐요. 오빠가 당신한테 보낸 거니까."

그가 신문지 포장을 풀자 작은 은 향로가 나타났다. 그 아름다운 모양은 와디아지 불의 사원에 있는 1.5미터짜리 거대한 향로를 꼭 닮았다. 향을 피우는 꼭대기의 둥근 접시는 석탄에 그을려 있었다.

그는 작은 향로를 손에 들고 록산나를 바라봤다.

"엄마가 쓰시던 거예요. 못 알아보겠어요? 언니가 저녁 기도 하면서 집에 다 향을 돌릴 때 봤잖아요."

"그래, 이제 생각나네."

"오빠가 당신이 좋아할 거라고 했어요. 오빠가 향도 한 봉지 보냈어요."

예자드는 비닐봉지를 열고 향냄새를 맡았다. 그는 향로의 모양, 손에서의 감촉, 그리고 광택이 마음에 들었다.

다음 날 아침 식사가 끝난 후 예자드가 아이들에게 불의 사원에 가자고 했다. 무라드는 파르시 새해나 자라투스트라 탄신일도 아닌데 왜 가냐고 물었다. "그냥 가면 이상하잖아요. 학교 시험이 있는 것도 아닌데."

"특별한 경우에만 가는 게 아냐. 신은 365일 들을 준비가 돼 있단다."

"윤년에는 366일이에요." 제항기르가 말했다. 아빠와 나들이한 지가 오래돼서 제항기르는 빨리 가고 싶었다. 무라드가 마지못해서 집에서 입는 옷을 좀 더 나은 옷으로 갈아입었다.

그들이 불의 사원으로 걸어갈 때 거리는 조용했다. 공화국의 날이라 가게와 사무실이 문을 닫았다. 때때로 작은 종이 깃발을 흔드는 사람들로 가득한 차가 지나갔다. 아이들은 저녁에 해가 진 후 전광식을 보러 나오면 좋겠다고 했다.

제항기르가 예자드의 손을 잡더니 발을 맞춰 걸었다. 몇 걸음 걸을 때마다 제항기르는 보폭을 맞추기 위해서 뛰었다. 약간 앞서서 혼자 걷던 무라드가 속도를 줄였다. 무라드가 나란히 걷자 예자드는 무라드의 손을 잡고 휘파람을 불었다.

제항기르는 위를 올려다보며 휘파람이 무슨 노래로 바뀔지 궁금했지만 예자드는 새처럼 즐거운 구절만 반복했다. 그러다가 아빠가 〈로렐과 하디〉 주제곡을 휘파람으로 부르자 형이 배를 앞으로 내밀고 땅딸보처럼 뒤뚱거렸다.

그들은 곧 예자드가 단골이 된 백단향나무 가게에 도착했고 남자가 인사를 건네며 통에 손을 집어넣었다. "오늘은 세 자루 드릴까요?"

예자드가 고개를 가로저으면서 당혹스러움을 감추려고 농담으로 받았다. "한가족이니까 한 자루만 주시오."

남자가 미소를 지었다. "아들입니까?"

예자드가 고개를 끄덕였다.

그들은 기도 모자를 쓰고 나서 베란다로 향했다. 몸을 씻는 난간에서 예자드는 수조의 뚜껑을 열고 은그릇을 밑으로 내렸다. 실수로 그릇이 벽에 부딪치자 종처럼 울렸다. 팔을 어깨까지 집어넣고 나서야 그릇이 물에 닿았다. "물이 거의 없네." 예자드가 작은 목소리로 말했다.

"수조가 커서 제항기르가 수영해도 되겠다." 무라드가 말했다.

"내 키가 그렇게 작아?"

예자드는 아이들의 손에 물을 붓고 자신의 손에도 부었다. 그들은 손수건 하나로 함께 손을 닦았다. "쿠스티 기도를 시작한 후에는 잡담하고 농담하면 안 된다. 알았지?"

"왜요?" 무라드가 물었다.

"왜냐면 기도를 한다는 건 신에게 말을 하는 거니까. 말을 끊으면 무례하잖아."

무라드는 예자드의 등 뒤에서 얼굴을 찡그렸다. 아빠의 비위를 맞추려는 것뿐이지 사실 그런 건 믿지 않는다고 제항기르에게 말하는 것 같았다. 그들은 셔츠를 밖으로 내어 셔츠 자락을 턱 아래에 끼운 후에 쿠스티를 풀기 시작했다.

예자드는 아이들이 기도 절차를 빼먹지 않도록 주의를 기울였다. 아이들은 곁눈질로 아빠가 2.7미터짜리 쿠스티를 다루는 신기한 기술을 지켜봤다. 그의 손가락들이 매듭을─심지어 등 뒤의 보이지 않는 매듭까지도─묶는 방식은 우아하고 세련돼 보였다.

그들은 신발을 벤치 밑에 두고 안으로 들어갔다. 고요한 침묵 속에서 불씨만 빨갛게 이글거렸다. 예자드가 성소에 무릎을 꿇고 앉자 아이들도 따라 했다. 그는 셔츠 주머니에서 백단향나무를 꺼내 잠깐 망설이다가 무라드의 손을 잡아 나무로 이끌고 제항기르의 손도 이끌었다. 세 사람이 함께 백단향나무를 은 쟁반에 바쳤다.

예자드는 무릎을 꿇은 채 재를 조금 집어서 아이들의 이마에 묻히고 나머지를 자신의 이마에 발랐다. 그는 아이들의 어깨를 잡고 눌렀다. 불에 절을 하라는 걸로 이해한 아이들이 이마가 대리석 문턱에 닿을 때까지 몸을 숙였다.

아이들 사이에서 예자드도 고개를 숙였다. 오, 오르마즈드시여! 아이들에게 축복을 내리시어 건강하고 정직하도록 해 주시고 당신의 뜻에 따라 우리 가족을 돌보시며 당신이 뜻한 바대로 제가 이루도록 도와주소서…….

그가 일어서자 아이들도 따라 일어섰다. 그들이 불로부터 뒤로 물러나기 시작하자 아이들이 누가 더 빨리 뒤로 걸을 수 있는지 경쟁하다가 하마터면 사제와 부딪칠 뻔했다.

맨 처음에 예자드에게 말을 걸었던 흰 수염에 키가 크고 마른 늙은 사제였다. 그는 아이들의 손을 잡더니 눈을 반짝이며 물었다. "제대로 다 암송했니? 기도를 빼먹으면 안 된다. 알았지?"

아이들이 수줍어하며 고개를 끄덕였다.

사제가 웃으면서 예자드에게 말했다. "젊은 사람들이 여기 오는 걸 보면 언제나 행복하다오." 사제는 안으로 들어가 불에 의식을 치렀다.

그들은 베란다로 돌아가 신발을 신었다. 무라드는 사제가 살이 찌고 빨간색 옷을 입으면 영락없이 산타클로스 같겠다고 했다.

"산타클로스가 살을 빼고 흰옷을 입으면 저 사제 같을 거다." 예자드가 말했다.

"아빠, 제가 뭘 걱정했는지 아세요?"

"제항글라, 뭔데?"

"우리가 안에 있을 때 누가 신발을 훔쳐 가면 어쩌나 걱정했어요."

예자드는 불의 사원에서 그런 일은 일어나지 않을 거라고 말하며 아이들에게 재밌었냐고 물었다.

아이들이 그렇다고 대답했다. "큰 향로가 있는 곳에 들어가서 불에 직접 백단향나무를 넣으면 더 재밌을 것 같아요." 무라드가 말했다.

"아빠가 네 나이였을 때 똑같은 생각을 했단다."

버터, 잼, 비스킷, 치즈, 처트니와 피클 병들, 세브 간티아 두 봉지가 큰 음식 꾸러미에서 쏟아져 나왔다. 다른 꾸러미에는 오렌지와 청포도가 들어 있었다. 무라드와 제항기르는 꾸러미를 다 풀어서 식탁에 음식을 차린 후 두 눈을 반짝이며 라벨을 살폈다.

아이들이 기뻐할수록 예자드는 더욱더 심란해졌다. 아내가 처남에게 그가 봄베이 스포츠용품점에서 일하지 못하게 됐다고 말했을 것이다. 그러니 처남이 자선을 베풀러 이렇게 온 것이리라. "우리 집은 아직 자선 단체로 등록하지 않았는데요."

잘이 손가락으로 보청기를 눌렀다. 록산나는 오빠가 듣지 못했으면 했다.

하지만 그는 자선이라는 말을 놓치지 않았다. "난 사랑으로 가져온 거야." 그가 보청기를 조절하며 항의했다. "내 선물에 그런 식으로 말한다면 나와 쿠미에 대해서 아주 나쁘게 생각한다는 뜻이야."

그러나 잘은 곧 뉘우쳤다. "아버지를 여기로 모셔 와서 우리가 자초한 거니까 뭐." 그는 혹시라도 나리만이 들을까 봐 목소리를 낮췄다.

"참 굉장한 선물이었죠. 우리의 삶을 영원히 바꿔 놨으니까요."

"제발 싸우지 맙시다." 록산나가 긴 의자를 가리키며 말했다.

잘은 두 손을 무릎에 올리고 가만히 앉아 있었다. "자네의 분노는 당연한 거야. 쿠미, 아니 우리가 끔찍한 짓을 저질렀으니까."

"처음 말한 대로 처형이 맞겠죠." 예자드가 말했다.

"하지만 내가 내버려 뒀어. 날 설득하도록 그냥 뒀다고. 말렸어야 했는데."

"그게 가능했겠어요?"

잘이 잠시 생각했다. "아니. 아마 그렇게 못했겠지. 쿠미는 아버지 책임이라고 믿었……." 그는 불행했던 시절을 생각하고 싶지 않아서 고개를 가로저었다. "용서했더라면 얼마나 좋았을까."

"불쌍한 언니. 너무 늦었어요."

잘이 슬픈 표정으로 고개를 끄덕였다. "어제 응접실 청소를 하면서 진열장에 있던 물건을 모두 버렸어. 그랬더니 아버지 생일 파티가 생각나더군. 그때가 우리 모두 함께 응접실에 있었던 마지막이었지."

"근사한 파티였죠." 예자드가 말했다.

"쿠미도 즐거워했어." 잘이 말했다.

정말 그랬다고 그들이 잘에게 말했다. "모두들 즐거웠죠. 게다가 맛있는 저녁도 처형이 만들어 줬고요."

"맞아. 쿠미가 요리하는 걸 좋아했지. 어제 또 그런 생각이 들더군. 왜 그렇게 즐거운 시간을 더 많이 갖지 못했을까 하고 말이야. 가능했고 지금도 가능해. 지금처럼 계속 이럴 필요는 없으니까. 아버지 문제는 내가……."

그들은 그가 다시 말할 때까지 기다렸다. "날 믿어 줘. 우리 사이를 제대로 바로잡을 테니까. 조금만 더 기다려 줘, 2주만 더."

잘은 약속한 대로 2주 후에 돌아와 좋은 소식이 있다고 했다. 그들은 그가 롱라이프 건전지 새 통을 뜯어 보청기에 끼우는 모습을 바라보았다. 잘이 뚜껑을 닫고 스위치를 켠 후 볼륨을 조절했다.

"혹시 장인어른을 기적적으로 치료할 수 있는 사람이라도 찾은 건가요?" 예자드가 물었다.

잘은 빈정거림에 아랑곳하지 않고 미소를 지었다. "예자드, 미안하네. 아직 파킨슨병에는 치료법이 없다는군. 내 계획은 아주 실용적이야. 물론 두 사람이 동의하고 기꺼이 협조한다면 말이지."

"록시, 형님 말 들었지? 우리의 협조가 필요하다는데."

그녀는 입을 꽉 다물며 남편이 그만 깐죽거리고 오빠의 말을 끝까지 듣기를 바랐다.

잘은 차분함을 잃지 않았다. 나리만의 잠을 방해하지 않으려고 그는 나직한 목소리로 말했다. "내가 어느 날 쿠미 때문에 지쳐서 여기 왔던 거 생각나? 자네가 친절하게도 행복의 성처럼 큰 아파트만 있다면 나도 같이 살게 해 준다고 했잖아."

예자드는 가슴이 철렁 내려앉았다. 설마 진짜 그럴 생각은 아니겠지! 그날 저녁을 떠올리며 그는 초조하게 고개를 끄덕였다.

"거기서 아이디어를 얻은 거야. 문득 내게 큰 아파트가 있다는 사실이 떠오르더군. 아버지가 안 계신다고 쳐도 이 아파트는 너무 좁잖아. 그리고 내가 사는 아파트는 혼자 살기엔 너무 크고."

예자드가 조심스럽게 다시 고개를 끄덕였다.

온 가족이 아버지와 함께 행복의 성으로 이사하는 것이 해결책이라고 잘이 말했다. 모두에게 최선이었다. 또한 오랜 불행의 세월 끝에 죽은 쿠미에 대한 기억을 기념할 수 있는 좋은 일이라고 했다. 죽음과 함께 찾아왔을 지식과 지혜를 얻은 쿠미가 하늘나라에서 분명히 기뻐할 거라고도 했다.

"내가 말했지? 형님만 믿으면 된다고 했잖아! 폐허 속에서 오래오래 행복하게 살 수 있다고."

잘은 기분 나빠 하지 않고 그냥 웃었다. 수십 년 동안 관리하지 않아서 아파트는 당연히 끔찍한 상태였다. 잘도 그들도 수리할 돈이 없었다.

"아시니 천만다행입니다." 예자드가 말했다.

"그래서 자네 아파트가 필요한 거야. 이 아파트가 작기는 해도 위치가 좋아서 값이 많이 나가거든. 적어도 4백만 루피는 받을 수 있을 거야."

"꿈도 크시네요."

"아냐, 그게 시세라니까. 부동산 중개인들한테 확인했어."

"나한테 말도 없이 내 집을 감정까지 하셨어요?"

"예자드, 미안하네. 계획을 확실히 하기 위해서 어쩔 수 없었어. 설익은 생각을 가지고 오긴 싫었으니까."

예자드가 가까스로 화를 참았다. "4백만 루피가 확실합니까?"

"최소한."

"아빠가 지불한 돈의 거의 10배네요." 록산나가 놀라워하며 말했다.

돈의 일부는 행복의 성을 수리하는 데 쓰고 나머지 돈은 투자하면 될 거라고 잘이 설명했다. "정기 예금 이자만으로도 자네 가족 생활비는 물론이고 아버지에게 드는 간호비, 약값, 괜찮은 병원용 침대 비용으로 충분할 거야. 난 단돈 1파이사도 필요 없어. 내가 원하는 건 모두들 이사 와서 함께 사는 거니까."

"꿈같은 계획이군요. 내일 당장 우리 문제가 모두 사라질 것처럼 말하는 군요. 이사를 가고 싶어도 집을 살 사람을 찾는 데만 몇 달이 걸릴 텐데."

잘이 헛기침을 했다. "사실 사람을 찾았어."

그러자 예자드가 격분했다. "뭐 이런 경우가 다 있어! 감정을 받는 건 그렇다 치더라도 우리한테 물어보지도 않고 살 사람을 구해? 이삿짐 회사도 구했어요? 가구를 실으려고 트럭이 밖에서 기다리고 있는지도 모르겠군."

록산나가 아빠가 듣겠다며 그를 진정시켰다. 잘이 제발 화내지 말라면서 주식 시장에서 만난 중개인 가운데 한 명에게 물었더니 우연히 그 사람을 소개해 준 거라고 했다.

예자드가 투덜대더니 관심 없는 척하면서 물었다. "뭐하는 사람이래요?"

"수라트 출신의 다이아몬드 업자래. 아들이 결혼한다더군."

예자드가 곰곰이 생각하더니 반론을 제기했다. "다이아몬드 업자가 진짜 살 생각이 있다고 칩시다. 그럼 검은돈으로 거래할 것 아닙니까. 그렇죠? 그렇다면 우리한테 현금을 줄지 어쩔지 어떻게 믿을 수 있냐고요? 또 큰 아파트를 수리하는 동안 우리는 어디서 살고요?"

잘은 그에 대한 대답도 준비하고 있었다. "이런 식으로 하면 돼. 반은 선불로 받고 반은 집을 비울 때 받는 걸로. 그러니까 먼저 2백만 루피를 받고 한 달 동안 수리한 다음에 이사를 하는 거지."

예자드가 미소를 지었다. "형님 계획의 가장 큰 문제가 뭔지 아세요? 수리예요. 비용이 그렇게 많이 들면 투자할 돈이 남겠어요? 그러면 원점에서 다시 시작하는 거라고요. 장인어른에게 쓸 돈도 없고 나는 실직자 신세고. 사실 그보다 더 심각해지겠군요. 그렇게 큰 아파트를 관리하려면 말이죠."

잘이 자리에서 일어나 바지 주머니에 손을 집어넣었다. 그는 반으로 접은 봉투를 꺼내 예자드에게 건넸다.

타이핑한 세 장짜리 서류에는 60일 동안 구속력이 있는 자세한 견적과 공사 내역이 '하피즈 락다왈라 & 아들들'이라는 꽤 유명한 회사의 이름으로 작성돼 있었다. 행복의 성을 편리한 집으로 만드는 데 필요한 모든 수리 내역을 담고 있었다.

예자드가 읽고 있는 서류를 록산나가 그의 어깨 너머로 보았다. 잘의 말이 맞았다. 액수는 흠잡을 데가 없었다. 예자드는 페이지를 넘기며 항목들을 꼼꼼히 살폈다. 화장실, 욕실, 온수 장치, 타일, 수도꼭지, 전기 배선, 페인트칠, 부엌 바닥과 선반, 부서진 유리창 갈기, 기타 등등······.

그는 있을 법한 모든 문제를 제기했다. 비록 답을 알고 있더라도 물었다. 그러면 잘이 침착하게 설명했다. "보다시피 집수리에 대략 백만 루피가 들어갈 거야. 그러면 3백만 루피를 투자할 수 있겠지."

예자드가 마지막 항목을 보더니 드디어 걸려들었다고 생각했다. 모든 예상 금액에 의문을 제기할 수 있는 내용이었다.

"이건 말도 안 되잖아요. 나 같은 문외한도 알겠어요. 그렇게 심각한 피해를 수리하는 데 어떻게 이렇게 돈이 적게 들 수 있죠? 대들보가 썩었다면서 이게 말이 되냐고요."

잘이 일어나 예자드가 손가락으로 가리키는 내용을 읽었다. "천장 말이군. 그건 가장 쉬운 일이야. 겉에다가 벽토만 바르면 되거든."

"헛소리 마세요. 불쌍한 에둘처럼 말하는군요. 그 사람의 말도 안 되는 셀프 수리공 정신을 이어받은 겁니까?"

잘이 긴 의자에 누운 아버지를 보더니 자신의 무릎을 노려본 후 어깨를 펴고 말했다. "그렇게 만든 사람이 나니까 잘 알지."

"형님, 제 말 잘 들으세요. 이미 벌어진 나쁜 일마다 자신을 탓할 필요 없어요."

"내가 그랬다니까. 에둘의 망치를 빌려서 걸상에 올라가 벽토를 깬 사람이 바로 나야."

록산나와 예자드가 입을 딱 벌리고 다물 줄 몰랐다. 그러자 잘이 고개를 끄덕이며 자기가 바로 그렇게 만들었다고 했다.

"당연히 처형의 아이디어였겠죠." 예자드가 무덤덤하게 말했다.

잘이 그 말을 무시하고 걸상에 올라가 망치를 휘두른 사람은 바로 자신이었다고 다시 한 번 강조했다.

"근데 언니가 왜 그렇게 한 거죠?" 록산나는 진실보다 덜 아픈 이유를 간절히 듣고 싶었다.

"아버지를 모시기 싫어서." 잘의 매우 솔직한 대답에 그들은 잠시 할 말을 잃었다. 잘이 다시 입을 열었다. "자, 그럼 천장이 단단하다는 건 알겠지? 에둘이 실수한 거야. 대들보는 썩지 않았어."

고백을 하고 나자 잘은 더 할 말이 없었다. 그는 떠날 채비를 했다. "무슨 결정을 내리든지 상관없어. 난 그저…… 그걸 말할 수 있는 기회가 있어서 기쁘니까."

아직 충격에서 벗어나지 못한 그들은 잘과 함께 현관문으로 가서 건성으로 작별 인사를 했다. 그들은 문을 닫고 들어갔다.

그러나 잠시 뒤 초인종이 다시 울렸다. 잘이었다.

"미안. 자네가 알아 둬야 할 한 가지 중요한 사실을 잊었어. 계획에 동의한다면 건물주에게 가서 아파트를 자네와 록산나와 공동 명의로 할 거야. 행복의 성에 손님이 아니라 주인으로 살 수 있도록 말이야."

그 같은 제안에 예자드는 잘의 고백에 놀랐던 것만큼 깊이 감동했다. 그는 생각하고 의논하는 데 며칠 걸릴 거라고 작은 목소리로 말했다.

"자네가 원하는 만큼 천천히 해도 돼. 다이아몬드 업자가 아니더라도 살 사람들이 있을 테니까. 유쾌한 빌라 같은 위치는 수요가 많대."

그들은 악수를 나누며 다시 한 번 작별 인사를 했다.

예자드는 가스레인지에 쇠살대를 올리고 석탄 세 덩어리를 얹었다. 석탄이 빨갛게 달아오르자 부젓가락으로 쿠미의 작고 둥근 향로로 옮겼다.

접시들을 식탁으로 가져오는 록산나의 마음은 가벼웠다. 향로를 집으로 가져온 날 그녀는 깨끗이 닦아서 광을 낸 후 남편이 볼 수 있도록 부엌 밖의 선반에 놓아두었다. 이제 곧 향이 집 안을 가득 채우고 신의 은총이 연기를 타고 날아다닐 것이다.

유리잔 네 개를 가져올 때 그녀는 나리만이 뭐라고 말하는 소리를 들었다. 그녀의 이름을 부른 것 같았다.

"아빠, 뭐라고요?" 그녀가 몸을 가까이 숙였다.

"아가, 제발 안 된다. 제발…… 제발…… 제발."

"아빠, 뭐라고요? 제발 뭘 하지 말라고요?"

"왜냐면…… 왜냐면…… 그러면 안 된다."

나리만은 계속 주의를 끌려고 애를 썼다. 록산나는 별거 아니라고 생각했다. 그러나 그의 목소리는 커지고 호소는 필사적이었다.

그녀는 다시 옆으로 가서 달래 주려고 그의 손을 어루만졌다. "제항구, 이리 와 봐. 할아버지랑 잠시 앉아 있으렴."

제항기르가 역사책을 읽어 주었다. "시바지는 1672년에 태어나 마라타 왕국을 건립했습니다. 그는 모든 공동체의 종교를 존중했으며 숭배의 장소들을 보호했습니다. 종교적으로 야만적이었던 시대에 시바지는 진정한 종교적 관용을 실천했습니다."

나리만은 진정되지 않았다. 제항기르가 몸을 숙여 수염이 난 그의 턱을 만졌다. 나리만은 평소 때처럼 웃지 않고 화를 냈다.

"딴 걸 시도해 보렴." 록산나가 말했다.

"네, 알았어요." 제항기르는 할아버지의 머리를 쓰다듬으며 노래를 불렀다. "나는 키 작고 뚱뚱한 찻주전자♫" 그러더니 입에 엄지손가락 두 개를 넣고 올빼미처럼 소리를 냈다.

"소용없어요." 제항기르가 시무룩해져서 록산나에게 말했다. "엄만 항상 나만 부르고 형한테는 아무것도 안 시켜요?"

"할아버지가 너랑 있는 걸 좋아하시니까 그렇지."

"제항글라, 걱정 마라." 예자드가 향로와 향 봉지를 들고 들어오며 말했다.

"쿠스티 기도를 올리고 나서 향을 피우고 기도할 테니까. 그러면 할아버지의 마음이 차분해지고 괴로운 생각들이 사라질 거야."

남편의 계획이 아무래도 미심쩍었던 록산나는 아빠가 기도를 하지 않았으며 할머니 할아버지와 루시 문제로 부딪치면서 형식적인 기념일조차도 지키지 않았다고 했다. "아빠 광신도들의 종교라고 부르면서 불의 사원에 40년 동안 발을 들이지 않았어요."

"그런 건 중요하지 않아. 절대로 늦지 않았으니까. 날 보라고. 게다가 믿음이 필수적인 것도 아냐. 기도 소리만으로 평화와 안정을 가져올 수 있어."

더 왈가왈부하기 싫어서 록산나는 물러섰다. 남편과 가족에게 축복처럼 찾아온 기도에 대한 신념을 위태롭게 만들고 싶지 않았다.

예자드가 긴 의자 끝에 서서 쿠스티 기도를 시작했다. 기도를 나지막이 암송하던 여느 때와는 달리 큰 소리로 노래했다. "켐 나 마즈다! 마바이테 파윰 다다트, 흐야트 마 드레그바오!"

그가 그 부분을 마칠 때쯤 나리만이 조용해진 것 같았다. 그는 록산나를 의기양양하게 힐끗 쳐다본 후 향로를 들고서 봉지에 손을 집어넣어 향을 약간 집은 다음에 현관문으로 갔다.

록산나가 서둘러 앞서 걸으며 현관문을 열었다. 예자드가 모래 같은 향 알갱이들을 석탄에 뿌리자 딱딱 소리를 내며 향기로운 흰색 구름 연기가 문간을 가득 채웠다. 그는 아버지가 옛날에 하던 대로 향로를 높이 들고 공중에 곡선을 그렸다.

그런 다음 록산나에게 향로를 내밀었다. 머리를 천으로 덮은 그녀는 손으로 연기를 얼굴 쪽으로 부드럽게 부채질했다. 그녀는 향로의 옆면을 어루만진 후 두 손을 모아 꼭 쥐었다.

"천사들이 집 안을 떠다니는 것 같아요." 그녀가 행복하게 속삭였다.

그는 아이들을 위해서 향로를 발코니로 가져갔다. 제항기르와 무라드가 어색한 미소를 지으며 쳐다봤다. 기도의 흐름이 깨질까 봐 말을 할 수 없었던 예자드가 이를 사리문 채 무슨 소리를 내자 아이들이 웃었다. 그가 화난 듯하자 록산나가 아이들에게 불을 공경하는 법을 제대로 가르쳐 주었다.

예자드는 거실로 가서 구석구석 돌아다닌 후 긴 의자 주위에서 원을 그렸다. 향 때문에 나리만이 불편해했다. 그는 기침을 하며 두 손을 내저었다.

마지막으로 향을 조금 더 뿌린 후 예자드는 의자를 당겨 긴 의자 옆에 앉아서 사로시 바즈를 암송했다. "크시나오트라 아후라헤 마즈다오! 아셈 보후 바히시템 아스티." 그는 기도에 어울리는 가락을 찾고 싶었다.

나리만이 애처롭게 끙끙거렸다. 록산나가 그의 손이 심하게 떨리는 걸 보았다. "아빠가 싫어하잖아요." 그녀가 남편에게 큰 소리로 말했다.

그는 인내심을 가지라는 손짓을 보냈다. "파 나메 야즈단 아후라 마즈다 코다이!" 그가 노래를 불렀다. "아와주니 고르제 코레 아와자야드!"

그러나 예자드가 불의 사원에서 들었던 사제들의 낭랑한 목소리를 흉내 내며 노래를 하면 할수록 긴 의자에서 동요가 심해졌다. 나리만은 계속 불분명한 말을 웅얼거렸다.

"아빠가 진정했으면 좋겠는데. 여보, 아빠가 괴로워하는 거 안 보여요? 좀 살살 해요!" 록산나가 다시 한 번 남편에게 간청했다.

"흐으음쉿쉿!" 예자드가 이를 꽉 문 채 록산나에게 끼어들지 말라고 경고했다. 의자 뒤에 있던 아이들이 그 소리에 감히 크게 웃지는 못하고 싱글거렸다.

"프라바라네 마즈다야스노 자라투시트리시!"

"제발! 제발! 제발!" 나리만이 간청했다.

록산나는 참을 수 없었다. 그녀는 가스레인지에 주전자를 다시 올리고 제항기르에게 데이지를 데려오라고 했다. 그러나 제항기르는 아무 데도 가기 싫다고 했다. 데이지 아줌마의 집도 잘 외삼촌의 집도 가기 싫다고 했다. 외삼촌의 집은 항상 우울하고 슬프다면서.

"집이 슬프거나 우울하진 않아. 그건 거기 사는 사람들한테 달린 거야. 어쨌든 이사 가는 건 아직 결정하지 않았어." 그래도 제항기르가 계속 투덜대자 그녀는 무라드를 보냈다.

데이지가 서둘러 걸치고 온 실내복을 잠시 노려보던 록산나는 그녀를 환영하며 귀찮게 해서 미안하다고 했다. 아빠가 오늘 저녁에 또 그런 상태라고 말했다.

"귀찮긴요. 교수님은 나를 따르는 팬인걸요."

"흐으음쉿쉿!" 예자드가 불경스러운 잡담이 들리는 곳을 사납게 노려보았다.

록산나가 신경 쓰지 말라고 속삭이자 데이지가 바이올린을 조율한 후 나리만의 마음을 달래 주기 위해서 슈베르트의 〈세레나데〉를 연주했다. 예자드가 처음에는 바이올린 소리를 무시하더니 나중에는 목소리를 서서히 높여 갔다.

"아후넴 바이림 타눔 파이티!"

데이지가 활에 힘을 주자 공명판에서 더 큰 소리가 났다.

"야스넴차 바멤차 아오자스차 자바레차 아프리나미!" 예자드가 계속 크게 노래를 불렀다.

나리만이 울었다.

데이지가 바흐의 〈파르티타 D단조〉의 샤콘을 연주하자 예자드가 아마이 라에스차를 힘차게 암송했다.

"아빠에게 왜 아무런 도움도 되질 않지?" 록산나가 괴로워했다.

바이올린에서 폭포수처럼 쏟아지는 화려한 음악이 잠시 기도 소리를 압도했다. 그러자 더 큰 목소리가 들렸다. "하잔그렘 바에사자남, 바에바레 바에사자남!"

제항기르가 데이지의 등을 똑똑 두드렸다. 바이올린에 턱을 괸 채 그녀가 얼굴을 돌려 무슨 일이냐는 듯이 제항기르를 보았다.

"〈우리가 젊었던 어느 날〉 아세요? 할아버지가 제일 좋아하는 노래거든요."

바이올린 연주가 잠시 멈췄다. "콧노래로 불러 봐." 그녀가 말했다.

제항기르가 멜로디를 흥얼거리자 데이지는 〈위대한 왈츠〉에 나온 노래가 떠올랐다. 그녀는 샤콘을 그만뒀다.

노래를 연주하는 동안 그녀의 실내복 허리띠가 풀렸지만 음악은 멈추지 않았다. 록산나가 얼굴을 찡그리며 남편이 그녀의 속옷을 보았는가 싶어 힐끔 보았다. 그러나 그는 두 눈을 감고 마지막 기도를 암송하고 있었다. "케르페 모즈드 구나 구자레시느라 쿠남!"

기도와 후렴이 여러 번 반복됐고 나리만의 울음이 잠잠해졌다. 록산나가 눈물을 닦아 주자 그는 스르르 잠이 들었다.

아솀 보후 기도로 마무리를 지은 예자드가 눈을 떴다. 자신의 기도의 힘 덕분에 평온해졌다면서 그는 손을 뻗어 긴 의자를 가리켰다. 데이지는 바이올린을 케이스에 넣고 예자드로부터 몸을 돌려 실내복의 허리띠를 단단히 묶었다.

어둠 속에서 예자드는 등을 대고 누워서 오랫동안 천장을 응시했다. "록산나, 자?"

"음."

그는 이불 밑으로 손을 뻗어 그녀의 손을 잡고 결심이 섰다면서 행복의 성에서 처남과 함께 살자고 했다.

록산나는 잠이 확 달아났다. "오빠의 생각이 계획대로 되겠죠?"

어둠 때문에 아내의 표정이 보이진 않았지만 예자드는 그녀의 손에서 기쁨을 느낄 수 있었다. "난 이게 신의 계획이라고 생각해. 우리가 행복의 성에 가는 게 신의 뜻이라면 그렇게 될 테니까."

록산나는 남편에게 더 가까이 다가가 마치 잃어버릴까 봐 두렵기라도 한 듯이 그의 손을 꽉 움켜쥐었다. 그녀는 한숨을 쉬면서 아빠의 부러진 발목을 시작으로 지금까지 벌어진 일을 되돌아볼 때 우주에 신의 힘이 존재한다는 사실이 증명된 거나 다름없다고 말했다.

그다음 주 일요일에 잘이 수라트의 다이아몬드 업자 히랄랄 씨를 데려와 예자드와 록산나에게 소개했다. 그는 부자임에도 말씨가 상냥하고 수수한 옷을 입었으며 소박한 습관을 지니고 있었다. 그는 잠자는 나리만에게 위로의 말을 전했다. 그들은 금세 그가 마음에 들었다.

아파트를 둘러보는 히랄랄 씨는 벽과 천장 등 집 자체에만 관심을 보였다. 그 집에 사는 사람들의 궁핍한 모습은 눈에 들어오지 않는 듯했다.

"아파트가 참 좋습니다. 존경하는 오라버니께서 설명하신 대로군요. 아들에게 완벽하겠는데요." 그가 그들을 안심시켰다.

록산나가 차를 마시겠냐고 물었다. 그는 흔쾌히 응했다. 그는 차를 홀짝거리며 맛있다고 한 후 은밀한 거래를 할 수밖에 없어서 미안하다고 했다.

"수표를 끊어 드리면 참 좋을 텐데 말이죠. 그러나 정부 규제 때문에 어쩔 수 없이 다른 절차를 밟아야겠습니다. 검은돈이 우리 백색 경제의 큰 부분이거든요. 뇌 한가운데 있는 종양 같은 거라서 없애려고 하면 환자가 죽고 말죠."

그들은 일차로 2백만 루피를 받는 문제로 넘어갔다. "50만 루피씩 네 번으로 나누는 게 좋을 겁니다."

"왜요?" 예자드가 대번에 의심하며 잘을 힐끔 보았다. 그러나 잘의 얼굴 표정은 변화가 없었다.

"한 번에 다 받고 싶으십니까? 100루피짜리 지폐로 현금 2백만 루피가 어느 정도인지 아십니까?"

"산더미 같겠죠." 예자드는 속물처럼 미소를 지으며 모호한 크기의 산더미를 만들어 보였다.

히랄랄 씨도 미소를 지으며 말했다. "맞습니다. 엄청난 양이죠. 32인치 VIP 여행 가방을 가득 채우니까요."

예자드는 카푸르 씨가 생각나서 씁쓸하게 웃었다. "국가 상징으로 아소카 기둥 대신에 여행 가방을 집어넣어야겠군요. 동전에도 새기고요."

히랄랄 씨가 예자드의 농담에 고개를 끄덕였다. "이 위대한 나라를 전 정말 사랑합니다. 제가 여행 가방에 현금으로 가져다 드리면 어떻게 보관하시겠습니까?"

"침대 밑에 넣어 둬야죠."

다이아몬드 업자가 다시 미소를 짓더니 잘을 보고 말했다. "파르시인은 유머 감각이 대단합니다. 정말 뛰어나요. 제가 바로다 대학을 다닐 때 친한 친구들도 파르시였죠. 정말 재밌었습니다."

그는 예자드에게 은행 금고의 라커를 빌리라고 충고했다. "다른 지역의 다른 은행들에서 빌리세요. 예자드 씨, 존경하는 사모님, 아이들의 이름으로요. 준비가 될 때마다 제가 휴대용 수하물 크기의 작은 가방에다가 돈을 넣어 드리지요. 의심을 덜 받고 다루기 쉬울 겁니다."

"스파이 영화 같군요." 예자드가 말했다.

"아, 그보다 잘해야 합니다. 소득세 담당 부서에서 그런 영화들은 다 봤으니까요."

모두들 웃었다. 돈을 주고받기 위해서 매번 다른 장소에서 만나기로 했다. "예자드 씨에게 문제가 생기면 제게도 문제가 생깁니다." 히랄랄 씨가 말했다. "첫 번째는 윌링던 클럽에서 만나기로 하죠. 제가 거기 회원이니까 안전합니다. 두 번째는 존경하는 처남 댁에서 만나는 걸로 합시다. 콘트랙터 씨, 괜찮으시겠습니까?"

"영광입니다." 잘이 말했다.

세 번째 거래를 위해서는 예자드가 다이아몬드 업자의 사무실로 찾아가기로 했다. 마지막 돈 가방은 히랄랄 씨가 직접 유쾌한 빌라로 가져오기로 했다.

"어느 누구한테도 절대 말하면 안 돼. 아파트에서나 학교에서나." 예자드가 록산나와 아이들에게 경고했다.

"왜요? 우리가 무슨 잘못이라도 저지르는 건가요?" 무라드가 물었다.

"정부에서 이상한 법을 만들어 놔서 우리가 어길 수밖에 없어서 그래." 그는 마지못해서 설명했다.

"마하트마 간디께서 말씀하시길 악법은 어기는 것이 우리의 의무라고 하셨어요. 공개적으로 어겨야 한다고 말씀하셨죠." 무라드가 말했다.

"우린 히랄랄 씨와 함께 감옥으로 가려는 게 아니라 행복의 성으로 가려는 거야. 알았지? 그러니까 입 조심하라고."

나흘 동안 돈을 은행 라커들에 넣었고 '하피즈 락다왈라 & 아들들'이 행복의 성에서 작업을 시작할 준비가 됐다. 그들은 현금 거래에 기뻐했다. 우선순위를 정해서 일을 처리해야 했다. 그래야 30일 후에 무사히 작업이 끝나서 히랄랄 씨에게 유쾌한 빌라를 비워 줄 수 있었다.

록산나는 벌써 아파트가 수리되고 개선된 모습을 상상했다. 그녀는 먼저 방을 배정했다. 자신과 예자드는 욕실이 딸린 부모님의 옛날 방을, 자신의 옛날 방은 제항구에게, 무라드에게는 언니의 방을 주기로 했다. 아이들은 통로에 있는 욕실을 같이 쓰면 될 것이고 오빠는 지금 그대로 행복할 것이다.

"그래, 그거 좋네." 수리 목록에 정신이 팔린 예자드가 말했다.

주위에서 벌어지는 일에 상당히 흥분한 듯한 나리만이 뭔가를 말하려고 했다. "제발, 제발." 그가 중얼거렸다. 그러자 록산나가 위로했다. "아빠, 걱정 마세요. 아빠 당연히 원래 쓰시던 방을 쓰셔야죠."

록산나는 벽에 새로 페인트칠을 하고 가구를 다시 배치하는 상상을 했다. 가구, 특히 침대는 새로 끝손질을 해야 했다. 응접실에 있는 전등갓 네 개 가운데 하나가 깨져 있었다. 식당 샹들리에는 크리스털이 몇 개 빠져 있었다. "도둑 시장의 골동품 가게에 가면 찾을 수 있을 거예요."

"록시, 그건 나중에 해도 되잖아! 한 달 만에 수리를 마쳐야 하는데 지금 깨진 전등갓이나 걱정할 때야?"

"여보, 당신 말이 맞아요. 내가 너무 흥분했나 봐요."

일단 수리가 시작되자 그들은 욕실 비품과 타일을 고르러 갔다. 세라 대리점에서 세면기와 변기, 다양한 수도꼭지와 샤워 꼭지를 둘러보았다. "꿈만 같아요." 그녀가 되풀이해 말했다. "봄베이의 가족들 대부분이 평생 부엌 딸린 방 한 칸에 사는데 우린 수리된 큰 아파트로 가잖아요. 아침에 일어나면 꿈이 끝날까 봐 두렵다니까요."

예자드 역시 운명의 갑작스러운 변화에 두렵기도 했지만 신의 뜻대로 돼 가는 거라고 생각했으므로 기꺼이 받아들였다. 그는 아내의 흥분에 기분이 좋았다. 그러나 레스틸 세라믹스 대리점에서 록산나가 유리 모양의 바닥 타일을 보고 뛸 듯이 좋아하자 주의를 주었다. 점원이 독수리처럼 숨어서 기다리다가 바가지를 씌울 거라고 속삭이면서.

다음으로 그들은 부엌살림의 브랜드와 특징을 비교했다. 록산나는 마하라자에서 나온 터보 믹서, 과즙 짜는 기계, 토스터 제품들을 좋아했다. 예자드는 냉장고만큼은 훌륭한 파르시 제품인 고드레즈를 써야 한다고 고집했다. 에어컨은 볼타스의 창문형 두 대를 우선 식당과 응접실에 각각 설치하고 침실용 에어컨은 다음에 사기로 했다.

집수리가 진행되는 동안 예자드는 새로운 생활 습관을 가지게 됐다. 아침에 와디아지 불의 사원에 들렀다가 행복의 성으로 갔다. 일을 감독하기 위해서라고 했다. 그는 집에 와서 점심을 먹고 낮잠을 잔 후에 다시 작업 현장으로 가서 일꾼들이 하루 일과를 마칠 때까지 머물렀다. 그런 다음 또 불의 사원에 들러 적어도 한 시간 동안 기도를 올렸다. 불 앞에서 아베스타를 펴고 기도를 올렸지만 이미 많은 부분을 암기하고 있었다.

행복의 성에서 일꾼들은 예자드를 볼 때마다 서로 옆구리를 찌르며 감독관이 출근했다고 우스갯소리를 했다. 일꾼들이나 업자들 때문에 매일 적어도 한 건씩 소소한 위기 상황이 발생했다. 서로 싸우거나 다치고 자재가 늦게 배달되거나 물건을 잘못 보내거나 하는 일이 생겼다. 예자드는 화를 내지 않으려고 했지만 쉽지 않았다.

다행히 대부분 함께 있던 잘이 상황을 해결하거나 적어도 수월하게 만드는 요령을 알고 있었다. 대개 그는 예자드의 관심을 돌리기 위해서 심부름을 보냈다.

때로는 예자드가 화가 나서 집으로 돌아와 록산나 앞에서 불평을 늘어놓고 씩씩거렸다. "그 바보들은 무슨 일을 하는지도 몰라. 거칠게 말해야 알아듣는 사람들한테 처남이 너무 물러서 신사처럼 군다니까."

"여보, 진정해요. 일이 잘못되면 락다왈라 씨한테 말하면 되잖아요. 일하는 사람들하고 싸울 필요 없어요. 작은 일에 너무 신경 쓰지 마세요."

"작은 일에 신경을 안 쓰면 큰 문제가 생기는 법이야."

집수리 회사 담당자가 원래 계획을 수정할 일이 있는지 논의하기 위해서 일주일에 한 번씩 올 때마다 록산나도 남편과 함께 현장에 가서 진행 상황을 살폈다. 새로 생긴 집이 개선되는 모습을 매주 지켜보는 건 즐거웠다.

"여보, 정말 멋지지 않아요?"

예자드가 고개를 끄덕이며 부엌 선반을 내리는 작업을 눈여겨보면서 조금이라도 잘못되면 고함을 지르려고 했다.

"여보, 행복하죠?"

그가 다시 고개를 끄덕였다.

적당한 때에 그녀는 아이들을 데려가 방을 보여 주고 벽에 칠할 색깔을 고르라고 했다. 그날 예자드는 집에 머물며 장인을 돌봤다.

행복의 성에서 무라드는 인부들이 바쁘게 일하고 떠드는 모습에 마음을 빼앗겼다. 무라드는 아파트를 돌아다니며 자재 더미를 살펴보고 연장들을 들어 올리곤 했다.

제항기르는 침울했다. 평소와는 달리 형을 따라다니지 않고 그저 바라보기만 했다.

"제항구, 왜 그래?" 집에 돌아와서 록산나가 물었다. "왜 그렇게 슬퍼해?"

"슬프긴요." 제항기르는 즉시 부인하더니 이사 가려고 그렇게 힘들게 일하는 게 너무 골치 아픈 것 같다고 말했다. "왜 그래야 하죠? 유쾌한 빌라가 이렇게 좋은데."

아들이 농담을 한다고 생각했는지 예자드와 록산나가 웃었다.

제항기르가 계속 반대하자 그제야 예자드가 아들의 불안감을 이해했다.

"제항글라, 생각해 봐. 정말 크고 아름다운 아파트야. 우리한테 큰 공간이 생긴단 말이야."

"여기도 공간이 충분해요. 우리 모두 여기서 살 수 있잖아요."

"근데 얼마나 비좁은지 보렴. 너랑 형이랑 제대로 된 침대도 없잖아. 불쌍한 할아버지는 긴 의자에 누워 계셔야 하고." 록산나가 말했다.

"할아버지가 좋아하세요. 저도 할아버지 옆에서 자는 게 좋아요. 형도 텐트가 좋다고 하고."

록산나가 다시 한 번 설득했다. "내가 보여 준 방 기억나지? 그걸 너 혼자서 쓰는 거야. 벽장, 책상, 책장도 생길 거고. 네가 좋아하는 그림이랑 사진을 걸어도 돼. 유명한 5인조처럼 살게 될 거라고."

"에니드 블리턴은 쓰레기예요." 제항기르가 작은 목소리로 말했다.

잠시 침묵이 흘렀다. 예자드가 흐뭇한 표정으로 아들을 보았다. "제항글라, 네 말이 맞다. 하지만 네 방을 갖게 되는 건 근사한 일이란다. 자, 그럼 자네도 벽에 무슨 색을 칠할지 어서 결정하게."

제항기르는 '자네'라는 말이 좋았다. 아빠가 그렇게 부른 건 처음이었다. 제항기르는 집으로 가져온 페인트 샘플들을 건성으로 보았다.

무라드의 선택은 확고했다. 무라드는 벽에 엷은 녹색을 원했다. 그러나 제항기르는 그러한 선택을 부담스러워했다. 차탁 위에 펼쳐 놓은 수많은 색깔 가운데 하나를 고르려고 애를 쓰다가 그만 포기하고 말았다. "엄마가 골라 주세요."

록산나가 밝은 노란색을 골라 어떠냐고 물었다.

"예쁘네요." 제항기르가 무덤덤하게 말했다.

현관문에 달려고 크고 우아한 황동 명패를 주문했다. 잘이 성의 알파벳순으로 다음과 같이 이름을 새기자고 제안했다.

예자드 체노이 부부

잘 콘트랙터

나리만 바킬

집수리가 시작된 지 4주 만에 이사를 가던 날, 잘이 의붓아버지를 모셔 가려고 구급차를 불렀다. 그는 병원 보모가 행복의 성에서 환자를 기다리고 있다고 했다. 그럼 아빠는 안전하겠다고 생각한 록산나가 그렇게 바쁜 날 마음의 짐을 덜었다며 안심했다.

"근데 보모가 할아버지가 원하는 걸 어떻게 알죠?" 제항기르가 물었다. "할아버지 말을 알아들을까요?"

"배우게 될 거야. 처음에는 우리가 설명해 줘야지."

구급대원들이 들것으로 준비를 마쳤을 때 데이지가 작별 인사를 하러 올라왔다. "교수님, 그동안 즐거웠습니다. 제가 연습하는 것과 실수한 걸 참아 주셔서 고맙습니다."

나리만이 미소를 지으며 뭐라고 중얼거렸다. 나리만의 말을 들으려고 몸을 숙인 데이지가 웃으면서 악수를 했다.

"아빠가 뭐래요?" 록산나가 물었다.

"작별 콘서트를 원하신대요."

모두들 웃었다. 록산나와 예자드가 데이지를 층계참으로 데려갔다. "앞으로 데이지 씨 없이 어떻게 해야 할지 모르겠어요. 아빠가 원하셔도 이젠 어쩔 도리가 없으니까요."

데이지가 공감하며 고개를 끄덕였다.

"그 집에 좋은 전축이 있잖아. 음반도 많고. 그걸 틀어 주면 될 거야." 예자드가 말했다.

"음반이 효과가 없으면 기도를 암송해 드리면 되겠군요." 데이지가 익살맞게 말했다. 그녀는 층계참에서 기다렸다가 구급대원들이 들것을 들고 지나갈 때 나리만에게 손을 흔들었다.

구급차가 떠난 후 곧 이삿짐센터 직원들이 도착했다. 록산나는 좋은 그릇들, 장미 꽃병, 도자기 등을 담은 박스들을 일러 주었다. 직원들이 가구를 밖으로 나르기 시작했다. 예자드는 보도에 서서 트럭을 지켜봤다. 아는 게 많은 히랄랄 씨가 짐을 실을 때 물건이 없어지곤 한다고 주의를 주었기 때문이다.

무라드는 위에서 록산나가 마지막으로 욕실과 부엌의 짐을 싸는 걸 도왔다. 제항기르는 밑으로 내려와 예자드 옆에 서서 트럭의 시커먼 배 속으로 짐들이 빨려 들어가는 걸 힘없이 바라보았다.

오후 늦게 이삿짐이 떠날 준비를 마쳤다. 예자드는 짐꾼들에게 자기가 도착할 때까지 짐을 내리지 말라고 지시를 내리고 제항기르와 함께 위층으로 올라갔다.

록산나와 무라드가 텅 빈 거실 한가운데 서 있었다. "다 확인했어요." 그녀가 작은 목소리로 말했다. "이제 그만 갈까요?"

"내가 한 번 더 확인할게. 같이 갈래?" 예자드가 제항기르에게 물었다.

제항기르는 고개를 가로저은 후 발코니로 갔다. 예자드는 아들이 난간에 몸을 기대고 우는 걸 보았다.

"제항글라, 왜 그래?"

"너무 슬퍼서요."

예자드가 팔로 아들을 감쌌다. "뭔가가 끝나면 항상 슬프단다. 아빠도 제항기르 맨션을 떠날 때 똑같은 기분이 들었어. 하지만 옛것을 끝내지 않으면 새로 시작할 수 없지."

"새로 시작하기 싫어요. 옛날 게 좋단 말이에요."

"제항글라, 그건 말이 안 돼. 5학년을 끝내기 싫다는 거랑 똑같은 말이야. 그럼 어떻게 6학년이 될 거니? 알바레즈 선생님이랑 평생 같이 살고 싶니?"

제항기르가 눈물을 매단 채 미소를 지었다. 그러면 정말 좋겠다고 생각했다. 그러나 아빠에게 그렇게 말할 순 없었다. 제항기르는 하염없이 도로를 내려다보았다.

예자드는 기다렸다. 자신이 내뱉은 좋은 말들을 스스로도 믿지 않았으므로 거짓말한 기분이 들었다. 그도 똑같은 딜레마를 겪고 있었다. 아들이 커서 어른이 되길 원했지만 어깨에 목말을 태울 수 있는 어린아이로 남아 있길 바라기도 했다. 자신도 시간을 정복하고 싶었다.

그는 제항기르의 손을 잡았다. "자, 마지막으로 아빠랑 같이 둘러보자꾸나."

그들은 함께 안쪽 방으로 갔다. 빈 공간에 발소리가 날카롭게 울렸다. 마치 영원히 그 모습을 새기려는 듯이 제항기르가 눈을 크게 떴다. 제항기르는 부엌에서 놋쇠 수도꼭지를 쓰다듬었다. 그리고 욕실과 화장실을 찾아갔다.

"다시 보고 싶다면 히랄랄 씨가 허락해 줄까요?"

"좋은 사람 같으니까 분명히 그럴 거다."

그들은 발코니로 돌아갔다. 제항기르가 길 건너 앵무새를 휘파람으로 불렀다. "잘 있어, 귀여운 앵무새야." 새장에 갇혀 좌우로 정신없이 돌아다니는 앵무새는 반응이 없었다. 제항기르가 다시 한 번 시도했고 예자드도 반응을 이끌어 내려고 휘파람을 불었다. 앵무새는 둘 다 무시했다.

그들이 빈집에서 나오자 빌리 카드마스터가 자신의 집 현관문에서 기다리고 있었다. 그녀는 아이들을 껴안고 나서 예자드에게 악수를 청했다. 그는 마지못해서 재빨리 악수를 한 후 그녀가 록산나를 포옹할 때 계단을 내려왔다.

빌리가 서로 좋은 이웃이었으며 4층이 너무 조용해서 많이 그리울 거라고 말하는 소리가 아래층 층계참에서도 들렸다.

"록산나, 서둘러! 행복의 성에서 트럭이 기다리고 있을 거야." 그는 난간 사이에 대고 소리쳤다.

그들은 택시를 탔다. 무라드가 택시 기사 옆 자리에 앉고 싶다고 고집을 부렸다. 택시 기사가 무라드 쪽으로 몸을 기울여 바깥의 미터기로 손을 뻗으려고 하자 무라드가 자기가 하겠다고 했다.

"그래? 그럼 네가 하렴." 택시 기사가 기분 좋게 말했다.

무라드가 지렛대를 기울여 빈 차 표지를 밑으로 내리자 미터기가 작동했다. "아주 잘했다." 택시 기사가 말했다.

그들은 고개를 돌려 아파트 건물을 바라봤다. 록산나는 비록 작긴 했지만 좋은 집이었고 거기서 항상 행복했다고 말했다.

"마지막 한 해만 빼고." 예자드가 말했다.

"맞아요." 그녀는 잠시 생각에 잠겼다. "그런 건 신경 쓰지 말아요. 지금부터 새집에서 멋진 삶을 살게 될 테니까."

"엄마한테는 새집이 아니죠. 옛날 집으로 돌아가는 거잖아요." 무라드가 말했다.

"근데 이번에는 온 가족이 함께 가는 거잖아. 그러니까 새집이지. 게다가 이번엔 아주 행복한 집이 될 거야."

"오늘 밤에 꼭 제 방에서 자야 하나요?" 제항기르가 물었다.

"아니." 아들의 마음을 읽은 그녀가 안심시켰다. "수리가 완전히 끝날 때까지 형이랑 같이 지내도록 하렴."

제항기르는 미소를 지으며 앞 좌석으로 손을 뻗어 형을 찔렀다.

"제항구, 행복하지?"

제항기르가 보일 듯 말 듯 고개를 끄덕였다.

택시가 교통 흐름이 끊기길 기다리는 동안에 바이올린 소리가 들려왔다. 록산나는 유쾌한 빌라의 단철 발코니, 입구의 아치 문, 수없이 오르내렸던 낡은 돌계단을 물끄러미 바라보았다. 일층 창문에 앉아 있던 새 한 마리가 부지런히 노래했다.

그녀는 좋은 징조라고 생각했다.

택시가 움직이기 시작하자 제항기르가 마지막으로 돌아봤다. 그때 나방한 마리가 계단통의 어두운 내부에서 천천히 날아 나왔다. 나방이 새의 벌린 입으로 곧장 날아 들어가는 모습이 제항기르의 눈에 들어왔다.

에필로그

5년 후

아빠와 형이 오늘 또 싸웠다. 두 사람은 거의 매일 싸운다. 이번에는 형이 오후에 이발소에서 짧은 헤어스타일로 돌아와서 싸움이 벌어졌다.

"머리를 왜 그렇게 짧게 깎았니? 꼭 스킨헤드족 깡패 같다."

엄마가 싸움을 막으려고 어색하게 웃으면서 한 세대 전만 해도 아이들이 장발을 해서 부모들이 화를 냈는데 참 재밌지 않느냐고 말했다. "세월 참 많이 변했어요. 여보, 당신 대학 때 학생증 사진 기억나요? 머리가 어깨까지 닿았잖아요!"

"과장하지 마. 약간 길렀을 뿐이야. 어쨌든 성스러운 예언자는 모두 머리가 길었어. 자라투스트라, 모세, 예수. 근데 당신 아들은 왜 정상적인 인간을 닮으려고 하질 않는 거지?"

형은 농담으로 받아들이면서 그냥 웃기만 했다. 때로는 그런 작전이 통했다. 아빠는 잔소리를 하다가 읽고 있던 책을 보거나 기도를 하러 갔다. 그러다가 어떤 때는 격분해서 자기 말을 동네 개 짖는 소리만도 못하게 여긴다면서 말을 듣고 따르라고 했다.

그러나 헤어스타일의 경우에 머리가 짧고 길고의 문제는 사라지고 싸움이 다른 방향으로 흘러갔다. 아빠가 최근에 기도 구역으로 선포한 응접실 귀퉁이 근처로 형이 너무 가까이 갔기 때문이었다.

진열장 위에는 자라투스트라, 와디아지 불의 사원의 액자 사진들과 함께 은제 아쇼 파로흐바르 모형, 페르시아 제국의 고대 유물인 페르세폴리스의 폐허와 아케메네스, 사산 왕조의 궁전들, 불의 제단과 왕의 무덤의 사진들이 놓여 있었다. 전시물들이 배열된 반원 모양은 점점 커졌다. 최근에는 작은 전구가 달린 플라스틱 소형 향로가 추가됐다. 반원의 중앙에서 필라멘트가 밤낮으로 깜박였다.

한때 장난감과 장식용 골동품으로 가득 차 있었으며 앞에 유리문이 달린 바로 그 진열장이었다. 6년인가 7년 전 할아버지 생신 파티에 왔을 때 북을 치고 술을 마시던 태엽 장치 원숭이들 때문에 싸움이 벌어지기도 했었다.

쿠미 이모가 죽고 나서 잘 외삼촌이 장난감들을 반드라의 고아원에 기증했다. 진열장은 아빠가 차지하기 전까지 오랫동안 비어 있었다. 이제 진열장 안에는 아빠의 기도책들과 함께 반원에 놓을 공간이 없는 성물들이 들어 있었다.

"거기 서!" 형이 무심코 진열장으로 다가가자 아빠가 외쳤다.

기겁을 한 아빠의 목소리에 형이 얼어붙었다. "왜 그러세요?"

잘 외삼촌이 걱정스러운 표정으로 방에서 나왔다. 외삼촌은 최신형 보청기를 하고 있었다. 귀에 있는 게 거의 보이지 않았다. 때로는 외삼촌이 아빠와 형을 화해시키려고 했지만 아빠가 개인적인 가족 문제에 참견하지 말라고 해서 요즘은 좀체 입을 열지 않았다.

엄마는 아빠에게 옳지 않다고 따졌다. 옛날에는 쿠미 이모가 외삼촌의 입을 막더니 이제는 아빠가 그런다고 했다. 아빠는 외삼촌이 다른 건 다 말할 수 있어도 그 문제만큼은 안 된다고 했다.

그래서 외삼촌은 응접실 밖에 안절부절못하고 서 있었다. 옛날에 낡은 보청기를 만지작거리던 버릇이 아직 남아 있어서 그럴 필요가 없는데도 귀를 만지작거렸다. 싸움이 계속되자 잠시 후 외삼촌이 방으로 들어가 버렸다.

"내가 몇 번이나 설명해야겠니?" 아빠가 이를 악물고 말했다.

"뭘 설명해요?" 형은 무슨 영문인지 몰랐다.

"넌 지금 불결한 상태로 기도 공간에 있단 말이다. 머리를 깎고 나면 샤워를 하고 머리를 감을 때까지 불결하다는 거 몰라?"

"어처구니없는 말이군요. 아빠의 성스러운 진열장을 만지지도 않았잖아요."

"최소한 4.5미터 떨어지라고 했잖아!"

"여보, 진정해요. 다음번에 안 그러면 되잖아요." 엄마가 애원했다.

"21세기에 그런 말도 안 되는 소리를 믿다니 슬퍼요."

"네가 슬퍼도 괜찮아." 아빠가 말했다.

"여보, 그게 무슨 말이에요? 누구도 슬프면 안 되잖아요."

아빠가 어느 정도 흥분하면 형은 깐죽거렸다. 우리가 어렸을 때와는 달리 형은 아빠의 분노를 두려워하지 않았다.

"어떻게 그렇게 정확한 수치를 아세요? 혹시 조로아스터가 아빠의 귀에다가 속삭여 주던가요?"

"당신 아들의 재치는 굉장해. 여보, 안 그래? 그리고 조로아스터란 말 쓰지 마라. 그건 우리 예언자의 이름을 그리스식으로 곡해한 거니까. 자라투스트라라고 하란 말이다. 네가 날 조롱하기 전에 간격에 대해서 설명하고 있는 파르가르드 17장의 벤디다드 경전을 읽어 봐."

"아빠, 죄송합니다. 전 그렇게 재밌는 걸 읽을 여유가 없어서요. 대학 과제를 하기도 벅차거든요."

우리가 유쾌한 빌라를 떠난 후 지난 몇 년 동안 아빠는 마치 잃어버린 시간을 메우려는 듯이 종교 서적만 읽었다. 성스러운 진열장 말고도 아빠의 침실에는 파르시 역사와 조로아스터교 관련 책들, 다양한 젠드 아베스타 번역본들, 가타 해석본들, 주석서들과 함께 자에너, 스피겔, 다루카나왈라, 다부, 보이스, 달라, 힌넬스, 카라카 등 많은 작가가 쓴 책들로 가득했다. 몇몇 책은 증조할아버지의 책장에 있던 것이었다. 마라즈반 바킬이라는 이름이 장서표에 새겨져 있었다. 아빠가 책을 굉장히 많이 샀기 때문에 엄마가 한 번은 도서관에서 빌리면 되니까 모든 책을 다 살 필요는 없다고 했다. 그러나 아빠가 자신의 영혼에 기본적인 빵과 물조차도 주지 않는다고 불평을 늘어놓자 엄마가 양보하고 말았다.

책 읽을 여유에 대한 형의 조롱에 아빠는 상처를 받았다. 봄베이 스포츠 용품점이 문을 닫은 이후로 아빠는 일을 하지 않았다. 가게는 나중에 시바지 스포츠용품점이라는 새로운 이름으로 다시 열었다. 사장의 아내는 아빠에게 돌아오라고 하지 않았다. 유쾌한 빌라를 팔고 투자한 돈으로 충분히 살림을 꾸리고 할아버지에게 드는 비용을 충당할 수 있었다. 엄마는 새로운 봉투들로 새 예산을 짰다. 그러나 할아버지가 돌아가시고 난 후 엄마는 봉투를 모두 없앴다. 이제 돈을 좀 더 여유롭게 쓸 수 있게 됐다고 했다. 엄마는 아빠가 일하지 않는 것에 개의치 않았다.

엄마는 대개 아빠의 열렬한 신앙 활동에 행복해했다. 할아버지의 사고로부터 시작해서 카푸르 씨의 죽음으로 끝난 일련의 사건이 아빠를 종교에 귀의하도록 만든 신의 뜻이라고 엄마도 생각했다.

형의 빈정거림에 상처를 입은 아빠가 엄마를 보는 표정은 마치 갑자기 따귀를 얻어맞은 어린아이 같았다. 그런 아빠를 보자 엄마의 모성 본능이 발동했다. 엄마는 쉬잇 하며 형을 욕실로 쫓으려고 했다.

그러나 형은 싸움을 멈추려고 하지 않았다. "헷갈려서 그런데요, 4.5미터가 정확하게 어디까지죠?"

"소파가 경계라고 말했잖아."

"아빠, 그건 대략적인 거죠. 그렇게 하시면 대략적인 순결함만 얻게 된다고요. 길이를 재서 바닥에 선을 그어야 어디까진지 알 수 있죠."

아빠가 또 엄마를 보고 하소연했다. "우리의 신앙이 당신 아들한테 조롱거리가 됐군."

"불결한 파리나 모기나 바퀴벌레가 소파의 경계를 넘어가면 어떻게 되죠? 샤워를 했는지 확인하실 건가요? 진열장을 버블 랩으로 싸야 할 것 같은데요."

"더는 못 참아!" 아빠가 형의 팔을 붙잡고 응접실 반대쪽 끝으로 끌고 갔다. "불결한 상태로 또다시 저쪽으로 가면 네놈 두 다리를 분질러 버릴 테다!"

형이 웃었다. "아빠, 너무 흥분하지 마세요." 이제 형이 그만했으면 좋겠다.

"어서 샤워하러 가라." 엄마가 나지막이 말하자 형이 자리를 떴다. 우리가 어렸을 때 허용되는 한계를 넘으려고 하면 엄마가 쓰던 경고성 말투를 형은 지금도 따랐다.

그때 아빠가 또 가슴에 통증이 왔다면서 협심증 약을 달라고 했다. 화를 내면서 악마의 팔을 잡았더니 그로 인해서 자신도 불결해졌다고 통곡했다. 아빠가 목욕을 다시 해야겠다고 했다.

욕실에서 나온 아빠가 진열장 옆에서 쿠스티 기도를 올렸다. 기도할 때 아빠의 표정은 항상 매우 진지했다. 매듭을 묶고 난 후 아빠는 기도책을 들고 전기 향로 앞에 앉았다. 나무 의자는 아빠 외엔 아무도 사용할 수 없었다. 아빠는 비밀스러운 짐의 무게에 짓눌려 있는 듯 보였다. 심하게 찡그린 얼굴은 고통으로 일그러져 있었다. 아빠는 눈을 감는 게 아니라 눈꺼풀에 힘을 꽉 주고 뺨을 실룩거리며 눈썹을 찌푸려서 자신을 따라다니며 괴롭히는 것들을 밖으로 쫓아내고 싶은 듯했다. 시간에 따라서 암송하는 다양한 야스트, 게, 나이시 등 아베스타의 울림은 아빠의 반박이자 항변 같았다. 아빠는 투쟁에 갇혀 있었다.

그런 아빠를 보면서 나는 옛날에 유쾌했던 아빠의 모습을 떠올리곤 한다. 지금은 아빠가 웃기는커녕 거의 미소조차 짓지 않는다. 휘파람을 불지도 않고 라디오에서 나오는 노래를 따라 부르지도 않았다. 마지막으로 아빠의 노래를 들은 건 할아버지가 돌아가시기 전날 밤이었다. 이제 라디오도 거의 켜지 않았다. 아빠가 집에 없을 때만 라디오를 켰다. 아빠는 집에 오면 기도를 하거나 책을 읽었다. 음악은 방해가 된다고 했다.

엄마는 통로에서 헤어스타일 때문에 빚어진 싸움이 끝나고 일상으로 돌아온 것에 만족하며 미소를 지었다. 아빠가 기도하는 모습을 보는 게 즐거운 엄마는 일상을 아빠의 요구에 기꺼이 맞추었다. 집안일과 하인이 오고 가는 모든 일을 아빠의 기도 스케줄에 따라 움직이도록 만들었다.

그러나 아빠가 계속 기도만 할 때면 엄마도 손을 쥐어짜며 걱정했다. 의심이 드는 순간일 것이다. 엄마는 아빠가 그렇게 극단적이지 않기를 바랐다. 때때로 엄마는 내 앞에서 괴로움을 토로했다. "오르마즈드께서 이해할 수 있게 해 주신다면 좋으련만! 기도와 종교가 왜 부자간에 그토록 많은 분란을 일으키는 걸까? 정녕 신의 뜻이란 말인가?"

아빠가 혼자 앉아서 창밖을 내다보거나 책을 읽는 척할 때면 엄마가 옆으로 가서 아빠의 어깨에 손을 얹었다. "여보, 왜 그래요? 걱정되는 일이라도 있어요?"

아빠의 대답은 항상 똑같았다. "록시, 아무것도 아냐. 난 괜찮아." 그러면서 아빠는 자신의 어깨에 올려진 엄마의 손을 가볍게 두드리고 입을 맞췄다.

엄마가 아빠의 머리를 쓰다듬었다. "여보, 행복하죠?"

아빠는 슬프고 우울한 미소를 지었다. "아리만과 싸우는 오르마즈드의 군인처럼 행복해."

영적인 풍미를 가미한 모호한 대답은 아빠가 진지한 대화를 피하는 방법이었다. 그러나 그렇다고 해서 엄마가 결코 기도를 줄이라고 할 수는 없었다. 그건 신에 대한 불경이었다. 그래서 엄마는 아빠의 새로운 신념과 실천에 따르는 극단성이 그가 가입한 모임의 새로운 친구들 탓이라고 했다.

정통 파르시 연맹과 자라투스트라 교육 협회는 각각 일주일에 한 번씩 모임을 가졌다. 모임에서 돌아오면 아빠는 어떤 안건을 검토하고 어떤 행동을 했는지, 어떤 진정이 접수되고 어떤 명령이 내려졌는지, 규범을 어긴 영화나 출판물에 대해서 어떤 캠페인을 벌일지에 관해서 일일이 설명해 주었다. 그 모든 것이 형에게는 시빗거리였다.

어제 아빠는 연맹에서 1818년에 있었던 파르시 중혼자에 관한 사건을 토론했다고 한다. 캘커타에서 파르시가 아닌 여자와 결혼한 후 봄베이로 와서 파르시 여자와 다시 결혼한 경우였다. "그 죄로 인해서 공동체 회의에서 파문을 당했단다." 아빠가 처벌의 중대성을 알리려고 손을 들고 말했다. "그리고 그의 부친에게 자식과 의절하지 않으면 그 역시 파문당할 거라고 했지."

"그건 옳지 않은 것 같은데요. 왜 그 사람의 아버지를 파문시켜요?" 엄마가 말했다.

"왜 안 돼? 나도 그런 놈의 아버지는 되고 싶지 않아. 그런데 중혼한 남자가 높은 사제들과 공동체 회의를 모욕하는 바람에 법원에 고소를 당했다더군. 문제가 심각해지니까 남자가 겁을 먹고 사건을 끝내려고 공식적으로 사과하겠다고 했지. 그래서 회의가 소집되었고 남자가 죄를 고백한 후 두 손에 신발을 하나씩 들고 자기 머리를 다섯 번 때렸다더군. 사람들이 모인 바로 앞에서 말이야."

"새 신발이었나요, 아니면 더러운 헌 신발이었나요?" 형이 물었다.

"그런 건 회의 기록에 적혀 있지 않아. 중요한 건 우리 연맹 회원들이 만장일치로 개혁파의 주장에 이의를 제기하기로 한 거야. 그래서 파문이라는 엄격한 방침을 재도입하는 캠페인을 벌이기로 했어. 파르시가 아닌 사람과 결혼이든 결혼이 아니든 관계를 맺는 사람들이 그 결과를 감수하도록 말이야.

공개적인 장소에서 신발로 벌을 받고 후회해야만 파문을 취소할 수 있도록 만든 거야."

잠시 식탁 주위에 침묵이 흘렀다. 보청기를 만지작거리던 외삼촌은 할 말은 있지만 차마 입 밖에 꺼내지 못하는 듯했다. 외삼촌은 대부분 자기 방에서 시간을 보내며 식사할 때만 우리와 함께했다. 주식 시장에도 나가지 않았다. 가끔가다 아빠가 집에 없으면 응접실에 앉아서 신문을 읽었다. 외삼촌은 가능한 혼자 지내려고 했다.

형이 식탁 밑으로 들어가더니 슬리퍼를 들고 일어나 자신의 정수리를 때리기 시작했다. 외삼촌과 내가 웃었다. 엄마는 입술을 꽉 깨물며 웃지 않으려고 무진 애를 썼다. 그러나 엄마의 굳은 얼굴은 몇 초 만에 풀리고 말았다.

엄마의 반응은 아빠에게 최후의 배신이었다. "순결함과 오염은 웃을 문제가 아냐. 당신의 아들이 바보처럼 행동하는데 그걸 부추겨?"

"당신 때문에 웃은 게 아니에요. 이 광대 같은 녀석이 웃기니까 그런 거지." 엄마가 아빠를 달랬다.

"아빠, 그냥 연습한 것뿐이에요. 언젠가 벌을 받아야 할지도 모르니까요."

형의 농담은 우리가 어렸을 때 아빠가 하던 농담과 비슷했다. 오래전 자라투스트라 탄신일을 맞아 불의 사원에 갔다가 돌아왔을 때 아빠가 사원 중앙 홀 벽에 쭉 걸린 모든 사진과 액자에 입맞춤을 하던 남자를 흉내 내던 일이 생각났다. 또한 아빠와 할아버지가 관습과 전통을 노예처럼 따르는 우둔함에 대해서 대화를 나누던 일도 떠올랐다.

우리가 행복의 성으로 이사한 지 일 년 만에 할아버지가 돌아가셨다. 할아버지는 다시 혼자서 방을 사용하셔서 매우 외로웠을 것이다. 유쾌한 빌라의 거실에는 항상 긴 의자 근처에 누군가 있었다.

처음에는 우리도 할아버지 옆에 앉아서 이야기를 나누며 같이 있으려고 노력했다. 나는 가끔 할아버지 방에서 숙제를 하곤 했다. 하지만 예전 같지 않았다. 특히 병원 보모가 모든 걸 다 했기 때문이다. 외삼촌과 엄마 아빠가 보모를 풀타임으로 쓰는 문제를 상의하는 걸 엿들은 할아버지는 흥분했다. 보모는 싫어! 제발, 보모는 안 돼! 하지만 할아버지의 외침을 그들은 이해하지 못하는 것 같았다.

보모의 이름은 레카였다. 엄마는 할 일을 설명한 후 정확하게 어떻게 위생적인 방법으로 일 처리를 해야 하는지 직접 시범을 보였다. 보모는 누가 보고 있으면 엄마와 할아버지가 익숙한 방식대로 일을 했다. 그러나 엄마가 불시에 확인해 보면 수시로 절차를 빼먹었다. 보통 소변기 문제였다. 할아버지가 소변기를 쓴 뒤에 보모는 제대로 헹구지 않았다. 한번은 변기를 비우고 나서 비누로 손을 두 번 씻지도 않고 그냥 할아버지의 수프를 부엌에서 가져가는 걸 엄마가 보았다.

"변기를 만진 손으로 음식을 날라? 비누칠도 한 번밖에 안 했잖아!" 엄마가 소리쳤다.

"아이고, 깜빡했네요."

"빼먹는 걸 여러 번 봤는데, 뭘!"

할아버지를 돌려 눕혀 시트를 갈고 베개를 불룩하게 만들 때도 레카는 할아버지를 거칠게 다뤘다. 스펀지 목욕을 해 줄 때 보모가 목욕 수건을 세게 휘두르는 모습에 엄마는 움찔했다. 엄마는 자주 레카에게서 수건을 빼앗아

직접 스펀지 목욕을 해 드렸다.

주둥이 달린 컵으로 뜨거운 차를 마시다가 할아버지가 입을 데자 그걸로 끝이었다. 할아버지의 비명에 엄마가 방으로 달려갔다. 나도 갔다. 레카는 할아버지가 잠꼬대를 했으며 아무 일도 없는 것처럼 굴었다. 그러나 할아버지가 입을 이상하게 벌리고 있는 걸 엄마가 보았다. 가까이 다가가 자세히 보니 물집이 빨갛게 생겼고 입에서 차 냄새가 났으며 화장대 위의 병 뒤에 주둥이 달린 컵이 숨겨져 있었다.

행복의 성에서 일한 지 두 달 만에 레카는 해고됐다. 새로 사람을 찾는 데 며칠이 걸려서 그동안 엄마와 내가 다시 할아버지를 보살폈다. 그러자 할아버지는 평안해 보였다.

레카의 후임은 30대의 나긋한 간병인이었다. 이름이 마헤시였다. 엄마는 특히 그가 할아버지의 욕창에 연고를 조심스럽게 발라 주는 걸 보고 마음에 들어 했다. 욕창은 타라포레 박사가 장골이라고 부르는 큰 뼈가 튀어나온 허리의 척추 양쪽에 하나씩 있었다. 레카가 일할 때 생긴 것이었다. 엄마는 부주의한 여자에게 일을 맡겼다며 자신을 탓했다.

할아버지가 돌아가신 뒤에 보니 등이 욕창으로 덮여 있었다. 몇 개는 크고 깊어서 끔찍했다. 그걸 볼 때마다 내 등에서 날카로운 통증이 느껴졌다. 고름과 술파기 연고 냄새가 항상 방에 맴돌았다. 할아버지는 고통스러웠을 텐데 아무런 소리도 내지 않았다. 난 할아버지가 다시 비명을 지르기를 바랐다. 할아버지가 조용히 누워 있는 모습을 보는 게 더 슬펐다. 정말 아무런 느낌도 없었을까?

마헤시가 간병을 맡은 몇 달 동안 할아버지의 몸이 점점 줄어들었다. 어느 날 타라포레 박사가 하루 또는 길어야 이틀밖에 남지 않은 것 같다고 말했을 때 나는 약속이 생각났다.

엄마 아빠에게 말했다. 엄마는 내가 하는 말에 집중할 수 없었다. 마음을 진정시키려는 의사의 호의에도 엄마는 끝이 다가온다고 생각하자 너무 괴로워서 내 말에 귀를 기울일 수 없었다. "제항구, 제발 아빠에게 물어보렴. 난 모르겠다."

아빠는 진지한 약속이라기보다 할아버지와 바이올린 연주자 간의 농담 같은 거여서 데이지에게 약속을 지키라고 하는 건 옳지 않다고 했다. 외삼촌도 같은 생각이었다.

"할아버지는 진지하셨어요. 데이지 아주머니도 그랬고요. 약속하고 나서 악수까지 했단 말이에요."

"근데 제항글라, 할아버지를 보렴. 거의 의식이 없으시잖아. 데이지가 온들 무슨 도움이 되겠니?"

나는 그 약속이 매우 중요하다고 생각했기 때문에 온종일 아빠를 괴롭혔다. 그러자 저녁에는 아빠가 지긋지긋해했다. "알았다. 정 그러고 싶으면 네가 가서 말해. 난 지금 엄마랑 할아버지만 여기 둘 수 없으니까."

나는 버스를 기다리지 않고 유쾌한 빌라로 걸어갔다. 그 시간에 버스는 만원이었고 멈추지도 않을 것이므로 걷는 것이 더 빨랐다.

우리가 이사한 이후로 유쾌한 빌라에 가는 건 처음이었다. 출입구 계단이 더 작아 보였다. 건물 안으로 들어가면서 옛날 집이 어떻게 변했을까, 히랄랄 씨가 어떤 가구를 놓았을까, 생각을 하다 보니 슬픔이 밀려왔다. 데이지 아줌마의 현관문을 노크했다.

집 안에서 연습하는 소리가 들리지 않았다. 몇 번 노크를 하다가 포기하려던 참에 빌리 아줌마가 장바구니를 들고 계단 세 개를 올라와 건물 안으로 들어왔다.

"너 제항기르 아니니! 여기서 뭐하는 거야?"

"데이지 아주머니 만나러 왔어요."

빌리 아줌마가 궁금해하는 눈치였다. 그러나 그녀는 묻지 않고 말했다. "다들 잘 지내지?"

"네, 고맙습니다." 나는 재빨리 말하고 문을 다시 두드렸다.

"바이올린 가지고 나갔어. 시장에 가다가 만났거든." 빌리 아줌마가 자진해서 말했다.

"어디로 갔는지 아세요?"

"리허설 때문에 맥스 뮐러 건물로 간다던데."

그 건물이 어디 있는지 알았다. 리갈 극장 근처였다. 가도 될까? 아빠가 유쾌한 빌라까지만 가는 걸로 허락하셨다. 하지만 내일까지 기다리면 약속을 못 지키고 할아버지가 돌아가실지도 모른다.

걷기에는 너무 먼 거리여서 이번에는 버스를 탔다. 힘껏 밀치고 들어가 123번 버스에 올랐다. 반 시간 후 버스가 로터리를 돌아 박물관을 지났을 때 내렸다.

길을 건너는 데 시간이 오래 걸렸다. 아무도 교통 신호를 지키지 않았고 차가 계속 지나갔다. 나는 교통이 혼잡해진 틈을 타서 맥스 뮐러 건물로 뛰어갔다.

건물 안에서 어디로 가야 할지 몰랐다. 여섯 시가 지나서 모두들 퇴근했는지 사무실에는 아무도 없었다. 그러나 여러 대의 바이올린이 함께 연주하는 음악 소리가 들려서 그쪽으로 따라 들어갔다.

마침내 리허설 장소에 이르렀다. 문을 열고 살짝 들여다봤다. 무대에 불이 켜져 있었지만 강당은 어둡고 텅 비어 있었다. 데이지 아줌마가 지휘자 옆의 무대 첫 번째 의자에 앉아 있었다. 연주가 계속됐고 아무도 나를 보지 못했다. 어떻게 해야 할지 몰랐다.

마냥 기다렸다. 어느 시점에 첼로 두 대를 빼고 모든 악기가 조용해졌다. 음악이 너무 슬퍼서 가슴이 아팠다.

갑자기 지휘자가 자동차 앞 유리의 와이퍼처럼 지휘봉을 좌우로 흔들며 '그만! 멈춰!'라고 말하는 것 같았다. 모두 조용해졌다. 지휘자가 뭐라고 말했다. 데이지 아줌마가 악보대의 페이지를 가리켰다. 지휘자가 자신의 책을 확인한 후 콧노래를 부르며 양손을 특이하게 움직였다. "음을 길게 끌어 주라고." 지휘자의 말에 단원들이 고개를 끄덕였다.

그들이 리허설을 다시 시작하기 전이 기회였다. 그러나 서둘러 앞으로 가다가 그만 의자에 걸려 넘어지고 말았다. 무대 위의 사람들이 깜짝 놀랐다. 지휘자가 물었다. "네, 뭐죠?"

그때 다른 사람들과 함께 어둠 속을 바라보고 있던 데이지 아줌마가 일어나서 무대 끝으로 왔다. "제항기르? 너니?"

"네, 아주머니." 나는 기어 들어가는 목소리로 말했다.

"이리 와 봐. 너 울고 있니?"

나는 우는 줄도 몰랐다. 어둠 속에서 기다릴 때부터 그랬던 모양이다. 재빨리 눈물을 훔쳤다. 데이지 아줌마가 쪼그리고 앉자 서로의 얼굴이 가까워졌다. 지금은 내가 아줌마보다 키가 크지만 그때는 아직 작았다. 아줌마는 왼손에 바이올린과 활을 쥐고 오른손으로 내 어깨를 잡았다. 그녀의 손이 닿자 든든했다. 나를 꽉 쥔 손 덕분에 기분이 좋아졌다.

"제항기르, 무슨 일이니? 너 여기 온 거 부모님이 알고 계셔?"

고개를 가로저으며 유쾌한 빌라에 갔다고 말했다. 타라포레 박사가 한 말을 전해 주자 아줌마의 얼굴이 슬픔으로 일그러졌다.

"솔직히 그 약속은 까맣게 잊고 있었어."

내가 돌아서자 아줌마가 말했다. "잠깐, 네가 이렇게 와 줘서 기뻐. 잠깐만 기다려."

그녀는 지휘자에게 이야기를 한 후 무대 옆으로 사라지더니 바이올린과 활을 담은 케이스를 들고 다시 나타났다. 아줌마가 무대에서 뛰어내릴까 봐 조마조마했다. 무대가 너무 높았고 아줌마는 하이힐을 신고 있었다. 그러나 그녀는 내가 미처 보지 못한 계단이 있는 무대 구석으로 갔다. 아줌마는 강 당으로 내려와 지휘자에게 손을 흔들었다. "다들 내일 봐요."

그녀는 매우 빨리 걸었다. 나는 아줌마를 따라잡으려고 거의 뛰다시피 했다. 그녀가 택시를 부르자 난 버스비밖에 없다고 했다. 아줌마가 웃으며 지갑에 돈 이 충분하다고 말하고 택시 기사에게 유쾌한 빌라의 주소를 알려 주었다.

"근데 아주머니, 우린 거기 안 살아요!" 그녀가 순간 잊어버린 줄 알았다.

"나도 알아. 먼저 옷부터 갈아입어야 해."

나는 아줌마의 옷차림을 유심히 살폈다. 옅은 갈색 바지에 팔꿈치까지 말 아 올린, 엷은 노란색 긴소매 블라우스였다. 할아버지에게 빨리 가지 못해 서 안달이 난 나는 옷이 좋으니 갈아입을 필요가 없다고 했다.

"고맙구나. 근데 이 옷은 그 일에 어울리지 않아."

택시 기사에게 기다리라고 하고 우리는 집으로 들어갔다. 아줌마가 안쪽 방으로 사라졌고 나는 거실에 앉아 있었다. 음악책이 많았고 높이가 다른 악보대가 세 개 있었으며 바이올린이 두 대 더 있었다. 어수선했지만 편안한 기분이 들었다.

몇 분 후 시끄러운 시계처럼 똑딱거리는 뒷굽 소리가 들리자 나는 고개를 돌렸다. 그날 데이지 아줌마의 옷차림을 결코 잊지 못할 것이다. 아름다운 검정 긴 스커트와 옷감이 별처럼 반짝이는 검정 긴소매 블라우스를 입고 있었다. 하이힐도 검정이었다. 목에는 진주 목걸이가 걸려 있었다.

봄베이 교향악단의 크고 중요한 콘서트 때 입는 옷이었다. 옛날 아파트 발코니에서 아줌마가 바이올린 케이스를 들고 밖으로 나와 택시를 부를 때 그 옷을 입고 있는 걸 몇 번 보았다. 그렇게 차려입은 그녀는 잡지의 사진처럼 언제나 눈부시게 아름다웠다.

지금 그녀는 할아버지를 위해서 그 옷을 입었다. 지금껏 보았던 여인 중에 가장 아름다운 여인이었다. 나는 목이 메었다. 택시에 올라타자 아줌마가 기사에게 빨리 행복의 성으로 가자고 했다.

현관문이 열리자 얼굴을 찡그린 아빠는 몹시 화가 나 있었다. "지금까지 어디 있었어? 이럴 때 사람들 걱정이나 하게 만들다니."

그때 옆에 서 있는 데이지 아줌마가 아빠의 눈에 들어왔다. 그녀의 아름다운 옷에 마음을 가라앉힌 아빠가 어서 들어오라고 했다. "정말 미안합니다. 중요한 공연을 하다가 애한테 끌려온 모양이죠?"

"아뇨, 이게 중요한 공연인걸요. 그럼 갈까요?"

우리는 모두들 모여 있는 할아버지 방으로 갔다. 엄마는 침대 옆에 앉아서 할아버지의 손을 잡고 있었다. 손은 이제 거의 떨리지도 않았다. 외삼촌과 형은 엄마의 의자 뒤에 서 있었다. 마헤시는 구석에 있는 걸상에 앉아서 안절부절못했다. 환자를 위해서 뭔가 해 줄 수 있는 일이 있기를 바라는 것 같았다.

엄마가 어깨 너머로 데이지 아줌마를 보더니 아빠처럼 폐를 끼쳐서 미안하다고 했다.

"천만에요. 제가 약속한걸요."

"불쌍한 아빠! 데이지 씨도 볼 수 없다니."

"그건 중요하지 않아요." 아줌마가 옆으로 가서 바이올린을 조율하는 모습을 외삼촌이 의미심장하게 바라보았다. 그녀에게 다가가고 싶지만 어색한 모양이었다.

잠시 후 반짝이는 검정 옷을 입은 아줌마가 하얀 병원 침대 끝으로 갔다. 그녀는 연주를 시작하기 전에 할아버지에게 깍듯이 고개를 숙였다. 마헤시가 신기하다는 듯이 쳐다보았다. 멋지게 차려입은 여자가 바이올린을 연주해 주는 환자를 지금껏 보지 못했을 것이다. 아빠가 내 귀에 대고 슈베르트의 〈세레나데〉라고 말했다. 나도 알고 있었다. 이전에 아줌마가 할아버지에게 자주 연주해 주던 곡이었다. 그녀는 눈을 감고 있었지만 나는 뜨고 있었다. 주위의 모든 것을 보고 듣고 싶었다.

아마도 방의 분위기 때문이었는지 모르겠지만 우리 앞에서 아줌마가 그렇게 아름답게 연주한 적은 없었다. 나는 할아버지를 보았다. 바이올린 연주를 듣고 계시는지 만족한 표정을 지으셨다.

데이지 아줌마가 브람스의 〈자장가〉를 연주했다. 할아버지가 무척 좋아하시던 곡이었다. 우리가 어렸을 때 형과 내게 그 노래를 불러 주곤 했다고 아빠가 속삭였다. 친할아버지도 아빠에게 빙 크로스비의 노래로 불러 주셨다고 한다. 아빠가 작은 목소리로 가사를 흥얼거렸다. "잘 자라⋯⋯."

그 소리를 들은 데이지 아줌마가 돌아보았다. 화가 난 줄 알았더니 좀 더 크게 부르라고 했다.

그러자 아빠가 일어나서 노래를 불렀다. 아빠의 뺨에 눈물이 흘렀고 엄마도 마찬가지였다. "이런, 세상에." 노래가 끝나자 아빠가 손수건을 꺼냈다.

아줌마가 한 시간 넘게 연주했을 때 그날 아침에 약속한 대로 타라포레 박사가 돌아왔다. 마지막으로 〈우리가 젊었던 어느 날〉이 연주됐다. 연주가 끝나자 아줌마가 말없이 서 있다가 고개를 숙인 후 바이올린을 치웠다.

방 안에 침묵이 흘렀다. 마침내 의사가 할아버지를 진단하고 편안하게 해 줄 일이 있는지 살펴보겠다고 했다. 구석에 있는 마헤시처럼 뭔가 해 줄 수 있는 일이 필요한 듯이 의사는 혈압을 체크했다. 고무공을 눌러 공기를 주입하자 할아버지의 팔에 두른 덮개가 부풀어 올랐다. 수은주가 위아래로 춤을 추면서 올라갔다. 의사가 공기를 빼더니 교수님이 아주 편안하게 쉬고 계신다고 엄마에게 속삭였다.

의사는 우리와 함께 앉아서 외삼촌과 아빠에게 몇 마디 건네고 형과 나의 어깨를 두드리며 유쾌한 미소를 보였다. 그는 가방을 싸고 나서 구석에 있는 마헤시를 포함해 모두와 악수를 나누었다. 마지막으로 의사는 할아버지의 손을 양손에 잡고 속삭였다. "교수님, 편안히 주무십시오."

아빠가 의사를 현관문까지 바래다주고 돌아오자 데이지 아줌마가 좋은 소식이 있다고 했다. 그녀는 마치 할아버지에게 말을 하고 할아버지가 듣고 있는 것처럼 행동했다. 교수님의 말대로 꿈이 이뤄져서 올 하반기에 NCPA 에서 봄베이 교향악단과 베토벤 협주곡을 공연하게 됐다고 했다.

엄마 아빠가 잘됐다며 축하해 주었다. 외삼촌이 악수를 할 것처럼 살짝 앞으로 가더니 수줍어하며 뒤로 물러섰다.

아줌마가 우리에게 공연 날짜를 알려 주며 지갑에서 표를 꺼냈다. 그녀는 둘러보면서 숫자를 세더니 다섯 장을 찢었다. 그때 외삼촌이 다가가 표를 받았다. 외삼촌이 꼭 가겠다고 말하며 표를 조심스럽게 호주머니에 넣었다.

다음 날 새벽에 아빠가 나를 깨웠다. 방금 할아버지가 돌아가셨다고 했다. "가 보자꾸나." 아빠가 말했다.

창문을 지날 때 해가 막 떠오르는 참이었다. 새벽하늘의 색깔을 보려고 걷는 속도를 줄였다. 아직 할아버지가 말씀하신 하늘색은 아니었다. 어깨에 놓인 아빠의 손이 나를 잡아끌었다. 형은 벌써 일어나서 엄마와 함께 할아버지 방에 있었다.

통로의 시계가 6시를 알렸다. 나는 침대 끝에 서서 할아버지를 바라봤다. 머리맡의 탁자 위에 작은 석유램프가 켜져 있었다. 할아버지의 팔다리가 멈춰 있는 걸 보자 이상한 기분이 들었다. 지금까지는 항상 떨렸다.

"이리 오너라." 아빠가 베개 옆으로 나를 데려갔다.

나는 할아버지의 얼굴에서 자꾸 눈을 돌렸다. 엄마는 침대 건너편에 앉아 마치 기도를 하듯이 두 손을 모으고 나지막이 울었다. 형과 외삼촌이 방을 나갔고 아빠가 할아버지에게 작별 키스를 하라고 했다. 기도 의식이 시작되면 손댈 수 없다고 했다. 형도 키스를 했냐고 물었다.

엄마가 건너편에서 고개를 끄덕였다. 약간 겁이 났지만 나는 몸을 앞으로 숙여 보통 때와 달리 팔로 감싸지 않고 재빨리 키스했다. 할아버지에게 키스하는 것 같지가 않았다.

문득 죽음이 뭔지 알 것 같았다. 세상이 완전히 달라졌다. 할아버지를 영원히 볼 수 없는 것이다. 그러자 눈물이 쏟아졌다.

아빠가 내 팔을 잡고 침대 밖으로 데려갔다. 마치 도망치려는 듯이 아빠의 손아귀에서 꿈틀거려 보았다. 그러나 어디로 가야 할지 몰랐다. 엄마가 손을 내밀길래 엄마의 품으로 달려들었다. 더는 아프지도 않고 고통도 없으니까 할아버지는 이제 행복하다고 엄마가 말했다.

엄마의 말이 흐느낌 때문에 목에 걸렸다. 아빠가 엄마의 등을 부드럽게 어루만졌다. 아빠는 엄마의 어깨에 파묻은 내 얼굴을 들더니 우리를 껴안았다.

아빠가 다시 나를 할아버지 옆으로 데려갔다. 할아버지의 얼굴 표정이 얼마나 평온한지 보라고 했다.

아빠의 말대로 보긴 했지만 뭘 봤는지 정확히 모르겠다. 잠시 후 침묵의 탑에서 영구차가 도착했다.

장례식과 나흘간의 의식이 끝난 후 침묵의 탑에서 철야 기도를 마치고 돌아온 엄마는 이제 울지 않았다. 할아버지가 돌아가신 게 더는 중요하지 않다는 듯했다. 난 정말 화가 났다.

임대한 병원 침대를 돌려보내고 환자용 변기와 소변기는 깨끗이 씻어서 창고에 넣었다. 할아버지의 흔적이 하나씩 사라지기 시작했다.

엄마는 내게 이제 울지 말라고 했다. 안 그러면 할아버지의 영혼이 불행해질 거라면서. "제항구, 좋은 기억들을 떠올리렴. 할아버지가 구급차를 타고 우리 집에 오셨던 날 기억나니?"

나는 고개를 끄덕였다.

"네가 할아버지께 점심을 먹여 드렸잖아. 숟가락으로 비행기 놀이를 하면서."

나는 웃지 않으려고 애를 썼다.

"할아버지가 너랑 재밌게 놀았잖아. 그렇지? 네가 만든 비행기 소리에 할아버지가 기분 좋게 웃으셨어."

"할아버지 셔츠에 음식을 흘려서 엄마가 절 혼냈잖아요."

"그래, 그랬지. 난 네 엄마니까. 하지만 네가 할아버지께 음식을 떠먹여 주는 모습은 아름다웠단다. 그리고 형이랑 네가 할아버지의 대머리를 쓰다듬고 턱을 쥐는 것도 그랬고."

할아버지의 대추 같은 턱의 느낌이 아직도 손에서 느껴졌다. 짧은 수염과 고무 같은 피부가 어우러진 매우 독특한 느낌이었다.

엄마는 날 위로했고 나는 고개를 끄덕였다. 그러나 다음 날 할아버지의 방에 흰색 침대가 없는 것에 익숙해지기도 전에 엄마 아빠가 화장대의 약병들을 자선 병원에 기부하겠다고 했다.

"할아버지 물건들을 조금만 더 놔두면 안 돼요?"

"제항글라, 할아버지는 하늘나라에 계셔." 아빠가 말했다. "저런 물건들은 이제 필요 없어. 오르마즈드께서 잘 보살피고 계신단다. 옷, 아이스크림, 푸딩 등 모든 걸 말이야." 그러자 엄마가 미소를 지으며 신의 옷과 음식 제공

서비스가 재밌는 생각이라며 동의했다.

나는 엄마 아빠를 매섭게 노려봤다. 내 기분을 북돋아 주려고 농담하고 있다는 걸 알았지만 그럴 기분이 아니었다.

물건들은 사라졌지만 할아버지의 냄새는 방에 남아 있었다. 나는 그곳에 자주 갔다. 그러나 며칠 후엔 그것조차도 사라지고 말았다.

외삼촌이 곧 데이지 아줌마의 봄베이 교향악단 콘서트가 있다고 하자 엄마가 초상을 치른 지 3개월밖에 안 되었으므로 콘서트에 가는 건 옳지 않다고 했다. 아빠도 같은 생각이라고 했다.

그러나 엄마 아빠가 행복한 생각을 하라고 했고 할아버지가 가장 좋아하셨던 음악을 함께 즐길 수 있는 좋은 일이 생겼는데 왜 반대하냐고 내가 나섰다. 아줌마가 준 표를 왜 낭비하냐고 물었다.

엄마 아빠는 애도와 관련된 관행과 사회적 규범, 공동체의 기대치에 대해서 설명했다. 나는 말도 안 된다고 했다.

결국 엄마와 아빠는 가지 않겠으니 더는 아무 말 말라고 했다. 외삼촌과 형과 나는 좋을 대로 하라면서.

결정의 책임이 내 어깨 위에 놓이게 되자 자신이 없었다. 할아버지가 어떻게 생각할지 그 주 내내 고민했다.

콘서트가 예정된 금요일 아침에야 결정했다. 학교에 가기 전에 외삼촌에게 나도 가겠다고 했다.

그래서 외삼촌과 나만 갔다. 그날 저녁 외삼촌은 가장 좋은 양복을 입고 가장 좋은 넥타이를 맸다. 나는 긴소매 셔츠와 긴 바지를 직접 다림질했다.

단원들이 연습했던 맥스 뮐러 건물보다 훨씬 큰 강당이었다. 표지판을 보고 서야 NCPA의 뜻을 알 수 있었다. 국립 공연 예술 센터였다. 중요한 장소 같아서 들어가기가 망설여졌다.

로비는 아름답게 차려입은 사람들로 북적거렸다. 몇몇 여자의 사리는 엄마가 결혼식 때 입었던 사리보다 비싸 보였다. 그러자 알바레즈 선생님이 생각났다. 선생님의 옷은 그것보다 훨씬 나았지만 머리가 아플 정도는 아니었다. 주위의 흥분에도 외삼촌과 나는 외로웠다. 우리를 제외한 사람들은 서로 잘 아는 것 같았다.

그러나 일단 벨이 울려서 자리에 앉고 불이 꺼지자 교향악단이 무대로 나왔기 때문에 다른 사람들을 신경 쓸 필요가 없었다. 데이지 아줌마가 지휘자와 함께 등장했다. 나는 무대에서 가장 중요한 사람을 알고 있었다. 그녀는 할아버지를 위해서 입었던 아름다운 검정 옷을 입고 있었다.

지휘자 왼쪽에 자리 잡은 아줌마는 바이올린에 턱을 괴고 조율을 했다. 지휘자가 악단에 신호를 보내자 모든 악기가 한 음정만 연주했다. 지휘자가 소리에 만족한 듯했다. 그가 지휘봉을 들고 데이지 아줌마에게 고개를 끄덕이자 콘서트가 시작됐다.

아줌마의 솔로 부분이 시작되자 나는 무척 자랑스러웠다. 협주곡의 가장 흥분된 순간이었다. 외삼촌과 나는 강당에 모인 어느 누구보다도 힘차게 박수를 쳤다.

앙코르 연주 후 콘서트가 끝나자 외삼촌이 아줌마에게 인사하러 가자고 했다. 다른 관객들과 함께 통로 위로 휩쓸려 로비로 나왔다. 거기서 복도를 따라 무대 뒤로 갔다.

아줌마를 둘러싼 사람들이 축하 인사를 전하며 신선하고 박력 있는 멋진 연주였다고 했다. 몇 사람은 꽃을 선사했다. 우리는 뒤로 물러나 차례를 기다렸다.

그때 우리를 발견한 아줌마가 사람들 사이를 뚫고 외삼촌과 악수를 한 후 나를 껴안았다. "재밌었니?"

나는 미소를 지으며 고개만 끄덕였다. 사실은 수줍은 아이처럼 잠자코 있지 않고 뭔가 말하고 싶었다. 할아버지가 돌아가시고 난 후 처음으로 기분이 좋았다고 말하고 싶었다.

그사이에 외삼촌이 훌륭한 콘서트였다고 간신히 중얼거리더니 또 말문이 막혔다. 외삼촌은 감탄의 눈빛으로 아줌마를 보며 미소만 지었다.

"이렇게 와 줘서 고마워요." 아줌마가 팬들에게 돌아가려고 했다.

지금이 절호의 기회였다. "천만에요. 정말 즐거웠어요."

아줌마가 환하게 웃었다. 내 대답이 기쁜 것 같았다. 우리는 셋이서 좀 더 이야기를 나눴다. 아줌마가 외삼촌에게 다른 콘서트에도 가고 싶으냐고 물었다. 볼쇼이 발레단 표가 있다면서. 외삼촌은 당연히 좋다고 했다.

나를 초대하지 않아서 실망스러웠지만 두 사람만 가는 게 더 나을 것이다. 분명히 엄마도 좋아할 것이다.

자리를 뜨려던 아줌마가 그 자리에 멈추더니 가까이 왔다. "오늘 저녁 무대에 나오기 전에 바킬 교수님이 생각났단다. 객석에 계시다고 상상했어."

나도 할아버지를 생각했다고 말하고 싶었지만 데이지 아줌마는 이미 알고 있는 듯했다.

형이 계단통에서 여자애와 키스하는 걸 아빠가 보았다. 아빠는 굳은 표정으로 들어오더니 엄마에게 그 사실을 알렸다. 엄마의 첫 번째 질문은 같은 아파트에 사는 우리가 아는 사람이냐는 것이었다.

"파르시인이 아냐." 아빠가 망했다는 목소리로 대답하고 자리를 떴다. 엄마가 재빨리 쫓아가 밑에서 무슨 말이 오갔는지, 일이 어떻게 끝났는지, 협심증 약이 필요한지 등을 물었다.

"파르시도 아닌 여자애한테 내가 아들과 싸우는 꼴을 보여 줄 순 없지. 나를 보자마자 녀석이 부끄러웠는지 도망치더군. 집에 돌아오면 얘기해 봐야지."

아빠의 협박 때문에 엄마는 큰 싸움이 벌어질까 봐 겁이 났다. 엄마는 한 시간 동안 부엌에서 썰고 자르며 저녁 준비를 하면서 초조하게 고개를 가로저었다. 이윽고 초인종이 울렸다. 엄마는 손을 닦고 부랴부랴 응접실로 달려갔다. 아버지와 아들만 놔둬서는 안 된다.

엄마가 달려가자 외삼촌이 신문을 내려놓고 자기 방으로 들어가 버렸다. 엄마는 외삼촌에게 여기가 외삼촌 집이기도 하니까 그냥 있으라고 말하고 싶은 눈치였다. 그러나 그렇게 하지 않았다.

"너 할 말 없니?" 형이 들어오자 아빠가 시작했다. "뭘요?" 형이 시치미를 떼며 물었다.

"그 여자애 말이야. 누구냐?"

"아, 안잘리 말씀이군요. 같은 대학에 다녀요. 마침 친구들 기다리던 참이었는데."

"친구들 기다릴 때 넌 여자애들한테 키스하냐?"

아빠가 말을 멈추더니 목소리를 낮췄다. 소파에 앉은 후 형에게 맞은편 의자에 앉으라고 했다. "서로 고함지르지 말고 얘기하자. 이건 아주 심각한 문제니까 내 말 잘 들어라. 너와 그 여자애의 우정은……."

아빠가 잠시 말을 멈추고 헛기침을 하며 알맞은 단어를 찾았다. "너와 그 여자애의 관계는 이뤄질 수 없다."

"관계라뇨?" 형이 웃었다. "말씀드렸잖아요. 그냥 친구라니까요."

"네가 그런 식으로 키스하는 여자가 그냥 친구일 리 없어. 애인이라면 용납할 수 없고 혼자서 재미 보는 거면 더더욱 용납할 수 없어."

"둘 다 재미 보는 건데요."

아빠가 이마를 움켜쥐었다. "성냥 가지고 장난치는 일은 어린아이들이나 재미있다고 생각하는 거야. 그런 건 막아야 해. 무의미한 일이고 해피엔드로 끝나지 않아."

"우린 그런 식으로 생각하지 않는다니까요. 됐어요?"

"봤지?" 아빠가 엄마에게 하소연했다. "말을 듣지 않아. 인생의 사소한 것부터 가장 중요한 것까지 한마디도 듣지 않는다니까."

아빠가 다시 형에게 말했다. "경고하는데 이 문제에 관해서 타협은 없다. 우리 종교의 규칙과 법은 절대적이야. 마하라시트라 사람하고 사귀면 안 돼."

"그건 편견일 뿐이죠." 형이 말했다.

"절대로 그렇지 않아. 나랑 가장 친한 친구가 마하라시트라 사람인 편지 작가 빌라스 라네였어. 네가 어렸을 때 그림책을 주곤 했지. 기억나니? 인종 이나 종교에 상관없이 네가 좋아하는 친구를 사귀면 돼. 하지만 결혼 같은 심각한 관계에는 규칙이 달라."

"왜요?"

"왜냐하면 우리는 이 지구에 유일무이 공헌하는 순수 페르시아 인종이니까. 혼혈 결혼을 하면 그게 파괴되고 말 테니까."

"아빠가 우수하다고 생각하세요?"

"우수하고 열등하고의 문제가 아냐. 순혈은 지킬 만한 가치가 있는 미덕이거든."

이번에는 형이 엄마에게 하소연했다. "아시겠죠? 아빠가 편협한 사람이란게 입증됐잖아요. 순혈에 대해서 같은 생각을 했던 히틀러 때문에 무슨 일이 벌어졌는지 아시죠?"

아빠가 울화통을 터뜨렸다. 형이 말을 안 들어서라기보다 상처를 입었기때문이었다. 고함을 지르고 주먹으로 차탁을 치면서 가슴 통증이 재발했다고 했다. 그러더니 몸을 뒤로 기대고 작은 목소리로 중얼거렸다. 어쩌면 형제가 저렇게 다르단 말인가? 제항글라는 유순하고 공부도 열심히 하고 착한데 무라드는 내 아들인데도 완전 악당처럼 행동하다니. 도대체 누가 자기아버지를 희대의 괴물과 같다고 한단 말인가?

"그건 맞는 말이에요. 무라드, 부끄러운 줄 알아. 아빠한테 히틀러가 뭐니?"

"제가 언제 그랬어요? 제대로 들으셔야죠. 전 히틀러도 순혈에 대해서 같은 생각을 했다고 말했을 뿐이에요."

아빠는 말뜻 자체의 차이에는 관심이 없었다. "너한테 무슨 차이가 있는지 쉽게 알려 주마. 그 마하라시트라 친구가 계단통에서 너랑 뭘 했는지 생각해 봐. 파르시 여자애라면 절대 그런 식으로 행동하지 않아."

"정말 우습네요. 혼자 계속 떠드세요." 형이 쏘아붙이며 자기 방으로 가 버렸다.

나는 책에 얼굴을 파묻은 채 응접실에 남아 있었다. 아빠에게 뭔가 잘못 알고 있다고 말하고 싶었다. 일층에 사는 파라 아르자니는 할아버지의 아버지와 원수지간이었던 아르자니 씨의 증손녀였다. 그 아이와 나는 지난주에 엘리베이터를 같이 탔다. 뭔가에 대해서 같이 웃다가 내가 약 올리자 그 아이가 나를 밀었다. 곧 우리는 싸우는 척하면서 서로 꼭 껴안고 몸을 밀착시켜 키스를 했다. 나는 그 아이의 가슴을 만졌다. 엘리베이터 문이 열리지 않았더라면 티셔츠 안으로 손을 집어넣었을 것이다.

엄마가 아빠를 설득하려고 했다. "여보, 무라드 나이에는 당연한 거예요. 다음 주면 열여덟 살이 되고 앞으로 열아홉 살이 될 거 아녜요. 언제까지 애 취급할 거예요?"

"사나이로 행동할 때까지. 그리고 자라투스트라인으로서의 의무를 알아들을 때까지."

엄마는 두 손을 꼭 쥐고 성스러운 진열장에 놓인 플라스틱 향로의 깜박이는 필라멘트를 쳐다보았다. 마치 신의 도움을 바라는 것처럼. "좋은 생각이 떠올랐어요. 당신 편지 작가 친구 말이에요."

"그 친구가 왜?"

"당신이랑 무라드는 차분히 대화하기가 힘들잖아요. 무라드가 바보 같은 말을 하면 당신이 화를 내고 싸우게 되니까."

"그게 내 잘못이야?"

"아뇨, 그렇다는 말이 아니에요. 근사한 편지를 길게 써 보는 게 어때요?

그러면 모든 걸 논리적으로 설명할 수 있잖겠어요? 우리 아들은 이성적이 잖아요. 당신이 항상 우리 종교의 법에는 과학적인 근거가 있다고 말했잖아요. 그걸 무라드에게 보여 주어요. 그러니까 친구에게 편지 쓰는 걸 도와 달라고 하면 어떠냐는 거죠. 그 사람이 전문가잖아요."

"당신 미쳤어?" 아빠가 몹시 불쾌해했다. "첫째, 그런 옛날 인생은 끝났어. 빌라스와 다시 만나고 싶지 않아. 둘째, 그 친구는 무식한 사람들을 위해서 편지를 써. ABC나 낫 놓고 기역 자도 모르는 무학 노동자들을 위해서 말이야. 당신 아들의 무심한 마음을 녹여 줄 편지를 쓸 수 있는 셰익스피어가 아니야. 셋째, 아버지가 아들과 얼굴을 마주하고 말을 못해서 편지를 써야 한다면 그런 아들은 없다고 생각하는 게 나아."

엄마가 움찔하며 다시 한 번 성스러운 진열장을 바라보았다.

외삼촌은 큰 싸움에 끼어들지 않으려고 데이지 아줌마와 봄베이 교향악단이 시작한 자선 운동에 기부할 물건을 찾느라 방에서 분주하게 벽장을 정리했다. 우리에게 보여 줄 물건을 갖고 나온 외삼촌은 관심을 딴 데로 돌리려는 작전을 썼다.

외삼촌이 작은 상자를 열며 감동한 목소리로 말했다. "이것 좀 봐." 그러자 우리는 외삼촌 주위로 몰려갔다.

상자 안에는 커프스단추 두 쌍과 셔츠 칼라 단추 두 쌍이 들어 있었다. 메모도 있었다. '무라드와 제항기르의 결혼식을 위해서.'

"저건 언니 글씨체예요!" 엄마가 말했다.

"맞아." 외삼촌이 말했다. "알다시피 쿠미가 철두철미하잖아. 이 단추들은 우리 친아버지 것들이야. 쿠미가 애들을 위해서 보관하고 있었나 봐."

엄마가 재빨리 눈물을 훔쳤다. 쿠미 이모의 상자 때문에 나는 혼란스러웠다. 그리고 슬펐다. 사실 어떻게 생각해야 할지 몰랐다. 그동안 형과 나에 대한 이모의 감정을 알 길이 거의 없었기 때문이다.

"형님, 안전한 곳에 보관해 두세요. 행복한 날이 오면 처형의 뜻에 따르도록 하지요. 또 뭘 발견했어요?"

외삼촌은 벽장에서 성스러운 사진들을 보았다고 했다. 사이 바바, 성모, 십자가에 못 박힌 예수, 하지 말랑, 자라투스트라, 성녀 파티마, 부처 등이었다.

"이게 어디에 있던 거죠?" 아빠가 물었다.

"어릴 때 아파트 곳곳에 걸려 있던 게 생각나. 옛날에는 파르시인이 대부분 모든 종교의 기념물을 보관하고 있었던 거 자네도 알지? 어머니와 루시가 죽고 나서 아버지가 다 떼셨어."

어떤 것들은 액자에 들어 있고 어떤 것들은 누렇게 바래서 뒤틀려 있는 걸 아빠가 유심히 살폈다. 액자 판자에 날짜가 새겨진 것들도 있었는데 1869년까지 거슬러 올라갔다.

이야기가 나온 김에 외삼촌은 긴 통로에 걸려 있는 할아버지 조상들의 엄숙한 사진들에 대해서도 농담 삼아 언급했다. "난 그 우울한 얼굴들이 그다지 내키지 않아. 액자들을 다른 데 쓰고 싶으면 그렇게 해."

"아뇨. 그분들은 우리 공동체의 어른들이자 공을 세운 중요한 분들 아닙니까. 그런 분들이 오늘날 더 많이 계시다면 우리 공동체가 이렇게 곤란한 지경에 놓이지 않았을 겁니다. 우리 모두의 귀감으로 남아 있어야 합니다. 특히 우리 아이들에게요."

"그럼 이 성스러운 사진들은?"

아빠가 결정할 시간이 필요하다고 했다.

형의 열여덟 번째 생일이 2주 앞으로 다가왔을 때 엄마가 특별한 계획을 세웠다. 5시부터 7시까지는 형의 대학 친구 10여 명을 초대하자고 했다. 저녁 식사는 여덟 명으로 제한하기로 했다. 아빠가 사람이 많은 걸 좋아하지 않으므로 우리 식구 다섯 명과 형의 가장 친한 친구 세 명만 식사에 초대하자고 했다.

"마하라시트라 여자애는 세 명 중에 포함되지 않도록 해." 엄마의 계획을 듣고 난 아빠가 말했다.

"당연히 초대해야죠. 안잘리도 저녁 식사를 같이 할 겁니다." 형이 지체 없이 말했다.

그리하여 또 싸움이 시작됐다.

아빠는 종교 모임에서 토론한 내용을 바탕으로 경전과 높은 사제들의 말을 인용하며 일장 연설을 했다. 나는 하도 많이 들어서 외울 지경이었다.

"아빠는 점점 광신도가 되어 가는군요. 무엇 때문에 그렇게 변하신 건지 이해가 안 돼요." 형이 말했다.

"너도 나이가 들면 나처럼 될 거다. 이게 바로 영적인 진화야. 너한테도 인생에서 정신적인 것을 갈망할 때가 찾아올 거야."

형한테는 소용없었다. 정통 파르시 연맹에서 공항 금속 탐지기처럼 순혈 탐지기를 발명해서 혼혈이 지나가면 삐삐 소리가 울리도록 하는 건 어떠냐고 빈정댔다.

"우리 공동체의 생사가 걸린 순혈 문제가 너한텐 농담거리냐?"

"편협함은 당연히 비웃음거리죠."

"말 함부로 하지 마라. 의견에 동의하지 않는다고 해서 사람들을 욕하는 게 유행인 모양이지?"

"제 친구에게 뭐가 불만이세요?"

"그 얘긴 벌써 끝났어. 그 여자애와 너의 우정이 어디로 갈지 안 봐도 뻔해. 우리 집에서 그런 일은 용납 못해. 경고하는데, 그 여자애가 저녁 식사에 오면 내가 아파서 식탁에 토하고 말 거야."

형은 아빠의 그런 생각 때문에 자신이 토할 지경이라고 했다. 두 사람 때문에 자신의 생일 파티가 구토의 바다가 되겠다고 쏘아붙였다.

"무라드, 그만해! 어쩜 그렇게 역겨운 소리를 하니!" 엄마가 고함을 질렀다.

"아빠가 먼저 시작했잖아요. 종교를 무기로 쓰다니. 순혈에 대한 집착 때문에 우리 공동체에 미치광이들이 생겨나는 거 모르세요? 전 절대로 그런 미친 생각들을 받아들일 수 없습니다."

"이런 나쁜 놈을 봤나! 자기 아버지를 미치광이라고 부르다니! 더는 못 참아. 난 불의 사원으로 갈 거야. 이놈 얼굴을 한순간도 보기 싫어!"

"중앙 홀에다가 작은 텐트를 치지 그러세요? 거기서 살면 되잖아요."

"들었어? 당신 아들이 날 집에서 내쫓으려는 거 아냐!"

"여보, 그냥 바보 같은 농담 하는 거예요. 무라드, 그렇지?"

"아뇨, 전 진지해요. 아빠를 위해서 유쾌한 빌라에 가서 빌리 아줌마에게 큰 식탁보를 빌려 올게요."

"빌리가 큰 도움이 되었지. 그런데 제대로 고맙다는 인사도 못 했구나. 마지막 순간까지 이사 간다는 말조차 안 했으니 말이야. 새삼 부끄럽네." 엄마가 애석해했다.

"부끄러워해야 할 사람은 바로 그 여자야!" 아빠가 소리치는 바람에 우리는 깜짝 놀랐다. "그 여자가 마트카로 날 유혹해서 평생 하지도 않았던 도박에 손을 댔으니까 말이지."

그러자 엄마도 더는 참을 수 없었다. 엄마는 아무 말 없이 자리를 떴다.

우리가 기도와 종교 의식을 따르는 조로아스터교 달력상으로 형의 열여덟 번째 생일은 나흘 빨랐다. 엄마는 그날을 기념하기 위해서 파르시 낙농장에서 사탕 과자를 주문했다. 그리고 매일 아침 청소하러 오는 하인인 수니타를 보내 꽃을 사 오게 했다. 문간에 화환을 매달 것이다. 또한 엄마는 카다몸, 육두구, 계피를 넣어 맛을 내고 많은 건포도와 데친 아몬드로 장식한 라보 요리도 만들었다. 아침에 부엌에서 맛있는 냄새가 났다.

"생일을 왜 두 번씩이나 치르는 거야?" 아빠가 물었다.

"당신도 알잖아요. 열여덟 번째 생일이니까 그렇죠."

"한 번도 가당찮은 애한테 두 번이나 생일상을 차려?" 아빠의 말에 엄마가 불만스러운 표정을 지었다.

오후에 학교에서 돌아오자 엄마가 길 건너 아파트로 가서 사탕 과자 두 상자를 배달하고 오라고 했다. 하나는 피터 박사님, 하나는 마살라왈라 경감님 것이라고 했다.

순간적으로 엄마에게 반항했다. 나는 그 사람들을 잘 알지도 못한다. 아침에 수니타를 보냈어야 했다고 덧붙였다. 물론 두 사람의 이름은 귀에 익었다. 쿠미 이모가 사고를 당했을 때 두 사람이 많이 도와줬다는 얘기를 들었다. 그리고 할머니와 루시가 죽었을 때도 경감님의 아버지와 의사가 할아버지를 도와줬다는 이야기도 들었다.

"하인을 보내는 거랑은 달라. 가족이 선물을 전해야 진정으로 존경심을 표하는 거니까." 엄마가 말했다.

결국 나는 네 귀퉁이에 공작을 수놓은 보자기를 덮은 쟁반에다가 사탕 과자 상자들을 담아 갔다. 먼저 마살라왈라 경감의 아파트에 들렀다. 하인이 문간에서 경감님이 집에 없다고 했다. 엄마가 지시한 대로 마살라왈라 부인을 찾았다.

"무슨 일이야?" 마치 옆방에서 엿듣기라도 한 듯이 마살라왈라 부인이 나타났다. "너 누구니?"

"행복의 성에서 온 록산나 체노이의 아들 제항기르라고 합니다." 나는 알아보는 데 도움이 될까 싶어 어깨 너머로 가리키며 말했다. "나리만 바킬의 손자예요."

"아, 그래, 그래, 그래. 이제 알겠다." 그녀의 말에 나는 안심했다.

나는 보자기 밑으로 손을 넣어 상자 하나를 내밀었다. "엄마가 경감님과 부인께 이걸 보내셨어요. 형의 열여덟 번째 생일이거든요."

"아, 그래, 그래, 그래. 고맙기도 해라. 형한테 생일 축하한다고 전해 주렴. 그리고 엄마한테도 고맙다고 전하고." 그녀는 당연하다는 듯이 상자를 받고 잘 가라고 했다.

나는 빨리 끝나서 다행이라고 생각하며 경감님 집의 맞은편 아파트로 갔다. 거기서도 빨리 나올 수 있기를 바랐다. 그러나 현관문을 연 피터 박사님은 내 소개를 중간에서 끊더니 환하게 미소를 지으며 팔을 잡았다.

"자네가 누군지 당연히 알지. 잠시 들어와. 테미! 테미!"

피터 부인이 안에서 대답했다. "여보, 또 뭐예요? 날 자꾸 괴롭히면 당신 저녁을 어떻게 만들어요?"

등이 심하게 굽은 피터 부인이 잔소리를 하면서 베란다로 걸어 나왔다. 손에는 뭔가를 썰다가 나온 듯 칼이 들려 있었다. 칼날에 초록색 찌꺼기들이 붙어 있었다. "아이고, 이게 누구야? 나리만의 손자가 왔구나. 근데 당신은 왜 아무 말도 안 했수?"

피터 부인이 칼을 차탁에 내려놓고 치마에 손을 닦은 후 내 볼을 꼬집었다. 손에서 향기로운 고수풀 냄새가 났다. 그때 나는 보자기를 들치고 사탕과자를 건네며 엄마의 말을 전했다.

"무라드가 벌써 열여덟 살이야?" 피터 부인이 쟁반을 받으며 말했다. "세상에! 넌 몇 살이니?"

"열네 살입니다. 곧 열다섯 살이 될 거예요."

피터 박사님이 미소를 지었다. "차세대가 세상을 다스릴 준비가 됐구먼. 너희들은 훨씬 나은 세상을 만들겠지. 안 그러냐? 어서 앉으렴. 그래, 지금 어느 학교에 다니고 있니?"

박사님과 잠시 얘기를 나누고 있을 때 피터 부인이 쟁반을 갖고 사라졌다. 나는 신경이 쓰였다. 쟁반을 돌려주지 않으면 어쩌지? 그사이에 박사님은 우리가 할아버지의 아파트에 살고 있어서 정말 다행이라고 하셨다.

"그 집이 너무 오랫동안 적막했어. 뭔가 결여된……. 네 할아버지는 불행한 삶을 살았단다. 네 할아버지가 여자 친구에게 말을 하려고 내려왔던 때가 눈에 선하구나. 허리에 수건만 두른 날이었지."

박사님이 낄낄거렸다. 나는 알겠다며 고개를 끄덕인 후에 좀 더 말하도록 부추겼다. "박사님께서 할아버지를 친절하게 도와주셨다고 엄마 아빠가 항상 말씀하셔요."

그는 별거 아니라며 고개를 가로저었다. "마살라왈라 경찰서장과 내가 해줄 수 있었던 최소한이었지. 경찰에 신고조차 하지 않아서 얼마나 많은 소문이 나돌았는지 몰라. 이중 살인이니 이중 자살이니 단순 사고니, 참 말이 많았지."

내 얼굴에서 핏기가 가시는 것 같았다. 박사님이 눈치채지 않기를 바랐다. "소문이야 항상 사람들이 일정하게 떠드는 거니까요." 할아버지의 말을 떠올리며 나는 재치 있게 말했다.

박사님이 웃었다. "바킬 교수처럼 말하는구나. 그럼, 사람들을 탓할 순 없어. 정말 수상쩍었으니까."

차탁에 두고 간 칼을 가지러 온 피터 부인이 어쩌다 이야기를 듣고 말했다. "당신 지금 뭐하는 거예요? 어린애한테 그런 말을 하면 어떡해요?" 그녀가 나무랐다.

"좀 있으면 열다섯 살 될 거라는데 어린애라니? 네 할머니 이름이 뭐였지?"

"야스민요."

"맞아. 죽을 때 남긴 말 때문에 훨씬 복잡해졌지."

나는 마른침을 삼켰다. "직접 들으셨나요?"

"당연하지. 어제 일처럼 생생한걸. 두 사람이 떨어진 곳으로 내가 달려가고 마살라왈라도 뛰어갔지. 가톨릭교도 여자 이름이 뭐였지?"

"루시."

"맞아. 루시는 바로 죽었어. 그런데 네 할머니는 의식이 있어서 무슨 말을 했어. 문장의 한 단어 때문에 혼란이 발생했지. '그'라고 했는지 '우리'라고 했는지 헷갈렸거든."

"박사님 생각은 어떠세요?" 내가 부드럽게 물었다.

"아, 나야 무슨 말을 했는지 알지. '우리가 무슨 짓을 한 거지!'라고 말했어. 그런데 옆에 모인 사람들 가운데 몇몇이 '그가 무슨 짓을 한 거지!'라고 들었다고 했지. 그래서 나리만이 죽였다고 주장했고."

박사님은 말도 안 된다는 손짓을 했다. "사람들이 제대로 생각하려고 하질 않아. 그건 비참한 결혼과 망가진 인생에 대한 마지막 후회의 외침이었을 뿐인데 말이야."

"근데 두 사람은 왜 떨어진 거죠?" 내가 물었다.

"나리만과 야스민과 루시는 자기 이마에 새겨진 운명을 따른 거라고 생각해. 그게 다야. 그뿐이야."

피터 부인이 설탕을 작게 쌓아 올린 쟁반을 들고 나왔다. 그녀에게 고맙다고 말한 후 나는 공작 보자기로 쟁반을 덮었다. 두 사람이 현관문까지 바래다주며 내게 또 오라고 신신당부했다.

부엌에 있는 엄마에게 쟁반을 돌려주자 고마움의 표시인 설탕을 보고 매우 기뻐했다. "피터 부인이 주신 거니?" 엄마의 추측에 나는 고개를 끄덕였다.

내 방으로 들어가 침대에 누웠다. 할아버지와 루시와 할머니에 대해서 그동안 들었던 것들을 정리해 보았다. 여전히 그림이 불완전했다. 모호한 크기의 이상한 퍼즐 같았다. 완성되었겠지 하고 생각할 때마다 몇 조각이 더 나왔다. 그리고 모양도 조금씩 계속 바뀌었다.

아름다운 코모 호수를 포함한 옛날 퍼즐들이 아직 선반에 있었다. 그리고 이제는 펼치기도 싫은 에니드 블리턴의 책들도 거기 있었다. 무엇 때문에 그렇게 좋아했었는지 모르겠다. 지금은 시간 낭비였다.

침대에서 벌떡 일어나 그것들을 상자에 담아 외삼촌이 데이지 아줌마와 봄베이 교향악단의 자선 운동에 기증하려고 옷, 신발, 그릇 등을 모아 둔 통로로 가져갔다. 나는 기증품 맨 위에 책과 퍼즐을 올려놓았다.

이제 열심히 맞춰야 할 퍼즐은 단 하나뿐이었다.

아빠는 마침내 성스러운 사진들을 어떻게 처리할지 결심했다. 정통 파르시 연맹 친구들과 상의했을 것이다. 그날 오후 모임에서 돌아온 아빠는 자라투스트라인의 집에서 그런 것들은 아베스타 기도의 기운에 방해가 된다며 자라투스트라 외에는 모두 버려야 한다고 했다.

"그래서 이 집에서 말다툼과 싸움이 자주 벌어지는 거야. 사진들을 없애고 나면 내 기도가 더 효과가 있을 거야. 무라드도 깨닫게 될 거고." 아빠는 모든 종교를 존중하는 자라투스트라적 전통에 따라서 예를 갖춰 없애야 한다고 했다. 아케메네스 왕조의 창시자인 키루스 대왕이 바빌론을 정복했을 때 붙잡혀 있던 유대 인을 해방시키고 그들이 사원을 짓도록 도와줘서 유대 인 성서에 구세주라는 칭호를 얻어 모범을 보인 것에서 기원한다고 설명했다.

"사진들을 꽃과 함께 묶어서 바다의 현신인 아반 야자트에게 잘 지켜 달라고 바칠 거야."

아빠는 내게 꽃을 사 오라고 했다. 꼭 화환이어야 한다고 했다. 아빠는 갈색 포장지로 성스러운 그림들을 싸고 겉에다가 화환을 두른 후 금잔화로 리본을 만들어 묶었다.

아빠와 함께 초파티 해변으로 갔다. 우리는 단단하게 젖은 모래에 이어 가물거리는 바닷물에 이를 때까지 걸었다. 거품을 일으키며 서서히 밀려드는 파도가 발을 집적거렸다. 썰물이어서 물결이 가라앉아 있었다. 우리가 먹을 거라도 가져왔나 싶어서 갈매기들이 시끄럽게 울어 댔다.

아빠가 꾸러미를 이마에 대더니 내게도 똑같이 하라고 했다. 아빠가 꾸러미를 바다로 던졌다. 아반 야자트의 안전한 품으로.

우리는 잠시 모래밭에 앉아서 해가 서서히 바닷속으로 떨어지는 수평선을 바라보았다. 아빠는 자신의 비밀스러운 짐을 숨기고 나는 아빠에 관한 수많은 질문을 머릿속에 가둬 놓은 채 말없이 앉아 있었다. 아빠를 아직 사랑한다고 말하고 싶었지만 지금 아빠의 모습은 이해할 수 없었다. 농담 잘하고 웃기기도 하고 빈정거리기도 하며 때로는 화를 냈다가도 금방 웃고 완고하지만 사랑스러우며 종교에 의지하지 않고도 견딜 수 있었던 옛날의 아빠가 훨씬 좋았다. 아빠에게 제항기르 맨션에서의 어린 시절에 대해서 묻고 싶었고, 이웃들과 크리켓 친구들, 성자비에르 학교의 선생님들, 특히 아요라고 불렀던, 구자라트 출신 선생님과 와다라는 별명을 가진, 재밌게 발음하던 마드라스 출신 선생님에 관한 이야기를 다시 듣고 싶었다.

혼자 있을 때면 아빠에게 묻고 말하고 싶었던 것들이 머릿속에 너무 많았다. 하지만 막상 아빠가 옆에 앉아 있자 혀가 굳어 버렸다.

아이들이 뛰어가자 모래 먼지가 일었다. 사탕수수 장수가 멈춰 우리를 유혹했다. 아빠가 고개를 젓자 그냥 지나갔다.

"그만 갈까? 해가 졌으니 아이위스루트렘 게를 올릴 시간이구나. 저녁 식사 전에 반드시 암송해야 해." 아빠가 말했다.

나는 성스러운 사진들과 꽃이 어떻게 됐는지 보려고 썰물을 살폈다. 아무데도 보이지 않았다. 우리는 해변을 가로질러 도로로 갔다. 부드러운 모래 위를 터벅터벅 힘들게 걸을 때 가라앉는 느낌이 좋았다.

아빠가 '생리법'을 통과시켰다. 형이 그렇게 불렀다.

아빠의 명령에 의하면, 엄마는 생리 중에 응접실에 들어와서는 절대 안 된다고 했다. 예비 침실에서 자고 부엌에도 갈 수 없었다. 음식은 요리사가 엄마에게 갖다 줘야 한다고 했다.

한나절 동안 쓸고 닦고 설거지와 욕실 청소를 하는 하인 수니타 역시 생리 기간에는 집에 출입할 수 없었다. 수니타의 생리 주기를 감시하는 건 엄마의 몫이었다. 엄마는 매우 골치 아파 했다.

"아빠가 드디어 미치셨군요. 종교의 나락으로 깊이 빠졌어요." 형이 말했다.

아빠는 형을 무시하고 방으로 들어갔다. 모든 지시는 이미 다 내려졌다. 엄마가 따라가며 설득해 보려고 했다. "당신, 이전에는 이런 거 안 믿었잖아요. 이제 와서 왜 이래요?"

"왜냐하면 이게 바른길이니까. 정통 파르시 가정에서는 일반적인 절차야."

"여보, 정통 파르시 가족이라면 내가 잘 알아요. 어머니 집에서도 똑같은 절차를 따랐으니까. 하지만 당신이나 나는 이런 거 절대 좋다고 여기지 않았잖아요."

"그때는 내가 무식했잖아. 지금은 종교 공부도 하고 학식 있는 사람들의 강의도 듣고 있거든."

엄마 아빠는 내가 듣고 있는 줄 모르신다. 언제나 그렇듯이 나는 모든 걸 보고 듣는다. 때로는 너무 우울해서 듣고 싶지 않았다.

아빠가 형이 규칙에 따라서 살지 않는다면 집에서 내쫓겠다고 다짐했다. 엄마는 지키지도 못할 협박은 하지 말라고 했다.

"그럼 똑똑히 봐. 당신 아들이 그 여자애와 말도 안 되는 짓을 그만두지 않으면 당신이랑 무라드가 어떻게 되는지 알게 될 테니까."

그런 끔찍한 말을 참 쉽게도 한다고 엄마가 외쳤다. "난 그 아이의 엄마예요. 9개월 동안 배 속에서 기르고 힘들게 낳았단 말이에요. 당신이 내 아이를 이 집에서 쫓아낸다면 날 죽여야 할 거예요."

외삼촌이 개입하자 상황이 악화됐다. 분위기가 차분해지고 위기가 끝나서 아빠와 형이 잘 지내게 될 때까지 아빠의 눈에 보이지 않도록 형을 외삼촌 방에서 지내게 하겠다고 제안한 것이 화근이었다.

"그렇게 하려고 우리더러 여기서 함께 살자고 한 겁니까? 우리 인생에 간섭하려고요? 아버지와 아들 사이를 이간질해서 재미 좀 보겠다는 거냐고요?" 아빠가 고함을 질렀다.

외삼촌이 그런 비난은 논리적이지 못하다고 지적했다. "이봐, 난 자네 말과 정반대로 하려는 거야. 무라드를 내쫓고 싶다면 둘이 다시 친해질 때까지 내가 자네를 위해서 아이를 안전하게 데리고 있겠다는 뜻이야."

"남의 일에 참견 마세요." 아빠가 저녁 향을 피우려고 석탄을 준비하러 갔다.

끝없는 싸움과 분노에 엄마는 혼자서 괴로워했다. 엄마는 유쾌한 빌라에서 보낸 마지막 며칠 동안 할아버지가 불행의 집인 행복의 성으로 이사하지 말라고 경고하려 했었다고 내게 털어놓았다. 할아버지가 말하고자 했던 것이 무엇인지 이제 확실히 알았으며, 그때는 귀담아듣지 않았다고 했다.

아빠는 말도 안 되는 소리라고 했다. 집은 그냥 건물일 뿐이며 행복하거나 불행한 건 우리들에게 달린 거라고 했다.

하지만 엄마는 그 말을 믿지 않았다. "제항구, 잘 배워 둬. 어른들의 충고를 귀담아들어야 한다. 우리가 크고 나면 모든 걸 다 안다고 생각하지. 늙은 사람들은 정신이 온전치 못하다고 간주하고 말이야. 세월과 함께 우리는 너무 자만하게 된단다. 그래서 결국 몰락하고 말지."

엄마는 끝없이 후회했다. 할아버지에게 최선을 다하지 못해 양심에 가책을 느낀다고 했다.

우연히 엄마의 말을 들은 아빠는 불같이 화를 냈다. 엄마가 멜로드라마에 중독돼서 5년 전에 사실상 할아버지의 노예로 살던 시절의 사건들을 고의로 왜곡하고 있다고 했다. "사실 당신은 정반대로 장인어른 때문에 나머지 식구들을 방치했어."

아빠의 비난에 엄마는 소스라치게 놀랐다. "당신은 그렇게 느꼈어요?" 엄마가 나를 보며 물었다. "내가 널 방치했니?"

내가 고개를 가로젓자 아빠가 말했다. "제항글라한테 묻지 마. 쟤는 그때 너무 어려서 상황을 몰랐으니까."

"전 아홉 살이었고 다 알았어요."

"좋아, 하지만 넌 절반도 기억하지 못할 거다."

"무엇이든 물어보세요." 내가 아빠에게 도전했다. "무슨 일이 일어났는지 정확하게 기억하니까요."

"하하, 우리 모두 그렇게 생각하지."

엄마는 낯선 사람들을 고용하지 않고 직접 돌봤더라면 할아버지가 더 오래 행복하게 사셨을 거라고 확신했다. "욕창이 그 증거야. 거의 일 년 동안 내가 아빠를 씻기고 깨끗하게 말렸을 때는 아무 문제 없었어. 보모와 간병인이 오고 나서 욕창이 생겼잖아요."

"말도 안 돼. 침대에 그렇게 오래 누워 있으면 누가 돌보든지 간에 욕창이 생기는 법이야. 우연의 일치일 뿐이라고."

"우연의 일치 같은 건 없다면서요? 당신은 그걸 다른 말로 신의 손길이라고 부르잖아요."

아빠가 손을 흔들며 그만하라고 했다. 그러자 엄마가 형을 위해 안잘리를 저녁 식사에 초대하자고 애원하며 할아버지와 루시의 예를 들면서 얼마나 많은 사람에게 평생 다툼과 불행을 초래했냐고 말했다. 두 사람을 갈라놓으려고 하면 할수록 더 고집을 부릴 거라고 했다. "당신도 알다시피 새로운 친구들을 사귀고 나면 이런 건 금방 끝나요."

"안 그러면 어쩔 거야? 더 심각해지면 어쩔 거냐고?" 아빠가 물었다. "그렇게 되면 파르시 공동체의 파멸을 앞당기는 거잖아. 당신이 수명을 단축시킨 책임을 져야 할 거야."

타협이 이뤄졌다. 응접실에 가구를 특별히 재배치한다는 조건하에 안잘리를 생일 저녁 식사에 초대하는 데 아빠가 동의했다. 진열장으로부터 적절한 거리를 두고 바리케이드가 생기도록 배열해야 한다고 했다.

기도 공간이 오염될지도 모른다는 아빠의 걱정을 덜어 줘야 했다. 내일 형과 내가 소파, 의자, 테이블을 옮겨서 형의 말대로 '방역선'을 설치하기로 했다.

외삼촌이 내게 말했다. "데이지도 저녁 식사에 오면 좋지 않을까?"

힌트를 얻은 내가 엄마에게 말하자 흔쾌히 그러자고 했다. 외삼촌은 데이지 아줌마와 함께 콘서트에 다니는 것만으로 만족했지만 엄마는 두 사람이 모란잉꼬처럼 지저귀기를 바랐다.

어제 엄마가 파르시 낙농장에서 잘레비, 수테르페니, 부르피, 말라이 나카자 같은 사탕 과자들을 주문했다. 서양 달력으로 형의 생일인 내일 아침에 집으로 배달될 것이다. 엄마는 빌리 아줌마에게도 한 상자 보내고 싶어 했지만 아빠는 옛날 인생은 끝났으므로 유쾌한 빌라 사람들과 연락할 필요가 없다고 했다.

우리는 기도 진열장 가까이에 모였다. 새벽에 엄마가 바닥에 분필로 그림을 그려 놓았다. 길조를 뜻하는 물고기를 주제로 한 그림이었다. 흰색 분필 가루로 그린 물고기들에다가 눈은 빨간색으로 칠했다.

외삼촌이 신호를 기다리며 전축 옆에 서 있었다. 아빠의 신호에 외삼촌이 악기로 연주되는 생일 축하 노래를 틀었다. 음악에 맞춰 우리는 노래를 불렀다. 의식에 필요한 것들을 담은 둥근 은 쟁반을 들고 엄마가 응접실로 들어왔다. 엄마가 테이블에 쟁반을 내려놓은 후 형에게 앞으로 나오라는 신호를 보냈다.

"오른발부터." 엄마가 다시 한 번 일렀다.

형이 조심스럽게 분필 그림에 발을 디디고 물고기들 사이에 서서 우리를 보며 미소를 지었다. 우리가 노래를 부르는 동안 기도 모자를 쓴 형은 생일을 맞은 사람을 위해 기꺼이 등을 내준 물고기들 위에 올라타 있었다.

엄마가 은 쟁반에서 장미, 백합, 재스민으로 만든 화환을 집어 들었다. 엄마가 화환을 목에 걸 수 있도록 형이 고개를 숙였다. 엄마는 형의 손에 행운과 번영을 상징하는 빈랑잎과 열매, 대추야자, 꽃, 코코넛을 올려놓았다. 엄마가 주홍색 염료를 담은 작은 은 찻잔에 엄지손가락을 담근 후 형의 이마에 수직으로 길게 부적을 그렸다. 그런 다음 쌀을 손에 쥐고 그곳에 비비자 쌀 알갱이 몇 개가 형의 이마에 붙었다. 엄마가 쌀을 더 쥐더니 형에게 뿌렸다. 엄마의 손은 마치 춤을 추듯이 아름다운 곡선을 그렸다.

엄마가 형을 오랫동안 안아 주며 내게는 들리지 않게 귀에 대고 속삭였다. 나머지 사람들은 노래를 불렀다. 엄마가 뒤로 물러섰다. 이제 아빠의 차례였다.

아빠가 은 쟁반으로 가더니 손에 쌀을 쥐고 똑같이 뿌렸다. 쟁반에는 손목시계가 있었다. 형의 생일 선물이었다. 엄마가 아빠를 위해 놓아둔 것이었다. 아빠가 어떻게 하는지 보려고 우리는 기다렸다. 엄마는 초조함을 감추려고 손으로 입을 막았다.

아빠가 손을 뻗으려다 망설이더니 시계를 쟁반에 두고 먼저 형의 왼쪽 손목을 잡았다. 아빠는 낡은 시계의 끈을 풀어 옆으로 치우고 쟁반에서 시계를 집었다. 금속 끈을 형의 가지런히 모은 손에 살며시 두르고 시계를 얹은 후에 형의 손을 돌려 죔쇠를 채워 주었다.

그때까지 형의 손을 쥐고 있던 아빠가 마침내 형의 얼굴을 보았다. 몇 분 동안 그들은 서로를 뚫어져라 쳐다봤다. 그러다 아빠가 형의 기도 모자 위에 오른손을 올렸다. 기도를 하는 것 같았다. 형은 놀라서 눈알을 굴리지도 않았고 짜증의 기색도 보이지 않았다.

잠시 후 아빠가 형이 들고 있던 꽃, 빈랑잎과 열매를 쟁반에 치우고 포옹했다. 그러자 형이 두 팔로 아빠를 감싸 안았다.

전축이 이미 멈췄고 노래를 세 번 이상 불러서 바보 같은 기분이 든 외삼촌과 나는 생일 축하 노래를 멈췄다. 그러자 아빠의 속삭이는 목소리가 들렸다. "아들아, 생일 축하한다. 오래 건강하고 부유한 삶을 살고 많이 행복하길 바란다."

엄마가 눈물을 감추려고 부산을 떨기 시작했다. 외삼촌이 형에게 봉투를 주고 옆으로 물러나자 엄마가 이제 내 차례라고 했다. 봉투 안에는 101루피가 들어 있었다. 외삼촌이 어제 내게 은행에 가서 빳빳한 새 돈으로 바꿔 오라고 시켰기 때문에 알고 있다.

나는 분필 물고기의 끄트머리로 가서 형을 마주 보며 자리에 멈췄다. 형이 나를 안아 줄지 자신이 없었다. 그래서 손을 내밀었다. "형, 생일 축하해."

형은 내 손을 잡더니 확 잡아당겼다. 균형을 잃은 내가 넘어지지 않도록 팔로 감싸며 꺼안아 주었다. 둘 다 웃었다.

"자, 다들 어서 와요." 엄마가 재촉했다. "세브가 준비됐으니까 냄비 바닥에 눌어붙기 전에 신선할 때 먹어야 해요."

식탁으로 가면서 형이 외삼촌에게 새 시계를 자랑했다. 나는 뒤에 남아서 생각에 잠겨 소파에 앉아 있는 아빠를 보았다. 엄마가 옆에 서자 아빠가 얼굴을 들더니 어색한 미소를 지었다.

"여보, 왜 그래요?"

아빠가 고개를 가로젓더니 엄마를 보고 살짝 웃었다.

"아 참, 부엌 시계 감아야 해요."

"나중에 할게. 아니면 무라드한테 해 달라고 하든가."

오후 파티가 끝나고 형의 친구들이 떠났지만 저녁 식사 시간이 되려면 아직 멀었다.

나는 응접실에 앉아서 가구로 만든 특별 바리케이드 너머로 보호 구역의 기도 진열장을 바라보았다. 쿠미 이모와 잘 외삼촌의 불행했던 어린 시절의 슬픈 단편들이었던 장난감과 장식품으로 가득 차 있던 때를 떠올렸다. 지금은 아빠의 성물로 가득 채워져 있었다. 아빠 역시 불행하다.

외삼촌은 방에서 준비를 하고 있었다. 데이지 아줌마가 저녁 식사에 오기 때문에 외삼촌은 하루 종일 들떠 있었다. 엄마가 전화로 초대하자 아줌마가 즉시 받아들였다.

놀랍게도 엄마는 장미 꽃병과 양치기 소녀 도자기를 응접실에 내놓았다. 식탁에는 할아버지가 엄마 아빠의 결혼식 때 선물했던 좋은 그릇들이 차려져 있었다. 엄마는 꽃병을 가져오더니 양치기 소녀를 쓰다듬고 장미 꽃병 테두리의 부채꼴 무늬를 어루만졌다.

"할아버지께서 선물로 주신 거야. 정말 아름답지 않니?" 엄마가 말했다.

나는 고개를 끄덕였다. 오래전 할아버지가 유쾌한 빌라에 오셨을 때가 생각났다. 얼마나 내 세상이 훨씬 커지고 복잡해졌으며 고통스러워졌던가. 내 옆의 긴 의자에서 주무시던 할아버지가 내 손을 잡고 위로해 주셨다. 나중에는 내가 악몽을 꾸시는 할아버지의 손을 잡고 위로해 주었다. 우리가 함께 즐기던 바이올린 연주도 떠올랐다. 세상을 설명하고 이해할 수 있도록 할아버지께서 가르쳐 주시던 단어들과 이야기들도 생각났다.

"그날 할아버지께서 하신 말씀 기억나니? 삶의 슬픔과 비애를 극복할 수 있도록 이 아름다운 것들을 즐기자고 하셨지?"

오늘 좋은 그릇들을 쓰기로 한 결정에 엄마가 동의를 구하는 것 같았다. 그래서 나는 또다시 고개를 끄덕였다. 할아버지가 오기 전 세상이 매우 안전하고 작았으며 다루기 쉬웠던 시절을 떠올려 보았다. 그때는 엄마 아빠 덕분에 아무것도 잘못되지 않았다.

"제항구, 잠깐만 부엌에 와서 엄마 좀 도와줄래?" 엄마가 응접실을 나가며 말했다.

"네." 나는 말만 하고 그냥 의자에 앉아 있었다. 너무나 혼란스러운 이 세상에서, 할아버지의 집인 행복의 성에서 앞으로 우리 가족에게 무슨 일이 벌어질지 궁금했다. 진짜 아빠는 어디로 가고 항상 기도만 하는 이방인이 돼 버린 걸까?

계속 부산을 떨던 엄마가 부엌에서 자꾸 물건들을 꺼내 왔다. 내가 어리둥절한 표정을 짓고 있자 엄마가 가까이 다가와 어깨로 손을 내밀려고 했다. 그러다 망설이더니 동작을 멈췄다. 닿을락 말락 한 엄마의 손길이 느껴졌다.

그 대신 엄마는 팔을 가볍게 어루만졌다. "제항구, 왜 그러니? 너 행복하지?"

"그럼요, 당연히 행복하죠."

일상의 작은 승리,
가슴 아픈 현실을 견딜 수 있는 가장 큰 힘

7년 전 로힌턴 미스트리의 두꺼운 소설책 세 권을 가방 맨 위에 챙겨서 인도에 도착했다. 뉴델리 공항의 안개 낀 낯선 풍경만큼이나 내 미래도 불확실했으며 그곳에서 처음부터 다시 시작하겠다는 심정이었으니 번역을 맡은 그 책들이 내게는 퍽 중요하게 여겨졌다. 꼬박 몇 달씩 쉬지 않고 작업에 매달리곤 했지만 그것이 뭘 의미하게 될지는 전혀 알 길이 없었다. 내 인생에서 그 책들이 얼마나 중요한 위치를 차지하게 될지를 어렴풋이나마 깨닫게 된 것은 900쪽에 가까운 『적절한 균형』이 마침내 세상에 모습을 드러내고 박사 학위를 따기 위해 호주 시드니대학교로 떠나면서부터다. 그로부터 3년 뒤 로힌턴 미스트리의 작품들을 연구하여 박사 학위까지 받았고 이제는 강단에 서고 있으니 인연도 보통 인연은 아닌 듯하다.

원고지로 1만 장에 육박하는 로힌턴 미스트리의 장편소설 세 권을 국문으로 옮기면서 때로는 그 글을 쓰다듬으며 간직하고 싶어지기도 했고 때로는 빡빡 지워서 없애고 싶기도 했다. 그의 스파르타식 문장이 번역하기 만만하다는 생각이 들다가도 그러한 완고한 문장을 다른 언어로 바꾼다는 것이 정말 가능한 일일까 싶어서 많이 망설이기도 했다. 어쨌든 그가 잉태하고 세상으로 내보낸 온전한 모습의 소설 모두가 내 손을 거쳐서 다시 이 땅에서 태어나게 됐으니 그로 인한 어떤 실수나 오해도 순전히 내 탓이라고 해야 할 것이다. 나는 그저 이 책들이 서점 책장에 꽂혀 다른 작품들 사이에서 기죽지 않고 가끔은 격려를 받으며 꿋꿋이 버티어 나가길 바랄 뿐이다.

로힌턴 미스트리가 『그토록 먼 여행』과 『적절한 균형』을 통해서 줄곧 선보인 극사실주의적이면서도 온정적인 리얼리즘은 『가족 문제』에서 그 절정을 이루고 있다. 뭄바이의 한 파르시 가족 삼대를 다룬 이 소설은 나리만의 일흔아홉 번째 생일을 계기로 본격적인 이야기가 전개된다. 파킨슨병을 앓고 있는 은퇴한 영문학 교수인 그는 큰 아파트에서 잘과 쿠미라는 늙고 미혼인 의붓자식들과 함께 살고 있다. 결혼하여 두 아들을 둔 그의 친딸 록산나는 그가 결혼 선물로 사준 작은 아파트에서 살고 있다. 그가 살고 있는 '행복의 성'과 록산나가 살고 있는 '유쾌한 빌라', 이 두 아파트의 이름은 역설적이게도 가족의 숨겨진 불행한 역사와 불쾌한 문제들을 감추고 있을 뿐이다.

『가족 문제』의 공간적 배경은 이전 작품들과 마찬가지로 봄베이(뭄바이)지만 시간적 배경은 『그토록 먼 여행』보다 25년, 『적절한 균형』의 마지막 장면보다 12년이 지난 1996년이다. 1996년은 1992년 바브리 이슬람 사원의 파괴와 폭동으로 수천 명의 이슬람교도들이 사망한지 3년이 흐르고, 극우 힌두 계열 정파인 시브세나가 집권한 후 봄베이의 이름을 뭄바이로 바꾸던 시기다. 인도 현대사를 멍들게 했던 전쟁과 국가비상사태라는 암울했던 시기는 지났지만 소시민들을 둘러싼 정치적 환경은 별로 나아지지 않았다.

이러한 상황을 여러 겹으로 전하는 로힌턴 미스트리의 글쓰기 전략도 크게 달라진 것이 없다. 보잘 것 없는 일상에서 진실을 드러내고자 하는 그의 우직한 글쓰기는 가족의 폭정과 위기가 공동체, 사회, 그리고 국가와 어떻게 서로 맞닿아 있는지를 잘 보여주고 있다. 굳이 달라진 점을 찾고자 한다면 문제 가족의 '막장' 드라마를 통해서 현미경처럼 자세히 그러한 관계를 들여다볼 수 있도록 한다는 것이다. 생활비 때문에 경찰과 정치인들이 연루된 불법 복권 도박에 빠져드는 예자드와 돈 문제로 걱정하는 부모를 돕기 위해서 선생님의 신뢰를 저버리고 뇌물을 챙기는 모범생 아들 제항기르. 또한 의붓아버지를 뜻하지 않게 유기하고 괴로워하는 잘. 이렇게 찢겨진 가족은 음모와 술수가 난무하고 폭력에 의해 떠받쳐지는 현대 인도 사회와 국가의 축소판이라고 할 수 있다. 가족 문제가 사회와 국가의 문제들과 떼려야 뗄 수 없으며 복잡하게 뒤얽혀있음을 잘 보여준다.

파르시 전설에 등장하는 대마왕 주학을 가둬두는 선한 거미줄과는 달리 등장인물들의 일상은 먼지투성이의 거미줄에 엉켜 있는 듯하다. 그들은 함정에 빠지지 않기 위해서 거미줄을 조심조심 빠져나와야 할 운명을 타고났다. 에필로그에서 돈의 유혹을 뿌리치고 종교인으로 다시 태어난 예자드가 나리만의 아버지처럼 순혈주의 광신교도로 바뀌어 큰아들의 삶을 억압하는 모습은 바로 그러한 함정에 대한 경고라고 할 수 있다. 즉, 이러한 플롯의 순환 고리는 그들이 사는 시대가 선악의 판단이 모호하며 흑과 백이 뒤섞여 있으므로 까딱 잘못했다가는 부패와 타락과 부정에 빠져들기 쉽다는 것을 보여준다.

이러한 위험과 문제에도 불구하고 소설에서 가족 관계는 단순히 위험하고 부패한 공동체, 사회, 국가를 암시하는데 그치지 않고 이에 대한 울타리의 역할도 하고 있다. 주어진 의무에 대해서 고민하고 갈등하던 등장인물들이 결국은 윤리적 선택을 하고 운명을 바꾸는 모습에서 가족이 여전히 최후의 보루로서 든든한 구심점이 될 수 있음을 보여주고 있다. 9살짜리 손자가 병든 할아버지에게 밥을 먹여주는 성스러운 장면, 어려운 살림에 장인을 모시는 게 불만이던 사위가 가장 더러운 일을 순순히 떠맡는 모습은 단순한 동정심만으로는 불가능한 일이다. 눈여겨보지 않으면 무심코 지나칠 일상에서 벌어지는 이러한 낙관과 비관, 냉정과 열정, 동정과 환대의 적절한 균형은 그래서 결코 작지 않은 승리라고 해야 할 것이다. 이러한 일상의 작은 승리들이야 말로 가슴 아픈 현실을 견딜 수 있는 가장 큰 힘임을 이 소설은 웅변하고 있다.

이것이 바로 보잘 것 없는 존재에게 손을 내밀고 하찮은 현실에 냉담해진 우리에게 연민의 감정을 불러일으키는 로힌턴 미스트리의 놀라운 능력이다. 나는 가끔 『그토록 먼 여행』 『적절한 균형』 『가족 문제』에 등장하는 인물들의 나이를 계산해 본다. 지금은 죽었거나 부모가 되었거나 어른이 되었을 것이다. 지금도 내가 머물렀던 도시와 힘겹게 거닐었던 거리에서 살고 있을지도 모른다. 언젠가 다시 그곳에 돌아가게 된다면 이제는 책 대신에 사람들의 얼굴을 뚫어져라 쳐다볼 것이다. 그리고 그들에게 말을 걸어보고 싶다. '이제 조금은 당신들을 알 준비가 된 건지도 모르겠다고.'

오랜 기간 동안 로힌턴 미스트리의 장편소설 세 권 모두를 기획하고 출판해준 도서출판 아시아에 먼저 감사의 말을 전하고 싶다. 또한 마지막 작품의 번역을 위해서 국제번역기금을 지원해준 캐나다 예술위원회에도 고맙다는 말을 하고 싶다. 끝으로 이 번역 프로젝트가 진행되던 중 세상에 나와 우리를 즐겁게 해준 아들 지홍과 항상 내 일상을 지켜준 아내 캐서린에게 다시 한 번 감사한다.

2014년 3월

손석주

〈아시아 문학선〉을 펴내며

우리는 무엇보다 언어에 주목한다.

지난 오 백 년 동안, 우리에게 알려진 세계의 언어들 중 거의 절반이 사라졌다고 한다. 에트루리아어, 수메르어, 컴브리아어, 메로에어, 콘월어, 음바바람어 …… 지금 이 순간에도 지구 곳곳에서 수많은 언어들이 사라지고 있다. 소멸의 속도도 점점 빨라진다. 대신 그 자리를 영어와 또 하나의 언어, 그러나 기왕에 존재했던 어떤 언어와도 전혀 다른 종류의 기계어 '비트'가 메워 나가는 중이다.

한 가지 언어가 사라진다는 것은 무슨 뜻일까. 그것은 한 집단의 기억이 최후를 맞이한다는 뜻이다. 물론 성실한 언어학자들의 노력으로 운 좋게 몇몇 단어가 살아남을 수도 있다. 그렇지만 엄밀한 의미에서 그것은 살아 있는 언어가 아니다. 언어는 언어학자의 노트에 적히는 것만으로 생명을 보장받을 수 없다.

이제 우리는 이와 같은 일방통행의 역사에 작으나마 흠집을 내고자 한다. 그 출발이 바로 〈아시아 문학선〉이다.

우리는 서구가 주도했던 지난 시기의 근대화 과정에서 수많은 문명의 유전자가 흔적도 없이 사라졌고, 지금도 아시아 어딘가에서 어떤 기억의 보살핌도 받지 못한 채 속절없이 사라져가는 것들이 많다는 사실을 잘 알고 있다. 그러나 우리는 겸손해야 한다. 소멸은 대개 슬프지만, 때로는 자연스럽게 권장되어야 할 어떤 것이기도 하다. '불멸의 신화'가 지닌 폭력성을 흔히 목격하지 않았던가. 우리는 서구 근대의 가치를 대체하는 아시아 담론을 창출하겠다는 다부진 야심을 갖고 있지 않다. 우리는 다만 아시아의 수많은 언어가 제각기 품어 온 기억의 서사들을 존중하려 할 뿐이다.

특히 문학에 관한 한, 아시아는 이른바 세계화가 가장 덜 진척된 영토로 존재한다. 아시아 문학은 대다수 서구인들에게 여전히 낯설고 어색하면서도 이따금 신기하고 흥미로운 존재다. 가상공간과 더불어, 빈약한 서사를 보충해 줄 최후의 영토로 간주되기도 한다. 그런 시선 속에서, 지난 몇 세기 동안, 아시아는 수없이 발명되고 발견되었다. 그 결과 논과 밭, 구릉과 숲으로 이루어진 아시아의 주름진 대지는 이차원의 매끈한 평면으로 아주 쉽게 왜곡되었다. 거기에서 소수와 은유는 묵살되고, 틈과 사이는 간단히 메워졌다.

이제 우리는 다시 주름들을 기억하려 한다. 고속도로와 지름길이 길의 다가 아니듯, 표준어와 다수만 아시아의 입체를 구성하지는 않는다. 그러나 놀랍게도, 서구인에게 낯설고 어색한 것 이상으로, 우리 스스로 아시아를 얼마나 낯설고 어색하게 생각하고 있는지! 불행히도 우리 주변에는 읽고 싶어도 읽을 아시아조차 많지 않다. 우리의 기획은 이런 경이로운 무관심과 태만을 반성하는 데서 출발한다. 동시에 우리는 혹 '미지의 세계' 아시아를 또 하나의 개척영역, 흔히 말하듯 '미래의 먹거리' 쯤으로 상정하는 것은 아닌가, 우리 안의 유혹을 끊임없이 경계한다.

이렇게 경계선을 넘으려 한다.

바라건대, 저 너머에는 새로운 세계문학이!

<아시아 문학선> 기획위원회

〈아시아 문학선〉 기획위원

전승희(문학평론가, 미국 하버드대학교 한국학연구소)
김남일(소설가, 아시아문화네트워크)
자카리아 모하메드(팔레스타인, 시인·신화 연구)
A. J. 토마스(인도, 시인·번역가·영문학자·전 『인도문학』 편집장)
자밀 아흐메드(방글라데시, 연극연출가·평론가·다카대학교 교수)
하리 가루바(나이지리아, 문학평론가·남아프리카 케이프타운대학교 교수)

옮긴이 손석주
동아대학교 영어영문학과를 졸업한 후 《코리아타임스》와 《연합뉴스》에서 기자로 일했다. 제34회 한국현대문학
번역상과 제4회 한국문학번역신인상을 받았으며, 2007년 대산문화재단 한국문학번역지원금을 수혜했다. 인도
자와할랄 네루대학교에서 영문학 석사 학위를, 호주 시드니대학교에서 포스트식민지 영문학 연구로 박사 학위
를 받았다. 미국 하버드대학교 세계문학연구소(IWL) 등에서 수학했다. 현재 동아대학교 교양교육원 조교수로 재
직 중이다. 인도계 작가들 연구로 논문들을 발표했으며 주요 역서로는 로힌턴 미스트리의 장편소설『적절한 균
형』과 『그토록 먼 여행』, 김인숙, 김원일, 신상웅, 김하기 등 다수의 한국작가 작품들을 영역했다. 계간지, 잡지
등에 단편소설, 에세이, 논문 등을 60편 넘게 번역·출판했다.

가족 문제

2014년 4월 10일 초판 1쇄 찍음 | 2014년 4월 15일 초판 1쇄 펴냄
지은이 로힌턴 미스트리 | **번역** 손석주 | **펴낸이** 김재범
편집 정수인, 이은혜 | **관리** 박신영
인쇄 한영문화사 | **종이** 화인페이퍼 | **디자인** 글빛
펴낸곳 (주)아시아 | **출판등록** 2006년 1월 27일 | **등록번호** 제406-2006-000004호
전화 02-821-5055 | **팩스** 02-821-5057
주소 서울시 동작구 서달로 161-1 3층(흑석동 100-16)
이메일 bookasia@hanmail.net | **홈페이지** www.bookasia.org

ISBN 979-11-5662-020-4 04800
      978-89-94006-46-8(세트)
*값은 뒤표지에 표시되어 있습니다.

이 도서의 국립중앙도서관 출판시도서목록(CIP)은 서지정보유통지원시스템 홈페이지(http://seoji.nl.go.kr)와
국가자료공동목록시스템(http://www.nl.go.kr/kolisnet)에서 이용하실 수 있습니다.(CIP제어번호: CIP2014010616)